中国新时期文学自信力

The Self Confidence of
Chinese Literature in the New Era

聂 茂 著

中国社会科学出版社

图书在版编目（CIP）数据

中国新时期文学自信力/聂茂著. —北京：中国社会科学出版社，2021.10

ISBN 978-7-5203-8823-8

Ⅰ.①中⋯ Ⅱ.①聂⋯ Ⅲ.①中国文学—当代文学—文学研究 Ⅳ.①I206.7

中国版本图书馆 CIP 数据核字（2021）第 152180 号

出 版 人	赵剑英
责任编辑	郭晓鸿
特约编辑	杜若佳
责任校对	师敏革
责任印制	王 超

出　　版	中国社会科学出版社
社　　址	北京鼓楼西大街甲 158 号
邮　　编	100720
网　　址	http://www.csspw.cn
发 行 部	010-84083685
门 市 部	010-84029450
经　　销	新华书店及其他书店
印　　刷	北京君升印刷有限公司
装　　订	廊坊市广阳区广增装订厂
版　　次	2021 年 10 月第 1 版
印　　次	2021 年 10 月第 1 次印刷
开　　本	710×1000　1/16
印　　张	23
插　　页	2
字　　数	413 千字
定　　价	119.00 元

凡购买中国社会科学出版社图书，如有质量问题请与本社营销中心联系调换
电话：010-84083683
版权所有　侵权必究

国家社科基金后期资助项目

出 版 说 明

　　后期资助项目是国家社科基金设立的一类重要项目，旨在鼓励广大社科研究者潜心治学，支持基础研究多出优秀成果。它是经过严格评审，从接近完成的科研成果中遴选立项的。为扩大后期资助项目的影响，更好地推动学术发展，促进成果转化，全国哲学社会科学工作办公室按照"统一设计、统一标识、统一版式、形成系列"的总体要求，组织出版国家社科基金后期资助项目成果。

全国哲学社会科学工作办公室

序　中国文学的精神坐标与时代亮度

阎　真

一

时间过得真快。伴随着改革开放的中国新时期文学，一晃竟过了40来年。一个时代有一个时代之文学。正如福柯所说，重要的不是话语讲述的年代，而是讲述话语的年代。不可否认，新时期文学的发生、发展与历史形态日益成为学界研究的重点，但如何发现新的角度，得出新的结论，是研究者值得注意的话题。

我想，市场经济是一种经济结构，它也是一个价值系统，同时也是一种意识形态，市场就是我们这个时代的巨型话语，似乎具有至高无上的话语霸权。资本逻辑——功利主义与利润最大化变成了文化的逻辑，变成了我们的价值逻辑。市场以它不动声色的解构性对作家、知识分子提出挑战。当市场以它无孔不入的力量规定了人们的思想方式和行为方式，人文精神到底还有多大的书写空间？

我们的幸运和不幸都是在世纪之交遭遇了相对主义，相对主义解放人们的思想，但也取消了崇高。相对主义常常与理性、功利和欲望搅在一起。功利主义有它的合理性，欲望也有它的合理性，但这种合理性不是无边无际的，更不能任性和野蛮生长，我们总需要有一种平衡的力量。作家、知识分子有责任为社会的信念建设做出自己的努力，因为他们是价值的制定者和传播者，他们不进行这种努力，就更不能指望别人来承担这个责任。

这本书是聂茂国家社科基金后期资助项目的结题成果。作为同事和朋友，当他把书稿发给我希望我写一点什么的时候，我马上想到"这个责任"问题。聂茂的研究站在全球化语境的学术前沿，对中国新时期文学进行总结、分析和深入思考，提出"文学自信力"这个契合国家战略和当今时代的重大命题，就是敢于承担历史责任的具体体现。

中国新时期文学实践既受制于发达国家的话语压抑，又反过来对发达国家的文化霸权形成冲击。这种辩证性的认识，是聂茂中国新时期文学自信力研究的重心所在。全书由一经一纬一主线贯穿始终。经线是各个文学主潮的时代背景、思想基础、理论支撑等精神脉络，纬线是各个文学主潮的代表性作家和作品，而主线就是在追赶发达国家文学的现代化之路中创作主体的心灵诉求，即把个人"小我"与"国家"大我融为一体，把"为民代言"与"文以载道"等传统中国文人的家国情怀和情感冲动投射到文本中，在此基础上，作者结合中国国情、民族特点和本土文化的具体语境，对新时期文学主潮中的经典文本进行"解码"，用文学实力、文学引力、文学张力、文学推力、文学锐力、文学韧力和文学活力共"七种力"组成逻辑严密、内涵丰富的文学自信力，通过对各个时期创作群体的特征进行"把脉"式"阐释"，全方位、多角度、立体式地对全球化语境下新时期作家的精神资源、创作风格、文本特征、叙事模式、审美态势及其总体成就、困境与突围等，进行全面客观、深入细致的总结、评论和分析，努力传播当代中国价值观念和文学理想，体现中华优秀文化和中华美学精神，融思想性、艺术性、批评性于一体，为世界文学视野下中国文学的发展注入了活力。

二

无论是写作还是文学研究，我更看重的，是讲什么样的故事，用怎样的方式讲故事，以什么样的标准讲故事。不会讲故事，讲出来的故事不让人回味，所谓的自信只能是无本之木、无源之水。文学经典的源头是创作和阅读，当作品在共时性和历时性的传播上超出了作家的意义设定，不同时代、不同地域、不同背景和不同生活经验的读者都会结合自己的经历、喜好和审美做出自己的价值判断和意义阐释，作品的溢价作用和传播效益就慢慢沉淀下来，进而转化为新的理性资源、思想资源和文化资源，与作家设定的原初意义形成叠加效应，这种过程就是文学创作的生产机理，也是文学批评或文学研究的魅力所在。

当前，中国新时期文学的根本任务是自主性重建，它是全面恢复文学自信力，使之能够为重塑国家形象、提高全民族素质发挥积极作用，这在世界文学视野下我国推行文化"走出去"的战略语境中，具有重要的理论价值和实践意义。基于此，我觉得聂茂的这部著作主要有以下几个方面的突出特点。

第一，提出"自信力"这个关键词，并以此切入，充分挖掘中国作为发展中国家如何在发达国家文化压抑中获取自己的民族独立性与文化独创性，努力凸显中华美学精神和中华优秀传统对于世界的重要性，"自信力"的提炼恰与党的十九大报告中对道路、理论、制度、文化"四个自信"联系起来，使本书既有鲜明的历史意识，又有敏锐的思想觉悟和现实针对性。

第二，中国新时期文学的创作实践扩展了杰姆逊第三世界文化批评理论、特别是"民族寓言"说，充实、丰富和提升了整个西方话语体系，使长期处于"被审视"和"弱者"地位的中国作家从西方发达国家文化霸权的压迫中解放出来，彰显了中国新时期文学应有的气度、魅力、价值和意义。

第三，西方话语体系对中国新时期文学的影响伴随着中国作家为追求一个繁荣富强的现代化中国同步进行，但作家们对西方话语的态度不是盲从，而是批判地借鉴、吸收和发展，自我"主体性"越来越高，反省、审视、怀疑和批判也越来越多，既能看到其中的"弊病"和"割裂"，又能运用中华优秀传统文化和美学精神自觉地进行诊治、修复和整合，这样的阐释，别出心裁，令人鼓舞。

第四，本书力图全面阐述中国新时期文学的发展状况，从"文化角度""认知角度""思想角度""大众生活""经济视角""道德伦理""法制建设"等诸多维度，去探索中国新时期文学在世界文学中的地位与形象，体现了和平崛起后中国文学的整体性力量。

当然，这本书最大的，也是最突出的特点，就是充分利用中国古代文论和中华传统文化思想资源，借用西方理论成果论述中国新时期文学的发展变化。这些西方理论成果涉及的人不少，涉及的种类较多，理论旨趣并不单纯同一。聂茂很好地作了爬梳，找到了各个理论之间的深刻渊源和内在联系，并依次分析了新时期文学出现的伤痕文学、朦胧诗、寻根文学、先锋小说、新写实小说、新生代文学、颓废文学、新生代作家、现实主义冲击波、新女性主义文学和21世纪以来的以"非虚构和底层叙事"为特征的人民文学和生机勃勃的网络文学等。聂茂的研究客观、从容、理性、全面，既有纵向的比较，又有横向的观照，力求通过系统的论证，丰富和完善他提出的"文学自信力"之说，进而肯定中国新时期文学在世界文学中的积极作用和鲜明个性，从而使广大读者客观并乐观地认识到中国新时期文学在"世界文学"大家庭中具有不可轻忽的意义。可以说，这样的研究，颇具雄心，值得肯定。

三

中国文学的精神坐标是什么，时代亮度在哪里？从聂茂的著作中，我产生了一些思考。例如，市场经济和诸种权力是我们这个时代的巨型话语，在这两者的挤压之下，人文话语是否还有一定的价值空间，精神的价值是否还有现实的依据？中国文学的精神坐标显然不能唯西方是从，中国文学的时代亮度也不能以获得西方文学大奖，包括诺贝尔文学奖作为唯一的价值标准。重要的是民族性和话语权，它是价值观的利剑，拥有了民族性和话语权就可以让自己的价值观冲出母语区的疆界，进而影响到世界其他国家和民族。因此，中国文学的精神坐标和时代亮度应当建立在中国自己的话语权和评价体系的基础之上。否则，我们的独立性、民族性和世界性都会大打折扣。

当然，中国新时期文学在实施全球化战略时，不可能一下子站到中心，也不可能不失去一些固有的民族文化特征，但这种失去是为了更多的得到。这种方式不仅仅是"从边缘到中心"的无奈选择，更是为了对世界文学中心的消解并重构新的中心及其影响世界文学之策略。

聂茂的这部书让我沉思。很长一段时间里，中国作家、知识分子特别是人文知识分子有一种比较普遍的人格分裂，他们不能像商人一样开口就说利润最大化，但是他们所存在的人文话语在经济和权力这种体系中，可操作性又很差。这种人格分裂我自己也有。某种意义上，我写小说主要着眼作品的精神价值，我要把现实生活中的种种局限在小说中依次打开。

应该看到，中国古代知识分子，从屈原、司马迁、陶渊明，到杜甫、苏东坡、曹雪芹等，几乎所有的文化巨人无一例外被厄运牢牢跟定，笼罩于卑微、孤寂、贫穷、排挤、流放、自杀或被杀等境遇，这是他们的宿命。为什么会这样？这不是哪一人对哪一人的伤害，这是文化机制所致，个人行为不可能持续几千年。他们是创造者，不但需要天才，更需要心灵和真诚，以及人格的坚挺。但正是那种真诚和人格的坚挺给他们带来了命运的凄凉。这些伟大的创造者，他们有什么理由要做出那样的选择？唯一的理由就是心灵的自由，不愿意为了生存的需要放弃自己心灵的高洁。这些纯粹为了心灵的理由而坚守的人，他们在空旷寂寥、苍凉广阔的历史瞬间茕茕孑立、形影相吊。他们带着永恒的悲怆与永恒的骄傲成为我们民族心灵史上最有色彩的那一道风景。

当下中国作家和知识分子的历史处境的确有了根本性的变化。他们的精神上遭到了严峻的挑战，这种挑战动摇了他们的生存根基，这是历史的大变局，而中国作家和知识分子对市场经济的功利主义价值观几年就适应了，退守个人的生存空间，平静得似乎没有什么激烈的斗争。西方有一种说法就是知识分子死了。在市场霸权、技术霸权的压抑下，他们在一定程度上失去了自我的身份特征，即责任意识与人格意识。相当多的知识分子都在把目光转向了自我的生存，以"能力有限"作为借口，漠视沸腾的生活，疏离外面的世界。

坦率地讲，对于聂茂的这项研究，我还有一点不满足。我认为，他对中国传统文化和美学理论的运用还有较大的上升空间，例如，能否把中国风度、中国气派、中国韵味等中国优秀文化元素更好地融入其中？如此，这项研究自信力的底蕴将会更加丰沛和充实。此外，中国新时期文学对世界文学影响方面的分析尚可加强，如何激发中国作家同西方发达国家进行平等对话的欲望，是增强文学自信力的重要内容，特别是在对发展中国家文学分析时，如能加强对亚洲国家如马来西亚、越南、柬埔寨等周边国家文学的关注和研究，一定会有意想不到的收获。诚如后殖民主义文化研究大家、《东方主义》一书的作者萨伊德所欣赏的："在胜利的聚会中／每个种族都有一席之地。"

最后我想说，聂茂也是一名著述颇丰的作家。让我感佩的是，这些年来，他勤奋刻苦，脚踏实地，置身于文学现场，关注、思考、参与和见证了中国新时期文学的种种变化，加之他在国外留学多年，视野开阔，这使得他的研究非常厚重、规范、扎实和自信，特别在文本细读上倾注了他大量的心血，发现了不少闪光的东西，读来耳目一新。我相信，这样的一部著作不仅成为聂茂学术生涯中颇具代表性的成果，也是中国文学——特别是新时期文学研究的新收获。

（作者系著名作家，中南大学教授、博士生导师，代表作有长篇小说《沧浪之水》和《活着之上》等）

目　　录

绪论　全球化语境下中国文学的意义之境 …………………（1）
　第一节　文化想象中的全球化 ………………………………（2）
　第二节　发展中国家文学的叛逆表达 ………………………（7）
　第三节　中国新时期文学的时代语境 ………………………（12）
　第四节　西方话语体系与新时期文学创作实践 ……………（20）
　第五节　文化反思与中国文学的现代化之路 ………………（25）

第一章　文学实力：新时期作家对世界文学的贡献 ………（35）
　第一节　中国特色社会主义文学的发展路径 ………………（36）
　第二节　中国的焦虑与后学之论争 …………………………（41）
　第三节　新时期文学的思想资源 ……………………………（47）
　第四节　中国文学对西方文化批评理论的贡献 ……………（50）
　第五节　中国文学对西方文化霸权形成的冲击 ……………（55）

第二章　文学引力：中国经验的伤痕书写 …………………（65）
　第一节　历史可靠的叙述者 …………………………………（66）
　第二节　《伤痕》与《祝福》之互文解读（上）……………（71）
　第三节　《伤痕》与《祝福》之互文解读（下）……………（79）
　第四节　文学的力量与弱者的发言 …………………………（86）
　第五节　人民记忆的合法性与精神自疗 ……………………（89）
　第六节　粗粝而灼热：发展中国家文学的声音 ……………（92）

第三章　文学张力：朦胧诗人的家国情怀 …………………（96）
　第一节　人文的贫困与被阉割的欲望 ………………………（97）
　第二节　发展中国家文学的宏大叙事 ………………………（103）
　第三节　引路人与成人仪式戏剧性冲突 ……………………（106）

第四节　《独身女人的卧室》之精神学解读（上） ……………… (112)
　　第五节　《独身女人的卧室》之精神学解读（下） ……………… (117)
　　第六节　诗歌的怀乡病与诗人的忧郁症 …………………………… (123)

第四章　文学推力：寻根作家的文化深描 ………………………………… (130)
　　第一节　启蒙的变奏与生疏化的规制 ……………………………… (131)
　　第二节　温暖的心灵冲动与亚文化崇拜 …………………………… (135)
　　第三节　《爸爸爸》与《女女女》之内驱力（上） ………………… (141)
　　第四节　《爸爸爸》与《女女女》之内驱力（下） ………………… (149)
　　第五节　中国作家与世界文学的共同责任 ………………………… (157)

第五章　文学锐力：先锋小说的使命意识 ………………………………… (163)
　　第一节　中国文学场域中的先锋小说 ……………………………… (165)
　　第二节　听命于宏大叙事的创作主体 ……………………………… (170)
　　第三节　点击马原：活页小说的意义之域 ………………………… (175)
　　第四节　点击余华：人性恶的小叙述 ……………………………… (179)
　　第五节　《山上的小屋》之病理报告 ……………………………… (186)
　　第六节　世俗的力量：从对抗者到保护神 ………………………… (197)

第六章　文学韧力：新写实小说的道路选择 ……………………………… (205)
　　第一节　普罗大众的精神生殖力 …………………………………… (206)
　　第二节　从他患意识到自警意识 …………………………………… (212)
　　第三节　虫性人格与悲悯立场 ……………………………………… (215)
　　第四节　《风景》的民间性与草根性（上） ………………………… (225)
　　第五节　《风景》的民间性与草根性（下） ………………………… (235)
　　第六节　根子里的妥协与文学的叛逆 ……………………………… (241)

第七章　文学定力：世纪之交中国文学的精神原态 ……………………… (250)
　　第一节　颓废文学的势利型策略 …………………………………… (251)
　　第二节　人文精神的论争与三种话语的较量 ……………………… (258)
　　第三节　骚动不安的新生代作家 …………………………………… (263)
　　第四节　现实主义冲击波的在场与离场 …………………………… (272)
　　第五节　新女性主义作家的疼痛与消解 …………………………… (277)
　　第六节　文化自信语境下人民文学重新出发 ……………………… (282)

综论　世界视野下中国文学的内部风景与外部磁场 ……………（288）
 第一节　转型时期中国文学的多声部合唱 ………………（288）
 第二节　伤痕文学的饥饿叙事 ……………………………（293）
 第三节　朦胧诗的现代性追寻 ……………………………（298）
 第四节　寻根文学的内在逻辑 ……………………………（302）
 第五节　先锋小说的镜子之魂 ……………………………（303）
 第六节　新写实的艰辛与尴尬 ……………………………（306）
 第七节　20世纪90年代以来的文学命途 ………………（308）
 第八节　21世纪的中国文学与中国精神 ………………（313）

参考文献 ………………………………………………………（321）

后记　以整体性力量审视新时期文学 ………………………（351）

绪论　全球化语境下中国文学的意义之境

文学是一种复杂的精神活动，是对社会生活的审美反映，这种精神活动和审美内涵具有广泛的通约性和共同性，无论你是中国人还是外国人，无论你身处闹市还是身在乡下，都需要文学的发现、文学对现实世界的呈示与拓展，以及文学对精神境界的丰富和提升，来帮助自己获得对当下社会的全面了解，包括个体生命所难以具备或所拥有的经验世界。许多在现实生活不能实现或没有的东西，通过文学作品可以得到替代性满足。

在全球化语境下，由于跨文化传播中各个国家、各个民族文学理想和文学品质的不同，各个国家和民族的读者对文学带来的满足感更加具有新颖性、丰富性与多元性的审美内涵，且这种满足处于不断的变化、交融和发展之中，不断地以更高、更深、更广、更持久的历史维度朝着人类经验未知的世界挺进。

改革开放以来，随着中国市场经济的迅猛增长，商潮涌动、互联网的兴起和物质力量的快速崛起不仅改变了人们的生存境遇和思想认知，同时也冲击了人们头脑里的传统观念、价值体系和评判标准，作为精神产品的文学发展尤其如此。作为发展中国家文学经验的重要组成部分，中国新时期文学的意义与价值，恰恰就在与风云变幻的世界不断融合、发展和深化中得到确立。

推动文艺繁荣发展，最根本的是要创作出无愧于我们这个伟大民族、伟大时代的优秀作品。世界与中国原本就是互为彼此、互为关联的命运共同体。中国新时期文学的丰富与发展是对世界文学的丰富和发展，世界文学对中国新时期文学的接受、感知和认识得越多、越深刻，世界人民对于中国社会的接受、感知和认识也就越来越多，越来越深刻，对中国形象的构建也就越来越清晰，越来越客观，越来越真实。

本章站在世界文学视野下，主要从文化想象中的全球化、发展中国家文学的叛逆表达、中国新时期文学的时代语境、西方话语体系与新时期文学创作实践、文化反思与中国作家的现代化之路等维度进行整体性阐释，同时对新时期文学的思想特色、精神态势、创作主体的质疑与创新等也给予归纳、概括和总结。

中国新时期文学对于世界意味着什么，世界文学对中国作家有着怎样的影响，如何认识中国文学在世界文学大家庭的位置，对这些问题的思考，决定了今天我们对中国历史、现实和未来的理解；而我们对于世界文学以及对于文学艺术价值的认知程度，既取决于我们对于中国经验的体验与把握，也取决于中国作家和中国人民对于世界文学的想象与认知，所有这些，都是全球化语境下中国文学的意义之境。

第一节 文化想象中的全球化

全球化（Globalization）一词首先出现在20世纪60年代的法国和美国，到20世纪70年代成为全世界的通用词语。20世纪末，"全球化"一词越来越热，变得家喻户晓、妇孺皆知，与此相关的书籍、文章更是浩如烟海，不胜枚举。

然而，关于这个概念的界定以及它的作用和意义，学术界却是见仁见智，争论不休。大致而言，主要有四种不同意义的理论流派，即新马克思主义的学派或称新左派、新自由派、怀疑派和转型学派。虽然这些学派对于全球化的观点各不相同，但共同点是，都有意无意地忽略了发达国家/发展中国家的身份界限，"模糊"了两种完全不同的身份所隐含的性格特征，为发达国家更好地"掌控"发展中国家投下了理论的"烟幕弹"。这样的共同点也恰恰表明了在笼罩着"平等"和"互助"之大旗下，种类与肤色，民族与文化，土地与战争，寓言与神话，上帝与撒旦仍然在不同的层次上以不同的方式进行扩张、争夺乃至厮杀——亨廷顿所谓的"文明的冲突"仍每时每刻发生在全球的各个角落，从伊拉克到阿富汗，从利比亚到卢旺达，战火连连，冲突不断，莫不如此。作为一种"文化想象"，[①] 所谓"全

[①] Hansen G. Eric, The Culture of Stangers: Globalization, Locatization, and the Phenomenon of Exchange, London, M. D.: University Press of America, 2002, 以及 Bendic Anderson, Imagined Communities: Reflections on the Origin and Spread of Nationalism London: Verso, 1983; 有关"文化想象"的命题在有着东方背景的西方学者、作家作品中也有很多的论述，比较有代表的如萨伊德和拉什迪等。请参见 Edward. Said, Colonialism, Language & Imagination, London: Institute of Race Relations, 1990; Salman Rushdie, Imaginary Homelands essays and Criticism, 1981–1991, London: Granta Books; New York, USA: In Association with Penguin Book, 1991。

球化"指的并不是几何意义上的地球,而是经济、政治、社会及文化进程的某种模式;它是"冷战结束后,跨国资本建立的所谓世界'新秩序'或'世界系统',同时也指通讯技术革命以及'信息高速公路'所带来的文化全球化传播的情形"。

刘康认为:"全球化过程最重要的特点之一,是文化生产与商品生产的关系日益紧密。在大众文化与日常生活、意识形态与学术思潮等各个领域中,文化与商品的紧密结合,渐渐形成了充满着内在矛盾与悖论的'全球化文化想象'。"① 在对全球化语境的考察中,人们的思维惯性容易陷入两个逻辑怪圈,即全球主义论和全球中心论。前者"是指他们设想好了一种毫无意义的优先权,一种本土必须服从全球的权力结构存在",全球主义论者把自己定位为先进文化,有着优先发展和领导他国文化的权力;后者"是指认这种跨国的潮流与进程决定本土变革的积极性",全球中心论者认为对他国的干预和改变是基于世界潮流的需要,是帮助落后地区的国家和人民改变他们旧有的贫穷生活。

"有关全球化的解释和'话语'是一种对地域和本土的偏见。"② 这两种逻辑怪圈本质上都是一样的,都是强势的第一世界/发达国家之"文化霸权"生发出来的"自在预想":他们拥有主宰这个"世界舞台"的优先权,他们的本土观念具有全球性的意义,他们的变革价值具有世界的共性,他们的资本就是全球的资本,他们的人权就是全球的人权,他们的政治模式就是全球应该遵循的政治模式。所有第三世界/发展中国家、落后民族、弱势文化都必须按照他们的认知与模式,接受他们的"教化"、"扶助"和"规范"。所有背离这种话语体系的行为都将受到"全球化"的经济"封锁"、政治"打压"和文化"隔离",因而也就必将被"世界"所抛弃,被"全球化"浪潮淘汰。在这种逻辑怪圈里,所谓"全球

---

① 刘康:《全球化与中国现代化的不同选择》,《二十一世纪》(香港)1996年第10期,收入汪晖、余国良编《90年代的"后学"论争》,香港中文大学出版社1998年版,第32页。
② Arif Dirlik, "The Global in the Local", in Global/Local, Durham: Duke University Press, 1996;又见[美]阿里夫·德里克《全球主义与地域政治》,少辉译,韩少功、蒋子丹主编《是明灯还是幻象 经典文献卷》,云南人民出版社2003年版,第172页;同时,所谓全球中心论实际上是不可能,因为所有的界限都弄混了。阿里夫·德里克这样说,"在第三世界的人出没于第一世界,而第一世界的人则奔波于第三世界。出现了一种新的区域群,即游离于母国散居在外(尤其是第一世界)的人,他们的自我定位在遥远的故乡。但他们的'他者'却近在咫尺。所有的边界和界线都被搞乱了"。参见[美]阿里夫·德里克《后殖民气息:全球资本主义时代的第三世界批评》,载汪晖、陈燕谷主编《文化与公共性》,生活·读书·新知三联书店1998年版,第471页。

化"差不多就成了"全球白人化"之隐形符号,特朗普上台后打出的"美国优先"旗号尤其赤裸裸和毫无顾忌,紧跟其后的就是"英国优先"、"法国优先"、"欧洲优先"甚至"澳洲优先"。

拳王阿里曾直言不讳地批评道:"在当今社会里,白人总是与'好'的东西有关。耶稣是白人,牛仔是白人,他们戴白帽子骑白马,天使吃的饼是白的,非洲之王猿人泰山也是白人。而黑色的东西总是'坏'的:魔鬼吃黑饼,戴黑帽,养黑猫,干黑道敲诈的勾当"。因而黑人必须接受白人的"教化"和"规范",世界才会安宁、文明。① 阿里所讲的"黑人"可以置换成包括中国人在内的"黄种人"和除白人外的所有的有色人种。这是对"白人优先"思想的深刻批评和辛辣讽刺。

处于弱势的发展中国家在"现代性的追寻"中却不能回避这种"偏见"。日本学者竹内指出:"对非西方民族而言,现代性首先意味着一种自己的主体性被剥夺的状态。"② 我们天天喊现代性,天天追求所谓的"现代性",却变得如此诡异,为什么?原因在于,发展中国家较少拥有自己的主体"范式"(paradigm),连时间的表述都是沿用西方以基督耶稣诞生为纪元的体制。③ 现代以来,全世界除了朝鲜等极少数国家使用本国特定时间,其余国家绝大多数是使用西历作为对时间的体认。中国人对时间的态度原本是与西方完全不同的。西方的时间是线性时间,从伊甸园到末日审判,有开始、有高潮、有结尾,西方的小说也体现出西方文化的特点。而中国人的时间观是"一朝天子一朝臣",皇帝登基以后马上就采用新的纪元,时间便重新来过,前面的时间都不叠加。中国的时间永远处在开始和结束两个状态,永远在回溯,永远在循环。④

但是,当晚清最后一个皇帝被推翻后,五四新文化运动轰轰烈烈地开始了,新的时间观念跟西方世界完全接轨,变得有现代性特质了。从此以后,中国的时间也都是采用公历纪年。日本文学批评家柄谷行人(Karatani Kojin)郑重地提醒到,不应忽视在日本和所有非西方国家都已采用公历(Western Calendar)纪年的问题。⑤ 它表明,人们现在使用的时间并不

---

① Thomas, Marlo, *The Right Words at the Right Time*, New York: Atria Books, 2002, p.2.
② Masao Miyoshi and H. D. Harootunian, *Postmodernsim and Japan*, Durham: Duke University Press, 1989, p.162.
③ Mafei Kalinescu, *Five Faces of Modernity*, Durham: Duke University Press, 1987, p.67.
④ 格非:《当代小说与作家职责》,《语文教学与研究:教研天地》2010年第3期。
⑤ Masao Miyoshi and H. D. Harootunian, *Postmodernsim and Japan*, Durham: Duke University Press, 1989, p.163.

是天然的，而是西方人按照自己的"规制"方式创造出来的，他们制定了规矩，我们只能被动地接受这些规矩。

发展中国家的所有文本由此都打上了西方时间陈述的烙印，其情状跟全球化语境下美元作为世界货币的定量标准和英语作为世界语言的沟通、交流一样，都是同一强势体制里不同层次的规制与符箓。发展中国家要想与发达国家"对话"，就必须接受这个最基本的"共识"或"精神条件"。

中华人民共和国缔造者毛泽东主席曾把发达国家/"西方"作为他革命和建设的"精神条件"，他说："没有这个精神条件，革命是不能胜利的。"① 因为"公历组织了我们对自己历史的了解，给'历史'以意义，也就是给'现实'以意义。没有公历的话，历史与现实这些词根本无法成立。"② 无法否认和无法回避的是，这个"精神条件"自第一世界/发达国家和第三世界/发展中国家划分之日的"历史"开始一直延续到"现实"至今，并将继续延伸到将来的相当一段时期，大家对此习以为常，就像空气和水对于我们的生活一样。

事情的真相在于，发展中国家在现代化的追寻中对发达国家有着强烈情感投注的同时，发达国家在寻找自我的过程中也恰恰将目光对准了发展中国家的广阔天地，因为发展中国家的今天就是发达国家的昨天，发展中国家的种种贫穷、落后和禁锢，在发达国家的过往历史中都能找到。白璧德说："没有东方，西方就不存在了。"③东方犹如镜子上的"锡皮"或显微镜上的"粪便"，让西方清晰地照出自己，或者通过"粪便"的检验，看清自己得了什么病。学者索飒一针见血地指出："一个医生了解病人的病情时，往往先要检查他的粪便。第三世界就是当今世界的粪便。世界，尤其是富裕国家，它们的许多病相显示在第三世界，它们把致病的毒素倾泻到第三世界。"④ 从这个意义上讲，在追求现代性的过程中，东方的主体性总是附加在西方的审视之中，或者说，东方只是西方的一个"幻影"。⑤

萨伊德指出，这个"东方"乃是被东西方对立两分思维、以西方为中心投射出来的"非我"，不仅"东方"被本质化、定型化，而且"东方

---

① 《毛泽东选集》，人民出版社1991年版，第1373页。
② 李杨、谢冕主编：《抗争宿命之路："社会主义现实主义"（1942—1976）研究》，时代文艺出版社1993年版，第15页。
③ ［美］白璧德（Button, Peter）：《文化与文学：世纪之交的凝望》，李杨译，国际文化出版公司1993年版，第108页。
④ 索飒：《倒骑毛驴的阿凡提与信息时代》，《读书》1991年第1期。
⑤ 所谓"幻影"，就是一种原体的影像，没有自身模型的仿造。参见 Jean Baudrillard, *Simulations*, trans. by Paul Foss et al., New York: Semiotext (e), 1983, p.66。

人"也被非人化为无个性的抽象概念或符号。东方主义的错误"原因不在于它只是对东方语言、社会、民族进行文物式的研究,而是因为作为一种思想体系,东方主义从未经批判的本质主义立场出发,来研究一个异质的、动态的、复杂的人类现实;这意味着既存在一个永恒的东方现实,也存在一个相反的,但同样永恒的西方本质:西方远远地、亦可以说高高在上地打量着东方"。①

这是一种尴尬,更是一种无奈。发达国家掌握着文化传媒和知识生产的绝对优势,他们把自身的意识形态作为"永恒"和"超然"的世界性价值,将自身的"偏见"和"想象"编码在全球化文化机器的运作中强制性地灌输给发展中国家。发展中国家文化处于边缘的、被压抑的状态,他们的文化传统面临着威胁,并事实上受制于西方意识形态的贬抑和渗透之中。第一世界/发达国家文化对第三世界/发展中国家文化的控制、压抑和吸引与第三世界/发展中国家文化对第一世界/发达国家文化的反抗、拒绝和反渗透就长时间地成为各个时代的主题。②

如同历史话语中的"时间"是采用西式体制的表述一样,"第三世界"/发展中国家这一指称本身也是来自"第一世界"/发达国家的"命名规制"中。这个宏大术语首先是由法国的一位地理学者罗维(A. Sauvy)在1952年8月号《法兰西观察者》杂志上所提出来的:"我们经常热衷谈论两个世界(欧美集团和东欧集团),它们可能的战争和共存等等,却忘了更重的第三个世界,虽然按历史发展它是最先出现的……"③ 这个命名表明了发展中国家先于历史存在的事实,但作为辩证的对立面,它的主体性却只能通过发达国家的"审视"和"表述"才能凸现出来。这种

---

① Edward, Said, *Orientalism*, London: Routledge & Kegan Paul, 1978, p. 102.
② [美]弗里德里克·杰姆逊:《处于跨国资本主义时代中的第三世界文学》,张京媛译,《当代电影》1989年第6期。也见张颐武《发展中国家文化:新的起点》,《读书》1990年第6期。
③ 王浩威:《回归和超越》,收入其书《台湾文化的边缘战斗》,联合文学出版社有限公司1995年版,第66—67页。其实,"第三世界"这个术语于20世纪50年代在法国出现时,正值美苏两个大国意识形态集团在全球范围内争夺霸权。当时法国一些学者(如Claude Bourdet, Alfred Sauvy和Georges Balandier)使用的"发展中国家"(Le Tiers Monde),原本取"第三等级"(Le Tier Estate)之旧意,指那些既不与美国也不与苏联结成意识形态同盟的国家。这些国家后来沿用这一名称,将其发展成为一种抗议性的自称或自我表述(self-representation)。今天这个术语的内涵与外延都有了更加丰富的内容。参见 John T. Marcus, *Neutralism and Nationalism in France*, New York: 1958; Peter Lyon, "Neutrality and the Emergence of the Concept of Neutralism", *Review of Politics*, April, 1960, p. 45。

"审视"和"表述"往往以发达国家的价值体系作为"过滤"的标准,掩盖了历史的变迁和文化的差异,昭示了赖波尔(V. S. Naipaul)在其著作《白与黑》中所谴责过的西方文明是"切合所有人的普世文明"① 的自大心态。

尽管发展中国家的叙事指称最先是由发达国家的学者提出来的具有地理学意义的方位术语,但是,随着 20 世纪五六十年代亚非国家的自决运动和独立建国,以及 1955 年印尼苏卡诺总理首倡"不结盟国家会议",第三世界的发展理论②和"南北关系"③ 的巨型理念,则纷纷在全球化视野里的文化、经济和政治层面上结出了令人惊喜的丰硕成果。

第二节　发展中国家文学的叛逆表达

与第三世界发展理论相伴而来的"发展中国家文学"在文本的表述上虽然有滞后数十年之遗憾,④ 但如同发展中国家被命名前就已先于历史存在的事实一样,"发展中国家文学"的时代疆域也早已发端于 20 世纪五六十年代的非西方各国。

德国著名诗人歌德对于"世界文学"的宏伟构想,可以看作"发展中国家文学"开启之基石。歌德具有深刻的前瞻性和对未来的预判性,

---

① Shiva Naipaul, Black and White, London: H. Hamilton, 1980; Lawrence E. Harrison & Samuel P. Huntington, Culture Matters: How Values Shape Human Progress, New York: Basic Books, 2000. 又见 [美] 亨廷顿(Samuel P. Huntington)《文明的冲突》,《二十一世纪》(香港)1993 年第 10 期。
② 有关"第三世界/发展中国家的发展"理论,请参见 Rapley John, Understanding development: Theory and Practice in the Third World, Boulder, CO. USA: Lynne Rienner Publishers, 2002; Julie Fisher, Nongovernments: NGOs and the Political development of the Third World, West Hartford, Conn: Kumarian Press, 1998; Gavin W. Jones & Pravin Visoarian, Urbanization in large developing Countries: China, Indonesia, Brazil, India, Oxford: Claredon Press; New York: Oxford University Press, 1997。
③ 在地理位置上,由于发展中国家多数位于发达国家的南方,因此,人们习惯地把发展中国家与发达国家之间的经济关系称为"南北关系"。邓小平说,"现在世界上真正大的问题,带全球性的战略问题,一个是和平问题,一个是经济问题,或者说发展问题。和平问题是东西问题;发展问题是南北问题"。参见《邓小平文选》(一卷本),人民出版社 1996 年版,第 299、522、306—307 页。
④ "第三世界/发展中国家文学"这个概念,到 20 世纪 80 年代初才由陈映真、李欧梵、郑树森和刘绍铭等人提出。参见刘绍铭散文集《遣愚衷》,香港三联书店 1987 年版,第 19 页。

他在 19 世纪初期就不同凡响和颇具建设性地提出"世界文学的时代已快来临了"。在 200 年来的时间里,"世界文学"的概念始终是外国文学与比较文学研究者经常谈及的论题,尽管内涵和外延与歌德所讲的概念有了很大的不同。

进入 21 世纪的今天,世界文学的概念仍然值得探索,其理论形态和创作形态应该与时俱进。① 歌德所描绘的构想是指向未来的大理想,即当所有的文化确然融合一体的时候,才是真正的"世界文学"。但理想的达成是以牺牲各国的特征为代价还是保持各自的特征?世界文学能真正统一起来吗?② 对这些质疑的辨伪解答,正是"发展中国家文学"提出的潜在理由。

发展中国家文学是伴随着欧洲殖民主义文化的起伏转型而摩踵展开和发展起来的。西方列强血烟糅杂的殖民时代也许已经过去了,但殖民主义者及其留下的精神和物质的双重遗产却依然清晰可见。莫蒂默比(V. Y. Mudimbe)指出,西方之"殖民"使得非洲和其他发展中国家人民在理解自己身份的时候,根本无法构建所需要的思想世界。因为这些"思想世界"早已由西方人按他们头脑中的非洲或者其他发展中国家社会文化的样式构建好了。③

这种被"殖民者""建构好了"的烙痕不仅见之于地理上的区分如亚洲、非洲、拉丁美洲等,更见之于历史上的丰富内蕴和文化上的血脉理路,不少本土文明都渗透了原殖民者的"强奸犯的血液"④——语言的异化如英语、法语、西班牙语和葡萄牙语等在受殖民的土地上杂交生根,就是这种"耻辱血液"的原始凭证。这种语言的"遭受强暴",成了发展中国家作家首先面临的选择尴尬,特别是在"国家/民族认同"(National Identity)还充满危机时,这些作家必须既战斗又写作。南非作家理查德·雷弗(R. Rive)所谓的"抗议文化"(the culture of protest)⑤ 或巴勒斯坦文学史者卡那法尼(G. Kanafani)的"反抗文学"(resistance

---

① 吴晓都:《世界文学理念的生成与阐释》,《中国社会科学报》2017 年 12 月 28 日第 3 版。
② 叶维廉:《"比较文学丛书"总序》,载侯健《中国小说比较研究》,东大图书公司 1983 年版,第 3—4 页。
③ V. Y. Mudimbe, *The Invention of Africa*: *Gnosis, Philosophy and the Order of Knowledge*, Bloominton: Indiana University Press, 1988.
④ 张承志:《真正的人是 X》,载《大地散步》,群众出版社 1995 年版,第 148 页。
⑤ Richard, Rive, *Buckingham Palace*: *District Six*, London: Heinemann, 1987; Alex La Guma, by Richard, Rive, *Quartet*: *New Voice from South Africa*, London; Ibadan; Nairobi: Heinemann, 1965.

literature），① 都是对这种身处尴尬状态的发展中国家作家恰如其分之真实表达。

在内外交困的对发达国家的"抗议"或"反抗"中，发展中国家作家在艰难的处境中做出了令人瞩目的成绩，在世界文坛上交出了一份沉甸甸的答卷：仅20世纪八九十年代以来，就先后有捷克的塞佛特、尼日利亚的索因卡、哥伦比亚的马尔克斯、南非的戈迪默、埃及的纳吉布·马哈福兹和墨西哥的帕斯等著名作家、诗人获得了诺贝尔文学奖。21世纪以来，2006年土耳其的奥尔罕·帕慕克、2010年秘鲁的马里奥·巴尔加斯·略萨和2012年中国的莫言又分别获得了该项世界性大奖。不论这种奖项的评委是否戴有发达国家的"有色眼镜"，仅就获奖的事实本身足以说明发展中国家文学的不同板块在全球化语境下都不约而同地发出了自己"真诚的声音"。

在对本土文化母题的发掘和深刻的表达中，发展中国家文学"真诚的声音"却成了"一个形影暧昧的吊诡者"——这一点在萨伊德和拉什迪的"对话"中有过深刻的分析。萨伊德认为拉什迪等人是东方主义者，而"东方主义者是危险分子，因为他们篡改教义，使人产生怀疑，从而对教义抱不信任和不敬重的态度"。拉什迪回敬的是他表达的是一个正义作家在自由世界的独立思想。② 萨伊德和拉什迪的文化母国分别是巴勒斯坦和印度，属于典型的发展中国家，而他们所接受的教育、生活的经历以及后来的创作地大都在美国和英国，使用的文字也都是英文，这样的身份确实尴尬，而他们在发达国家发出的批评声音，也确实有些暧昧和吊诡。

戈迪默（N. Gordimer）指出，"来到都市的乡下人"、"回归非洲的知识分子"、"祖先信仰和传教士文化的对立"、"回归后面临的问题"和"人民解放"成为非洲黑人文化的母题，这也是戈迪默创作一直以来所表达的主题。③ 如果说，这种文化母题具有某种原始共性的话，那么，怎样表达这种母题则成为发展中国家作家一个十分棘手的难题。例如，1986

---

① Edward, Said, *After the Last Sky：Palestinian Lives*, London；Boston：Faber and Faber, 1986.
② Edward, Said & Salman Rushdie, *Writers in Conversation（Video-recording）：Edward Said With Salman Rushdie*, London：ICA Video, 1986.
③ Nodine Gordimer, *The essential gesture：Writing, Politics and Places*, edited and introduced by Stephen Clingman, London：Cape, 1988；Nodine Gordimer & Lionel Abrahams ed., *South African Writing today*, Harmondsworth：Penguin Books, 1967.

年索因卡获得诺贝尔文学奖，他用的却是英文写作。他在英国利慈大学攻读英文文学。有人问：西方人的语言能够表述出非洲人的文化吗？无疑，这些西化的作家学者成了"西方买办"和"后殖民"批评的鼓噪者们[①]锁定的攻击目标，"西方话语的叙述者"（agent of narration）[②]是对他们最客气的讥讽。

尼日利亚评论家秦威如（Chinweizu）尖锐地指出："第三世界建立新秩序的战争败北于英法各大学的草地上——第三世界的菁英分子是在这些草地上放牧长大的。"[③]这样的批评对于萨伊德和拉什迪同样合适。印裔美籍学者斯皮瓦克（Gayatri C. Spivak）也认为，印度的大多数知识分子都是西方殖民主义的产物，他们学会了使用殖民地主子的口吻、视角与语言来看待和评判他们自己的国家；[④]同时，西方知识分子的体制角色及其功能，十分残酷地在知识生产与权力结构之中无情地"打压"和"擦抹"相对于欧洲的"他者"的无名主体[⑤]，即便是那些有着独立思想和人格的人，如萨伊德和拉什迪，他们同样面临着出生地和居住地之间的情感确认和价值选择。

语言是文学的载体，是身份的原码与民族的标识，是每个人言说、交流和表达的基础。发达国家对发展中国家的"打压"和"擦抹"与发展中国家文学的"抗议"和"反抗"说到底还是语言的"抗议"或"反抗"。因为，"语言的选择和运用对于人们确定自己在自然和社会环境中，甚至在宇宙中的身份是至关重要的"。[⑥]这种重要性被克里丝蒂娃表述为："语言里的欲望表达是接近文学艺术的征兆之门。"[⑦]即语言是欲望的呈现，而文学是欲望的表达。

因此，讨论发展中国家文学对于发达国家话语的对抗作用不能忘记

[①] Kwama A. Appiah, "Is the Post-in Postmodernism the Post-in Postcolonialism?", in *Critical Inquiry*, 17, 1991, p. 395.

[②] Homi Bhabha, *Nation and Narration*, London: Routledge, 1990, p. 58.

[③] Chinweizu, Onwuchekwa Jemie, Ihechukwu Madubuike, *Toward the Decolonization of African Literature*, Washington, D.C.: Howard University Press, 1983.

[④] Gayatri Chakravorty, *Spivak, The Post-Colonial Critic*, New York: Routledge, 1990, p. 48.

[⑤] Gayatri C. Spivak, "Can the Subaltern Speak?", in Marxism and Interpretation of Culture, eds., *Cary Nelson and Lawrence Grossberg*, Urbana: University of Illinois Press, 1988, pp. 271 - 313.

[⑥] Ngni Wa Thiong'o, *Decolonizing the Mind*, Portmouth, Eng.: Heiemann, 1966, p. 4.

[⑦] Julia Kristeva, *Desire in Language: A Semiotic Approach to Literature and Art*, (ed.) by Leon S. Roudiez, trans. by Tomas Gora, Alice Jardine, and Leon S. Roudiez, New York: Columbia University Press, 1980.

两个基本条件，即创作主体所使用的语言和它的读者对象。这两个条件构成了特定文学话语与其他文学话语有关联意义的文本/语境（text/context）以及显文本/隐文本（text/subtext）之间的关系——某种意义上，萨伊德和拉什迪对话中所说的"形影暧昧的吊诡者"、霍米·哈巴哈巴所指责的"西方话语的叙述者"以及秦威如和斯皮瓦克等人的批评针对的首先便是"语言关系"，原因在于，使用什么样的语言决定着你对事物的态度。而侵略者的入侵也会想到对语言的控制，进而就是对文化的控制，这就是都德《最后一课》之所以感人肺腑和引起共鸣的原因所在。

发展中国家文学的一些重要作家正是利用这种"语言关系"，达到了"以子之矛，攻子之盾"的目的。如拉什迪（Salman Rushdie）、① 尼克斯（Lewis Nkosi）② 和奈波尔（S. Naipaul）③ 等，他们既受惠于发达国家的教育熏陶，又根植于出生地作为发展中国家的广袤母语，他们的创作破坏了西方对东方或非洲的虚妄叙述，冲击了发达国家对发展中国家"幻影"之说的自在预想。这样的文学，由于它是用一种西方读者和殖民地读者都能阅读的语言（如英语）写作，更由于它对西方叙述的有意识的模拟、分裂、瓦解和混杂，因而能够直接与西方话语形成质疑、交锋和冲突。④ 由此可见，这些原本被剥夺了"冠名权"、受西方话语"宰制"的"历史"与"现实"反过来却成了发展中国家文学"对抗"发达国家文学的内在基石。

---

① 拉什迪 1947 年出生于印度孟买，其长篇小说《撒旦诗篇》*The Satanic Verses*，New York，NY：Viking，1988. 因激怒伊斯兰教而曾被有关组织列入"死亡黑名单"。拉什迪出版了一系列作品，如 *Midnight's Children*，London：Cape，1981；*East，West*，London：Cape，1994 等，获得过一些重要奖励。是第三世界/发展中国家文学的代表作家之一。有关简介请参见 *Salman Rushdie Haroun and the Sea of Stories*，London：Penguin Books Ltd.，1990，书前插页介绍。

② 其代表作主要有：Lewis Nkosi，*Tasks and Masks：Themes and Styles of African Literature*，Harlow，Essex：Longman，1981；*Home and Exile and Other Selections*，London；New York：Longman，1983.

③ 其代表作主要有：Shiva Naipaul，*Black and White*，London：H. Hamilton，1980；*A Hot Country*，London：Abacus，1984；*Beyond the Dragon's Mouth：Stories and Pieces*，London：H. Hamilton，1984；*An Unfinished Journey*，London：H. Hamilton，1986；等等。1990 年被英国女王封为下级勋位爵士。2001 年获得诺贝尔文学奖。2018 年 8 月 11 日在伦敦自宅逝世。

④ 徐贲：《"第三世界批判"在当今中国的处境》，《二十一世纪》（香港）1995 年第 2 期。

第三节　中国新时期文学的时代语境

在全球化语境下要想客观真实地对中国新时期文学[①]进行还原性解读，除了深刻把握西方话语的理论主线和中国文论的批判精神，以及它们之间的内在逻辑和深刻联系外，我们在对新时期的文学思潮、创作群体和经典文本进行个案分析时，特别是进行有关"现代性"的话语阐发时，一定要结合中国的特殊国情和文化本土的具体语境，否则就容易陷入"词不达意"的尴尬之地或产生较强的隔膜之感。

李欧梵认为，中国的现代性是一种知识性理论附加于其影响之下产生的对于民族国家的想象，随即变成都市文化和对于现代生活的想象，然后

[①] 对中国新时期的文学分期，目前中国学界仍有不同说法。本书依据最流行的分期法，即将 1976 年"四人帮"垮台和"文革"结束以来及至今天的文学称统为新时期文学。而本书各章有关文学流派或思潮的界定也是依从这一说法。有关新时期文学的分期请参见陈思和《中国新文学整体观》，上海文艺出版社 1987 年版；何西来《新时期文学思潮论》，江苏文艺出版社 1985 年版；张炯《新时期文学格局》，陕西人民教育出版社 1991 年版；黄修己主编《20 世纪中国文学史》（下卷），中山大学出版社 1998 年版；唐正序等主编《20 世纪中国文学与西方现代主义思潮》，四川人民出版社 1992 年版，第 497—514 页；吴家荣《新时期文学思潮史论》，安徽大学出版社 1987 年版，第 9—14 页等。其实所有的命名并不重要，重要的是对各个流派和经典文本的还原性分析。至于张颐武等人将 1989 年以后的中国文学称为所谓的"后新时期文学"，我个人认为这种划分有"为命名而命名"之嫌疑，要言之，是他们为开发理论上的"后"字系列产品而预设起来的。因为，中国新时期的文学无论怎么划分，都是与中国的政治背景分不开的。1989 年虽然发生举世瞩目的政治风波，但以此为界，说又一个新时期已经降临，我以为说不过去。它仍然是"中国新时期"的延续。有关这一问题可参见王蒙《中国的先锋小说与新写实主义》、谢冕《世纪之交的文学转型》、宋遂良《漂流的文学》、陈骏涛《后新时期：纯文学的命运及其他》，以上四篇载《当代作家评论》1992 年第 5 期，收入谢冕、张颐武《大转型——后新时期文学研究》，黑龙江教育出版社 1995 年版，第 35—424 页；另外张颐武《后新时期：新的文化空间》、赵毅衡《二种当代文学》和王宁《继承与断裂：走向后新时期文学》，这三篇载《文艺争鸣》1992 年第 6 期，也收入谢冕、张颐武《大转型——后新时期文学研究》，黑龙江教育出版社 1995 年版，第 42—436 页。以及张颐武的《分裂与转移》，载《东方》1994 年第 4 期等。进入 21 世纪以来，有关"新时期"和"新时期文学"的研究成果很多，说法也更混杂。其中，吴俊在 2019 年第 1 期《小说评论》杂志发表的《新时期文学到新世纪文学的流变与转型》一文中认为，"1980 年代显然归属于新时期文学的范畴。这也就意味着，1980 年代是个相对有共识的文学史概念，1990 年代则充满了文学史或学术上的更多不确定性"。吴俊一方面不希望大家对此过于"较真"，否则有些"无聊"；另一方面，他认为 20 世纪 80 年代应该归于新时期是无疑的，而 90 年代以来，他就不一定认同是"新时期"这个概念了。这当然也是论者的一家之言。

又变成都市文化和对于现代生活的想象,这类文化想象是中国社会所独有的。20世纪90年代中国《老照片》之类"怀旧病"的流行就是例证,它实质上触及了民族记忆与意识形态的"中国语境"。这个时期作家作品中的个体经验与集体叙事,历史真实与心理感应等由于拓展"后文革记忆"而产生了一系列的问题,这些问题都是由中国社会具体语境在特定情感激发下所引发的文化现象。[①] 我们对西方理论不能机械地照搬,更不能全盘"克隆",而只能是在批判的基础上进行扬弃和发展。

全球化的时代背景带给中国文学的客观现状是:代表官方意识形态的体制内/传统意义的作品与代表民间立场的前卫作品/先锋作品相安无事。各种风格迥异、反差极大的作品共置一堂,呈现出前所未有的混杂、竞合和暧昧状态,反映出现代性与后现代性、全球化与后殖民、精英主义与犬儒主义、先锋与通俗、文化的普遍主义与相对主义等的纠缠不清,而在发展中国家——特别是中国的社会里又由于增添了前现代性与后现代性之间的冲突,使问题的复杂性更为加剧。

传统文学理论中,地域性和全球性或民族性和世界性的关系被表述为"越有民族性,便越有世界性",这一由歌德提出、产生于西方现代化初期的命题,在今天便显出其内涵的可疑性和缺失性。这种"可疑性"和"缺失性"是由评判标准掌握在谁的手里所引起的。所谓"地域性"或"民族性"常常与"本土化"联系在一起。如何评判"本土化"的标准并未掌握在文化母国自己手中,而是掌握在"世界"即"西方他者"强势话语的文化手中——中国新时期文学,特别是根据这一时期文学母本改编而成的电影一再上演"墙内开花墙外香"的悲喜剧便是明证。对于东方自身来说,所谓的"本土化"只不过是一种虚构。它不仅不是对全球化的对抗,一定程度上,反而成为全球化的产物或同谋,甚至在某种程度

---

① Leo Ou-fan lee, Chinese Studies and Cultural Studies, In *Hong Kong Cultural Studies Bulletin*, 1994;又见李欧梵《当代中国文化的现代性与后现代性》,《北京评论》1999年第5期和李欧梵《徘徊在现代与后现代之间》,正中书局1996年版。此外,对中国具体语境的把握从李泽厚的转变中也可以看出,从八十年代"人类本体论"到九十年代的"吃饭哲学",李泽厚总结了中国二十世纪政治话语和思想文化问题对中国传统思想的反省,它也是对西方现代性和中国特色的现代化的反思。参见李泽厚《李泽厚学术文化随笔》,中国青年出版社1998年版。而叶维廉对后殖民的语境分析虽然着眼于香港,但隐含中国之意图显而易见,何况香港本身就是中国的一部分。叶维廉认为殖民国与被殖民国之间经历了三个阶段:一是征服与对抗;二是"同化"和"同化"引起的情结;三是反叛与解放。这都是当代中国的真实语境。参见叶维廉《谈现代·后现代》,东大图书公司1992年版。

上强化对西式评判标准的认定。

2019年9月，Nicer Odds公开了诺贝尔文学奖赔率榜，中国作家残雪位居第三位，高出村上春树等人而名躁一时。虽然最终残雪并未获奖，但各大媒体对她的疯狂追逐、强烈聚焦和深度发掘，彰显了诺贝尔文学奖巨大的溢出效应。残雪作品属于小众化，在中国的影响力并不是很大，她作品中的"本土性"或"民族性"也较弱，这恰恰成为她在"本土化"之外或"全球化"赢得"重大惊喜"的可能。事实上，正是有了全球化的前提，"本土化"才真正成为一个具有丰富意义的概念，它实际上是另一种形式的"西方化"，即按照西方的理念及其扩张需要所构建出来的一种隐蔽的后殖民意识形态。打着"后现代"或"前卫"旗号的"本土化"（如残雪自己宣称她捍卫的是中国传统文化和民族性），却极易滑入与本土文化中的"前"现代意识形态合谋的泥沼中。

西方后现代所倡导的文化上的多元主义，并非表面上所说的"怎么样都行"，而是在经历了长期的现代化所形成的稳定的社会经济、政治、文化模式和基础上的多元主义。而我们在本身的现代化模式尚未建成的状况下，所谓的"后现代"也不过是"西化"的又一被扭曲的符号，[1]它的本土化是极为虚幻的，至少在内容上是如此。"中国后现代"这个问题的出现本身就包含了双重的历史意味：它一方面表明"现代性"过程在中国远远没有完成，还将以不同的形式反复地回到我们面前；另一方面，它也暗示，中国现代性一定程度上的展开正是"中国后现代"问题的客观条件，而在此条件下出场的"中国后现代"必然包含了对现代性经典理论的再思考和"重读"，也必然包括对现代性的客观现实的反省和批判。[2]

如何理解中国的特殊国情和文化本土的具体语境，如何在这种具体语境下把握中国新时期文学的时代脉搏，如何对西方话语体系、特别是"后现代"理论进行反省和批判，应该成为每一个中国作家和文学批评工作者首先面临的重大课题。全球化时代如何保持中国文学理论的民族性，如何增强中国文学的自信力，如何凸显中国文学的独特性，如何以建构的眼光看待文化母土和中国古代文学理论的现代性转化？对这些问题思考得越多，就越能感觉到"中国语境"沉甸甸的分量。

---

[1] 参见佚名《当代艺术本土化的虚构性》，《美苑》2001年第8期。
[2] Arif Dirlik and Zhang Xudong, *Postmodernism and China*, Durham and London: Duke University Press, 2000, p.123.

改革开放以来，中国引进了大量的西方理论，但在运用这些理论时不能盲目，也不能盲从，更不能"拿来即用"，而应当遵循一个重要的原则，即这些理论的意义是再现和阐释"中国经验"及其意义，而不是将"中国经验"经过刻意剪辑，成为迎合西方理论预设和阐释的现实支撑。"中国经验"是无可替代的关键词和理论场域的制高点，[①]强调这个问题，不是心血来潮的狭隘认知，也不是民族主义的排他意识，而是由中国特殊国情、特殊场景和特殊语境所决定的。那么，全球化浪潮下特殊的中国国情、特殊场景和中国语境究竟有些什么样的内容或怎样的精神态势？我们至少可以从下几个方面进行分析。

第一，从文化角度上看，东西方文化和新旧文化的冲撞交会，使得前现代性[②]、现代性[③]和后现代性[④]的各种文化形态，共时性地相互渗透、纠

[①] 南帆：《文学理论：全球化时代的民族性》，《文艺理论研究》2017年第3期。
[②] 窦武先生指出，目前中国大陆住宅的"装修热"就是一种"前现代"的文化形式。具体表现在：第一，住宅装修中的不讲公德、搅得四邻不安是前现代社会里"宗法制度下的私德"之体现；第二，住宅装修的前现代性，还表现在追求把本来普普通通的家常日子的住宅，弄得豪华气派，而不求实用方便；第三，豪华装修中反映出来的"几十年不落后、不后悔"的想法，反映的是前现代农业社会发展缓慢近于停滞的状态，而"安土重迁"与作为现代社会标志之一的居住的流动性正好是相对立的。这种"前现代文化"说到底就是一种"农民式的造房子情结"。参见窦武《北窗杂记》（六十二），《建筑师》1998年第4期。
[③] 王晓明说，中国的"现代文化"是指清末民初30年间，经过康有为和陈独秀等人的努力，产生了一整套以"欧美和日本为榜样，以救世为宗旨，深具乐观主义色彩的思想观念"。到20世纪20年代中期，这套观念占据了主流文化，进入20世纪40年代，它更逐渐生长为一个新的文化传统。这是"一种相当功利化的文化，它的那些最基本的观念，几乎都是针对现实的政治危机提出来的"。50年代以后，随着国家意识形态对社会精神日益"规范化"，异己的成分越来越小。这种状况一直延续并影响到今天。这种浸泡着国家权力的符号系统"强有力地制约着大多数文化人的思想和精神"。参见王晓明主编《批评空间的开创：二十世纪中国文学研究》，东方出版中心1998年版，"序言"，第6—7页。
[④] "后现代"理论的代表人物利奥塔对该概念进行了三种不同意义的文化分析，指出第一是审美意义，第二是思想意义。最重要的是第三，即文化和政治批判意义，它指的是随着精英政治的衰微，知识分子精神导向作用的消融，关于解放和进步的宏大话语的破灭，思想批判和不同政见空间的日益萎缩，后现代文化需要为有效的对抗批评探索新的观念和新的策略。参见 Jean-Fracois Lyotard, "Defining the Postmodern" and "Complexity and the Sublime" in L. Appignanesi, Postmodernism: ICA Documents, London: Free Association Books, 1989. "后现代"理论最重要的有后结构主义、新马克思主义、新实用主义和女性批评等。参见 John McGowan, Postmodernism and Its Critics, Ithaca: Comell University Press, 1991, p. ix. 徐贲认为：第三世界文化的"后现代性"充其量不过是一种"后殖民形态"的后现代性。参见徐贲《后现代、后殖民批判理论和民主政治》，美国《倾向》1994年第2、3合期。

缠，并置于同一时空中，这是一种典型的"中国特色"。特定的历史际遇和空前复杂的文化背景，使得当下中国人的生命体验，在深度和广度上都拥有西方人所不具备的"包容性"。这才是我们真正意义上的"本土性"。同时，在中国经济崛起和"全民奔小康"之际，各类大众消费文化的兴起在国家与社会、日常生活领域和精英文化领域、公共空间与私人空间、国内主流意识形态与国际主流意识形态之间造成了一个新的文化和意识形态的中介面，作为特殊的思想场域，为当代中国人提供了个人想象和集体自我形象的重塑空间。这个空间既是后工业社会、商品化和全球化在中国的产物，又由于中国本身的历史积淀和改革开放的时代大潮产生对撞，使之反过来在传媒、商品、资本、国家和国际意识形态主流之间创造出来一个能够自由发展的文化新天地。

第二，从认识论角度上看，20世纪80年代文化思潮的主流话语是把公有制、计划经济等社会主义价值体系视作现代化（以及现代性）的对立面，在这个不同寻常的过渡时期里，作家和知识分子的责任就在于对普罗大众进行"启蒙"。而在20世纪90年代以来的现代性反思中则出现了一种新的认识：中国的马克思主义与社会主义并不是现代性的反面，而是另一种现代性方案，是以批判资本主义现代性为特征的现代性话语。① 这个时期的大众仍然需要启蒙，但不是传统方式的启蒙，而是批判性的启蒙，或所谓的"新启蒙"。因为，西方的启蒙话语中也同时包含了殖民话语和"西方优先"的自大惯性，而包括胡适、林语堂，甚至鲁迅先生在内的"五四"那一代时代先锋对西方的殖民话语和"西方优先"思想过于掉以轻心，即那个时期的知识分子过于急迫地拥抱西方，而没有对西方可能存在的种种问题进行反思和批判。在随后的30多年里，知识分子在民族危亡和国家撕裂中苦苦挣扎，无暇顾及其他。1949年中华人民共和国成立后，百废待兴，全身心投入国家建设中。改革开放以来，作家、知识分子基本上照搬"五四"前辈那一套，很多人在接受启蒙话语的同时也接受了殖民话语和"西方优先"的思维定式，因而对自己的文化传统采取了粗暴的、不公正的简单否定态度。② 这样的殖民话语"西方优先"的思维定式对近代以来中国本土的生存空间、文化认同和价值标准上产生了深刻的影响——表现在我们常常以西方的是非为是非，并自觉地按照西方人的要求和暗示去从事种种有关中国具体问题的论证。相当一段时间以

---

① 陶东风：《从呼唤现代化到反思现代性》，《二十一世纪》（香港）1999年第6期。
② 张宽：《文化新殖民的可能》，《天涯》1996年第2期。

来，我们已经丧失了从根本上去挑战和拒绝西方权势话语、殖民话语的勇气。① 这是必须引起注意并加以批判的，这也是当今中国最高决策层强调文化自信的根本所在。

第三，从思想角度上看，近代以来中国作家、知识分子的主要心理态势是以追求现代化（西化）为精神导向的。但由于中国的现代化历程始于列强侵略，八国联军的坚船利炮让清王朝真切感受到了资本主义国家的强大威力，也由此打开了封闭已久的古老国门，中国作家和知识分子既饱含屈辱，又奋力抗争，他们对西方的愤恨、疑虑和对现代性的愤恨、疑虑是联系在一起的，也就是说，中国人民对现代性的愤恨、质疑和批判本身恰恰构成了中国现代性思想的最基本的特征。

这种冲突性结构正是现代性迄今仍然具有某种活力的重要原因，而这种内在活力也正来自对现代性的愤恨、批判和冲击本身。② 中国现代性的集大成者和最高形态是中国革命和中国社会主义国家体制，其历史意义在于大众通过社会革命而成为历史的主体。但从现代性理想的角度看，中国革命和社会主义现代性却始终面对物质生产、技术革命、消费和日常生活领域的巨大压力。"改革开放"的"新时期"不仅成为中国社会主义现代性迟到的"理性化"阶段，更在物质积累和社会生活的"世俗化"层面上为中国现代性的新阶段做好了铺垫。中国现代性从来都具有某种与生俱来的"后"现代性。中国作家和知识分子在接受现代性洗礼的同时，都会自觉不自觉地带着一种对"现代之后"的想象和期待——在这个"现代之后"的世界里，现代不再是外在的、异己的、强加的"时代要求"，而是多元化的生活世界的自得其所。这种"过去"和"未来"在"现在"的时空里交会、重合，它造成的历史、文化和思想恰恰是构造中国"后现代"特征的蕴含所在。

第四，从大众生活上看，中国经济发展的不平衡，特别是东西部发展的严重不平衡，使百姓生活的现状存在着巨大的反差，当今中国既有"日出而作、日落而息"的前现代"小耕农"时期的落后生活，又有日新月异的现代都市"一次性消费"的生活（如各类电子表、快餐店、洗脚按摩、卡拉OK等）和"千里眼""顺风耳"，以及"海内存知己，天涯若比邻"的微信、抖音和各类APP等新媒体时代的后现代生活，以及两者兼具更大范围的现实生活。在这里，意识形态的阴影越来越退出日常生

---

① 张宽：《萨伊德的"东方主义"与西方的汉学研究》，《瞭望》1999年第27期。
② 汪晖：《关于现代性问题答问》，《天涯》1999年第1期。

活的表层，取而代之的是无孔不入的商品化与感官刺激。第三产业的蓬勃发展使得国民在舒筋活骨、丰富生活本身的同时，也使拜金主义和个人欲望膨胀得无以复加，这种肉体和感官的本能欲望消解、扭曲和玷污了大众曾经有的追求、理想、道德、情操和人格。"犬儒主义"大行其道，大众文化以种种隐私、诱惑、欲望将传统、经典和先锋艺术改写得面目全非，中国社会的个人生活和公众生活都自觉或不自觉地进入市场化过程中受资本制约的、追求自我却又失去自我的"新状态"。

第五，从经济学视角上看，全球化语境下出现的国际资本与一些国内权力集团以形式多样、花样迭出的勾连是一种新的现象（如跨国化的收购风暴、地下钱庄的疯狂、外汇的巨大流失以及各种形式的里通外合的"官倒"等）。一方面，把这些现象完全归罪于"资本主义现代性"引起的是不公允的，至少是片面的；另一方面，中国今天面临的问题十分复杂，已经远远不能在传统的或单一的社会主义语境中得到合理的解释。但是，夸大中国资本主义化的程度无疑会忽视中国是在社会主义体制基础上进行的现代化建设，这是中国社会"暂进式的改革"的特色和前提所在。中国的市场经济是在具有中国社会主义特色的前提下进行的，这就注定了西方资本主义作为一种社会实践在中国的"落户"与"扎根"必然要经过"本土化"与"民族性"的改造，如不同所有制形式的混合，市场与国家间的重叠，权力的灰色地带与法律的空隙之间，外企独资、中外合资和中国港、澳、台企业的"登陆"以及内地的国营、集体、乡镇企业和个体私营企业等共处于一个经济发展的生存空间。无论学术上的争执如何，毋庸置疑的事实是：中国社会已经进入一个既非普通意义上的社会主义又非传统意义上的资本主义、既是新兴的社会主义又是新兴的资本主义的"新阶段"，[①] 这正是中国经济迅速崛起的时代特色，也是中国在全球化语境下的个体身份的具体表现。

第六，从道德伦理上看，中国新时期的作家、知识分子虽然对商品化大潮、特别是后现代社会世风日下、道德沦丧而感到痛心疾首，对广大市民"不要崇高、及时行乐"忧心如焚，却没有找到行之有效的办法进行制止，比方，像传统的文人志士那样奔走呼号，为民代言，四处"启蒙"等。但是，对作家、知识分子自身而言，面对社会的种种实利、不正之风和诱惑，他们还有"保全道德底线"的最低要求；面对普遍的对于公平、正义、人权、民主等宏大叙事的渴望，他们至少可以用"不负责任的姿

[①] 陶东风：《从呼唤现代化到反思现代性》，《二十一世纪》（香港）1999年第6期。

态来表现他们的社会责任感"——不负责任,是因为他们负不起这个责任;表现社会责任感,是因为他们有着自己道德的价值底线。这虽然是一种无奈,却也是一种安慰。另外,尽管国家权力系统和作家、知识分子阶层之间存在着矛盾与目标分野,有时甚至因为某个问题形成激烈冲突,但两个精英集团的互相依赖、互相呼应、互相融合却是根本性的。它是 20 世纪 80 年代中国社会的共同基础。如果暂时撇开两者间的利益和意识形态的差异(往往被似是而非地描绘成"左与右""官方与民间"的冲突),那么,20 世纪 90 年代以来中国社会文化的根本冲突却不是"左与右"的对垒(这多多少少与精英知识分子顾影自怜或自怨自艾的"道德想象"有关),而是现代性精英集团(国家权力及依附于这种权力的主流知识分子群体)与兴起于市场、民间力量和日常生活领域里无名的消费大众之间的紧张对峙关系。[①] 这是市场经济条件下社会道德出现的一种特征。

第七,从法制建设上看,全球化语境下,中国的司法制度越来越严谨,法律条例也越来越具体,法制建设也越来越完善,"囚徒困境"的现代性个案也越来越多——所谓"囚徒困境"是指两名共同犯罪的嫌疑人被隔离讯问,如果一方坦白并检举另一方,则可判罪 5 年;如果一方顽固,被另一方坦白和检举,则判罪 20 年;如果双方都顽固,既不坦白也不检举,警察因找不到证据,只能将二人释放。但是,一些地方"人治大于法治"、"有法不依"和"知法犯法"的现象和事实仍然层出不穷。古代的"酷刑"如"五马分尸"和在人体上打上犯罪记号,包括割鼻、断肢、十指穿心、吊打、捆绑、幽禁、水牢等继续存在于中国古老的土地上,还有封建主义的"定心论罪"、"失礼入刑"和"刑不上大夫"等也继续以各种形式在中国的土地上顽固地生存着,而以血缘关系为基础、标榜尊崇祖先、维系亲情,在宗族内部区分尊卑长幼、并规定继承秩序以及不同地位的宗族成员享有不同的权利和义务的这种"前现代"私制宗法也仍然发挥着某种威力。与此同时,以激进女权主义法学、法律与文学运动(法律故事学)、批判种族主义法学为主的后现代法学也在中国社会占据了一席之地。后现代法学中的"法律故事学"批判现代法学只讲一个故事,从而使得"妇女、少数民族、残疾人、同性恋者"等曾长期被排除在主流话语之外的弱势群体进入了社会的视线;后现代法学那种"杀

---

① Arif Dirlik and Zhang Xudong, *Postmodernism and China*, Durham and Lodon: Duke Univerity Press, 2000, p. 146.

了上帝，仍然按上帝活着时候的安排生活"俨然成了最时髦的口号，中国各级政府和各个部门用加强法制教育等方式来规范社会大众行为，提高道德修养、自觉意识和反省精神，它也恰恰反映了中国当下社会法制话语多种成分共存的混杂特色。

诚然，上述七个维度的归纳远远不能穷尽中国社会的方方面面，它只提供一个粗线条式的一孔之见，是个人的思考、经验和感悟，因为中国的历史、知识、生活和意识形态等千差万别，层次丰富如河，任何企图归类的做法都将面临"将复杂事情简单化"的质疑，因而，上述各个方面的"镜相"都只能是全球化语境下中国社会局部问题的简单勾勒。但是，这些并不全面的"镜相"，已经显示出中国社会与发达国家有着截然不同的精神态势；与发展中国家其他各国的现实相比，也表现出了中国自己独有的特色。这些特色有如高密度的显影液，使中国新时期文学在世界文学的胶片上"镜现"出自己独具的形象。

第四节　西方话语体系与新时期文学创作实践

中国新时期文学的理论架构是基于全球化语境的时代背景，创作主体在继承传统的中国古典文论的基础上，其西学方向或思想资源主要是以杰姆逊的后现代主义与第三世界文化批评理论（特别是他的"民族寓言"说及其对它的扩展和发挥）为主线，利用国际学术体系、特别是西方发达国家的话语体系，如后现代理论（利奥塔的有关学说等）、后殖民理论（萨伊德的东方主义等）、克里丝蒂娃的"文本互涉"和女权主义理论、巴赫金的"狂欢节"和"复调"理论、福柯的"话语与权力"和"环形监狱"的"主控塔"论、布尔迪厄的场域理论、赖希的"权威性格"论，以及弗洛伊德的精神分析学说等，这些西方话语对中国新时期文学在现代化进程上的快速发展起到了较大的推动作用。

中国作家、知识分子在对待西方话语时并不是照搬或全盘接受，而是经过了本土化改造和强化民族性之后的"摘其精华，为我所用"，这样就避免他们的作品变成"西方话语的诠释者"和"自我殖民的书写者"。他们既虚心学习和了解西方理论大家的个人观点，又很好地把握和梳理了各个理论之间的逻辑性、内在关联和派别之间的赓续与承继。因为这些学术理论并不是单一的、静止的、孤立的，而是复合的、发展的和相互联系的。

实际上，杰姆逊、克里丝蒂娃、巴赫金、福柯、赖希等都是新马克思主义学说在不同时期的代表性人物，都对资本主义持有严肃的批判态度，他们的理论有着深厚的血脉渊源和广泛的内在联系。例如，赖希把弗洛伊德的学说和马克思主义联系到一起进行研究，认为政治和性压抑是一个问题的两个方面，二者的结合恰恰为法西斯主义起到了"铺路石"的作用。他还敏锐地看到了"'群众心理土壤'是形成法西斯主义的原始力量"，进而提出"权威性格"学说——它是由千百年来专制体制的压迫和束缚在民众心理深层积淀而成，其主要原因是底层人物对权威的崇拜依附与他们对权威的造反意识相互交织而出现的"硬扭"状态。

权威人物的长期压迫，不仅加重了大众集体潜意识中根深蒂固的屈从心理，而且造就了他们内心受虐/施虐的一体互动，即专制权威的受虐者同时又强烈地渴望成为专制权威的体现者和施虐者。① 该书在对新写实小说经典文本《风景》中对七哥的分析上就很好地见证了这一点。

赖希对大众心理"权威性格"的剖析借助了弗洛伊德的精神分析学说。作为现代心理学的奠基石，弗洛伊德对梦的分析，是"现代科学对梦的分析的最原创性、最著名与最重要的贡献"。② 弗洛伊德的精神分析理论是对人类精神和行为所作出的全面而深刻的分析，它不仅对心理学、哲学、历史学、人类学、社会学、伦理学、政治学、美学等几乎所有的人文学科和精神领域，而且对当代人们自我世界的认识、了解以及对日常生活的方式和价值观都产生了划时代的影响。③

中国新时期文学选择的朦胧诗创作道路，北岛、舒婷、顾城、多多、江河、杨炼等创作群体写下了大量"跃了作品之外"（艾略特语）的作品，他们的写作成为弗洛伊德精神意义上的"替代性满足"。在寻根文学（如韩少功《爸爸爸》中的丙崽和阿城《棋王》中的王一生等）和先锋小说中（如余华的《现实一种》《世事如烟》和残雪《山上的小屋》等作品）以及发生在新时期不同阶段的其他文学思潮的代表性作家，都不同程度地利用了弗洛伊德的精神分析学原理，来塑造和完善自己文本中的人物形象。

---

① Reich, Wilhelm, *The Mass Psychology of Fascism*, the third edition, 1942. trans. by Mary Boyd Higgins, New York: The Noonday Press, twelfth printing, 1998, p. 77.
② ［德］弗洛姆：《梦的精神分析》，叶颂寿译，光明日报出版社1988年版，第33页。
③ ［奥］弗洛伊德：《精神分析引论新编》，高觉敷译，商务印书馆1987年版，第12页；［美］鲁本·弗恩：《精神分析学的过去和现在》，傅铿编译，学林出版社1988年版，第1页；［奥］弗洛伊德：《文明及其缺陷》，傅雅芳等译，安徽文艺出版社1987年版，第33页。

弗洛伊德精神分析学说中的心理动力本能论，特别是他的生本能、死本能和性本能学说为克里丝蒂娃的理论提供了丰富的理性资源。作一个女权主义者，克里丝蒂娃把女性生命的意义展现在与男性争夺符号霸权上，她要改写女性长期被压抑的历史，即将 his/story 改写成 her/story，以此反对和试图推翻任何形式的男权统治和性歧视。她提倡一种关于女性边缘性、异议和颠覆的理论。按照这种理论，女性语言是一种少数话语和边缘话语，是一般语言的边缘和被压抑的对象，因而也具有潜在的革命性。作为女性特有的指意形式，女性边缘话语内含的革命性有一种"恐惧"的力量，它是男性象征秩序的理性结构所不具备的，因而对这个结构形成了威胁。本书在对朦胧诗晚期代表作伊蕾组诗《独身女人的卧室》以及寻根文学的代表作家韩少功的小说《女女女》分析中，见识了这种"恐惧的力量"，伊蕾文本中的"我"以及韩少功笔下的幺姑和老黑等就是这样一个被压抑的边缘话语的典型。

在"文本互涉"理论中，克里丝蒂娃将其所提出的正文（text）理论和巴赫金关于小说中的"对话性"理论（dialogicality）与复调（polyphony）结构融合起来。本书在对伤痕文学进行文本分析时，利用的就是"文本互涉"理论。① 克里丝蒂娃的"正文"理论是针对一般读者将文学作品视为以文字排列而成的表象、造成文本意义上的单一化而提出来的具有颠覆性的解构"阐释序码"。她认为，传统的文学批评理论如弗洛伊德的精神分析学说和马克思主义文学批评，都不是自觉地使用语言符序，而只是机械地将以句子为研究单位的语言罗列到文学作品中，把作品看成系统化了的研究对象，根本忽视了文学作品中所存在的丰富的歧义性。克里丝蒂娃之所以借用巴赫金的理论，原因在于他是打破文本意义"单一性"上的第一人，并指出文本结构并非单独的存在，而是彼此"互动地"存在。② 王

---

① 有关巴赫金的"对话性"可参阅 M. M. Bakhtin, *The Dialogic Imagination*: *Four Eassys*, Michael Holquist, trans. by Caryl Emerson and Michael Holquist, Austin: University of Texas Press, 1981。介绍性论著可参考: Michael Holquist, Dialogism: *Bakhtin and His World*, London: Routledge, 1990; Tzvetan Todorov, *Mikhail Bakhtin*: *The Dialogical Principle*, trans. by Wlad Godzich, Minneapolis: University of Minnesota Press, 1984。也可参阅刘康《对话的喧声——巴赫汀文化理论述评》，（台北）麦田出版股份有限公司 1998 年版，第 93—116、181—205 页。有关巴赫金理论中的"复调"可参阅 M. M. Bakhtin, *Problems of Dostoevshy's Poetics* and trans. by Caryl Emerson, Manchester: Manchester University Press, 1984。

② 陈岸峰:《李碧华〈青蛇〉中的"文本互涉"》,《二十一世纪》（香港）2001 年第 6 期。并参见 Julia Kristeva, "Word, dialogue, and Novel", in *Desire in Language*, trans. by Thomas Gora, Alice Jardine and Leon S. Roudiez, New York: Columbia University Press, 1980, p. 89。

晓华（《伤痕》）、林道静（《青春之歌》）和祥林嫂（《祝福》）在文本意义上都"互动地"属于边缘话语的生命弱者。

中国作家、知识分子对西方理论的选择有着自己的独立思考和价值判断。例如，福柯对边缘话语的阐释和对传统语码的解构有着深切的关注，但他与克里丝蒂娃不同，他并非将女性语言视为唯一的边缘话语，也不想将传统语码的内在结构彻底撕裂。他提出一种"圆形监狱"的"主控塔"理论——中国新时期作家对这个理论体会极深，残雪和莫言的小说以及北岛、顾城和伊蕾等人的诗作都有过充分的借鉴。

最让中国学界感兴趣的是，福柯的《知识考古学》试图开辟一条介于语言形式化技术（符号学）和哲学解释（阐释学）之间的第三条道路，即结构主义理论与马克思主义历史唯物论之间的道路。他用"话语"与"权力"的构成来分析知识和历史，目的在于颠覆"人类中心论"的历史观，莫言的《透明的红萝卜》《拇指铐》和余华的《十八岁出门远行》《现实一种》等先锋作家的文本中，非常清晰地彰显了权力与话语内在的逻辑关系。同时，福柯的《词与物》、《话语的秩序》对于非连续性或断裂的关注、对于话语的自主性与自足性的解构分析，和克里丝蒂娃、德里达和巴尔特的符号学等人的著作一道为后结构主义奠定了理论基础。① 这些西方理论对中国新时期作家的现代化进程起到了很好的导引作用，而中国作家也用中国经验、中国智慧、中国文化丰富、修复和发展了西方理论。

如果说，克里丝蒂娃的"解构"并不意味着"摧毁"，她的"文本互涉"说和女权主义学说不过是一种争夺权力的"阐释策略"的话，那么，对福柯来说，他研究的则是特定社会实践中知识与权力的关系。② 福柯的学说极大地启发了后殖民主义代表人物之一的萨伊德，他的《东方主义》一书成了后殖民批评的经典性著作——福柯在知识与权势、真实与话语、宰制与受制以及表达与扭曲等范畴的论述成了《东方主义》的方法论基础。

在福柯看来，话语无法传递本质，表现总是伴随着扭曲，叙述不可能显露真理。主体需要客体，是为了验证自身，而不是去理解对方。任何知识都掺杂了想象的成分，都是宰制与受制在不同层次上的彰显。知识带来权力，而更大的权力反过来要求更多的知识。知识是主体借以征服客体的

---

① ［苏］楚尔加诺娃等：《当代国外文艺学》，上海译文出版社1993年版，第169页。
② 刘擎：《后现代主义的困境——"苏卡尔事件"的思考》，《二十一世纪》（香港）1998年第6期。

工具，知识就是霸权。

　　萨伊德从福柯的上述论说中得到灵感，在《东方主义》一书中，他将福柯抽象的论说具体化了：西方是主体，东方是客体。西方关于东方的学说，是西方这个主体企图征服东方这个客体的产物。西方对东方的描述，不管是在学术著作中还是在文艺作品里，都严重扭曲了其描述的对象。东方世界被野蛮化、丑化、弱化、女性化和异国情调化了。欧美人眼中的"非我族类"，一概欠缺理性，道德沦丧，幼稚不堪，荒诞无稽。相反，欧美人则是洋溢着理性光辉，个个都是道德完美、成熟可靠的正常人。这种预设式和程式化了的东方形象，是西方自己一厢情愿创造出来的。

　　种种"硬扭"，早已使东方的形象偏离真实。西方只是适应了殖民扩张的需要，才制造出了西方全面优于东方的神话，为西方侮辱、侵害、征服东方提供了理论根据，让西方强加给东方的罪行披上了一件合理化、正义化的外衣。萨伊德把西方人对东方人那种居高临下的心态、把西方对东方在学术和文艺著作中的刻意扭曲、把西方在东方的殖民活动三者联系在一起，统称为"东方主义"。本书对寻根文学作家中所体现出来的"自我殖民"倾向、先锋小说中语言的过于"西化"，以及新写实小说代表性文本《风景》中"五哥"对已在身边的"后殖民者"红衣女子视而不见，甚至渴望"被殖民"等，都是中国新时期文学在特殊语境里所表现出来的"硬扭"之镜相。

　　萨伊德等人的"后殖民主义"和福柯、巴赫金、克里丝蒂娃等人的"后结构主义"（包括女权主义学说）等成为"后现代主义"的重要组成部分。如果说，前现代是"神"的时代——"一切都是上天安排"，现代是"人"的时代——"上帝死了，人还活着"，那么，后现代则是"符号"的时代——"人也死了，谁还活着"，此时的人活得更像一个符号了。①

　　日本批评家酒井直树指出："前现代—现代—后现代的序列暗示了一种时间顺序，我们必须记住，这个秩序从来都是同现代世界的地缘政治构造结合在一起的。"② 这个时间序列在利奥塔看来，不过是一种"语言游戏"。因为，他指陈的"后现代社会"已经不是"牛顿似的人类学的领地"，而是一种"语言成分的语用学的领地"。此时，任何宏大叙述（grand narrative）都失去了可信性，叙述的功能"丧失了它的伟大英雄、伟大历

---

① 信春鹰：《后现代法学：为法学探索未来》，《中国社会科学》2000 年第 5 期。
② ［日］酒井直树（Naoki Sakai）：《现代性与其批判：普遍主义与特殊主义的问题》，白璧德译，《台湾社会研究季刊》1998 年 6 月号。

险、伟大行程和伟大目标,一切都散落到一大堆语言游戏的多种成分中"。① 20世纪90年代以来的中国文学,特别是21世纪以来的网络文学就笼罩在"后现代"碎片化文化的阴影下。这种影响与布尔迪厄的场域理论形成契合,即中国新时期文学的种种变化,都是在中国独特的社会场域里发生、发展和不断呈现的。

与利奥塔消除中心、不要崇高、拼贴历史和解构"元话语"形成呼应:"后现代"帮助杰姆逊把当今"文化产品"和"社会制度"等一系列异常复杂的种种规制"协调性地联系起来"。作为一种晚近资本主义制度的"认识测图",②"后"字在杰姆逊的文化批评意义上至少有两层意义:一是时间上的先后;二是后现代在质和量的对比上与现代性是有冲突的,是不同的,甚至是对抗性的。③ 现代性遗留给我们的是它的不完整和部分的完成,是反映这一历史情境的一整套问题和答案;而后现代性则是一种在更为完整的现代化条件下获得的东西。杰姆逊在概括发展中国家文学的特征时着重指出,由于"遭受殖民主义和帝国主义侵略的经验",包括中国在内的发展中国家唯一可选择的反映必然是民族主义的,因而文学的叙述方式只能是"民族寓言"(national allegory)。

某种意义上,本书理论话语的最大支撑就来自这个"民族寓言",它是中国新时期文学的特殊表征,有着深刻而丰富的内涵。可以说,作为当代西方马克思主义文化批评理论的代表人物,杰姆逊通过对法兰克福学派、结构主义和后结构主义以及精神分析理论的介绍、分析和借鉴而形成的第三世界文化批评理论,④ 为"拒绝崇高""不要深度"的"后现代"学说增添了"庄严"和"深度",也为本书在全球化语境下对中国新时期文学还原性解读提供了应有的理论支援。

第五节 文化反思与中国文学的现代化之路

但是,无论是"民族寓言"还是西方其他话语资源,并不能阐释新

---

① [法]让-弗朗索斯·利奥塔:《后现代的条件》,武波译,《天涯》1997年第1期。
② Fredric Jameson, *Post-modernsim, or, the Cultural Logic of Late Capitalism*, Durham: Duke Univesity Press, 1991, pp. xiii, xiv.
③ 李欧梵:《当代中国文化的现代性和后现代性》,《文学评论》1999年第5期。
④ Arif Dirlik and Zhang Xudong, *Postmodernism and China*, Durham and London: Duke University Press, 2000, p. 78.

时期文学出现的许多特有的文化现象。因此，要想全面客观地理解和深刻把握中国新时期文学的发展方向，必须紧紧抓住文化反思和文化批判这个主题。张江先生指出，当代西方文艺理论并不完美，存在着"强制阐释"的重大缺陷。例如，杰姆逊运用西方"符号矩阵"理论对中国作家蒲松龄的《聊斋志异·鸲鹆》进行匪夷所思的解读，将原本一个八哥和主人的小故事阐释为一个如何对待文明、如何解决独裁统治的宏大命题。这样的阐释是论者按照自己的需要对文本进行选择性解读和政治化阐释，脱离了文本本身，属于典型的"强制阐释论"，即背离文本话语，消解文学指征，以预设立场和模式对文本和文学做出符合论者主观意图和结论的阐释，这样的阐释是强权话语的霸权行为①。

只有真正认识这类阐释的危害，并大力进行拨乱反正，将"古为今用、洋为中用"落到实处，建立起整体/主体意义的文化自信，唯其如此，才能真正理解中国新时期文学道路选择的艰难性和复杂性。

中国新时期文学发生的一系列文学思潮和种种文化现象，究竟是因为什么发生的？为什么首先出现的是伤痕文学而不是别的什么文学？为什么每一次文学思潮中政治叙事的意味总是那么强烈而深刻地影响文学的最终走势？是什么力量让中国作家的创作从狂热、盲从的"完全西化"到理智、淡定"洋为中用"的根本性转变？所有这些，都是个人"小我"与国家、民族"大我"在中国作家身上得到充分融合、形成"文以载道"和"为民代言"等中国特色的作家形象之表征。在全球化背景下，中国作家努力结合特殊国情和文化母土的具体语境，借助于西方话语体系并加以改进，由此创造了一系列作品，获得了包括诺贝尔文学奖在内的世界各类重要奖项，这些成绩充分说明了中国新时期文学在世界文学大家庭中应有的分量。

中国作家不仅学习第一世界/发达国家文学理论并积极运用到自己的创作中，而且对与中国命运有相同特点的第三世界/发展中国家优秀作家和先进地区文学也不遗余力地学习和运用。中国作家对拉美魔幻现实主义的推崇和学习就是明显的例证，莫言"青出于蓝而胜于胜"，把《百年孤独》和《聊斋》完美地杂糅到一起，形成中国特色的魔幻批判现实主义。而博尔赫斯、聂鲁达、帕斯等人的作品，都在中国作家中得到广泛的认可，产生了深刻的影响。中国新时期文学是与世界文学接轨的，创作主体站在世界文学理论、特别是西方话语之巨人肩膀上，充分吸取各国先进的

---

① 张江：《强制阐释论》，《文学评论》2014年第6期。

艺术方法，取长补短，利用后发优势，不仅大力发展中国文学，而且透过这种发展反过来对西方理论本身进行修补和拓展。

1989年以前形成了伤痕文学、朦胧诗、寻根文学、先锋小说和新写实小说等文学主潮，20世纪90年代以来，又形成了以王朔为代表的"颓废文学"、新生代作家、现实主义冲击波和新女性主义文学等，21世纪的非虚构文学和渐入佳境的网络文学等，都是中国作家在世界视野下对文学发展道路作出的自主选择，"中国的焦虑"也得到了有效的缓解和彻底的释放。

西方话语体系对中国新时期文学的影响是伴随着中国作家、知识分子追求一个繁荣富强的现代化中国同步进行的。尽管各个阶段的特色不一样，但总的来说，中国作家、知识分子对西方话语的态度是批判性地借鉴、吸收和发展，特别是在新的历史时期，随着中国经济的崛起和综合国力的增强，人民群众的物质生活日益丰富和满足，自我"主体性"和精神方面的需要也越来越高，对西方话语的质疑、反省、审视和批判也就越来越多。

例如，在对待后现代理论上就是这样的。作家、知识分子意识到："中国后现代"的基本问题是把当代中国不但视为世界"后现代"历史阶段及其文化的消费者，而且视为这种边界和内涵都不确定的历史变动的参与者和新的社会文化形态的生产者。中国文艺界和理论界谈论"后现代"不是为了满足这套理论话语的内在欲望，而是要对当下中国社会文化做出有效的分析，对自己所处的历史空间进行反思和批判，① "以理论的普遍性话语来透视中国文化的转型期问题，并且反过来再以中国的实践诘问理论的普遍有效性和合理性"。②

这种"诘问"令人振奋，它恰恰说明了中国作家和知识分子对西方权威理论不是盲目屈从，而是审视和怀疑。比方，杰姆逊通过分析鲁迅先生的一两个文本就断定中国甚至所有发展中国家文本都是"民族寓言"，那么，中国作家要"诘问"的是：难道卡夫卡、福克纳或巴尔扎克、雨果、詹姆斯·乔伊斯的文本就不能被读成发达国家的"民族寓言"吗？③

---

① Arif Dirlik and Zhang Xudong, *Postmodernism and China*, Durham and Lodon: Duke Univerity Press, 2000, p. 69.
② 刘康：《后冷战时代的"冷思维"》，《中国与世界》1998年第3期；刘康：《对话的喧声》，中国人民大学出版社1995年版；刘康：《全球化"悖论"与现代性"歧途"》，《读书》1995年第7期。
③ 赵毅衡：《双单向道：对二十世纪中西文化交流的几点观察》，《书城》2002年第1期。

有了这种"诘问"和"审视",就将中国、乃至发展中国家长期以来没有"主体性"、处于"被审视"的"弱者"臣属地位,从发达国家文化霸权的"压迫"中解放出来。

学者周蕾认为,"看"(审视)与"被看"(被审视)实际上反映了中心与边缘的挤压关系。"看"的引喻和机制成为呈现自我身份的方式,并从种族、社会或性别上的"自我"和"他者"之间划出本体论的界限。①

很长一段时间,中国就处于第一世界/发达国家审视下的"被看者"的尴尬位置。由于政治、经济和文化传统的多重影响,中国新时期的文学走过了一条极不平凡的曲折之路,殊为可贵的是,创作群体(作家和文学评论家,进而延伸到广大知识分子)在对西方话语体系学习和借鉴时,尽管有过急躁、狂热和这样那样的"病症",但总的来说,能够及时发现并纠正之,同时还能结合文化母土的具体语境,对"输入"的理论进行修正、扩充和丰富。

例如,西方启蒙话语的最大弊病是社会解体,即人与人的关系、人与社会的关系,家庭、社群和国家等的撕裂,以及伦理价值崩溃、没有整合社会的润滑剂等。② 中国知识界在借鉴西方启蒙话语时,看到了其中的"弊病",而西方人自己由于自大看不到这一点,也由此丧失了自我纠错的机会。

西方中心论的"弊病"在于,它对发展中国家文化中的多样性和创新能力极不敏感,导致其对西方文化本身的多样性和创新能力也感觉迟钝。③ 而中国学者不仅看到了,还自觉地运用中华传统文化中的"和谐精神"进行修补,突出民族主义的"整合力"——中国新时期的寻根文学是其中的代表;但当民族主义或爱国主义被推向极端而成为极权主义的权力工具时,中国知识界又反过来用西方的民主、自由和个性主义对民众进行"启蒙"——20 世纪 80 年代的先锋小说和 90 年代的"人文精神大讨论"以及随后的新生代文学就是很好的例子,这些文学思潮或文化运动使西方话语既"为我所用",充实本土的理性资源,又取长补短,丰富西方话语本身,也使得发达国家对中国民族特殊的精神品格有了更多的理解和尊重,有了更多的"借鉴"和"吸收"。

---

① 周蕾:《妇女与中国现代性》,麦田出版公司 1995 年版。又见她的著作 *Woman and Chinese Modernity*: *The Politics of Reading between West and East*,Minneapolis: University of Minnesota Press,1991。

② 杜维明:《现代精神与儒家传统》,生活·读书·新知三联书店 1997 年版,第 96 页。

③ Arif Dirlik and Zhang Xudong,*Postmodernism and China*,Durham and Lodon:Duke Univerity Press,2000,p.68.

20世纪西方思想的主题,是现代性:先是推进深化现代性,后又反思批判现代性,最后试图代之以后现代性。在此过程中,每一步起关键性作用的文化大家都"借鉴"了中国文化——虽然是"外行地"借鉴。

例如,20世纪初在各个文化领域中推进现代意识的各位大家,哲学家如罗素、杜威,文学理论家如瑞恰慈、燕卜森,政治学家如狄金森,美学家如傅莱,诗人如庞德、罗厄尔等,他们都对中国文化给予令人感动的赞美,而且认为中国古代哲学、诗学、美学,具有"惊人的现代意识"。第一次世界大战之后,西方文化界的主流对现代性作反思批判,中国文化的某些方面,成为他们批判现代性的重要依据。最早是一批人道主义作家,如托尔斯泰、罗曼·罗兰、毛姆,以中国文化的受辱,抨击现代性与殖民主义之间的伦理矛盾;20世纪二三十年代,马尔罗、斯沫德莱、休斯、伊文思等作家艺术家,则直接寄希望于东方革命;奥尼尔、杰弗斯,以及五十年代出现的"垮掉派"诗人作家,希望在道、佛的清虚无为中找到对西方"过分的浮士德精神"的平衡;布莱希特、梅耶霍夫、阿尔陶等人推进的实验戏剧运动,则以中国戏曲为理想舞台,借以形成对意识形态的渗透与批判。

西方思想界从20世纪60年代后期出现剧烈变化。从文化逻辑上,这是上述第二波的自然延伸。一连串的政治事件,主要是越战、中苏对立,以及中国的"文化大革命",直接推动了世界新思潮的兴起。存在主义的亲中国精神,在安东尼奥尼、沃霍尔等人手中变成中国图像,在斯奈德、布莱等人的诗中与"深度生态主义"相结合;20世纪60年代末,法国结构主义突破进入后结构主义,德里达、索莱尔等人,以中国文字/文化传统颠覆西方的逻各斯中心,阿尔都赛、福柯、克里丝蒂娃等人,则以中国式的马克思主义进行言说权力分析。杰姆逊则以中国为分析对象,把后结构主义导向后现代主义。[①] 西方各路神明"你方唱罢我登场"。凡此种种,不一而足。

与西方各路大家借鉴中国相似,中国作家也善于"借鉴"和"吸收"别人的经验。只是这种"借鉴"和"吸收"往往显得吊诡和痛苦。根本原因在于:中国作家的文本创作总是包含着个人"小我"与民族"大我"的双重叙事,国家的经历和个人的生活相互交织、重叠,文本的主题、人物、声音和呼吸总是带着教化(启蒙)式的道德底蕴,有着传统文化中"文以载道"的救世情结,但不同时期的这个寓言有着不同的经验显现,

---

① 赵毅衡:《双单向道:对二十世纪中西文化交流的几点观察》,《书城》2002年第1期。

并总是与母土文化的具体语境相联系;即便是同一时期的各个作家、甚至同一个作家在不同的阶段在怎样表现这个民族寓言时,都有着不同的审美追求和个人诉求。

比方,鲁迅先生的《狂人日记》和《祝福》等反映的是国破家亡的民族痛苦历史的缩影,批判的是封建主义的专制窒息"人"的呼吸、造成"人"心灵的扭曲,呼喊和张扬的是个性的解放和生存的自由。鲁迅先生表达的这个寓言与中国新时期文学的民族寓言有着显著的不同,因为,鲁迅先生所处的时代,"前现代文化"遗留下来的成分较多,而后现代还没有进入他的视野。

鲁迅先生的寓言即使是对新时期文学——特别是伤痕文学的某些代表性作家如刘心武、卢新华等有直接的启发意义,但刘心武、卢新华等人在重写这个民族寓言时,也有了显然不同的时代内容和批判锋芒:卢新华《伤痕》表达的是"文革"十年给全国人民心灵造成的伤痕,揭露的是一种非人的强权和强权下的一系列暴行;同时,鲁迅先生的《祝福》与20世纪50年代杨沫出版的《青春之歌》也有着完全不同的批判指向与民族寄寓。

即便是跟鲁迅先生处于同一时代的郁达夫、柔石等人,后者在抒写这个寓言时(如《沉沦》和《为奴隶的母亲》)也有着截然不同的个人追求与价值旨趣;就连鲁迅先生和他自己,如《伤逝》《在酒楼上》与他的《阿Q正传》的批判力度与精神指归都完全不同,更不用提以施蛰存为代表、在当时名重一时的"现代派"作家的作品了。施蛰存拥有"文体作家""心理小说家""新感觉派作家"三个名号,虽然他自己对于这些名号一个也不承认,但他创作的小说集《追》《上元灯》《梅雨之夕》《将军的头》《善女人的行品》《李师师》《娟子姑娘》等奠定了他的文坛地位,成为20世纪二三十年代"现代派"作家的代表人物之一。

纵使在有着"文学荒芜"之称的"文革"时期,小说《创业史》、《红旗谱》、《金光大道》和《艳阳天》等以及同时代的"样板戏"中,也无不笼罩着现代性的思维模式,如:目的论的历史观和世界观、线形发展的时间观念、新与旧的二元对立,以及与此相关的关于新时代、新社会、新人、新文学等民族的"神话寓言",[①] 这类品质独特的"寓言"正是由中国这个文化母国的特殊语境决定的。

新时期以来的中国文学使"民族寓言"说有了更大的扩展和延伸,

---

① 陶东风:《从呼唤现代化到反思现代性》,《二十一世纪》(香港)1999年第6期。

从伤痕文学、朦胧诗、寻根文学到先锋小说、新写实小说,以及随后的各种文学思潮,涌现出来的作品无不刻着民族寓言的时代烙印。例如,上海作家王安忆的长篇小说《长恨歌》,可以说代表了作者自己的一种怀旧情绪,是个人式的,但仍然包括了对国家历史的"宏大叙事"。① 而厚积薄发的藏族作家阿来以一个藏族土司家族的兴亡为主题"选项",以政治、阴谋、战争、性、爱情、复仇、暴力、死亡、巫术、商业交易为叙述"菜单"写就的《尘埃落定》② 十分大气地向人们走来。在文本中,阿来决心为万物重新命名,其处心积虑的"野心"是"洗去汉语几千年来的文化背景,使这种语言被一位藏族土司少爷在某个野画眉声声叫唤的下雪的早晨突然创造出来"。

原《当代》杂志的资深编辑周昌义更是指出:"《尘埃落定》的叙述感觉,像《百年孤独》;命运感觉,又像《红楼梦》……其实《尘埃落定》什么也不是,她比现实主义更浪漫,比浪漫主义更前卫,又比前卫更落后。与以往的少数民族小说相比,阿来没有把一些充满民族情调的生活场景简化为牧歌,而是精心组织成一部现代主义的民族寓言。"③

尽管如此,当代中国不少作家有着较强的逆反心理,急于摆脱杰姆逊的"民族寓言"说,在对待"民族叙事是抹煞个体、受权力操纵的统治工具,还是朝向公众意义共有开放的必然"这个问题时也有着自己独特的思考,在文本的创作上也有着与众不同的审美态势与艺术追求,比方,以余华、苏童为代表的"先锋小说",在他们的文本中,公与私、诗学与政治、性欲和潜意识领域,与阶级、经济、世俗政治权力的公共世界之间存在着严重的分裂,有着杰姆逊所说的"是弗洛伊德对马克思"的审美态势,个人"小我"看似走出了民族"大我"的"阴影",实则笼罩在更深的"阴影"中:因为这种试图摆脱的"集体努力"恰恰又成了一个新的更大的"民族寓言"。也许,这正是余华和苏童等人在经历了深刻的反省后重新回到《活着》和《我的帝王生活》等这些闪烁着人道主义温情光辉的"民间寓言"(民族寓言的一个变种)来的理由。

一个具体的文本隐含着强大的民族寓言并非坏事,它是一种凝聚力的象征,一种特征的体现。这个民族寓言,如果用一个不一定恰当的比喻来形容的话,它就像风筝手中的拉线,联结着文本和作者。有了这根拉线,

---

① 王安忆:《长恨歌:长篇小说选》,作家出版社1996年版。
② 阿来:《尘埃落定》,人民文学出版社1998年版。
③ 呼延华:《尘埃落定:传达经典来临的消息》,《中华读书报》1998年4月1日。

无论在美国、索马里或拉丁美洲来放飞风筝,你展示的是你自己的风筝,那里有你的汗水、心血、寄寓和梦想;它并不限制你的努力,它有一个明确的"根"在手中,使你不至于迷失,只要你有足够的能耐,你尽可以将风筝无限制地放飞。相反,如果没有这根拉线,风筝就会越飞越高、越飞越远,它在摆脱你"牵制"的同时,也摆脱了原本写有你身份的标志,甚至摆脱了传统意义上的"风筝"本身,成为不是风筝的"怪物"。重要的是要制作出有个人特色的风筝,如果每个创作者都制作出不同于别人的风筝,并且握着可以自由伸长的"拉线"的话,那么,天空中放飞的又何尝不是万紫千红、精彩纷呈的"风筝世界"呢!

因此,本书抓住的问题核心也正是"民族寓言"这根"拉线",从此处切入进去,深入发掘新时期文学的文学实力、文学引力、文学张力、文学推力、文学锐力、文学韧力和文学定力,通过文本细读和认真分析,努力彰显中国文学应的自信力。论者试图站在全球化学术背景下,结合中国的特殊国情、民族习性和本土文化的具体语境,借助于西方话语体系和中国传统优秀文化对中国新时期文学进行整体性聚焦与解构,并企图透过这种解构对西方理论本身进行修补和拓展,即对"八九"年以前的文学主潮如伤痕文学、朦胧诗、寻根文学、先锋小说和新写实小说进行重点的文本析义,在对这些文学主潮中的经典文本进行"解码"的同时,又对各个时期创作群体的特征进行"把脉"式的"阐释"。不仅如此,本书还将这种"解码"与"阐释"置于中国社会主义文学整个社会的文化场域中,其目的在于以下几点。

第一,试图获得"历时"的"深度"。如在分析伤痕文学时,将卢新华的《伤痕》和鲁迅先生的《祝福》以及杨沫的《青春之歌》进行"互涉式"解读。这种解读不是机械地照搬克里丝蒂娃的"文本互涉"理论,而是批判式的继承和发挥。比方,文本的分析在诠释了"具体的互涉"和"抽象的互涉"之所指后,对这个理论中的骨架巴赫金"狂欢节"结构进行了拓展;同时,将杰姆逊的"民族寓言"进行了新的补充,指明《青春之歌》和《伤痕》都是一种跨越时空的中国式的"成长寓言"。

第二,希图获得一种"共时"的"广度"。如在对寻根文学的分析上,就是对韩少功的两篇代表作《爸爸爸》《女女女》进行类比分析。这样做,不仅要借鉴于杰姆逊第三世界文化批评理论,又要调动克里丝蒂娃的女性主义理论,福柯、赖希等人的理论以及后现代、后殖民的有关学说,对同一个作家在同一时期两篇主题相似、而视角完全不一样的作品进行全方位的解码,从中发现文本中强烈的"理性设计"和张扬的"软暴力"的特点恰恰是韩少功等寻根文学作家们在对主流文化精神的深刻理会和把握下所作出的向"乌托邦秩序"之献礼,是中国特殊语境下创作主体"既叛逆又妥协"的形象写真。

第三,更期望有一种立体的"厚度"。如对"朦胧诗"后期中伊蕾的组诗《独身女人的卧室》就进行了跨时空、跨性别的弗洛伊德式的精神分析。有人认为,现代"汉诗"自绝于古典文学,背离了中国传统;反传统和对西方文学的屈从,使中国现代诗不仅丧失了"中华性",[①]而且产生出"双重危机"。[②] 对朦胧诗经典文本及其创作群体的解构和分析就回答了"中华性"与"世界性"、个人"小我"以及民族"大我"的内在关系。

此外,在对先锋小说作家残雪的《山上的小屋》解读前,先对先锋派作家中两个审美走势颇为不同的代表作家马原和余华进行"点击"式的勾勒分析,在此基础上再阐述残雪的小说。本书还对新写实小说中方方的《风景》从社区文化、后殖民和精神分析学等不同视角进行反复释义,并将余华、苏童这些先锋作家转型到新写实后与刘震云、池莉等新写实重点作家进行并置和分析等,所有这些都是运用西方话语在中国特殊语境下对中国新时期文学进行还原性解读时所企望获得的精神维度。

本书的最大特点就是站在全球化语境下的学术前沿,用西方话语体系和中国优秀文论观照新时期文学的发展变化,通过对文本"批判式"的精细解读,将一堆堆隐藏在文本之下的意义原态最大限度地呈现出来。通过对改革开放以来中国文学的还原性"解读"和分析得知:中国新时期文学创作群体的共同努力,不仅冲击了发达国家文化霸权的"自在预想",而且修补、充实、拓展和丰富了西方话语体系之本身,从而使人们更加客观地认识到中国新时期文学在世界文学的大家庭中有着怎样"不可轻忽"的意义。

总之,发展中国家文学、特别是中国的新时期文学有着自己独特的精神疆域,因为数千年的历史积淀,使其文化构成元素既有"前现代"的内容,更有"现代"和"后现代"的成分。它表明当今的中国社会仍然

---

① 郑敏:《世纪末回顾:汉诗语言变革与中国新诗创作》,《北京评论》1993 年第 3 期。
② 奚密认为"西化"越多,"中华性"越丧失的说法是对两者关系的"割裂"。但他强调,现代中国出现"双重危机":一是"时间危机"(temporal crisis)——总是落在西方后面;二是"典范危机"(normative cirsis)——总不及西方原本。因此,他呼吁要建立"超原本"(out-original)。参见 Michelle Yeh, *Modern Chinese Poetry: Theory and Practice since 1917*, Yale Universtiy Press, 1991, p. 79.

有颠覆与愈合、解构与重建、撕裂与规范、边缘与中心、宰制与受制、地下与公开、潜流与主流、精英与大众、官方与民间、商业与政治、传媒与权力等隐性结构的深度模式或"文化秩序"。

  这种文化的复杂性恰恰说明了正在进行中的中国新时期文学既有着自己的内在"界限",又有着"无涯际"的可塑空间。在随处可见的商业因子和汹涌湍急的全球化浪潮中,中国文学的现代化之路更加艰辛,也更加富有挑战性,因为每一个创作者都在世界视野的参照下,都"必须直接面对全球力量的运作"。[①]

---

 ① Arif Dirlik, "The Global in the Local", in Global/Local, Durham: Duke University Press, 1996;[美] 阿里夫·德里克:《全球主义与地域政治》,少辉译,《天涯》2000 年第 3 期。

第一章 文学实力：新时期作家对世界文学的贡献

实力，指的是实实在在的力量。所谓"夫征讨未必须实力，所听威声耳"（《南史·梁纪上·武帝上》）就是实力的具体表现。一个国家的实力主要存在两种，一种是硬实力，一种是软实力。前者作为支配性实力，是一国经济力量、军事力量和科技力量的总称。后者作为一个国家综合国力的重要组成部分，是依靠政治制度的吸引力、文化价值的感召力和国民形象的亲和力等释放出来的，是一种无形的影响力。

文学属于软实力。文学的实力就是一个时代的作家、作品的感召力、影响力、美誉度和社会关注度的总和。有实力，才会赢得尊严。尊严，就小的方面说，它是一个人藏于心灵深处十分重要的目标追求；就大的方面说，它是一个国家、一个民族依靠政治、经济、文化和军事等力量在世界舞台上关乎话语权的问题。

改革开放以来，中国作家把培育和弘扬社会主义核心价值观作为根本任务，用中国人独特的思想、情感、审美去选择自己的创作道路，产生了一大批卓有影响力、深受广大人民喜爱的优秀作品。新时期的文学实力为世界文学注入了活力，也理所当然赢得了国际社会和全球读者对中国的关注与应有的尊重。

很长一段时间，中国作家在创作诉求上，习惯并善于把个人"小我"、个体命运与国家、集体、时代和民族等"大我"有机地结合起来，喜欢宏大叙事和巨型语言，自觉或不自觉地把"文以载道"和"为民代言"的文化传统投射于个人政治抱负和写作理想中，有着强烈的家国情怀、忧患意识和担当精神，这是古老中国传统优秀文化的特色，而中国现当代文学，特别是新时期文学对世界文学的贡献，是中国社会个体经验和集体叙事的浓缩与镜像，是新的历史条件下传承和弘扬中华优秀传统文化、传承和弘扬中华美学精神重大命题的现实回应。

本章主要从世界文学视野下对新时期文学的发展路径、中国的焦虑与后学之论争、新时期文学的思想资源、中国文学对西方文化批评理论的贡献，以及中国文学对西方文化霸权形成的冲击等多个方面聚焦分析，力图全面厘清中国经验与新时期文学创作之间的思想渊源、审美特点与形成路径，以及新时期中国作家的创作诉求与文本意义的内外生成机制，全面客观和深入细致地展开以文化想象作为创作资源的中国作家所拥有的丰富的审美趣味乃至精神文化功能，回答了广大读者普遍关心的理论和现实问题，使文学批评从根本上回归到传统价值体系和社会主义核心价值的书写层面上来。

同时，通过分析，论者真切地感受到一种时不我待的紧迫感，即文学批评应当充分运用历史的、人民的、艺术的、美学的观点评判和鉴赏作品，"让人们在潜移默化中感悟人生，增强明辨是非、善恶、美丑的能力，更让人们看到光明和希望，对生活充满信心"，从而从根本上夯实中国文学在世界文化激荡中站稳脚跟的坚实根基，为我国社会主义建设和发展提供丰富的思想资源和精神支撑。

第一节 中国特色社会主义文学的发展路径

坚守中华文化立场，传承中华文化基因，展现中华审美风范，是中国特色社会主义文学的发展方向。中国作家强调和重视本民族的文化之根、传统之基，积极回应时代召唤和人民期待，自觉树立文学创作的本土意识，把中国文学的根深深扎进中华文化的丰沃土壤之中，努力以文学的形式表达中国经验、讲述中国故事、弘扬中国精神，使中国特色社会主义文学事业获得生机勃勃的发展。[1]

应当承认，作为发展中国家文学的一支重要力量，中国新时期文学发生、发展的诸种渊源既是五四时期由于突发的"救亡运动"而中断的"启蒙"[2]"载道"之传统精神余脉的延续，又是在风云激荡的世界

---

[1] 钱小芊：《构建文学批评平台，推进文学创作繁荣》，载中国作家协会内刊《作家通讯》2015年第11期。

[2] 李泽厚认为，启蒙性的新文化运动开展不久，就碰上了救亡性的反帝政治运动，两者很快合流在一起。最初借救亡运动而声势大张，启蒙又反过来给救亡提供了思想、人才和队伍。但不久，救亡压倒启蒙，救亡的局势、国家的利益和人民的饥饿痛苦压倒了一切，包括对个体的尊严、个人的权利的注视和尊重。参见李泽厚《启蒙与救亡的双重变奏》，《走向未来》1986年创刊号。

局势下改革开放的中国接受西方思潮冲刷所呈现出来的蕴含诸多独立品格的文化镜像。这种情状决定了中国新时期文学发展的繁杂性、模糊性和艰巨性。

在全球化语境下，对中国文学、特别是20世纪80年代新时期文学黄金时代发生的文学主潮进行还原、梳理、总结，无疑是一件十分有意义的事，通过芭芭拉·詹森式的对文本的"重读"，[1] 以及对文学主潮及其相应的代表性作家、作品与他们书写的历史语境、时代特色与人文追求进行透视、解剖、归类、整理和分析，展现它们的前因后果与相互关联，发掘它们的精神疆域和审美机制，从而达到对中国新时期文学的规律进行全面客观的认识、深刻把握和充分阐释。

中国作为发展中国家的一个重要成员，它与前殖民地国家有着许多"相同"的地方，如"追求自由、民主"是其共同的任务，而且这种自由、民主不再是停留在尊重权利和法治、言论自由、选举程序的制度化、权力的制约和平衡这样的资产阶级民主层次上，而是要进一步揭露和纠正由这些"自由、民主"现象和程序所掩蔽的种种社会、经济和文化的不平等关系，以及它们对社会边缘群体（妇女、少数族裔等）所造成的压迫和控制。[2] 这种民族性与集体性、普遍性与共同性使世界范围内的发展中国家更加趋向于结成命运共同体。但是，中国与发展中国家、特别是前殖民地国家也有着许多"不同"的或"独有"的性格特征，主要表现在下面三种危机。

第一，身份危机。前殖民地国家大都经过了一番寻找自我的"身份危机"（identity crisis）[3]——往往通过独立建国得到暂时缓解。中国也有"身份危机"，但这种危机不仅仅是由于贫穷落后以及体制上的困惑所引起的焦虑造成的，更多的是由于经济发展后人们对于自身安全（以财产安全和生命安全为代表）无法得到有效的保障而产生的种种疑虑、精神

---

[1] "所谓重读，是一桩与我们社会中商业和意识习惯截然相反的事情。后者使人们一旦把故事读完（或曰'咽下'），便把它扔到一边去，以便我们继续去寻找另一个故事，购买另一本书。这种做法仅仅得到某些读者（如儿童、老人和教授们）的宽容。而本文开宗明义提出来的却是重读，因为只有它才能使作品文本避免重复（不会重读的人只能处处读到相同的故事）。"参见［美］芭芭拉·詹森《批评的差异：巴尔特/巴尔扎克》，黄锡祥译，收入周宪等编《当代西方艺术文化学》，北京大学出版社1988年版，第435页。

[2] 徐贲：《后现代、后殖民批判理论和民主政治》，《倾向》（美国）1994年第2—3合期。

[3] Lucian W. Pye, *Politics, Personality, and Nation Building: Burma's Search for Identity*, New Haven: Yale University Press, 1962.

失衡等负面情绪，包括精英阶层大面积的移民海外，汉族与少数民族，特别是外国人、华人、华侨和国人的权利差异等，都不同程度地加剧了这种身份危机，缓解的办法只有逐步地在民主法制之路和体制创新上作艰苦的努力。

第二，社会危机。前殖民地国家的"社会危机"主要表现在前殖民国在长期的殖民过程中由原殖民者培育起来的"亲殖民者"的政治势力与本土固有的政治势力之间的矛盾以及各个民族之间在宗教、教育、文化、风俗等之间的矛盾冲突；而中国的"社会危机"主要来自生产机制与经济发展所造成的深刻分裂，对目的和效果的过分追求与对实现这一过程的忽视让一些人为达目的不择手段，以身试法和铤而走险者日益增多，"对社会腐败行为痛恨，对自身腐败行为宽容"成为普遍的大众心理，"官本位"，笑贫不笑娼，拜金主义盛行，一些职能部门的低效、腐败、堕落以及某些地方官民之间不和谐，贫富差距越拉越大，城市失业率越来越高，农民对土地的依恋越来越小，等等，所有这些，形势十分严峻。

第三，文化危机。前殖民地国家的"文化危机"主要来自前殖民国所留下来的"精神遗产"，如语言、思想乃至礼仪习惯等与本土文化的不适、对质与冲撞；而中国的"文化危机"既有一系列运动对传统文化肆意撕毁所造成的"断裂"的一面，又有后殖民话语强烈渗透所引起的混杂、剥离的一面，以及无处不在的商业俗文化的侵蚀和消磨，其症状是整个社会对真善美的颂扬不力、对假丑恶的鞭挞不够，由此产生了畸形、扭曲、非主流、反崇高的"亚文化"。这种"亚文化"奉行实用主义、商业主义和无奇不有的利己原则，人人变得冷漠，缺乏同情心和悲悯情怀，等等。

但中国与发展中国家其他国家"最大的不同"在于：中国是一个"半封建半殖民"的国家，"半封建"显示了中国作为一个曾经的老牌帝国的悠久历史和积习难改；"半殖民"（香港和澳门直到 1997 年和 1999 年才分别从英国和葡萄牙原殖民国回归中国）表明了中国与前殖民国家有着相同的痛苦遭际。这种特殊背景使中国在世界视野下奔向现代化的征途中总是努力展现出独有的民族韧性与精神特质，其显著特质主要表现在下面"三种精神走势"。

首先，由于数千年儒家文化的深刻影响，汉民族有着强烈的同化力和精神生殖力——李泽厚称之为"活着的汉文化心理结构"。[①] 儒家文化讲

[①] 李泽厚：《新儒学的隔世回响》，《天涯》1996 年第 2 期；李泽厚：《世纪新梦》，安徽文艺出版社 1998 年版。

求一个"变"字，所谓"变则通，通则久"。中国历史上的异族入侵（如女真族之于元朝和蒙古族之于清朝）都是在这种"变"的名义下最终被汉文化所同化的。就连民族凝聚力特别强大的犹太人在中原河南生活一段时间后也逃脱不了被同化的命运。从历史上看，北宋时期一部分犹太人通过丝绸之路来到河南开封，他们中的知识分子受到了中华传统思想、生活习性和儒家文化的影响、熏陶，以及封建官场的大环境和他们与各族官吏交往的频繁，逐渐改变了他们原有民族文化的处世态度、价值追求和人生目标。这些因素强有力地冲淡了他们的心理结构和宗教意识，并慢慢被汉文化所同化，变得十分"中国化"。国内学界在探讨犹太人被同化的原因时，学术上有"杂离说"、"通婚说"和"科举说"等，[①] 尽管说法不一，但均说明汉文化强大的同化功能和精神生殖力。

其次，中国人的身份认同和民族接纳比较强烈，这与汉文化心理结构追求的"求同存异"和"有容乃大"有关。不管你在世界上的任何地方，只要你有着中国人的血统，或者只要你跟有中国血统的人联姻，中国人就会很容易认同你的"华人"或"准华人"身份。例如，《利玛窦中国札记》一书曾讲述一位赴京会考的犹太人，他因为从小致力于攻读中国文学，他的朋友已不把他当作希伯来的同胞，说明犹太民族对外来民族的接纳较差。同样的道理，一位在中国出生的法国人，由于他的母语是中文，20世纪70年代末他移民法国，由于语言习惯问题，那里的法国人也不把他当作法兰西同胞了。犹太人和法国人都有一种普遍的"排外"情结，对自我身份过分敏感，对他国文化刻意疏离，对文化母国高度认同并有着强烈的民族优越情结，对一切外来话语有着天然的警惕和抵触。

中国人与他们的想法形成鲜明的对照：在中国人的骨子里，恨不得全世界的人都是中国人才好。外国人能不能说中文没有关系，只要他的祖宗有一点儿中国人的血统，中国人就会把他/她当成华人。即便是纯粹的外国人，只要找了中国人成亲，也会被称为"中国女婿"或"中国媳妇"。中国文化的包容性和宽厚性由此可见一斑。这也是跟其他民族的不同之处。

再次，汉语作为中国人的母语是世界上使用人口最多的语种，具有超稳定的精神态势，是发展中国家中任何其他国家都不具备的语言优势。这在文学上的意义尤其重要。前殖民地国家的"身份危机"和"文化危机"

---

① [以色列] 阿巴·埃班：《犹太史》，阎瑞松译，中国社会科学出版社1986年版；王一沙：《开封犹太春秋》，海洋出版社1992年版；潘光旦：《中国境内犹太人的若干历史问题》，北京大学出版社1983年版；张绥：《犹太教与开封犹太人》，上海三联书店1990年版；张倩红：《开封犹太人被同化原因探析》，《二十一世纪》（香港）1995年2月号。

说到底都是跟语言的被杂交、被分裂和被同化有关。20 世纪 90 年代中期，美国《时代》周刊刊出一篇《大英帝国的文学反击》，该文指出：反殖民主义的浪潮过后，英语文化仍然享有极大的影响力，英语已被那些母语并非英语的作家所乐用，如拉什迪、索因卡、翁达杰等人都来自原殖民地，他们的作品大大丰富了当代英语文学。①

中国作家在这一点上与发展中国家的其他国家有着显著的不同。中国作家的作品表达最多的是中国经验，丰富更多的是中国本土文学，而不是英美文学或别的国家的文学。即便是北岛、杨炼、严歌苓、张翎、虹影、陈河、施玮、王琰和芳竹等漂泊在异国的作家，他们的创作中也大都使用中文母语，而且他们的阅读对象也更多的是全球华人，对当代英语文学的"杂糅"贡献比较有限。中国文学只有通过各种翻译才能走向世界，成为其他国家的读者了解中国的窗口。而翻译过程出现的"折损"和翻译家本身对中国文化、历史和民族的了解都直接影响文本的内容与品质。

与此同时，上面"三种精神走势"也有着必须正视的负面意义：历史悠久的儒汉文化像一个老态龙钟的患病者，强烈的"同化力"恰恰反映了国民思想的惰性、心灵的贫瘠性和精神的忍耐性；中国人强烈的"认同感"也容易为极端势力所利用；而超稳定的"中文母语"与国民性格中的"反科学"和"封闭症"有着深刻的内在联系。

汉语学上的反科学主义不仅集中在语法的层面上，而且表现在语义的表达上。申小龙认为"汉语的人文精神与汉语学的科学主义"之间的冲突导致了当代汉语学的逡巡不前，来自西方的研究传统、知性分析的手段、形式化的努力、以描写为目的的书写与表达等，所有这些都是语言学研究中的"科学主义"。而"科学主义永远无法解释汉语和汉语分析独特的人文性"。②

中国新时期文学过于理性化，本土作家很少有人能够用中文以外的文字写作，他们在强调民族性的同时，也恰恰降低了自己对于世界文化的想象力；他们的"反科学"和"封闭性"不仅仅体现在作家的认知和思想上，更体现在文本的"动力态势"总是无法让人忘记他们的血液、皮肤、文化图腾和母语背景，无法一时将他们同全球化视野的辽阔世界联系起来，这样的局面导致了中国新时期文学在追寻现代性途中彰显出盲目性、

---

① 陆建德：《英语写作有多风光》，《环球时报》2001 年 7 月 6 日第 7 版。
② 申小龙：《人文精神，还是科学主义》，学林出版社 1989 年版；申小龙：《语文的阐释》，辽宁教育出版社 1991 年版；象弘：《中国当前反科学主义的四种理据》，《二十一世纪》（香港）1995 年 4 月号。

艰难性和反复性，也深刻反映出中国作家在书写中国经验时的焦虑、犹疑与阵痛。

第二节 中国的焦虑与后学之论争

改革开放以来，中国文学界在理论选择、价值承载和文化导向上走过了一条艰难曲折的道路。以新时期文学发展为例，进入新的历史时期以后，中国作家、知识分子所认知的启蒙心态无法与他们已经内化的、作为判断标准的"儒学"价值体系相抗衡；他们对启蒙存在一些误解：仅把启蒙当作富国强民的手段，认为坚持富民强国就必须否定儒家思想中的人文主义，这种激进的心态加重了其思想和精神上的混乱。因此，当自己的"儒家价值系统"受到现实打压，他们试图输入"启蒙价值系统"以此作为实现目标的工具理性时，他们既无法汲取自己文化中原有的内在精神和理性资源，又不能深入得到西方文化可以提供的生存土壤和血源母本，其尴尬处境就形成了杜维明所警醒的中国作家、知识分子的困境所在。

杜维明认为："现代西方强势意识形态盲目否定（儒学——引者注）的后果已使中国传统精神资源边缘化，并且威胁到中华世界的核心价值乃至人类的未来生存。"[①] 这种困境可以视为中国文学界在创作道路选择上的整体形象之缩影。20世纪90年代中期以文化批判为靶标的"后学"之论争就是在这种时代背景下引发的，这场轰轰烈烈的话语之争率先由海外汉学家发起，很快引起内地学者高度关注并积极参与讨论，其影响波及整个华语世界。

本书重新回顾和审视这次论争，通过从后现代文化语境与中国的焦虑、西方话语与中国经验的疏离、西方话语的本土化、全球化语境下新时期文学的学理基础等维度进行深入细致的探讨和分析，从中不难发现：中国作家只有坚持"扎根母土"和"洋为中用"的书写方法才是适合自己创作道路的正确选择。这种选择对于文化自信背景下弘扬中国优秀文化和中国作家坚持自己的发展道路具有较强的现实针对性和重要的理论价值。

[①] 杜维明、胡治洪：《个人、社群与道》，http://www.confucius2000.com/，2019-06-25查询。

中国作家努力学习发达国家先进的文学理论并积极运用到自己的创作中,同时也对发展中国家文学先进的作家和作品进行不遗余力的学习和借鉴,充分吸取各国优秀作家的艺术方法,不仅创新、充实和发展了中国新时期文学,而且修补、拓展和丰富了西方话语体系之本身,不仅释放了中国作家的焦虑,而且使中国文学在世界文学舞台上变得从容而自信。必须看到,经历了改革开放的社会转型之巨变之后,中国作家和知识分子在"继续向西"还是"重回东方"的选择路径上产生了严重分歧,这种分歧直接引发了海内外知识精英关于文化批判中后现代文化语境(简称"后学")之激烈论争,论争的焦点主要围绕"中国的焦虑"是如何产生以及怎样才能"缓解"这种焦虑。

在赵毅衡看来,20世纪90年代中国文化界以张颐武为代表的"后学"所表现出来的对五四"启蒙"传统和20世纪80年代文化批评的否定和背叛,是政治上和文化上对现存秩序的双重妥协,这种妥协因为种种无法解决的矛盾而引起了中国的焦虑。其特点是,一方面宣称代表"发展中国家"的中国利益而反对西方霸权,另一方面又以西方当代最新流行的后现代主义、后殖民主义理论为依据,从概念、方法、术语到句法和词汇,其整个"话语"都是最时髦的"西式"。[1]

徐贲对中国话语或中国"后学"感到"焦虑"的是:西方对发展中国家的话语控制可以有效地消解纳于其中的任何反对意见,而使反对意见本身成为它的容纳性和客观性的证明。在它们所形成的强大的话语支配中,发展中国家的文化和知识不能不处于屈就和边缘的地位,自然也就无法伸张西方话语的合法性。

发展中国家在构建自己的文化身份、知识形式和历史话语的时候经受着深深的无力感。[2] 周蕾则是从自身经验出发,断定中国文化的"焦虑"与中国学者内部分化有关,即从事古代文化研究的学者对现代文化的扬弃,而从事现代文化研究的学者又深感古代文化研究的"保守主义倾向"。同时,中国身份地位影响着汉学家的身份地位,使得从事古代文化研究的汉学家对中国现代文化"西化"——现代化状态表示不安,这便是中国的"焦虑"之由来。[3]

---

[1] 赵毅衡:《文化批判与后现代主义理论》,《二十一世纪》(香港)1995年第10期。
[2] 徐贲:《第三世界批评在当今中国的处境》,《二十一世纪》(香港)1995年第2期;徐贲:《后现代、后殖民批判理论和民主政治》,《倾向》(美国)1994年第2—3期。
[3] Rey Chow, *Woman and Chinese Modernity: The Politics of Reading between West and East*, Minneapolis: University of Minnesota Press, 1991, pp. 233–236.

对于赵毅衡、徐贲等人的批评，张颐武拒绝"臣服"或默从，立即起而反抗，认为海外学者"误读"了他。张颐武声称：中国的"焦虑"在于传统文化精神资源的匮乏和儒学价值体系的丧失使中国的主体性具有强烈的"臣属"特性，"它只能巩固和完善发展中国家的被动和无能为力，而它所认同的也只是西方君临一切的意识形态，一种压抑性的文化实践，"① 因此，中国的"后学"就是要"造西方（启蒙话语）的反"。

"造反"二字有如惊雷，令人惊悚。郭建据此及时发出警告，严肃指出："后学"与"文革"思潮紧密相关，是将当年的"造反精神"理论化，这正是他对张颐武"阐释中国的焦虑"之"焦虑。② 郑敏、吴炫、许纪霖和万之等人及时发表回应文章，后来又有刘东、雷颐、崔之元和甘阳等人针锋相对的论辩，③ 使这场讨论更加热烈并且深入。比如，在对西方话语的学习上，刘东强调本土化，并将那些脱离中国实际、违背中国生活经验，以及充满生硬的外来术语和过分欧式的句法、读起来像拙劣的翻译的"后学"文字，戏称为"洋泾浜"，可谓十分恰当。④ 但他只责备国外的中国学者，对本土学者则避而不谈。

甘阳就此进行反击，指出身在国内也不能"独占"有关中国的发言权。⑤ 张隆溪大体上认同赵毅衡、甘阳等人的观点，并进一步指出：哲学相对论的后现代主义加上"第三世界批评"的后殖民主义，使中国的"后学"有着相对明确的取舍，即只消解"五四精神"和20世纪80年代从近代西方文化中吸取的现代性价值，而不消解本土现存文化秩序及其价值。⑥

这场有关"中国焦虑"的"后学"之论争在海内外引起强烈反响。如果说，以张颐武等人为代表的"后学"受到赵毅衡、徐贲、郭建、张隆溪等所谓"亲西派"知识精英的批评似有将中国这个"他者"纳入西方话语体制之嫌疑的话，那么，以徐友渔、王岳川、叶秀山、雷颐等"本土派"知识精英发出的批评则更显得理直气壮。比方，徐友渔

---

① 张颐武：《阐释"中国"的焦虑》，《二十一世纪》（香港）1995年第4期。
② 郭建：《文革思潮与"后学"》，《二十一世纪》（香港）1995年第6期。
③ 郑敏：《文化、政治、语言三者关系之我见》，《二十一世纪》（香港）1995年第6期；吴炫：《批评的症结在哪里？》，《二十一世纪》（香港）1995年第6期；万之：《"后学"批判的批判》，《二十一世纪》（香港）1995年第10期。
④ 刘东：《警惕人为的"洋泾浜学风"》，《二十一世纪》（香港）1995年第12期。
⑤ 甘阳：《谁是中国研究中的"我们"？》，《二十一世纪》（香港）1995年第12期。
⑥ 张隆溪：《多元社会性中的文化批评》，《二十一世纪》（香港）1996年第2期。

对于张颐武在其有关"后学"的文章中抛弃"启蒙话语"的做法极为不满，公开宣称要"捍卫启蒙的人文立场"。因为他认为"五四"新文化运动并不是对西方话语"横的移植"，而是当时知识分子作出的必然反应。①

王岳川不满中国"后学"中所表现出的"游戏人生、消解崇高"的虚无主义之世纪末情绪，认为必须要"批判其丧失生命精神超越之维的虚无观念和与生活原则同格的'零度'艺术观"。②叶秀山也批评张颐武用西式话语营造的后现代时代"未必是好的时代"。③雷颐更是一针见血地指出：张颐武等"后学"批评家指责别人步西方人之后尘，自己却又比任何人更彻底地接受西方一套理论、方法、概念和术语，他们自己的"话语系统"已经被"后殖民"得"不可卒读"，④认为中国学术界的"后学"其危险在于"加强权势、中心、主流对弱势、边缘、支流的统治、扩张和冲击"。⑤

西方话语体系与中国经验之间本身就有不协调或矛盾冲突之处，而全球化语境又显而易见地加重了这种"不协调"或"矛盾冲突"。如果有人试图一劳永逸地解决这个矛盾，就只能重陷"自在预想"的话语乌托邦之泥沼。换言之，"中国的焦虑"，只能是逐步缓解。但在如何缓解或怎样缓解的问题上，海内外知识精英却有着众说纷纭的理念、方法或内在模式。

比方，张颐武开出的药方是"顺应时势"，用"商品化"与"后现代性"这柄万能钥匙开启中国的"富强之门"。他指出，"商品化是'后现代性'存在的前提，它是国际化的。我们在北京、纽约或者新德里……可以买到可口可乐、听到迈克尔·杰克逊的歌曲"，但他同时承认，从西方输入的文化"并不能代替我们自身切肤的发展中国家生存体验，代替我们的传统和语言。商品化只能是我们自身境遇的体现，而我们的第三世界境遇使得商品化也染上了本土的色彩"。他觉得这些境遇恰恰"决定着我们的后现代性文化本身的复杂性和丰富性"。⑥只要把握了这种认知，

---

① 徐友渔：《"后主义"与启蒙》，《天涯》1998年第6期，后收入徐友渔《自由者言说》，长春出版社1999年版，第126—30页。
② 王岳川：《后现代主义文化研究》，北京大学出版社1992年版，第404—405页。
③ 叶秀山：《没有时尚的现代？读"后现代"思潮》，《读书》1994年第2期。
④ 雷颐：《背景与错位：也谈中国的"后殖民"与"后现代"》，《读书》1995年第4期。
⑤ 雷颐：《"洋泾浜学风"举凡》，《二十一世纪》（香港）1995年第12期。
⑥ 张颐武：《在边缘处搜寻》，时代文艺出版1993年版，第97页。

他就可以"站在文化的边缘之处",做一个"文化的守望者",似乎这样就能够"分裂"和"转移"中国的"焦虑"。①

余英时认同张颐武的"顺应时势"说,不过,他开出的药方不是"商品化"和"后现代性",而是所谓的"整体行为",据说这种行为"涵有"中国传统语言中"时风势众"的意思。他认为像中国,即使在"文革"那样激烈的革命中,沿袭的方式也是舶来品主义,是苏联社会主义经验的翻版,是苏联式政治一元化和思想一元化的复制。这是马克思主义激进理论内在而又必然的要求。② 但余英时的观点被姜义华斥之为"呼唤保守主义"。③

崔之元的态度比较"中庸",介于"激进与保守"之间,他反对"认识论特权",④ 主张"超越社会主义/资本主义二分法",走"制度创新"的第三条道路。⑤ 崔之元的观点得到汪晖的赞同,⑥ 却受到季卫东的质疑:这是"第二次思想解放还是乌托邦"?⑦ 在季卫东看来,崔之元和汪晖的观点是站不住脚的。

林毓生独辟幽径,从西方思想家哈耶克、怀海德、博兰尼的自由主义的视角出发,提出一个"换思维"的"创造性转化"的命题。⑧ 许纪霖把林毓生当作盟友,他作出进一步解说:所谓"创造性转化",即以多元的思考模式将中国传统中的一些符号、思想、价值和行为模式选择出来,加以重组或改造,使之成为有利于革新的资源,并在这一过程中获得新的认同。

例如,马克思主义本来是西方的舶来品,经过中国"本土化"后成了指导中国社会发展的真理。虽然作为意识形态符号有其生硬之处,但在其学理形态的原型之中,却不乏许多具有现代化导向的丰富资源。如《共产党宣言》中提出的"个人自由发展"的"联合体"的设想,为重塑现代市

---

① 张颐武:《"分裂"与"转移"》,《东方》1994年第2期。
② 余英时:《再论中国现代思想中的激进与保守——答姜义华先生》,《二十一世纪》(香港)1992年第4期。
③ 姜义华:《激进与保守:与余英时先生商榷》,《二十一世纪》(香港)1992年第4期。
④ 崔之元:《反对"认识论特权":中国研究的世界视角》,《二十一世纪》(香港)1995年第12期。
⑤ 崔之元:《制度创新与第二次思想解放》,《二十一世纪》(香港)1994年第8期。
⑥ 汪晖:《当代中国的思想状况与现代性问题》,《天涯》1997年第5期;又见汪晖《关于现代性问题答问》,《天涯》1999年第1期。
⑦ 季卫东:《第二次思想解放还是乌托邦?》,《二十一世纪》(香港)1994年第10期。
⑧ 林毓生:《"创造性转化"的再思与再认》,《知识分子》(美国)1994年(秋)第89期。

民社会提供了很好的理论资源。而作为一种批判理论,马克思主义的存在也有助于现代化变迁的平衡和发展。[1] 对中国学人来说,"比批评更重要的是理解"。[2] 而王晓明、陈思和等人则提倡运用"人文精神"的方式"为这个世俗化社会提供超越性的精神和道德资源"。[3] 这也正是20世纪90年代初期中国文化界和知识界轰轰烈烈开展的"人文精神大讨论"之由来所在。

对于张颐武、陈思和等人开出的处方或提供的这种道德资源,赵毅衡、徐贲和张隆溪等人显然不满意。张隆溪指出,后现代在中国因为反对现代性与现代性所张扬的科学与民主,且与狭隘的民族主义相激相荡而成为一种保守主义思潮[4]。

海外汉学家认为这是一种文化上的"新保守主义",[5] 并进而质问道:发展中国家的"自身境遇"究竟是一种什么样性质的境遇?为什么发展中国家文化必须纳入"后现代"这个世界性的文化秩序才能定位和表达?能否设想一种不以西方为中心的世界文化秩序或范畴?后现代的国际化为何总是单向性地从发达国家向发展中国家辐射?徐贲还认为张颐武等人用这种以"后现代性"来描述当今世界文化现状正是有意无意地帮助在全球化范围内形成一个新的中心化过程。[6]

赵毅衡、徐贲和张隆溪等人极力主张:一是对西方主流话语和意识形态进行皈依。二是对中国大陆的特殊政治生活与意识形态提出适度甚至是激烈的批评。例如,赵毅衡很推崇纯粹知识分子的道德精神,但在中西价值取向上又有着矛盾心态。他希望知识分子不做"精神导师",不参与"街头政治"。他坚持"中国知识分子不应放弃对国家、民族以及最重的人类命运的关怀"。同时,对西方理论而言,因为它是西方社会内部价值平衡的需要,要怀疑。此外是要建立中国文化批判的主体性,它不一定以学西方为他者,而要以本国的体制化(官方文化、俗文化和国粹文化)

---

[1] 许纪霖:《创造的张力:在理念与资源之间》,《二十一世纪》(香港)1995年第8期;又见许纪霖《儒学的"克里斯玛"和创造性转化》,《思想家》,华东化工学院出版社1988年版,第122—28页。
[2] 许纪霖:《比批评更重要的是理解》,《二十一世纪》(香港)1995年第6期。
[3] 参见王晓明在"人文精神大讨论"中的有关论述以及许纪霖、陈思和、蔡翔、郜元宝《道统,学统与政统》,《读书》1994年第5期。
[4] 张隆溪:《二十世纪西方文论述评》,生活·读书·新知三联书店1986年版,第77—83页。
[5] 赵毅衡:《"后学"与新保守主义》,《二十一世纪》(香港)1995年第2期。
[6] 徐贲:《后现代、后殖民批判理论和民主政治》,《倾向》(美国)1994年第2—3期。

为他者。① 三是将"中国"作为一种文化产品投入全球化的商品运作中，以此吸引跨国资本，丰富本国已经匮乏的精神和物质资源，② 从而达到释放和缓解"焦虑"之目的。

当今世界存在两种不同性质的后现代思想，一种是与现实认同，一种是与现实对抗。③ 可以说，张颐武等在特定中国情境下发出的声音只能是批评中的认同；而赵毅衡、徐贲等更多的则是利用后现代、后殖民理论对现存社会、政治和文化意识形态的批判和对抗。昔日的文学批评家今天毫无怯意地谈论"后启蒙"、"商品化"、"跨国资本"和"知识分子"的人文精神等不属于文学领域的宏大话题，正是全球化语境下中国后现代批评的一大特征。

"中国的焦虑"也是其他发展中国家所共有的"焦虑"，但由于各个民族和文化母国的现实境遇不一样，"焦虑"的内在模式不一样，"分裂"与"转移"的方式也就不一样。无论如何，中国新时期文学和发展中国家其他国家的文学一样，在对"焦虑"的审视和阐释中，用各自独有的品质，为全球化语境下"文化大观园"中"别一样的风景"写下了重重的一笔。

第三节 新时期文学的思想资源

中国新时期文学起承转合所呈现出来的"别一样的风景"与这个民族的"性格特征"不无关系。同全球化作为一种"文化想象"一样，安德生（Benedic Anderson）认为现代民族的"性格特征"也是"建立在想象之上的"。④ 在追寻现代化过程中，人们却有意无意地"忽略"这种想象，"忽略"民族和文化差异在人与人之间所起的建设性作用。造成这种"忽略"的原因在于看不到"格式化教育"所隐含的"文化强力"。⑤ 因为这种"文化强力"是隐性的、无形的，没有硬伤却又充满弹性的——

---

① 赵毅衡：《新批评》，中国社会科学出版社 1986 年版，第 116—123 页。
② 张颐武：《阐释"中国"的焦虑》，《二十一世纪》（香港）1995 年第 4 期。
③ Hal Foster, ed., *Postmodern Culture*, London: Pluto Press, 1985, pp. xi - xii.
④ Benedic Anderson, *Imagined Communities: Reflections on the Origin and Spread of Nationalism*, London: Verso, 1983, p. 10; John and Jean Comaroff, *Ethonography and the Historical Imagination*, Boulder, San Francisco, and Oxford: Westview Press, 1992.
⑤ 周蕾：《写在家国以外》，牛津大学出版社 1995 年版，第 37—38 页。

通过主流话语的反复诠释、各级媒体的不断宣传以及由家庭、学校和每个工作单位这种社会细胞的全面渗透，就形成了一个整齐划一、功能齐全的民族性格的"成长体系"。

社会制度本身的矛盾、冲突，个体的人对于独特个性的天然追求，以及有关部门对"人民记忆"的影响和控制日益乏力，使得这个单向度、近乎封闭的"成长体系"常常引发"灾难性高潮"——中国新时期的文学思潮常常折射出这种高潮，从伤痕文学到朦胧诗，从寻根文学到先锋小说以及后来的新写实小说等，都有着较为清晰的"灾难性高潮"之时间节点或事件界标。

不过，这种"高潮"有时也可以看作"解决问题过程中不断产生新问题的活性机制"。① 哈贝马斯指出，这种活性机制本来不受国家权力所控制的，而是受助于历史意识的深度激发，但封建主义和话语主宰者总是试图通过集体失忆的方式，或借助于爱国主义和民族主义的灵丹妙药，达到淡漠、忽视、控制或遗忘文化疆域中集体记忆之目的。②

昆德拉在《笑声与遗忘之书》中刻画了封建主义和话语主宰者是怎样控制集体记忆的："人与权力的斗争，就是记忆与遗忘的斗争。"他写道，"为了不让一丝一毫不愉快的记忆来打扰（1968年后'恢复正常'的国家的）新牧歌，那些曾玷污国家美好记忆的布拉格之春和俄国坦克都必须消除。所以，在捷克斯洛伐克，没有人纪念八月二十一日"，③ 因为那是留在封建主义和话语主宰者头脑中的恐惧的阴影，他们不愿让这种阴影挑衅自己，折磨自己，进而影响自己作为封建主义和话语主宰者的"正当性"与"权威性"。

"在极权国家里，'历史'由国家权力所控制，民间记忆便成为一种对抗国家记忆扭曲或强行遗忘的手段。在不得已的情况下，个人回忆成为保存非官方记忆的唯一处所。除非个人记忆获得集体性，不然社会意义非常有限。"④

---

① Jurgen Habermas, "What Does a Legitimation Crisis Mean Today? Legitimation Problems in Late Capitalism", in Legitimacy and the State, (ed.) William Connolly, New York: New York University Press, 1984, pp. 134 – 135.
② 有关集体记忆的论述请见 Maurice Halbwachs, On Collective Memory, trans. Lewis A. Coser, Chicago: University of Chicago Press, 1992; Paul Connerton, How Societies Remember, Cambridge: Cambridge University Press, 1989.
③ Milan Kundera, The Book of Laughter and Forgetting, (trans.) by Michael Henry Heim, New York: A. A. Knopf, 1980, pp. 3 – 14.
④ 徐贲:《再谈中国"后学"的政治性和历史意识》，《二十一世纪》（香港）1997年第2期；收入汪晖、余国良编《90年代的"后学"论争》，香港中文大学出版社1998年版，第132页。

匈牙利学者里斯本沙德（Richard S. Esbenshade）认为，在封建主义和话语主宰者统治下的作家"起到了记录者、记忆保管人和说真话者的角色"作用。作家成为英雄、成为民族遗产的继承人，而官方史家则被视为思想的侏儒。[①]

作家身份的这种定位很大程度上着眼于他们作品中所透露出来的政治指涉。一方面，作家与政治有着"剪不断、理还乱"的千丝万缕的复杂关系；另一方面，身处特定时代的许多作家总是竭力与政治保持一种（至少是形式上的）"疏离"关系，而走出极权阴影的作家虽然在其作品中可以大打"政治牌"，可他们总是喜欢否定自己作品中的政治指涉。例如，有人将1984年诺贝尔文学奖得主塞佛尔特和昆德拉的作品作比较，说前者的诗篇不涉及政治，原因是他人在捷克，想涉及政治都不敢；而后者由于流亡巴黎，想说什么就写什么，他的作品政治意味较重，但他不希望被别人当作政治小说家看待。[②]

这种说法即便不是偏见，也至少有失公允。塞佛尔特主要作品有诗作《裙兜里的苹果》《铸钟》《妈妈》《哈雷彗星》和回忆录《世界美如斯》等，哪一个作品没有政治倾向性？特别是他的代表诗《紫罗兰》，诺贝尔文学奖颁奖理由是："他的诗富于独创性、新颖、栩栩如生，表现了人的不屈不挠精神和多才多艺的渴求解放的形象。"这句话中的"渴求解放"难道不是政治意味十分强烈的表达吗？只不过，比起不在文化母国的昆德拉来，塞佛尔特的政治倾向是用诗歌的朦胧方式而不像昆德拉的小说方式那样表达得直接和明朗，或者说，他有着警醒的"PC精神"[③]罢了。新时期的中国作家不但拥有塞佛尔特式的"PC精神"，而且政治意识特别敏感。王晓明直言不讳地指出："即使在文学最有'轰动效应'的那些时候，公众真正关注的也并非文学，而是裹在文学外衣里的那些非文学的东西。"[④]所谓"非文学的东西"很大程度上指的就是作品中的政治成分。

---

① Richard S. Esbenshade, "Remembering to Forget: Memory, History, National Identity in Postwar East-Central Europe", *Representations*, No. 49 (Winter 1995): 74；转引自徐贲《再谈中国"后学"的政治性和历史意识》，《二十一世纪》（香港）1997年第2期；收入汪晖、余国良《90年代的"后学"论争》，香港中文大学出版社1998年版，第132页。
② 刘绍铭：《遣愚衷》，香港三联书店1987年版，第21页。
③ 所谓"PC精神"是指Political Correctness，即政治正确性，特别重视配合现实。参见刘绍铭《翻译文学的发明功用》，《现代中文文学评论》，香港：现代中文文学研究中心，第1期，1994年6月创刊，第149页。
④ 丁东、孙珉选编：《世纪之交的冲撞：王蒙现象争鸣录》，光明日报出版社1996年版，第1页。

如果说，中国新时期文学发展的一个显著特征是"焦虑"的话，那么，造成这种"焦虑"的很大一部分因素恰恰就来自中国一次又一次的"思想运动"。每一次运动的结果总有一批作家和知识精英成为事实上的牺牲品，但每一次运动结束之后，又有一批作家和知识精英在社会生活、伦理道德和民主政治中陈述他们与主流话语相左的观点甚至是"反动"的思想主张，被意识形态的主管部门认为是"严重的越界"，从而提出新的规制，引发新的思潮。

中国新时期文学之初，国门大开，各种思潮纷至沓来，中国作家用一系列作品与之形成共振，出现了伤痕文学、改革文学、反思文学、朦胧诗、寻根文学、先锋小说、新写实等文学思潮，从"作家内因"来说，这种被"思想运动"一再打压仍然没有放弃对"思想运动"的"执着与热情"，成了推动中国新时期文学在现代化征途上"历九死而不悔"的动力，因为每次思想运动总会引起主流意识形态的管理者之深度反思，社会的改革总会或多或少地采用运动中所提出的所谓"越界"的主张。从"社会外因"来看，数千年以来儒汉文化的心理积淀，使作家们视"立言"为"不朽之盛事"，习惯于在"学而优则仕"到"写而优则官"的名利场中实现自己的人生价值——通过"启蒙"输出自己的知识获得一种"学以致用"的虚荣心的满足；通过"代言"传递自己"经国治邦"的宏大理念，从民众回报的尊敬和社会给予的实惠里获得一种"天生我材必有用"的英雄自期心理。因此，作家/创作主体与政治/思想运动的复杂关系为中国新时期文学在发展中国家文学疆域中获得一枚具有"中国特色"的文化商标提供了丰富的创作资源。

第四节 中国文学对西方文化批评理论的贡献

杰姆逊认为："第三世界/发展中国家的经典文本，总是以民族寓言的方式投射作家的政治抱负：关于个人命运的故事包含着第三世界/发展中国家的大众生活和整个社会受到冲击的定位指涉。"[①] 如果说，这个带有定义特质的总结性分析反映了发达国家文学理论批评家对发展中国家文

---

① [美]弗里德里克·杰姆逊：《处于跨国资本主义时代中的第三世界文学》，张京媛译，《当代电影》1989年第6期；张颐武：《发展中国家文化：新的起点》，《读书》1990年第6期。

学的内在规律有着较为准确的把握和深刻的认知的话,那么,至少可以说,中国新时期文学的经典文本在"民族寓言"的内涵和外延上都有着更为丰富的精神指涉,是对杰姆逊意义上的"民族寓言"的扩展与延伸。具体地说,中国新时期文学至少具有下面七种不同类型的寓言。

第一,成长寓言,主要表现在伤痕文学的代表性作品里。这一时期的作品向长期笼罩在象征话语体系下的文学以及政治化生活模式和特定历史条件下形成的特权提出了挑战,创作主体试图通过将个人宗教般崇拜情感转移到对社会、国家、民族等宏大话语上来,达到恢复百废待举的政治、经济和社会道德新秩序的目的,同时以对抗历史的积习和对教条主义的揭露与批判来宣泄心灵的自主渴望。例如卢新华的《伤痕》,文本主人公王晓华隐含着作者及其一代人的痛苦经历,是对《青春之歌》中林道静之"成长故事"在新的历史时期的补充与延伸。这个民族寓言虽然与鲁迅先生的《祝福》有着异质的"文本互涉",但彼此的精神指涉有着本质的不同。历时地看,林道静、王晓华本来与祥林嫂同属于一个血缘家谱,但由于讲述者人格的不同,对"灵魂拷问"方式的不同,主人公的结局也截然不同——林静道成了坚定的革命者、王晓华"成长"为充满希望的建设者,而祥林嫂却在人们的"祝福"中自尽于"灵魂有无"的追问中。

第二,道德寓言,主要体现在朦胧诗的作品中。这一时期的创作群体仍然有着"成长寓言"那种"启蒙"特点和"代言"性质,但他们用尖锐的撕裂与政治势力形成空前的对峙关系。因为"启蒙"的本意是期望客观性科学、普遍性道德及法律和自足独立的艺术能够各自按照其自身逻辑充分发展,成为人们日常生活的有机组合部分。实际上,它们各行其是,越来越被统治集团分割成职业或专业性的封闭领地("朦胧"只是这个封闭领地的一个特征),与人们的生存关系日益疏远。同时,处于反抗政治文化位置的作家诗人与其反抗的对象处在非常复杂的"胶合"状态之中,他们也不能再以代表全新思想和意识的领袖、导师或者精英身份来充当被压迫者的代言人。原因在于,他们的"先进意识"乃是作为先知者或预言家的特权出现的。这种特权使他们在为被压迫者立言时,反而使得被压迫者不能自言;在解放被压迫者时,反而把他们送入新的压迫关系之中。[1] 在这种尴尬压抑的现实境遇中,创作主体只好返回到精神自身,从道德的层面上寻找一种假定存在的生存空间。伊蕾的组诗《独身女人

---

[1] Gayatri Chakravorty Spivak, *Post-colonial Critic*: *Interviews*, *Strategies*, *Dialogues*, New York: Routledge, 1990, p.41.

的卧室》就是道德寓言的生动范本。在这个虚拟的精神空间中，个人压抑的情感生活就是特殊时期中国人民生活的投影。

第三，生态寓言，主要表现在寻根文学的作品里。这一时期的作家把纯艺术与文学场域里的遗世独立当作他们与主流话语对抗的符号权威，他们用回避或疏离的方式进行介入，用反预言的方式成为新的预言家。当他们的回避或疏离与反抗戏剧性地跟主流权力话语相暗合时，他们"纯洁"的身份和"入世"的心态变得模糊与可疑，这种状态反映了创作主体不断地调整自己，以适应形势的发展，有着随机性、策略性和目的性的一面。与此同时，意识形态的力量无孔不入，"任何异端/地下/边缘的声音，在人们尚未发现以前，资本机构早已和'他'签约，造成事件和话题，而推入了新的商品流行"。① 就这样，"中国政治生态"作为全球水平上运作的一种文化资源，透过这种寓言的表达，与中国的民俗、古老文化遗存、神秘的风光等一起被纳入"冷战后"的全球化的体系之中，成为发达国家审定中国"他性"的特殊商标。② 韩少功《爸爸爸》中的丙崽（打不死、骂不死、毒不死的文化怪胎）和《女女女》中的幺姑的苦难遭际是一代或几代中国人在现代化进程中苦难遭际的具象写真，也是作家刻意塑造出来的在长期政治化生活中具有"中国特色"的"畸形产品"。

第四，文化寓言，主要表现在先锋小说的文本中，具有神话的内蕴和诗学的特质。此时的创作主体拒绝常识、权力、目标和价值在自主场域里的支配地位，他们在坚持自己理想的同时，对传统的教义采取冷漠的怀疑主义。遗憾的是，他们没能摆脱试图成为普遍意义上的世俗的诱惑，结果，尽管他们拥有对文化资本的话语支配权，是支配序列中的一员，但他们还是和一切被支配者站在一起。这样，为了捍卫自己的利益，为了保障自主性必须采取这种手段：放弃个人主义的自由，放弃创作中曾经追求的人格气质和精神特质，转而进行集体奋斗——余华和苏童的转变就是这样的例子。创作主体的负罪情结总是习惯于把别人当成自己的同路人，以此形成对抗外界的强大力量。残雪《山上的小屋》中的母亲和小妹便是事业上的同路人。但是，由于历史的积淀和文化的创伤，陌路人的性格特征较之同路人更为清晰和强烈。比方，残雪这个文本中的"我"就无法与父亲、母亲、小妹或别的任何人结成联盟，即便是血缘上的父亲，他也与

---

① 王浩威：《文化工作的边缘战斗》，联合文学出版社有限公司1995年版，第59页。
② 张颐武：《阐述"中国"的焦虑》，《二十一世纪》（香港）1995年第4期；收入汪晖、余国良编《90年代的"后学"论争》，香港中文大学出版社1998年版，第48页。

家庭中任何成员有着不同的心里负荷。这个文化寓言对那一段特殊历史的影射起到了画龙点睛的作用。

第五，伦理寓言，主要体现在王安忆《小鲍庄》、铁凝《玫瑰门》和刘恒《伏羲伏羲》等作品中。这些文本张扬一种被扭曲的理性，追求人的自然意义。因为理性是一种历史的产物，必须动用政治和道德的力量加以监护，人性的乱伦只有在个体心灵的压抑超出最大的承受"阈值"时才会出现崩溃式的发泄，并通过这种方式伸展被压抑的"本我"。这种张扬往往让人产生错觉，以为作家的人文倾向意在颠覆传统伦理的公共秩序，美德是公共秩序的产物，颠覆伦理秩序就是颠覆一种美德，牺牲这种美德就是向邪恶致敬，其结果便是，本已被扭曲的理性因为张扬反而增添了新的扭曲和新的压抑；同时，人的自然意义也由此打上了"文明的烙印"。创作者的深度所指并不在这里，文本影射的是一个民族的悲剧，它们再现了一个社会梦魇的整体意义，是对长期"性封闭"和"性禁忌"的一种反叛，是对政治力比多"澎溢"后渗透到社会各个角落的强烈抗议。

第六，民间寓言，在新写实小说作品中表现得较为明显，其中方方的《风景》可以视为这类寓言的经典文本。在这里，文化生产的场域有着"草根般力量"，主流话语的长期忽视为自生自灭的民间生活提供了充满野性的活力。这个时期的创作主体承续了寻根文学作家最初表现出来的"非典籍化"的人文倾向，只不过此时的"寻根"不是朝向偏远的山村或未开化的原始部落，而是朝向城市本身最下层的棚户区，使用的方法也不是田野作业式的文物发掘，而是新闻追踪式的现实直播。其寓言性在于，文化场域的生产越来越像一次政变或新闻事件，创作主体对可读性、时事性、新颖性的世俗标准的大胆追求，使文化生产中的自我空间越来越大。例如，《风景》中七哥的传奇故事竟由一个"死魂灵"来叙述，世俗的哲学成为这篇故事的序言，由弱变强的封闭性结构、由受虐到施虐的复仇式的"正义"立场以及离奇的爱情、生与死的较量、鬼魂的出没和神秘的政治力量所带给人物命运的改变恰恰印合了民间寓言的所有特征，它隐含着创作主体试图通过一种不加剪辑的"新闻纪实"翻耕板结已久的城市社区文化的真诚努力，是用编写家谱的方式对整个中国城市底层的民间话语进行一次全方位的投射。

第七，幻象寓言，这是一种社会寓言，有着主体与客体相分裂的特质，它把握不住社会整体的发展趋势，像一个没有集体的过去和将来的濒临死亡的绝望的躯体，但它包含的却是更为广阔的象征意蕴，是对历史梦魇的回忆与打捞，是对当下处境的窘迫突围以及对将来命运的失控的焦虑之内心透视。特别是在全球化语境下，创作主体的自我意识表达得更为强烈，他们常常对自身加以深刻的审视与质疑，而在具体实践中，他们的文化生产特性却是建立在包括对整个国家、民族前途之"幻象"投影的巨幅拼贴画之上。莫言的小说《拇指铐》，① 是这类寓言的代表。文本讲述一个为母亲去抓中药（象征着传统中国文化）的小孩阿义在回家途中被人用手铐将"拇指"铐在一棵大树上（象征故土或文化母国）。颇具讽刺意义的是，这副手铐竟然是来自发达国家的"文化霸主"——美国。结果，一副小小手铐铐住的不只是小孩阿义的救母之心，也铐住了发展中国家人民的生存处境和作家本人的自由灵魂。这种文化母本缺乏主体性的悲哀戏剧性地演变成没有眼泪的谑笑。如何应对这种艰难、如何排解这种"焦虑"？是否应该像小说中所暗示的那种解决之道一样：将大树锯掉，将小孩阿义的"拇指"也锯掉，才能得以自由？这是一种真正的困境。因为能够保护大树和解放阿义拇指的只有掌握手铐"钥匙"的人。而当事人早已远去，早已忘记自己的"作孽"——说不定他们已经到了制造手铐的美国。文本显示了强烈的"精神溯源"的特质。如果真要"溯源"，最好就是"母亲"（象征中国）不病；如果病了，最好不去镇上抓中药；如果去抓"中药"，最好回家的时候不走那座有"大树"的小山。但所有这一切，都是为了回避与"美国手铐"相遇。可是，在全球化浪潮下，这种"回避"显然也不是解决之道。中国的"回避"——常常演变成"自我封锁"——的时间还短吗？重要的是，要让掌握"美国手铐"的国民（象征知识精英）懂得中国一直处于美国等发达国家所影响的"潜历史"②的境遇中，用发达国家的"手铐"铐住一个苦难的小孩，并不幽默，更不好笑。文本中的巨大空白，恰恰是留给读者、知识精英、统治者、作家本人乃至作品中的主人公的思考空间。可归于这类"幻象寓言"的还有史铁生的《命若琴弦》、陈染的

---

① 莫言：《拇指铐》，《2000年文库——当代中国文库精读·莫言卷》，（香港）明报出版社1999年版，第177—201页。
② 有关这一问题请参见 Homi Bhabha, "The Other Question: The Stereotype and Colonial Discourse", *Screen*, Vol. 24, (Nov. – Dec. 1983), pp. 18 – 36; "Of Man and Mimicry: The Ambivalence of Colonial Discourse", *October*, Vol. 28 (Spring, 1984), pp. 125 – 33; "Sly Civility", *October*, Vol. 34 (Fall, 1985), pp. 71 – 80; "Signs Taken for Wonders: Questions of Ambivalence and Authority under a Tree outside Delhi, May 1817", *Critical Inquiry*, Vol. 12 (Autumn, 1985), pp. 144 – 65; "A Literature Representation of the Subaltern: A Woman's Text from the Third World", *In Other Worlds: Essays in Cultural Politics*, New York: Methuen, 1987。

《世纪病》、韩东的《障碍》和北村的《孙权的故事》等。

不过，上述这些归类分析并不是"画地为牢"或"对号入座"式的，因为创作者在具体实践上并没有将自己限制在某一种寓言的框架中，况且，杰逊姆的"民族寓言"说也只是建立在具体的文本分析上（如对鲁迅先生《祝福》的分析）。

中国新时期文学作品中的"寓言"特质并不是一个个单纯的寓言之组合，许多作品本身就是多种寓言的穿插重叠，形成"超寓言"或"跨寓言"的开放式审美态势。这种现象在新生代作家如行者、陈家桥、东西、曾维浩等人的文本中表现得尤其突出。比方，曾维浩《弑父》就不单单是杰姆逊式的"民族寓言"，而是多种寓言的"混合体"：它首先是一个关于生命起源与毁灭的寓言，生命在演化，在逃亡。在这个过程中，蓝寡妇变鸟，枇杷娘冬眠，东方吉堂变成植物，生命可以互换，生命与生命也可以相通。其次，它又是一个文化寓言，是关于文明与野蛮、战争与和平的寓言。再次，它也是一个关于民族的寓言：民族大迁徙，寻找家园，寻找梦境，寻找人类的灵魂，[①] 等等。

第五节　中国文学对西方文化霸权形成的冲击

在全球化语境下，中国作家对"民族寓言"扩展与延伸只是发展中国家文学"民族特征"的一个方面。更为重要的是，发展中国家文学有着自己独特的精神场域——既受制于发达国家的话语压抑，反过来又对发达国家的文化霸权形成冲击。对中国新时期文学而言，它主要表现在创作主体对发达国家文化理论和实践的学习、借鉴、移植和模仿，"第三世界/发展中国家的文化和物质条件不具备西方文化中的心理主义和主观投射"，即发展中国家文学发展的本身是建立在发达国家的话语"投射"的"阴影"之上，这是一个基本事实。

对中国而言，新时期文学思潮的起起落落与西方思潮的"输入"有着很大的关系。从20世纪80年代初期中国作家对"现代派"理论书籍的抢购狂潮到90年代人们对"后现代"和"后殖民"等理论的激烈论争，从苏联的托尔斯泰、契诃夫、高尔基、果戈理、莱蒙托夫、普希金等到法国的巴尔扎克、大仲马，以及英国的莎士比亚、狄更斯等作品的耳熟

[①] 曾维浩：《弑父》，《花城》1998年第2期。单行本同年由长春出版社出版。

能详,这些作家对中国新时期重返文坛的一些重要作家如王蒙、张贤亮、冯骥才、刘心武、古华和叶蔚林等人的影响是显而易见的。

随着国门的大开,萨特、弗洛伊德等人的哲学在中国掀起阵阵高潮,朦胧诗、寻根文学和先锋小说中的创作群体受西方作家作品的影响更加明显,如韩少功对于昆德拉(一直生活在巴黎)、卡夫卡、德莱塞、罗曼·罗兰等人作品的吸收和借鉴,余华对于福克纳、加缪、乔伊斯等人作品的继承和发挥,以及李锐对于海明威、残雪对于贝克特和弗吉尼亚·伍尔夫等作家血脉的深层把握,几乎可以画出一条备受影响的"思维红线"来。至于罗伯·格里耶、普鲁斯特等人对中国新时期先锋小说的影响也是不言而喻的,而且上述作家在创作实践中受影响和借鉴的并不是一个或几个外国作家,往往有着"群体融合效应",所有这些,都为中国新时期文学朝着现代化道路上迈进起到了重要的推动作用。

中国新时期作家在对发达国家作家借鉴和吸纳的同时,对于与自己有着相似屈辱历史的发展中国家发达文学如拉丁美洲的"魔幻爆炸文学"的学习和模仿也不遗余力,例如,博尔赫斯、马尔克斯、帕斯、埃利蒂斯、聂鲁达等人的作品在中国新时期文坛上都能找到清晰的影子,它说明中国新时期的大部分作家都能以开放的胸怀,积极地吸取外来养分,哪怕有时这种吸取由于过于急躁而出现生吞活剥或"横植现象",但这种"硬伤"随着自己的体格变得健壮而慢慢得到恢复。

同时,中国作家对自己的作品走出"国门"也有着持久的热情,例如,梁晓声就坦言,要是谁将他的作品推出国门,他会"心怀感激"。梁晓声这样说是有原因的。1985年前后,他的一位知青战友,"做了港台两地几个出版商的代理人",来找他希望将他的书拿到港台去出版,并给予高额稿酬,却被他坚决拒绝了。他刚刚加入中国作家协会,"其严肃性几乎等同于一个在政治上极端要求进步的人入了党"。他认为他拒绝将作品到大陆外出版是"党性原则问题",至少"需向本单位领导汇报",同时认为他那位港台出版商的"代理人"的角色"不光彩"。但半年后,"阿城等几位青年作家的作品集,率先在港台两地出版","全国各报和文艺版,争相以祝贺般的行文加以报导"。梁晓声后悔莫及,心想,那个"代理人"要是再去找他,他"肯定会怀着感激"地答应人家的。那人当然没再登过门。后来,他觉得"某一部书如果自认为还适于在境外出版,也是会及时封入信袋自荐式地寄出去的"。①

---

① 梁晓声:《中国社会各阶层分析》,经济日报出版社1997年版,第172—75页。

中国作家"走出国门"的热情虽然有着强烈的功利成分,急于得到发达国家的认可,但仍然可以看出其合理性的一面,那就是,让越来越多的"西方人"对中国有了更真实的了解——至少今天的西方人不会认为中国人把"天主教"称作"天猪叫"了吧？张宽讲了一个有点幽默却令人想哭的故事:有一天晚上,米乐山教授作了一个跨系科的幻灯演讲,主题是义和团扶清灭洋时期天主教在中国的命运。幻灯打出的画面上,天主教被中国文化人写成了"天猪叫",十字架上倒挂了一口开膛去毛的大肥猪,据称正作弥撒的善男信女,正围住"天猪"坐怀搂抱,淫乱群交;虔诚的传教士在"拳匪"的屠刀下引颈受死。[1] 这是西方社会对中国乃至东方不了解所致。有了解,就会有文化震骇(culture shock);有文化震骇就会有对固有的思想、观念和行为等形成某种冲击的可能。发展中国家文学、特别是中国新时期文学对发达国家文化霸权形成的冲击至少可从下面四个方面进行分析。

一是"渗透后的对抗冲突"。发达国家的文化霸权总是试图将自己的政治理念、民主设想等价值观念通过各种方式"渗入"发展中国家,这是众所周知无可争辩的事实。除了打着"经济支援"、"政治联盟"与"文化沟通"或"文化扶贫"等旗号进行直接"干预",除对发展中国家进行"输出性渗透"外,他们在"文化扶贫"上也有"输入性渗透"的一面,这是一种隐性的、不易觉察的对本国民众思想的"渗透"。比方,1984年冬,美国知识界力求突破文化上的故步自封的决心(据联合国教科文组织提供的资料,美国每年的翻译文学出版的非西欧的作品还不到百分之一),他们打着缩小"殖民差异"[2]的动人旗号,成立了一个"国际读者书社",专门介绍"西欧以外"的文学作品,第一批推介的书共有六本,它们是:尼加拉瓜、巴勒斯坦、捷克、南非、智利和中国杨绛的《干校六记》。[3] 美国知识界在选择这些书籍时有着明显的政治考虑,被选择作家的作品内容几乎都是涉及本国政治、经济和人权状况阴暗面的,作家的倾向是揭露、批判和憎恨的,这样的作品被翻译出版后,美国读者一定觉得自己国家对落后国家(发展中国家)的"干预"(帮

---

[1] 张宽:《欧美人眼中"非我族类"》,《读书》1993年第9期。
[2] 所谓"殖民差异",指的是"通过权力的殖民性(coloniality of power)在现代与殖民的意象的基础上对世界的分等划级",而"权力的殖民性"则是一种"将差异转换为价值的能量和机制。"参见 Walter D. Mignolo, *Local Histories/Global Designs: Coloniality, Subaltern Knowledge, and Border thinking*, Princeton: Princeton University Press, 2000, p. 13。
[3] 刘绍铭:《遣愚衷》,香港三联书店1987年版,第19—20页。

助) 是应该的,从而在制订相关政策时就会得到大面积的支持。对处于被选择/被审视的发展中国家作家来说,他们只能在矛盾心态中被动地接受——既有为自己的作品被发达国家推介、获得名与利(资本) 感到高兴,又有为被选择的作品不能完全代表自己、且作品在翻译的过程中可能会丧失"本土文化"的某些精华而感到沮丧。这种个人的矛盾也反映了发展中国家各国对于发达国家整体的矛盾。针对发展中国家各国政府既垂涎西方资本,又想保护本土文化的自相矛盾的做法,沙弥尔·阿明曾提出发展中国家与世界性资本主义经济逻辑"脱钩"的办法。"脱钩不是闭关自守,而是用内部抉择来抵消外来经济的影响。"[1] 因为,发展中国家民族独立运动在国际政治中本身就具有民主意义,虽然民族独立运动并没有立即带来民主生活,但也不能否定民族独立和解放运动的意义,重要的是应该加强缺少的民主内容。[2] 这种将"加强缺少的民主内容"作为发展中国家各国"内部抉择"的方式尽管无法真正"抵消外来经济的影响",然而,由于这些"民主内容"大多是发达国家"民主""自由"等理念的复制品,并且通过他们的"文化渗透"所造成的潜移默化的影响,因此,发展中国家各国在被动地(有意无意地)接受这些理念后,在对本国的政治体制、社会制度和文化传统进行改革的同时,也对发达国家的"民主内容"发生质疑。这种质疑也同时让发达国家的文化霸权感到了来自对方的冲击:"排挤机制在进行分野与压制的同时,也唤起了无法抵消的对抗力量。"[3] 发展中国家,特别是中国新时期文学对发达国家文化霸权形成的冲击就有着这种"渗透后"唤起的"无法抵消的对抗力量"之特征。特别是改革开放以来,中国发生了翻天覆地的变化,中国作家逐渐从西方大师的"阴影"中走出来,恢复了主体精神,也日益变得成熟和自信。例如,几年前,法国一家著名出版社的编辑不远万里来到中国,在北京约见作家格非,谈他的《人面桃花》版权输出事宜。在谈到出版合同时,格非表示了对某些条款不能认同。出版商问:"难道你不希望自己的书被法国读者了解吗?你的书不能在法国出版是一个很大的损失。"格非说:"我的书不能在法国出版,是法国读者的损失,我没有任何损失。"格非的回答掷地有

---

[1] Samir Amin, "The Issue of Democracy in the Contemporary Third World", *Socialism and Democracy*, No. 12, 1991, pp. 83 – 104.

[2] Samir Amin, "The Issue of Democracy in the Contemporary Third World", *Socialism and Democracy*, No. 12, 1991, p. 85.

[3] [德] 哈贝马斯:《公共领域的结构转型》,曹卫东等译,学林出版社1999年版,第7页。

声,体现了格非面对不平等条约的愤懑。近年来,莫言、余华、苏童、麦家、残雪、阎连科、迟子建等作家在版权输出上都充分体现了中国作家的尊严和自信。

二是"观念上的强烈冲击"。对发达国家的文化霸权来说,正如杰姆逊指出的,他们有一种强烈的文化确信,认为个人生存的经验以某种方式同抽象的经济科学和政治动态不相关。政治在他们的小说里,犹如"在音乐会中打响的手枪",十分的不协调。① 可是,这种方式在中国和其他发展中国家的作家和文学理论家中却能得到很好的理解:政治生活渗入日常生活的方方面面,文本的推力也与政治生态的风云变幻高度契合。发展中国家的文学动力与政治力比多有着天然的血缘关系,发展中国家的文学"寓言"也恰恰是该民族所处的屈辱经历和苦难生活的集中体现。作家或知识分子在对本民族的"屈辱"和"苦难"的展示中总要加进各自政治抱负中不宜公开的内心冲动,有意无意地成为文化/政治集团或民族/国家的代言人。中国新时期作家对"政治"二字爱恨交织的纠缠恰恰浓缩了中国这个民族之集体经验,它打破了发达国家文化霸权潜意识里存在已久的诠释机制。这种政治与个人日常生活十分不同的比例导致发达国家文化霸权在初读这些文本时感到陌生、感到与所熟悉的西方阅读习惯格格不入,从而引发他们对发展中国家文化重新进行评估以及对自己文化母国的理论系统和心理积淀进行新的审视。

三是"思想上的自我批判"。由于发展中国家对发达国家的逐步开放,特别是全球化语境下,国与国之间的文化交流日益密切——由翻译作家作品的间接交流到作家与作家的通信交流再到走出国门,实现作家与作家或作家与普通市民进行"面对面"的直接交流,发展中国家作家到发达国家访问和讲学对邀请国所造成的影响是显而易见的。自20世纪80年代中期以来,中国每年都有作家代表团或作家个人出国访问、讲学,这种"面对面"的交流带给发达国家文化霸权的不仅仅是"文化震骇",更促使他们产生"思想上的自我批判"意识。例如,韩少功在法国的时候,有很多法国人惊讶地问,"太奇怪了,你怎么不会讲法语?"——这是一种诘难,带着傲慢的否定态度。韩少功认为,遇到这种情况,中国人就不会有这种惊讶。相反,如果一个白人或黑人能够讲汉语,中国人倒会说,

---

① Frdric Jameson, "Third-world Literature in the Era of Multinational Capitalism", *Social Text*, Vol. 15, pp. 65 – 88;[美]弗雷德里克·杰姆逊:《处于跨国资本主义时代中的第三世界文学》,张京媛译,《当代电影》1989年第6期。

"太奇怪了，你怎么会说汉语？"——这是一种欣赏，带着肯定的赞美。它至少说明一点：中国人对法国人心里积习的冲击。中国人认为自己不是唯一的世界，远方还存在着其他的世界。而那些惊讶的欧洲人，则可能认为他们代表世界的全部，他们所拥有的《圣经》、民主、市场经济、法式面包和晚礼服，当然还得加上法文或者英文，应该成为世界的通则。这种"自大惯性"从文化心理上说，就是一种"封闭意识"——就像古老的中华帝国曾经有的"华夏中心文明"之"封闭意识"一样。法国人或其他西方人应该认识到：发达国家已经演出了人类史上动人的一幕，它在正义和智慧方面所达到的标高——跟中华帝国在当时所达到的世界性标高一样，毫无疑义地具有全球的公共性和普遍意义。但同样地，它只是文明的一个阶段（华夏文明自盛唐"贞观之治"后便每况愈下），而不是文明的全部。它也面临着怀疑和批判的巨大空间。如果发达国家自己不预留这个空间，进行反思和自我批判，那么，发达国家以外的其他民族——特别是包括中国在内的发展中国家民族——就会当仁不让地成为这个空间的主人。①

四是"知识上的内在反弹"。发达国家文化霸权的某些精英自以为对中国很了解，而他们的知识主要来自"牧师文化"或少数记者走马观花式的"片面新闻"，以及由华裔后代所写的"好莱坞文学"。比方，美国的谭恩美竟被视为"中国的百科全书"。她不识中文，却在《喜福会》里以几位年长的中国女性作主人公，这些人当年在大陆都有着十分不幸的遭遇（尤其在婚姻上）。小说中，正常的有人情味的生活在中国几乎是永恒的缺失。在谭恩美后来的小说《接骨师的女儿》里，她故技重演，惨绝人寰的故事总是被推出来当作中国传统文化的特产。作者还随意在作品里加上一些美国读者容易辨认的中国文化历史调料如甲骨文和北京猿人遗骨等，并作好莱坞式的处理，其特点为媚俗的玄奥。假如中国的历史记忆尽由这些失去母语者的作品来记载、反映，那将是谁的悲哀呢？② 中国新时期的电影在西方频频获得大奖，尽管有人指责是"后殖民"③ 时代演出的

---

① 韩少功：《多义的欧洲》，《世界》，湖南文艺出版社1996年版，第170—71页。
② 陆建德：《英语写作有多风光》，《环球时报》2001年7月6日第7版。
③ "后殖民"理论主要有三个方面的意义：第一是指那些与殖民地经验有关的写作和阅读；第二是指西方对发展中国家的"殖民化主体"的构成，对发展中国家本土历史的消声；第三是指发展中国家对殖民主义和新殖民主义的思想批判，以及其对抗形态和策略。参见 Bill Ashcroft, Gareth Griffiths, and Helen Tiffin, *The Empire Write Back*: *Theory and Practice in Postcolonial Literature*, London: Routledge, 1989; Ashis Nandy, *The Intimate Enemy*: *Loss and Recovery of Self under colonialism*, New York: Oxford University Press, 1983。

以揭祖宗老坟、迎合西方人胃口的"闹剧",① 或者说是用"取悦的'人妖'"方式,自轻自贱,去附和"东方主义的神话"。比如王岳川就认为,发达国家和发展中国家话语的对抗只能有两种结果:要么是"潜历史经验将自身展示为对主流话语的对抗,在世界范围内为霸权所分割的空间和时间中重新自我定位,并在主流社会中获得一席之地";要么就是以"取悦的'人妖'"方式,自轻自贱,去附和"东方主义的神话"。但无论如何,张艺谋、陈凯歌和周晓文等人拍摄的《红高粱》(莫言同名小说)、《活着》(余华同名小说)、《大红灯笼高高挂》(苏童《妻妾成群》)、《菊豆》(刘恒《伏羲伏羲》)、《秋菊打官司》(陈源斌《万家诉讼》)和《香魂女》(周大新《香魂塘畔的香油坊》)等,将中国新时期文学推出国门、让发达国家文化霸权更真实地认识到中国做出了不可磨灭的贡献。因为这些作品完全不同于谭恩美的虚构,甚至不同于用英文出版的华人作家张鸿的《黑天鹅——三个女人的故事》、闵琪的《红杜鹃》、虹影的《河流的女儿》等带有扭曲性的自传作品,它们提供了一个更加真实的中国,打破了发达国家文化霸权已有的知识经验。

值得一提的是,2020年6月20日,五洲传播出版社和约旦空间出版社联合举办的第三届阿拉伯网络小说大赛进入最后评选环节,本次大赛共收到沙特、埃及、摩洛哥等21个阿拉伯国家的2014篇投稿。此前一周,作家出版社推出的《"一带一路"沿线国家经典诗歌文库》第一辑和人民出版社推出的"一带一路"故事丛书第二辑先后举行了新书发布会,两套丛书共分中、英、俄、阿、西、法等20多种语言面向全球发行。进入21世纪以来,中国作家在从幕后到前台、从边缘到中心的文学征途中,好戏连台:2011年5月29日,英国著名学府布朗大学向北岛颁发荣誉文学博士(Doctor of Letters, Litt, D.),校董事会在褒奖词中写道:"你用深邃的、充满力量、让人难以忘怀的诗句,向你的祖国和世界发出了声音,谱写自由和表达的乐章……为了你对于人性根本之美德的坚持不懈的信仰,为了你对于书写文字之力量的信心,为了你对于人类之自由的深切的信念,我们授予你文学博士学位以致敬意。"②

---

① Wdndy Larson: Zhang Yimou's to Live and the field of film, *The Literary Field of Twentieth-Century China*, (ed.) by Michel Hockx, Richmond: Curzon Press, 1999, pp. 178 – 197; Xudong Zhang, *Chinese Modernism in The Era of Reforms: Cultural Fever, Avant-Garde Fiction, and The New Chinese Cinema*, Durham and London: Duke University Press, pp. 282 – 328.

② 李彦华:《布朗大学为北岛颁发文学博士》,今天杂志网,http://www.jintian.net/today/,2011年5月31日查询。

2012 年 5 月，诗人翟永明获得意大利 CEPPO PISTOIA 国际文学奖的 Piero Bigongiari 奖项，一个月后，她的英译本诗集《更衣室》又荣获美国北加州图书奖诗歌翻译类大奖。① 当然，2012 年中国文学最大的收获无疑是莫言斩获诺贝尔文学奖。在此之前，作为中国新时期文学代表性作家，莫言是世界文坛的获奖大户。比如，他的《酒国》（法文版）2001 年获法国"Laure Bataillin"外国文学奖。授奖词指出：这是"一个空前绝后的实验性文体。其思想之大胆，情节之奇幻，人物之鬼魅，结构之新颖，都超出了法国乃至世界读者的阅读经验。这样的作品不可能被广泛阅读，但却会为刺激小说的生命力而持久地发挥效应"。

　　2006 年 7 月，莫言荣获由日本福冈亚洲文化奖委员会颁发的第 17 届福冈亚洲文化大奖。授奖词说："莫言先生的作品引导亚洲文学走向未来，他不仅是当代中国文学的旗手，也是亚洲和世界文学的旗手。"这样的评价不仅是莫言个人的荣光，也是中国新时期文学集体的荣光。2009 年 8 月，莫言以《生死疲劳》夺得第一届"纽曼华语文学奖"。该奖项由美国俄克拉荷马大学美中关系研究所设立，每两年颁发一次，旨在表彰对华语写作做出杰出贡献的文学作品及其作者。获得首届纽曼奖提名的作家及作品还有阎连科《丁庄梦》、宁肯《蒙面之城》、王安忆《长恨歌》和王蒙《活动变人形》等。莫言的《丰乳肥臀》被《华盛顿邮报》称之为"冲击诺贝尔文学奖"的作品，他的《生死疲劳》则被《纽约时报》誉为"最富有想象力和创造力的小说"。

　　学者张志忠指出：进入 21 世纪以来，莫言不仅是海外翻译作品最多的，也是斩获世界文学大奖最多的作家。西方世界借助于拉伯雷、福克纳和马尔克斯的导引而接受莫言，日本、韩国、越南等则从中看到了亚洲特性。莫言获福冈亚洲文化大奖，在同代人中是仅见的，获首届纽曼文学奖，也表明其文学地位的不可动摇。② 不仅莫言成为世界文学的佼佼者，中国其他作家在国际文坛的表现也十分抢眼，他们从西方人设立的全球性奖项中夺取一个又一个大奖，在世界"竞技场"上捧回了一座又一座沉甸甸的奖杯：阎连科 2014 年获得卡夫卡文学奖，刘慈欣、郝景芳分别获 2015 年、2016 年雨果奖，曹文轩 2016 年喜获国际安徒生奖，格非 2017 年获得美国苏珊·桑格塔翻译奖。此外，中国作家 2019 年更是残雪文学

---

① 云从龙：《诗人翟永明获意大利 CEPPO PISTOIA 国际文学奖》，今天杂志网，http：//www.jintian.net/today/，2012 年 8 月 7 日查询。
② 张志忠：《大奖纷纷向莫言：经典化的过程及其价值取向》，《当代作家评论》2016 年第 5 期。

年，3月入围布克国际文学奖，10月在诺贝尔文学奖赔榜率上挺进前三，虽最终与该奖擦肩而过，但她在国际文坛上的影响力和知名度日隆一日成为不争的事实，充分表明国际文坛对中国当代文学及作家的深切关注，也表明中国文学所具有的世界意义。

在第19届北京国际图书博览会上，中国与相关国家共达成引进协议1431项，输出与合作出版协议1867项，引进与输出比为1∶1.3。本次图书博览会，共有75个国家和地区的2000多家出版单位参加了展出，成为国际出版业的"助推器"和"风向标"。① 一些中国文学作品在国外的销量也非常可观，比如《三体》英文版全球销售超过25万册，《解密》英文版和西班牙文版销售均超过5万册。《人民文学》外文版推出了英文、法文、意大利文、德文、俄文、日文、西班牙文等9个语种的版本。中国文学作品输出的地域扩大了，以前主要是亚洲，现在输出到欧美、拉美、阿拉伯国家，输出语种越来越多，反映了世界各国对中国文学有一种期待，他们希望通过文学来了解中国当下正在发生什么，通过对一个国家和民族命运关注的同时，也关注到中国作家在文学永恒主题和文学艺术本体上的不懈探寻。② 这些成就和数据本身就足以说明中国文学赢得了世界同行的尊敬，并越来越受到全球读者的关注，影响力也越来越显著。

此外，新时期流放和移民定居国外的一些作家、诗人，一部分人继续坚持用中文母语写作，如北岛、古华、郑义、徐晓鹤、虹影、严歌苓、友友、王瑞云、顾晓阳、夏雨、宋明、杨炼、多多、孟明、胡冬、张枣等；另一些人经过多年的打磨，至今已经完全能够用西语直接写作，例如，李笠用瑞典语写作，京不特用丹麦语写诗和小说，张耳、张真、欧阳昱用英语写诗，而程抱一、亚丁、戴士杰、孟明以法语写小说，哈金、闵安琪、裘小龙、王屏等人以英语写小说等，以及更年轻的"双语作家"如孙笑冬、田晓菲、沈双、刘剑梅，③ 等等，这些作家对中文母语浸淫很深、又生活在西方世界里、且不少人能用西语表达中国经验。

海外作家的种种文学表达，由于抽身于中西两方主流话语的中心位置、以"局外人"的冷峻身份切入生活的核质，使各自的作品呈现出"冷的文学"的审美特征，这种国际化背景对发达国家文化霸权形成的冲击更加重要。这些作家与受到霍米·巴巴所指责的"西方话语的叙述者"

---

① 傅小平：《图博会中文版权输出创新高》，《文学报》2012年9月6日第2版。
② 杨鸥：《中国文学国际影响力提升》，《人民日报》（海外版）2017年5月3日。
③ 赵毅衡：《年年岁岁树不同——2001年的海外文学》，《羊城晚报》2001年12月27日第3版。

不同在于，中文母语和中国经验已经渗入他们的血液和灵魂中，用西语写作既是一种表述策略，更是一种反叛姿态，他们的作品同发展中国家文坛上的一些重要作家，如拉什迪、尼克斯和赖波尔等一起，冲击和破坏了发达国家文化霸权的虚妄叙述和"幻影"之说的自在预想，加强了发展中国家文学"对抗"发达国家文化霸权的内在力量。

第二章　文学引力：中国经验的伤痕书写

引力是一个物理用语，指任意两个物体或两个粒子间与其质量乘积相关的吸引力，它是自然界中最普遍的一种力。牛顿万有引力定律的表述是："宇宙中每个质点都以一种力吸引其他各个质点。这种力与各质点的质量的乘积成正比，与它们之间距离的平方成反比。"

文学引力是一种假借的说法，即伤痕文学创作主体有一种强烈的身份体认与政治确信，他们把"文以载道"和"为民代言"作为这个引力的两端，以特定历史时期发生的种种事情给人的身体和精神造成的"伤痕"为书写对象，按照民族寓言中成长小说的模式，揭露政治运动及其意识形态对国家、民族和个人所造成的灵与肉的创伤，其普遍的价值诉求是呈现个体与集体、局部与整体、自由意志与历史理性、感性生命与刻板教条之间的隐微而深邃的文化力量。伤痕文学作为历史进入新的阶段涌现出来的有关中国经验的原初表达，以刘心武、卢新华、从维熙、李国文、古华、张贤亮、周克芹等一大批作家为代表的创作者主要是站在民族国家的高度去表达特定历史时代中国社会的集体记忆，他们坚信人民是历史的创造者，是时代的雕塑者；坚持用强烈的现实主义精神和浪漫主义情怀，观照人民的生活、命运、情感；坚持"为民代言"，努力表达人民的心愿、心情、心声，让自己的心永远随着人民的心而跳动。

我们知道，文学从来不是作家个人的事业，中华文化有着悠久的"诗教"传统，中国作家的最大特色就是继承和发扬了这种优秀文化传统。作为新时期文学发展之初的伤痕文学，其创作群体在文学实践中从未放弃个人对家国天下、对民族命运的责任与担当，他们的作品呼应着人民的忧乐，激励着人们的情感，产生了一大批与人民同呼吸、共命运、心连心的优秀作品，虽然艺术上有些粗糙，也存在着主题先行、人物扁平化、美化苦难、忽视对人性恶的揭露与批判等这样或那样的问题。

本章主要从历史可靠的叙述者、《伤痕》与《祝福》之互文解读、文学的力量与弱者的发言、人民记忆的合法性与精神自疗以及发展中国家文学粗糙而灼热的声音等层面深入分析，找出作家与时代、作家与读者、作家与国家、作家与民族、作家与自我之间的内在关系。从中发现，这个时期的代表性作品虽然象征主义文学的阴影还十分浓重，但作家们善于用现实主义精神和浪漫主义情怀观照历史深处的温情和现实生活的明亮，坚持用光明驱散黑暗，用美善战胜丑恶。这样的文学，既顺应了社会的发展方向，又呈现出了自己的独特风采，为源远流长的"代言"、"载道"和"诗教"等中华优秀文化传统输入了新的思想血液，充分彰显了中国新时期文学在发展中国家文学和全世界文学大家庭中的独特形象。

第一节　历史可靠的叙述者

英国著名作家弗吉尼亚·伍尔夫指出，女人应该有一间完全属于自己的房子，原因是："智力的自由全靠物质环境，诗又全靠智力的自由。而女人历来是穷的，并不仅是二百年来，而是有史以来就穷。女人比希腊奴隶的子孙的智力的自由还要少，所以女人就绝对没有一点机会写诗。这就是我所以那么注意钱和自己的一间屋子的理由。"① 在伍尔夫心中，这间房子就是自由的依凭，是作家创作的基石。

梁实秋先生也说过，文学的巨厦是广阔的，他比伍尔夫讲得委婉些，着重点在于写作者的空间。这是他的哈佛大学老师白璧德（Irving Babbitt）说过的一句话之延伸："文学的巨厦，有许多房间。但这并不是说它们都在同一层。"② 白璧德讲的与伍尔夫有所不同，强调的是写作者的艺术表达。白璧德的另一个弟子艾略特将他的话阐释得更加具体：文学大厦的"品质"有高低之分。③

所谓"品质"当然指的是表达方法上的艺术水准与审美意义上的文学价值。如果说，不可阻挡的全球化浪潮将发展中国家文学的"品质"越来越真实地从五光十色的显影液中凸现出来的话，那么置身于世界背景中的中国新时期文学，无疑有着自己独特的"体格"和精神疆域。新时期之初的伤痕文学作为中国文学大厦的"地基层"，有如杰姆逊（Frdric

---

① ［英］弗吉尼亚·伍尔夫：《一间自己的屋子》，王还译，上海人民出版社2008年版，第4页。
② 梁实秋、侯健：《关于白璧德大师》，巨浪出版社1977年版，第56页。
③ 侯健：《中国小说比较研究》，东大图书公司1983年版，第188页。

Jameson)所说的"伟大书籍"① 中的一个文本,在正统者那里,这个文本总是被一再挖掘出"本质、理想、革命性和精神家园"之类的陈词滥调,却恰恰忘了"人"的第一性征,② 难免呈现出感受错觉(affective fallacy)批评的障碍。

有人对这时期的文学提出批评。例如,以《棋王》闻名的作家钟阿城认为刘心武和卢新华这个时期的代表作有如中学生一样幼稚。而刘心武本人也认为他的《班主任》很不成熟,不愿意将它视为自己早期的代表作。为什么会出现这种情状呢?海德格尔认为,是语言在向"人"说话而不是"人"在向语言说话。所以,他规劝诗人们写作时要静听语言之所说,而不是自己大声喧哗。③ 这可以看成伤痕文学受到诟病、艺术价值不高的症结所在,即伤痕文学的创作者本是有着"广阔的空间",可以建造争奇斗艳的文学大厦,遗憾的是,他们并不是从自己静寂已久的内心出发,而是不顾艺术规律,"静听语言之所说",喜欢"大声喧哗",从"救救孩子"④ 到"捍卫母亲"⑤,从呐喊、声讨到怒吼,声音一浪高过一浪。

文学创作本来是很隐私化的事情,作为一种释放情感的个人行为,为什么要如此"张扬"和"吵闹"呢?这是因为,中国作家通过这种"喧哗",既可以宣泄自己压抑的情绪,又可以引起社会广泛的注意,尤其是各级政府主管领导的注意。这种"喧哗",与他们积极向民"启蒙"和争当某个阶层代言人是一脉相承的,特别是创作主体的"红地毯情结",更是主流文化"磁力"直接作用的结果。

比如,张贤亮的小说《绿化树》被译成英文时,译者杨宪益、戴乃迭先生曾希望作者将"最后一节主人翁'走上红地毯'那一段删除"。后来的"日文译者、俄文译者、波兰文译者及其他几种文字的译者,几乎都提出这种意见",认为"太俗气",但张贤亮坚持不删。他坦率地说:"竟没有人理解那个主人翁'走上红地毯'是很重要的一笔,那不仅仅是主人翁个人命运的改变,而且是中国社会开始全面改变的象征。"⑥ 如果

---

① [美]弗雷德里克·杰姆逊:《处于跨国资本主义时代中的发展中国家文学》,张京媛译,《当代电影》1989 年第 6 期。
② 敬文东:《从身体说起》,《今天》2001 年夏季号,第 198 页。
③ Martin Heidegger, *Poetry, Language, Thought*, trans. By Albert Hofstadter, New York: Harper & Row, 1971, pp. 189 – 210.
④ Liu Xinwu, *The Teacher Prize-Winning Stories*, Beijing: Foreign Language Press, 1981, pp. 3 – 26.
⑤ 白桦:《妈妈啊,妈妈》,《收获》1980 年第 4 期。
⑥ 张贤亮:《小说中国》,陕西旅游出版社 1997 年版,第 39—40 页。

说这个情节寄寓着"主人翁个人命运的改变"似乎还说得过去,但若把它说"是中国社会开始全面改变的象征",则纯粹是夸大其词,也可以说是一种狡辩。

事实上,小说中的"主人公"就是张贤亮自己的影子,走上"红地毯"也是作家自己的理想。请看张贤亮的得意之说吧:"此后,仅三年多一点时间,1983年我居然踏上了人民大会堂的'红地毯'"!在张贤亮看来,所谓艺术,比起"红地毯"来,算什么?他感叹万分地说,"当政协委员真好啊!"可以实现"为民代言""为国分忧"的双重理想。① 很难想见,要是张贤亮删除了小说中的"红地毯",他还能不能走上生活中的"红地毯",还能不能享受到那么多的"权利",得到那么多的"好处"。为享受这些权利和得到捞到这些好处,创作者不惜伤害自己的艺术表达,让文本中的主人公形象尽可能塑造得"假全空"与"高大上"。

类似张贤亮这种把文学当成"敲门砖"的急功近利者,在伤痕文学的作家中并不少见。这些作家在其作品中常常置艺术规律而不顾,频频出现作者介入和概念的具体化描写或诠释,太多的世俗诱惑和精神投射的功利成分,对主人公的"性格刻画"缺乏创见,使作品的向度鲜见立体感,人物性格缺陷,好人、坏人一出场就知道,甚至从人物命名上就能了解故事结局,没有人性的挣扎,没有灾难性高潮,叙事四平八稳,悲剧性弱点随处可见……"张贤亮作品中的许灵均、章永璘所表现的人格独立性的萎缩与对'体制——祖国'认同的个性沦丧,也可以说是封建思想造成了张贤亮等新时期作家群精神世界的主体性迷惘与无力。"②

这些短板或硬伤,使伤痕文学作家孜孜以求要成为历史可靠的叙述者(reliable narrator)的努力,由于没有强烈的否定能力(negative capability),而遁入吊诡的戏剧性反讽的尴尬处境之中。张贤亮直言不讳地说,20世纪70年代末80年代初,"人们认为中国作家很可能就是人民的代言

---

① 1983年3月,在全国政协会议期间,以《乡场》闻名的作家何士光与张贤亮同会,他"看到政协委员自宾馆向人民大会堂出发的途中警卫森严,路人全在两旁注目以视,而每辆大轿车上都有许多空座位,很可以将政协委员们并在一起,省下一些车辆来,于是叹惜道:这很不必要嘛。"可张贤亮竟说,"这很必要!这就是一种国家行动,所有的形式和仪式都是国家行动的一部分"。更重要的是,他觉得这种"享受警卫保护……是提高'参政议政'的严肃感与重要性,树立起一种国家形象,民主就会从这里开始"。参见张贤亮《小说中国》,陕西旅游出版社1997年版,第55页。

② 杨中美:《张贤亮:充满开拓性与争议性的作家》,收入马汉茂、齐墨主编《大陆当代文化名人评传》,(台北)正中书局1995年版,第443页。

人。其实，那不过是作家们说了人民群众'想说又不敢说的话，要说又说不好的话'罢了，不是思想上的代言人而是感情上的代言人"。他承认，那时他们"有力地配合了思想解放运动，推动了中国的进步"。[1] 不仅如此，中国作家的写作还常常有着"煮字疗饥""为稻粱谋"之实用主义的功效，甚至有着强烈的为改变自己的处境，或谋个一官半职之"入世"心态。这种"混浊杂质"的创作心态，无疑大大损害了文学艺术本身所要求的"空灵明净"的境界，使作品的"体格"和"品质"总是难以达到应有的高度。

与张贤亮相类似，卢新华发表《伤痕》后，他就想利用赚得的名气到北京去谋个一官半职，开始他的政治生涯。他找到一些有很高职位的文化官员，得到的答复是要他回去等消息。卢新华于是想："他们可能会用我了。"[2] 这种"等待被用"的实用心理完全窒息了卢新华的创作——《伤痕》之后，卢新华从复旦大学毕业，进入《人民日报》，后赴美国，经过生活的大起大落，虽又写下了《财富如水》《细节》《紫禁女》《伤魂》等，但再也没有创作出像《伤痕》那样引起社会强烈反响的高质量的作品来。

卢新华的"入世心态"只是伤痕文学作家群中的一个代表。张贤亮就公开承认，他把文学当作"敲门砖"，因为"我即使一人放三群羊，超额三位地拼命劳动，顶多获得个'劳动能手'的称号"，而写文章则是自古以来通向"仕途的捷径"。他先瞄准的居然是中国政治理论第一刊《红旗》！因为写不好论文，他写诗，结果因《大风歌》触了"霉头"，改革开放后，他才改攻小说。[3] 另外，尽管中国不少作家像卢新华和张贤亮等人一样，患有这种"官位饥渴症"，对政治上的利益有着强烈的主观诉求，但绝不能说，这就是他们写作的唯一目的。

中国作家与政治、经济、文化和社会生活等各个方面的复杂关系不像"小溪"式的一目了然、清澈见底，而是一条深深的、笼罩着种种迷雾和杂草丛生的浑浊的"河流"。对研究者而言，就是要掀开"外部只能由像譬如疾病症状一类的外壳标志"，"重建处于我们自己的世界表面之下的客观现实世界"。[4]

---

[1] 张贤亮：《小说中国》，陕西旅游出版社1997年版，第32页。
[2] Perry Link, *The Uses of Literature: Life in the Socialist Chinese Literary System*, Princeton, New Jersey: Princeton University Press, 2000, p. 152.
[3] 张贤亮：《小说中国》，陕西旅游出版社1997年版，第36—37页。
[4] 侯健：《中国小说比较研究》，东大图书公司1983年版，第79页。

王晓明也指出,"我们这一代人研究二十世纪中国文学,首先要做的一件事,就是尽可能绕过这一堆遮蔽物,直接去接触原始材料,尤其是那些被有意歪曲和摒弃的材料。只有大量掌握这样的材料,我们才可能真正揭破那些神话和'公论',展开学术意义上的讨论和阐释"。① 不过,即便是王晓明意义上的"讨论和阐释",也仅仅是见仁见智,发一家之言。德里达早就说过,语言是一种广义的书写,一个由无限"歧义"构成的系统,它是无形、无限、无不在、无定形、无名的,通过无踪迹的形式进行运动。语言之根在无意识中。语言的外化存在带有无数历史的、文化的、传统的、民俗的痕迹,因此语义的多元是必然的,不可能有确定的文本解读。②

　　严峻的事实还在于:在全球化语境下,非西方在历史上缺乏或者没有自己的主体性,文学批评家们在分析和论证自身时必须使用西方现成的话语体系。"虽然东方一直在进行对这种剥夺的反抗,但反抗本身又包含着一种危险。如果你要以西方的话语反抗西方,你就是又一次把它确定化了。问题在于你非用它不可!"③ 这也是张颐武所指称的发展中国家文学的"焦虑"④之一隅。

　　伤痕文学,大而言之中国新时期文学,犹如鲁迅先生笔下的祥林嫂,就处于这样一种"被描写的"境地,虽然作家和批评家们试图摆脱"他者"的位置,一直在努力使主体获得自主地位,但这种状态并不是一下子就能改变的。鲁迅先生曾希望他笔下的"被描写的""他者"能够"发出自己的声音",因为"受了损害"和"侮辱"(《三闲集·无声的中国》)。新时期文学的创作者们也有这种屈辱感。近现代以来,代表贫穷和落后的中国在世界背景下一直作为"被看者"(spectacle)(或鲁迅先生所说的被"被描写者")而被一群好奇的旁观者(spectator)所围观。"中国"这一形象作为"发展中国家"的一个重要成员,一直处于"被围观"或"被看者"的位置上。⑤

　　客观地说,"被看者"的身份虽有着"弱者"的悲剧色彩,却并不可

---

① 王晓明:《在批判的姿态背后》,汪晖、余国良编:《90年代的"后学"论争》,香港中文大学出版社1998年版,第200页。
② Jacqes Derrida, *Writing and Difference*, trans. by Alan Bass, Chicago: University of Chicago Press, 1977.
③ 白璧德:《文化与文学:世纪之交的凝望》,国际文化出版公司1993年版,第110页。
④ 张颐武:《阐释"中国"的焦虑》,《二十一世纪》(香港)1995年4月号,第128—135页。
⑤ 李杨:《抗争宿命之路——"社会主义现实主义"(1942—1976)研究》,时代文艺出版社1993年版,第61页。

耻。何况，能够引人注目，获得"被看"，本身就是一种肯定，一种长期被冷落或视而不见的身份转变。这一角色的转变，与其说是西方这个"他者"在后现代的困境下，为了"换血"、并重构自身的价值体系，而把目光投向非西方的无奈选择；毋宁说是非西方国家、特别是包括中国在内的发展中国家的作家艺术家们对发掘本土文化精华的努力（包括喧嚣与呐喊）所获得的应有报酬，即"被看者"与"看者"在全球化背景的坐标系下获得尊重与平等的对话成为可能。"被看者"需要正视自身，在"被看"的过程中，能够自觉或不自觉地抬起头，看看别人或"他者"。但是，这种"放眼世界"地"看看别人"，也要避免陷入与萨伊德"东方主义"相对立的所谓"西方主义"泥沼之中。

钱超英在批评某些海外华人知识分子时指出：这些人作为激变时代的文化符号传播者和理想者，以"走向世界"的当代先驱自许，常常把中国作为一个"异己的"对象加以"他者化"，以标识、建构自己对一个"前现代性"社会的叛逆身份。钱超英认为，支配 20 世纪八九十年代之交"出国文化"的，就是一种"西方主义"思潮。[①] 在这种思潮中，和对"西方"的"魅化"相对应，"中国"总是成为一个笼罩于虚无主义绝望中的对象。然而，他们"突破中国"的努力又内在地受制于这一事实，即他们"走向世界"的精神动力，从根本上说，正来自他们曾在其中扮演先锋角色的中国社会的现代转型过程，这使他们的"非中国"姿态，往往隐含了"中国性"的限定。[②] 因此，"历史可靠的叙述者"不是虚无主义的自我表述，而是直面苦难、正视伤痛、开掘人性和发现亮光的时代书写。

第二节 《伤痕》与《祝福》之互文解读（上）

本节主要聚焦中国新时期的特殊国情和时代语境，运用"文本互涉"

[①] 钱超英：《自我、他者与身份焦虑——论澳大利亚新华人文学及其文化意义》，《暨南学报》（哲学社会科学版）（广州）2000 年第 4 期。

[②] 杨荣文：《太平洋世纪的亚洲文明——杨荣文准将谈文化和社会课题》，《联合早报》（新加坡）1991 年 8 月 13 日第 7 版。相关内容参见萧虹《她们没有爱情——悉尼华人女作家小说选·序》，墨盈创作室，1998 年，第 3 页；参见王宁《"东方主义"与"西方主义"：对话还是对峙？》，《东方丛刊》（桂林）1995 年第 3 期；参见张宽《欧美人眼中"非我族类"》，《读书》（北京）1993 年第 9 期。

及其相关理论,对几个经典文本如《伤痕》、《祝福》及《青春之歌》进行"历时性"解构,以达到"福柯式"的阐释企图,即对文学思潮和文本"陈述的分析是一种历史的分析,是一种避免一切释义的分析:它不去问那些被人说过的话里深藏着什么意义,什么是那些话里非自觉的'真正'意义,或者什么是含而未露的因素……与此相反,它要知道的是这些话语的存在形式……它们——只是它们而不是别种话语——在某时某地的出现究竟意味着什么"①,从而使我们有可能从整体上把握和审视伤痕文学的"品质"在中国新时期文学大厦中究竟应该占据什么样的地位。

"文本互涉"(intertextuality)是保加利亚裔文学理论家克里丝蒂娃(Julia Kristeva)将其所提出的正文(text)理论和俄罗斯文学理论家巴赫金(M. M. Bakhtin)的小说中的"对话性"②理论(dialogicality)与复调③(polyphony)结构融合而成。克里丝蒂娃的"正文"理论是针对一般读者将文学作品视为以文字排列而成的表象、造成文本意义上的单一化而提出来的具有颠覆性的解构"阐释序码"。克里丝蒂娃认为,传统的文学批评理论如弗洛伊德的精神分析学和马克思主义文学批评,都不是自觉地使用语言符序,而只是机械地将以句子为研究单位的语言罗列到文学作品中,把作品看成系统化了的研究对象,根本忽视了文学作品中所存在的丰富的歧义性和不可预知的阐释性。她觉得巴赫金理论的可贵之处就在于他是打破文本意义"单一性"上的第一人,并指出文本结构并非单独的存在,而是彼此关联、交织、嵌入而"互动地"存在。④

克里丝蒂娃的独特之处在于,她将自己对"符号异质性"的研究加以深掘,找出了文本与语言之间的内在规律;她没有将文学作品看成一种"静止"的语言现象(传统的文艺理论常常把文本看成"过去式"的静止状态),而是将"正文"视为"符表的实践"。在这种实践中,"意义的产生不再是索绪尔所预设的源于抽象的'语言'层次,而是随着符表的

---

① Michel Foucault, *The Archaeology of Knowledge*, trans. by A. M. Sheridan Smith, Tavistock Publications, 1972, p. 10.
② M. M. Bakhtin, *The Dialogic Imagination: Four Eassys*, trans. by Caryl Emerson and Michael Holquist, University of Texas Press, 1981.
③ M. M. Bakhtin, *Problems of Dostoevshy's Poetics*, trans. by Caryl Emerson, Manchester: Manchester University Press, 1984.
④ 陈岸峰:《李碧华〈青蛇〉中的"文本互涉"》,《二十一世纪》(香港)2001年第6期;并参见 Julia Kristeva, *Desire in Language*, trans. by Thomas Gora, Alice Jardine and Leon S. Roudiez, New York: Columbia University Press, 1980。

运作与行动而来"。① "正文"本身具有不断运作的能力,是"动态"的文学场,这是作家、作品与读者融合转变的场所,克里丝蒂娃将这称之为"正文"的"生产特性"(productivity)。"正文"就是各种可能存在意义的交会处,它打破了传统文学批评单一性意义和静止文本的具象指归。在这"正文"的"生产特性"中,借助于不同的阅读者的已有经验,透过符表的分解与重组,所有的"正文"都是其他"正文"的"正文",互为"正文"成为所有"正文"存在的基本条件。在这种基础上,克里丝蒂娃借用巴赫金理论称之为"文本互涉"。②

克里丝蒂娃的"文本互涉"包括具体和抽象的相互指涉。前者是指陈述某一具体的、容易辨别出的文本和另一文本,或不同文本之间的互涉现象;后者是指一篇作品之朝外指涉的,包括更加广阔、更加抽象的文学、社会和文化体系,它是无形和无限的。③ 文本意义的衍生或是先有文本出现于新文本之内,或是先存文本存在于新文本以外,但后者之深意却常常寄生于前者的内蕴中。④ 通过上述关于"文本互涉"理论的勾勒和分析,再具体落实到卢新华的《伤痕》与鲁迅先生的《祝福》这两个经典文本上来,通过对这几个文本的深度阅读和还原性解构,我们能清楚地看到如前面提到的、杰姆逊所说的"一个恐怖黑暗的客观现实世界"是怎样笼罩在歧义纷呈的现实世界之中。

据作者卢新华在复旦大学读书的同班同学张胜友说,《伤痕》这篇小说是作者受一个教授在讲述鲁迅先生《祝福》的启发下写成的。这个教授说,祥林嫂的悲剧并不是她的儿子被狼吃了,而是她作为封建思想的受害者被毁掉了。卢新华受到这种启发,想到"文革"中的种种荒诞给中国造成的悲剧并不仅仅是使国家的经济倒退了,更重要的是,它在中国人民心灵上留下了深深的"伤痕"。⑤

---

① 于治中:《正文、性别、意识形态——克丽丝特娃的解释符号学》,吕正惠主编:《文学的后设思考》,正中书局1991年版,第212页;并参见 Julia Kristeva, *Desire in Language*, trans. by Thomas Gora, Alice Jardine and Leon S. Roudiez, New York: Columbia University Press, 1980.

② Julia Kristeva, *Desire in language*, trans. by Thomas Gora, Alice Jardine and Leon S. Roudiez, New York: Columbia University Press, 1980.

③ 容世诚:《"文本互涉"和背景:细读两篇现代香港小说》,陈炳良主编:《香港文学探赏》,香港三联书店1991年版,第251—252页。

④ 陈岸峰:《李碧华〈青蛇〉中的"文本互涉"》,《二十一世纪》(香港)2001年6月号,第75页;并参见容世诚《"文本互涉"和背景:细读两篇现代香港小说》,陈炳良主编《香港文学探赏》,香港三联书店1991年版,第252页。

⑤ Leung Laifong, *Morning Sun—Interviews with Chinese Writers of the Lost Generation*, London: M. E. Sharpe, 1994, p. 249.

为了阐释这种理念，卢新华在《伤痕》文本里，采用第三人称的宏大叙事方式，作者的人文和政治倾向隐藏在文本后面，每到关键时刻就以代言者的身份（或透过主人公的话语或思想）对叙述者本身进行代言，而这种代言的"符号内容"恰恰是与中国当时社会的主流话语是相一致的。从"互涉"的角度看，卢新华的《伤痕》和鲁迅先生的《祝福》都采用了"倒叙法"（flashbacks），显示了作者以"纪传"为经、以"编年"为纬，再穿插各个事件发生的因果，并埋下一些"伏笔"（foreshadowing），以此构成一个具有克里丝蒂娃所说的生产特性的"自足世界"来。

这种包罗万象的宏大叙事也正是福莱（N. Frye）在原型批评中所指出的"百科全书"（encyclopedic）式的架构。[①] 它隐含着对文本背景的历史性写实。卢新华本来试图运用全知全能的"隐位叙事"（封闭性）方式将"文革"留给中国人民"集体记忆"的"伤痕"一层一层剥露出来，可小说实际产生的效果，好像是主人公晓华在倾诉，类似《祝福》里的那个被狼衔去的"阿毛"对母亲祥林嫂一生的悲剧进行不厌其烦的"追述"。这种叙事的悖论与作者潜意识里"为民代言"发生了错位，使小说的"讽喻"意味格外强烈。

而"讽喻"正是杰姆逊所说的"第三世界文学"封闭性叙事的文本特征，[②] 它是文本叙述者在意识形态上彷徨行走的变奏。因为，在"讽喻"的天地里，写作不是直接与事物建立联系，而是"必须涉及到先于它的另一个符号"。表现在《伤痕》里，它的另一个符号就是作者头脑里预先存在的《祝福》的影子。但话语在原来的运用和重新运用之间，已经发生了意义的变化。这显示出"讽喻"的写作是一种具有"他者"性存在的写作。[③] 这种写作正是克里丝蒂娃"文本互涉"之一种——"具体的相互指涉"。

这种"互涉"使《伤痕》和《祝福》之间显示出明显的"意义浮动"，为发展中国家文学之血脉承续自杰姆逊之"境遇意识"（situational consciousness）的家族谱系提供了例证。《祝福》里的"我"是看到祥林嫂后，[④] 在回城前夜（也正是除夕）追忆祥林嫂一生的。而卢新华的小说

---

① Northrop Fry, *Anatomy of Criticism: Four Essays*, Princeton, New Jersey: Princeton University Press, 1957.
② 侯健：《中国小说比较研究》，东大图书公司1983年版，第51页。
③ 薛毅：《论鲁迅的杂文》，《今天》2001年夏季号，第246页。
④ 鲁迅：《祝福》，载鲁迅《彷徨》，人民文学出版社1973年版。在以下文本分析中所引用的与小说本身有关的文字都出自该书，不再一一注明。

也是开始于除夕回城的火车上,主人公晓华看见身边的一对母女,以及小女孩梦中的叫喊"妈妈","仿佛是一把尖利的小刀,又刺痛了她的心"。① 在此基础上展开回忆的。

这种"悲痛"在《伤痕》和《祝福》里有着强烈的"互文"表现:除夕之夜,正是万家团聚之际,晓华和祥林嫂却都是"无家可归"的人,因为两个人的"家"都碎了。有人甚至认为晓华实际上毁了两个家:一个是已有的家,另一个是与她男友潜在的家。② 两个文本跨时空的"无家"之苦引起的"历时性共振",与"万家同乐"的反差对比,使民族心灵的"伤痕"更加真实和恐怖。如果说,鲁迅先生故意选择除夕"祝福"的狂欢作为故事陈述的起点和故事前进的动力的话,那么,卢新华在《伤痕》中选择的起点和前进动力则是狂欢的"文革噩梦"的结束。身在"噩梦"之中的晓华并未感觉到从身体到心灵的"伤痕",情绪的狂热使她无法感受到世界的变化;即使感受到这种"伤痕",她也不敢说出或表露出来——因为她的"表达权"早已被剥夺。

《伤痕》之"伤"不仅是晓华的"个人之伤",或者说是晓华的母亲和晓华的男友之"伤",也不仅是作者卢新华之有意无意展示的个体之"伤",更是千千万万"狂欢"过、"狂热"过、"狂闹"过的中国人"灵与肉"的"集体之伤"。透过文本这样一大堆的"遮蔽物",发掘出寄寓作者言外之意的"祝福"和"伤痕",正是巴赫金"狂欢节结构"的定位指涉。

巴赫金的"狂欢节结构",是指两个文本相遇而产生相反与相对的效果。③ 在《伤痕》和《祝福》里,两个故事"相遇"在特定的"除夕"之夜。一个是正在开始的"祝福",另一个是已经结束的"狂欢"。这种"狂欢节结构"所产生的"相反"效果,使"伤痕"的触角更能直达全民族的"灵魂"。而这,正是克里丝蒂娃"文本互涉"理论的另一种——"抽象的相互指涉"。

祥林嫂的"被描写"身份是鲁迅先生笔下一系列"被看者"的杰出代表。这种"被看者"在新时期伤痕文学作品中存在一大批,如李秀芝

---

① 卢新华:《伤痕》,《文汇报》1978 年 8 月 11 日。在以下文本分析中所引用的与小说本身有关的文字都出自该书,不再一一注明。

② Perry Link, *The Uses of Literature: Life in the Socialist Chinese Literary System*, Princeton, New Jersey: Princeton University Press, 2000, pp. 17–18.

③ Julia Kristeva, *Desire in Language*, trans. by Thomas Gora, Alice Jardine and Leon S. Roudiez, New York: Columbia University Press, 1980, p. 78.

(张贤亮《灵与肉》)、胡玉音（古华《芙蓉镇》）、亚女（叶文玲《心香》）、孙悦（《戴厚英《人啊，人！》）、荷香（叶蔚林《五个女子和一根绳子》）、存妮（张弦《被爱情遗忘的角落》）和刘巧真（路遥《人生》）等，清一色的"女人"——是否反映了这一时期的作家仍然笼罩在"男权文化"（往往与集体意志形成"互涉"）的阴影里呢？

　　这种"表现"，有时是直接用"目光"审视——如普罗大众的方式，有时则是用"文字"描写——如作家们的创作。这些人，本来也是一群弱者，但当他们看到更弱的人时不仅没有同情心，反而要发泄他们的压抑，由受虐转为自虐——卢新华的"没有同情心"是建立在"集体意志"的主流话语之上，而从"受虐到自虐"的心灵压抑之释放和转变则是通过"弱女子"晓华来完成的。

　　按照人物性格的正常发展，《伤痕》中的晓华最终就会"自我否定"，但在既是"看者"又是"作者"的卢新华笔下，晓华最终奔向了"光明"，投身到火热的斗争中去。这种看似"肯定"的光明结局，恰恰有了"彻底否定"的意义。只是这种"否定"，不是来自主人公性格的自然发展，而是来自作者和他所代表的集体意志。作者的"麻木"和作者本身要揭示国民所受"创伤"存在着强烈的反差，使作为象征文本的《伤痕》与作为寓言文本的《祝福》产生了一轻一重的两种张力。这种跨时空、历时性的"互涉对比"恰恰见出了两个作者的"人格追求"和两个作品的"品格显现"。

　　《祝福》中祥林嫂的最终死亡对于封建道统的否定与《伤痕》中晓华的最终活下来对于集体意志的肯定，这两者之间存在着巨大的"讽刺性差距"。在探寻这种"差距"的成因时，我们发现晓华的头上有着《青春之歌》中林道静的某些影子。从林道静到王晓华，这种女性成长的"心路历程"受到当代文学中主流意识形态的强大牵引，与祥林嫂的"否定之死"适成对比。

　　《青春之歌》的开头是这样的："清晨，一列从北平向东开行的平沈列车，正驰行在广阔、碧绿的原野上。"在旅客们（尤其是男人们）的"审视"和交头接耳中，林道静这个女学生"却像什么人也没看见，什么也不觉得，她长久地沉入一种麻木状态的冥想中"。[①]

　　与鲁迅先生在《祝福》中用"回归故乡"的开篇不同，杨沫的这

[①] 杨沫：《青春之歌》，人民文学出版社1958年版。在接下来的分析中，所引文本内容均出自此，不再一一标注。

种以"列车"的前进作为开篇(卢新华的《伤痕》也是这样)寄予了作者对时间和历史的关注。所谓"历史的车轮不可阻挡",是一个时代的象征,更是整个文本的基调。在这里,读者一下子就感受到了林道静与伟大的时代("广阔、碧绿的原野")和人民大众(车上的乘客)的格格不入。

杨沫为林道静定下了一个很低的基调:尽管"十七八"岁的林道静带了"南胡、箫、笛"和"琵琶、月琴、竹笙"等乐器,但艺术拯救不了她的生命。她必须要到革命的大"熔炉"中去"冶炼",才能"长大成人"。这种成长"仪式"也同样表现在晓华身上,但晓华的命运比林道静更惨,就连她出逃时所带的东西:"帆布旅行袋,一捆铺盖卷"都更接近祥林嫂第一次逃到鲁镇的寒酸:只有一个装了一两件衣服的小包袱。林道静携带的"乐器"在晓华眼里已"退化"成了"小资产阶级"生活情调的象征。

如果说,到鲁镇做工对文盲祥林嫂来说是一种对"文明生活"的向往的话,那么,有着文化知识的林道静和晓华由都市逃向乡村、由文明逃向荒芜则是典型的反人类情感的痉挛综合征。庆幸的是,晓华觉醒于返"家"途中,小孩的哭声尖锐地划破了她。这个细节的寓意在于:她完成了从"被看者"到"看者"的成长转变。主体心灵的恢复,"无欲"状态的潜逸,本能冲动的张扬,[①] 晓华感到的何止是灵魂的"伤痛"!

另外,祥林嫂逃出那个家是因为头上有一个专横的"婆婆",林道静的出逃是因为她剥削阶级的家庭成分,她要摆脱它,逃到一个偏僻海滨的小村庄,苦闷得跳海,而又被救。晓华的出逃,背负的更多,可她竟然没有想到过死。因为"死"在她接受教育的字典里是耻辱,在火热的建设社会主义的进程中,"死"也同时意味着"逃离"——"自杀者"乃是"逃兵"的另一指称。这种"憎死情结"在中国新时期"伤痕""反思"一类的文学作品中表现得特别多。

比方王蒙的伤痕文学小说《相见时难》[②] 就是这样的。小说主人公蓝佩玉,她有个童年朋友叫翁式含,在翁式含的眼里,蓝佩玉就是一个"建设社会主义祖国"的逃兵。冯骥才的反思小说《雾中人》,讲述的也是热

[①] 晓华除夕前在回城的车上,开始用小面镜照看自己了,她是那么小心和紧张。虽然她已经不习惯于"女性"这个角色定位,但同时反映她的觉醒。详见卢新华《伤痕》,《文汇报》1978 年 8 月 11 日。

[②] 王蒙:《相见时难》,《琴弦与手指》(下卷),光明日报出版社 1996 年版,第 1—134 页。

爱祖国的建设者与"逃兵"的故事。① 这个时期的小说主人公很少有自杀的。因为一旦自杀,"成长"的故事也就夭折了。但自杀的举动却常常见之于作品中,只不过是主人公自"杀"而不死。这种情状在女性"成长寓言"中表现得尤其普遍,"死而获救"已经成为一种展示作家叙事策略的象征模式。这一方面说明文本主人公因压抑而自虐的程度之暴烈,另一方面也表明潜意识里隐藏着受叙者和作家自身更强烈的对"被救"之渴望。与林道静"被救"之不同的是,祥林嫂和晓华都没有经历"死而获救"的象征仪式,这并不是说她们被虐的程度不暴烈,恰恰相反,晓华变得情感麻木,祥林嫂最后以"自杀"了结。

关于祥林嫂的死,鲁迅先生在文本中没有直接指明。不少人认为是饿死的,而论者更倾向于她是"自杀"的。尽管文本中的"我"在碰到祥林嫂时,她成了"除了眼睛偶尔算盘珠子那样一轮表明她还是一个活物"这样一个"木偶",但她还不至于在短短的几个小时之后就会"饿"得撒手归天,实际上,这种人对寒冷和饥饿有着惊人的耐受力。因此,论者认为祥林嫂之死是由于文本中的"我"在回答了她的关于"灵魂的有无"的问题后由于精神上的强烈刺激导致无助、绝望而进行的"自杀"。文本中的"我"也有由于自己的"搪塞"而导致一个生命的"结束"感到深深的自责和内疚(尽管它只是暂时的)的描述,如"自己想,我这答话怕于她有些危险";听到死讯后,"我"立即"惊惶"了一下;等等,从中也可以看出作者叙述的倾向性也应该是祥林嫂的"自杀"。

与林祥嫂和林道静不同,晓华虽然肉体没死,却成了一个"无欲者":其灵魂早已死亡,其肉体也已经麻木。而林道静的"跳海被救"类似基督徒的受洗仪式,是对旧生命的抛弃和新生命的开始,同时还隐含着精神上的救赎。肉体上被救(对生命"获罪"的拯救)只是寓言的表现形式,它是一次性完成的;而精神上的救赎(对生命"原罪"的拯救)才是寓言的真正内容,它不可能一次性完成,而是直到生命的终结。②

晓华本来也是渴望得到"救赎",但当"救赎"事实上不可能时,她进行的是反叛的反叛,否定的否定。其心路历程是:晓华的母亲本是反叛和否定旧社会的,晓华反叛和否定的却是她的亲生母亲。因为"叛徒"往往是意志薄弱者的代名词,晓华为了表明自己与这个"身份"("叛徒

---

① 刘绍铭:《大陆"留学生"文学》,《遣愚衷》,香港三联书店1987年版,第23—26页。
② 张闳:《灰姑娘,红姑娘——〈青春之歌〉及革命文艺中的爱欲与政治》,《今天》2001年夏季号,第258—261页。

母亲")彻底断裂,她逃出家庭。后来母亲写信来她不看,母亲寄东西来她退回去。甚至为了不连累心爱的人,她断然封锁自己,永不打开心灵。所有这些极端行为都是为了证明她的坚强。晓华个人悲惨的命运遭际可以看作中国一代人在一个特定时代的痛苦缩影与文化镜像。

按照西方"成长小说"(Bildungsroman)的叙述模式[1]:"被救者"总要向"救主"奉献些什么。比方,林道静就向她的"救主"余永泽奉献了身体。对晓华而言,她不仅奉献了她的身体——强烈的自虐,而且奉献了她的灵魂——强烈的压抑和自戕,并且注定了晓华"奉献"的无止境和"获救"的不可能。这种"绝望"处境本应像祥林嫂一样,最终走上"自杀"之路,但晓华顽强地"活下来",并且奔向了光明,这种"肯定"的结局却有着强烈的否定意味,它是作者的"硬扭"之笔——代表主流话语将文本主人公死的权力都予以剥夺,表明这种功利主义创作本身就像卢新华人为地让晓华"活下来"一样,作者和文本主人公两者都遁入了"死的不能"与"生的尴尬"之荒诞境遇中。

第三节 《伤痕》与《祝福》之互文解读(下)

作为一种具有颠覆性的"阐释序码",克里丝蒂娃要打破的就是一般读者将文学作品视为"以文字排列而成、文本意义上单一"的思维惰性,她提出"正文""生产特性"的概念,旨在透过符表的分解与重组,将所有的"正文"都视为其他"正文"的"正文",从而大大拓展了文本的歧义性和阐释的可能性,也更加接近丰富多元的生活本身。

这种"生活本身"表现在《伤痕》里,就是:晓华的父母曾把她当作"掌上明珠",可是当母亲被打成"叛徒"后,晓华的情感立即变了,她将父母的爱压抑成"一条难看的癞疮疤依附在她洁白的脸上",甚至当成"耻辱",要彻底与之"划清界线"。同样痛苦的"伤疤"也出现在祥林嫂的额头上。只不过晓华的"伤疤"是内伤,是象征意义上的"伤疤",她的"看客们"不仅是强大的"虚无"或"集体意志",同时还有她自己,即所谓"自我的他者"或"自我的受审者"。祥林嫂比晓华要勇敢得多。后者只知道驯服地接受,甚至连怀疑的能力都不具备,文本展示

---

[1] Franco Moretti, *The Way of the World: The Bildungsroman in European Culture*, London: Verso, 1987.

的"生产特性"反映出时间的倒退和人性的软弱。

中华人民共和国成立后,鲁迅先生成为"文艺的旗手",他的许多作品被选入全国中小学语文教材。《伤痕》中的王晓华(或者说这篇小说的作者卢新华)一定读过《祝福》,并且十分熟悉。那么,读过《祝福》的晓华们是否意识到这种"抗争"的"无效"因而也就干脆"放弃"这一人类的本能欲望了呢?也就是说,祥林嫂的奋起抗争与晓华的放弃抗争,其结果都是一样,她们的额头或脸上都会留下或明或暗的伤疤。

这样,两个文本的"历时性指涉"引起了杰姆逊的"寓言式共振"[①]:对晓华而言,这种"共振"还有更深一层寓意:她本是有名有姓的,姓王名晓华。然而,"晓华"与"小花"谐音,小花与小草在中国公民的姓名中是数不胜数的,它隐含一种与强大现实对立的"讽喻"。也就是说,晓华仍然是无名的。对于小说主人公晓华本人而言,当她的名字与一个"叛徒母亲"连在一起时,她宁可无名。她的出逃是她实现"无名"的具体行动,是将自己的一切特征消融于集体之中,消融于没有开化的穷山沟里。这意外地与中国传统文化里的"隐姓埋名"暗合了。

在传统文化的时代疆域里,这种方式往往是行为者在遭到灭顶之灾后被迫采取的断然自保措施。隐姓埋名的真实指谓是"祛灾逃命"。自古以来,姓名乃须发一样,为父母所赐,中国人历来十分看重自己的冠名,命名的好坏甚至直接意味着受名者的人生遭际和命运的荣辱兴衰。

新时期中国作家对自己作品中主人公的命名总是隐含着种种寄寓。例如,张贤亮短篇小说《灵与肉》,小说主人公叫许灵均,命名显然是根据中国古代楚国的爱国诗人屈原的悲惨遭遇而发。屈原名平,字原,号灵均。屈原代表作《离骚》被王逸认为"离为别,骚为愁,放逐离别之言,心中愁思之叹,直陈人君之讽也"。[②] 这篇小说的女主人公李秀芝也显然是借喻《离骚》中的香草美人之意。张贤亮的中篇小说《龙种》,其主人公"龙种"之命名也显然是借用了马克思的名言:"我播下的是龙种,收获的却是跳蚤。"甚至他的另一部中篇小说《绿化树》中的小说主人公章永璘就是作者张贤亮名字的谐音。[③] 这也正是这部小说的作者怎么也不愿意删去主人公最后走上"红地毯"这个俗不可耐的情节之良苦用心。

[①] 侯健:《中国小说比较研究》,东大图书公司1983年版,第45页。
[②] 杨中美:《张贤亮:充满开拓性与争议性的作家》,收入马汉茂、齐墨主编《大陆当代文化名人评传》,(台北)正中书局1995年版,第453—454页。
[③] 杨中美:《张贤亮:充满开拓性与争议性的作家》,收入马汉茂、齐墨主编《大陆当代文化名人评传》,(台北)正中书局1995年版,第453—454页。

类似的情况几乎在新时期每一个中国作家那里都能找到不少例证。正是这些"命名遭际",为残雪、马原、洪峰、余华、史铁生、苏童、陈染等人用数字或字母来给作品主人公命名提供了反叛的鹄的。史铁生在谈到他的长篇处女作《务虚笔记》中用字母命名主人公名字时坦率地承认:"姓名总难免有一种固定的意义或意向,给读者以成见。"人物一旦性格化,难免"使内心的丰富受到限制"。① 而在韩少功的《马桥词典》中,他笔下的"名"的释义也是暗合政治意味的:"当局只是有一种强烈的心理冲动,要削弱乃至完全扫除这些人的名谓权——因为任何一种名谓,都可能成为一种思维和一整套观念体系的发动。"②

这种说法很有道理。晓华的命名就是赵树理著作中经常出现的"'小元'、'小宝'、'小明'、'小福'等'小字号人物'"(《李有才板话》)③这一"整套观念体系"的延续。陈荒煤在评论赵树理的作品时指出,这些"小字辈"人物是被"剥夺阶级"用残酷的手段"压碎了的……一代"。④ 晓华的无名是自己的冠名权被野蛮地剥夺造成的;祥林嫂的无名则是从卑贱的家庭中"继承"过来的——有钱的人继承祖先的产业(荣耀),无钱的人继承祖先的卑贱(无名),而这正是文本对晓华成为"出身论"受害者的荒谬注解。

另外,晓华之名虽然是作家给予的,可作家无力保护笔下的主人公将授予的名字"持续"下去。也就是说,卢新华本来给主人公冠名为"王晓华",可他在叙述时,有意忽略她的王姓——"王"姓在中国"百家姓"排名榜上一直名列前茅,十分显赫。⑤ 卢新华有意抹去作品主人公这个本已被"授予"的最普通的姓,因为叫"晓华"更容易使人想起"小花""小草"这些无权者的命运。同时,"晓华"这个符号称谓也是作者代替集体意志给予她的,卢新华自己也无能对主人公进行主体意义上的命名。作者本人在对主人公冠名前就按照集体意志的需要,对主人公的"身份"定了位。作者卢新华代替"虚拟的父亲"剥夺了王晓华为自己命名的权利。

这种境遇使得"弱女子"晓华有了双重乃至多重的被剥夺——强大的"集体意志"或"虚拟的神"、"政策说明员"身份的作家以及主人公

---

① 史铁生:《给柳青》,《史铁生散文》下册,中国广播电视出版社1998年版,第216—217页。
② 韩少功:《马桥词典》,《小说界》1996年第2期。
③ 李大章:《介绍李有才板话》,《华北文艺》(革新卷)1943年第6期。
④ 陈荒煤:《向赵树理方向迈进》,《人民日报》1947年8月11日。
⑤ 佚名:《百家姓王氏起源》,新西兰:《大纪元时报》2002年8月17日第六版。

本身的"被虐"和"自虐"造成的对"晓华"这一名字（身份）的多重剥夺。这种"讽喻"意味特别辛酸。它昭示作家失去了创作的主体意识，反映作家所处时代集体意志之强大。集体意志通过这种"庄严而神圣"的命名，个体的人不再存在，而只是"人民"这个能指符号的一部分，他们的所指是"小花""小草"和国家机器的零部件，这些"小字辈"人物是每一个具体的"人"的姓名总称。文本中透露出来的"生产特性"充分表明每一个人都成了这样的空洞符号，这是不易觉察的隐性的"伤痕"。

卢新华笔下的晓华出身于一个知识分子家庭。这种身份的人在特殊年代的地位与20世纪20年代祥林嫂出身的"无名"有着一样的"低贱"。[①] 祥林嫂在她那名无实的"小丈夫""没了"后，"逃到"鲁镇，来到"四叔家"打工。这是一个畸形的家。晓华与祥林嫂一样，她连自由恋爱都做不了主。杰姆逊指出："第三世界的民族寓言是有意识和公开的：这表明政治与力比多动力之间存在着一种与我们的观念十分不相同和客观的联系。"[②] 晓华同无数的热血"知青"自投罗网地奔向鲁迅先生"绝了望"的蛮荒之地，用灵与肉为与生俱来的"精神原罪"作忏悔式的献祭。这个像鲁迅先生笔下祥林嫂自言自语"春天里也有狼"的故事就是杰姆逊意义上第三世界/发展中国家文学中经典的"民族寓言"。

在这个民族寓言中，阿毛的悲剧是鲁迅先生说的"国民性"的一部分，是杰姆逊提出的"集体记忆"——张颐武所谓的"人民记忆"[③]——的具体反映。祥林嫂向往城镇生活得到的结果是死亡——自杀。她没有被深山的愚昧扼杀，却被她向往的"文明"扼杀。这与晓华的母亲没有被封建社会扼杀而被她向往的现代社会扼杀一样可悲。而晓华本人却是由城里逃向农村，她虽然没有自杀，却比自杀更可悲。她退回到阿毛的童真幼稚的状态，即后弗洛伊德学派法国学者杰克·拉冈（Jacques Lacan）所指称的人生早期的照镜（imaginary）阶段。[④]

这种悲剧的深刻性首先是阿毛没有"春天里也有狼"这种意识。伤痕文学代表作家之一的孔捷生在谈及"知青"下放时说："当时我们谁也

---

① 邓小平：《邓小平文选》（一卷本），人民出版社1996年版，第409页。
② 侯健：《中国小说比较研究》，东大图书公司1983年版，第53页
③ ［美］弗雷德里克·杰姆逊：《处于跨国资本主义时代中的发展中国家文学》，张京媛译，《当代电影》1989年第6期；并参见张颐武《在边缘处追索：发展中国家文化与当代中国文学》，时代文艺出版社1993年版。
④ Jacques Lacan, *Speech and Language in Psychoanalysis*, trans by Anthony Wilden, Baltimore: Johns Hopkins University Press, 1981; 并参见 Juliet Mitchell and Jacuqeline Rose, *Feminine Sexualilty: Jacques Lacan and the ecole freudinne*, London: Macmillan, 1982。

没想到我们一去就不能回来了……"① 这些当年的"知青"走向农村就像无知的阿毛一样,丝毫没有意识到"死人的事是经常发生的"会降临到他们头上。

其次,阿毛自己也得到与狼搏斗技巧的相关训练——"文革"中成千上万的"知青"被理想和热血激励,来到荒野的农村,特别是像海南岛和北大荒等凶瘴横生和荒芜之地,② 这些大、中学生的境遇与阿毛在深山的自我生存境遇极其相似,许多人因此像阿毛一样被各种各样的"狼"吞噬了年幼的生命。比方,王小鹰在接受采访时说,她在一个茶场插队时,仅一次发大水,就有十一个"知青"丧生了。梁晓声更是痛心地指出,"在北大荒,光我待的农场就有二百'知青'死在那里了,有些被狼吃掉的,有些是溺死的,有些是挖井、开石、砍树出了事故而死的,还有一些是累死的和自杀"。③ 这些年轻的生命一个个倒进了生命的"黑暗",对于国家、集体和个人来说,都是悲剧和永难抹去的伤痛。

如果联想到特殊年代中那么多人"写血书",主动申请奔向一个个未知的风暴中心,悲剧性就更大了。例如,"知青"作家群中的陆天明、陆星儿、张承志、梁晓声、铁凝和张抗抗等都是"自愿申请"去最艰苦、最偏远的地方去接受"改造"。④ 在一穷二白的农村,大部分"知青"没有反抗意识,具有反抗意识的极少数人也只能妥协和认命。国民的软弱成为"集体记忆"的一部分,它是鲁迅先生所说的国民"劣根性"的一角,是梁启超所痛斥的国民"奴性"之一种。⑤ 如果不是这种"软弱"、"劣根性"或奴性,阿毛、晓华们的命运就会改变。纵使"反抗"于事无补,但阿毛、晓华们至少可以摔掉那只母亲的"小篮"——一个让"灵魂不得安宁"的象征符号。

---

① Leung Laifong, *Morning Sun——Interviews with Chinese Writers of the Lost Generation*, London: M. E. Sharpe, 1994, pp. 70-73.

② Leung Laifong, *Morning Sun——Interviews with Chinese Writers of the Lost Generation*, London: M. E. Sharpe, 1994, p. 193.

③ Leung Laifong, *Morning Sun——Interviews with Chinese Writers of the Lost Generation*, London: M. E. Sharpe, 1994, p. 118.

④ "知青"作家群中的陆天明、陆星儿、张承志、梁晓声、铁凝和张抗抗等都是"自愿申请"去最艰苦、最偏远的地方去接受改造。其实,正如老鬼在接受采访时指出的那样,连林彪都说,"知识青年上山下乡是一种恶心的劳改运动"。参见 Leung Laifong, *Morning Sun—Interviews with Chinese Writers of the Lost Generation*, London: M. E. Sharpe, 1994, pp. 122-231。

⑤ 梁启超:《中国积弱之源于风俗者》,夏晓虹编:《梁启超学术文化随笔》,中国青年出版社 1996 年版,第 21—32 页。

与《祝福》中阿毛的出生不一样,《伤痕》中晓华的家庭虽然残缺,[①]但她的生命本身是合情合理的,她是父母爱情的结晶。她被强制地贴上"叛徒的女儿"这一有辱人格的身份标签,其情状犹如祥林嫂额头上的"伤疤"一样十分醒目。

晓华的出逃是在当时社会的激励下实现的。梁晓声在一篇文章中写到,运动开始时,"主要依靠了青年学生和中小知识分子,但是他们一被依靠,就仿佛不可一世,自高自大得讨嫌。依靠过了,就要给他们降降温,使他们清醒清醒,也使我心里清静清静。打发他们离开城市,是降温的好办法。经过工人阶级和贫下中农的教育,将会使他们政治上更成熟一些。他们在城市中减少了,城市才会及早恢复安定"。[②]

单纯善良的晓华当然无法觉悟到有什么不妥。她像鲁迅先生笔下的阿毛一样,紧紧地抓住心中的理想/执念不放。伤痕文学另一篇代表作——刘心武的《班主任》,在这篇小说中,主人公谢惠敏不也是这种典型吗?她连课外读物都必须是报刊上明文规定的"健康书"。[③]

晓华的深刻悲剧不在于她的心灵像阿毛那样单纯和无知,不在于她出逃是由文明的城市走向荒蛮的乡野——连祥林嫂都知道从山野"逃向"城镇。她最大的悲剧在于她同阿毛一样对心中的执念"句句都听",可惜听命的对象是虚拟的,是那个看不见却又无处不在的集体意志。

如果说,阿毛"很听话"的对象是自己的生母祥林嫂——因为这个惨遭强暴的卑贱的母亲生下了他、并且真正爱他的话,那么,晓华"很听话"的对象却是一个虚拟的对象,而这虚拟的对象不仅扼杀了她血缘上的父亲,"强暴"了她真正的母亲,拆散了她的家庭,还强迫她的母亲背负着沉重的"叛徒"身份。从这个意义上说:受害者晓华是认贼作"父"、视狼为"母"、以善报"恶"。也许,这就是苏醒后的广大读者争相阅读《伤痕》而痛苦不已、泪流满面的原因?

在那荒唐年代,"强暴"晓华母亲的集体意志不仅以残忍的方式占有她的精神,而且用"希望"、"理想"、"旗帜"、"光明"和"灯塔"等崇高、宏大、庄严的名义将她的内心的自我挤压得成国家机器上的一个部件。由于个体失去主体性,自我变得异常微小,对外在的神秘力量产生崇拜,以实现自保。这种"崇拜情结",使强大的集体意志在对晓华母亲实施强奸

[①] 卢新华:《伤痕》,《文汇报》1978 年 8 月 11 日。
[②] 梁晓声:《中国社会各阶层分析》,经济日报出版社 1997 年版,第 356 页。
[③] 刘心武:《班主任》,《人民文学》1977 年第 11 期。

后，不仅没有一丝负罪感，相反，它还让晓华和她的母亲感激涕泪、崇敬跪拜。更进一步分析《伤痕》发现：晓华在"温暖的集体的怀抱里……进步很快"。然而，当她申请入团被拒而"含着泪水"向上级诉说"我没有妈妈"——"断绝了母女关系"后，入团仍然没能被批准。

阿毛被"狼"吃掉与祥林嫂被封建礼教和传统积习吃掉是寓言式"共振"的交会点，是"文本互涉"中具有"不断运作能力"的"正文"之"生产特性"。而晓华母亲的被吃与晓华一代人的青春和生命被吃则是阿毛和祥林嫂"死魂灵"谱系之延续，是文本"生产特性"的纵向拓展。

祥林嫂的"杀子"与晓华的"弑母"有着惊人的"无意识"巧合。这种板结的"无意识"正是源远流长的封建礼教和强权意志迫害所形成的"集体无意识"在外力——祥林嫂最后的"天问"无果和"四人帮"倒台后的受审——的突然撞击下而在"人民记忆"最浅显的层面上呈现出浮光掠影式的回闪。

杰姆逊曾说《汇票》的主人公不幸因为没有身份证来兑取从巴黎汇来的支票，这种"第二十二条军规"式黑色幽默之困境，"戏剧化了我们时代的第三世界国家里发生的巨大灾祸"。[①] 这种个人命运被时代裹挟所遭受的"巨大灾祸"在《伤痕》中得到呈现：尽管晓华与家庭决裂，毅然决然地"弑父弑母"，积极向"虚拟的母亲"或集体意志靠拢，可她仍然无法兑取"入团"的资格，就像祥林嫂捐了门槛仍然无法兑取参加"祝福"的仪式一样。这种灭绝人性的悲剧委实催人泪下，发人深思。

卢新华的《伤痕》起始于鲁迅先生的《祝福》，经过杨沫《青春之歌》的中转，最后直达特殊年代给千千万万中国人所造成的"灵与肉"之"集体伤痕"。通过以上还原性的"解码"重读，我们能够清晰地看到晓华的文化积淀之血脉源流：祥林嫂最后的"天问"——"灵魂的有无"——被故事的叙述者以"说不清"为由搪塞了回去，却又被林道静接过来，经过作者杨沫用"真诚的方式作了一个虚伪的回答"。杨沫被戴晴认为是"真诚地写着虚伪的小说的女作家"，这是作家的悲剧。[②]

卢新华看到了祥林嫂"天问"的"悬念"和林道静回答的"无效"，他试图从不同于杨沫"自虐"的角度，将自己的"创作感悟"和"书写理念"借"晓华"这个苍白的载体，把大写的"责任感"和"人民之

---

① 侯健：《中国小说比较研究》，东大图书公司1983年版，第55页。
② 戴晴：《在秦城坐牢》，（香港）明报出版社1995年版，第9页。

道"摆到"灵魂"的天平上。这种缘木求鱼式"解答"的困境正如有的学者尖锐指出的,"这本来就是一个无灵魂的文化",① 即无论你怎样努力,结果都是悲壮的失败。何况,卢新华的笔触远远没有达到人们期待的那种"人性的高度"。

第四节　文学的力量与弱者的发言

卢新华《伤痕》的出版历经磨难。据他自己说,《伤痕》的"手抄稿"最先贴在复旦大学的墙报上,引起很大反响。然后,他寄给《上海文学》,在编辑部引起很大争议,被退了回来。最后他试着投给了《文汇报》。那里的编辑也拿不定,结果送到上海市委宣传部,主管副部长带到家里,他的女儿看了后十分感动,在饭桌上一直辩护,副部长最终同意了。可想而知,如果没有这位副部长女儿的感动、同情和力争,《伤痕》能否出版就是个未知数了。② 幸运的是,《伤痕》毕竟还是出版了,并且适逢其时。这篇小说要是晚二三年恐怕连出版都成问题,更不用说成为所谓经典作品——阿城就坦言《伤痕》就像中学生的作文。③ 这种情状与杨沫《青春之歌》的命运很相似,隐含作品的"彩异命运",这种命运彰显的是作品艺术力量之外的神秘力量,包括时机、气候与时尚等。

张闳坦率地指出,小说《青春之歌》1958年1月由人民文学出版社出版恰逢其时,否则换上其他时间根本出版不了,更不用说畅销甚至于成为所谓经典了。张闳还特地比较了该书的两个版本,指出:"第2版比第1版增加了约7万字,主要是主人公参加各种革命斗争的情节……其他一些修改也使作品更符合当时的政治观念。""文革"结束后,1977年5月该书再次重版,作者又作了几处小小的改动。杨沫在《重印后记》中说:"除了明显的政治方面的问题,和某些有损于书中英雄人物的描写作了个别修改外,其他方面改动很小。"

张闳具体指出:"第1版第129页之倒数第2行'代之而起的只能是小规模的部分人的飞行集会和示威游行'。并且,对'飞行集会'一词还

---

① 齐墨:《刘晓波:反传统主义的代表》,收入马汉茂、齐墨主编《大陆当代文化名人评传》,(台北)正中书局1995年版,第169—171页。
② Perry Link, *The Uses of Literature*: *Life in the Socialist Chinese Literary System*, Princeton, New Jersey: Princeton University Press, 2000, p.76.
③ 阿城:《闲话闲说——中国世俗与中国小说》,作家出版社1997年版,第177页。

加了脚注。重印本则将这句话改为'代之而起的只能是以各种非政治性名义召开的较小规模的集会'。这一小小的改动，对当时的政治活动的反映的真实性就完全不同了。它抹去了对历史上的'飞行集会'的记忆。又如第1版'第十章'中，已经'觉悟'的林道静给她的同学王晓燕宣传苏联的十月革命和'共产国际给了中国三位一体的任务'等，并建议王阅读瞿秋白等人的书，第2版中亦同。而在重印本中，则改为宣传毛泽东领导的农民运动和秋收起义，以及井冈山根据地，建议读的书则改为毛泽东的书。而关涉所谓'英雄人物'形象方面的改动则表现在那些革命者的情感方面。"通过这些"小小的改动"，"可以看出作者对不同时代的政治观念和文学话语方式之把握的细微和准确"。①

伤痕文学作家用的是思辨的叙述（speculative narrative）或者解放的叙述（narrative of emancipation），这种"宏大叙事"方式，其目的就是使集体意志和主流话语统一化和合法化，② 与当时中国的历史背景相契合。因此，张承志在《北方的河》中用"无名"的"他"这种宏大叙述的方式对强健"人性之美"的呼唤、张洁在《爱，是不能忘记的》里打破"禁忌"为"人伦之爱"的呐喊，以及何士光的《乡场上》、古华的《爬满青藤的木屋》、陈建功的《飘逝的花头巾》、宗璞的《我是谁》、张弦的《被爱情遗忘的角落》、冯骥才的《啊！》、从维熙的《大墙下的红玉兰》、莫应丰的《将军吟》和王安忆的《本次列车终点》等对"极左"路线给人的心灵造成"戕害"之集中揭露，都是这一时期的历史之"镜照"。

这种叙述"存在一种'解构合法性'和虚无主义（nihilism）的种子"。这里的"合法性"对照中国当时的现实，就是特殊历史时代的整个价值体系，而新时期"实践是检验真理唯一标准"的大讨论就是对这一体系的深刻审视。③ 换言之，"思辨手段维系着一种与知识的暧昧关系。它要求，知识之所以成为知识，必须能够通过在二阶活动中（自主的）引进自己的陈述以使自己得到复现（reduplicates itself），正是这种二阶活动使知识得以合法化"。④

---

① 张闳：《灰姑娘，红姑娘——〈青春之歌〉及革命文艺中的爱欲与政治》，《今天》2001年夏季号，第253—254页。
② Jean-Francois Lyotard, *The Postmodern Condition*: *A report on Knowledge*, trans. by Geoff Bennington & Brain Massumi, Minneapolis: University of Minnesota Press, 1984.
③ 汤应武：《抉择——1978年以来中国改革的历程》，经济出版社1998年版，第150—155页。
④ Jean-Francois Lyotard, *The Postmodern Condition*: *A report on Knowledge*, trans. by Geoff Bennington & Brain Massumi, Minneapolis: University of Minnesota Press, 1984.

不过，伤痕文学作家在进行思辨叙述的时候，预设了一个科学的、合法的知识权威，然后比照这种权威（如刘心武在《班主任》中对"社会主义新道德"的权威预设），对已经发生的错误历史进行局部的反思。这种"权威"恰恰与当时的权力秩序相符。问题是，这种"预设的权威"至多不过是这一拨作家对"社会理想"一种乌托邦式的假定，是"精神生命"的一种幻视，与具有普遍意义的"合法性"和"科学性"无关。

宏大叙述有一个内在腐蚀源——就是与"思辨的叙述"相伴而行的"解放的叙述"，其"突出的特征在于把科学和真理的合法性建立在包含道德、社会和政治实践中对话者的自主性上"。① 这种"合法性"形式十分怪异："因为在带有认识价值的指示陈述和带有实践价值的规定性陈述之间存在差异。我们无法证明，如果某个描述现实环境的陈述是真的，就可以得出以此为基础的规定性陈述（它所带来的结果必然会改变现实）是公正的。"②

伤痕文学作家做出的正是这种"无法证明是真的"之"规定性陈述"，即便是陆文夫《围墙》、张贤亮《肖尔布拉克——一个汽车司机的故事》、戴厚英《锁链，是柔软的……》，③ 以及王蒙《蝴蝶》、茹志鹃《剪辑错了的故事》、高晓声《陈奂生上城》、梁晓声《今夜有暴风雪》、水运宪《祸起萧墙》等一系列作品，这些具有一定"反思"意义的作家把科学和真理的"合法性"仍然建立在道德和主流意识形态的实践活动中，它本身所依赖的是个人虚拟的假设与主流文化的合成体。作家和主管部门的关系是"合谋"而不是"背异"。因为所谓真理不过"是一种有自己规则的语言游戏，康德早在知识的先验论中就已经看到了这一点"。④

伤痕文学的作家们无论是运用"思辨的叙述"还是运用"解放的叙述"，其结果，都很容易陷入同一种逻辑的"虚无性"中去，一些问题不能细究，否则容易泄露天机或难圆自说。正如萨伊德在《东方主义》一书扉页所提的马克思的那句话："他们不能代表自己，他们只能

---

① Jean-Francois Lyotard, *The Postmodern Condition: A Report on Knowledge*, trans. by Geoff Bennington & Brain Massumi, Minneapolis: University of Minnesota Press, 1984.
② Jean-Francois Lyotard, *The Postmodern Condition: A Report on Knowledge*, trans. by Geoff Bennington & Brain Massumi, Minneapolis: University of Minnesota Press, 1984.
③ Vivian Ling Hsu (ed.), *A Reader in Post-cultural Revolution Chinese Literature*, Hong Kong: The Chinese University Press, 1988.
④ Jean-Francois Lyotard, *The Postmodern Condition: A Report on Knowledge*, trans. by Geoff Bennington & Brain Massumi, Minneapolis: University of Minnesota Press, 1984.

被代表。"①

萨伊德解释说,"也就是说,如果你觉得被剥夺了发表意见的机会,人就会千方百计去争取这样的机会。因为确如二十世纪解放运动的历史所充分证明的,弱者(the subaltern)也能发言"。② 弱者也能发言,这才是最为重要的。新时期伤痕文学作家表达的就是这种"弱者"争取到的机会,以及"不幸者"呼声的一个证明。

第五节　人民记忆的合法性与精神自疗

伤痕文学、反思文学(包括随后的改革文学)都可以看作压抑太久的"人民记忆"集中的能动的释放。这种释放是"集体潜意识"在苦难的打击和伤痛的刺激下麻木心灵的"觉醒"——说明这种"觉醒"本身就是无目的的,作家仍然处于刘再复所说的"无主体"③的范式里。

尽管对历史的"转述"很艰难,但伤痕文学的作家还是在特定条件下承担了回忆历史、修复历史的艰巨责任。因为揭露"伤痕"越深,"反思"苦难越多,对"人民记忆"挖掘得越充分,人们的灵魂也就越是不能宁静。为了避免往日的恐惧重现,④ 人们自然要对继续维护造成这种苦难和伤痕的旧有的集体意志和"极左"路线进行声讨和鞭挞。

伤痕文学之所以影响大,并不是因为作品本身写得多么好或揭露的问题多么深刻,也不是对很长时间以来中国人的阅读文本是由文化主管部门指定的"样板书"之反叛⑤,更不是当时人们的精神生活特别贫乏,无乐可取,只有转向读书——中国人的"精神贫乏"不是由来已久了吗?上述诸种说法都忽略了一个更为重要的事实:当时人们还习惯于不作自我忏悔,连当年的造反派也变着花样成了受害者,没有谁愿意正视自己的"恶",没有谁愿意成为当年哪怕是沉默意义上的"帮凶"。所以,当巴金的《回忆录》在香港发表、并随后在内地出版时,人们才忽然发现,原

---

① Edward Said, *Orientalism*, London: Routledge & Kegan Paul, 1978.
② Edward Said, *Orientalism*, London: Routledge & Kegan Paul, 1978.
③ 刘再复:《中国现代文学史上对人的三次发现》,《寻找与呼唤》,风云时代出版公司 1989 年版,第 33—48 页。
④ 严家其:《在"理论王国"的风暴中》,《我的思想自传》,风云时代出版公司 1989 年版,第 105 页。
⑤ 李书磊:《文学的文化含义》,上海远东出版社 1998 年版,第 37 页。

来还有人意识到自己本应承担的责任,许多看起来的受害者并不是真正的无辜者。

造成这种"恍惚"的症结在于,失去主体思想已久的人们还没来得及建立完全属于自己的情感世界、审美取向和价值标准,他们仿佛从干旱的沙漠上走过来而饥渴得濒于死亡的人,只要是水,不管它"有毒没毒",也不管它干净与否,先喝下再说。读者、评者和作者本身都没有看到当时反响甚烈的以刘心武《班主任》、卢新华《伤痕》、陈国凯《我该怎么办》、王蒙《最可宝贵的》等为代表的伤痕小说和以从维熙的《大墙下的红玉兰》、张洁的《森林里来的孩子》、张贤亮的《土牢情话》、叶蔚林的《在没有航标的河流上》等为代表的反思文学,以及以蒋子龙的《乔厂长上任记》与《燕赵悲歌》、柯云路的《三千万》与《新星》、张一弓的《黑娃照像》、张炜的《秋天的愤怒》、贾平凹的《腊月·正月》和张楔的《改革者》等为代表的所谓改革文学(其实都是伤痕文学的变种)中人物性格的"重大缺陷"。

即便是这一时期的长篇小说如张洁的《沉重的翅膀》、李国文的《花园街5号》、叶辛的《蹉跎岁月》、周克芹的《许茂和他的女儿们》和古华的《芙蓉镇》等"叫得响"的优秀作品都蒙着厚厚的"脸谱化"的阴影,作家的思想更是苍白贫乏得可怜,以至于刘心武后来都坦承:《班主任》一类的作品"不可重读",因为"我所用的符码系统完全不是我自己的,我只借用那个时代现成的一个符码系统,……但是那个符码系统太陈旧了、太可怕了……因为那个时代作家还来不及创造自己独特的符码系统"。[①]

当时的中国人普遍患有"饥饿综合症",他们像刚刚出院的有些身体障碍的儿童,需要一段时间的疗养恢复,而在恢复过程中,身体机能的"免役力"极差——所以沙叶新写了《假如我是真的》遭到批评后,赶紧写一个主旋律很强的作品《陈毅市长》作为变相的检讨或赎罪。因为激怒上级领导的作家一旦接受批评,改变立场,就会得到有关方面的原谅。[②] 这一时期作家们的"打针""吃药"仍在继续,作家们变得很"自律",如在作品中一再删改"带刺"的内容,以尽可能保持跟主流意识形态的步伐一致。

---

① 时间主编:《精神的田园——"东方之子"学人访谈录》,华夏出版社1997年版,第236—238页。

② Link, Perry (ed.), *Stubborn Weeds—Popular and Controversial Chinese Literature after the Cultural Revolution*, Bloomington: Indiana University Press, 1983, p. 15.

作品被删改，在中国当代文学史上太普遍了。这里情况比较复杂，有自己主动迎合政治的；有为了自保而被迫的；也有直接由编辑删改的。比方，沈从文1949年以前的作品都要经过删改、过滤，甚至淘汰。凌宇认为，"由于太过急于从政治上为沈先生辩白，结果反而忽视了作品更深一层的意蕴"。① 凌宇曾为《大小阮》中的小阮这样定形象："小阮是一个革命者，在险恶的社会环境里百折不挠，为理想献身。"沈从文自己说，他要写的，是小阮"左倾盲动"。

塞先艾也大肆"修饰"和"大事修订"自己的小说。塞先艾有一篇《水葬》，主人公骆毛因偷东西被处沉潭死刑。1949年前收入该小说的各个集子，并没有讲骆毛是偷了谁家的东西，中华人民共和国成立后，根据政治需要，小说删改为骆毛偷了乡绅的东西，将骆毛由"驯服"的农民变成了反抗的英雄。他1934年发表的另一篇小说《乡间的悲剧》，中华人民共和国成立后干脆连标题都改了，变成《倔强的女人》。老舍、茅盾、沈从文等都迫于种种压力"删改"和"修饰"自己的作品。

一般而言，"删改"和"修饰"作品的有三种情况。第一类像上面沈从文等人的情况，是无奈而为之。第二类是郭沫若（也包括老舍）之类的人，主动迎合形势的需要。第三类是当事人不在了，其作品为了某种特定需要而被删改，最典型的是鲁迅先生的作品。这种由作家、编辑本身"有意为之"或由有关部门的暗箱操作而给读者造成的"误读"，就是一种集体意志的"净化"行为。②

宋永毅指出，1949年前后，"不少作家或因为思想激进或忌于政治避讳，常常删改自己的原著而不加任何说明"。他以老舍为例，说在1948年到1953年上海晨光公司再版他的《老张的哲学》《赵子曰》《离婚》等著作时，老舍对作品作了大量删改，"主要改掉那些'领导'不喜欢的部分"。

一些作家坦率承认，最初的写作，"主要为了自娱"。后来，想发表也发表不了。"哪怕我非常'自我审查'，自己把关，知道界限在哪里，就是那么'自我控制'的作品，还是无法发表。"③ 作品被删，有些是管理者的硬性要求，有些是出版商为了不必要的麻烦，有些是作家自己的审查。总体而言，行为者有点态度暧昧，其表现特征也不像特殊年代那样疾

---

① 凌宇：《风雨十年忘年游》，《长江不尽流》，湖南文艺出版社1989年版，第337—338页。
② 王润华：《沈从文小说新论》，学林出版社1998年版，第25页。
③ 宋永毅：《被删除了的老舍原著》，《联合报》1991年11月17日。

风骤雨和暴力纷呈，20世纪70年代末80年代初全国"地下文学"成为"人民记忆"载体最为活跃的时期即是证明①。"地下文学"苦心经营的"公共空间"并不是弗吉尼亚·伍尔夫所追求的"完全自由的个人的房子"，而是以民间报刊之"非法出版物"的紧张"身份"出现，其本身就是对主流文化的蔑视、不驯和反叛，他们的话语承载着代表弱势群体在强权压抑下的呐喊，这种"呐喊"后来"流变"成王朔一类的文学话本，在时代的洪流与商业大潮裹挟下，半推半就地与主流话语达成默契。

如果说，伤痕文学的作家主体也有文字意义上的"反抗精神"的话，他们反抗的不过是历史上的虚无主义，他们"反思"的更多的是"四人帮"及其黑恶势力的余毒，他们所希望的"改革"也只是在现存秩序下"渐进式"的改革。② 这是当时主流意识形态"拨乱反正"的另一种声音。他们的话语霸权不是自己争取的，而是有关部门审时度势给予的。这恰恰也是伤痕文学的作家们所盼望的。刘心武明确指出："我国是一个社会主义国家，我们的文学发展必然在'四个坚持'的前提下行进。"③ 换句话说，作家们自觉地发挥了主流话语的宣传导向与教育功能，而受众（广大读者）在日益觉醒的个性精神中接受了合乎主流文化规范的"启蒙"教育，最终形成了皆大欢喜的局面。

第六节 粗粝而灼热：发展中国家文学的声音

伤痕文学的创作者继承的是五四以来的"启蒙"传统，他们希望给予世界一个永恒的终极性的解释。他们预先把自己想象为民众的拯救者，拥有话语发出的优先权。他们站在比大众更高的位置上，一厢情愿地为民众代言。这些作家总是把"人民"作为一个总体想象的符码，把"人民"所承担的苦难和争取幸福的欲望变成了超验的终极性能指。④ 正因为他们念念不忘"为民代言"，"人民"自然合理地成了他们背后的强大靠山。他们不仅可以凭此向主管部门发出某种来自民间的声音，而且可能由此有

---

① 贝岭：《被遮蔽的历史——中国的地下文学》，《自立快报》（新西兰）2001年5月2日。
② 厉以宁：《世纪之交中国经济怎样面对挑战》，季羡林等编著：《大国方略——著名学者访谈录》，红旗出版社1996年版，第97页。
③ 刘心武：《需要冷静地思考》，《上海文学》1982年第8期。
④ 张颐武：《在边缘处追索——发展中国家文化与当代中国文学》，时代文艺出版社1993年版，第97页。

了向主管部门讨价还价的筹码——无论这种"谈判"是公开的还是隐秘的,也不管它代表的是自己还是别人。更为重要的意义是,他们还在"人民"回馈的敬重或崇拜中——尽管民众的态度也许仅仅是把他们当作"清官"或"非贪官"一类的"忠良人士"而已——感受到了"为民代言"的身份带来的真实感和喜悦。

比方,蒋子龙的《乔厂长上任记》发表后,每天收到上麻袋的来自全国各地的信件。而1992年刘心武在游鸡公山时,遇上了现在已成为总经理的老读者。这位读者说他1978年当兵时读到刘心武的《爱情的位置》,激动之余竟将这篇一万二千字的小说在笔记本上抄录一遍[①]——作家成了民众的英雄和时代的偶像,由此可见一斑。剧作家沙叶新说,1980年在全国创作座谈会上,胡耀邦高度称赞他的才华,说他是"当代的曹禺、田汉和莎士比亚",沙叶新会后竟发表了反驳文章《扯谈》——不难想象,当时的文化人是多么的春风得意和锋芒毕露。[②] 许多作家怀念20世纪80年代的文学环境,称之为黄金时代,大约就是怀念这种自由的、受尊重的、无顾忌的文学氛围吧。

作家们这种"书生意气"和"春风得意"的良好感觉反过来"刺激"他们以更大的热情投身于自我陶醉和"为民代言"的心灵冲动之中。因为这种"身份"并不是官方的公开授予(当然不排除暗自许诺的可能),也不是民众的自觉承认,说到底,不过是创作者一个时期里患上的"自我妄想症"之臆念罢了。

另外,当时的读者把作家当作英雄或"救世者",实际上是一种赖希式的"权威性格"的表现。作家符合普罗大众的"权威父亲"之预想,他们便以此为偶像,以逃避沉重的责任和孤立的自由。这个时候,作家笔下的生活和人物都是悲惨的,读者不愿回到其中的生活,成为其中的人物。但他们愿意站在"他者"的位置上——就像那些"审视"过祥林嫂、林道静和晓华们的"看者"一样,"欣赏"一个个故事中的"悲剧"表演,同时感受到自己认定的"心灵偶像"的伟大和崇高。这种"权威性格",造成了全国民众"渴望屈从于一个强大的外在力量"——"他者的保护"[③] 之"依赖力量"。有时,这种"他者的保护"实际上是一种"受毁者的保护"。

---

① 李书磊:《文学的文化含义》,上海远东出版社1998年版,第28页。
② 李书磊:《文学的文化含义》,上海远东出版社1998年版,第28页。
③ 欧阳谦:《人的主体性和人的解放》,山东文艺出版社1986年版。

比方，路遥在其中篇小说《人生》①中写道，当高加林被打回原籍、返回农村时，黄亚萍愿意陪他去农村，但被高加林拒绝了。这里，黄亚萍扮演的本是"他者的保护"角色——保护高加林，但当她提出同高加林一起去农村时，她就成了"受毁者"——毁损自己，但高加林并不是"毁她者"，他本来也是希望有一个"他者的保护"，因此，当黄亚萍主动向他示爱时，高加林立即将不"般配"的巧珍（文盲）甩了，但高加林终因黄亚萍未婚夫之母的告发而被解职归田。

至此，黄亚萍反而成为高加林的"毁损者"——与她主观上要成为高加林的"保护者"背道而驰：弱小的个体无法主宰自己命运之悲剧由此可见一斑。这篇小说的理想人物巧珍实际上也是同高加林、黄亚萍一样，既是希望有一个"他者的保护"，又实际上成了"受毁者的保护"这一主客倒置的"悬浮者"。

孙隆基指出，《人生》采取男性视角，让男人成为"自为之物"（being-for-itself），却希望有一个女性是为他而生的，他将这个女性"物件化"，成为一个"自在之物"（being-in-itself）。这其实是一种不成熟的心理，是一种"妈妈主义"②——"权威性格"的另一所指。与后来的新写实创作者们不同的是，伤痕文学和反思文学的作品内容多是为典籍化的重大历史故事提供印证（寻根文学反叛之一翼即源于此），甚至直接为主流话语的"大是大非"作情景注释。这些作品也真实地再现了各种各样的被大量历史压抑或扭曲甚至被遗忘的"记忆载体"，失去了具有独立人格的人所应该怀有的正直与庄重。

大江健三郎在诺贝尔授奖词中特地指出，日本人应有的未来形象有赖于恢复他们濒于灭绝边缘的"庄重"，为此，日本人需要以亚洲乃至世界角度来考虑"公道"这两个字，并承担由此而来的责任。大江健三郎作为日本"抗议的一代"的代言人，他写的多是控诉文，③是将流血的伤口扒开，直到揭露出"化脓的病灶"。对照这种"控诉"，中国新时期伤痕文学的创作主体在通向世界文学的康庄大道上还有漫长的路要走。

综上所述，中国新时期伤痕文学在全球化语境下有如"废墟上的花环"，作家们还仅仅停留在揭露问题和回忆昨天的层次上，只有痛楚或反思，没有忏悔，没有从自身上找原因，没有揭开人性恶的暗窗，没有挖掘

---

① 路遥：《人生》，中国青年出版社 1982 年版，第 176 页。
② 孙隆基：《未断奶的民族》，（台北）巨流图书公司 1996 年版，第 135 页。
③ 参见［日］大江健三郎《这五十年与我的文学》，黄灿然译，《倾向》1995 年第 5 期。

出为什么会造成这样大的浩劫之"病灶"。这一批作家没有想过去"当医生",不知道对包括自己在内的受害者提供医治的良方,更遑论建立新的道德与价值体系了。从刘心武的《班主任》、卢新华的《伤痕》、贾平凹的《鸡窝洼人家》、靳凡的《公开的情书》、鲁彦周的《天云山传奇》,到高晓声的《李顺大造屋》、刘真的《黑旗》、张弦的《记忆》、张一弓的《犯人李铜钟的故事》和汪曾祺的《大淖记事》等,说到底,这些作品都是从不同的角度、用不同的方式呼唤同一个"精神导师"。即使是引起过广泛批判的《苦恋》,白桦也不过是把个人的爱或爱而不成转化成对国家和民族的"苦恋",文本透露的内心情结仍是向往有一个"好母亲"①而已。

这一大批向"母亲"撒娇式的矫情作品,不仅彰显了伤痕文学的时代局限,更凸显了建立在伤痕文学基础之上的中国新时期之"文学大厦"在发展中国家文学中所面临的"表征危机":"寓言精神具有极度的断续性,充满了分裂和异质,带有与梦幻一样的多种解释,而不是对符号的单一的表述。"换言之,伤痕文学对集体记忆和意识形态"力比多"的原始冲动和强烈倾注,恰恰印证了杰姆逊论说之谶言:"第三世界的文化和物质条件不具备西方文化中的心理主义和主观投射",因为他们在"讲述关于一个人和个人经验的故事时最终包含了对整个集体本身的经验之艰难叙述"。② 尽管如此,伤痕文学仍然如同一面带着锈迹的时代之镜,映照着中国作家如何承担道义与责任,历经坎坷,在新时期文学最为艰难的泥泞地里负重前行。

---

① 孙隆基:《未断奶的民族》,(台北)巨流图书公司1996年版,第14页。
② Frdric Jameson, "third-world Literature in the Era of Multinational Capitalism", *social Text*, Vol. 15, pp. 65–88.

第三章　文学张力:朦胧诗人的家国情怀

作为物理学名词,张力是指物体受到拉力作用时,存在于其内部而垂直于两邻部分接触面上的相互牵制力。文学张力指的是一种矛盾状态。对朦胧诗群而言,他们的张力是传统文化中知识分子的家国情怀与实现这种家国情怀所面临的各种现实矛盾。朦胧诗群的前身可追溯到20世纪60年代的地下诗人群,70年代初,食指、黄翔、贵州诗人群、多多、根子等白洋淀诗群纷纷拿出力作,1978年《今天》创刊,北岛、芒克、江河、杨炼、顾城、舒婷以磅礴之势,开拓了中国诗歌的新纪元。

中国朦胧诗潮的兴起与国家、民族从混乱的局面中摆脱出来休戚相关,朦胧诗群一方面以国家、历史、时代为己任,另一方面对社会有着强烈批判与质疑,对未来有着困惑与迷惘,对人生有着失落与伤感,"做一个人"和"恢复生活的本来面目"是他们的理想。他们反省自己的《履历》(北岛),也就是反省国家、民族、时代的足迹。他们对不公正的事物提出抗议,也是表达对未来美好生活的信心(《回答》)。他们的矛盾心态、使命意识和怀疑批判精神,这种家国情怀是五四时期启蒙救世传统的坚硬回声。

然而,朦胧诗与伤痕文学、反思文学、改革文学等一道汇入整个时代的叙事和抒情之中,这一诗潮的发展既受制于自身的客观条件,又受制于发达国家话语的压抑,朦胧诗人的创作追求自足的精神世界。北岛认为,诗人应该通过作品"建立一个自己的世界",即真诚、自由、正义和人性的世界。创作主体对西方现代诗歌理论和创作方法的学习、借鉴、移植和模仿十分推崇,几乎丧失了自我,表现出茫然、自卑与盲从,失去正常的理性判断,原因在于,包括中国在内的第三世界/发展中国家的"文化和物质条件不具备西方文化中的心理主义和主观投射"(杰姆逊语)。

换句话说,中国新时期的文学发展是建立在发达国家的话语"投射"的"阴影"之上的,有着先天性缺陷,甚至一度成为西方文化的附庸。对于中国现代诗而言,尤其如此。哈佛大学的宇文所安认为,中国的现代诗只是西方诗歌影响下的产物，是翻译体诗歌的表现形式。新时期以来许多著名诗人，特别是朦胧诗派的代表性人物如北岛、江河、顾城、杨炼和舒婷等人，没有一个人的作品具有完全的独创性，没有一个人的作品没有受到西方诗人的影响。此言听起来不中听，却也道出了一个客观事实。

　　本章聚焦朦胧诗创作群体，主要从人文的贫困与被阉割的欲望、发展中国家文学的政治叙事、引路人与成人仪式戏剧性冲突、对《独身女人的卧室》的精神学解读以及诗歌怀乡病与诗人忧郁症等方面，对朦胧诗创作群体的特征与贡献进行解读和阐释，全面概括朦胧诗的总体特征和创作规律，深入发掘与之相关的各种文化现象及其多元价值的中国道路与时代意义。

　　通过分析发现，朦胧诗群对习惯既有诗歌阅读程式和直白审美趣味的读者，提出了空前的挑战，他们受到陈旧思想和传统模式、政治话语的抵触与批判是朦胧诗文本张力的重要体现。西方印象主义、象征主义等现代派文学思潮，与当时崇尚解放与自由的中国文学高度契合，为朦胧诗群的创作实践提供了坚实的理性资源，以及可供借鉴的丰富经验与艺术方法。意义的不确定，情绪的模糊性，主题的尖锐与思想的冲突，意象的跳跃，对象的藏匿，象征、隐喻、暗示、变形，时间的无序、混乱，空间的交错、切割……所有这一切，都极大地提高了朦胧诗的文学质量，也大大丰富和充实了新时期文学的想象力，为发展中国家文学的发展奠定厚实的基础。

第一节　人文的贫困与被阉割的欲望

　　"欲新一国之民，不可不先新一国之小说。"① 梁启超的这一高论历来被评家认为是把"难登大雅之堂"、只能流落于市井酒肆之小说来了个"拨乱反正"，大快人心。饶有意味的是，小说"屈尊地位"的结束，并未昭示以"载道"为己任的诗歌秩序遭到瓦解或颠覆。一段时期以来，诗歌仍然是主流话语的正统文本。王国维在总结小说戏曲的特质时甚至还用"诗歌的正义"② 来概括——较之诗歌，小说仍然处于"被命名"或

---

① 梁启超：《论小说与群治关系》，夏晓虹编：《梁启超学术文化随笔》，中国青年出版社1996年版，第171—174页。
② 王国维：《〈红楼梦〉之美学上的价值》，佛雏编：《王国维学术文化随笔》，中国青年出版社1996年版，第168—169页。

"被描写"之"他者"身份状态。

造成这种状态的原因,一是"文以载道"的诗歌精神是历来文人墨客创作的内在动力,曹丕所说的"经国之大业,不朽之盛事"将诗歌提到了前所未有的高度;二是多样性的诗歌审美走势不仅使诗歌具有讽谏、寄怨、遣兴、寓教于乐等外在功能,而且有自娱自乐、修身养性等内在效用。特别是近现代以来,较之小说等其他文体的创作者,诗人对国家、民族等"巨型语言"投注更多,政治触角更为敏锐,内心冲动更为执着,广大人民对诗人的期待也更高。许多诗人本身就是政治家、甚至是"帝王将相"。作为诗人的毛泽东自不必说,胡志明和铁托则被杰姆逊称为"诗人的榜样"①,连写过《女神》的郭沫若在日本人眼里都更像政治家而非诗人。②

与此同时,诗歌更容易与世界、民主、人权、国家、民族前途等"政治话语"联系起来,而诗歌的"战斗性"也确为风云变幻的政治形势提供了更快、更便利的话语承受载体。这种话语既可以表现得很委婉、曲折或"朦胧",如历史上屈原的诗、宋玉的赋和晚唐以李商隐为代表的"西昆体"诗词等,也可以表现得直露、直白、直接,如"文革"时期一些"宣传诗"、"招贴画"和"口号诗"等,此时的诗歌就成了"喉舌"和"利剑",成了一种"宣传品"。

比方,毛泽东主席就坦率地承认他写的《七律二首·送瘟神》是"宣传诗"和"招贴画"。③ 他特别欣赏屈原诗中的"杀人刀"的威力和鲁迅先生那种"铁石坚"的诗人气质。④ 当然,毛泽东赞颂的"杀人刀"原是喻指屈原《离骚》中的"战斗精神",⑤ 赞颂的"铁石坚"也是特指鲁迅先生的"硬骨头精神"。可有人越过诗歌的时代背景与审美特质,把诗歌创作当成了"杀人刀",他们的心也由此变成了冷酷无情的"铁石坚"。

此时的诗歌被"人为地"从艺术审美中抽出,只剩下一张政治的"空壳"。诗歌被"误写"了,也被"误读"了。反讽的是"误读者"与

---

① [美] 弗雷德里克·杰姆逊:《处于跨国资本主义时代中的发展中国家文学》,《当代电影》1989 年第 6 期。
② [日] 泽地久枝:《郭沫若和他的日本妻子郭安娜》,向文秀编:《走近名家——中国名作家生活写真》,汉语大词典出版社 2000 年版,第 38—39 页。
③ 毛泽东:《致胡乔木》,《毛泽东诗词集》,中央文献出版社 1996 年版,第 232—234 页。
④ 《毛泽东诗词集》,中央文献出版社 1996 年版,第 203—205 页。
⑤ 毛泽东:《七绝·屈原》,《毛泽东诗词集》,中央文献出版社 1996 年版,第 204 页。

"被读者"(诗作者)在暧昧的默契中达成共谋,将本是变化多姿的诗歌变成了一根清汤寡水的"尺子"——"民歌+古典"。掌握话语权的主管者还将这根"尺子"从理论的高度上加以注释,即"革命的浪漫主义与革命现实主义的典型的结合"。这根尺子既用于丈量"诗歌的价值",又用于击打"诗人的鞭子"。

在这种严酷的现实中,具有鲁迅先生那种"硬骨头精神"的人毕竟不多,公开"拿鸡蛋去碰石头"的人尤其太少。真正的诗歌被逼入民间,遁入浓重的黑暗中。因此有人声称,新中国的诗歌史就是一部逃亡地下的"被遮蔽的历史"。[1]

法国启蒙大师伏尔泰曾说:"如果上帝不存在,我们就造一个。"[2] 伏尔泰原本是"启蒙"民众的"个人主义"之觉醒,让每个人成为自己的"上帝"。不料,"文革"中的造神运动反其道而行之,其惨重的代价恰如觉醒后的诗人杨炼所辛辣批判过的:"朝我奉献吧!四十名处女将歌唱你们的幸运/……你们解脱了——从血泊中,亲近神圣。"[3]

虽然中国人的生存困境在发展中国家文化中一如杰姆逊所指出的那样:"奴隶主以丑恶非人道的封建贵族对没有荣誉生命之蔑视的代价换取了对方对自己的承认"[4],但是,卑贱不屈的"受压抑的力量"在1976年的清明节期间终于找到了愤怒的火山口,他们用最为古老的方式喊出了尼采在19世纪喊出的同样的话:"上帝死了!"这些人像早年的诗人洛夫一样,以战斗者的姿态,宣告了他们惊世骇俗的反叛:"上帝用泥土捏成一个我/我却想以自己作模型塑造一个上帝。"

从来就没有什么"救世主",自己做主成为自己的"上帝",原本就是伏尔泰们所倡导的"天赋人权",也是《国际歌》中反复吟唱的主题。然而,即便到了20世纪晚期,"自己做主"在很多发展中国家的很多地方仍难实现,以致诗人洛夫也深深地感到,有一种"飞不起来的飞的欲望"[5] 之压抑感。

这种情状用杰姆逊的话来说就是发展中国家"人文的贫困",其原因

---

[1] 汪剑钊:《文革中的地下诗群》,刘达文:《大陆异见作家群》,国际文化出版公司2001年版,第493—505页。
[2] 转引自叶维廉《中国诗学》,生活·读书·新知三联书店1992年版,第68页。
[3] 杨炼:《诺日朗·血祭》,《上海文学》1983年第5期。
[4] Frdric Jameson, Third-world Literature in the Era of Multinational Capitalism, *Social Text*, (Autumn, 1986) No. 15, pp. 65 – 88.
[5] 刘登翰:《洛夫诗歌艺术初探》,中国文联出版公司1994年版,第163—164页。

除了长期的封建专制给人们的心灵造成难以愈合的伤痕外，更为重要的是"恐惧后遗症"阴影的无处不在。真正的诗歌很难以清新的面目出现，只能再次流落民间，或部分地以所谓的"朦胧"的方式从集体抒情的"无我"状态转向个人抒情的"自我审视"。于是，江河在《耕》中发出了"我听到草根被切割时发出呻吟"这样一种"内在的力的搏动"；而王小妮在《假日 湖畔 随想》中面对"这样大的风，/也许，我不该穿裙子来，/风，怎么总把它掀动"，"揭示了'人'的存在，而这种'人'，曾经是被取消了的"。① 王小妮的"自审"与《伤痕》中王晓华回城时在车上"偷偷照镜"一样，尽管有点不习惯，但还是反映了个人的觉醒②。这样的诗当然比"东风浩荡""红旗飘扬"要"难懂"多了，正统者们便以叶维廉所批评的"垄断原则"③ 方式对朦胧诗大加指责。

首发其难的是老战士章明，他严厉指责杜运燮的《秋》和李小雨《海南情思》组诗中之《夜》，批评前者"把文化革命的十年动乱比作'阵雨喧闹的夏季'"是"深奥难懂"，说诗中"秋阳在上面扫描丰收的信息"一句有语病："信息不是一种物质实体，它能被扫描出来吗？"章明指责后者"一个椰子掉进海里，不管你赋予它什么样的想象的或感情的重量，恐怕也不能'使所有的心荡漾'起来吧？"

这种"想象的贫困"不过是杰姆逊所说的"人文的贫困"之一种，也是"题材决定论"之后遗症罢了。当年，针对有人说"坐地日行八万里""看不懂"时，毛泽东愤怒地说，"岂有此理！"并说，"完全的日常生活，许多人却以为怪"。④ 毛泽东的批评也同样适用于章明。章明竟喜欢《小草在歌唱》这样的诗："我曾苦恼，/我曾惆怅，……让我清醒！／让我清醒！"他说这样的诗"初读一遍，立即在心里引起共鸣，细读几回，越觉得'此中有真意'"。⑤

这类诗读一遍已觉难忍，正如毛泽东所曾批评的伪诗："如散文那样直说"，"味同嚼蜡"。⑥ 章明居然还能越读越有味。说穿了，这还是"题材决定论"之病症，因为小草之类意象与螺丝钉一样，都是不要个人意识的。章明一见，很熟悉，符合他的审美习惯，于是接受了。由此可见，

---

① 谢冕：《失去了平静以后》，《诗刊》1980 年第 12 期。
② 卢新华：《伤痕》，《文汇报》1978 年 8 月 11 日。
③ 侯健：《中国小说比较研究》，东大图书公司 1983 年版，第 3—4 页。
④ 毛泽东：《致周世钊》，《毛泽东诗词集》，中央文献出版社 1996 年版，第 266 页。
⑤ 章明：《令人气闷的"朦胧"》，《诗刊》1980 年第 8 期。
⑥ 毛泽东：《陈毅》，《毛泽东诗词集》，中央文献出版社 1996 年版，第 266 页。

章明还沉湎于历史的自虐境况中,一时没有转过弯来。连"懂诗"的毛泽东都说他自己的诗词"诗味不多,没有什么特色",① 并说诗难写,"冷暖自知,不足为外人道"②。当有人说他的诗词"朦胧"时,毛泽东竟直言:"不要理他。"③ 为了争得做"人"的权利,朦胧诗主将之一的舒婷竟然发出这样心酸的乞求:"人啊,理解我吧。"④

王国维对文学"载道"的重要性有着同梁启超一样的认识,他在《歌德席勒合传》一文中开篇即说:"呜呼!活国民之思潮、新邦家之命运者,其文学乎!"但在同时,王国维对封建的"道统""一尊"及其对文艺领域的横加干涉极为不满,他说,"无怪历代诗人多托于忠君爱国劝善惩恶之意以自解免,而纯粹美术上之著述往往受世之迫害而无人为之昭雪者也"。⑤

中国历史上受迫害的"文字狱"不少,敢于为受害者昭雪的勇士虽然不多,却还是有的。例如,当朦胧诗受到种种非议的时候,谢冕先生从纯粹美术的学术角度出发,写下了颇具雄心的《在新的崛起面前》和《凤凰,在烈火中再生》等"逆势生长"的文章,认为:1976年天安门事件以来出现的成千上万首诗,特别是朦胧诗,是向统治了十多年的"帮诗风"、顾城指称的"近代化石"鸣响了"送葬"的礼炮。⑥

谢冕的文章立即遭到把诗歌当作"炸弹和旗帜"的卫道士们的猛烈攻击:"不是说诗人要代人民立言吗?不是说要言人民之志、抒人民之情、反映人民的心声吗?"⑦ 这样的人一口一个"人民",挟"人民"自重,以"人民"道德发言人自居,可是他们能代表"人民"吗?谁授权他们以"人民"自居的?

这些被抽掉灵魂和"四S哲学"的崇拜者有着强烈的心理暴力冲动。叶君键在《一个优生学家的哲学》中讲到潘光旦,说他临死前竟总结出了"四S哲学":Submi, Sustain, Survive, Succumb,中文意思是"顺从"、"承受"、"幸存"和"屈服"。那么,人,为什么会产生"四S哲学"或"灵魂被抽掉"?尼·别尔嘉耶夫在《新世纪的门槛上》提出一个

---

① 毛泽东:《臧克家等》,《毛泽东诗词集》,中央文献出版社1996年版,第224—225页。
② 毛泽东:《胡乔木》,《毛泽东诗词集》,中央文献出版社1996年版,第245页。
③ 毛泽东:《胡乔木》,《毛泽东诗词集》,中央文献出版社1996年版,第234页。
④ 谢冕:《失去平静以后》,《诗刊》1980年第12期。
⑤ 王国维:《论哲学家与美术家之天职》,《教育世界》1905年第99期。
⑥ 谢冕:《失去平静以后》,《诗刊》1980年第12期。
⑦ 鲁扬:《从朦胧到晦涩》,《诗刊》1980年第10期。

"心理暴力"的概念。他认为，暴力有明显的也有不明显的，而后者作为施于心理的暴力，是封建社会统治者惯用的手段。因为它有蛊惑宣传、奴役群众心理、社会催眠术的功效。"人不被当作自由的、有精神的生物——需要帮助他走向自治，而被当作必须驯服与加工的生物。具有国家形式的社会必须通过一系列心理暴力去驯服人格将其定型成适于自己的目的……。坐牢和判死刑的人可以依然是个内心自由和独立的人，他遭受的是物质暴力……。那种认同用心理暴力驯服并定型自己人格的人，必将沦为奴才。"①

攻击朦胧诗的人就有明显的心理暴力冲动，他们自觉地将个人定格为"奴才"，动辄打着"人民"的旗帜，念念不忘的是精神分裂式的"净化作用"，以达到清除"异己力量"的目的。杰姆逊指出："只有奴隶才能够真正懂得什么是现实和抵抗；只有奴隶才能够取得对自己情况的真正物质主义的意识。"② 对朦胧诗的指责者而言，写诗就是要站在"人民"的立场上来写，就是要代表"人民"，就是要运用所谓的"正常"与"健康"模式。问题在于，这个指责者口中的"人民"是不是能够代表真正意义上的人民大众？有没有假"人民"之名行一己之利？

针对种种批评，舒婷自辩道："我起码不同意把艺术仅仅当作或全部叫成'教育工具'。"而署名"王者诚"的人不仅不认同，还赤裸裸地认为诗就是"教育工具"，因为"这是一个客观存在"。诗"不允许"代表自己。这些人将朦胧诗创作者的"觉醒"的权利都剥夺了：一方面，诗的话语"不允许"表达自身；另一方面，创作者的自由意志"遭到剥夺"。这两者，正是朦胧诗"双重梗阻"之表征。

在封建主义社会里，话语霸权总是强调文艺的"正常"与"健康"模式，进行种种"强制"，并以此作为清除异己的基准。哈耶克指出，"所谓'强制'，我们意指一人的环境或情境为他人所控制，以至于为了避免所谓更大的危险，他被迫不能按照自己一贯的计划行事，而只能服务于强制者的目的"。③ 攻击朦胧诗的人所做的正是这种"强制"，其外部表征便是艾略特所批评的"一对一"的武断方式。艾略特说欣赏诗的读者不只"一"个而是有"无数"个。批评理论常犯的错误之一，便是假想

---

① 王尧：《天才何以"未完成"》，《方法》1999 年第 2 期。
② [美] 弗雷德里克·杰姆逊：《处于跨国资本主义时代中的发展中国家文学》，《当代电影》1989 年第 6 期。
③ [英] 哈耶克：《自由秩序原理》，中国社会科学出版社 1997 年版，第 3—18 页。

在一面只有"一"个作者,在另一面又只有"一"个读者。① 而"强制"者的内部表征则是孙隆基所说的"母胎化心理"。孙隆基指出,"在现代的政治文化里,谈权力的基本假设是争地位平等,说自己欢迎受别人统治者,表现的是被虐待狂(masochistic)心理,是男性而又坚持必须受妈妈统治的话,则呈现被阉割愿望(castration wish)"。②

"强制"之所以是一种"恶",是因为它否定个人选择与实现自己目标的能力与权力,把个人的权力降为别人的工具。主管部门出于"安全"的需要只将"一小部分有选择性的文本"提供给大众,而不允许普通群体"阅读其他任何文本或以不同的方式来阅读"。这正是杰姆逊所说的"人文的贫困"之具体内容,它是发展中国家文学内部结构极不协调的"失血"的证明。

正是在这种背景下,诗人黄翔写下了"即使我只仅仅剩下一根骨头/我也要哽住一个可憎时代的咽喉";而朦胧诗主帅北岛因急于找回自我也庄严有力地喊出了"我不相信!"这种决绝的"反叛"与主流文化提供给群众的"伟大书籍"形成了尖锐的矛盾和普遍的对抗。那些掌握话语霸权的"九斤老太"们便借口"朦胧"而对"不驯"的反叛者进行大张旗鼓的讨伐。在此境遇下,创作主体的生存策略只能是"朦胧"、"地下"或"逃离"。唯其如此,他们的书写才能保持独立的人格和反叛的精神。

第二节 发展中国家文学的宏大叙事

20 世纪 80 年代,朦胧诗创作群体要把心中的不满、压抑、苦闷和焦虑释放出来,诗人以"追寻"作为母题,借助于西方诗歌高度密集的意象群和中国古典诗歌优美的意境,形成了名重一时的"崛起的诗群"。朦胧诗创作群体的集体努力使中国新时期文学在现代化进程中写下了亮丽的一笔,但这种亮丽因为上一辈诗人的"非议"和"责难"而蒙上了一层阴影。

诺贝尔文学奖获得者、著名英国诗人艾略特认为,艺术家必须抹平强烈的个性抒发冲动,让自己从诗歌中抽取出来,而不是带有强烈的个性特点和个人印记。现代诗歌的本质是"诗本身",而不是诗人浓郁的个性色

---

① T. S. Eliot, "Poetry and Propaganda", *Bookman*, No. 70, 1930, pp. 592 – 602.
② 孙隆基:《未断奶的民族》,(台北)巨流图书公司 1996 年版,第 35 页。

彩。那么，什么是"诗本身"，或者说什么是他眼中的现代诗歌？在艾略特看来，现代诗歌不是封闭的情感盘旋，而是"跃出诗外"的"无我之境"。他郑重其事地告诫道："要写诗，要写一种本质是诗而不是徒具诗貌的诗……诗要透彻到我们看之不见的意义，而见着诗欲呈现的东西；诗要透彻到，在我们阅读时，心不在诗，而在诗之'指向'。'跃出诗外'一如贝多芬晚年的作品'跃出音乐之外'一样。"①

艾略特之"跃出诗外"、透彻到"看之不见意义"的诗歌观点与我国晚唐著名诗人、诗评家司空图所说的"弦外之音"相类似。不过司空图所说的"弦外之音"也是道家思想的延伸。中国道家思想重视"有"与"无"之间的关系，力求"有"中见"无"，"无"中见"有"。在"有"中"妄"想，虚实相间，有无相生。能够表现出来的都是"实"，与此对应却未物化的为"虚"。所以庄子有言："筌者所以在鱼，得鱼而忘筌……言者所以在意，得意而忘言。"（《庄子·杂篇·寓言第二十七》）这是中国古代文论的智慧，也是中国民族审美的特质所在。

艾略特和庄子虽分属不同的国度、不同的两个时期，但却在这一点上形成了交会和共振，充分说明了艺术的共性，也恰恰佐证了艺术是相通的，真正的艺术是能够穿越过往、勾连未来的。如果说艾略特的"跃出诗外"追求的是"扼住命运咽喉"的不屈生命，那么中国朦胧诗创作者的弦外之音就是愤怒和呐喊，是北岛"我不相信"的质疑和反抗。从创作之前的"人生体悟者"到创作之中反省自我的"批判质疑者"，从"他我"到"无我"，这种变化是环境挤压和氛围侵蚀的结果。表达内容是情感的外在显现，但是这种显而易见的对应关系在传统"九斤老太"看来就是大逆不道、难以理解的，显示出诗歌的代际矛盾和时代隔膜。

顾城的父亲顾工也是诗人，他就无法理解儿子怎么将嘉陵江写成"戴孝的帆船"和"暗黄的尸布"。嘉陵江是沿岸子民的母亲河，一直是被认为是气势雄伟的，是山河大美的化身，怎么就想到了孝衣、尸布这些充满了晦气和衰亡的物象呢？同样的嘉陵江怎么就会出现两种截然不同、方向相反的情感指向呢？

史班德（S. Spender）指出："现代是对苦痛、对感性体悟的意识，对过去的自觉。"② 尽管中国新时期的朦胧诗创作主体有了史班德意义上的

---

① 叶维廉：《比较史学——理论架构的探讨》，东大图书公司1983年版，第108页。
② S. Spender, *The Struggle of the Modern*, Berkeley and Los Angles: University of California Press, 1972, p. 72.

"现代意识"的张扬,但他们在艺术的表现上仍然沿袭着陈旧的宏大叙事的抒情方式,动不动就是"一代",就是对国家、民族、旗帜与方向等"巨型语言"过分投注的倾诉。顾城《一代人》引起了一代人的共鸣,除了诗歌本身的内在经典质素之外,宏大叙事和巨型语言对真实感官和人性造成的压抑,使人们的审美一直处于饥渴的非正常状态,这样的作品一出现就与整个时代有机黏合在一起。

徐敬亚也写过一首诗叫《一代》:"第一粒雪就掩埋了冬天。"这与希腊诗人埃利蒂斯之《海伦》的"落下一滴雨夏天便被杀死"有着形式上的相似性,甚至可以说前者是对后者的模仿。① 但是在精神底色上,两者却有着本质的不同,前者是一首爱情诗,以表达爱情的忠贞和决绝,而后者却是一首"伤痕"诗。形式相近,内容相异,这种跨时空的历时对一直处于人文贫困中的中国读者来说,既是一种崭新的陌生化审美体验,也是对既有阅读经验的挑战和考验。

尤其对那些同为诗人的专业读者来说,这种考验更为猛烈。上一辈诗人公刘就显示出了极大的不适应,他们对诗歌的理解和对诗歌范式的定义还停留在传统现代诗歌的惯性里,加之自己诗坛权威地位的逐渐边缘化,以及用"格式化的眼睛"去读朦胧诗,必然把朦胧诗视为异类,会有一种不可避免的"隔代的痛苦感"和"被时代抛弃的感觉"。在政治上被国家抛弃属于文艺需求的再设定,但艺术上被抛弃,更让他们觉得这是一种彻头彻尾的失败,后一代的年轻人就这么轻而易举地把他们"拍在沙滩上了",读者怎么就这么没有定性?这种对自我的质疑和不知所以的迷失感说到底是"年代错乱"的反映。"来自不多""世事悲苍"是他们彼时心境的典型写照。他们对朦胧诗的指责恰恰说明,"新审美原则的崛起"非但没有在政治运动结束后得到缓解,接纳崭新的审美范式,反而对诗歌创作现状的日益陌生而怒不可遏,而且其原有的精神资源在新的时代和审美原则面前找不到恰当的落脚点,内心更加紧张。他们的愤怒与其说是在捍卫诗歌艺术,不如说是要在已经置换的幕布下重新刷出自己的存在感。

艾略特认为诗歌创作可以发出三种声音:"第一种声音是诗人对自己或不对任何人讲话。第二种声音是诗人对一个或一群听众发言。第三种声音是诗人创造一个戏剧的角色,他不以自己的身份说话,而是按照他虚构

---

① 聂茂:《厉风、嚎雨或失去天空——八十年代诗歌刍议》,见其诗集《因为爱你而光荣》之附录,国际文化出版公司1995年版,第106页。

出来的角色。"① 如果朦胧诗创作者们已经进入艾略特所说的"第三种声音",即所谓的"戏剧独白"阶段的话,那么,他们的上一代还继续停留在模拟第一或第二种声音阶段,也就是艾青讥讽过的"蝉音"。

艾青有一首诗《蝉的歌》很好地诠释了这种"蝉音"——八哥说:你整天都不停,究竟唱些什么呀?/蝉说:我唱了许多歌,天气变化了,唱的歌也就不同了。/八哥说:但是,我在早上、中午、傍晚,听到你唱的是同样的歌。/蝉说:"我的心情是不同的,我的歌也是不同的。"

朦胧诗之前的上一代诗人根据"气候变化"来歌唱,但听起来却是同样的腔调,这种"蝉的歌"式的"亚创作"是朦胧诗主创者们所十分憎恨和坚决反叛的。朦胧诗的创作群体"要把当代中国的感受、命运和生活的激变与忧虑、孤绝、乡愁、希望、放逐(精神的和肉体的)、梦幻、恐惧和怀疑表达出来"。(叶维廉语)这是一种多维结构的诗歌,其中有多个声部,而不是一个声音的独奏。与传统的情绪表达和流动的静态诗歌不同,朦胧诗的这些创作诉求和艺术追求冲破了汉语诗歌已经板结的情感表达方式和审美习惯,大大丰富了发展中国家文学中汉语诗歌的艺术表现力。

第三节　引路人与成人仪式戏剧性冲突

中国新诗 100 来年的发展建立在各个时期的政治风潮、文化环境和社会因素等基础之上,既见证了传统社会衰敝、瓦解、重构的整体性变革与变迁,又浓缩了外来文明刺激、冲击和融合下的转型镜像,其内在的张力和审美的动力不仅伴随着"言文一致""言行合一"等时代精神的启蒙需要,而且洋溢着人、生命、时代、社会的新型关系的激情和幻想,包括创作主体新的艺术创造和自我价值实现在传统经验中的个人体验。②

在朦胧诗的群体性特色中,这种印象尤为强烈。与以往的诗作者对政治的热情主要表现在以家国情怀和浓重的抒情色彩不同,朦胧诗有一个现象十分有意思,即这一拨诗人有十分凸显的母题——"追寻"。如顾城的《一代人》:"黑夜给了我黑色的眼睛,/我却用它寻找光明。"梁小斌的

---

① F. O. Matthiesen, *The Achievement of T. S. Eliot*, New York: Oxford University Press, 1958.
② 孟泽:《"绝对的开端":"新诗"创生的诠释与自我诠释》,《湘潭大学学报》(哲学社会科学版) 2015 年第 2 期。

《中国，我的钥匙丢了》："我要顽强地寻找，/希望把你重新寻找，都在追寻。"人生、理想、光明都曾经被那个疯狂的年代所埋没。回顾理想的缺失和人性的扭曲，那种信仰坍塌后重新建构时的彷徨与焦虑与鲁迅的否定精神形成了隔空的回应。

杨炼在《火把节》里也表达了这种"彷徨和焦虑"，"永不宁静的灵魂啊/痛苦地追求啊/熊熊燃烧"。这种"追寻"并不是为了特定的目标和具体的任务，也不指向未来的向度，而是文化意义上的反思。杨炼有一首诗叫《自白》，"所有的出生都应该是神圣的""动荡的雾中/寻找我的眼睛"。诗歌除了直接抨击血统决定一切的谬论之外，还在执着地追寻，尽管这种追寻的希望微弱而无助，"我来到废墟上/追逐唯一照耀过我的希望/那不合时宜的微弱的星"，尽管旧有的体系已经倒塌，但是"追寻"依然"不合时宜"。朦胧诗人的"追寻"与上一代诗人已经完全不同。上一代诗人的追寻与国家宏大叙事有着精神气质的一致性，他们自觉地融入主流抒情的大潮，成为其中的一分子，从而带来了身份的安全感和内容的认同性，理直气壮、义正词严、义无反顾成为他们的精神底色。

朦胧诗人则不同，他们不再执着于终极目标的实现，而是更加注重过程本身的体验。质疑的精神和思考的气质使他们不再相信所谓的终极目标，所以朦胧诗创作群体的"追寻"更注重对"过程本身"的体验。目标的不确定和指向内心的自我修行使这种行动带有强烈的理想主义色彩，尽管悲壮，但并非无果而终。

与上一代人在乌托邦理想上的破灭相比，朦胧诗人的憧憬更多地集中在"青春"、"爱情"和"家庭"等充满个人化的关注上，他们用"小型语言"回到人性自身。如舒婷的《致橡树》："我必须是你近旁的一株木棉，/作为树的形象和你站在一起。"这样的情感，在马丽华笔下，却变成了水中月、镜中花，想追却又不敢追："世间最深的悲哀，莫过于/认准了……却不能为之献身。/比追寻更苦，更绝望，/因为面对着所爱，但我不能……"为什么不能？马丽华坦言："在我们这个时代的国度里，是不可以随便爱自己爱人以外的他或她的。我想起了自己从前，默默地埋葬掉的那许多不合时宜的爱，痛苦而压抑。爱而不能（或不敢），在我，则常被自诩为道德的美和情操的高尚的。那'十字架'，对不起，就让未来世纪的人们抛卸去吧。"

面对新的社会规则和前进方向，朦胧诗创作群体极其迷茫，他们在精神上反对层级秩序，拒斥体制管束，与无政府主义有着很大的相似性。他们自觉自愿地踏上了精神的自我放逐之旅，对时间极其敏感，对生命存在的意义和价值不断追问。但是青春已逝，面对浪费掉的时间和往昔，他们用伤感的情绪表达无果的追寻，所谓"把失去的青春夺回来"之说，无非是主流话语对逝去者的抚慰，或者说是对他们开出的一张无法兑现、没有金额的空头支票。

除此之外，朦胧诗创作者还有现实的焦虑。不管是掀起文斗武斗的造反派，还是受到一系列不公平待遇的受害者，他们都在科学技术是第一生产力的新格局面前诚惶诚恐。时代日新月异，自己却没有应对生存的硬实力，他们突然发现自己被这个时代"抛弃了"，从而构成了中国的"迷失一代"。

除了时间上的错位外，朦胧诗人所处的空间位置也不再是当初的坐标。他们当初从城市出发，到"最艰苦"的农村和边疆，但是当一段历史尘埃落定后，他们才发现一切都已物是人非，城市对他们而言突然成为一个矛盾的存在，回不去是一种煎熬，回城同样意味着噩梦。时间、空间斗转星移，物是人非，留下的是现实的矛盾和心理恐惧的后遗症。

像屈原回首龙门，杜甫北望长安一样，朦胧诗创作群体同样需要一些符号的仪式感来祭奠逝去的青春，因此他们在有意无意选择了一些历史感厚重、文化意味深长的地方，如长城、黄河和古战场等作为他们追寻的起点。他们并没有完全走上一条心灵的孤独旅程，也并非心甘情愿走上绞刑架的精神高蹈者。他们的追寻仍然脱不开与民众同行的思路。因为他们走的仍然是五四以来、伤痕文学中"为民代言"的路子。也就是说，他们期望得到民众的认同和主流文化的认可，北岛坦承："当时的诗人戴错了面具：救世主、斗士、牧师、歌星，撞上因压力和热度而变形的镜子。"①这是一种"下意识"的冲动。

卡尔·荣格（Carl Jung）指出，所谓"下意识"（unconscious）亦即人的过去的留存，其中或其下便是人类的"集体下意识"（collective unconscious）或全人类的"封存的记忆"（blocked-off memory），包括在还未变成"人类"以前的记忆。这种下意识的种族记忆，使得若干"原始意象"（primordial images），对人类具有经常而强烈的吸引力，②表现在文学中便是神话的镜显。

福莱（Northrop Fry）认为，神话是一切文学作品的原型，其中心神

---

① 北岛：《朗诵记》，收入《2000 年文库——当代中国文库精品·北岛卷》，（香港）明报出版社 1999 年版，第 130 页。
② Carl Jung, *Psychology and Religion*, Connecticut: Yale University Press, 1938, p.63.

话是追求（quest）包括金羊毛、圣杯或中国的唐僧取经式的循环。"一个没有神话的人也是一个无根的人。同时，神话和文学都需要'诗一般的信仰'（poetic faith），一个民族如果丧失了这种信仰，就会成为'没有根'的民族。"①

梁启超也指出："拿神话当作历史看，固然不可，但神话可以表现古代民众的心理……从神话研究，可以得着许多暗示。"② 而很长时间以来，神话已经从中国文学的母题中消失了，朦胧诗群重提这个古老的文学母题，并义无反顾地投身其中，发掘新的时代精神和审美价值。

对照朦胧诗创作群体，可以看出，"求变——压抑的原始类型"是他们创作题材的母题，也是他们用"追寻"作为自己"神话"内核的最基本的架构：他们既有"荷马史诗"中"奥德赛"的英雄式的追寻，如杨炼的《诺日朗》，又有乔伊斯《尤提西斯》中的"无根式"的追寻，如顾城的《泡影》；既有柏拉图的理想国和桃花源的乌托邦式的追寻，如舒婷的《诗神与爱神》，又有陀斯妥也夫斯基《地下室手记》和塞林格的《麦田守望者》中主人公那种"孤独无助式"的追寻，如车前子的《我的塑像》。

西方的"原始类型"在一定程度上是稳定的、静态的，不会随着时间的变迁而不断调整，中国朦胧诗则完全不同，他们有着显著的"求变——压抑"之"动态"特征，以并不恒定的内核作为反叛的具体指涉，以被压抑作为反叛的精神原动力。之所以如此，是因为在"求变"与"压抑"之间并非真空地带，而是横立着代表了"正统"和"主流"的"引路人"，这是一种庞大的力量，也是罩在他们头上挥之不去的阴影。

这种"引路人"往往以朦胧诗创作群体的"长辈"自居，或者苦口婆心，或者循循善诱，试图拉回这些已经误入艺术歧途的晚辈们。他们有些是政治上的长辈；有些干脆就是血缘上的长辈，如顾工之于顾城是父子关系，公刘、柯岩等人与顾工同辈。"引路人"并非任何派系意义或者政治力量的对立面，而是以"挽救"为口号，以"关心"和"爱护"为旗帜，将反抗者置于道义上的不平等地位，从而把朦胧诗派拉回到自己预想的既定轨道上。比方，公刘就公然表示对顾城"反抗"的失望，隐藏着自己的正统地位和审美标准被漠视的愤怒，而且作为"引路人"，也没有

---

① 张系国：《让未来等一等吧》，（台北）洪范书店有限公司1984年版，第69页。
② 梁启超：《伪书的分别评价》，转引自夏晓虹《梁启超学术文化随笔》，中国青年出版社1996年版，第164页。

得到理应的尊重:"我写文章是为了帮助他。特别是他在诗中把长江比作'尸布',怎么可以这样比喻?这是耻辱。"① 在他看来,物象的意义都是规定好的,是"引路人"集体智慧的结晶,后辈诗人可以进行局部调整,置换一下生活场景,怎么能把意义全部推倒,重新树立一种异于"常理"的意义体系呢?

柯岩在给顾工的信中则说:"顾城这孩子还是很有诗的感觉的。他比较单纯,问题是怎样引导。"顾工对儿子的"引导"更为具体:他带着顾城去革命圣地,并"抓住每个空间、时间向他灌注我认为应该灌注的革命思想。这样的引导又引导,我想总该能扭转孩子的大脑和诗魂,他也会唱起我们青年时代爱唱的战歌!"但是,很不幸,这些努力毫无作用。面对儿子的不驯,顾工"多想把他说服、征服——甚至是万不得已的压服……但,看来我在节节败退"。② 正因为"节节败退"的形势过于严峻,所以,"引路人"这一"集体"迅速集合队伍,亮出自己的立场。比如,作为这一"集体"代表之一的丁力认为朦胧诗是"古怪诗",急切呼吁朦胧诗人应该在诗界前辈的"引导"下去写,否则整个诗坛就会有陷入"黑屋子"的危险。③

郑伯农特地提出了"对青年诗人的两种引导"方式,并搬出最高领导的讲话"要正确地引导他们"。④ 政治权威和父辈身份的双重权威构成了"引路人"的标签并成为"原初的自恋狂"。孙隆基指出:"中国式集体主义的逻辑就是母胎化,集体控制个人的方式就是不让他/她成长。这是一种'原初的自恋狂'(primary narcissism)意识,因为婴儿不觉得妈妈是一个分离的个体,而只是自己欲望的延伸。"⑤ 随着时间的增长,这种感觉也慢慢变成"衍生的自恋狂"(secondary narcissism)。同时,由于孩子都是从母亲身体里分离出去的,母亲也自然地将子女看成自己的一部分。"爱子女的天性也就是自恋的本质之表达。"⑥

这是对"引路人"文化心态的最好注释,也是朦胧诗群对"集体控制、挤兑个体",乃至虚化和"去我"的厌恶和叛逆。一个人在"成长"的过程中,要不要"引路人"?或者说,需要什么样的"成人仪式"?北

---

① 公刘:《公刘谈"朦胧诗"》,《文艺报》1981 年 8 月 21 日。
② 顾工:《两代人——从诗的"不懂"谈起》,《诗刊》1980 年第 10 期。
③ 丁力:《古怪诗论质疑》,《诗刊》1980 年第 12 期。
④ 郑伯农:《在"崛起"的声浪面前——对一种文艺思潮的剖析》,《诗刊》1983 年第 12 期。
⑤ 孙隆基:《未断奶的民族》,(台北)巨流图书公司 1996 年版,第 251 页。
⑥ 孙隆基:《未断奶的民族》,(台北)巨流图书公司 1996 年版,第 124 页。

岛的《迷途》就是回答:"沿着鸽子的哨音/我寻找你/高高的森林挡住了天空/小线上/一棵迷途的蒲公英/把我引向蓝灰色的湖泊/在微微摇晃的倒影中/我找到了你/那深不可测的眼睛。"①

"引路人"可以有,但是不能像上帝一样规定好一切,而应该像这"迷途的蒲公英"一样,它并没有伟大的方向。更重要的是,"引路人"不能是被认定和强制赋予的,不能是天然的长辈、老师,或者戴上某种光环的权威,而是诗人自己认作的"引路人"。否则"引路人"不但没有平等可言,还会成为他们的复制品。老一辈诗人要"引领"的是他们已经走过的路,不然自己的光辉被束之高阁,曾经的辉煌难道要陷入寂寞?毕竟朦胧诗创作者们要有自己选择,而不是吃上一代诗人吃过的馍馍,以他们的经验和教训作为箴言。

任何一代人都有自己的人生,他们可以在"追寻"的过程中获得独有的体验,而不是成为老一辈的替代品。作为父辈的"引路者"担心年轻人的艺术之路可能不是大道坦途、大江大河,而是曲径小道、小溪、水井,这又何尝不是一种别样的人生呢?这是他们的权利,也是他们自己的快乐。李松涛愤怒地写道:"我从娘肚里一爬出来/就陷入了教导的重围/我被点拨着启迪着指引着/无数列祖列宗先哲师长/想把我塑造成他们的样子/以各不相同的道路/为我指出各不相同的道路",现在,他要"让抗暴的欲望爬上心头",为的是:"把眼睛收回来,我看自己/把耳朵收回来,我听自己/把鼻子收回来,我嗅自己/把手收回来,我抚摸自己/把心收回来,我感受自己。"②

颇有意味的是,"在但丁、歌德、泰戈尔等人的诗中,也常常有一个'引路人',与朦胧诗创作群体'政治——父制'双重权威不同的是,他们诗中的'引路人'通常是女性,是爱的使者和化身:她既是男性对女性的虚幻的想象,又是男性欲望的集中体现"。③ 但丁、歌德、泰戈尔等人笔下的"引路人"通常具有饱满的亲和力,能够带领他们走完"成人仪式"的始终。诺贝尔文学奖得主、葡萄牙作家若泽·萨拉马戈(Jose Saramago)说自己,"没有向导,没有人给他建议。然而,他以一个富有创造性的水手的惊奇虚构着他所发现的每一处地方。人的尊严每天都遭到我们这个世界上强权人物的侮辱;普遍的谎言已经取代了多数真理,当人

---

① 北岛:《履历》,生活·读书·新知三联书店 2015 年版,第 96 页。
② 松涛:《沧桑——水浒一日游》,《昆仑》1989 年第 2 期。
③ 张闳:《灰姑娘,红姑娘——"青春之歌"及革命文艺中的爱欲与政治》,《今天》2001 年夏季号。

类丧失了对其同类应得的尊敬时,他也就丧失了自尊"。①

中国新时期朦胧诗创作群体与作为"引路人"的强权人物形成了剧烈的冲撞,为了撕开普遍的谎言,赢得自己的尊严,朦胧诗群向世界展示了自己的心路历程。它高蹈艺术上的"叛逆"精神,充分肯定人的自我价值和人格尊严。它极大地丰富了诗歌的内涵,建构了诗歌的崭新审美范式,增强了诗歌的想象空间,打破了当时现实主义创作原则一统诗坛的局面,重新界定了诗歌的边界和意象的意义范围,为中国当代诗歌注入了新的生命力,形成了一个"崛起的诗群",同时也给新时期文学带来了一次意义深远的艺术变革。

第四节 《独身女人的卧室》之精神学解读(上)

早在20世纪80年代,伊蕾就被诗评家称为"中国女性主义诗歌最重要的代表诗人之一"。她的诗歌重视人性的深度发掘,探寻人的生存问题,肯定人的本能需要,追求人的肉体需要和艺术上的审美需要。② 基于这种创作诉求,她写下了一大批个性鲜明、独具特色的长诗和组诗,在当时的社会投下一个个"重磅炸弹",产生了极大的震撼力和冲击力。对于缺乏文化基础和心理准备的诗坛,特别是对早已形成既定的阅读习惯的读者而言,伊蕾的大胆写作姿态令人惊惧、错愕和战栗,其作品彰显出来的生命美感、叙事张力和陌生感,以及由此所产生的爆炸力和影响力远远超出了诗坛本身。

伊蕾的率性和个性,尤其是艺术上的先锋性,使她的作品具备一种拓荒性意义,甚至她的一些诗歌具备了"经典"的特质。无论是女性主义诗歌的成长史,还是新时期诗歌的编年史,如果缺少了伊蕾的《黄果树大瀑布》《独身女人的卧室》《被围困者》《流浪的恒星》等诗歌文本,那肯定是不完整的。

进入21世纪以来,中国诗坛流派众多,走马灯似的,你方唱罢我登场,大多"昙花一现",而以伊蕾等人为代表的女性主义姿态所树立起来的"生命意识"和"个性精神"并未过时,仍然具有很强的感召力。陈

---

① [葡]若泽·萨拉马戈:《师傅与徒弟》,《世界文学》2000年第1期。
② 王珂:《新诗现代性建设要处理好五大社会生态关系》,《湘潭大学学报》(哲学社会科学版)2016年第3期。

超指出，伊蕾"以女性的生命经验书写女性精神和身体的秘密，观照女性的命运，争取女性的言说权利，批判男权社会对女性的压抑。更值得注意的是，伊蕾诗歌也不是公共性的'女权主义'传声筒，她表达出性别经验中的个人性，而不是个人化体验之外的公共性"，这种评价是对伊蕾诗学的深度诠释和高度概括。

伊蕾的写作则明显受到美国自白派女诗人普拉斯的影响，注重展示压抑中的自身经历与个人体验，[①] 追求生命的独特价值。本节以伊蕾的组诗《独身女人的卧室》为例，从女性主义和精神分析学出发，探寻在漫长的男权社会的历史禁锢中，女性是怎样遭受摧残、压迫，以及她们又是怎样在压抑中挣扎和呐喊。通过细致的文本阅读，我们发现：伊蕾作品中的这种呐喊不仅仅是物质的，更是欲望的、精神的、生命的，其间包含着无比复杂、广阔和深邃的正义内蕴，充满着自由、民主的诗歌力量和卑微深处的人性光芒。

伊蕾以本名孙桂贞写过一首《黄皮肤的旗帜》的诗："为着我的心是如此单纯/没有任何即使正当的奢望/只求你允我这样忘我地/站在这个位置上。"[②] 为了追求生存的权利，诗人也可以做到像螺丝钉一样机械、冷漠，不带有任何正当的欲望。然而，这种"单纯"显然是一种压抑式的矫情，是"禁欲者"自虐般的情感告白，反映了特殊年代"环形监狱"的无处不在，以及由此产生的对人性的泯灭之痛恨。

福柯形容这种"环形监狱"是由一个"主控塔"和环绕周围的无数的"小单元"组成，在相互无法沟通的"小单元"中住着疯子、变态者和学童等，他们都是现代国家机器所要控制、教育和治愈的对象。福柯说："在背景灯光的衬托之下，环绕周围的各个单元可以被主控塔上的人看得清清楚楚。每一个单元都像一个牢笼，或者一个小舞台，里面的演员都是独自一人，十足地个别化，也十足地清晰可辨。"[③]

很长时间以来，中央"主控塔"不仅或明或暗存在于诗歌创作者的书写意识里，也存在于广大读者的潜意识中。这种"主控塔"有时是以一种"非存在"的存在方式"悬置"于文字之中。像伊蕾的《黄皮肤的旗帜》那样，由于头脑中"主控塔"的无形之手若有若无地控制着她，

---

① 黄桂元：《伊蕾：绚烂已逝，诗册犹存》，《中华读书报》2010年8月4日。
② 聂茂：《厉风、嚎雨或失去天空——八十年代诗歌刍议》，收入诗集《因为爱你而光荣》之附录，国际文化出版公司1995年版，第110页。
③ Michel Foucault, *Discipline and Punish: The Birth of the Prison*, (trans.) Alan Sharidan, New York: Vantage Press, 1995, p.200.

创作主体已经变得"无欲"——即使这种"欲"（即诗中的"奢望"）哪怕有着"正当的"理由，也是不允许存在的。

荒唐的是，创作主体不但接受了这一"虐待"，而且请求"自虐"，唯一愿望就是"忘我地""站在这个位置上"，这显然是一种病态式的自恋。然而，人毕竟不是"取消自我"的机器，尤其是当女性的生理渴望复醒的时候，压抑已久的本能冲动便会如奔腾的河水，冲堤而出。伊蕾的组诗《独身女人的卧室》便是这种情感沸腾的忠实写真。在这里，诗人用一种"边缘思维"，即完全女性的视角，将男权社会里长期被剥夺的性别特征和本能欲望淋漓尽致地展现了出来。

组诗第一节的标题就是"镜子的魔术"。"镜子"这一意象犹如性征一样，在20世纪特殊历史时期是被排除在主流文化词典之外的。当《伤痕》中的王晓华在回城的车上偷偷掏出镜子想看看自己时，她显得是那样的紧张和不安。[①] 但伊蕾在诗中不但用镜子将自己的裸体照了个遍，还不停地自言自语，对没有性爱生活的身体感到无限的失望。

诗人这种"镜子里的独白"是弗洛伊德意义上的"自恋狂"，通过自恋达到一种自我的体认，而这种体认原本是由"他者"来完成的。当性成为禁忌，"他者"就会缺失。"镜子里的独白"，只能算是失望中的虚拟满足。然而，无论是"自恋狂"还是"他恋狂"，无论是皇帝还是平民，"性生活"不过是成年人最普通、最基本的生活内容之一，虽然神秘或羞于言及，却是日常生活不可缺少的一部分。连革命家加诗人的郭沫若都说，"恋爱，……专靠精神上的表现是不充分的"。[②] 而在诗人洛夫的笔下，唐玄宗也走下圣坛，成为一个有血有肉有欲望的凡夫俗子：他"高举着那只烧焦了的手／大声叫喊：／我做爱／因为／我要做爱！"[③]

无疑，皇帝的"大声叫喊"比伊蕾在这组诗中不断地呐喊——"你不来与我同居"——更具攻击性，也更加彰显诗歌创作主体压抑之极的苦闷、心酸、无助与无奈。皇帝可以表达自己，更可以成为自己行动的主人。但伊蕾只能被动地呼喊，因为她的言与行是被分割的，是不被允许成为正常欲望的主人的。

按照当年周作人提出的"人的文学"的说法，人都是从动物进化来

[①] 卢新华：《伤痕》，《文汇报》1978年8月11日。
[②] ［日］泽地久枝：《郭沫若和他的日本妻子郭安娜》，向文秀编译：《走近名家——中国名作家生活写真》，汉语大词典出版社2000年版，第38—39页。
[③] 洛夫：《我的兽》，中国文联出版公司1994年版，第72页。

第三章　文学张力：朦胧诗人的家国情怀　115

的，故都有兽性的一面，排除性爱是反自然的。① 弗洛伊德认为本我最压抑的，也主要指的是性爱，其"心理冲动"特称生命力，也就是"力比多"（libido），它是一切创造活动的源泉，也是一切精神病变的渊薮。作家的创作从精神上就是要缓解和释放压抑过多的"力比多"，它是一种"替代性满足"（vicarious satisfaction）。② 对诗叙者伊蕾而言，她找到的"替代性的满足"是组诗的第二节："土耳其浴室"。从"照镜子"到"洗澡"，诗叙者一步步解放自己。然而，这并非真正的"浴室"，而只是诗人的"白日梦"或者幻觉："我是这浴室名副其实的顾客/顾影自怜"，"碗状的乳房轻轻颤动/每一块肌肉都充满激情"。这个"浴室"是自我虚构的精神空间，与"镜子"中的镜相形成同构，表达自己的迷乱和无助。这是一种错乱，是由过分的自恋造成的人格错乱（personality disorder），它成为歇斯底里病症的最原始的表征："妈妈窒息症"（suffocation of mother）。③ 表现在诗中就是："我是我自己的模特"/"玻璃瓶里迎春花枯萎了。"花期已过，青春不再，人生最美的时光就在板结的空间里（如玻璃瓶）麻木地过去了。

　　诗叙者有了强烈的情感（性）觉醒，但无法突破世俗的力量，只能一再表示对男性的轻蔑，以及对男性"性退化"和"性无能"之强烈的憎恨情绪。好像这一切，都是男性不主动，男性无能造成。实际上，面对强大的文化禁忌和性事的虚化，男性也是无能为力的。于是，诗作者变得神经质，不断唠叨、甚至诅咒。比方，在组诗的第六节"一封请柬"中，诗叙者反复说："他毕竟是孩子"/"他只能是孩子"/"他永远是孩子，是孩子。"这种祥林嫂式的呻吟、重复与递进恰恰符合歇斯底里病症的"逆母走向"——"朝人生早期逆退、人我界线不明朗、对情感的混乱状态不予控制、在社会场合里也让它表面化，随意发泄在别人身上，并期待对方是自我意愿的一个延伸"。④ 因为在"孩子"那里，"我不能证明自己是女人"，现代派艺术和传统的婚姻都没有意义，

---

① 周作人：《人的文学》，朱文华、许道明主编：《新编中国现代文学作品选·上》，复旦大学出版社1996年版，第53页。

② Simgund Freud, *Writings on Art and Literature*, with a foreword by Neil Hertz, Stanford, Calif: Standford University Press, 1997.

③ 歇斯底里一词源自希腊文 hystera，本是"母胎"的意思。在歇斯底里症未流行之前，1603年英国一医生将它叫作"妈妈窒息症"（suffocation of mother）。Edward Jorden, *A Brief Discourse of a Disease Called the Suffocation of the mother*, Bmsterdam: Theatrum Orbis Ltd., 1971.

④ Edward Jorden, *A Brief Discourse of a Disease Called the Suffocation of the mother*, Bmsterdam: Theatrum Orbis Ltd., 1971.

都无法达到救赎之目的。

万般无奈下，诗叙者的自救只能采取最本能最原始的方式——手淫或自慰：像组诗第三节那样"拉着窗帘/以便想象阳光下的罪恶"/"然后幽灵一样的灵感纷纷出笼/我结交他们达到快感高潮"，并且还有单性繁殖的"新生儿"出世。这种空前的叙事荒诞是对特殊年代中社会强大的"道德洁癖"造成的"血缘父制"缺席的印证——伴随而来的必然是对父爱、性爱之封杀的有力反叛。历史上有过的这种清教徒式的生活，造成了作者歇斯底里般"性压抑"的无处释放，而"朦胧诗"创作群体的"自恋"又与"性渴望"有着内在的血脉理路：前者导致焦虑，后者逼人沮丧。

按照女权主义者朱丽亚·克里丝蒂娃的理论，母体有对性爱全面享受的潜能，只不过这种潜能被纳入父权的符号体制而遭到镇压，沦为父系传宗接代的工具。人处于男女分途前的前生殖（pre-Oedipal）状态也是与这个母体融为一体，只有被纳入父的符号体制后，才开始走上性别分化。① 克里丝蒂娃视女性为父权镇压下的他者（the other），甚至可以写成母/他者（m/other）。父权体制代表着规范化生产和生育，被镇压的母/他者代表的就是肉体和欲望。组诗之九的"暴雨之夜"就是这种"肉体"和"欲望"最强烈的表达："暴雨像男子汉给大地以鞭楚"/"六种欲望掺和在一起"/"生命放任自流/暴雨使生物钟短暂停止"/"我宁愿倒地而死。"这种渴望"受虐"和"自虐"纠缠的情绪虽是歇斯底里症综合变态之写真，从一个侧面反映了诗叙者作为女性对有着"阳具"的男性之仇恨，从而与克里丝蒂娃的女权主义心理达到了形而上的共识：克里丝蒂娃鼓励女性发扬性别暧昧的多样性变态（polymorphous perversity），不应该甘于做父权体制下的"边缘人"，而是积极与男性争夺父亲的符号体制。②

出于对这种理论的价值认同，诗叙者伊蕾不仅用"吸烟"这种有着男性专利色彩的行为来表明自己的叛逆，并且高喊："是谁制定了不可戒的戒律"？但这种叛逆很不彻底，诗叙者念念不忘的还是自己的女性性别，即便吸烟用的也是"女士香烟"，这是"点燃我作为女人的欲望"后的另一种发泄。换言之，这种反叛不过是为了证明自己是一个女人——本来男人的"性爱"是最好的验金石，但它被无情地取消了——所以女人只好自己来证

---

① Julia Kristeva, *About Chinese Women*, New York: Marion Boyars Publishers, Inc., 1986, pp. 130-35.
② Julia Kristeva, *About Chinese Women*, New York: Marion Boyars Publishers, Inc., 1986, pp. 130-35.

明自己：手淫或自慰。尽管诗叙者也憎恨自己的无能（"我最恨的是我自己"），但她仍然"怀着绝望的希望夜夜等你"。

这种绝望的等待，一如《祝福》中祥林嫂对儿子——流淌着"强奸犯"贺老六的血——阿毛的爱和到土地庙"捐了门槛"后仍然无法获得染指"祭祖"仪式的权力；也像《伤痕》中的王晓华与"母亲断了关系"后仍然无法兑取"入团"的资格一样。可是，历史的残酷性在于，连这一点"耻辱的幸福"——伊蕾组诗中最后的"绝望的希望"也要被剥夺：诗叙者被"众多的目光"刺得"鲜血淋漓"，诗叙者"我"虽然没死，但像《伤痕》中的王晓华一样，活着比死亡更痛苦——因为她连自己的性别都无法得到证明。从"连自己的性别都无法证明"到"对身份确认的渴望"再到"对国家、民族文化认同的焦虑"，反映了全球化语境下发展中国家文学生存境况之尴尬——诗叙者懊恼之极："我想签证去想去的王国居住"，但是"担心那里已经人口泛滥"，身份可疑，无法书写，无处逃离……朦胧诗创作者们用自己有过的残酷而荒诞的生存经验为发展中国家文学的尴尬处境提供了真实而生动的证词。

第五节　《独身女人的卧室》之精神学解读（下）

伊蕾组诗的叙述者虽然是女性——女人可视为被阉割的男人，即澳洲学者杰梅茵·格里尔（Germaine Greer）所说的"女太监论"，这种理论认为：女人是被动的性存在，因为她被男人阉割了，造成"永恒的阴柔"之刻板印象。她强调应解放和发展女人的性，以追求快乐为原则，鼓励女人勇敢地尝试新的、自由的性生活，以此作为反抗。[1] 杰梅茵·格里尔的理论用之于男性同样适合，因为中国的男性事实上几乎都有被"单位和家庭"双重"父制"阉割之女性化——"软骨病"和"低眉的妥协"无处不在，也就是说诗歌中讲的是"男孩"而不是"男人"。本采尔曾经指出，"中国的民间故事多把年轻貌美的女性描写成'阉割的、谋命的、毁灭性的'，反映出'自我功能'遭到'非自主化'（de-autonomized）的中国男性，在成人的性任务面前，出现'被阉割'的焦虑感"。[2]

---

[1] ［澳］杰梅茵·格里尔：《女太监》，欧阳昱译，上海文艺出版社2011年版，第89—92页。
[2] Ruth Bunzel, *Explorations in Chinese Culture*, *Research in Contemporary Cultures*, New York: Columbia University Press, 1950.

这种焦虑唯有朝"口腔阶段"的方向逆退才能加以抵御。中国人除了有朝"口腔阶段"逆退之"返祖"趋势外，他们还有强烈的"围墙意识"。吴祖光说过，"中国人有筑墙的传统，而缺乏冲出去的设想"。① 中国的大学城和传统的四合院等都是这种"围墙意识"的缩影。除了外部的"主控塔"、"无形的手"和"围墙意识"外，中国人还有一种内在的"心狱"，即自筑围墙，自愿隔离，以求平安。② 这种"双保险"式的自我保护是中国人母胎化的"国民性"之一角，也是中国传统社会中的糟粕——"太监文化"所沉淀下来的对"阉割的恐惧"的后遗症之具象写真。

"阉割的恐惧"多由"偷窥"所致。弗洛伊德在欣赏神话中的蛇发女怪"美杜莎的头"的雕塑时，曾产生一种迷乱的意象，因为在他眼里，美杜莎的头颅再现了一个多毛的女性外生殖器，激起了人的阉割恐惧。③而在赵振先的眼里，巴黎是"从子宫里生出来的"。他认为："在蜿蜒的塞纳河上，出现了一个长得像女人生殖器的岛……就是西岱岛。"弗洛伊德欣赏蛇发女怪的雕塑之所以"迷乱"，是因为他联想到"女性外生殖器"，继而产生"偷窥"与"亵渎"交织的"恐惧"。同样的道理，赵振先欣赏巴黎，感觉它是"从子宫里生出来的"，他似乎没有感觉到恐惧。原因是，在他看来，"心狱"被正当的合法性所打开：这个"女人之岛，巴黎圣母院建于其上，正说明这一点……然而，监狱却成了法院，这是圣母和圣婴注视的结果"。④ 这种"受审者"变成"审判者"的角色转换是靠神圣的"圣母和圣婴"的"注视"/审美来完成的。

中国新时期朦胧诗创作群体显然没有这种机缘，他们不仅处于"受审者"的"被看状态"，而且"看者"更多的时候只是洞空但又强大的隐形符号。说它洞空，是因为它只有"能指符号"而少有"所指意义"；说它强大，是因为它以隐喻的方式依附或寄生在"集体意志"的符箓上。这种集体意志借助于"圆形监狱"的社会场域，从单位元素、组织方式、制度结构和意识形态等层面将"偷窥意识"潜移默化地输入每一个人日常生活的"禁忌记忆"中。

当伊蕾诗中的叙事者试图打破禁忌，找回自己的性别特征时，"性成了自救和互救的供品"。这里的"性"不过是集体符号之一种，仍然空洞

---

① 林翠芳：《中国名人采访录》，（香港）明报出版社1992年版，第24页。
② 林翠芳：《中国名人采访录》，（香港）明报出版社1992年版，第25页。
③ ［美］杰克·斯佩克特：《艺术与精神分析：论弗洛伊德的美学》，高建平译，文化艺术出版社1990年版，第85页。
④ 赵振先：《欧巴罗遐想》，《今天》2001年春季号，第246页。

而无物。即便如此，诗歌叙述者还是感到"充满恐惧"。因为，"小小的房子目标暴露/白天黑夜都是监护人"。叙述者不但感到自己偷窥自己的恐惧，也同时感到来自别人偷窥的恐惧。这种由于"偷窥意识"所造成的双重恐惧正是福柯"环形监狱"的"主控塔"所投下的沉重而巨大的阴影。

"偷窥意识"是一种典型的变态病。历史上的宦官和背叛者等都是偷窥者。这些人由于人格的卑劣和心灵的扭曲，总希望从别人那儿得到一些"告密"的资本。正常途径下，他们没有权力和能力去获得这些资本，只有通过偷窥（它总是与"偷盗"或"偷袭"连在一起）去实施资本（信息）掠夺。"偷窥意识"越强的人恐惧心理也越强，他们因受阉而致的痛苦也就越深。更进一步说，"偷窥"行为的本身可以让行为者用"意淫"的方式强暴或阉割他人，从而产生一种被扭曲的快感，当扭曲的快感长期积累下来，就会成为一种文化，强化"性的禁忌"。

我们看到：当"组诗"的叙述者在封闭的小房内脱光身子进行"自淫"——在正统文化里一直被认为是不道德和罪恶的行为——时，叙述者对"被窥"的恐惧感就更为强烈，因为诗叙者并没有走出传统文化的阴影，她也认为这种事是"阳光下的罪恶"，是应该被禁止的。既然有一种"犯罪意识"，那么，"被窥"便是"被抓"的一块镍币的另一面。可以说，每个人都是"偷窥"与"被窥"的混合体。"偷窥者"往往有过被阉的苦痛，他/她要通过"偷窥"，找到一个替代，将苦痛转移和发泄出去。"被窥者"经过了别人的"偷窥"后，他/她就要变本加厉，夺回"被窥"时所造成的精神损伤。这种荒唐的"恶性循环"也就源源不断地注入到积重难返的"国民性"之中了。

与伊蕾组诗中强烈的"偷窥意识"不同，中国早期朦胧诗创作群体中也出现一个奇怪的现象，那就是作品中表现出来的"暴露癖"和以"征服为终极指归"的男女"性虐"之变奏。请看：

  我看到了忘记开花的刀刃/在一群骨头上跳舞，给黄昏施加压力；
  液体在陆地上放纵，不肯消失/什么样的气流吸进了天空？/这样膨胀的礼物，这么小的宇宙/驻扎着阴沉的力量；
  死亡也经不起贯穿一切的疼痛/但不要打搅那张毫无生气的脸。

以上文本引自翟永明大型组诗《女人》中的部分诗句，这种对"暴露"胴体的直白和对私密化"性爱"过程的摄影般的描述，是对伊蕾

"狼嚎般"发出的"你不来与我同居"之反动。这种有着形而下性爱生活的诗叙者并未由此得到满足,诗人自叹道:"完成之后又能怎样?"因为这种动物式的"完成"不过是为"性爱"而"做爱",与"救赎"无关。

另一个女诗人唐亚平在其组诗《黑色沼泽》中更赤裸裸地高呼:"找一个男人来折磨。"诗叙者不仅有着强烈的"暴露癖",而且有着强烈的"观阴癖":"洞穴之黑暗笼罩昼夜/蝙蝠成群盘于拱壁。"这一"暴"一"观"——"被看"与"看者"以及"自我"与"他者"奇怪地统一于一身。而更为触目惊心的则是这种"性爱"实际上是一种典型的"性虐":"在女人的乳房上烙下烧焦的指纹/在女人的洞穴里浇铸钟乳石。"诗叙者通过"自虐"和"他虐"方式,试图获得"征服异性"的高潮快感,实际上得到的却是彻底的"自毁"——精神上和肉体上的,由此也宣告了诗叙者"找一个男人来折磨"之乌托邦的破灭。女性用"自毁"的方式挑战男性这一行为本身就是一个悲壮象征,至少对长期以来的"政治父制"带来了冲撞和威胁,也表明了诗叙者对男权文化的轻蔑和不信任。

女性的文化反叛显然没有得到男权符号体系的首肯,杨远宏在《极光》中用激进的叙述表明了自己作为男性无论是性爱还是政治意义上的优越感:"在一只红狐的领唱下/正穿越茫茫的草原","大片大片的红土在臀部生长/一大群美人鱼游进胡须藻丛/双腿的桨板拂动绿森森的苔藓和水草"。姜诗元《黑雾》更是采取极端的方式表达:"看抽水机强呼硬喘/巨大的软管/伸向地下小道/城市为之受孕。"[1] 这种粗鲁的"暴露"和兽动的"性虐"其实还是伊蕾组诗中"偷窥意识"的纵向延伸,充分表明中国朦胧诗创作群体在经历了沉默的对峙后出现某种"分裂"的征兆。这种"分裂"虽然与当时主流意识形态大力倡导和弘扬的人民诗歌的美学追求不无关系,但是,一大批拨乱反正的诗歌作品气势雄浑地出现在各大报刊上,也客观地反映了包括伊蕾等人在内的朦胧诗群体内部在审美追求上也发生了重大变化。倘若从审美意义上分析,我们能够清楚地看到,伊蕾创作的内趋力是由"冲动——恐惧——意志"组成的三和弦,这是一种"进可攻、退可守"的书写方式,也是新时期朦胧诗创作群体的主要特点。

当北岛庄严地喊出"我不相信"(《回答》)、顾城笔下出现一系列

---

[1] 聂茂:《厉风、嚎雨或失去天空——八十年代诗歌诌议》,收入其诗集《因为爱你而光荣》之附录,国际文化出版公司1995年版,第112页。

"黑色"时，朦胧诗另一个主将舒婷却在深情地呼喊"祖国啊，我亲爱的祖国"，充分反映了朦胧诗内部的审美变化。按照奥托·兰克的观点，三和弦中的三个音符的动态关系，决定作家的人格类型。[①] 通过解读伊蕾的组诗可以看出，诗中的恐惧音色过浓，音质过强，伊蕾只能属于"意志薄弱型"作家。这一类作家有一种强烈的厌婚症（misogamy）和厌女症（misogyny）。对于前者，组诗中表明了结婚的"无意义"——宣告男人的无用；对于后者，组诗中也表明了对自己的"憎恨"——是对男人憎恨的替代。与此同时，"生"与"死"的冲突在伊蕾和许多中国作家那里一直处于尖锐的矛盾对立中，没能得到缓解。一方面，他们害怕生命的消失——比方，在组诗中，叙述人把"生日"当作迎接"死亡"的庆典——因为欲望还没有满足；另一方面，是对人的不信任和憎恨——比方，在组诗中"怯于对你说的都想"和"我最恨的是我自己"——因为欲望也不可能满足。因此，诗叙者不停地说，"我讨厌自己，讨厌这身体"。因为身体是欲望本能的源头。

为了尽可能满足欲望本能，过度的"自淫"已经失去了对身体的激情，他们必须得找到一种像贾平凹在《废都》中展示的女人乳房上所具有的那种"肉感"以及"洞穴"中的"归属感"。而客观现实对中国作家、特别是女性作家限制太多。因为有了强烈的欲望冲动而又迟迟不能得到满足，心灵的压抑会更加炽烈，其结果便是：由憎恨、厌恶"偷窥者"转而扭曲成"偷窥"自身，依仗"土耳其浴室"、"镜子"和拉上窗帘的"独立的卧房"就构成了自恋者通过"偷窥"自身而达到自虐快感的目的。

无论是"虐待狂"还是"受虐狂"都包含着攻击性成分，只不过后者把攻击性转向自身内部。在伊蕾组诗中，诗叙者的受虐是为了在她自己的肉体——这种肉体已经转变成一种燃烧的"异己的肉体"——身上用幻想演绎从年轻到色衰备受压抑的一生。这里既有感性的体验，又有理性的悬念；既有疯狂的喧闹，又有孤冷的死寂。由于诗作者像中国大多数作家（进而延伸到广大知识分子）一样都有着双重的心理背负，即民族"苦难"（大我）和个人"苦痛"（小我）。就前者而言，民众对诗人、作家的"先知先觉"有着"英雄"般的期望，使诗人、作家在"启蒙""载道""责任与义务"之路上越走越远，"为民代言"、以"人民道德发

---

① ［奥］奥托·兰克：《生活与创造》，李思孝、傅正明编：《国外精神分析学文艺批评集萃》，安徽文艺出版社2000年版。

言人"自居是他们将民族苦难当成个人苦难的自觉追求；同时，民族之"大我"也是诗人、作家将"天下兴亡"系于一身的集中表现，它暗合了曹丕对诗歌功能的过分推崇——"经国之大业，不朽之盛事"和"学（写）而优仕（官）"的传统官场文化。就后者而言，个人的"小我"总是依附于民族的"大我"，即便是古代被贬谪的官吏写下的诗词也多是抒发个人的幽愤之苦、思念之愁和寄望之志——"幽愤"的是不被重用之苦，思念的是不能回到庙堂之上为国家出力之愁，寄望的仍然是"东山再起"的雄心壮志。

可以说，个人"小我"一直就是被民族"大我"压抑着，从来没有伸展起来。从屈原、范仲淹、陆游到文天祥等，没有一个不是为了"民族大我"而甘愿牺牲"小我"的，这是一种文化传统，也是中华文明特有的文化现象。中国新时期的诗人、作家也承续了这条传统血脉，只是到了朦胧诗潮出现的时候，创作群体的自我意识"苏醒"了，他们突然意识到，民族"大我"和个人"小我"是同样的重要，取消或压抑任何一方都会造成心灵的扭曲：是个人之伤，也是民族之伤。

伊蕾组诗中诗叙者的受虐与其说是代替集体的受难，不如说是自己的压抑达到极限而崩溃的结果。因为此时的集体（民族）不需要她代表，她不想也不能"再"代表，所以，这一部分"曾经一直是"转移出去的欲望现在终于回到了个体的自身，个体心理的负荷超出了她的精神承受力。

创作主体只能通过"偷窥"，即便是对自己身体的"偷窃"与"窥视"，以达到一种"模拟性的主动攻击"，这种攻击不单是针对自我，更多的是投向"他者"，或是一种"无目的"的对象，以释放内心积蓄的过多的"性压抑"，从而让心灵得到片刻的缓冲和虚假的平衡。说它虚假，是因为这种平衡一旦遇到过敏物（像某些人天生就有"花粉过敏症"一样），心灵的宁静立即被冲击，受压抑的情绪以加倍的力量撕毁人的理性，以各种极端的方式抵达高潮。这种高潮的境况有时通过群众性运动转移；有时通过自虐、包括自杀行为（如马雅可夫斯基、川端康成、海明威以及中国的王国维、老舍、海子、骆一禾等一大批人）；有时只是从性生活行为本身获得而又释放。无论哪种方式，它们都有相同的特点：主动性、攻击性、破坏性，同时也都有与之相对应的表征：冲动、固执、狂热。

总之，伊蕾的组诗《独身女人的卧室》有着丰富的可阐释性，蕴含着较强的先锋性、隐喻性和颠覆性，文本产生的艺术张力既有现代性的力量，也有反现代性的力量，[1] 这种双重力量的博弈可以视为诗人情感挣扎和生命历程的浓缩，其歇斯底里却又带有普遍意义的呐喊不仅仅是物质的，更是欲望的、精神的、哲学意义上的，包含着广阔、深邃的现代性元素，彰显出卑微深处的人性光芒。作为20世纪80年代朦胧诗从早期走向末期的代表之作，伊蕾的这个组诗充分反映出朦胧诗创作群体从早期对意识形态的执着追求中抬起头，审视自我的正当需要，将诗歌美学转向日常世俗化的情感书写，这是朦胧诗创作群体顺应时代、适应社会发展的道路选择，对于我们当前诗歌创作的现代化进程有着积极的警示性、现实针对性和启迪意义。

第六节 诗歌的怀乡病与诗人的忧郁症

新时期朦胧诗创作群体十分小心，并未做出出格的事情，他们走的还是从夏志清的"感时伤国"[2]到刘绍铭的"涕泪飘零"[3]的老路。"感时伤国"秉承的是屈原、范仲淹们的忧国忧民的精神余脉；"涕泪飘零"表明他们的努力没有得到当时主流文化的承认后而引起的强烈的受挫感。

有论者指出："北岛、江河诗中的'纪念碑'和'墓志铭'意象，本身隐含着一个集体形象，并揭示出诗人同一代人的共生关系。"[4] 只不过这种"揭示"比伤痕文学的作家们走得更快更远，因为，当那些作家在暴露国民从肉体到心灵的"伤疤"，正小心翼翼地探讨论"人性"和"文学"是否合法的时候，朦胧诗创作群体提出了"从'真正的'诗歌到'真正的'民主的一揽子主张"。

这种先知先觉的预言家的角色定位注定了他们要在乌托邦征途上扮演失败者的命运，也注定了他们"比孤独更孤独，比痛苦更痛苦"的人生体验。伊蕾写道："因为是全体人的恐惧/所以全体人都不恐惧"，"这是我一个人的痛苦"。正是"众人皆醉独我醒"的孤独意识激起了朦胧诗创

---

[1] 王珂：《新诗现代性建设要处理好五大社会生态关系》，《湘潭大学学报》（哲学社会科学版）2016年第3期。
[2] C. T. Hsia, *Obsession with China*, *A History of Modern Chinese Fiction*, New York: Yale University Press, 1971, p. 538.
[3] 刘绍铭：《涕泪飘零的现代中国文学》，（台北）远景出版社1980年版，第1—8页。
[4] 张旭东：《论中国当代批评话语的主题内容与真理内容——从朦胧诗到"新小说"：代的精神史叙述》，《今天》1991年第3—4合期。

作者们"黑色的反叛"。

在中国主流话语"一元化思维"里，作为"红"的反义词的"黑"本身就隐含着暴动、反叛、丑陋和不驯等歧义。朦胧诗创作者采取"以毒攻毒"的恶作剧方式向庄严、伟大、正统的话语霸权发起了挑战，这种带有堂·吉诃德式的勇敢表明他们的无辜和执着。例如，顾城"黑夜给了我黑色的眼睛"家喻户晓，不必多说；而江河在《没有写完的诗中》有"枪口向我走来，一只黑色的太阳"，以及"黑色的时间在聚拢，像一群群乌鸦"；等等。这些"成束成群"出现的"黑色"意象显然是对"红色社会主义"的最大挑衅，是给祖国母亲"抹黑"了。

这样的文本不过是诗歌创作路径从审美到审丑的转变罢了，创作者这种"审丑意识"其实是"审父意识"的"外扩"。从梁小斌寻找"中国钥匙"的单纯到几年后《断裂》[①]中"痰液""小便"等"情感垃圾"的泛滥，表明了血缘父亲的长期缺席给人们心灵造成的扭曲。而曹汉俊用"年轻漂亮的女人"与"被单下面小便"这种美与丑的直接对立，凸现了创作者的"病房情结"。[②] 这种情结则可以看作"红"与"黑"二元对立之"内拓"。从"审丑""审父"的外扩到"红"与"黑"的内拓恰恰见证了朦胧诗创作群体内心洋溢着一股"时代忧郁症"。

艾青早年在《诗论》中所写的："叫一个生活在这年代的忠实的灵魂不忧郁，这有如叫一个辗转在泥色的梦里的农夫不忧郁，是一样的属于天真的一种奢望。"[③] 当时，朦胧诗创作者的生存处境十分艰难，但不少朦胧诗人仍然深情地歌唱"祖国母亲"。只是由于艺术的需要，他们不再像雷锋唱"山歌"那样直白——"我把党来比母亲"，他们却依然一往情深地说："让我们的党知道：/中国/有这么一个县境。"[④] 而舒婷把母亲比作"唱不出歌声的古井"[⑤] 也仍然是"恋母情结"的延伸。这个情结像飞蛾对于火光，一直纠缠在中国人的灵魂深处。从闻一多高呼："母亲呀，你千万不该抛弃我！"（《七子之歌》），到方志敏对母亲的"情感投注"（《可爱的中国》），再到新时期白桦的中篇小说《妈妈呀，妈妈》等，所有这一切，都是孙隆基所谓的"母胎化"国民性之写照。

---

① 梁小斌：《断裂》，《星星》1986年第9期。
② 聂茂：《厉风、骤雨或失去天空——八十年代诗歌刍议》，《因为爱你而光荣》，国际文化出版公司1995年版，第108页。
③ 刘东：《路遇艾青》，《浮世绘》，辽宁教育出版社1996年版，第28—33页。
④ 熊召政：《请举起森林般的手，制止！》，《长江文艺》1980年第1期。
⑤ 舒婷：《呵，母亲》，《榕树丛刊》1980年第2期。

1989年，纽约的一位犹太裔弗洛伊德派学者对孙隆基说：你们应当比我们更明白"母亲"是一种毒，因为中文造字就在"毒"字里面包含了一个"母"字啊。美国另一位学者也尖锐地指出，中国人有着普遍的"被阉割幻想"（castration fantasies），这种幻想来源于"一种普遍存在的不能胜任感"，他们总是想着"回家"、回到"母亲"身边、回到"中国"，连"他们的艺术与诗歌都是怀乡病的"。① 朦胧诗创作群体在"审父、反体制"的创作道路上走得较远，虽然对母亲有过不满，像白桦埋怨中国是个不爱儿女的"坏母亲"一样，但总的说来，并未动摇"母亲崇拜"之根基。

　　与此同时，中国人完全赞同史泰因（Howard Stein）所谓的"人们对自身身体完整性的感受，和对团体（例如：国家）疆界完整性的感受具有领域等同性（coextensive）"。② 托夫勒指出："即使一个人选择了一种次文化或生活样式，他仍然保留着自我的某些部分。他顺应着这个集团的要求，并且获得了这个集团所给予他的归属感。"③ 这种"归属感"是"文化认同"的折射体，它反映的是"渴望回归"这一人类最原始的母题。人自从剪断脐带，就一直生活在动荡不安的环境里，回归的欲望一直伴随着人的奋斗，这是人类的共性，不是华夏民族所特有。所谓"回归大地""回归母亲""回归历史文化"等都是"回归"原始类型的具体指涉。当一个民族面临强烈的内外挑战的时候，往往就会产生回归的潮流。小孩子感觉不安全的时候就会奔向母亲，希腊神话里的巨人一接触土地就获得新生的力量，《飘》里的郝思嘉在一切绝望的时候就想到回老家，《麦田守望者》在思想最混乱、情绪最坏时就想到那片"麦田"等，都是这种"回归"母体的最佳例子。④

　　但是，这种回归仍然是弱者的行为，它表明行动者不堪忍受外面的挑战，不得不回到母体保护的"胎盘"之中。说是"弱者"，不仅因为它只能是一种暂时的行为，而且，"胎盘"的空间毕竟有限，无法获得更多的发展。人之所以出生正是最初的感觉就是"胎盘"太小，所以才要"出来"，到大世界去闯荡。

---

① Ruth Bunzel, *Explorations in Chinese Culture*, Manhattan: Columbia University Press, 1950.
② Howard F. Stein, "The Scope of Psycho-Geography: The Psychoanalytic Study of Spatial Representation", *The Journal of Psychoanalytic Anthropology*, Vol. 7, No. 1, 1984.
③ Alvin Toffler, *Future Shock*, London: Pan, 1977, pp. 303–304.
④ 张系国：《浪子的变奏》，《让未来等一等吧》，（台北）洪范书店有限公司1984年版，第112—113页。

就朦胧诗创作群体而言,他们的"闯荡"受到外部气候的严格限制,他们不可能甩开膀子大干,只能以"朦胧"或"地下的方式"——这是一个变相的"母式胎盘"——发出"弱者"但真诚的声音。与中国大陆许多小说家以加入各级作协、在公开出版的文学刊物上发表作品,寻求知名的或正规出版社出版小说集来呈现其水准和成就不同,朦胧诗的创作者更能蔑视"名与利"的诱惑——只写不发表或交给地下刊物发表,更能自觉地在创作上追求一种"冷的文学",因为这是一种逃离或疏远的文学,是一种不被社会扼杀而求得精神上自救的文学。

一般认为,1986年,朦胧诗达到了高潮,其标志就是当年5月新世纪出版社出版了《北岛诗选》;同年12月,作家出版社出版了朦胧诗最具代表性的诗人北岛、江河、舒婷、杨炼和顾城的重要作品合集《五人诗选》。也正是这一年,全国产生了至少两千多家诗社和成千上万的诗集、诗刊、诗报。但是,这众多的出版物绝大部分是地下性质的。

在这些地下刊物中,有朦胧诗创作者"摇篮"之称、由北岛等人创办的《今天》,在中国新时期诗歌史上有着里程碑式的意义。这份1978年在北京诞生的、只允许生存两年的地下刊物却有着光荣而显赫的成绩,在上面发过作品的诗人和作家多是后来在文学上卓有建树者如诗人芒克、北岛、江河、多多、顾城、舒婷、杨炼、严力、食指等,以及小说家万之、王力雄、史铁生、石涛等人。不难想象,要是去掉这份名单,中国新时期文学将会减少多大的重量!因此有人说,"几乎所有有成就的诗人都是地下出身……中国大陆的现代诗历史几乎就是一部地下诗歌发展史"。①

朦胧诗的"地下状态"是这一时期诗歌创作者的生存策略。朦胧诗之所谓"朦胧",不是表达方式的问题,而是"阅读与诠释习惯"的问题。雷查德曾提出一个"够资格的读者"(adequate or competent reader)问题,这个概念与塞穆尔·约翰生(Samuel Johnson)所提出的"理想的读者"(ideal reader)有相同之处。指责朦胧诗的那些人虽然不是"理想的读者",但至少也不是"零度的读者",② 这就更加说明朦胧诗受到批判,很大程度上是因为诗歌之外的一些因素。

朦胧诗中"意义的不明确"本身就带有潜在的危险性,因为它们激发读者的思维活动,也许会引发他们朝向无法加以控制的方向发

---

① 贝岭:《苦难与被遮蔽的历史——中国的地下文学》,《新西兰自立快报》2001年5月2日。
② Gerald Prince, "Introduction to th eStudy of the Narrative", in Jane. P. Tompkins, Reader-Response Criticism, *Baltimore*, 1980, p. 9.

展。同时,这些诗都表现了诗人强烈的自觉,往往通过对历史或现状进行一连串拷问,显出了他们的"怀疑"——这是一种"不安定的因素"。批评或攻击朦胧诗的人虽然可能对某些意象的真正指涉并不明白,但对整个诗的真正所指却完全了解——也许因为是太了解了,所以才要批判。①

车前子在一首诗中写道:"井圈把我的目光圈成/一个井圈","躲在枯井下","睡觉了/醒来已经20岁"。② 这颇有一点黑色幽默的味道,可它正是一个时期的真实写照。人们在井底生活惯了,不但对外部世界不甚了解,就是对自己优秀的传统和过往的诗艺也不甚了解。

比方,中华人民共和国成立前名噪一时的"九叶派"诗人的作品就颇为"朦胧"。当时,袁可嘉曾代表他们九人(穆旦、杜运燮、陈敬容、郑敏、袁可嘉、王辛笛、唐祈、唐湜、杭约赫)在语言策略上作了这样的美学考虑:这九位作者忠诚于他们对时代的观察和感受,也忠诚于他们心目中的诗艺。他们的作品比较蕴藉含蓄,重视内心的开掘,而又与人民的感情息息相通,因而避免了空洞抽象的议论和标语口号式的叫喊。他们的诗追求"抽象思维形象化""思想知觉化",使得"说理时不陷于枯燥,抒情时不陷于直露,写景时不陷于静态"。这种对语言艺术化的追求是对一批口号诗、政治宣传诗所造成的"语言危机"之反叛,当时激烈的"白话文"运动使得语言无法承担诗境的重负。

在特定的形势下,"九叶派"诗人坚持自己的创作理想和审美追求,他们的作品往往能把思想感情寄寓在活泼的想象和新颖的意象中,显示出一种厚度和密度,一种韧性和弹性。他们在古典诗词和优秀新诗的熏陶下,吸收了西方后期象征派和现代派的某些表现手段,丰富了新诗的表现能力。譬如,卞之琳在《距离的组织》一诗中有"寄来的风景也暮色苍茫了"。最后一句:"友人带来了雪意和五点钟。"这样的诗比起那些受指责的朦胧诗之"朦胧"不是有过之而无不及吗?

在"井底生活"太久了的人既然对自己的历史一无所知,那么,对一水之隔的台湾20世纪60年代轰轰烈烈开展的现代派诗歌运动,他们就更加"不知魏晋"或至少装作是这样子了。叶维廉曾讲述了一个生动的故事:有一年痖弦陪朋友去一个湖边玩,他们看到上面有一块牌子,上面写着"禁止的鱼"。痖弦说,"这是现代诗的语言啊"。但走近一看,原来

———————————

① 叶维廉:《中国诗学》,生活·读书·新知三联书店1992年版,第286页。
② 车前子:《井圈》,《青春》1983年第4期。

是"禁止钓鱼"。后者当然不是诗了。叶维廉据此评论道,现代诗就是由偶然的"错误"产生的。① 它的特色是把语言的"媒介"上升成为"发明"——这种"想象性发明"在宗璞、王蒙,特别是在后来的残雪、余华、苏童等人的"先锋小说"中大放异彩。好诗的语言都要"推敲"它的"发明"。但这种发明必须以"境"和"意"为指归,也就是古人所说的"以境造语"。

新时期朦胧诗恰恰是高举"九叶派"诗歌审美中"含蓄内敛"的大旗,追求诗歌的"歧义性"、"丰富性"和"纯粹性",同时秉承以闻一多、徐志摩为代表的"新月派"诗人所坚守的"自由的灵魂"之人格精神。在艺术表现上,朦胧诗创作群体致力于传统诗歌深邃的意境,并借用西方现代诗歌中高度密集的意象群冲击沉闷苍白的主流话语——在此诗潮中脱颖而出的诗人们莫不得此先机。例如,1975年舒婷认识了下放到福建永安的老翻译家和老诗人蔡其矫,老诗人非常看重舒婷的才华,抄了许多好诗(主要是外国诗)给她,几乎是"强迫她"读了聂鲁达、波特莱尔以及许多当代外国有代表性的诗,开阔了她的艺术视野。② 舒婷出手不凡,与她早得西方诗歌资源的先机不无关系。

朦胧诗与"九叶派"、"新月派"以及六十年代台湾现代派诗歌运动是血脉相通的,其中最突出的一点就是各自秉持的"反叛精神":"九叶派"创作者反叛的是"口号诗"和"政治宣传诗"所造成的"语言危机";台湾现代派诗歌运动反叛的是意识形态的"膨胀化"所造成的"诗歌美学危机";而朦胧诗的反叛针对的既是"文革"十年动乱所造成的"语言危机",又是在长期的社会生活中过于膨胀的政治力比多所造成的"诗歌美学危机"。这三个不同时期的诗歌创作群体在"危机"的缓解上也达到了惊人的一致:除了加强民族性、吸取古典诗歌的精华以丰富中文母语所应有的深邃意境外,他们都积极学习、模仿、借鉴西方现代派诗歌的某些表现手法,恢复了诗歌文字之间的"厚度和密度""韧性和弹性",大大拓展了诗歌艺术的表现力。

正因为此,梁启超在评价晚唐李义山(商隐)等人创作的有朦胧诗之称的"西昆体"时所讲的话就特别值得人们珍视:"这些诗,他讲的什么,我理会不着;拆开一句一句的叫我解释,我连文义也解不出来。但我觉得他美,读起来令我精神上得一种新鲜的愉快。须知:美是多方面的,

---

① 叶维廉:《中国诗学》,生活·读书·新知三联书店1992年版,第237—238页。
② 高永华等:《100名中外作家的创作之道》,中国社会出版社1998年版,第179—180页。

美是含有神秘性的。我们若还承认美的价值,对于这种文学,是不容轻轻抹煞的啊!"①

在全球化语境下,中国新时期朦胧诗的创作者们有如"破空中的云雀",他们虽然有着"飞不起来的飞的欲望",但他们毕竟是有"欲望的",而且一直在顽强不屈地飞。"云雀"这一意象除了象征发展中国家人民生存境况之艰难,它也预兆了一种报春的信息,以及不可限量的广阔的发展前程。可以说,朦胧诗的"反叛精神"催化了寻根文学的开展,揿亮了先锋小说的前进之灯,为中国新时期文学在发展中国家文学的舞台展示自己的独特品质写下了难以忘怀的一笔。

---

① 梁启超:《中国韵文里头蕴藉的表情法》,夏晓虹编:《梁启超学术文化随笔》,中国青年出版社 1980 年版,第 190—191 页。

第四章 文学推力：寻根作家的文化深描

推力的原意是指推动飞行器运动的力，是集合在发动机内、外表面或推进器（如螺旋桨）上各种力的总称，在带有螺旋桨的推进系统中，螺旋桨推动空气沿飞行相反方向流动，其动量增加，也对螺旋桨产生的反作用力。一般而言，发动机的最高燃气温度直接影响排气速度，燃气温度越高，发动机的推力就越大。

每个民族都有自己独特的文化和历史，每个民族的作家都自觉或不自觉地成为本民族的文化代言人和传承人。因此，应充分发掘、整理和总结各个民族的历史和文化的优秀元素，使之成为中华民族优秀文化和理性资源的重要组成部分。发生在20世纪80年代中期的寻根作家群，他们对长江、黄河以及出生地（知青下放地）进行长时间追踪、观察、走访，写下了一大批反映百姓生活、复兴中华优秀文化的作品，这些作品是这批作家心路历程的生动诠释，也是一代人日常生活的真实缩影。

寻根文学的推力主要表现在对于传统优秀文化、民族心理与精神资源的深度挖掘上，如韩少功所说的"文学有根，文学之根应深植于民族传统的文化土壤中"，并"对现实世界进行超越，去揭示一些决定民族发展和人类生存的谜"。这些以知青作家为主的作家群积极接受西方现代派文学，当西方话语受到来自主流意识形态的批判之后，他们以民族文化之书写策略表达自己业已形成的现代意识。这种现代意识至少包括三个向度：一是在文学和美学意义上对民族文化资源的重新认识和阐释，发掘其深层的精神内核；二是以现代人感受世界的方式去领略古代文明的遗存，寻找激发生命野性力量的智慧源泉；三是对当下生活中丑陋的文化现象加以揭露，对民族劣根性和造成民族劣根性的社会、历史和文化结构进行深入解剖、反思和批判。

正是这种文学推力的作用，寻根文学对中国传统文化的承继与赓续起了积极的导向作用，创作主体在艺术表现上吸收了现代主义甚至后现代主义的表现方式，促进了中国文学在现代化道路上迈出了一大步。但寻根文学带有明显的"复古"倾向,在思想倾向和价值判断上,有着强烈理念设计和典籍化追求。一些作家抓住地方民俗习性(不少是陋习)刻意渲染,忽略了对"民族性"背后历史的真正了解,过于追求僻远、原始、蛮荒的区域,缺乏对当代生活的指导意义,导致作品与社会的疏离,也导致思想与书写的相悖。

本章站在全球化语境下,以中国经验和中国诗学的艺术立场,对传统文化视域下寻根文学作家与作品做一次总结,这种总结主要从启蒙的变奏与生疏化的规制、温暖的心灵冲动与亚文化崇拜、《爸爸爸》与《女女女》之内驱力展示以及中国作家与世界文学的共同责任等维度进行分析,通过这样全方位、多层面的文化深描和充分阐释,强化中国新时期文学的问题意识、前沿意识、批判意识和整合意识,使文学批评进入文学现场,力图使对寻根文学作家及其作品的研究既具学理深度、学术厚度,又具现实针对性和实践指导意义。

第一节 启蒙的变奏与生疏化的规制

康德在《什么是启蒙》一文中不无痛苦地感叹道:"这是一个启蒙的时代(age of the enlightenment),却不是已受启蒙的时代(enlightened age)。"[1] 这一尴尬的"变奏曲"可以看作对中国新时期寻根文学作家恰到好处的"洞见"描述。长期以来,被历史遗传下来的"载道"使命感压弯了腰的中国作家和知识分子一直有着挥之不去的"启蒙情结"。而在对启蒙的阐释中,应该思考的本是"使成一体的创造物、科学的秩序和源自本质的真实知识,不管这种真实知识是被作为恣意假定的公德、先天的理念还是作为更高的抽象而获得阐述的"。[2] 悖论的是,有着话语权的这些精英们并不能如愿以偿地对民众"阐述"自己的思想,他们知识里的"道德化"底色总是有着深深的"主流话语的时代烙印",与康德所定义的启蒙"使人类从自我的不成熟中脱离出来"[3] 相去甚远。这种"道德

---

[1] Carl Friedrich, ed., *What is Enlightenment? The Philosophy of Kant*, New York: Modern Library, 1979, p. 138.

[2] Lawrence Cahoone, ed., *From Modernism to Postmodernism: An Anthology*, Oxford: Blackwell Publishers, 1996, p. 248.

[3] Kant, "Beantwortung der Frage: Was ist Aufklarung?" "An Answer to the Question: What is Enlightenment?" Kants Werke, Akademie-Ausgabe, Vol. 8, 1996, p. 35.

化"忍受着"无助的见证,当利益缺席时,(他们)总是试图用一些社会上固执的理由去替代已经虚弱的宗教"。① 福柯(Foucault)对这一问题表述得更为透彻:"对知识分子而言,最根本的政治问题不是批评那种已经假定的与科学连在一起的意识形态内容,或者确定自己的那种与正确的意识形态相伴的科学实践,而是探测一种制订真实的、新政治的可能。"②

中国新时期的作家和知识分子们在此暴露了他们的弱点:因为以"新时代、新社会"为主题的书写,它的周围布满了话语地雷,探测这种"禁区"的风险太大。这种状态印证了杰姆逊指陈的发展中国家文学的生存尴尬:"是历史本身掌握的对生活的恐惧",使作家们"在达尔文自然选择的梦魇式或神话式的类似作品中找不到这种政治共振"。③ 赵毅衡在追溯其中的原因时,认为这是"中国现代启蒙运动的屡次失败"在人们心灵上"造成过于深重的历史创伤"④ 所致。譬如,仅在中国新时期文学发展的头几年里,作家们就无可避免地经历了"伤痕""反思""改革""朦胧诗"等诸种文学思潮,每一种思潮的脉动都与宏大叙事的波动相暗合。

"历史的创伤"在一部分政治高度敏感的作家心里刺激出一种投机式的创作"实用主义"。张贤亮就是一个很好的例子。1978 年底,政治感觉十分敏锐的张贤亮,为了引起当时"南梁农场领导对自己的'右派'平反问题的重视,他创作了名为《四封信》的短篇小说,发表在 1979 年 1 月号的《宁夏文艺》月刊上……张贤亮的策略显然是成功的。同年 9 月,张贤亮的'右派'问题得到了解决,并被调为南梁农场的小学教员"。1980 年张贤亮调《朔方》工作,并与该刊编辑冯剑华结婚,次年得子,取名"公仆"。1981 年张贤亮从《朔方》调到中国作协宁夏分会任职,成为专业作家。

遗憾的是,张贤亮等人的作品虽然也有着强烈的"政治共振",但不是杰姆逊意义上的对心灵的渴求与对灵魂的救赎,而只是停留在生活的表皮上,停留在世俗的"欲望"里,类似"花粉过敏症"。张贤亮就公开表示创作的政治诉求:"当代中国作家首先应该是社会主义改革者",应该

---

① Kant, "Beantwortung der Frage: Was ist Aufklarung?" "An Answer to the Question: What is Enlightenment?" Kants Werke Akademie-Ausgabe, 1996, p. 251.
② Lawrence Cahoone, *From Modernism to Postmodernism: An Anthology*, Oxford: Black well Publishers, 1996, p. 381.
③ Frdric Jameson, "Third-World Literature in the Era of Multinational Capitalism", *Social Text*, Vol. 15, 1986, pp. 69 - 70;又见[美]弗雷德里克·杰姆逊《处于跨国资本主义时代中的发展中国家文学》,张京媛译,《当代电影》1989 年第 6 期。
④ 赵毅衡:《"后学"与中国新保守主义》,《二十一世纪》1995 年 2 月号。

与时代同步。① 这种创作道路的个体选择在新时期作家中颇有代表性。

当然,并不是每个作家都乐于牺牲自己的个性和审美追求而一味与时代保持同步。当包括张贤亮、卢新华、刘心武等在内的一批作家对主流话语进行有力的"阐释"和"回应"的时候,朦胧诗群的旗手北岛厌倦了龙应台所说的那种"对着镜子和自己苍白的影子练习说话"② 之角色定位,率先激愤地发出了"我不相信"(《回答》)的尖锐呐喊。

可这呐喊有如抛下的闪电,随之而来的则是一阵阵暴风骤雨,充分暴露了中国新时期文学进程中"结构性暴力"所留下的深刻影响与集体记忆。这些结构性暴力运作的时间节点更造成了历史的断裂,也就是政治结构转变之后,体制嬗变和深化后的更迭造成后世对于历史的片面诠释与认知断裂,它像一股涌动的强力将本来并肩站在"同一战壕里"的读者和作家推向一个层面的两极。就读者而言:国门洞开、商潮汹涌一下子攫取了他们的注意力,文学从他们的视野里黯然退走,而且此后再也无法成为他们生活中的"热点事件"。就作家而言:他们并没有意识到社会的"转型"使文学正日益恢复到它的本来面目,不懂得创作规律出现的反复以及"自我放松治疗"的实情③,对读者的退走也并不介意——他们的潜意识里也没有把读者当成是自己的"衣食父母",因为对作品好坏的最终裁定并不完全依靠读者的声音。"漠视读者"正好成为一些作家们不再以"人民的代言人"自居的借口。怪异在于,他们虽然不再以"人民的代言人"自居,但内心思考的仍然是"国家"、"民族"和"历史"等"巨型语言",并试图用各自挖掘到的民间残存的"无模乳胶"(如上古雅语等文化遗存)对历史的断裂进行整合和修复。

在新时期初期,随着文艺政策的"解冻",④ 文学创作上呈现出"福

---

① 杨中美:《张贤亮:充满开拓性与争议性的作家》,收入马汉茂、齐墨主编《大陆当代文化名人评传》,(台北)正中书局1995年版,第437—438页。
② 龙应台:《贫血的向日葵》,美国《倾向》1996年春总第6期。
③ 高皋:《后文革史·上卷:邓小平东山再起》,(台北)联经出版事业公司1993年版,第162页。
④ 中国新时期的"伤痕文学"与前苏联的"解冻文学"存在许多共同点。两者的命名都是根据一篇反应强烈的小说,前者如卢新华的《伤痕》;后者如爱伦坡的《解冻》。不同的是,苏联一些大胆作家利用《新世界》和《莫斯科文学》这些关键杂志,发表了一系列重磅炸弹似的作品,而中国作家则是更加多变,且更加温和。参见 Perry Link, ed., *Stubborn Weeds-Popular and Controversial Chinese Literature after the Cultural Revolution*, Bloomington: Indiana University Press, 1983, p. 8; Perry Link, *The Uses of Literature: Life in the Socialist Chinese Literary System*, Princeton: Princeton University Press, 2000, pp. 86 - 111。

特式"的生产机制,也很大程度上彰显了意识形态时紧时松的中国特色。这种情状严峻地"考验"着新时期作家的"人品"和"文品"。他们在奥克萧特(Michael J. Oakeshott)所说的"人生困境"[1] 中,仍有"人品"和"文品""双馨"或"人文合一"的创作追求,他们以坚韧的毅力和悲壮的情怀在漂流中挣扎,在矛盾中书写,在规制中跳舞。虽然"启蒙"的前方赫然竖立着夏济安先生所谓的"黑暗的闸门"[2],但这些作家并未放弃自己的人生目标和艺术理想。

不仅如此,这些作家由于"心伤"后有着撕裂般的"觉醒",其"情欲冲动"(libidinal impulse)较之以往更为强烈和坚决。迫于现实压力,他们只能采取从内容到形式的生疏化(defamiliarize),把目光投注到那些所谓"未开化"、"半开化"民族以及缺乏教育的人们的传统信仰、风俗、习惯、故事、神话、传说、歌谣、谚语、歌诀、谜语、童谣、儿歌之中,[3]从这些被韩少功所指称的"非典籍化"[4] 民间话语的根系里开发出一片具有发展中国家文学独特精神命脉的文学场域来。

在这样的文学疆域里,作家们运用杰姆逊意义上的"涵制策略"[5],或佛朗科(Jean Fraco)所说的"策略性的文本游戏",[6] "那些受迫害者和反叛者们会不约而同地以各自的方式寻找另一套非语言的符号形式,譬如寻找'物象'及'形体'表意系统,作为在历史那一瞬间被放逐语言之外的自我生存空间"。[7] 在他们那种苦心经营的"非典籍化"的语言符簇里,由于"表意系统"和"现实原则"的尖锐冲突,使他们的作品出现了严重的"虚脱状态"。

---

[1] 奥克萧特(Michael J. Oakeshott)说,人的生活不是一次盛宴或旅行,而是一种困境。参见 Michael J. Oakeshott, "introduction to Leviathan", in *Thomas Hobbes*, *Leviathan*, New York: Collier Books, 1962, p. 5。

[2] Tsi-an Hsia, *The Gate of Darkness*, Seattle: University of Washington Press, 1968, pp. 146 - 172.

[3] John and Jean Comaroff eds., *Ethnography and the Historical Imagination*, Boulder, Oxford: Westview Press, 1992.

[4] Han Shaogong, "After the Literature of the Wounded", Helmut Martin and Jeffery Kinkley, eds., *Modern Chinese Writers Self-Portrayals*, Armonk, London: M. E. Sharpe, Inc., 1992, pp. 151 - 153.

[5] Fredric Jameson, *The Political Unconscious Narrative as a Socially Symbolic Act*, London: Mecheun, 1981, p. 26.

[6] Jean Fraco, "Gender, Death, and Resistance: Facing the Ethical Vacuum", *Chicago Review*, No. 35, 1987, p. 61.

[7] 孟悦:《从历史的拯救到历史的诊断——林斤澜论》,转引自王晓明主编《二十世纪中国文学史论》(第三卷),东方出版中心1997年版,第244页。

例如，在寻根文学代表作家之一阿城著名的小说"三王"（《棋王》《树王》和《孩子王》）中，主人公都是男人，都在各自虚拟的世界里是"王"；但在现实世界，他们都必须屈从于"无形的命律"，变得被动和长时间沉默。① 这些身手不凡的"王者"们之全部生命寄寓在荒诞的"他者"身上，无论是"棋""树"还是"孩子"，这些"具象"都只是他们残缺的主体生存之外的一种表意方式和符号秩序，同时也是象征意义上的政治和"语言"的被动选择，是超验"男性"能指之上的精神符号之归宿。② 在主流话语层面上，阿城笔下这些沉湎于"自我虚构世界"里的"王者"也终究不过是布尔迪艾式的"吊诡的符号"③ 罢了。作品人物形象的"苍白""烛照"出身处当下的作家之无奈，也折射出历史和现实的"双重压力"在作家心灵上所遗留下来的"精神重负"。

第二节　温暖的心灵冲动与亚文化崇拜

寻根文学的崛起有其深刻的历史背景。一方面，伤痕文学中出现的揭露、反思或批评的内容还仅仅停留在生活的表面，并事实上为主流话语的大是大非作情景注释；另一方面，伤痕文学作家的创作走势依然有着浓重的脸谱化，人物的苍白无力与表现手法的单调平庸严重窒息了文学的发展。

寻根文学中的主力作家几乎都是从乡村回到城里来的"知青作家"，农村的贫穷落后使他们迫切希望返回城里，可回到城里后他们又有着深深的失落，不知道自己的"根"究竟在哪里。王安忆小说《本次列车终点》的主人公陈信就是这些人物的代表。④

重要的是，一千多万知识青年⑤争先恐后地"回城"，给早已格式化

---

① Lu, Tonglin, ed., *Gender and Sexuality: in Twentieth-Century Chinese Literature and Society*, Albany: State University of New York Press, 1993.
② 参见孟悦《从历史的拯救到历史的诊断——林斤澜论》，转引自王晓明主编《二十世纪中国文学史论》（第三卷），东方出版中心1997年版，第244页。
③ [法] 皮埃尔·布尔迪厄：《现代世界知识分子的角色》，赵晓力译，《天涯》2000年第4期。
④ 王安忆：《本次列车终点》，获1981年全国短篇小说奖，参见 Vivian Ling Hsu, ed: *A Reader in Post-Cultural Revolution Chinese Literature*, Hong Kong: The Chinese University Press, 1988, pp. 130 – 174。
⑤ 汤应武：《抉择——1978年以来中国改革的历程》，经济出版社1998年版，第221页。

的城市和封闭已久的农村造成的震荡是不言而喻的。曾有"农民老大哥"之光荣称号、占中国人口百分之八十以上的劳动大军突然有了一种冷飕飕的"被抛弃感"。寻根文学作家对"农民"身份的认识有着痛楚的切身感受。他们重回插队过的乡村,要发掘的不仅是自己的生存之"根",更是先辈们有过的文化之"根";不仅要找出青春、精神乃至信仰被毁的个人"小我之痛",更要揭开为什么会造成这种"家破国危"的"民族大难"之因。

正因为此,在当时"文化热"和"知识热"紧锣密鼓的推动中,寻根文学的代表作家们积极投入"返回乡蛮,找寻文明"的"情感冲动"中——例如:因《枫》和《远村》而名噪一时的郑义,1983年底到1984年春,他骑着单车走遍了黄河周围的二十多个县,行程达五千多公里,这种类似考古学家所说的"田野作业"使郑义获益匪浅,他坦承:"《老井》就是这次寻找的结果。"郑义为这次行动定的主题是:"我要去发现,而不是证明。"结果,他发现:"在一个很穷的县居然出了几千名干部,而且这些干部的职位都高出县委书记。这使我震惊。"[1]

而在文坛素有"黑骏马"[2]之称的张承志则自述道:"为了写作《心灵史》,我花了六年时间穿梭于北中国去收集材料。新疆、宁夏、内蒙古、广西和其他西北部地区,我去过八次,每一次我都要记很多笔记。我不是盲目地收集材料。我实际上生活在回民中间,要是当地人与地方政府因为宗教而发生冲突时,我就要帮助他们。"[3] 还有写过《沙灶遗风》[4]和《最后一个渔佬儿》[5]的李杭育为了创作"葛川江系列"在杭州外的小县城生活了一二年。此外,郑万隆、陈建功重回煤矿"寻根";史铁生返回"遥远的清平湾";梁晓声在《今夜有暴风雪》中回到"北大荒";莫言潜回山东高密县那浓烈的高粱地里寻找"我爷爷""我奶奶"的风流足迹;李锐执迷于发掘吕梁山下的那一片"厚土"疙瘩;扎西达娃看中了西藏那个带有魔幻色彩的"系在皮扣绳上的魂";贾平凹在商州"招商引资";韩少功在汨罗"安营扎寨";等等。

---

[1] Leung, Laifong, *Morning Sun-Interviews with Chinese Writers of the Lost Generation Armonk*, London: M. E. Sharpe, 1994, pp. 268-69.

[2] 张承志:《黑骏马》,《美丽瞬间》,北京师范大学出版社1993年版。

[3] Leung, Laifong, *Morning Sun——Interviews with Chinese Writers of the Lost Generation*, Armonk, London: M. E. Sharpe, 1994, p. 227.

[4] 李杭育:《沙灶遗风》,《北京文学》1983年第5期。

[5] 李杭育:《最后一个渔佬儿》,《当代》1983年第2期。

寻根文学的中坚作家返回乡野的"情感冲动"事实上为后来国家相关部门大力倡导作家应当多做"沟通"和"桥梁"工作提供了生动的例证。那就是：郑义通过"田野调查"而"发现"的问题为国家提倡干部应当"年轻化、知识化、专业化"作了"鼓与呼"。① 张承志生活在回民中、并对回民们进行"帮助"和"劝说"更是一项具体细致的"思想政治工作"。特别是贾平凹，因为其作品为故土扬了名，他的"沟通"和"桥梁"工作使商州的百姓得到了真正的"实惠"。父老乡亲们以隆重的礼仪"铭记"和"彪炳"这位作家的功德。

例如，有一次，贾平凹的家乡丹凤县搞社火，作为十三个中部城市交易会的一个场景，一排数人扛着一个大的木制架子，架子上的高台上放着贾平凹的几部书的巨制模型，高高站在架子尖端的是一个穿着西服、情绪高昂的小男孩，显然是贾平凹幼时的扮相者。这类民俗活动"供举"的都是历史上神奇的英雄人物，可见丹凤县人民为出了一个贾平凹是多么的骄傲和自豪——这是"作家英雄化"的又一显例。这种来自民间的隆重"表彰"既免去有关部门的麻烦，又满足了作家的虚荣，真是一石二鸟之"义举"。②

与贾平凹有相似待遇的是寻根文学的领头作家韩少功。为了表彰韩少功对"汨罗"——屈原沉江之地——人民的"扬名"和对楚文化的发扬光大，汨罗市人民政府特地在该市八景乡——韩少功当年插队的地方——划出一块土地让他建房"扎根"下来。十年前，论者去拜访韩少功时，惊讶地发现他的住处颇有点像陶潜笔下的"桃花源山庄"。

这是作家或明或暗与政府达成"共谋"的结果，实际上仍然是政府的一种"隐性"的奖励方式：韩少功大宅建设期间，时任湖南省委常委、宣传部部长文选德还亲自光顾了两回，其他当地党政要员也都有所"关心"和"支持"。2018年5月底我再次去拜会韩少功，一同前去的韩少功的老友、湖南作家姜贻赋不无感慨地说："少功真是了不得啊！"言外之意是指韩少功与主流文化或官方的关系十分密切。这一拨作家客观上为新时期"深入生活"的创作机制作了新的注释，不少作家后来"挂职"、下放某地"进行锻炼"，进而成为政府和各级作家协会共同制定的"培养作

---

① 1980年8月18日，在中共中央政治局扩大会议上，邓小平作了《党和国家领导制度的改革》的讲话，指出，"要建立退休制度，干部队伍在坚持社会主义道路下和党的领导的前提下，年轻化，知识化，专业化"。参见邓小平《邓小平文选》（一卷本），人民出版社1996年版，第183—207页。

② 贾平凹、穆涛：《平凹之路》，青海人民出版社1994年版，第22—23页。

家"的一项制度,与寻根文学作家"田野调查"不无关系。它直接承续了延安时期丁玲、周立波等下去"锻炼"之精神余脉。①

寻根文学的作家把时间(进化论意义的)空间化的做法,为复旦大学教授陈思和先生提出的"民间话语"②的"客观性"提供了方法论和认识论的基础:由于作为探寻对象的"非我"(乡农及其原始文化),不能踏入和创作主体同样的时间和空间,因此,他们"遂不能以主体的身份,参与真正的对话或争辩"。③它说明有关部门在这个时期有着明显的"松绑"意图,让作家们以"官民之间"的"中介身份"深入乡蛮、获取民意。而作家们原有的"非典籍化"的人文倾向(另一种形式的责任感)也催使他们"重回故乡",挖掘被毁的民族文化之根。这样,政府的"松绑"和作家的"自觉"便意外地"契合"到了一起——它可以看作寻根文学作家"走向乡蛮"之"情感冲动"得到官方"默认"、"鼓励"和"支持"的一个重要原因。

寻根文学作家的"情感冲动"得到主管部门支持还有一个重要原因,那就是:由于城乡差别的越拉越大,造成了都会和乡村之间、话语的支配者和被支配者之间产生道德上、信仰上、思想上、感情上的种种龃龉——宗教的苍白虚弱,信仰的倒塌迷乱,令人堪忧。改革开放初期,有关部门出台的政策不能维持以往之权威——它既不能调和城乡之间、新旧生活之间的矛盾,又没有时间和精力去深入了解乡民的思想,以化解他们的矛盾,释放他们的压抑情绪。④

在这种时代背景下,寻根文学作家的"情感冲动"适逢其时。这些作家本来就是冲着了解所谓"陋民"、乡民、土著民、蛮人的思想而去的,希望从他们的"俚语,野史,传说,笑料,民歌,神怪故事,习惯风俗,性爱方式"中掌握他们的心理积习,从而找出发展中国家文学场域中独特的"东方之根",实现韩少功在"寻根文学"宣言里所强调的"隐退后而得'复出',光照整个地球"的"文学复兴之梦",⑤与时下流

---

① 钱理群:《"新的小说的诞生"》,转引自王晓明主编《二十世纪中国文学史论》(第三卷),东方出版中心1997年版,第64—68页。
② 有关这一概念请参见陈思和《鸡鸣风雨》,学林出版社1994年版;又见陈思和《民间的浮沉:从抗战到文革文学史的一个解释》,转引自王晓明主编《批评空间的开创:二十世纪中国文学研究》,东方出版中心1998年版,第210—238页。
③ Johannes Fabian, *Time and the Other How Anthroepology Makes its Object*, New York: Columbia University Pres, 1983.
④ 刘禾:《东方与西方》,http://www.cc.org.cn/2011年01月08日。
⑤ 韩少功:《文学的根》,《世界》,湖南文艺出版社1996年版,第6页。

行的"中国梦"有着惊人的一致性。

　　这批作家个人的"梦想"也恰与国家决策层和当时主流话语制定者的需要相暗合。因为掌握和统御这种"乡民心理"以实现"政治上的和平与安宁是当时行政上痛感必要的一件事"。何思敬指出:"民俗学对于人类知识的总量上恐不能希望过分的贡献,但有一个非常实用的效果当然会从这种研究中生出来,即统治者对于隶属民族可以从此得到较善的统治法。"① 寻根文学作家们追寻的恰恰是汉民族文化之外的少数民族的精神火花,是对汉民族"理性资源"匮乏的一次内补。

　　寻根文学作家有意无意或心照不宣地成为有关部门"排忧解难"的同盟军。萨伊德在《东方主义》一书中说,"作为本书的作者,我扮演的是一个被指定的角色:在话语的学术文本中,代表遭受压制和扭曲的自陈述意识(self-representing consciousness),而这种学术文本历来是由其他西方人而不是东方人解读的"。② 寻根文学作家们扮演的也正是这种"被指定"的角色,代表遭受压制和扭曲的"弱者"和"受宰制者"出声和发言。

　　与萨伊德指定"自我的他者"之不同在于,寻根文学作家们的"被指定"更多的带有体制化色彩。尽管这些作家竭力要表现出一种与主流话语"不一样"的情感投注,到非规范化的原始乡野里传递出被压抑的声音,但他们的努力(大面积的对古语和习俗的考证)戏剧化地落入主流意识形态的"规制"中,从而与主流话语非常默契地"共享"远祖的光荣。例如,韩少功用"发现"般口吻指出:他当年插队的汨罗——"距屈子祠仅二十来公里"的地方,那里的人至今说着古语,把"站立"或"栖立"说成"集",这正好与《离骚》中的"欲远集而无所止"相吻合。③ 贾平凹也认为:"在陕西,民间的许多方言土话,若写出来,恰恰都是上古雅语。这些上古雅语经过历史变迁,遗落在民间,变成了方言土语。这是以前的写作人不以为然而已。"比方"招呼"一声,在他那里说成"言传";"把孩子抱上",说成"把娃携上";粗话中的"滚开"说

---

① 何思敬:《民俗学的问题》,《民俗》1982 年第 1 期;转引自刘禾《东方与西方》,http://www.cc.org.cn/2011 年 01 月 08 日;又见刘禾《文本、批评与民族国家文学》,王晓明主编《批评空间的开创:二十世纪中国文学研究》,东方出版中心 1998 年版,第 295—316 页。

② Edward Waefie Said, *Orientalism*, New York: Random House, 1979.

③ 参见韩少功《文学的根》,《世界》,湖南文艺出版社 1996 年版,第 1 页。

成"避";① 等等。

寻根文学的其他作家也都对这种方言俚语等"亚文化"或"次文化"表现出浓厚的兴趣,认为这就是中国民族性和传统文化的重要方面,而实际上它呈现出一种"亚文化崇拜"的心理倾向。但这种倾向恰恰"加强"并"巩固"了主流文化对自己"正统"与"权威"的认定,就像发达国家"白人主义"文化对发展中国家文化的"自在预想"一样,是强势/优势文化对弱势/劣势文化进行"猎奇"和"抢救"式的保护。这种收集散落在民间的"上古雅语"既拓展了汉语的话语空间,又满足了言说者固有的民族自豪感,更重要的还与当时政府各部门"平反"的浪潮相呼应——给遗弃在荒山野岭的古语"正名",与给遗漏在主流话语之外的落难者"平反",有着相同的精神走势。

不过,这种"上古雅语"并没有太多的生命力,它不过是历史风云的阴差阳错或政治斗争的潮起潮落,让一拨又一拨达官显吏退隐山林,与他们同时退隐的当然还有摆脱不了的官话官腔与文本典籍。这些"落难者"及他们的使俾走卒将"朝廷话语"散落民间,就像当年的"知青"将"刷牙"和"手绢"等"文明"遗留在乡村野店一样。

王安忆在谈到自己"上山下乡"接受再教育时指出:"它磨炼了我们这一代人,并给乡村带去了现代文明。例如,当地人看到我们刷牙时很奇怪。女孩子也不用手绢。当我们给一块手绢给她们做礼物时,她们感到特别兴奋。"② 这些知识青年在农村说普通话,但当地老人听不懂,年轻人虽然大致能听懂,但也说不了普通话。因为,在普通话作为官方的强势语言一统江山的今天,除了极个别的、很小一个区域的人还把"站立"说成"集"、把"招呼"说成"言传"外,只要走出三里之外,说这种话语的人就无法与人沟通。

这里面有一个荒唐的悖论。阿城指出:近年所提的暴力语言,在文学上普通话算一个。以生动来讲,方言永远优于普通话,但普通话处于权力地位,对以方言为第一语言的作家来说,普通话有暴力感。阿城以内地的电影为例,说电影用语一般规定用普通话,但现在的领袖传记片,毛泽东说湖南话,同是湖南人的电影的其他人物却讲普通话,令人一愣,觉得讲家乡话反而是一种权力的见证。③

---

① 参见贾平凹、穆涛《平凹之路》,青海人民出版社 1994 年版,第 44—45 页。
② Leung, Laifong, *Morning Sun-Interviews with Chinese Writers of the Lost Generation*, Armonk, London; M. E. Sharpe, 1994, p. 182.
③ 参见阿城《闲话闲说——中国世俗与中国小说》,作家出版社 1997 年版,第 165—66 页。

讽喻在于：在电影里，"说普通话"的人感觉"没权力"，而在生活中，"说方言"的土著乡民也是"没权力"。但前者不过是意识形态的话语策略。寻根文学作家笔下的乡民连电影里的"普通话"都不会言说，总是处于"权力"的宰制下。这些乡民，"生活在一个封闭的世界里，进行着各种自我周转的交易"，① 说着三里以外的人听不懂的方言俚语。可越是封闭和不可理解，也就变得越神奇和有吸引力。

坡林·洪托基（Pauline Hotoudji）在分析非洲的哲学时曾经指出，西方话语构造的非洲哲学只不过是一种"种族"哲学，一种"形象搜寻"，为的是得出某种通用于一切非洲人的总结性的集体哲学。这种西式的非洲哲学话语把非洲哲学家硬塞在一个预设的主体位置上，让他们去重述一个"根本不属于非洲的意识形态神话"。② 由此可见，无论寻根文学作家的"情感冲动"投注多少人道主义的关怀，无论乡民们说着多么"优越的"上古雅语，他们的思想、风俗和情爱也注定要沦为像泥沙一样的"亚文化"，都要受到普通话的"规约"，都要受到城里人的"审视"或"调研"。寻根文学作家企图"扶正亚文化"的做法，除了给乡民们制造出一个虚幻的话语乌托邦外，并没有在发展中国家文学走廊里开辟一道亮丽的风景。不仅如此，他们中的部分作家还"逆"历史潮流，"唯方言是从"，结果陷入了古漠荒野、"寻章问句"的泥沼里，并很快淹没得无声无息，从而可悲地钙化成"上古雅语"这个"板结符号"的一部分。从这个意义上，说寻根文学的作家在语言追求上"刻意性"有一种"反现代化"倾向并不过分。

第三节 《爸爸爸》与《女女女》之内驱力（上）

20世纪80年代初，伴随着中国改革开放的推进和由此涌现的方法热与文化热，文学界再次面临与新文化运动时期相似的十字路口，对历史总结的倾向和对道路选择的焦虑是其共同的文化特征。③ 寻根文学就是在这一背景下形成的，创作主体要寻找的"根"与其说是家族或族系的根，

---

① 徐刚：《视觉的藏闪与翻译——从小说〈海上花列传〉到侯孝贤的电影〈海上花〉》，《今天》1995年春季号，第265页。
② Pauline Hotoudji, *African Philosophy*: *Myth and Reality*, London: Hutchinson, 1983, pp. 38–44.
③ 刘永春、张莉：《解殖民与返殖民：1980年代中国文学思潮再解读》，《湘潭大学学报》（哲学社会科学版）2015年第4期。

不如说是文化和历史的根。他们相信最近几十年发生的那些剥夺他们真正自我感的意识形态运动,① 使得自己与自己文化的根已经隔绝。虽然明白其症结所在,但由于先天的不足,他们只能站在历史的表层,触摸着"次文化的'髓质'形式的痕迹",② 而中国文化深层的根已被摧毁。

由于这种双重丧失,这批作家企图寻找一个存在于社会生活的深层或社会主义意识形态樊篱以外的独特而纯粹的世界。在构筑这个"世界"时,这些作家不仅要揭露在封建意识压迫下萎缩了的汉文化,而且要探索可以称之为中国人"集体无意识"的东西。他们通过强调区域性文化,显示了对边境地区以及富有神话和民间传说的更奇异或古远的地区和文化的兴趣。③

这种对"在封建意识压迫下萎缩了的汉文化"的揭露,在韩少功两部寻根文学的代表作《爸爸爸》和《女女女》里就已经表现得十分明显,它们可以被看作对杰姆逊形容的发展中国家中"亚细亚生存方式"的体认④,是所谓"难民意识"的文化镜像。例如,《女女女》开端一句就令人紧张:"因为她,我们几乎大叫大喊了一辈子。"这是典型的"难民意识"之症状:恐惧、担心、紧张、神经质和小人物的"无助感"。即使在家里,也像坐在拥挤不堪的火车上,因为人多,因为灾难的随时发生,骨子里总要时刻保持着一份"警惧"。

南帆认为:"警惧即是一种焦虑。焦虑在许多时刻原因不明。"⑤ 这种"警惧"就叙述者而言有着多重的内在因素:既是萨特在《禁闭》中所说的"他人就是地狱"的生动注释——哪怕这个"他人"是血缘上的姑姑,又是对内心的"挤压"和"抑郁情结"的潜意识的反抗。同时,这种"警惧"还有对"家"不像一个家的厌恶或叛离。因为好好的两口之家一直寄住着一个"他者",这与其说是个"家",毋宁说是个简陋的"难民

---

① 李欧梵:《现代性的追求——李欧梵文化评论精选集》,(台北)麦田出版股份有限公司1996年版,第67页。
② Frdric Jameson, "Third-World Literature in the Era of Multinational Capitalism", *Social Text*, Vol. 15, 1986, pp. 65 - 66.
③ 参见李欧梵《现代性的追求——李欧梵文化评论精选集》,(台北)麦田出版股份有限公司1996年版,第466—467页。
④ Frdric Jameson, "Third-World Literature in the Era of Multinational Capitalism", *Social Text*, Vol. 15, 1986, pp. 67 - 69;又见 [美] 弗雷德里克·杰姆逊《处于跨国资本主义时代中的发展中国家文学》,张京媛译,转引自《当代电影》1989年第6期。
⑤ 南帆:《历史的警觉——韩少功小说选读》,收入《2000年文库——中国当代文库精读·韩少功》,(香港)明报出版社1999年版,第8—9页。

收容所"。而对受叙者而言,这种"警惧"也有着多重的吊诡讽喻:幺姑本来应该是有自己的家的,她并不愿"寄人篱下",做一个不受欢迎的"难民"。可她的"家"被她的兄长——叙述者的父亲强行拆散了:当年幺姑不就是跟一个"出身不好"的青年谈恋爱谈得好好的吗?同时,幺姑一直是这个"家"的支持者和操劳者,她担当着这个"家"的事实上的母亲角色,因而潜意识里已经把叙述者当成了自己的"孩子"。

叙述者与受叙者"身份"上的悖异无疑为作品"难民意识"涂上了一层浓重的悲剧色彩。更为重要的是,叙述者和受叙者都是"家破人亡"之政治运动的受害者——前者的父亲被无缘无故地"整死",后者那个"潜在的丈夫"被强行从身边拖开。最终,作品深层的批判锋芒指向政治运动给普通中国家庭造成的孽债。这种书写,正是美国文化人类学家吉尔兹(Clifford Geertz)所努力展示的"厚描述(thick description)"。吉尔兹认为,"文化不是一个力量——社会事件、行为、制度或发展不能归因于文化;它是一个文本——社会事件、行为、制度或发展能在其中被'厚描述',且能让人领悟"。①

如果说,《女女女》把民族特有的"警惧"与"焦虑"以"难民意识"的方式重新输入古老的集体记忆之中的话,那么,《爸爸爸》对这种"难民意识"的"厚描述"表达得更为清晰。小说一开始就劈头压给读者一个沉重的包袱:"他生下来时,闭着眼睛睡了两天两夜,不吃不喝,一个死人相。"由此可见,丙崽身上传递出来的"难民意识"并非始于他的出生,甚至在出生之前的母胎里就有了——这简直带有"原罪"色彩了。

一出生,丙崽就显出了少有的疲顿和无奈,他宁愿"不吃不喝"地睡,并希望一直睡下去,不要醒来——也就是所谓的"死人相"。一个本应鲜活的新生儿出现这种反常的症状,"征兆"其实是他的母亲:那个拿着一把生锈的剪刀在鸡头寨到处晃动的"接生婆"——丙崽娘。用生锈的剪刀来接生,生下来的人不被感染,该有着多强的生命力啊。怪不得丙崽后来怎么遭折磨,就是"死不了",暗含着强大的劣根性文化。发展中国家人民生命的"先天不足"和"低微卑贱"就浓缩在丙崽娘这一把迟钝生锈的剪刀里了。

丙崽能说的唯一的两句话"爸爸爸"和"×妈妈"与幺姑歇斯底里的大喊大叫都可看作"难民意识"的不自觉的"哀号",表达的是同一种

---

① Clifford Geertz, ed., *Myth, Symbol, and Culture*, New York: Norton, 1974; Clifford Geertz, *Local Knowledge: Further Eassys in Interpretive and Thropology*, New York: Basic books, 1983.

人生诉求：对无常命运惨遭强暴的"无声"抗议——无论是丙崽的"爸爸爸"和"×妈妈"，还是幺姑的大喊大叫都是别人不能理解的，是"失语"的"焦灼"给心灵造成的严重挫伤。安东尼·吉登斯说，"焦虑是所有形式危险的自然相关物"。焦虑由于强烈的不安全感而导致人的情绪的失常。①

钱理群认为："焦灼的核心部分是一种深刻的'现代的悲剧感'。"因为，"在封建社会的'超稳定结构'之中，'大团圆'结局体现了中国人对现世生活的执着和热爱"。② 这种"大团圆"的结局也就是王国维所说的"诗歌的正义"。③

韩少功的创作显然要颠覆这一善恶皆得其所的"正义模式"，他努力打碎了"家"的超稳定结构，并用一连串文化碎片"拾掇"成一个家——这正是"难民"形象的"浮状所指"。丙崽同幺姑一样，也是一个无家的人。他没有父亲，可是鸡头寨的每一个人都是他的父亲。他那有点"不正常"的母亲——"发过一次疯病，被人灌了一嘴大粪"——像幽灵一样在寨里徘徊，她连自己都无法保护，又怎能真正保护丙崽？令人惊悚的是，这样的人居然是寨里的接生婆！如果说，幺姑至少还能寄人篱下的话，那么，丙崽连这个权利都被剥夺了——他无处寄生，只能像浮萍一样，在生活的表面荡来荡去，也被鸡头寨的男男女女、大大小小的人当"玩具"一样地踢来踢去。

小说《爸爸爸》父亲缺席，《女女女》中叙述者"我"虽然有一个闪了几闪的"妈妈"的影子，但形同虚设，暗示母亲缺席。这里的视角仍然落在悖论的"家"上：《爸爸爸》中的丙崽"无父"却又有许多父亲，每一个村民都可以教导丙崽怎样"做人"。同样，《女女女》中的"我"无母却又有许多"母亲"，连幺姑也要争当"母亲"。一个虚拟的或残缺的"家"，居然还有如此多的像祥林嫂感觉到的头上压着的"厉害的婆婆"，这是对特定年代里"政治/父制"双重权威造成国民心灵扭曲的辛辣讽刺。

这种"灾变之家"的"难民意识"表现在发展中国家文学的案例里

---

① 参见［英］安东尼·吉登斯《现代性与自我认同》，赵旭东等译，生活·读书·新知三联书店1998年版，第174页。
② 黄子平、陈平原、钱理群：《论"二十世纪中国文学"》，转引自王晓明主编《二十世纪中国文学史论》（第一卷），东方出版中心1997年版，第11页。
③ 王国维：《〈红楼梦〉之美学上的价值》，佛雏编：《王国维学术文化随笔》，中国青年出版社1996年版，第168—169页。

一如杰姆逊所指出的:"这种现象由'抑郁'一类的词汇心理化了,又被反射到了病理学的异己身上(the pathological Other),改变了这种经验的形状。"① 这种"无父"却又有许多父亲、姑姑变成妈妈的吊诡现象就是变异了"家"的"经验形状"之具象。

与西方以"个人为中心"的文化传统不同,中国文化结构的核心是"家"。中国这种"家文化"的结构可以用"忠""孝""仁""义"四字来概括。其中又以"孝"为根本。"孝"维系了家庭与家族的基本伦理:它向上延伸和扩展即为"忠"。"义"是家族伦理的横向扩展,所谓"四海之内皆兄弟"。而"仁"则是君主官吏或家族长辈对下承担的责任和义务。由此,"忠""孝""仁""义"是搭起中国文化结构的四根柱子,纵横交织,互相支撑,形成一个不可拆散的完整框架,衍生出中国文化中大部分意义、价值、伦理和道德的体系。②

"五四"新文化运动中提出的"打倒孔家店"口号,本质上是对中国传统文化不自觉的扬弃。中华人民共和国成立后,实行国家所有制,与原本以私有制为基础的家庭和家族结构发生冲突,导致"家"与"国"在结构上有些分离。这是中国传统文化一次根本性的解构。③ 于是,"孝"让位给了"阶级性",所谓"亲不亲,路线分";"仁"成了伪善的代名词;"义"变成好坏不分的"铁哥们"关系。民间社会系统被铲除,社会细胞无一例外地纳入了工作单位的行政体系。这种极端思想作为集体记忆的一部分至今还在某些国民身上顽劣地潜伏着,一旦有风吹草动或"上头"稍有暗示,就会像幺姑那样"大叫大喊",进行借尸还魂的丑陋表演,无家的国民仍然是一副"难民相"——这比丙崽的"死人相"又好到哪里去?

1925 年,"斗牛士"海明威(Ernest Hemingway)在给朋友斯哥特的一封信中强调指出:"一个真正伟大的作家应该表现战争。"④ 这是因为,"它堆满了最大限度的材料,加快了行动(叙事)节奏,因而带来

---

① Frdric Jameson, "Third-World Literature in the Era of Multinational Capitalism", *Social Text*, Vol. 15, 1986, pp. 69 - 70;又见[美]弗雷德里克·杰姆逊《处于跨国资本主义时代中的发展中国家文学》,张京媛译,《当代电影》1989 年第 6 期。

② 王力雄:《中国已失去"主义"立足的基础》,萧旁主编:《中国如何面对西方》,(香港)明镜出版社 1997 年版,第 86 页。

③ 王力雄:《中国已失去"主义"立足的基础》,萧旁主编:《中国如何面对西方》,(香港)明镜出版社 1997 年版,第 86 页。

④ Kirk Curnutt, *Literary topic*: *Ernest Hemingway and the Expatriate Modernist Movement*, Detroit, San Francisco, London, Boston, Woodbridge, CT: A Manly, Inc., Book, 2000.

了各类（意想不到的）东西，而这些东西在正常情况下你也许要等一辈子才能见到"。①

对美国"斗牛士"十分尊敬的中国作家韩少功记住并吸取了发达国家作家这个"颇具攻击性"的经验之谈：《爸爸爸》和《女女女》里处处透露出"杀机"和浓烈的"战争情绪"，是一份"精神崩溃"者的"原始病历报告单"。两个文本里，不仅弥漫着没有硝烟的"战争情绪"，更有着真刀真枪的大拼杀：体外的血和体内的血同时点起"毁灭欲望"的熊熊烈火。

《女女女》开篇不久，"战争的情绪"立即达到白热化：幺姑在切姜片，可在"叙述者"听来，"分明是刀刃把手指头一片片切下来了——有软骨的碎断，有皮肉的撕裂，然后是刀在骨节处被死死卡住"。毛骨悚然的还在后面：她"正用菜刀剁着自己的胳膊""大腿""腰身和头颅"，"骨屑在飞溅，鲜血在流泻，那热烘烘酽乎乎的血浆一定悠悠然顺着桌腿下了地，偷偷摸摸爬入走道，被那个盛着板栗的塑料桶挡住，转个弯，然后折向我的房门来了……"这种没有硝烟的战争除了表明幺姑在"自己跟自己作战"外，同时她也跟叙述者"我"在作战。而这种战争的残酷和惨烈比真实的战争对心灵的"戕害"更为凶狠和持久。韩少功在这里"借用"了马尔克斯在《百年孤独》中"著名的流血"这一魔幻现实主义的经典场景：奥雷良诺家族的一个子孙在一场战争中光荣牺牲，他的血从战场一直流到老祖母的门口，老人家那昏花的眼睛对子孙的血竟十分熟悉，一下子就认出来了。②

无论是韩少功"借用"或模仿了这一细节，还是他自己独特的"想象性发明"，甚至干脆就是不经意地与马尔克斯的"撞车"，这都无伤大雅。重要的是，中国作家和拉丁美洲作家同处于发展中国家文学的精神疆域，他们以不同的人生体验和感悟承续着同一种血脉相因的"内在搏动"，从而激起了杰姆逊意义上的"寓言式共振"，而这种"共振"在发达国家的"斗牛士"海明威那里是不可能得到"积极回应"的。

讽喻在于，每天紧张兮兮、足不出户的幺姑竟然天天看报纸，关心着世界大事，对发展中国家其他国家的人民处于"水深火热"的生活尤其关注，她忧心忡忡地说："越南真是苦啊。"那神情和口气，仿佛要把自

---

① Ernest Hemingway to F., *Scott Fitzgerald*, in Carlos Baker, ed., *Ernest Hemingway: Selected Letters, 1917 - 1961*, New York: Scribners, 1981, p. 176.
② Gabriel Garcia Marquez, *One Hundred Years of Solitude*, trans. by Gregory Rabassa, London: Cape, 1970.

己嘴里省下来的饭和拾回来的破烂都要"国际援助"到越南去似的。这一细节的重要性恰恰印证了伊力特（Robert C. Elliott）所说的："所有讽刺自身均带有乌托邦的框架；所有乌托邦，无论是安然无恙或是支离破碎的，都是悄悄地由讽刺者对堕落的现实的愤慨而支配的。"① 幺姑的"战争"则与干女儿"老黑"有关。幺姑这个"无家"的人有一个同样"无家"的干女儿——这个曾经豪情满怀的"下乡知青"老黑，返城后仿佛看破了一切，而实际上，她在追赶时髦的同时发现总是被时代所抛弃，她在不停地跟自己"作战"，同时也跟幺姑"作战"，并事实上差点在幺姑洗澡时弄死了她。亲生的兄长砸碎了幺姑"潜在的家"，而她的"干女儿"居然要谋害她：一大一小两个最亲密的人竟然都是加害她的人。幺姑又怎能不时时"警惕"，处于高度的"战备状态"！

从心理学上分析，幺姑患有"妈妈恐惧症"（matrophobia）。其症状是，她"可以视作女人的自我被分裂，想一了百了地清算母亲的全部枷锁，变成个体化与自由，而母亲则代表自身之内的那个受害者——那个不自由的女人，那个殉道者"。② 而老黑则代表了"解放了的妇女"，她"对母亲的仇视，其实是一种自我憎恨，因为她在母亲身上看到自己不想变成的模样，但妈妈已经是女儿身上无法铲除的部分，像一面自己不想照的镜子"。③ 这面"异化了的镜子"是老黑的一块心病，它时刻照见"母亲的丑陋"和自己未来险恶的命运，因此，她断然地说："幺姑么？——must die（必须死）！"只有"死亡"才能结束血缘亲情的残杀，这是多么触目惊心的事实啊。

克里丝蒂娃在《恐惧的力量》一书中曾提出一种"推离"理论。这种理论是指在主体还未进入象征系统之前，潜意识中发生的原始压抑：推离母体，分开，抗拒。没有分离，主体便无从建立。然而，这种推离虽然暴烈，却是笨拙的，因为主体仍然随时可能会退回到母体坚固而又令人窒息的掌控中。④ 比如，在《爸爸爸》中，丙崽竟然在一具女性尸体上"吸奶"，并最后"靠着乳头，靠着这个很像妈妈的女人睡了"。这是退回"母体"之具状。

此处的"母体"——如同幺姑之于老黑——自然不是现实生活中血

---

① ［美］弗雷德里克·杰姆逊：《处于跨国资本主义时代中的发展中国家文学》，张京媛译，载《当代电影》1989 年第 6 期。
② Adrienne Rich, *Of Women Born*, New York: Norton, 1986, p. 236.
③ 孙隆基：《未断奶的民族》，（台北）巨流图书公司1996年版，第 389 页。
④ Julia Kristeva, *Powers of Horror: An Essay On Abjection*, 1980. (trans.) Leon S. Roudiez, New York: Columbia University Press, 1982, pp. 2 - 54.

缘的母亲，而是潜意识压抑作用中第一个与自我区分的象征化对象：这"母体"是潜意识中既有欲求又令人害怕、既能生养又能吞噬主体、故主体必须将之排出体外的"母体"，而这被排除的母体又寄生于各种"他者"之中，以致主体永远寻觅，处于紧张的"战备状态"。

如果说，幺姑和叙述者"我"、干女儿、老黑以及他们每个人自我进行的"战斗"还只是一场没有硝烟的"人生大战"的话，那么，在《爸爸爸》里，丙崽所在的"鸡头寨"与挡住了他们"好运"的"鸡尾寨"的战斗则纯粹是一场真刀真枪、血肉横飞的恶战。这场恶战到底死伤了多少人，韩少功没有直接写出，但作品里有"血流成河"的描述，而且寨子里的人将祭祀的牛肉和战死的人肉混在一起煮着吃；而寨子里的"狗"因为吃死尸一只只吃得浑圆浑圆的，绿滴滴的眼睛竟变成了"龙"。吃了人血和人肉的牲畜都异化变种，可见人的血肉之"恶毒"。这些变种的野狗还十分凶残，竟将一个活着的老人当作死尸狠狠地咬了一口。

无论是《女女女》里没有硝烟的战斗，还是《爸爸爸》里血流成河的战斗，都是"难民意识"的拓展和延伸。两者都有一个共同点："封闭综合症"。在文本《爸爸爸》里，丙崽的叔叔仲裁缝总是躲在屋里戳老鼠洞，并且将抓到的老鼠烧成灰，兑在水里喝下去。这个细节戏剧性地在《女女女》中得到重复和深化：幺姑不愿出门，一旦出门，总是胆战心惊得像个幼儿。而幺姑的兄长——叙述者"我"的父亲被整死前也是躲在房里用铁锨戳老鼠洞。这种"老鼠洞"就是"封闭综合症"的象征符号。而"我"那像"难民收容所"的"家"、老黑的临时住所以及整个鸡头寨都是"封闭综合症"或大或小、或隐或显的符号系列。

梁启超曾将"旧中国"描绘成一个孤立的、封闭的、摇摇欲坠的危楼，又以乌托邦的想象将"新中国"纳入世界的现代化体系之中。① 《爸爸爸》和《女女女》对中国无论是地缘上、空间上、人性上的封闭符号的具象呈示宣告了梁启超乌托邦想象的破灭。索绪尔早就指出，如果没有外部的参考，没有让语言与思想交流的媒介，没有交流中才能产生的价值，就根本不可能有任何语义的产生。② 基于这一认识，幺姑的"大喊大叫"与丙崽的"无语沉默"在语言学意义上达到了同一的高度，即都成了没有意义的能指符号；它也宣布了幺姑最后寄居在珍姑家的小山村与丙

---

① Xiaobing Tang, *Global Space and the Nationalist Discourse of Modernity: The Historical Thinking of Liang Qichao*, Stanford: Standford University Press, 1996.

② See Ferdinand de Saussure, *Coursein General Linguistics*, trans. by Wade Baskin, London: Fontana/Collins, 1974.

崽所在的鸡头寨都是空白的风景——是注定要在绝望中"毁灭"的。

第四节 《爸爸爸》与《女女女》之内驱力(下)

　　文化人类学家费边（Johannes Fabian）在其《时间与非我：人类学如何构建其对象?》一书中，对西方人类学的时间观、历史观以及客观诉求，提出了大胆的挑战。他认为，人类学以及民俗学从一开始，就建立在对时间的进化论式的构想上。这种构想把"非我"事先放置在历史长河的"原始"那一端，以确立现代"我类"这一端的文明之优越。

　　文化人类学对"非我"在时间上排拒（temporal dis-tancing）造成时间的空间化（spatialization of time），体现于人类学家和民俗学家跑到别的地方，从事职业化的"田野调查"（fieldwork）——与寻根文学作家郑义"行走黄河"的心灵冲动有相似之处。去"传统"社会做"田野调查"的大前提是把"他们"作为"我们"人类的"过去"来研究，而不是关注"他们"存在的现实意义。[①]"他们"的现实状况必须翻译成"我们"的过去，才能获得其真实的内涵。

　　由这个理论出发，对照寻根文学作家的行为，他们所从事的"田野调查"就是将作品中的"乡村野民"翻译成"我们"生活的过去，因为"我们"（城市）的今天就是"他们"（乡村）的将来。关于城市与乡村的内在关系，寻根文学代表作家之一的王安忆有过一段精彩的描述："城市是乡村的继续。城市是乡村的将来。乡村是城市的过去。村民对自己的根有着深深的眷恋。他们是在那里的树，一旦扎下根来，他们就不要移动。城里人是树叶，他们从树上跌落下来，不知道他们的根属于哪一棵树。"[②] 因为从城市（出生地）到乡村（下放），到返城，再回乡，寻根文学作家不知道自己的"根"究竟在哪里，所以他们才要去"寻找"，而"田野调查"和"时间的空间化"都是实施这种"寻找"的具体策略。

　　这种"策略"表现在《爸爸爸》和《女女女》里，就是作者刻意将主人公丙崽和幺姑他们的生命（时间）"拦腰"劈为两截，以突出在"寻根"的过程中，"时间的空间化"不仅依附在读者群里、在作家本身和

[①] 参见 Johanes Fabian, *Time and the Work of Anthropology: Critical Essays 1971—1991*, Chur, Switzerland, Philadephia: Harwood Academie Publishers, 1991.

[②] Leung, Laifong, *Morning Sun—Interviews with Chinese Writers of the Lost Generation*, Armonk, London: M. E. Sharpe, 1994, p. 187.

"叙述者"主体上,还依附在作品主人公的人生境遇里。这种创伤性时间节点的转变有着强烈的反讽效果,幺姑和丙崽都有了"幽灵"的重生之吊诡:获得过"厂劳模"光荣称号、一心学习焦裕禄、对生活从没有"欲求"的幺姑经过洗澡房的"蒸汽之死"后,她完全"脱胎换骨"变成了另外一个人。她不仅忘记了光荣的过去,而且对生活有了强烈的索取欲求,以正如"铭三爹说,她先前给了后人多少恩,现在都要一笔笔讨回去"。

丹尼尔·贝尔指出,人的欲望分为需求(needs)和欲求(wants)两种。前者是为了保证生存和繁衍而产生的生理性要求,是有限度的;后者是为了满足虚荣心和优越感而产生的心理需要,是无止境的。① 幺姑由一个对生活"无欲"的人——"需求"和"欲求"都没有——一下子转变成"欲望膨胀者",反映的正是20世纪80年代中期,中国市场经济的大潮对人们思想、观念和行为所造成的强烈冲击。虽然,我们不能过分谴责"欲望膨胀"的行为者之贪婪心理,但是,要在短短的几年里"一口吃成胖子"、将失去的一切都"夺回来",不仅不现实,而且不可能。正因为这样,"欲望膨胀"和现实对欲望之不能满足的矛盾导致了幺姑最终丧命于"结拜的好姐妹"珍姑的菜刀下。

反观《爸爸爸》,丙崽的创伤性时间节点表现在鸡头寨举行的"祭谷神"仪式上:鸡头寨的村民们本来要拿"废物点心"丙崽的命去祭谷神的,不料,开刀问斩前,晴空居然响起了惊雷。这个惊雷不仅救下了丙崽的一条贱命,而且对神灵有着敬畏之心的鸡头寨村民像发现了"新大陆"似的,对丙崽的态度来了个一百八十度的大转变——丙崽竟然成了祭祀的"活卦",人们"伏拜在他面前,紧紧盯住他",并且不停地叫唤:"丙相公""丙大爷""丙仙"。

这种荒唐的生动描写,影射了"造神运动"那不堪回首的历史,反映出当时的国民是多么的愚昧无知!一直不被当"人"看的丙崽哪里得到过如此礼遇?只不过丙崽是个"智障",再怎么装腔作势,也最多是朝膜拜他的人们"翻了个白眼",让每个人自己去揣测"翻白眼"的意味。

丙崽的天然"无欲"使他的生命力特别旺盛,以至当仲裁缝用毒草汤要将村里的老弱病残都送归黄泉时,第一个喝了这种毒汤的丙崽居然大难不死。不仅如此,还无意中起到了"以毒攻毒"的效果,居然将丙崽

---

① [美] 丹尼尔·贝尔:《资本主义文化矛盾》,生活·读书·新知三联书店1992年版,第122页。

头上"发脓的疖子"治好了,其野性生命力的强韧令人叹为观止。

从"无欲"到"欲望狂",欲望最后竟将幺姑压迫成卡夫卡笔下的推销员格里戈尔·萨姆沙(《变形记》),只不过前者变成了"鱼一样的活物",后者变成了大蟑螂。而他们同等的"待遇"都是被关在一个小笼子里,而且都是死路一条。不同的只是死的方式:卡夫卡笔下的推销员"在对家人的怀念中悄然死去"。① 而韩少功笔下的"厂劳模"却死得不明不白,但从蛛丝马迹中可以断定是死于珍姑的菜刀下。虽然韩少功和卡夫卡在不同时空里意外地发生了"碰撞",但两者在具体描述和精神指归上有着明显不同的追求:韩少功笔下幺姑的"横死"比起卡夫卡笔下的萨姆沙"悄然死亡"似乎有着更多的意识形态之指涉,也更加符合发展中国家人民"难民"身份的生存境况和发展中国家文本大多是"民族寓言"之断论。

幺姑的"横死","无欲"的丙崽大难不死,这样的情节并不说明作者的叙述倾向没有批判,事实上他对于像丙崽这类"智障"的劣种是从来不存希望的。丙崽本来也要"横死"在鸡头寨的两个后生手里的,是仲裁缝救了他的命。作者希望由有着"叔叔"之称的"长辈"宰杀无用的晚辈更能显得理直气壮,也更能显示出"家文化"的渊源。因为,"寻找"和"暴露"这种渊源——"文化之根"——正是韩少功一拨作家的用心所在。

不幸的是,丙崽顽强的生命力超出了作者的想象,也超出了读者的想象。而"杀人者"仲裁缝居然先丙崽而去,倘若他泉下有知,他连宰杀一个"孽障"的能力都没有,岂不是彻底"否定"了在鸡头寨"德高望重"的他之整个生命价值!这种"否定"恰恰是作者对传统的"家文化"之悖逆,与伤痕文学作家的"不否定"/"配合"适成对比,它直接承续了鲁迅先生所标举的"否定精神"之余脉,是寻根文学在对人性探索中的闪光之处。这种"否定"又恰恰见出了传统的"家文化"之顽固与强大——仲裁缝虽死,但丙崽仍然活着。丙崽当然属于畸形的、落后的传统文化的一部分。由此也反映出作者本身对寻根文学所进行的"革命"能否达到预期的目标产生了"见疑不定"的彷徨心态。

残酷的事实在于:丙崽娘弃子而去,仲裁缝服药身亡,鸡头寨的精

---

① Gray Ronald,"The Metamorphosis", in Franz Kafka, London: Cambridge University Press, 1973, pp. 83 - 92;又见绿原《读〈卡夫卡随笔〉》,《卡夫卡随笔》,冬妮译,漓江出版社 1991 年版,第 2—3 页。

壮男女举寨迁移后，只能赤条条地对着路人喊"爸爸爸"的丙崽又何以能够生存下去？小说最后一句话是：鸡尾寨的一个娘们来收拾残局时，"把丙崽面前那半坛子旋转的光流拿走了"。那么，丙崽"幽灵"般的生命也能如此这般地"被拿走"吗？韩少功隐含的深刻用意正在于此。他将自己的"彷徨心态"和"否定"与"革命"的不彻底推到了读者面前——他要唤起的是：面对肉体仍然"活着"的丙崽，我们应该怎么办？

寻根文学作家在"田野考古"的个案剖析上总是寄寓着言外之意和弦外之音：无论是《爸爸爸》还是《女女女》，从文化深层上讲，它都寄寓了作家对长期生活在"笼子"里的异化的人或先天的精神残疾者以辛酸的同情，并对砸碎枷锁、斩断笼子，从而成为一个从精神到肉体的健康者投注了深深的关怀——也许，这正是作者对读者在"怎么办"的问题上所进行的变相的"启蒙"。

按照费边对"时间空间化"的界定，主体的人要达到真正的个性解放，从创伤时间节点的"这一端"到创伤时间节点的"那一端"，中间横亘着最大的阻碍物——最中心的意象——便是"幽闭恐惧症"（claustrophobia）。[1] 鲁迅先生曾用"铁屋子"、"吃人"与"闸门意象"来表现这种痛苦。他指出，"中国历来是排着吃人的筵宴，有吃的，有被吃的，被吃的也曾吃人，正吃的也会被吃"。[2] 韩少功《女女女》里的幺姑和《爸爸爸》里的丙崽其实都还停留在这种"吃人"和"被吃"的最原始的"口腔阶段"。所罗门指出，中国式权威表象是口，有权的人才能说话，无权的人只有听话的份。中国人的反抗虽然把人格从口腔阶段升到肛门阶段，但其人格仍然停留在前生殖器阶段。[3]

"人格仍然停留在前生殖器阶段"的丙崽真正吃过人肉，但他是"无意识"的，而且是代替他娘吃的——丙崽娘没有吃下这块人肉，但她吃了许多她接生下来的婴儿"胎衣"。而丙崽、幺姑、幺姑曾经的爱恋对象、叙述者"我"的父亲以及"口袋里总是有许许多多小零食"的老黑等人"被吃"则是"有意识"的。

这情状又如阿Q和刽子手们一样：阿Q在死刑状上签名"画押"，他

---

[1] Johames Fabian, *Time and the Work of Anthropology: Critical essays 1971—1991*, Chur, Switzerland, Philadephia: Harwood Academie Publishers, 1991.

[2] 鲁迅：《灯下漫笔》，《鲁迅全集》（第一卷），人民文学出版社2009年版，第216页。

[3] Richard H. Solomon, *Mao's Revolution and the Chinese Culture*, Berkely: University Press, 1971.

画圈证明自己要被枪决——被吃；后来的"刽子手们"画圈，却是要别人的命——吃人。可悲的是，前者还没有意识到自己是要"被吃"的后果，后者却是早就知道他一"画押"就是一条或许多生命之"被吃掉"。有权力者与受宰制者，生与死就在"人"（"吃人族"）与"亚人"（"肉人族"）中奇怪地发生了。"吃人者"与"被吃者"之行为发生往往是在"幽闭"的环境里进行的，无论表面上有没有人围观——比如阿Q之死："观者"也是变相的吃人者，在幽暗的"心灵里"偷偷地吃。

诺贝尔文学奖获得者卡奈蒂（Elias Canetti）指出，"幽闭"与"吃人"之间有连锁关系："牙齿是口腔的武装警卫，而口腔则是一个狭窄的地方，它是所有监狱的原型。凡进去的都被吞掉，而且往往是生吞。口腔随时张着，准备吞噬猎物，它轻而易举一关就闭——凡此种种，都令人想起一个监狱最可怕的特色。这样假设绝对错不了：口腔的确对监狱发挥一种潜在的影响……在它们被作刑房的时代，在许多方面都像一张怀有敌意的口。即使在今日，地狱也仍然有类似的外观。"[1]

这种"口腔即是监狱（地狱）"之论断论证了中国人、大而言之发展中国家人民心灵深处的"难民意识"，是封建社会权威性格之彰显。赖希把权威性格看作长期性压抑的产物，而法西斯主义是性压抑和性痛苦被扭曲的反抗和宣泄。权威性格是虐待狂和受虐狂两种内驱力同时作用的结果。"虐待狂是要无限制的驾驭别人，而这种驾驭带有毁灭性；受虐狂是要把自己融化到一种强大的力量中，并同时分享其力量和荣耀。"[2]

这样的两种内驱力触目惊心地存在于珍姑之于幺姑，幺姑之于老黑，老黑之于叙述人"我"，丙崽之于丙崽娘，丙崽娘之于仲裁缝，仲裁缝之于整个鸡头寨村民，等等。它存在于整个国民中，即孤独的个人面对一个强大的世界，感到自身的软弱并力求克服这种孤独感和软弱感而产生的下意识的精神抵抗。当这种抵抗越过国家、民族的"力比多中心"，在重建作者理念设计的乌托邦秩序时，幺姑之魂在地震的叫喊中与手提"毒草药"的仲裁缝在毁灭的山路上迎面撞到了一起；而只会喊"爸爸爸"的"孽障"丙崽则呆滞地坐在被毁的山头上，木然地看着"鸡尾寨"的婆姨们取走"鸡头寨"最后残存的文化碎片。

---

[1] Elias Canetti, *Crowds and Power*, Trans. by Carol Steward, New York: Viking, 1962, p. 209.
[2] Wilhelm Reich, *Character-Analysis*, trans. by Theodore P. Wolfe, New York: Orgone Institute Press, 1949.

《爸爸爸》在文本叙述上采用的是第三人称的宏大叙事方式，但它一点也不妨碍作者倾向性的隐性显现。而《女女女》本身就是第一人称的"百科全书式"（福莱语）叙事方式，使"作者的现身"有了双重的意蕴："我"既是故事的陈述者，又是作者表达倾向的"替身"。

　　《爸爸爸》中的鸡头寨作为一个封闭的世界，跟外界几乎没有联系，以至仲裁缝的儿子仁宝——寨里唯一"有见识的新党"比寨民们"懂得多"，原因就是他去了两趟山脚下的千家坪，知道外面有人穿起了"钉了铁掌子"的皮鞋，并且知道皮鞋是用牛皮做成的。在这样"井底世界"的山寨里，没有法律，没有警察，解决寨与寨之间争执唯一的办法就是群体的械斗——"强权就是真理"。因此可以说，寨民们完全生活在一种"社会的缺席"之原始部落里。

　　《女女女》里虽然写到了城市，写到了叙事者"我"在为城市的规划发愁。幺姑在城市的生活就是寄居在"我"的家里，与她唯一有关的是一张床，床下面铺满了"我用过的废纸"和报纸，对外面的世界也是没有丝毫影响，虽然她在清醒的时候还"放眼世界"地关心越南，但作者的喻意显然是一种讽刺。后来，当幺姑像当年祥林嫂被绑架到贺家坳与贺老六成亲一样地被绑架到了珍姑的山村去时，"社会场域"更是从她身边退走，直到最终彻底消失——她被关进了笼子，接受珍姑竹片的击打，然后慢慢退化成猴，退化成鱼，以致村里搞人口普查和打免疫药时，已不把她算成一个人了。"社会的缺席"严重到了这样的地步，最后珍姑自己都看不下去了，用老黑早就有过的断然主意一刀结果了她——实是"情理"之中的事。

　　"社会的缺席"为作者"倾向性显现"提供了用武之地。在一次采访中，韩少功谈到了这两篇小说的创作意图："《爸爸爸》的着眼点是社会历史，是透视巫楚文化背景下一个种族的衰落，理性和非理性都成了荒诞，新党和旧党都无力救世。《女女女》的着眼点则是个人行为，是善与恶互为表里，是禁锢与自由的双双变质，对人类生存的威胁。"[①] 韩少功的"夫子自道"对我们准确把握这两篇小说的精神走势无疑起到了"蛛丝马迹"的指示效用。

　　不过，韩少功没有说，也不愿意承认，这两篇小说以及他的其他一些小说都有着强烈的"理性设计"之意图：轻一点说是重建社会新秩序，

[①] Han Shaogong, "After the Literature of the Wounded", in Helmut Martin and Jeffery Kinkley eds., *Modern Chinese Writers Self-Portrayals*, *Armonk*, London: M. E. Sharpe, Inc.

或重建人类新文明；重一点说是重构"文化乌托邦"，或是重写道德新风尚。如何做到这一点？韩少功运用了极端的方式，即对无望民族进行无情的"毁灭"。这种"人类大毁灭"的理论依据虽然披着达尔文"适者生存，不适者淘汰"的物种进化之自然规律的面纱，但更多的则是依赖丹纳的"地理环境决定论"。

丹纳在《艺术哲学》中指出，人的特征是分很多层次的，浮在表面的如"时行的名称和领带"等，这些东西三四年就消失了；最难改的是"民族的某些本能和才具"，"要改变这个层次的特征，有时得靠异族的侵入，彻底的征服，种族的杂交，至少也得改变地理环境，迁移他乡"，总之，是要将老的"精神气质与肉体结构"全部毁灭。而这，正是韩少功在《文学的根》一文中分析过的。①

基于对这种理论的认同甚至"着迷"，韩少功的许多作品都在丹纳的"艺术哲学"里转。他对"劣等民族"如《爸爸爸》中的鸡头寨和《女女女》中珍姑的村庄等"愚民"之"毁灭"，有着以色列学者艾森斯塔特（Eisenstadt）所指说的野蛮主义的"软暴力"特点——它不是前现代的遗迹和"黑暗时代"的残余，而是现代性的内在品质，体现了现代性的阴暗面。因为现代性不仅预示了形形色色的宏伟的解放景观，不仅带有不断自我纠正和扩张的伟大许诺，还包含着各种毁灭的可能性：暴力、侵略、战争和种族灭绝。②

这种"毁灭"在韩少功的《女女女》中用的是一场"大地震"，将正在给幺姑送葬的男男女女——象征着"吃人者"、"被吃者"、"虐待狂"、"受虐狂"和种种"变态者"连同珍姑所在的失去道德和人性的村子"彻底铲除"，以至叙述者说这一场地震将"老边墙竟是震得全无了，一点残迹也被荡得干干净净。我去看过，是真的"。韩少功在另一个中篇小说《火宅》中最后也是用一把"大火"将那幢象征着官僚、腐败、失效、无救的办公大楼"烧个精光"。③ 即便是他后来引起沸沸扬扬的《马桥词典》，在写马桥人的祖先"罗人"的文明消亡时也是说由于"一次残酷的迫害浪潮，一次……腥风血雨"从而使"他们的国家已经永远失去

---

① 韩少功：《文学的根》，《作家》第 4 期。
② S. N. Eisenstadt, Power, *Trust and Meaning*, Chicago：University of Chicago Press，1995；又见［以］艾森斯塔特《野蛮主义与现代性》，刘锋编译，《二十一世纪》2001 年 8 月号。
③ 韩少功：《火宅》，收入《中国当代作家选集丛书·韩少功》，人民文学出版社 1994 年版，第 272 页。

了，万劫不复"。①

最值得一说的是在《爸爸爸》中，韩少功竟用上了艾森斯塔特（Eisenstadt）所说的"现代性方案"理论②。按照艾森斯塔特的意思，作者精心设计的"方案"加剧了社会秩序建构的积极潜能和破坏潜能之间的紧张冲突，突出了人的自主性和自我调节的挑战，以及对这种自主性和自我调节的意识。而最能体现这种"自我调节"的能力就是"软暴力"，即通过现代性方案发展起来的反省意识，它远远超越了形成轴心文明时代的那种反省意识。这个方案十分强调社会成员的自主参与，要求社会成员参与社会和政治秩序的建构；它强调所有社会成员都有机会自主地进入这些秩序及其中心场域。它设计了未来美好的愿景：那些能够通过自主的人的主观能动性或由于历史前进而实现的可能性被开辟出来。③

体现在《爸爸爸》里就是当鸡头寨要往外迁移的时候，为了轻装前进，那些老弱病残都必须得死。这种"毁灭"本来是涂尔干式的"失范"，④ 它意味着"在个体身上的不充分在场"和"社会的缺席"。悖论在于：作者精心设计的"毁灭"实际上是一种"失范性集体自杀"，它恰恰证明自杀的社会性，在最不可能出现"社会"的地方证明了"社会"的力量。而这，正是涂尔干揭示的"现代性方案"的另一面——它是一种看不见的编织，一种神意隐秘的体现。⑤

于是，当鸡头寨德高望重的仲裁缝端着毒草熬成的汤"一户户送上门"去时，"老人们都在门槛边等着，像是很有默契，一见到他主动扶着门，或扶着拐棍出来，明白来意地点点头"。最后，"所有的这些老人都面对东方而坐。祖先是从那边来的，他们要回到那边去"。这些人之所以能宁静待

---

① 韩少功：《马桥词典》，转引自《小说界》1996 年第 2 期。
② S. N. Eisenstadt, *Paradoxes of Democracy*: *Fragility*, Continuity and Change, Baltimore: Jones Hopkins University Press, 1999; S. N. Eisenstadt, *Fundamentalism*, *Sectarianism and Revolutions*: *The Jacobin Dimension of Modernity*, Cambridge: Cambridge University Press, 1999；又见［以］艾森斯塔特《野蛮主义与现代性》，刘锋编译，《二十一世纪》2001 年 8 月号。
③ S. N. Eisenstadt, "The Axial Age: The Emergence of Transcendental Visions and the Rise of Clerics", *European Journal of Sociology*, Vol. 23, No. 2, 1982, pp. 294–314; idem, ed., *The Origins and Diversity of Axial-Age Civilizations*, Albany, N. Y.: SUNY Press, 1986；又见［以］艾森斯塔特《野蛮主义与现代性》，刘锋编译，《二十一世纪》2001 年 8 月号。
④ John Milbank, *Theology and Social Theory*: *Beyond Secular Reason*, Oxford: Basil Blackwell, 1990, pp. 29–39.
⑤ John Milbank, *Theology and Social Theory*: *Beyond Secular Reason*, Oxford: Basil Blackwell, 1990, pp. 51–74.

死、视死如归，是因为他们心中有着滕尼斯（Ferdinand Tonnies）所谓的"共同体"存在，这种未来社会的乌托邦图景——"共同体"——让人有一种"温暖的心灵冲动"(the warm impulses of the heart)。①

韩少功主观倾向性的这般凸显不仅反映了杰姆逊所说的"作者本人对自己的社会作用的犹疑和焦虑"，而且彰显了"政治上的困境导致了美学的困境和表达的危机"，②是哈耶克所警告过的"致命的自负"。哈耶克认为，每个科学领域所取得的成就，都在加强人类在判断自己的理性能力上持有的一种幻觉，即所谓的"致命的自负"。在他看来，一切打算对整个社会实行计划的企图，不管其动机多么高尚，都建立在这种危险的自负上。③

这种强烈的"理性设计"和"软暴力"恰恰是韩少功等寻根文学作家们在对主流文化精神的深刻理会和把握下所作出的向"乌托邦秩序"之献礼。这种变相地"讨好"话语霸权却又将一般民众"蒙蔽"的做法，正是这一拨作家在"鱼与熊掌"本不可兼得的境遇里得到了"利益最大值"——发掘"商文化"代表的贾平凹的"被供举"和发掘"楚文化"代表的韩少功的"被封地"，他们对来自民众与政府的隐性奖赏并没有"无功受禄"的张皇感，而是适得其所的"心安理得"。

针对这种"理性设计"的荒唐，德勒兹与瓜达里（Deleuze 和 Guatarri）早就一针见血地指出："谵妄胡话是怎样开始的？"他俩郑重其事地写道，"讲论恢复纯种民族的需要，大叫着要恢复社会和道德秩序"等，所在这一切，一言以蔽之，曰："哄骗"④也。

第五节　中国作家与世界文学的共同责任

寻根文学的作家与其说是以"疏离化"方式将目光投注于荒域野地的"文化之根"，毋宁说是以"伪酒神"的理性透过远祖的"洞穴"发

---

① 渠敬东：《缺席与断裂：有关失范的社会学研究》，上海人民出版社 1999 年版，第 1—15 页。
② [美] 弗雷德里克·杰姆逊：《处于跨国资本主义时代中的发展中国家文学》，张京媛译，《当代电影》1989 年第 6 期。
③ [英] 冯克利：《哈耶克的知识论与权力限制》，《天涯》2000 年第 4 期。
④ Deleuze, Gilles and Guattari, *Anti-Oedipus: capitalism and schizophrenia*, trans. By Robert Hurley Mark Seem, Helen R. Lane, Minneapolis: University of Minnesota Press, 1983, p. 274.

掘"民族之根"。贝雷迪克·安德生（Benedic Anderson）指出，"民族"并不是一些客观语言特征、思维习惯和心理素质的自然总和，而是一种"想象性的政治群体……民族从遥远的往昔浮现出来……并滑入无尽的未来。现代民族的客观性，实际上是建立在想象之上的"。①

这种"想象"在韩少功的"现代性方案"里表现得特别明显。而莫言在"红高粱系列"中对"我爷爷""我奶奶"理想人格的张扬，张承志在《北方的河》和《黑骏马》中对充满野性的健全体魄的弘厉，郑义在"黄河岸边"和李锐在"太行山下"对完美人性的渴望，以及贾平凹在"商州"对消失了的古文明的向往，等等，都是"现代性方案"符簇系列中对"想象的民族"之不同表现形式而已。这批作家有意将"国家"、"集体"和"旗帜"等"巨型语言"抛到一边，却坚定地扛起了"民族主义"大旗。殊不知，这一面沉泡了五千年历史的大旗仍然是"巨型语言"之一种，是对"载道"和"代言"斩祭后的"魂兮归来"。

中国主流话语在关于"民族"话语的界定时套用的是十分模糊的"炎黄子孙"一词，试图因此将生活在中国这块古老土地上乃至世界上所有的"华人"（一说"华族"，② 但这个概念显然过于空泛）跨时间、跨空间地联系为某种"血缘实体"。这种界定反映了汉民族强烈的身份认同和儒家文化的包容性和现实性。

有人指出，对人民记忆的文化研究不能想当然地把"国家权力"看成一种中立无私的力量，因为实际上国家机器总是试图将文化单一化，并以此来巩固统话语主宰者的权力。③ 从这个意义上看，寻根文学是与主流话语秩序相左的。因为寻根文学的一个中心话题是充分挖掘各民族独特的文化资源，以丰富和充实单一的汉文化。况且，作品也"真实地"发掘和再现了各种各样的被大量历史压抑或扭曲甚至被遗忘的"记忆载体"，例如，"黄河长江文化"（李锐、郑义、李杭育）、"楚汉文化"（韩少功、蔡测海、何立伟）、"岭南文化"（孔捷生、陈国凯）、"秦商文化"（贾平凹、陈忠实、路遥）和"草原文化"（乌尔热图、扎西达娃、张承志）以及主流话语之外的"京派海派文化"（郑万隆、陈建功、王安忆、陈村）

---

① Bendic Anderson, *Imagined Communities: Reflections on the Origin and Spread of Nationalism*, London: Verso, 1983, p. 19.
② 陈衍德：《论华族——从世界史与民族史的角度所作的探讨》，《世界民族》2001年第2期。
③ Lucian W. Pye, *Aspects of Political Development: An Analytic Study*, Boston, Little, Brown, 1966；又见 William Rowe and Vivian Schelling, *Memory and Modernity: Popular Culture in Latin America*, London: Verso, 1991, p. 10。

等。这些涂上了一层"文化佐料"的作品像一道道"特色小菜",堂而皇之地登上了中国各民族"大团圆"的非规范性的"文化盛宴",与当时知识界轰轰烈烈的"文化热""方法热""信息热"等遥相呼应。

与此同时,这批作家大多陷入"刻舟求剑"的思维怪圈,为"求剑"而"刻舟",甚至犯下一些"主题先行"的老毛病。说到底,这仍然是所谓的"理想"和"责任"之类的"实用主义"在作怪。贾平凹的"招商引资"和韩少功的"安营扎寨"与张贤亮的"红地毯情结"(渴望成为"政协"、"人大"和"党"的"代表")都是撒旦种下的"诱惑之树"的系列品种。

亚当和夏娃偷吃了"禁果",寻根文学的作家和伤痕文学的作家在不同季节用不同的方式也偷吃了"诱惑之树"上的果子。前者偷吃的后果是被上帝逐出了"伊甸园";后者偷吃的后果是给作品造成了"硬伤"与"扭曲"——通过强制压抑自身之欲望,展示自身内在的"不洁"与"病态"。如韩少功的《爸爸爸》和《女女女》里一系列的"排泄叙事",什么粪便、唾液、死老鼠、血经带、胎衣、酸蚯蚓、酸蜗牛等,将自身内部的"不洁"向外投射,构筑出妄想的外界敌人,以施虐的方式排除,从而产生主动的受虐快感。从功能上讲,"'文学'恰如排泄",即作家把个人的经历诉诸文字,留下生命的痕迹,得到精神和情感的释放一样。但是,这种"排泄叙事"应该着眼于审美意义上的精神走势,否则就是人的"病态"和人格的"扭曲"。

在韩少功"意图"非常明显的小说里,这种"病态"和"扭曲"十分张扬,显示了创作主体有意跟传统文化进行对质,即便是他对作品主人公的命名,也能昭示出"儒汉文化"的渊薮和对理想人性的急切诉求。例如,《风吹唢呐声》中的哑巴竟有一个文化含量极高的好听的名字:德琪,而哑巴残暴的哥哥却叫德成;《飞过蓝天》里的鸽子叫"晶晶"("真真"的谐音);《爸爸爸》中那个逞一时之欢而生下丙崽这个"孽障"、从未露过面的据说很"女性化"的男人竟叫德龙,而那个阿Q式的"新党"居然叫仁宝!这些"德""琪""仁""义""真"等不都是"中国传统文化"之"法宝"吗?可这些都已经"异化",成了"疯子"、"哑巴"和"智障"的代名词。以至《爸爸爸》一发表,连沉默已久的老作家严文井都极其痛楚地反思:"我是一个上了年纪的丙崽?"① 这样的"根"暴露得可真是触目惊心!

---

① 严文井:《我是一个上了年纪的丙崽?——致韩少功》,《文艺报》1985年8月4日。

不仅如此，寻根文学作家试图发掘出造成这种"异化"的病因，那就是，一次次运动、一场场斗争使中国国民的性格都"扭曲"成"残疾"人格，并呈现出一种普遍的受虐狂和虐待狂的双重性。"欺弱怕强"是这种"双重性"的典型病症：当弱者（受虐）变成强者（施虐）时，他就失去了弱者时的人性和温情，甚至变本加厉，一种病态的"索回心理"支配着他的虐待狂性格——《女女女》中的幺姑"蒸汽之死"后就成了这样不幸的患者。透过这种被扭曲的国民"劣根性"之暴露，我们发现，在寻根文学的生产场域里，国家、种族与集体所会聚的统一整体，以及主流话语所规范的秩序、进步、正确与一致，仍然是绝对主流的"文化磁铁"，是吸引绝大多数个体（弱者）强烈投注的替代对象。无论是新党、旧党，无论是哑巴、孳障，其欲望表达都是趋向于本能整合和个体对集体的情感投注。

德勒兹与瓜达里在《反伊底帕斯》（Anti-Oedipus）一书中，曾经运用"精神分裂式分析"，将"社会场域"视同为"无器官的身体"，通过"集体阳具"（Phallus）来组织欲望，集结个体："面对这个新的秩序，任何一个分子秩序所追寻的部分对象（partial objects）都呈现为一种匮乏，而同时此整体本身亦是部份对象所欠缺的对象。"[1] 韩少功对此理论有着独特的理解和发挥。比如，在他的小说《爸爸爸》里，鸡头寨村民与鸡尾寨村民械斗前，为了激发全寨村民"整体本身"所缺乏的"荣耀感"，他有意渲染了一场血淋淋的杀牛仪式，让全体村民都来围观。福柯（Foucault）指出，"大观式"暴力的展示，可能刺激群众，形成一种挑衅力量。[2] 另外，斩首示"众"也可能导致一场残酷的娱乐活动，群众既"怕"且"爱"地观看，但群众的笑声、叫声未尝不使宰杀的威吓大打折扣，[3] 从而动摇"祭祀式"的"权威"和"庄严感"。鸡头寨的最终惨败便是为韩少功的"理念写作"提供了生动的"征兆注解"。

事实上，对革命乌托邦（预想集体）的痛苦放弃而又重建，对政治

---

[1] Deleuze, Gilles and Guattari, *Anti-Oedipus: capitalism and schizophrenia*, trans. by Robert Hurley, Mark Seem, Helen R. Lane, Minneapolis: University of Minnesota Press, 1983, p. 342.

[2] Michel Foucault, *Discipline and Punish*, trans. By Richard Howard, New York: Random House, 1973, pp. 24 - 95.

[3] Frank Lentriccia, *Aired and the Police*, Madison: University of Wisconsin Press, 1988, pp. 29 - 102.

叙事（文化磁铁）的冷漠拒斥而又拥抱——中国新时期、特别是寻根文学的作家体验得太多太深了：他们"在一代人的时间内，常常遍历了所有可能的政治位置"。① 这种生存环境使人感到生命的脆弱和无助——月兰死了，死在不该死的年龄和时候（韩少功《月兰》）；那只鸽子被枪杀了，它竟死在"知音"自己手中（韩少功《飞过蓝天》）；等等。这正是韩少功一直在思考、也是其他寻根文学作家一直在思考的问题——这种思考既是他们"寻根"的动力，同时在艺术上又成为他们的"思想阻力"，尤其是当他们刻意要加进去许多所谓的"文化因子"的时候。虽然有些小说看起来（如韩小功、李杭育和张承志这个时候的小说）讲了很多很深的道理，可是将这些道理从奇奇怪怪的情节里剥离出来并且删除，一点也不妨碍故事的完整性。特别是一些看上去增加了文化氛围的民歌旧唱和风俗传说或地方志的抄写不但没有成为作品的有机体、增加作品的文化底蕴，反而让人感到人为的粘贴、生硬和累赘，直接损害了作品"清水芙蓉"的自然体态，以及艺术"品质"与"纯度"，也由此造成了这一拨作家因为吃了"诱惑之树"上的果子而留下来的"硬伤"。

此外，由于主流话语的有意打压，意识形态的时紧时松，以及创作主体的功利成分，也使得寻根文学作家在创作审美上既有一种"反典籍化"的精神走势，又有一种与权力意志相妥协的矛盾心态。韩少功承认："建设性执著后的虚无，是呕心沥血艰难求索后的困惑和茫然。"② 这种创作上的"彷徨"反映了这一批作家"革命思想的不彻底"，以及"寻根""问究"后由于一时找不到解决办法而产生的"困惑和茫然"。

尽管如此，寻根文学作为中国新时期文学发展的必然过程，在特定时期仍然承担了历史可怕的责任。这一时期的作家已经走出了伤痕文学的"工农兵意识"的阴影，坚决摒弃了"非红即黑"的简单"二分法"，在创作审美上致力追求跨时空、超地域的多元化。他们对民族之根的发掘与暴露，对本土文明的认知与拥抱，对传统文化的继承与发扬，对自我身份的质疑与认同，对道德理想的追寻与重建，对民俗民风、健康人格和社会新秩序等方面都作出了难能可贵的"创造性努力"，所有这一切，可以看作是这一拨作家对因"十年浩劫"给国民造成的肉体和心灵"伤痕"进行一次全方位的整形修复，他们超越了伤痕文学作家的时代局限，自觉成

---

① ［法］皮埃尔·布尔迪厄：《现代世界知识分子的角色》，赵晓力译，《天涯》2000 年第 4 期。
② 韩少功：《夜行者梦语》，《世界》，湖南文艺出版社 1996 年版，第 37 页。

为社会的"探脉者"、"刺脓者"和"治病者",使民族的自信心和凝聚力得到空前的加强和巩固。

在全球化的文化语境下,将中国新时期的寻根文学比喻成"沙漠里的城堡"应该是较为恰当的。这座城堡也许是早已"废弃了的历史残留";也许是正在建设过程中的"半成品";也许干脆就是作家想象中的"现代化设计"之蓝图。但无论怎样,这座"城堡"已然存在,不管它是理念上的还是实体上的,也不管它是建立在中国的古老土地上,还是建立在拉丁美洲或亚非其他国家版图上的"文学图景"。更为重要的是:发展中国家的作家——特别是新时期的中国作家可以据此对发达国家的"海市蜃楼"由一味"仰视"转为"平视",从而更清楚地认识世界文学的崭新格局,更深刻地审视自身的弱势与局限,同时以更加积极的态度朝着现代化的漫漫征途奋力挺进。

第五章　文学锐力:先锋小说的使命意识

> "先锋源于恐惧——对精神侏儒症的恐惧。"
> "先锋期求空间——所有物质文明永远不能提供的空间。"
>
> ——题记

锐力是指有锋利的刃口或尖端的器械所具备的威胁力。锐力因作用于人体的方式不同或所产生的方式不同,可以形成不同类型的创口,诸如切创、砍创、刺创、剪创、锯创等,以及复合形式的锐器创如砍切创、刺切创、刺剪创、剪切创等,都是造成不同创口的对象所在。

先锋小说的锐力主要体现出强烈的反叛意识与探索精神,创作者致力于以前卫的冒险姿态探索存在的可能性与艺术的可能性,这种茫无涯际的可能性正是生命意义和文学价值的一部分。他们借用极端的态度对文学积弊已久的"载道"理念形成强烈的冲击。作家们的书写锐力在叙事革命、语言实验、生存状态三个面向上同时展开。在他们看来,所谓"文学来源于生活又高于生活"是一个伪命题。文学不是再现生活、模仿生活的画板,而是表现自我的利器(杀人或自杀都可以),作家们用艺术想象创造客观、再现客观和表现主体,不再通过在文本中注入自己的价值评判与精神情感来建立其他体性。他们信奉后现代主义"怎样都行"的信条,带着不确定性的逻辑方式,形成怀疑与否定的破坏性力量,颠覆了长期以来占主导地位的现实主义小说的创作原则。

先锋小说的艺术特征表现为反传统,追求创作形式和风格上的新奇,坚持艺术至上,对宏大话语不再承担任何义务,注重"小我"的感受,对形而上的哲学有着执意的偏爱,沉湎于荒诞的梦境和神秘抽象的瞬间世界,广泛运用暗示、隐喻、象征、联想、通感和知觉化,将意识的流动记录下来,让不相干的事件组成齐头并进的多层次结构的特点,有意设置阅读障碍。在先锋小说的文本中,个人主体的寻求与历史意识的确立毫无关联性,创作者重视的是"文体的自觉",即小说的"虚构性"与"自足性",以及"叙述"本身所具有的能指意义,他们对传统叙事的拟态环境的破坏以及随之而来的个体经验的主观性、片段性与不可确定性,打破了任何一种宏大叙事可能拥有的经验认知与阅读期待,使个人书写与集体记忆陷入莫名焦虑和前所未有的无序状态。

值得注意的是,伴随着中国经济崛起和世界对中国的关注,有关中国经验和中国道路等文学的评论文章不少,对文化自信和世界视野下中国文学的发展现状、机遇与挑战等分析性文章亦有一批,然而,由于依据理论的偏颇和研究方法、解释框架、价值导向、评价标准等方面的缺陷,包括先锋小说在内的中国文学的发展变化,对中国新时期文学所呈现出来的鲜明的中国特色和对先锋作家追求的价值导向等研究发掘得不够。

例如,新时期先锋小说究竟是一种什么样的小说?为什么马原、洪峰、余华、残雪等人能够从寻根文学的包围中杀出一条血路来?文学批评家们是如何看待这种文学思潮的?当一批又一批研究成果多以现代西方理论和方法作为阐释立场、而非依据中国理论的内在资源确定和解读,广大读者为什么不买账?为什么余华、苏童等人后来的创作转向了新写实小说,他们的创作转型真的是基于艺术的需要还是世俗的需要?当政治话语遁入日常生活,先锋小说的创作者们如何把握审美的特质和艺术的平衡,做到形式与内容的统一?为什么新时期文学的"先锋小说"最后变成了"通俗小说"?所有这些问题,都需要深入文本内部,结合时代背景和历史语境进行客观分析。

本章主要从中国文学场域中的先锋小说、听命于意识形态支配的创作主体、马原活页小说的意义之域、余华人性恶的小叙述、残雪小说《山上的小屋》之病理报告以及从对抗者到保护神的世俗力量等角度出发,探讨先锋小说的成败与得失,并致力透视先锋小说丰富多样、特色各异的创作形态,力图将个体研究与群体融合、思想资源与现实际遇、文本剖析与路径追溯、精神辨析与文化解读、审美阐发与理性反思结合起来,在此基础上,认真探讨新时期以来中国先锋作家为什么和以怎样的方式,形成了自己的文学热点;同时面对不断涌现的现实生活和文学理想,先锋作家又是有着怎样丰富的内涵、复杂的创作心理和个体的审美追求,以及怎样的价值预判等,为全面了解新时期先锋小说提供一份实证。

第一节　中国文学场域中的先锋小说

中国新时期的先锋小说有着不同的命名，有人称之为"新潮小说"、"后新潮小说"、"探索小说"、"实验小说"、"现代主义小说"、"后现代主义小说"、"新小说"、"新'新小说'"，以及"前卫小说"等，① 对这一文学思潮的时间界定也见仁见智，无统一之说。陈晓明在《中国先锋小说精选》所作的序文中认为，1987 年是中国先锋小说的历史纪元，其标志是这一年上海《收获》杂志接连发表了苏童、余华、孙甘露等人的作品；杨扬也认同这一说法。但李陀认为中国文学真正重大的变化转折点是在 1985 年，因为这时人们不再一个模样，而是可以互相对话，主流意识形态乐见各种艺术风格的作品同台竞技。而李洁非认为马原 1984 年在《西藏文艺》上发表的《拉萨河女神》是划阶段性的作品；不过，昌切认为这一位置由刘索拉的《你别无选择》来取代更有意义。

而本人更认同于李陀在时间上对中国先锋小说的界定，其标志性作品是马原那比《拉萨河女神》更成熟的《冈底斯的诱惑》的发表和残雪那充满鬼气的《山上的小屋》的登台亮相；当然，刘索拉的《你别无选择》也差不多在同一时刻以"黑马"姿态冲上文坛，这是新人辈出、佳作频现的时期。②

无论评论界和学界如何称呼和评判，有一个基本事实是谁也不能否定的，那就是 1985 年马原、刘索拉、残雪、徐星等人的"惊人表现"。刘索拉的《你别无选择》1985 年上半年由《人民文学》刊出时，文坛一片惊讶之声，连王蒙都著文称之为"横空出世"，李泽厚则认为《你别无选择》是中国第一篇真正的现代派小说，③ 刘索拉以及随后的洪峰、余华、苏童、孙甘露等人的"突围表演"给中国新时期文坛所造成的冲击和影响。

《突围表演》系残雪的长篇处女作书名。这部 1988 年出版的小说，主要讲述发生在五香街的一段"奸情"，女主人公 X 和男主人公 Q 是两个

---

① 昌切：《先锋小说一解》，《文学评论》1994 年第 2 期。
② 杨扬：《先锋的遁逸》，《二十一世纪》（香港）1995 年第 6 期；李陀：《1985》，《今天》1991 年第 3—4 期；李洁非：《新时期小说的两个阶段及其比较》，《文学评论》1989 年第 3 期；昌切：《先锋小说一解》，《文学评论》1994 年第 2 期。
③ 施品：《文学与音乐两栖人刘索拉》，刘达文编：《大陆异见作家群》，夏菲尔国际文化出版公司 2001 年版，第 103 页。

符号一样的人物。"奸情"的事实也是在人们的议论中似符号一样的似真似幻。一直到书的结束，人们还是不明白究竟是否发生了这一段"奸情"，恰当表明当时文坛正处于一种类似"符号"一样的"困境状态"。①

"先锋"作为一个"军事术语"，② 原意是指部队的尖兵，是指冲在攻击堡垒最前沿的先头部队，后被画家、作家，特别是文学批评家所借用。法国先锋派作家尤涅斯库曾经指出，所谓先锋派，"它应当是一种前风格，是先知，是一种变化的方向"。③

而美国学者雷纳多·波乔利在《先锋理论》④ 一书中对先锋派进行了认真的分析和归纳，认为它的第一特点是"行动势态"（Activism），即"心理动势"（Psychological Dynamism），它是先锋派的最浅层意义，主要崇尚冒险、追求惊人效果。先锋派的最大特点是"对抗势态"（Antagonism），即对抗公众与对抗传统，也就是用"个别性"对抗公众，用"创新性"对抗传统。它的另一个特点是"虚无势态"（Nihilism），与"行动势态"相反，它追求"无为"（Nonaction），超出对抗，否定一切，进而否定自身。

先锋派最重要的特质是"悲怆势态"："它不是心灵的被动状态，不是被面临的灾难排它性地压垮，相反，它努力把灾难变成奇迹。为此，它行动，此行动必然失败，但也正由此行动给自身以存在理由，并且超越自身。"⑤ "先锋"不仅有上述四种以进攻为主的主动"态势"，它也有被包围、身处绝境而被迫出击的情状。而此时，它恰恰与另一个军事术语"突围"⑥ 真实地联系在了一起。

比照中国新时期文学创作的发展走势，后一种情状似乎更符合当时的实际。这是因为：在"井底"生活了几十年的作家们从历史的噩梦中醒

---

① 施бие：《"现代派"女作家残雪》，刘达文编：《大陆异见作家群》，夏菲尔国际文化出版公司2001年版，第197页。
② 王蒙与潘凯雄对话：《先锋考》，收入《今日先锋》，生活·读书·新知三联书店1994年版，第5页。
③ 转引吴义勤《中国当代新潮小说论》，江苏文艺出版社1997年版，第2页。
④ 赵毅衡对雷纳多·波乔利《先锋理论》一书（1962年意大利文版，英文版于1968年出版）给予高度评价，但文章最后说，"或许此书只有一个缺点是不可原谅的：全书无一注释，引文无一注明出处。可能五十年代意大利批评界尚未染上详引注的当代恶习。但这无疑给此书的学术价值打了一个小小的减号"。赵毅衡：《雷纳多·波乔利〈先锋理论〉》，《今日先锋》1995年第3期。
⑤ 赵毅衡：《雷纳多·波乔利〈先锋理论〉》，《今日先锋》1995年第3期。
⑥ 王干：《突围表演与表演突围》，卫慧编：《水中的处女》，花山文艺出版社2000年版，第2页。

来，经过"伤痕"、"反思"、"改革"和"朦胧诗"等诸种文学思潮后，创作主体的自我意识日益恢复，特别是声势浩大的"文化热"以及扑面而来的寻根文学给一批不甘平庸、思想敏锐的作家造成了巨大的心灵震撼，他们有一种被"包围"的感觉。杨小滨指出："政治上的总体性的话语体系同那种在现代中国的主流文学中的主体话语是相呼应的：只有通过武断的、不容分辩的话语暴力……才有可能得以存活。这种文学的、写作的主体话语在叙述上代表了那种无视主体有限性的倾向；'再现'主/客观现实的确定性的写作实际上是表达了写作主体缺乏自我意识的单向性写作，那种文本的整体性或确定性是被强加的。"①

正是对这种强加的"整体性"的极度反感而嬗变出一种"要么坐以待毙，要么背水一战"的危急处境，迫使中国"先锋小说"的作家们毫不犹疑地选择了"突围"。可是，"路漫漫，水长长"，向哪个方向"突围"才能冲出绝境呢？当时的境况一如杨炼在《飞天》一诗中所写："没有方向，似乎又有一切方向。"

这种"雾中的突围"显示了中国先锋作家的先天不足：有关西方现代派作家作品的书和有关这方面的文艺理论一时洛阳纸贵，成了他们"抢购"的必读书。由袁可嘉等人选编的《外国现代派作品选》1980年由上海文艺出版社出版，第一次印刷5万册，很快告罄；到1983年第三卷出版，也印了2.1万册；陈琨的《西方现代派文学研究》于1981年出版，立即引起轰动，第一次印刷1.3万册被一抢而空；至于学术专著《现代小说技巧初探》经过《羊城晚报》连载后，再由花城出版社出版，更是成为一时的热点，今天的读者几乎不敢想象。王蒙、刘心武等人都迫不及待地读了，冯骥才在推荐给他的朋友时更是兴奋地说这书"像喝了一大杯味醇的通化葡萄酒那样"过瘾。② 模仿、抄袭、改编外国文学就成了这一批先锋作家跟跟跄跄的第一步。

宗璞在读了卡夫卡小说后感叹道：原来小说还可以这样写！她很快写出了模仿小说《我是谁》和《蜗居》等；马原坦承《拉萨河女神》(1984)也是在看了国外现代派作品后创作出来的，余华也承认他的《十八岁出门远行》是在读了卡夫卡短篇小说《乡村医生》后写出来的。③

---

① 杨小滨：《现当代汉诗面面观》，《倾向》（美国）1995年总5期。
② 吴义勤：《中国当代新潮小说论》，江苏文艺出版社1997年版，第6—7页。
③ 江康宁：《小说乎？评论乎？——关于"超小说"》，《文艺报》1988年4月6日；吴义勤：《中国当代新潮小说论》，江苏文艺出版社1997年版，第7页；余华：《川端康成与卡夫卡的遗产》，《外国文学评论》1990年第2期。

这种模仿或抄袭有时显得非常低能、甚至有一种"病态"的惊人一致。比方，马尔克斯的《百年孤独》里那个著名的第一句："许多年以后，面对行刑队，奥雷良诺上校仍然会想起他的祖父带他去见冰块的那个遥远的下午。"① 对这个"逆流时间"句式的模仿居然在苏童的《1934年的逃亡》、格非的《褐色鸟群》、叶兆言的《枣树的故事》、余华的《难逃劫数》、刘恒的《虚证》、洪峰的《和平年代》等先锋作家的著名文本中都能找到。② 连一向表现沉稳且并不怎么"先锋"的韩少功在他的小说《雷祸》中也不甘寂寞地在开头中夹杂着这么一句："一只狗莫名地朝天叫了几声，后来有人回忆到这一点，觉得是很有意义的。"③

　　马尔克斯用那种方式开头不仅源于他的真实生活，更是他在《百年孤独》中对小说叙事艺术的独特发现。马尔克斯说，一天下午，他"看见一个老头儿带着小男孩去见识冰块，那时候，马戏团把冰块当作稀罕宝贝来展览。又有一天，我对我外祖父说，我还没见过冰块呢！他就带我去香蕉公司的仓库，让人打开一箱冰冻鲷鱼，把我的手按在冰块上，《百年孤独》就是根据这一形象开的头"。④

　　中国先锋作家对马尔克斯的模仿或抄袭纯粹属于"横的移植"，是追风逐潮的病态心理，并不一定是创作本身的需要。如果说，对"马尔克斯句式"的病态"移植"还带有一点"共时"的偶然性的话，那么，这一拨作家对"元小说"形式的"痴爱"则明显见出他们精心"模仿"的叙述策略。

　　所谓"元小说"（metafiction），其概念来源于"元理论"。meta-原是希腊语"之后"的意思。亚里士多德将他的哲学放在自然科学之后，因此叫作metaphysics。但哲学在逻辑上处于自然科学之前，所以中译名为"形而上学"。⑤ 现代科学、哲学用meta-这一前缀一般不是指"之后"或"之上"的意思，而指的是比原层次更深一层的思想。对任何一门学科背后深层次的原理进行探讨的理论，都称为"元理论"。"元小说"也

---

① Gabriel Garcia Marquez, *One Hundred Years of Solitude*, trans. by Gregory Rabassa, London：Cape，1970，p. 44.
② 吴义勤：《中国当代新潮小说论》，江苏文艺出版社1997年版，第148页。
③ 韩少功：《雷祸》，《中国当代作家选集丛书·韩少功卷》，人民文学出版社1994年版，第83页。
④ Joan Mellen, *Literary topics*：*Magic realism*（Detroit, New York, San Francisco, London, Boston, Woodbridge），CT：A Manly, Inc., Book, 2000, pp. 25-28.
⑤ ［美］约翰·巴思：《充实的文学：论后现代主义虚构小说》，《大西洋月刊》1980年第1期；也参见吴义勤《中国当代新潮小说论》，江苏文艺出版社1997年版，第95页。

正是从这一理论发展而来的。按照约翰·巴思的意思,"元小说"的目的就在于把作者和读者的注意力都引向创作过程本身,把虚构看成一个自觉、自足和自嘲的过程,不再重复反映现实的神话,而是致力于模仿虚构之过程。① 中国先锋作家对这一小说形式的"模仿"可谓驾轻就熟,操练得非常圆润自如。不妨请看——

马原:"我就是那个叫马原的汉人,我写小说。我喜欢天马行空,我的故事多多少少都有那么点耸人听闻。"(《虚构》);

洪峰:"在我所有糟糕和不糟糕的故事里边,时间地点人物等等因素充其量只是出于讲述的需要。"(《极地之侧》);

格非:"我的故事犹如倾圮已久的废堆……我急于叙述这些片段是因为除此之外无所事事。"(《陷阱》);

苏童:"你不知道我这篇小说的想法多么奇怪。"(《死无葬身之地》);

叶兆言:"我深感自己这篇小说有写不完的恐惧……我怀疑自己这样编故事,于己于人都将无益,……现成的故事已让我糟蹋得面目全非。"(《枣树的故事》);等等。

这种大面积的对某个具体句式和每种叙事策略的模仿或抄袭,不仅凸现了中国先锋作家想象力和创造力的双重贫乏,而且突显了他们"先天不足"综合症之病状。对西方文本的过多投注使本来虚弱的自身更加苍白无力,以至有人刻薄地说,只要五部外国小说就足以概括中国新时期先锋作家的作品。② 这虽是激愤之言,却也并非危言耸听。说到底,中国先锋作家的致命点就是"没有强烈的'先锋文学'的意识"。③

精神上的侏儒症,使他们无法抵挡住世俗的诱惑,马原、史铁生、余华、苏童等先锋文学的主力作家,没有一个不以"触电"(电影、电视剧)为荣。尤其让人丧气的是,在这一批"著名的先锋作家"中,竟然有不少人争着去写《中国模特》之类的电影脚本而"沦为张艺谋的'电影妃子'"。④ 南帆尖锐地指出:这一类作家"得到了'先锋'头衔之后

---

① [美]约翰·巴思:《充实的文学:论后现代主义虚构小说》,《大西洋月刊》1980年第1期;也参见吴义勤《中国当代新潮小说论》,江苏文艺出版社1997年版,第95页。
② 吴义勤:《中国当代新潮小说论》,江苏文艺出版社1997年版,第451页。
③ 杨扬:《先锋的遁逸》,《二十一世纪》(香港)1995年第6期。
④ 聂茂:《余华的"变节"与塞壬们的沉默》,《湖南日报》2002年3月27日第5版。

很快退休"了①;他们"一旦撕去从前文学实验的伪装,创作的生产特征就一览无遗"。② 中国新时期的先锋小说作家完全忘记了他们的老师尤奈斯库告诫的名言:"所谓先锋,就是自由。"

第二节　听命于宏大叙事的创作主体

尽管如此,中国先锋作家的闪亮登场并不仅仅依靠各自的运气或花拳绣腿,而应该说,更多的还是依靠他们先行者的勇气、敏锐的感悟和独特的精神气质。在近乎空洞的世界和力比多长期萎缩的文学疆域里要掀起一阵"龙旋风"并不容易,但他们毕竟风风火火地"表演"了一回。如果说,寻根文学的作家们在对民族文化之根的考古发掘中戏剧性地违背初衷,而与主流话语在心照不宣的暧昧中达成某种吊诡的合谋的话,那么,先锋作家们首先要反叛的就是这一批几乎与他们在同一条起跑线上、而艺术追求完全不同的超前者之"当下入世"的审美走势。先锋作家们率先要打破的就是"经由权力、暴力干涉积淀下来的庞杂话语集团"所形成的垄断地位,并从强大的意识形态的阴影中"杀出"一条血路来。③

阿尔都塞认为意识形态首先是一种实践活动,它为人们提供诠释的框架,通过它,人们给经验与物质环境赋予意义。它是一种想象机制,一方面可以归个人所有,服务于有集体意志的大写主体;另一方面,它又对每一个人发挥塑造作用,使之变成听命于受意识形态支配、擅长宏大叙事的小写主体,从而显现其物质性的存在形式。④

20世纪80年代中期以前的中国作家一直担当的就是这个"听命于宏大叙事(所谓遵命文学)的创作主体"。换言之,这些作家并没有强烈的倾向要成为"自我"完全独立的大写的主体,因而,每当他们在紧张兮兮的"突围"中与残酷的"现实"遭遇时,他们总是思考得太多,不果决,不彻底;他们的思想锋芒由于患得患失而大打折扣。比方,在对西方现代派小说的模仿中,王蒙在《夜的眼》中很早就用起了"意识流";

---

① 南帆:《先锋作家的命运》,《今日先锋》1995年第3期。
② 吴义勤:《中国当代新潮小说论》,江苏文艺出版社1997年版,第447页。
③ Hewitt, Andrew, *Fascist Modernism: Aesthetics, Politics, and the Avant-Garde*, Stanford, California: Stanfort University Press, 1993, p.81.
④ 孙绍谊:《通俗文化、意识形态、话语霸权——伯明翰文化研究学派评述》,《倾向》(美国)1995年第5期。

《风筝飘带》也像印象主义的大拼盘;而《布礼》有了与茹志鹃《剪辑错了的故事》相同的立体空间……可这些追求到最后大都在"向党交心"①中高亢地结束。

宗璞的《我是谁》和《蜗居》这种很"西化"的小说因遭到过"批判"而名噪一时,前者受到了卡夫卡《变形记》的影响,里面的人物都变成了虫子;后者模仿了卡夫卡和尤涅斯库的怪诞,居民都变成了蜗牛,并都住在壳里。但作品的最后却有一句十分"光明"而刺眼的话:"总有一天,真理无须用头颅来换取。"② 另一个很"活跃"的人物戴晴,其作品虽以"大胆"著称,可她的小说也只是以暴露扭曲的人性为主,她对有先锋派"导师"之称的李陀所倡导的"为自己写作"口号"很讨厌"。③至于王蒙在提及自己的作品中"马讲了话"、张贤亮作品里的"马发了言"时,而随即声称"土疙瘩"的贾平凹也弄起了"现代派"来——原因是贾平凹的作品里,"牛"也能跟人的心灵相通。④ 这无疑是对"现代派"小说的"有意"误读。早在寻根文学的作品里,这种"拟人化"的创作手法就屡见不鲜了:不仅鸽子能说话、会思考(韩少功《飞过蓝天》),狗也很骄傲、很理性(郑义《远村》),可他们只要比一比马尔克斯在《霍乱时期的爱情》里那只会说法语、西班牙语、拉丁语并能唱法国国歌的鹦鹉时,⑤ 中国的"学生们"自然会觉得个人的想象力比"大师们"还是太过逊色。

当然,阿城、陈建功、郑万隆、李锐等人也生产出一大批"稀奇古怪"的作品,可这些作品的骨子里依然写满了传统的"载道"之阴影。洪峰认为《减去十岁》、《全是真的》和《她有什么病》等作品不是什么先锋小

---

① 李欧梵:《技巧的政治——中国当代小说中之文学异议》,《现代性追求》,(台北)麦田出版社 1996 年版,第 61—63 页。
② 李欧梵:《技巧的政治——中国当代小说中之文学异议》,《现代性追求》,(台北)麦田出版社 1996 年版,第 73 页。
③ 戴晴:《在秦城坐牢》,(香港)明报出版社 1995 年版,第 11 页。
④ 王蒙与潘凯雄对话:《先锋考》,收入《今日先锋》,生活·读书·新知三联书店 1994 年版,第 5—9 页。
⑤ 那只著名的鹦鹉叫魏尔弗里,有一天,它飞到一只芒果树上不下来,主人的一个亲密朋友要自杀,他想去救朋友。可鹦鹉在树上就是不下来,主人守了一天,最后火了,骂道:"你混蛋!"可那只鹦鹉以同样的声音回敬他:"你更混蛋,医生。"参见 Gabriel Garcia Marquez, *Love in The Time of Cholera*, trans. by Edith Grossamn, New York: Alfred A. Knopf, 1988, p. 26; 又见 Rita Guibert, "Gabriel Garcia Marquez", in Seven Voices: *Seven Latin American Writers Talk to Rata Guibert*, translated by Frances Partridge, New York: Knopt, 1973, pp. 4 – 5。

说，原因是：光看这些理念味十足的题目就足以说明"荒诞"的理性实质。在刘索拉、马原和洪峰等人看来，寻根文学作家到"穷山恶水"去"挖根"，实际上是以"党代表"的身份去给"劳苦大众"送去"党的关怀和温暖"。① 这样，与其在"要末是刺猬，要末是乌龟"的尴尬处境中"痛苦地体验着淅淅沥沥的刀刮竹般的大便痛苦"（莫言《红蝗》），还不如放弃崇高的理念，还原成自然的人，在人世间"潇洒走一回"。

早在20世纪80年代初，刘索拉就在贵阳街头勇敢地穿起超短裙和透明上衣招摇过市，着意打破山城的宁静，颇有一种森森式的"法西斯音乐"那种行为艺术的风格②，与《你别无选择》中那些释放紧张的男男女女相吻合。这一决然行为在另一部中篇小说《蓝天绿海》中，刘索拉透过主人公"蛮子"的表述作出了肯定："只有蛮子一人肯暴露自己，她一暴露了自己，反而使别人尴尬。"③ 这是一种"解魅化"（demystify）叙述，是对人生意义的解魅：别人就是自己的镜子，别人的暴露反而照出自己在隐秘深处的猥琐。

这种发泄或"暴露"，依然属于"无目的"性的："我不知道为什么有一种想打电话的欲望，可又不知道该给什么人打。"④ 这种"雾罩状态"，使蛮子自己的"法西斯行为"更为暴烈，连弹吉他弹得"手指头流出血来"都没有感觉，因为心灵深处那个莫名其妙的"功能圈"像无解的方程式在"鲜花"和"毒药"两端来回镜闪（《你别无选择》）。

这种由现实的困惑所"镜照"出来的作家内心的苍白反映在作品中就是巴赫金式的"节日的狂欢"。张汉良在评论王文兴《家变》中的一段文字显然也适合于刘索拉："借重音乐、绘画的艺术思维经营语言文字，发挥文字的空间性与时间性，融合视觉意象与听觉意象，充分运用中国文字拟声、绘形、指事的能力，捕捉说话人的特殊'语韵'，拟构小说人物所处身的实际'环境'。"⑤

---

① Leung, Laifong, *Morning Sun—Interviews with Chinese Writers of the Lost Generation* (Armonk, New York, London), England: M. E. Sharpe, 1994, pp. 268-269, 226-227.
② 昌切:《先锋小说一解》,《文学评论》1994年第2期。
③ 刘索拉:《蓝天绿海》,李子云编:《中国女性小说选》,香港三联书店1991年版,第328页。
④ 刘索拉:《蓝天绿海》,李子云编:《中国女性小说选》,香港三联书店1991年版,第318—319页。
⑤ 张汉良:《浅谈家变的文字》,《中外文学》(台湾)1973年第1卷第12期；又见江宝钗《现代主义的兴盛、影响与去化——当代台湾小说现象研究》,陈义芝主编《台湾现代小说史综论》,(台北)联经出版事业公司1998年版,第131页。

第五章　文学锐力:先锋小说的使命意识　173

　　作为中央音乐学院科班出身的刘索拉,对音乐和绘画艺术的领悟使她的作品比同时期的其他作家(比如徐星)更能显出一种西化的贵族气。在《蓝天绿海》里,刘索拉开篇引用的就是英文歌词。小说中的人物充满话语膨胀(inflation of discourses),特别是叙述者"我"十分神经质,对自己同性恋式的对象"蛮子"有一种歇斯底里的情绪,跟莫言的《红高粱》在文字的倾泻与张扬上很相似。可这种反表述(counter-representation)其实透露出一种表征危机(representational crisis):"我"无法把握住自己,也无法对任何人负起责任——戏剧性地与徐星《剩下的都属于我》在符号指陈上殊路同归,所以,当一个老太太硬要"误读""我"写给蛮子的歌《走吧,走吧》里面有"秘密"时,"我"也只能承认是的,其实是瞎说的。刘索拉坦承:"有一次我演出,管组织节目的老太太一个劲儿跟在我的屁股后面问我,为什么要写首献给蛮子的《走吧,走吧》? 她说这里面一定有秘密。我说什么秘密也没有,她就用手一指陆升,说:'你们打架了?'我哭笑不得,只好点头说是。她得意地说:'我说是吧,要不你不会写这么首歌。'我想用男女之情来解释歌词是最便当的事了,既满足了她的好奇心,也省得我多说话。结果她对舞台经理说:'她把和男朋友吵架的事也搬到台上来唱了。'说完摇摇头。这个材料使她对我唱的所有歌都大感兴趣。"①

　　叙述者"我"和作者刘索拉都无法成为可靠的叙述者(reliable narrator),这既是对"载道"经验的嘲笑,又是对创作主体因为失去"历史的依托"而显得无奈和茫然之写真——但这种写真在马原、洪峰那里被撕裂得体无完肤。因此,从"我"和"蛮子"疯疯痴痴的"人生的片段"(slice of life)的痉挛诉说中,可以看出,刘索拉在《你别无选择》中着力刻画的一群大学生的"狂欢",说到底,是为了掩饰他们因内心的空虚而造成的"心灵恐惧"。

　　伊蕾在组诗《独身女人的卧室》之十一"生日蜡烛"中写道:"因为是全体人的恐惧/所以全体人都不恐惧。"② 但伊蕾诗中紧接着还有一句话:"这是我一个人的痛苦。"伊蕾有意将自己与被描写的群体进行分离,而刘索拉则自觉地把自己置于这一群体中,由全体人的恐惧来掩饰自己的"不恐惧"。

　　可是,晚了一两年出名的洪峰不仅不要恐惧,他连痛苦都力求排

---

① 刘索拉:《蓝天绿海》,李子云编:《中国女性小说选》,香港三联书店1991年版,第341页。
② 伊蕾:《独身女人的卧室》,《人民文学》1987年第1、2合期。

除。在《极地之测》中，洪峰通过莫言那种把大便说成"香蕉"（《红蝗》）式的谐仿（mimicry），用反叙事和反记忆的方式，竭力背叛传统上所谓的"情节上的统一"之"圆满写作"：小说中男主人公甚至连女主人公朱晶究竟是否真有其人都不知道，却宣称一定要跟她结婚。这种荒诞已经不是徐星在《无主题变奏》中所着力描述的郁达夫式的"零余人"的呻吟，洪峰要做的是完全走出刘索拉"功能圈"之外的纯粹的放纵与"狂欢"。

洪峰写过一篇谈创作的小文，他说自己特别崇拜法国超级球星普拉蒂尼，并戏称自己是普拉洪峰。他看到普拉蒂尼在足球场上，立即"感受到生命在奔跑流汗流血欢呼咒骂里边充分地张扬起来"，于是"就写了《生命之流》《生命之觅》《降临》"和《潮海》"。① 然而，洪峰行为艺术式的抒写只不过是从表层上与传统文化进行的一次断裂。因为任何社会或文化都有一幅历史积淀下来的社会、文化、政治图景，它经由包括媒体话语在内的各种机制的强化、包装，形成某种统摄性的文化秩序，从而产生出与这一秩序相符的占统治地位的意义规范来。在客观存在的支配下，社会上普遍存在的不同意义群，有的被同化吸收，有的则在"无意义"的幌子下被放逐。② 洪峰不过是成为这个传统的"自我放逐者"。这种放逐一方面反映了掌握"制码权"占统治地位的主流文化对不同声音、不同意义的强力压迫，另一方面则印证了处于被动地位的只有解码力的"意义群"对强大客体的屈从和对主体自我意识的背叛，并在"常识"的共谋下，与主流文化达成因受宰割而留下伤口和心痛的妥协和谅解——这不是又回到寻根文学作家们的"污点"上去了吗？

都说洪峰是马原"衣钵"最成功的继承者。这种说法洪峰本人不会承认，而且事实上，对马原的继承似乎也没有多少出路。要知道，马原在他的成名作《冈底斯的诱惑》里，这么一个颇具先锋意味的小说却有着一个十分陈腐的主题：主人公顿月入伍后"因公牺牲了。他的班长为了安抚死者的母亲，自愿顶替了这个儿子角色；近十年来他这个冒名的儿子给母亲寄了近两千元钱"。③ 这样陈旧不堪的小说主题，不是主流媒体上

---

① 洪峰：《关于普拉蒂尼》，《小说选刊》1987年第6期。
② 孙绍谊：《通俗文化、意识形态、话语霸权——伯明翰文化研究学派评述》，《倾向》（美国）1995年总第5期。
③ 马原：《冈底斯的诱惑》，《上海文学》1985年第2期，收入小说集《虚构》，长江文艺出版社1993年版；陈思和、李平主编：《二十世纪中国文学精品》，学林出版社1999年版，第796页。

经常报道的"雷锋叔叔又回来了"的经典故事之翻版吗？

第三节 点击马原：活页小说的意义之域

不管怎样，在中国新时期先锋小说的板块上，马原还是写下了亮丽的一笔。这主要不是依赖他作品的内容，更多的则是他那恶作剧般的小说叙述的"陌生化"形式。马原追求的是肖勒（Mark Schorer）式的写作技巧："某种选择、结构或扭曲，某种置于行动的世界之上的形式或韵律，依靠着它，我们对行动的世界的领悟得以丰富和更新。"① 在这种技巧作用下，"语言的用途是表达所写的经验的质，视角的用途不仅是戏剧性的划界，而且更专门，是确定的主题"。② 在马原这里，主题本身并不重要，形式成了内容本身，视角或表现手法成了"主题"。

南帆指出，马原在《冈底斯的诱惑》里，"叙事不是为了故事的清晰，而是一种精力过剩的自我表演"。叙事不是为了展示故事，不是让人物有正常的逻辑走向，而是为了将简单复杂化、将清晰模糊化，马原有意使用障眼法，在各章节之间让文本互相穿插，形成"文本的衍生性，诸多文本之间似乎正在互相扩充"。③ 这种情状早在《拉萨河的女神》里就已显露端倪。

马原曾让早期的一篇小说《海那边也是一个世界》里的人物陆高和叙述者姚亮在以后的小说中反复出现，形成克里丝蒂娃意义上的"文本互涉"。这篇小说讲述陆高和他的爱犬陆二生离死别的故事，马原在该小说中创造了一个神："硬汉"陆高。④ 可是，在《冈底斯的诱惑》中，陆高不再是"硬汉"或"血性男儿的偶像"，姚亮也不再是"情种"和"小男人"，他们变成了平板、苍白的说书人。这说明马原有意违背巴尔扎克式的对"人间社会"的整体把握，也更加真实地接近新的历史时期人物性格无法持久和善变的特点。不仅如此，马原还有意违背读者既有的

---

① [美] 肖勒（Mark Schorer）认为，"技巧不是第二位的事物，……不是外部的谋画，不是机械的事情，而且一种深刻的，主要的运用"。"技巧不仅包含着智力和道德的内蕴，它还发现它们。"参见 Mark Schorer, *The World We Imagine*: *Selected Eassys*, London, Chatto & Windus, 1968, p. 10。

② Mark Schorer, *The World We Imagine*: *Selected Eassys*, London, Chatto & Windus, 1968, p. 5.

③ 南帆：《再叙事：先锋小说的境地》，《文学评论》1993 年第 3 期。

④ 邵燕君：《从交流经验到经验叙述》，《文学评论》1994 年第 1 期。

阅读体验，故事常常有头无尾：在《冈底斯的诱惑》中，好端端的漂亮姑娘出场没多久，读者刚刚有了点好感，作者却让她突然死亡；一伙人去看天葬，到了目的地，竟然被赶了回来，读者无法看到这种奇特的风俗；他们又去寻访野人，结果也是无果而归；有了一点名目的爱情，可也没有个花好月圆的结局；等等。

马原的意义在于，他有意识地创作了一种约翰逊（B.C. Johnson）所谓的"活页小说"，即让读者洗牌一样，随便拼凑组合，从哪一页读都可以。① 这种小说不仅打破了传统意义上的有头有尾的"封闭式"故事结构，在叙述上，马原还借鉴了意识流和电影蒙太奇等现代叙事的表现手法，使文本走出线性、平面而达到立体的多维空间，这种"开放型"叙事风格不但是对作者驾驭小说能力的检阅，更是对读者阅读耐心的严峻考验。此时的马原，他要做的就是德里达所谓的制造"踪迹"活动，写作被撤退出来，文本与创作主体有了言说距离，语言自身在说话，读者只有在罗兰·巴特式"不可卒读"中寻找文本的"意义之域"，② 它完全颠覆了读者的现有经验和对故事的期望值。

比如，在《冈底斯的诱惑》的第十节里，陆高、姚亮去看天葬受挫归来。途中，司机小何无聊地讲述一件往事，说自己被关进了公安局。这时，马原没有任何交代地写道："小何低头看看仪表盘。'糟糕！没油了。'"一下子将读者拉回到现实中。加了油之后，又继续讲，可读者要是不仔细读，就不知道在什么地方接起来，又不知道在什么地方被故意拆开。这样也是最接近生活原态的真实，即所谓的"元小说"电影效果。就像生活中的原始场景，比方，门外有两人在谈话，声音时断时续地穿插进来，又有汽车紧急的刹车声，隔壁电视机里的讲话声，以及滴滴答答的雨声。所有这一切都是同时发生的，都在同一个层面上混合着，但仍然有着各自的规律。如果按照传统的线性叙事方式，就得一件一件地讲。但马原只将原生态的"立体拼盘"捧在读者面前，由读者自己去辨别、联结、组合和创作。

马原在谈到《冈底斯的诱惑》的创作经验时说："利用逆反心理以达到效果……明确告诉读者，连我们（作者）自己也不能确切认定故事的真实性——这也就是在声称故事是假的，不可信。也就是强调虚拟。当然

---

① B. C. Johnson, *The atheist debater's handbook*, *Amhearest*, N.Y.: Prometheus Books, 1983, p. 27；王岳川：《后现代文学：价值平面上的语言游戏》，《文学评论》1993 年第 5 期。

② Roland Barthes, "From Work to Text", in *Image, Music, Text*, trans. by Stephen Heath, New York: The Noonday Press, 1977, p. 44.

这还有一种重要的前提，就是提供可信的故事细节。"① 这是一种悖论，是一种"职业化"的叙事策略，因为明确告诉读者这个故事是假的，无疑让读者产生不信任感，但作者却又要提供可信的故事细节，目的是让读者相信。这样的策略其实容易打动读者：谁不知道作家所讲的故事都是假的呢？但既然是假的，你又要让读者相信，你就必须得拿出"真家伙"来。这样反而诱惑读者走进作家精心设计的叙事圈套。何况马原一再使用与"读者套近乎"的方式，求得读者的理解或共鸣。

例如在《西海无帆船》中，马原写道："好心好脾气的读者会原谅你，像纵容一个孩子一样纵容你。"这里，马原直接承续了说书人传统，创造出一种"模拟情境"（simulated condition），达到一个"拟真的效果"（verisimilar effect），不致让读者感到是一个模仿的幻觉（mimetic illusion）。在这种场合，故事要说得符合说书人/叙述者与他的"预期听众"共同拥有的价值才行。② 于是，主流话语的价值都表现在马原的故事中，小说中不但"雷锋叔叔回来了"；还有司机辗死了人，受害人的母亲竟恳求法律不要惩罚司机，因为已经有一个人死了，不能再让另一个人死亡（《冈底斯的诱惑》）。

这种"母亲"的伟大是与主流话语宣传的价值相一致的。读者当然耳熟能详，愉快地接受了"道德教育"。马原的这种"模拟律令"③ 与他致力反叛的价值规范是相违背的，反映出作者的表演不过是一种"戴着镣铐的舞蹈"。事实上，如果将马原的小说按照传统的方式重新叙述，就显得一点儿意思都没有了。马原在形式上走得太远，但内容上却又距现实太近。这种形式与内容的割裂在后来的先锋作家余华等人那里得到一定程度的修复。这是马原对自己的放逐，也是马原对读者的妥协。

一般读者对先锋作家的作品因为阅读障碍本来就有一种抗拒情绪，但先锋作家们对读者的"体贴""关怀"以及作品主题的世俗化弥补了他们的"不足"，他们不像以前的作家那样只顾教育效果和领导心情。现在他们要成为职业作家，要把写作当作"码文字"的工作，而不是谋个一官半职的敲门砖。这种亲和力一下子拉近了作家与读者的距离。马原在这条

---

① 马原：《小说》，《文学自由谈》1989 年第 1 期。
② Patrick Hanan, "The Nature of Ling Meng-ch'u's Fiction", in *Chinese Narrative*, Andrew Plaks (ed.), Princeton: Princeton University Press, 1977, p. 87.
③ "模拟律令"是以客观呈现为名，规范和"检核"人们观看及写作真实之方式的一种道德及形式的制约。参见 Christopher Prendergast, *The Order of Mimesis: Balzac, Stendhal, Nerval, Flaubert*, Cambridge: Cambridge University Press, 1986, pp. 1 – 23。

实验的路上走得很成功。他时刻不忘亲近读者,制造出一种"兄弟姐妹"式的虚假气氛。例如,《虚构》第十九节,马原在故事快要结束时,作者兼叙述人直接跳出来与读者对话,造成"复调小说"(polyphony)中巴赫金所谓的"杂语现象"(heteroglosia)[1],他煞有介事地写道:"读者朋友,在讲完这个悲惨的故事之前,我得说下面的结尾是杜撰的……因为我住在安定医院是暂时的,我总要出来,回到你们中间……我是个有名有姓的男性公民,说不定你们中的好多人会在人群中认出我。"

这跟明清小说中常有的"各位看官"这样一种卡尔纳谱(Rudorf Carnap)所谓的"形式化的人工语言"[2]相类似:首先,"我"公开承认这个故事是杜撰的;其次,"我"这个人却是"真"的,"我"住的"安定医院"也是真的;再次,为了进一步表明"我"是真的,"我"甚至声称读者中说不定还有人"认识我"。作为一种叙事策略,这种书写表明马原等先锋作家有意采取"低姿态","主动"走下"载道"或"代言"的"英雄神殿",他明确告诉读者:"我"其实就是一个"说书人","我"跟你们一样都是平民百姓。"我"讲(写)这个故事,和你们听(看)这个故事,都是为了一种"娱乐",一种有意无意的时间消遣,与"政治"无关,与"布道"无关,也与主题无关。

几乎所有的先锋作家都在其作品中保留过这种明清小说式的"说书人"的"套话"。浦安迪认为,明清小说中"保留说书人的一批套语"是"小说家有意选择的艺术手法",目的是"制造特殊的反语效果"。[3] 但陈平原不同意这个看法,他认为当时的小说家没有被"社会肯定的崇高职业,创作时向说书人认同,是没有选择的'选择'",[4] 目的是赢得读者,或者说是为了将内心的思维话语与读者得到沟通,因为长期的政治斗争所造成的群体隔阂和人与人之间的敌对关系使作者对这种沟通显得十分渴望。

吴亮明确指出:"马原一定在内心深处怀着某种被人叙述被人评价被人揭露的愿望,而这种愿望最好实现方式显然是他自己的小说。"[5] 既然

---

[1] Mikhail M. Bakhtin, *The Dialogic Imagination: Four Essays*, ed. by Michael Holquist, trans. by Caryl Emerson and Michael Hoquist, Austin: University of Texas Press, 1981, p.77.
[2] 转引自洪谦《卡尔纳谱和他的哲学》,《二十一世纪》(香港) 1992 年第 4 期。
[3] 浦安迪:《中西长篇小说文类之重探》,《比较文学论选集》,中国社会科学院文学研究所 1982 年版,第 79 页。
[4] 陈平原:《小说的书面化倾向与叙事模式的转变》,王晓明主编:《二十世纪中国文学史论》(第一卷),东方出版中心 1997 年版,第 239 页。
[5] 吴亮:《马原的叙述圈套》,《当代作家评论》1987 年第 3 期。

试图用小说的方式与读者达到沟通,消除隔阂,作者要做的当然不能以居高临下的姿态训斥,也不能用陈腐的话语去作政治布道,只能以平等坦诚的口吻与受众进行朋友式的促膝交谈。马原对此拿捏得很好,他在唯一的长篇小说《上下都平坦》里,开头便写道:"这本书里讲的故事早就开始讲了,那时我比现在年轻,可能比现在更相信我能一丝不苟地还原现实。现在我不那么相信了,我像一个局外人一样更相信我虚构的那些所谓远离真实的幻想故事。"①

巴赫金说:"对任何依附于意识形态话语的直接的或未经中介的意图、表达剩余(任何'沉重的'严肃)表示不信任,假定语言是约定俗成的、是虚假的,不足以描述现实。"② 马原这种与意识形态疏离的新鲜陈述不仅可以节省笔墨,将读者直接带入故事中,而且读者因为得到作者的信任,产生一种亲切感和参与感,能很快进入情境。当作者描写的事情符合读者的想象时,读者便感到快乐;反之,读者有一种压抑感。而作者有时故意用一种不和谐的结构,有意打破传统读者懒惰且又是被动的阅读心态,有意跟读者过不去,用反美学、逆常规的方式使读者在参与作者创作的同时,在内心审美上有了更加深层的、复杂的体验,实现巴赫金式的"以不信任的小说展示真实的生活"之本义。当然,这种形式使用太多,就会让人有一种重复和厌烦感。马原最终被读者抛弃与他最初被读者接受一样,都是因为"形式",真是"成也萧何,败也萧何"。这是马原的悲剧,也是中国新时期先锋小说的悲剧。

第四节 点击余华:人性恶的小叙述

余华写下《十八岁出门远行》③ 时,他本来希望看到一些江苏盐城老家所没有的风景,为此他搭乘一辆没有牌照的、像得了哮喘病一样的货车一路北行,没料到旅途中他碰到一连串稀奇古怪的事。货车到达一座小山顶时,没脾气地坏在了那里,车上的货物被人莫名其妙地弄走。余华心里

---

① 马原:《上下都平坦》,《收获》1987 年第 5 期。
② Mikhail M. Bakhtin, *The Dialogic Imagination*: *Four Essays*, ed. by Michael Holquist, trans. by Caryl Emerson and Michael Hoquist, Austin: University of Texas Press, 1981, p. 309.
③ 此小说最初发表在《北京文学》上,是余华首次参加该杂志笔会时的出色表演,作品受到"先锋小说"的吹鼓手李陀先生的激赏;后收入作者小说集,余华:《十八岁出门远行》,作家出版社 1989 年版。

空空荡荡,填满了呼号的北风。在无人能够沟通的地方,他徒然地进行贝克特《等待戈多》式的对不可能出现的希望的疯狂期待。人性的冷漠,心灵的压抑,残月黑风,以及从来没有平息过的狗的尖叫,让年轻的余华毛骨悚然。一排排闪着毒光的牙齿躲在树丛中冷笑,那是鲁迅先生早就写过诊断书的一个个"吃过人又被人吃了"的飘在空中无处着陆的幽魂,在道德、政治、文化和社会学的层面上作无终点的旅行。

当时的余华还只是盐城一家小医院一个心不在焉的从业的牙医。很显然,他对这类"长满了人性恶"[①]的毒牙者无能为力。他不愿、不想也不能对这类牙病患者进行正当的医学上的治疗。余华辞掉了索然无味的牙医工作,却拿起一把没有消过毒的手术刀,没有办理营业执照,就坚定地开起了个体诊所,倒是很符合邓小平先生"摸着石头过河"的精神实质。只是那把有点钝锈、刀刃有点卷起的手术刀,特别容易让人想起韩少功《爸爸爸》里丙崽娘那把用来剪榨菜同时用来剪脐带的剪刀,以及残雪《山上的小屋》里"我"的父亲那一把用来杀人同时用来自杀的掉在历史"老井"里的生了锈的剪刀。

人们甚至有理由相信,这其实就是同一把利器,只不过聪明的余华通过自己的悟性把中国土制的剪刀加了一点西化的原料,进行了一次淬火,而重新打磨成一把形式和内容都有点古怪的阴森森的手术刀。

余华的这把手术刀就是他杀敌制胜的不二法宝,他赤膊上阵,挥刀猛杀,从马原、刘索拉、洪峰、徐星、残雪、孙甘露、苏童等人一路挥杀过来,杀得天昏地暗,人仰马翻,鲜血淋漓,在中国新时期先锋小说的风景线上举起了一面独具特色的残酷的"红"旗。从"十八岁"受惊和受挫时起,余华就显得十分孟浪,从没有停止自己的进攻。经过《四月三日事件》这种与《第二十二条军规》相似的黑色幽默,一种子虚乌有的"潜存在"事件被作者推到一种极致:路人的微笑,邻居的耳语,父母的嘀咕都成了"阴谋"的符号指称。读者因为觉得这类事件也随时有可能发生到自己身上,便进行一种又害怕又喜欢的"恶读"。

《一九八六年》[②]极其艰难,原因是,一个中学教师在"文革"中神秘地消失。然后不知触动了他的哪一根神经,在这一年的某个不祥的时刻,他又突然出现了,并以一个乞丐的形象潜入他生活过的小镇。此时,

---

① 聂茂:《余华的"变节"与塞壬们的沉默》,《湖南日报》2002年3月27日第5版。
② 此小说最初发表于《收获》,收入余华《十八岁出门远行》,作家出版社1989年版,第28—80页。

他的妻子已再婚,女儿有了新名字。中学教师很快变疯了,开始被他以前的"癖好"缠住了——古代中国的严刑酷法:从削鼻,阉割,到五马分尸等。所有这些"酷刑"在现实与幻觉的混乱中都发生在自己身上,他也想象自己给别人施刑。他的家人不认识他,但奇怪地被他的"存在"影响着。最后,余华让这个中学教师死了,但另一个疯子又靠近了小镇……

换句话说,《一九八六年》虽然艰难地过去了,但余华的"血腥意识"阻止他让这个噩梦般的时代终结:"另一个疯子又来了。"这也是对余华自己的暗示。余华像他笔下的"算命先生"一样,杀人上了瘾。他清晰、冷静,笔(刀)锋带毒,把《世事如烟》的中国文坛搅翻了天。在这篇小说中,父亲将女儿们一个个卖掉:在江边与无腿的人三次邂逅;接生婆为一个怀孕的女尸"接生";死而复生的司机竟要求正当的婚姻生活;祖母与成人的孙子共床居然有孕……没有理性,没有秩序,没有道德,没有人的价值。一切都是那把刀。余华笔下的主人公要杀人,他要为这些主人公找出杀人的理由。故事里的人其实是自己对自己的杀戮。余华甚至用不了他的手术刀,里面的人已被海德格尔宣布:"提前进入死亡。"施泰格缪勒解释道:死亡在每一瞬间都是可能的,因此,走向死亡的本然的存在只能在于这样一点,无人能够躲避死亡,只能忍受死亡,并且是在死亡的不确定的可能性前忍受死亡的宰割。[①]

由于余华的个体诊所没有执照,他用不消毒的手术刀解剖或杀人既不符合医学标准,事实上也不符合中国国情。因此,余华作品中的杀人都是"阴谋"的结果,没有审判员,没有验尸官,也没有社会场域——作品中的人物都从真实的社会抽离出来,成了作者手中的纸牌,一个理念的符指,甚至就是《世事如烟》中的"6"这样一个没有性别特征的阿拉伯数字。在这种背景下,"死亡本身始终没有目击者,无论是对叙述者,还是叙述中的人物,死亡本身是不可见的,是可以确认却不可体验的事件。对死亡的叙述,始终呈现为一种叙事的延宕,与叙事体的阻塞"。[②] 余华作品中灰暗的死亡符号"隐喻"着一个基本事实:"沉没在历史/政治无意识中的历史真实是不可能重写的,重写的只能是对经典历史文本与文化表象的边缘话语的重述。"[③]

[①] 徐芳:《形而上主题:先锋文学的一种总结和另一种终结意义》,《文学评论》1995年第4期。
[②] 戴锦华:《裂谷的另一侧畔:初读余华》,《北京文学》1989年第3期。
[③] 戴锦华:《裂谷的另一侧畔:初读余华》,《北京文学》1989年第3期。

对中国新时期先锋作家来说，实现这种重述，他们既不求助于精神的辩证法，也不利用人类的解放来作为辩护手段，他们使用的是"小叙述"（little narratives）。这种叙述保留了"想象性发明"（imaginative invention）的本质形式。比方，马原在《西海无帆船》里，主人公姚亮让藏人用土办法做切割盲肠手术、小白在野牦牛的攻击下劫后余生等，就是这类"小发明"的细节。有作家在小说中发明了许多花的名字，以致翻译家在翻译时从字典里怎么也找不到对应物，只好写信去问作者本人。作者在回信时承认，那些"被发明出来的花"是因为叙述的需要而"想象出来的"。① 苏童在他的小说《米》中将米放置于女性生殖器官，并在米堆上做爱无疑也是"恶劣想象"的结果。② 余华在创作中展现出来的人性的残暴，许多细节的运用也是他的"想象性发明"的结果。如《现实一种》中对睾丸的移植，以及遍布于他小说中慢条斯理却又触目惊心的对身体的肢解。说到底，还是余华手（心）中那把闪烁着绿色火焰的"手术刀"在作怪。

余华手术刀里所谓的西式原料，其实不过是西方现代派小说的话语体系，即语言符号是任意决定的，意符（the signifier）与意指（the signified）的关系并非绝对。在这样的情况下，经过意识流叙述与视角跳跃造成的混乱，任意颠倒语序、自铸新词、割裂文句、奇诡晦涩、支离破碎，使得创作隐遁成为个人的秘语。余华建构出的只具有小说文本的配置（novelistic textual set），而不具备小说文本以外的配置（extra-novelistic textual set）③ 的小说。按照余华自己的说法，他创作的是一种"虚伪的作品"。因为"生活是不真实的，生活事实上真假混杂和鱼目混珠……对于任何个体来说，真实存在的只能是他的精神"。④

那么，这种被余华称之为"真实"的精神又是什么呢？在小说《现实一种》里，主人公山岗被处决后又被肢解。皮皮和皮皮的母亲都趴在地上舔血。这种异化表明了皮皮和皮皮的母亲都挤兑了自己的人性，让骨子里充满兽性。这是一种荒诞，一种游离于当下生活的真实，一种对人性扭曲的控诉和鞭挞。这种控诉还表现在对主人公阿Q式麻木的陈述上：山岗走在行刑的途中，路旁的野草伸进他的裤管让他感到发痒。余华在这

---

① 高行健：《关于灵山的说明》，《光华》（台湾）2001 年第 1 期。
② 宋遂良：《评几部"新写实"长篇小说》，《文学评论》1993 年第 5 期。
③ 转引江宝钗《现代主义的兴盛、影响与去化——当代台湾小说现象研究》，陈義芝主编《台湾现代小说史综论》，（台北）联经出版事业公司 1998 年版，第 124 页。
④ 余华：《虚伪的作品》，《上海文论》1989 年第 5 期。

里不断地重复"野草"的意象,并将死亡本身极力淡化,让人感觉不出山岗是去行刑,反而好像是与众人一起去赶集。路旁的"野草"象征着生命的卑微,而裤管发痒表明这样一种无意义的生命竟也有着"活"的本能意识,只是这种意识是如此淡漠,山岗看不出丝毫的紧张和悲哀。当第一枪将他的耳朵打掉时,山岗竟然不停地问他是不是还活着,并相信他会立即被送去医院抢救——这种麻木已超出了阿Q行刑前要努力将那个象征自己被处死的圈"画圆"。

不仅如此,山岗竟然还要撒尿,因为手脚被绑,只好请武警替他掏出生殖器,惹得围观者一阵大笑——执法的严肃性被断然抽走,它在否定山岗生命无意义的同时,也否定了社会道德价值的最高审判。余华将杀人的仪式化作一场笑料。与马原引领读者去看天葬或带着读者去探险总是无果而归完全不同,余华细致而逼真的细节描写极大地满足了中国读者"虐待狂"和"受虐狂"的残酷心理。

这其实是另一种"从俗"。丹麦汉学家魏安娜认为,"《现实一种》可以被阐释为一个直达零点的倒计数过程,一种完全的失去个性的、个性主体分崩瓦解的描写"。① 这种描写的"从俗性"最明显的表征是:山岗被枪击后还有"尿急"而要求行刑者帮他掏出"阳具"这样一种将人生的猥琐放大到极点的"恶败"情节,而这个非人道的情节恰恰是小说文本的另一次重复。那一次,山岗被警察抓获,也不能撒尿,忘了把"阳具"放回裤子,让街上的人笑他。②

瓦尔特·本雅明认为,在现代寓言中,事物与它们的固有的意义之间的神性关系被切开了。③ 而保罗·德·曼认为,寓言暗示着世界在现实中出现的方法与在语言中出现的方式的断裂。④ 余华要表明的恰恰就是这种"言"和"义"的"被切开"或"断裂"。在这篇小说中,"阳具"被提到好几次,但只是在非常可笑的情况下发生的,从不和"性"联系在一起。"性"与"生殖器"造成了分离。

反讽在于:小说中有关被移植的睾丸与一个儿子出生的信息可能不

---

① [丹麦]魏安娜:《一种中国的现实:阅读余华》,吕芳译,《文学评论》1996年第6期。
② Henry Y. H. Zhao (ed.), *The Lost Boat*: *Avant-Garde Fiction From China*, London: Wellsweep Press, 1993, pp. 145 – 84;又见 David Der-wei Wang with Jeanne Tai (ed.), *Running Wild*: *New Chinese Writers*, New York: Columbia University Press, 1994, pp. 21 – 68。
③ Walter Benjamin, *The Origin of German Tragic Drama*, trans. by John Osbome, London: NLB, 1977, p. 42.
④ [丹麦]魏安娜:《一种中国的现实:阅读余华》,吕芳译,《文学评论》1996年第6期。

仅仅作为前面戏剧的讽刺性附尾,在那儿想要有男继承人的愿望曾是该故事推进的动力。① 这无疑是一种冲决冒险,也是一种话语颠覆:"以感官感受的放任和整体上荒谬的风格,破坏后毛时期的理论家与现代主义作家们刚刚装配好的一个完整的主体。"② 福柯指出,"话语并非总是屈从于权力,总在跟它对抗……话语既可以成为权力的工具和效果,也可以成为一个障碍,一个绊脚石,一个抵抗之点,一个朝向相反战略的出发点。话语传道并产生权力;它既可以强化权力,也可以破坏和揭露权力"。③

中国新时期文学的种种思潮总是在起始的时候见出话语对权力的抵抗,但这种抵抗因为创作主体获得的利益而渐渐削弱,甚至最终成为权力的"工具和效果"。比方,伤痕文学对于象征体系下的"工农兵文学"的反叛,朦胧诗对于权力的抵抗因而遭到主流话语的激烈批判,寻根文学之初也是权力的"障碍"或"绊脚石"。这种对抗或反叛并没有持续多久,伤痕文学很快成为权力的"工具",朦胧诗内部的分化也是对权力的屈从,寻根文学在权力的打压下朝向了自己"相反的战略出发点"。而先锋小说粉墨登场的恰恰是依凭创作者"破坏和揭露权力"的雄心——对现有经验和传统秩序的颠覆与瓦解;然而,随着创作者名与利的获得,一种"害怕失去"的占有心态使"先锋"变成了"中庸",在权力秩序的暗示或合谋下,"先锋"失去锋芒,话语"产生"了权力,并且"维护"和"强化"了权力。例如,余华就没有在充满对抗与反叛、既有刺激又有风险的探索之路上坚持多久,他事实上也没有走出太远。虽然那把"手术刀"仍然时不时窜出来挥舞一番,但杀伤力早已今非昔比。也许从世俗的视角来看,余华已经取得了更大的"成功"。从《世事如烟》《一九八六年》《现实一种》等,经过《鲜血梅花》的骨折式中转,再到《活着》《许三观卖血记》,余华历经了巨大的转变。早先惯用的叙事符号如刀伤、骷髅、幽灵、蒙面的风、沉积黑色的血球、窥伺的鸟等死亡的阴森气息被日渐明朗的屋顶、长满小草的大道、河水和记忆深处的橘子花所覆盖,那些陈旧的标识至多只留下局部的印痕,在装饰一新的"苦难"和"灾变"

---

① Jing Wang, "The Mirage of 'Chinese Postmodernism': Ge Fei, Self-positioning, and the Avant-Garde Showcase", *Position*, Vol. 1, No. 2, Fall, 1993, p. 375.

② Jing Wang, "The Mirage of 'Chinese Postmodernism': Ge Fei, Self-positioning, and the Avant-Garde Showcase", *Position*, Vol. 1, No. 2, Fall, 1993, p. 375.

③ 参见 Michel Foucault: An Introduction, *Vol. 1 of The History of Sexuality*, New York: Random House, 1978, pp. 100 – 101。

的主题下奋力冲突。

在这种话语秩序下,死亡的隐喻不再位于中心位置,"红"旗的色彩相对变淡,却更趋向于立体斑泽。戏剧性结构和空洞的能指被充实的复调叙事所淹没。那些雾霭中的暧昧,挂满标本、暗语和心电图记录的原始"手记"已经由有头有尾的故事内涵替换下来。作者不再信任和迷恋于自己的手术刀,不再被阉割或变性手术的暴力情绪所充溢。"人性之恶"的背影在鞭炮的爆炸声中渐行渐远。写满"权力"的人道关怀挤进文本的话语空隙,没有血痂的内伤慢慢愈合。游离意识形态之外的图腾从新砌的西式墙头颓然倒下。被压抑的幽魂走出潮湿的树丛,加入世俗的生活。有过的深夜的尖叫在愤怒的呵斥下退出抽象的文本。那个霉变的世界里也因此有了阳光的照射,有了爱的张扬和平实坚硬的朴素理想。那些半神半鬼、裸露器官的"肛门人物"被作者的手术刀逼到了无人投注的岩缝里。主与次,人与兽,价值与道德,就像暴雨后的农田,大水一去,层次井然。与苏童、格非、孙甘露等一样,余华被自己世俗的诱惑"招了安"。

"被颠覆的文化母本,色情的沉湎,来历不明的狗和缺乏逻辑的暗杀与黄昏与黑暗共享于一个没有年代的想象的空间,像弗洛伊德梦中变态的病案纪录本。"① 这些曾经是余华孜孜以求的叙事模式最终遭到他无情的撕毁。那些马原和洪峰等人没有完成的虚张的仪式重新回到了现实生活中。《呼喊与细雨》② 已毫无用处。人,重要的是《活着》③,是"入世"和"奔小康"。

余华的自白特别小心:"就我个人而言,在最初写作的时候,我感到一位真正的小说家应该精通现代叙述里的各种技巧,就像是一位手艺工人精通自己的工作一样。"他说他其实就是一个"手艺工人"。④ 由手执西式手术刀的"外科"专家,到有"中国特色"的乡下匠人,读者不难理解这种有着"先锋派"头衔的作家的作品"产多量大"现象,其实都是这一复制式的"熟练工"日日劳作的结果。

王德威在重评晚清小说时指出,当时的作家"将作品匆匆付梓","凸现出自己根深蒂固的狭隘;他们造假、剽窃,专写耸动的故事";表

---

① 吴亮:《评中国"先锋派"油画》,《今日先锋》1994 年第 2 期。
② 余华长篇处女作,《收获》1991 年第 6 期。
③ 余华中篇小说,《收获》1992 年第 6 期。被张艺谋拍成同名电影,一度被禁放,后出口转内销。
④ 聂茂:《余华的"变节"与塞壬们的沉默》,《湖南日报》2002 年 3 月 27 日第 5 版。

现一些"偏见和欲求",用的是"渲染、夸张"手法,努力追求"西化",却"仍然执著于传统的末流而少突破"。①把这一洞见作为是对余华等中国新时期先锋作家的"中式把脉",也同样适合。

马原说"我写小说是创造新经验"。②当他感到日益重复自己的形式、而没有"新经验"出现时,他干脆封笔,另谋他图。可余华不是这样,他变得很实际,与"权力"打得火热,并公然声称要做"现有秩序的保护神"。③有人已将他和苏童等人纳入了新写实主义的大旗下④。而他后来的《兄弟》和《第七日》更是新闻和旧闻的世俗化拼贴,看不到先锋作家应有的"尖锐"和"叛逆"。这是余华的幸运,还是中国新时期先锋小说的不幸呢?

第五节 《山上的小屋》之病理报告⑤

残雪的人生经历颇带传奇色彩:她当过待业青年、学徒、工人、裁缝,最终成为专业作家。相比较余华、格非、马原等人,她的作品有着更大的争议。本节通过对残雪早期的发轫之作《山上的小屋》进行精神学和心理学的重读,形成一份特殊时代的病变报告:小说围绕一个异质空间中的弱者与强者、个体与群体之间的排斥与冲突而展开,彰显出时代动荡中小人物无处可逃且人人自危的精神困境。

残雪着力呈现的是一个完整的家,但又是一个极不正常的家,甚至就是一座精神病医院。因为住在里面的人没有一个是正常人,每个人脚板心都出冷汗,都是被迫害狂后遗症季节性发作之患者。小说中的"我"是一个空洞的能指符号,分不清是男是女,也不知道有多大年龄。"我"的全部工作就是:"每天都在家里清理抽屉。"这个"抽屉"当然是一个悲剧的象征,是对过去封闭而神秘世界的具象指称。海顿·怀特(Hayden

---

① 王德威:《被压抑的现代性——晚清小说的重新评价》,王晓明主编:《批评空间的开创——二十世纪中国文学研究》,东方出版中心1998年版,第118—119页。
② 马原:《方法》,《中篇小说选刊》1987年第1期。
③ 聂茂:《余华的"变节"与塞壬们的沉默》,《湖南日报》2002年3月27日第5版。
④ 张德祥:《"新写实"的艺术精神》,《文学评论》1994年第2期;又见宋遂良《评几部"新写实"长篇小说》,《文学评论》1993年第5期。
⑤ 残雪:《山上的小屋》,原载《人民文学》1985年第3期;收入陈思和、李平主编《二十世纪中国文学精品》,学林出版社1999年版,第890—894页。在文本分析中有关小说内容的文字均出自该书,不另一一注明。

White）指出，赋予语言"再现"物质世界的使命，并以为它能完成这个任务，是深刻的错误。① 人们只能透过语言的雾障，去寻求表象之外的真义。比方残雪这篇小说，在"我"那个有着明显"脑伤"的记忆里老是觉得"屋后的荒山上，有一座木板搭起来的小屋"。小说起首突兀地呈现在我们面前的就是这么一座神秘兮兮的"屏障"。

这座"小屋"与屋里的"抽屉"有着同样的象征意蕴，都是一种壳状物，显示了叙述者对被包裹、不受伤害的依凭对象之渴望。"我"是一个"怕光的人"——暗示了"我"在类似洞穴或井底这样阴暗潮湿的地方生活太久了的缘故。因此，阳光在"我"眼里是"闪着白色的小火苗"。"太阳刺得我头昏眼花。"连母亲的眼光一盯头上，被盯的地方就会"肿起来"；小妹眼睛盯着"我"看，她的目光也会"刺得我脖子上长出红色的小疹子来"。

文本中，母亲总是跟"我"作对——这是对传统意义上的母亲形象之彻底背叛。小妹是母亲的帮凶——这是对血缘上兄弟姐妹情谊的彻底撕裂。小妹总共出场两次：第一次，"我"从山上回来，发现抽屉被"翻得乱七八糟"，并将"我"心爱的"几只死蛾子、死蜻蜓全扔到了地上"。这些死东西象征了"我"的同类，是"我"唯一可以"对话"的价值共同体。"生"与"死"的界限在此消失了——"我"不仅与二维空间的"扁状软体东西"沦为一类，而且与这类死亡了的生命进行心灵"交流"。

这种双重的否定隐喻那个荒唐年代人的生命到了如何卑微和没有价值的地步！可是，连这样卑微无用的生命都要遭到一再摧残，而且摧残"我"的人不仅是血缘上的亲人，而且就是父亲、母亲和小妹——传统意义上的"家"成了地狱、成了陷害弱者的斗技场！源远流长的"家文化"被颠覆得像屋檐下纤细的冰凌，风一吹，断裂得发出清脆的响声。

"抽屉事件"真实地昭示了那个年代道德沦丧是多么的触目惊心。哈维尔说："道德沦丧是封建制度的社会显现。"② 父亲、母亲他们不仅扔掉了"我"生命的同类，而且扔掉了"我"那不能言说的精神伴侣："围棋"。而丢进的地点竟是埋着父亲一把剪刀的井里。小妹的第一次出场就告诉"我"这个事实："他们帮你重新清理了抽屉。"但是，"我"对小

---

① Hayden White, *Tropics of Discourse-Eassys in Cultural Criticism*, Baltimore, Maryland: The Jones Hopkins University Press, 1978.
② Vaclav Havel, "The Power of the Powerless", in *Vaclav Havel or Living in Truth*, Jan Vladislav (ed.), London: Faber and Faber, 1986, p. 62.

妹的话显然不信,尽管"抽屉事件"真实地发生了。

"我"对小妹的"不信任"不仅仅是对利奥塔所谓的"调和性疗效"①之虚假的认同,不仅仅是"我"潜意识里个人设防的惯性使然,更是因为小妹并不是个"好东西",说不定她自己做了坏事,却"栽赃"到别人头上。凭"我"的直觉,至少她是参与了对"我的抽屉"的清洗行动。可是她只说是"他们",而不说"我们"。这里透露出两层意义:一方面小妹要在"我"面前表明自己的清白,甚至故意装作是以告密的方式试图赢得"我"的信任,然后与她结成同谋,以便对他人实施打击;另一方面,她的举动也直接宣布了她与父母并不是一条心的。换言之,即使他们"合谋"做了同一件害人的事,但各自的目的并不一样。

对熟悉那一段历史的中国人来说,这里的社会寓意仍然有着冰一般的刺痛。为了掩饰"我"对小妹的不信任和厌恶情绪,"我"就"故意吓唬她",说是听到了"狼嚎"。这"狼"的寓言被中国作家一再书写,并且翻新:当《祝福》里的阿毛被贺家坳里的狼吃掉后,祥林嫂含辛茹苦地捐了门槛,仍然没能"赎回"做人的尊严,最终被另一只"狼"所吞噬;当《伤痕》中的晓华与母亲决裂后,眼睁睁看着母亲被一只凶暴无形的"狼"咬死,母亲生命的代价仍然没能"赎回"女儿哪怕是入团的资格。从祥林嫂到晓华再到残雪笔下的"我",声声"狼嚎",重复的却是同一个悲惨的故事。

可是,这种毛骨悚然的"狼嚎"对"小妹"究竟有没有威慑力呢?残雪没有写,看来,受到威慑的倒是读者。如果说小妹的第一次出场还有一种陈述事件的心理倾向的话,那么,小妹的第二次出场则纯粹出于挑拨离间式的恶意"告密"——她说母亲一直在打主意要弄断"我"的胳膊,因为"我"开、关抽屉的声音使她发狂。小妹还特地说"这样的事,可不是偶然的"。作为母亲的同谋,小妹的"告密"——不管真实与否——都只会加重"我"本已难以承受的生命之轻。

李颉指出:"昆德拉之所以感叹生命之轻不能承受,是因为他的生命没能穿透恐惧的沉重;生命由重而轻是升华的喜悦的,生命只有在避重就轻时才是坠落的痛苦的,从而是难以承受的。"他进一步分析道:"当生命面对暴力产生恐惧时,这种恐惧需要落实;一旦恐惧对象非但缺席而始终悬置,那么恐惧本身就会变态,成为做作的笑声,四处飘零,轻得难以

---

① Lyotard, Jean-Francois: *The Inhuman: Reflections on Time*, trans. by Geoffrey Bennington and Rachel Bowlby, Cambridge: Polity Press, 1991, p. 33.

承受。"①

小说中,"小妹的告密"就是要让"我"的生命"轻"得难以承受,因为它实际上是一种恐吓:既是对"我"的试探,又是对"我"的警告。"我"唯一能做的便是吉登斯(Anthony Giddens)所谓的反思性(reflexivity)的调节:② 在抽屉上涂上油,使开、关抽屉的声音消失。可是,母亲阴森的眼睛并没有停止对"我"的"偷窥"和"监控",这种恶性循环式的病态症状宣布了小妹这个受母亲指派的、在马太·卡林内斯库(Matei Calinescu)所谓的世界剧场(theatrum mundi)③ 里所扮演的角色之无用。小妹也因此消失在悖异于本雅明(Walter Benjamin)所说的"同质而且空洞的时间流",走到了断裂无序的文本之外,继续进行她那种荒诞而无意义的生命表演。小说文本中处处暗示命运的壁垒和生存的悖论。比方,母亲怕声音,可她又与鼾声如雷的父亲住在一起;"我"怕光,可又老是要在太阳很大的时候去山上的小屋瞧瞧;父亲害怕剪刀,却又总是去井边打捞那把剪刀。

父亲老是被一个噩梦纠缠,说是井里掉下了一把剪刀。这把剪刀作为最具杀伤力的暴力的象征符号,它是用来杀人的,又是用来自杀的。它与韩少功《爸爸爸》中丙崽娘那把生了锈的,既用来剪萝卜榨菜,又用来剪婴儿脐带的剪刀,有着内在的血缘关系:丙崽娘除了剪出自己的"智障"儿子丙崽外,还剪出了"小儿麻痹"一般的鸡头寨的一代人,她没有自杀,最终却失踪了。丙崽娘失踪的地方也正是"父亲"丢失剪刀的地方——一只枯干的、形而上的"老井"。丙崽娘死了,"父亲"还活着。

活着的人比死了的人更痛苦。这是一种自省意识,就像巴金老人的"忏悔"一样——微弱的光将天空逼得发白。应该说,作为血缘的"父亲"有了忏悔意识。可是,作为话语主宰的"父亲"仍然强悍地压在头上——有如当年祥林嫂头上"厉害的婆婆",她/他随时可能成为"人贩子"而将子女绑架、卖到"刘家沟"、"朱家冲"或"贺家坳"那种与文

---

① 李颉:《乔治·奥威尔和切·格瓦拉》,《倾向》(美国)1995 年第 5 期。
② 吉登斯(Anthony Giddens)在讲述人的有意图的行为三个层面时,第一个就是对人的反思性(reflexivity)的调节,即行动者总是通过认识自己得以在其中活动的社会与物质环境,来不断地改变和调节着自己的行动。参见 Ulrich Beck, Anthony Giddens and Scott Lash, *Reflexive Modernizaton: Politics, Tradition and Aesthetics in the Modern Social Order*, Cambridge in England: Polity, 1994, p. 126。
③ Matei Calinescu, *Five Faces of Modernity*, Durham: Duke University Press, 1987, pp. 19 – 20.

明绝缘的荒山野岭之中。"我"的惊惧和变态由此而起。但残雪用一种虚拟的写实抽离了对现实世界特定历史时空的定位指涉,使得主题意涵、道德架构的解读方式都失去了最关键性的依据。从诗一般透明的叙述中,人们很难把握作者的道德陈述,甚至看不出作者尖锐反讽的批判倾向。

小说文本表述的只是一个意符、意旨分离后的时代,而利用意符无根、游离、多义的特性制造出"超真实"已经成为中国新时期先锋作家们自觉追求的一种美学原则。在这里,人们对旧世界栩栩如生的回照"反涉"常使人对迷失的现实网络产生一种浓重的"乡愁"。①

叙述者"我"对这个张力的要点一无所知,就像对特殊年代话语暴力的全然不知一样。文本中看不出任何像同是湘藉作家何立伟小说《白色鸟》②结局那种对美的极致的断然撕碎,这反映出"我"对元话语袭击的历史性精神创伤的彻底遗忘。"病理学的'记忆缺失'(amnesia)反过来证实了禁止历史进入意识的元话语的符号暴行,从而即刻转化对生活暴行的追忆。"③

对父亲而言,这种"乡愁"式的"追忆"却是一个痛苦的民族寓言,害人者与被害者都在一把剪刀里交织着:好人与坏人,生者与死者,智民与愚夫都不在道德的评判席上,却站到了太阳的审判台下。对良心的拷打一如祥林嫂临死前对"灵魂有无"的追问。利奥塔说,"对命运之源的追问成为那个命运的一部分"。④ 自省的父亲不敢面对自己的过去——就像邓刚等一大批"知青作家"不敢触及那一段荒唐的岁月一样⑤。即使别人——比方"我"——去井边,父亲都像被人"吊"了起来似的,脚底挨不了地,恐惧异常。但是他又时时在深夜独自一人去井边打捞,并且发出声声"狼嚎"。20多年来,父亲从来没有打捞上来他的"丢失",以至头发都熬白了。他生活在现实中,可他"失踪"于自己的记忆里。"母亲"便断定是父亲搞错了。

---

① 张诵圣:《现代主义与台湾现代派小说》,《文艺研究》1988年第4期;收入王晓明主编《二十世纪中国文学史论》(第一卷),东方出版中心1997年版,第155页。
② 何立伟:《白色鸟》,《小城无故事》,作家出版社1986年版;又见陈思和、李平主编《二十世纪中国文学精品》,学林出版社1999年版,第852—58页。
③ 杨小滨:《中国先锋文学与"毛语"的创伤》,《二十一世纪》(香港)1993年第12期。
④ Jean-Francois, Lyotard: *The Inhuman: Reflections on Time*, trans. by Geoffrey Bennington and Rachel Bowlby, Cambridge: Polity Press, 1991, p. 27.
⑤ Leung, Laifong, Morning Sun—Interviews with Chinese Writers of the Lost Generation Armonk, New York, London, England: M. E. Sharpe, 1994, pp. 47–48.

其实父亲并没有搞错,因为连"我"对父亲的"剪刀情结"都终于"恍然大悟。原来父亲每天夜里变成狼群中的一只,绕着这栋房子奔跑,发出凄厉的嗥叫"。"剪刀"是维系父亲自省之利剑,是他作为人还是作为兽的阴阳两界。找不到"剪刀",他便无法控制自己不成为"狼"。因此,母亲盲目维护父威,为他洗罪,实际上是逼他重新回到兽界。与"狼"共居,让"我"怎能不恐惧?

小说中到处充满腐烂的意象正是这种过度政治化(overpoliticization)恐惧体征的具象凸现:死蛾子、死蜻蜓、蝇屎、锈迹和剪刀、汗湿的被子、蚯蚓、老鼠等。这种"污秽物"在残雪后来的小说中得到了持续的彰显:《黄泥街》和《苍老的浮云》光标题就让人望而生畏,暗含强烈的反讽与抗议。

杨小滨指出:残雪的这篇小说就是把这种对秽物学(scatology)癖好同末世学(eschatology)的倾向混在了一起,前者把事业的抽象的美学降至细节的污浊中,后者则展示出生命的耗尽和无聊。它让人想到残雪的老师贝克特的《终局》:"那些从垃圾箱里发出的无意义的对话标志了一个时代的存在的绝境。"① 贝克特的"垃圾箱"与"我"的"抽屉"有着"历时"的共同指涉。

作为一种反抗的极端陈述,残雪极力破坏的就是文化规范的限制,她创作的具有整体"自由的非逻辑的主观本质甚至比那些特别的意象和内在的主题包含着更多的东西"。② 比方,在噩梦中,父亲"梦见被咬的是他自己"。他已走出丙崽娘失踪的阴影。在这里,残雪使用了"空白叙述",她没有说父亲最终是否找到了那把剪刀,却无端地将那把埋在老井底下生锈了的"恐惧的剪刀"交到了读者手中,并在每个人的良心上划下重重的一刀。

母亲与父亲在同一时刻做了同一个梦,可她没有忏悔意识,反而继续拿着"扫帚",扑打一大群从窗口飞进来的"天牛"。结果,小丑们纷纷出场,母亲成了其中的一个,"天牛"们闹得天翻地覆,颇像巴赫金的嘉年华之狂欢。③ 结束时,母亲被"天牛咬了一口,整条腿肿得像根铅柱"。

---

① 杨小滨:《疯狂与荒诞:徐晓鹤小说中的文本政治》,《二十一世纪》(香港)1999年第10期。
② [美]林白芷:《一个抒情表达的整体——残雪短篇阐释》,陈思和、李平主编:《二十世纪中国文学精品》,学林出版社1999年版,第896页。
③ Mikhail Bakhtin, *Rabelais and His World*, trans. by Helene Iswolsky, Cambridge, Mass: Harvard University Press, 1988, p. 131.

这是母亲无忏悔意识的报应。母亲显然是那个特殊年代里父亲的帮凶，就像现在小妹是她的帮凶一样。而她的命运最终也就像小妹一样，在断裂无序的文本之外，作毫无意义的生命表演。

如果说，鲁迅先生的"铁屋子"不过是作者预设的道德场域，是文本内外都没有实象之具体指证的话，那么，残雪笔下的"小屋"则是一代人生活过的社会场域之寓言般缩影，是可感可触的噩梦残片。鲁迅先生笔下的"狂人"是佯狂、或假狂。杨小滨指出："鲁迅的狂人始终被视为反抗历史压迫的代言人，狂人发出的是画着疯狂的脸谱控诉外在社会的时代之声。"狂人并不真疯而是"佯疯"。① 而残雪笔下的"我"的疯狂则是真实的，但"我"从不认为自己"疯狂"。真正的疯子从不会承认自己癫狂，就像真正的贼从不会承认自己偷窃一样。

费尔曼（Shoshana Felman）指出，"对疯狂的谈论总是对它的否定……呈现疯狂总是有意无意地表露出对自身疯狂的否认的场景……无法总体化的运作，无法控制的语言游戏，其中意义的失效，文本的陈述从表演中疏离出来"。② "我"对"小屋"的两次找寻都不得见，证实了噩梦的寓言本旨，即"意义"在文本之外，具有含混、碎片化的抽象指陈，蕴含阐释的歧义盘桓以及无穷尽的终极指归。

小说文本弥漫一种"撕裂氛围"：强烈的精神创伤导致了主体性的内在分裂，它"剥夺了叙述者对创伤起源事件的理性陈述的可能"。③ 这就是为什么整篇小说神经兮兮的叙述总是围绕一间乌托邦式的木质的小屋。"我"总是看到另一个"内在的我"。"我"成了一个"灵与肉"分离后的两个空洞的能指符号，而不是有血有肉的一个生命。

换言之，"我"成了"我的他者"。这种内在结构有点像利奥塔所谓的"基质象体"（matrix-figure），它"原则上是看不见的，从属于原初压抑，即同话语、原初的幻想交织在一起"，形成"对话语秩序的违犯"。④ 这种叙述的"违犯"表现在作者成功地运用了一种"平行技巧"（Parallelism）的复调结构。

---

① 杨小滨：《疯狂与荒诞：徐晓鹤小说中的文本政治》，《二十一世纪》（香港）1999 年第 10 期。
② Shoshana Felman, *Writing and Madness*, *Ithaca*, New York: Cornell University Press, 1985, p. 252.
③ 杨小滨：《疯狂与荒诞：徐晓鹤小说中的文本政治》，《二十一世纪》（香港）1999 年第 10 期。
④ Jean-Francois, *Lyotrard*: *Driftworks*, (ed.) Roger Mckeon, New York: Semiotext (e), p. 57.

文本清楚地表明：所有的人都仍然生活在同一个噩梦中。当母亲宣布她自己和父亲被天牛咬了时，她听到了"山上的小屋里，也有一个人正在呻吟"。这个正在呻吟的人就是"我的他者"。在这里，首先是"我"的精神被撕裂成两部分：一部分是参与父母的噩梦，但只是旁观者，因此，看到母亲与天牛搏斗也不去帮她，看到父亲倒在门边也不去扶他一把。"家"已失去了传统的意义，成为井底或旷野的代名词。正因为此，这一部分的"我"总是感受着"与狼同居"的恐惧，还时刻警惕、生怕遭到母亲和小妹合谋的陷害。而另一部分则还原成精神的幽灵，在"我"无法达到的小屋忍受着另一种痛苦。这个精神的幽灵与"我"的前一半——参与父母噩梦的一半——不能形成共振，"我"总是无法得到"他"的指引，找到"他"，从而合二为一。

更加可怕的在于，山上小屋里的那个精神的幽灵发出的呻吟最先不是由"我"感知和听到，却是由一直企图加害于"我"的母亲感受到的。它恰恰表明了"我"陷入了"精神休克"的症状。"我"的被撕裂的两部分的精神都笼罩在母亲的阴影下，随时可能遭到致命的袭击——就像陷入突起的风暴，在自己还不知道发生什么的时候已经成了牺牲品。残雪有过类似的经历，对"母亲"的"袭击"记忆犹新。伊格尔顿认为，寓言型对象意义，与象征型对象意义不同之处在于：意是位于他处，离心到它的物质性存在之外；但它愈变得多重性，它的破译现实的法定权力就愈成为不拘一格的和创造性的。[①] 这是对"我"的精神分裂的最好诠注。

"我"的两次上山寻找小屋就是这种"灵与肉"分裂的生动举证。第一次上山，是"我的肉体"上山，"我的灵魂"还"坐在围椅里，把双手平放在膝头上"。"我的肉体"十分孱弱，一出门就被"太阳刺得我头昏眼花"，"我咳着嗽，在山上辗转"。结果"我的肉体""回家时"，"我的灵魂"对"我的肉体"是这样进行审视的："我回家时在房门外站了一会，看见镜子里那个人鞋上沾满了湿泥巴，眼圈周围浮着两大团紫晕。"

"镜子里的那个人"就是"我的灵魂"对"我的肉体"的具象描述：灵魂对肉体极度冷漠；肉体对灵魂刻意忽略——只因为两者不在同一个生命上。抽象与具象，形式与内容，就像手中的风筝，各飞各的，甚至挣脱手的牵制，以自己的惯力，飞进云雾里，消失在大海上。

---

① ［英］伊格尔顿：《审美意识形态》，牛津大学出版社1990年版，第127页。

第二次上山,是小说的结束:"我的灵魂"上了山,而"我的肉体"却"坐在藤椅里,把双手平放在膝头上",然后,"我的肉体"看见"我的灵魂""打开门,走进白光里面去"。然而,"我的灵魂"看到的却是什么也没有:既没有山葡萄,也没有小屋,有的只是"白石子的火焰"。连"灵魂"都找不到的"小屋","肉体"何以依凭?可见这悲剧之深。这种"灵与肉"的分离是对主流话语关于身体"辩证法"的最大反叛。

长期以来,我们文艺作品中的主人公、特别是样板戏里,人的身体只是一个虚假的外表,一个不确定的"能指",而它的"所指"则常常正好构成了其"能指"的反面。"革命者"在身体的层面上真正恢复了最初始的意义:"革"(皮肤,以及整个外部体征)决定了其拥有者的"命"(生命本质)。①

"我"找不到"灵魂寄存"的"小屋";"灵魂"也找不到像浮萍一样漂流的"我"。"我"的恐惧与"灵魂"的呻吟就如此这般地"吊诡",并游离于人世间。马尔库塞说,"不合理性的领域成为真正合理性的归宿"。② 这是人类的悲剧。

缪勒在评价德朗时说他"是一个受到焦虑与疑惑打击的人"。可德朗说,"我现在不再相信什么色彩组合了,只有精神才使作品活起来"。③ 残雪没有德朗的坦诚。她在谈及这篇小说的创作体会时竟然说:"支撑我的情绪奋起的,是那美丽的南方的夏天,是南方的骄阳,那热烈明朗的意境。"并说:"我敢说在我的作品里,通篇充满了光明的照射,这是字里行间处处透出来的。我再强调一句,激起我的创造的,是美丽的南方的骄阳。"④

这种善意的"谎言"也许仅仅是一种无奈的"自保措施",它好比莫言在《红高粱》里毫无理由地穿插一个好汉"任副官"。莫言小说设计的任副官纯粹就是莫言的自我保护意识使然。因为这个人物并没有像文本中"奶奶"所想象的那样"千军易得,一将难求"。他不是死在这场恶战中,

---

① 张闳:《灰姑娘,红姑娘——〈青春之歌〉及革命文艺中的爱欲与政治》,《今天》2001年夏季号。
② [美] 马尔库塞:《单向度的人》,刘继译,上海译文出版社1989年版,第222页。
③ 司徒立:《"现代的混乱"抑或"现代的纠纷":德朗和他的艺术世界》,《二十一世纪》(香港) 1995年第6期。
④ 残雪:《美丽的南方之夏日》,陈思和、李平主编:《二十世纪中国文学精品》,学林出版社1999年版,第895页。

而是死在自己擦枪走火之中。任副官是在余大牙被处决后的三个月死去的。莫言对他还是颇有讽刺的："可惜任副官英雄命短，他在昂首阔步，走出了大英雄八面威风之后的三个月"，死于自己的子弹下。

与莫言的自我保护相类似，残雪在文本中也表现出高度的警醒意识和自我审查意识，而且手法还比较高明。她的《山上的小屋》分明充斥着潮湿发霉的"晦暗"气味——这是主流话语不大喜欢的气味与色彩，但她自辩却说是光明的，明朗的，是"美丽的南方的骄阳"。小说的真实指向是，"我"就是井底那个受到过度恐吓的婴儿。"许多大老鼠在风中狂奔。"而"我"只是其中的"小老鼠"，"我"也想逃跑，可"我"跑不动，直急得"我用一只手抠住母亲的肩头摇晃着"："到处都是白色在晃动"。这是一种充满暴力伤害的"白色恐惧"——

> 月光是白色的：结果照见了"那么多的小偷在我们这栋房子周围徘徊"。
>
> 灯光是白色的：结果照见了"窗子上被人用手指捅出数不清的洞眼"。
>
> 阳光是白色的：闪着"白色的火苗"，结果"刺得我头昏眼花"。
>
> 眼光是白色的：那是父亲的"狼眼"，每天夜里，"绕着这栋房子奔跑，发出凄厉的嗥叫"。
>
> 剪刀是白色的：虽然"在井底生锈，"却逼得父亲的"鬓发全白了"。
>
> 北风是白色的：吹得"我"的"脸上紫一块蓝一块"，还让"我的胃里"结出了白色的"冰块"。
>
> 被子是白色的：上面霉迹的潮湿是全家人脚板心流汗造成的。
>
> 屋顶是白色的：那形象"那么扎眼，搞得眼泪直流。"
>
> 水井是白色的："我"一到井边找"我"的围棋，父亲母亲"就被悬到了半空"，令人恐惧地吊了起来。
>
> 母亲的手是白色的："那只手像被冰镇过一样的冷，不停地滴下水来。"
>
> 连梦都是白色的：父亲"在梦中发出惨烈的呻吟"，母亲被"梦"咬了，"整条腿肿得像一根铅柱"。……

马尔库塞认为，社会中的攻击性可以透过权力"层级化"而施展其施虐与受虐的行为，此攻击性也会转而朝向那些"不属于整体的人"，

"其生存为整体所否定的人"。① 由此可见,"我"和"我的整个家庭"都遭到了社会彻底的否定。或者反过来说,"我"和"我的整个家庭"都对这个社会进行了彻底的否定。

残雪的这个小说文本的确是很有色彩的,可是,除了上述"白色恐惧"以外,其他的色彩又是什么呢?——母亲的"小脸"是"墨绿色"的;小妹的目光是"绿色"的,可见母女俩不但是事业上的同谋,连性格色彩都是同质的。而"我"的眼圈总是"浮着两大团紫晕";即便是"我的他者"——一直在山上的小屋时时呻吟要冲出去的那个人,"他的眼眶下也有两大团紫晕"。"我"的身体有着"血小板"缺乏症之病状,因而被母亲盯过的头皮"那块地方就发麻",而且(红)肿起来;被小妹盯过的"脖子"就会"长出红色的小疹子来";连"我"的脸也是被北风吹得"紫一块蓝一块"。同时,母亲太阳穴上的血管是"紫色"的,像蚯蚓一样胀鼓鼓的;蝇屎是"暗黑"的;井边的石头是"麻色"的;还有父亲"暴出青筋的手"。

这些可不是残雪自称的"明朗的色彩",而是晦暗的、充满恐怖的硬伤,是直捣神话"时间深度"②的那个血痂——它比《祝福》里祥林嫂额头上的伤疤和《伤痕》里晓华内心的伤疤都要大而且深。这个"血痂"一还原,就是作者小说中处处彰显的"洞穴意识",这里虽然有着"身体失调""血液淤塞"的"性"的隐喻,但更多的还是硬伤——例如:牛角"把板壁捅了一个洞"(《公牛》);邻居"用一只煤耙子捣墙上的那个洞"(《阿梅在一个太阳天里的愁思》);"窗子上被人用手捅出数不清的洞眼"(《山上的小屋》);等等。

中国最早使用象征手法的是《易经》,内有言:"易有太极,是生两仪,两仪生四象,四象生八卦。"这里的"四象"指的是阴阳的变化而成,其卦象取模于大自然。四象又分为实象、假象、义象和用象四类,如乾卦的实象指天,引申为父是假象;乾为健,是义象;乾有四德,即元亨利贞,是用象。而贯穿实象和假象的不是简单的象征作用,而是实象出现在一个境遇中的"过程"。实象与假象间的相应不在表现的形似而是在其动变过程中的时、位、态、势整体的应和与其必然同时具有的歧差。如乾卦中用龙的象不仅反映了它象征"劲健"、"天"和"太阳"——乾字从

---

① Herbert Marcuse, *Eros and Civilization: A Philosophical Inquiry into Freud*, New York: Random House, 1961, p.89.
② 张光直:《中国青铜时代》,生活・读书・新知三联书店1983年版,第256页。

"日"的"光照"而来,而且更重视的是这生变的时、位、态、势。"潜龙勿用"的象征意义在于,万事万物都是上天安排的,违背"天理"者则死。古人对"天"本意是指一片混沌,即《易经》中所谓"太极",但后人将它狭义为"天子""皇帝"。①

很明显,残雪的小说象征意味十分明显。文本的符号既有实象又有虚象。而与"洞穴"这种过度私人化(overprivatization)话语符号相对应的是具有仇恨的"阳具化"实象在其小说中指称的"肿"却是如此真实骇人:"脸部肿起老高,一天到晚往外渗出黏液"(《我在那个世界里的事情》);每次被母亲一盯看就会肿起来(《山上的小屋》);别人的嘴一嚼,自己"腮帮子就痛得不行,肿得老高"(《黄泥街》)。杨小滨认为这种"肿"显然是对暴行的肉体反应,暗指了精神创伤的痛楚,② 是一种所谓的"有贼的风景"。③

残雪这种"有贼的风景"经过《黄泥街》的《突围表演》,储存在弗洛伊德的集体无意识中,成为人民记忆深处的一部分,后来被突然激活,④ 并撞入了另一个年轻的先锋派女作家陈染小姐的闺梦:"是夜,贼们扮装成凄厉的风……他们是来掠夺我的心的。"⑤

第六节　世俗的力量:从对抗者到保护神

德朗(Andre Derain)在对"现代派"作品发出责难时曾一针见血地指出:"我们起步点之错误,在于我们在某种方式上太害怕描摹生活,这使我们观看现实时,距离得太远,并且急遽地想出错误的解决之道。"⑥ "现代派"作品的书写者为了反叛现实主义,从虚无主义出发,刻意远离

---

① 叶维廉:《中国诗学》,生活·读书·新知三联书店1992年版,第75—80页。
② 杨小滨:《中国先锋文学与"毛语"的创伤》,《二十一世纪》(香港)1993年第12期。
③ [日]近藤直子:《有"贼"的风景》,陈思和、李平主编:《二十世纪中国文学精品》,学林出版社1999年版,第895页。
④ 弗洛伊德指出,"原初的震惊感是储存在无意识中的,它的作用并不当即发生,而是被延迟到数年之后"。参见 Freud, Sigmund, *The Standard Edition of the Complete Psychological Works of Sigmund Freud*, Vol. 1, London: The Hogarth Press and the Institute of Psychoanalysis, 1953–73, pp. 352–359。
⑤ 陈染:《炮竹炸碎冬梦》,《今日先锋》1994年第2期。
⑥ 司徒立:《"现代的混乱"抑或"现代的纠纷":德朗和他的艺术世界》,《二十一世纪》(香港)1995年第6期。

生活/真实，以为距生活/真实越远，就越接近艺术的本质。不仅如此，他们还匆忙地得出形而上的结论，自以为找到了艺术的创作规律，殊不知，他们最终走进了死胡同。

德朗关于"现代派"作品的这一番话也可以视作对中国 20 世纪 80 年代先锋小说的一种全局性总结：以马原、苏童、余华、格非、洪峰和残雪等为代表的先锋作家，通过集体的艰难努力，经过一个时期蓄势待发、黑暗摸索和现实抗争后，他们冲出一条血路，得到了主流文化的认可，获得了空前的成功。

然而，在日复一日的文本试验和自我逼仄的精神拷问中，这一批作家的创作诉求发生了嬗变：最初的反叛变成了最后的融合，最初的逃避变成了最后的拥抱，最初的热情变成了最后的麻木。对当下生活的逃离与缝合，对意识形态的反叛与屈从，对权力场域的颠覆与妥协，对政治暗语的憎恨与依恋竟然成为先锋小说集体形象的生动写真。

结构主义的代表人物列维-斯特劳斯对原始社会的语言解码，索绪尔、雅各布森的结构主义语言学，以及罗兰·巴特对现代神话的符号学分析都强调符号、语言、文化在阐释世界中的特殊功用，[①] 这些西方理论家对语言解码与通俗文化的关联、意识形态与社会结构的耦合，以及话语霸权与符号神话的互助等，有过相当深刻而精辟的论述。中国新时期先锋作家对这套阐释序码有着幸运的超前接触和中国式/囫囵吞枣式的深刻理解，尤其在文本的语言和书写的形式上，创作者用心良苦，非常勇猛，颠覆得较为彻底，但这种颠覆更多地与早前的朦胧诗人们的创作态势和反叛血脉相暗合。

先锋小说语言的歧义性、丰富性、多质性与传统话语的单一和意义的枯瘦形成强烈的对比，文字的张力与文本的动力呈现透明的诗意，这对于从特定历史时期文化荒漠上走来的人来说，无异于遍地绿洲，欣喜异常。这些先锋作家们的文字能力也大大超越了以刘心武和卢新华为代表的伤痕小说家和以王蒙和冯骥才等人为代表的反思小说家等。残雪的成名作《山上的小屋》简直可以当成一首非常出色的诗歌来阅读。

值得注意的是，60 年代出生的一批作家如孙甘露、格非、余华、苏童、北村、吕新、韩东、朱文、刁斗、陈染、迟子建、李冯、罗望子等

[①] 孙绍谊：《通俗文化、意识形态、话语霸权——伯明翰文化研究学派评述》，《倾向》（美国）1995 年第 5 期。

"匮乏时代的精神凭吊者",① 其中不少是以写诗起家的。在这些作家中,有许多作品的主人公本身就是诗人,如韩东的《障碍》、北村的《孙权的故事》、朱文的《我现在就飞》、②孙甘露的《我是少年酒坛子》③等。至于在作品中引用诗歌的就更多了,连马原在《冈底斯的诱惑》里,最后结束时引用的竟然就是作品主人公姚亮的一首七十七行、题为《从牧歌走向牧歌》的诗和陆高的一首三十三行、题为《野鸽子》的诗,两首诗合在一起就是一首一百多行的长诗。

先锋小说文本中"澎湃的诗意"既是这一派作家在表意策略上的一次实践,又是文本内容空灵和歧义的审美需要。何况这种形式还是从中国古典小说的传统那里继承来的。孙甘露曾这样为自己的实践作辩解:每一个时代都可以看作一个寓言,都有一个"内敛"的故事,它不为那些文学太监所独有。只有透过性史,娼妓史,我们才逐渐在文明史中发现一点儿柔情。而柔情的派生物就是"忧郁",是普希金和聂鲁达诗中的"歌王"。④

可是,任何东西都有个"度",不能"太过",否则就是"滥用"。原哈佛大学教授毕雪甫曾撰文批评中国古典小说的局限之一就是滥用诗词。他说,这种传统在刚开始时插入这些诗词也许有特定的功能,但后来只是"有诗为证"成为一种僵硬的模式,拖延着情节高潮的到来,成为延长篇幅和徒为虚饰的累赘。

贾克梅第在评价德朗的画时说:"德朗的品质和优点,只能存在于失败和可能失落之上,德朗被不可能性威胁着。对他来说,在作品着手之前,已经是一个失败。"但他"所有的作品(无论成功或失败的),都无一例外地令我停下来,强迫我长时间地观看,寻找作品背后隐藏着些什么"。⑤ 这番话与其说贾克梅第对作为画家的德朗既透露出欣赏,其实更表示了担忧。一方面,德朗不可能被威胁,因为他是注定失败的;另一方面,无论德朗在社会学意义上是成功的还是失败的,他的作品都值得去品味,因为他的作品背后可能隐藏着什么秘密。

---

① 郜元宝:《匮乏时代的精神凭吊者》,《文学评论》1995年第3期。
② 韩东的《障碍》、北村《孙权的故事》、朱文《我现在就飞》三篇小说,均收入李森主编《中国话语》,敦煌文艺出版社1997年版。
③ 孙甘露:《我是少年酒坛子》,陈思和、李平主编:《二十世纪中国文学精品》,学林出版社1999年版,第1081—91页。
④ 孙甘露:《失去》,《今日先锋》1994年第2期。
⑤ 司徒立:《"现代的混乱"抑或"现代的纠纷":德朗和他的艺术世界》,《二十一世纪》(香港)1995年第6期。

中国先锋小说虽然不能说是注定失败的，但这些作家先天的不足，已表明他们难以在艺术的大道上走得太远，因而，他们更习惯像画家一样，以留白的方式让读者参与进来，或者说借助读者的智慧，完成二度创作，而先锋作家及其作品的"留白"本身就是诗歌的言外之意。如果先锋小说家们执意于文本中"澎湃的诗意"，他们和读者要做的，也就是法国现代派画家贾克梅第和德朗做过的："寻找遗失的秘密"[1]。中国新时期先锋小说的意义正在这里：在寻找/搜寻的过程中，创作者们笨拙地裸露自己，成功或失败都排列在阳光下，任读者恣意评说。只可惜，这一批作家太在乎社会学意义上的成功，而不甘心接受由于艺术的创新所带来的精神寂寞和物质的贫困。

先锋小说几乎与寻根文学同时起步，但寻根文学的发展速度十分迅猛，在主流价值和文化热的双重推动下，很快成为文坛的主力军，而先锋作家们在寻根文学最为热烈的时候却处在话语的边缘，冷静地注视着、摸索着、发现着、操练着，当寻根文学与权力话语越来越搅在一起的时候，先锋小说抓住契机，以集团的方式立即突围，并最终取代了寻根文学，进入话语中心。

这个时候，作家们的叙事方式发生了明显的变化，即由本雅明（Walter Benjamin）的拯救型叙事（redemptive narrative）[2] 向波亥斯（Jorge Luis Borges）式的循环废墟（circular ruins）[3] 叙事方向转变。也就是说，寻根文学作家常常在批判此岸的种种不满时，总要预先设计一个能解决问题的彼岸；而先锋小说作家则是要批判某种观点必须设立一种与之相反的观点，然后从此岸出发后所经历的景象不是直线型的，而是循环型的。[4]

这种叙事方式的转变也为先锋作家的精神转变埋下了伏笔。例如，莫言《透明的红高粱》里那个黑孩一句话也不说，最后被生活折磨得对一切苦痛变得麻木，成了"非人"，甚至退化成了"鱼"。小说最后是这样描写的："黑孩钻进了黄麻地，像一条鱼儿游进了大海。"[5] 对这种退化

---

[1] 司徒立：《"现代的混乱"抑或"现代的纠纷"：德朗和他的艺术世界》，《二十一世纪》（香港）1995 年第 6 期。

[2] Walter Benjamin, *Reflections*: *Eassys*, *Aphorisms*, Autobiographical Writing, trans. by Edmund Jephcott, New York: Harcourt Brace Jovanovich, 1978, p. 78.

[3] orge Luis Borges, *Borges on Writing*, ed. by Noman Thomas di Giovanni, Daniel Halpem and Frank Macshane, London: Lane, 1974, p. 29.

[4] 转引自孙隆基《未断奶的民族》，（台北）巨流图书公司 1996 年版，"序言"第 9—10 页。

[5] 莫言：《透明的红高粱》，《2000 年文库——当代中国文库精读·莫言卷》，（香港）明报出版社 1999 年版，第 71 页。

(degeneration) 的返祖现象（atavism），① 莫言并没有提出具体的解决方案，却在另一篇小说《拇指铐》里，将这一情节进行了重复：无奈无助的小阿义也同黑孩一样，变成了鱼，"游进了大海"。② 这种"返祖"与渴望"回归母体"一样，都是一种暂时的逃避，反映了叙述者的无奈，因为主人公要堂堂正正地做人、说话，非作家的能力所不及。作家只能用这种"循环型方式"叙述自己的内心景观，是话语对权力的妥协。

先锋作家的诗人化有助于提高中文小说的整体潜质。这批作家有意追求语言的飘逸和西化，字与义之间充满着张力，意象群密集而零乱，"现代的混乱，既悖论又奇妙地被感觉到"。③ 他们的作品没有宁静感，缺失安详的厚度，个性的膨胀，思想的怪诞，尖锐的情绪，行为的执拗荒诞都为文本语言的歧义性和丰富性找到了形而上的载体。"精神创伤是主体在艺术作品中所能获得的真正快感。但它是反对和不顾主体的快乐，这就是为什么哭泣是这种快乐的载体，正如它从'易朽性'的观点上看是悲哀的载体一样。"④

中国新时期先锋小说的作家们在利用这一载体表述自己的精神创伤时，刻意抛弃宏大叙述（grand narrative）的启蒙话语，为了获得真正的快感，频频使用西化的陌生语言——余华不动声色的叙述尤其出色。这些作家对内容的陈述不是传统的平铺直叙，人物塑造也摒弃典型化，总是扭曲、撕裂和戏讽，喜爱"夸大陈述（overstatement）"，强化宰制者和被宰制者生存之间的紧张状态。当这种紧张状态处于滑稽的最高阈值时，受压迫的一方突然抽走，造成整体的失重而出现人仰马翻的戏弄效果，达到解构权威和颠覆主流话语的目的。

例如，与残雪、何立伟等人同时起步、后移居国外的湘籍作家徐晓鹤，他那颇有影响的"疯子"系列始于1985年他的短篇小说《院长和他的疯子们》。在这篇小说中，进疯人院对该院院长来说，是一件宏伟的事业，他甚至劝并不疯的人也进来住。当院长"亲切地"邀请并不真疯的苏神经到疯人院去的时候，苏神经给了他一个耳光，在院长"雄赳赳的

---

① Bram Dijkstra, *Idols of Perversity: Fantasies of Feminine Evil in Fin-de-Siecle Culture*, New York: Oxford University Press, 1986, pp. 158 – 159.
② 莫言：《拇指铐》，《2000年文库——当代中国文库精读·莫言卷》，（香港）明报出版社1999年版，第177—201页。
③ 司徒立：《"现代的混乱"抑或"现代的纠纷"：德朗和他的艺术世界》，《二十一世纪》（香港）1995年第6期。
④ Adorno, Theodor W., *Aesthetic Theory*, trans. by C. Lenhart, London: Routledge & Kegan Paul, 1984, p. 380.

脸上，写下五根鲜红的手指印"。①

这种戏讽的"夸大陈述"所造成的黑色幽默读来真是哭笑不得："领袖或首长式的'亲切'，英雄式的'雄赳赳'和同烈士或理想有关的'鲜红'被带入了荒唐的境遇，使得这些担负有强烈意识形态使命的语词背后的主流话语遭到了无情的瓦解。"② 这种"瓦解"针对的是有着"超稳定结构"的中文母语系统。长期以来，中国话语实际上存在着三种属性为"母语"的语意系统：一是本位话语系统——自古以来的中国传统文化；二是非本位话语系统，指的是19世纪末20世纪初进入中国的西方传统文化；三是非本位话语系统——因国际共产主义运动而引进的马克思列宁主义思想传统，后来几乎被视为正统的霸权文化。③ 在这种"母语环链"的背景下，中国新时期的先锋作家试图用第一套、第二套话语系统对抗和反叛第三套霸权语系。

问题在于：一方面，他们渴望通过大面积移植西式话语对陈腐单薄的宰制性语系进行撞击，但又不希望这种撞击过于猛烈，担心那样会将本已被特殊年代拦腰斩断的传统言路更进一步地推向绝境。另一方面，当时正处于全国的"文化热"高潮和声势浩大的寻根文学运动之中，他们或多或少都会受到一些影响。至少先锋小说的代表作家马原在对西藏民风民俗如天葬、寻找野人等故事的发掘上与寻根文学主力作家——如扎西达娃对同一内容的描述有相交或重合之处。

中国先锋小说作家们"前卫意识"本来就不强，他们之所以"先锋"与其说是作家内心对于纯粹艺术追求的迫切需要，毋宁说是他们看准了形势，以决绝的姿态，有计划、有策略地冲上文坛，夺取话语高地。他们既有着形式上的反叛，如马原的"活页小说"（即小说就像台历一样，可以从任何一个切入点进入阅读）；又有着文化上的背离，如残雪对血缘亲情和"家文化"的撕裂；还有着道德和伦理上的颠覆，如余华关于睾元的移植和苏童关于妓女的改造，以及刘索拉、洪峰和徐星等人对文本陌生化的技术处理，所有这一切都显示了先锋作家的话语系统对权力话语的不驯和对主流文化的叛逆。

与此同时，这一批作家又怀着强烈的世俗精神和实用主义，思想的平庸、精神的侏儒和艺术的拼凑模仿使文本的价值内核常常落入难以置信的

---

① 徐晓鹤：《院长和他的疯子们》，远景出版公司1989年版，第57—58页。
② 杨小滨：《疯狂与荒诞：徐晓鹤小说中的文本政治》，《二十一世纪》（香港）1999年第10期。
③ 韩钟恩：《绞断母语环链之后……能否继续文化颠覆?》，《今日先锋》1994年第2期。

俗套。例如，在《冈底斯的诱惑》中，如此反叛和先锋的小说，主流话语的价值承载却异常清晰地表现在马原精明的叙事中，该小说不但有"雷锋叔叔回来了"这样的情节翻版，还有司机辗死了人，受害人的母亲竟恳求法律不要惩罚司机，因为已经有一个人死了，不能再让另一个人死亡，这样的"宽容至上"竟然要凌驾于法律之上。这种母亲的伟大与主流话语宣传的价值有着惊人的一致性。读者当然耳熟能详，愉快地接受了道德教化。

马原的这种"模拟律令"（以客观呈现为名、规范和"检核"人们观看及写作真实之方式的一种道德及形式的制约）[1]，与他致力反叛的创作初衷和价值诉求是相违背的，反映出作者的表演不过是一种"戴着镣铐的舞蹈"，而且这种镣铐是自己自觉地戴上的，因为害怕与大众表现得不一致就会受到相应的惩罚。如果将马原的小说按照传统的方式重新叙述，就显得一点儿意思都没有。马原在形式上走得太远，但内容上却又距现实太近。这种形式与内容的割裂在余华等人的作品得到一定程度的修复。结果，不驯变成了顺从，叛逆变成了合谋，对权力的对抗变成了对权力的分享。

先锋小说作家在实验主义的路上走得艰难，依凭的背景大多来自西方话语体系，不少作家在审美探索上越走越窄，甚至钻进了艺术的"死胡同"，如马原最后成了地地道道的"形式主义者"。余华与苏童等人也在自己的实验园地越来越有一种曲高和寡、孤独无助的痛苦。两者不同在于：与其像马原那样放弃创作，还不如利用现有的名气，回头是岸，写一批所谓的"雅俗共享"式的作品，这种世俗的力量，也就是余华的《活着》《许三观卖血记》和苏童《妻妾成群》《我的帝王生涯》的创作动因。从在这个意义上说，"先锋"旗号只是这一拨作家夺取话语权的行为策略。

这也就是为什么，这一拨先锋作家后来纷纷"转向"，成为新写实中的得力干将。比方，才华出众的苏童，当他写作《红月亮，黄月亮》时，他被认为是严肃/先锋作家；但当他写作《妻妾成群》时，这一身份就有些问题了。有人认为他是通俗作家，他自己表示就是"通俗作家也无所谓"。

王安忆直言不讳地说，苏童的《妻妾成群》不过是一部"高级通俗小说"。[2] 被王蒙封为"黑驹"的评论家王彬彬则指出，这类"高级通俗

---

[1] Christopher Prendergast, *The Order of Mimesis*: *Balzac*, *Stendhal*, *Nerval*, *Flaubert*, Cambridge: Cambridge University Press, 1986, pp. 1 – 23.
[2] 王彬彬：《在功利与唯美之间》，学林出版社1996年版，第56页。

小说"的创作俨然已经成为文坛的一种主流,积极参与其中者不乏"大腕式"的作家,如余华等。南京大学教授王彬彬对余华的《活着》等通俗小说明确地表示"很厌恶"。①

余华坦承:一个作家,"只要他出于内心的真实感受,他的作品一定表达了他的民族的声音"。而这种对"民族的声音"的"表达"和"代言"恰恰曾经是余华致力"反叛"的鹄的。当一个人因为通过"反叛"——哪怕只是形式上的而获得了意外的"成功"后,又反过来为他曾经"反叛"的对象辩护时,这种"转向"后角色的"倒置"和戏剧性变化——或可称之为"变节"②——就显得特别富有讽意。余华还信誓旦旦地说,卡夫卡、普鲁斯特、乔伊斯等大师们在"创造自己的时代"和"文学规则"后,"这时候他们不再是现有体制的破坏和反对者,而成为了现有体制的保护神"。③

余华、苏童们现在不但不反叛,反而一心一意要来做中国文坛"现有体制的保护神"了。当苏童的《红粉》由小说改编成电影时,他就十分乐意"改编自己"以适应主流价值的需要。在《红粉》小说中,作者通过小萼的不幸,宣告一场改造妓女运动的失败,但在电影中,编导按照主流意识形态对这种反讽进行了大幅删改,使电影变成再现江南风俗民情的风俗画。④ 这些被王安忆指责为现有体制的"既得利益者"⑤完全忘记了他们最初"突围"的旗帜:"先锋源于恐惧——对精神侏儒症的恐惧。/先锋期求空间——所有物质文明永远不能提供的空间。"

有鉴于此,在美国消闲的阿城以《棋王》般口吻淡淡地说:都说先锋作家颠覆了权威话语,可是颠覆那么枯瘦话语的结果,搞不好也是枯瘦,就好比颠覆中学生范文会怎么样呢?⑥ 阿城的戏言并非老大哥式的"倚老卖老"的教训,也不是"吃不到葡萄就说葡萄酸"的妒忌心理,而是蜻蜓点水、言简意赅的中肯评说。换言之,中国新时期的先锋小说仍然没有突破雾霭的包围,即便突破了某一层,又被新一轮雾霭所笼罩——这表明中国新时期文学的现代化之路仍然曲折而漫长。

---

① 王璞:《从蔡澜的小品看香港文学的雅与俗》,《现代中文文学评论》第1期,现代中文文学研究中心1994年版。
② 聂茂:《余华的"变节"与塞壬们的沉默》,《湖南日报》2002年3月27日第5版。
③ 余华:《传统·现代·先锋》,《今日先锋》1995年第3期。
④ 杨扬:《先锋的遁逸》,《二十一世纪》(香港)1995年第6期,收入汪晖、余国良编《90年代的"后学"论争》,香港中文大学出版社1998年版,第207、212页。
⑤ 王安忆:《感情和技术》,《今日先锋》1995年第3期。
⑥ 阿城:《闲话闲说——中国世俗与中国小说》,作家出版社1997年版,第182页。

第六章 文学韧力:新写实小说的道路选择

韧者,或作忍。本义指柔软而结实,受外力作用时虽变形而不易折断。韧力,表示材料在塑性变形和断裂过程中吸收能量的能力。韧性越好,发生脆性断裂的可能性越小,材料受到使其发生形变的力所产生的抵抗能力越大。韧力用在心理学上,是指一种压力下复原和成长的心理机制,这种机制面对丧失、困难或者逆境时的有效应对和适应,不仅意味着个体在遭受重大创伤或应激之后可以恢复到最初状态,而且表明个体在压力越大、威胁越重就越能爆发更顽强持久、坚韧不拔的意志与力量,实现一种"硬扭"的成长和"变形"的新生。

用"韧力"来形容新写实小说的文本内容与作家写作的状态是比较符合客观实际的。新写实小说的文本内容主要聚焦生活还原,直面现实,大量平淡琐碎的生活场景与操劳庸碌的小人物成为作品的中心。作家们写作不再追求"本质的真实",其创作诉求不是改造生活和超越生活,而是认同现实和接受现实。在艺术上,他们放弃了先锋小说的荒诞、变形、扭曲和拼贴,不愿在想象力上下功夫,而是照相式的"还原生活",以"零度叙事"再现生存的世俗状态。再艰难的生活,对小人物而言,都能隐忍地活下来,活着是过程,也是目的,活着的意义就在于面对任何压力都能挺住,民间智慧、传统文化、道德力量、乐观豁达、自轻自贱等,是小说主人公"韧性"、"韧劲"和"韧力"的体现与活下来的法宝。

新写实小说的文学韧力是一种普遍的精神状态。面对社会转型所带来的困惑与一系列挑战,创作主体感觉到有过的宏大抱负与理想热情被日益磨损和销蚀,他们无力改变,只能回归现实本身,力图表现普罗大众、底层人物的卑微生活,无论是柴米油盐酱醋茶,还是锅碗瓢盆、人情世故、生老病死等,都很琐碎而真实,并有着令人惊奇的野性生命力。

新写实小说的创作者有着先天的优势和鲜明的个性特色,开阔的视野,深厚的理论基础,丰富的创作经验,为他们的精彩表演提供了客观的现实条件。这个时期的作家对社会、文化、政治问题等层面的思考更加务实、理性，对文化建设与中华文化传承的重要性也有很好的认识，他们不再坚持"检讨中国"的刻板模式与审美知识自主性立场，充分意识到贬斥国家主义和功利主义的政治美学理念，唯西方话语是从的模式是不适合中国国情的，必须作出转变和调整。

　　本章站在世界视野的高度，立足中国传统文化、特别是中国经验和中国智慧对新写实主义的影响这一价值目标，聚焦创作主体彰显出来的普罗大众的精神生殖力、从他患意识到自警意识、虫性人格与悲悯立场、方方《风景》中的民间性与草根性以及这一批作家中根子里的妥协与文学的叛逆等方面，围绕创作资源和审美境界形成的路径进行阐释，深入探索文学创作对于现实生活应该和可能体现怎样的现代理性认知，探索应怎样认识和表现这种中国特色的现实主义文学，才能为民族文化的雄健发展提供有效的价值资源，才能对于社会主义文化和国家精神文明建设提供学理支撑和现实意义。

第一节　普罗大众的精神生殖力

　　像任何一股文艺思潮一样，20世纪80年代晚期在中国文坛悄然兴起的新写实小说，至今没有一种定论。1989年亮出"新写实"旗号并不表示新写实小说才刚刚开始；而1991年新写实的小说联展偃旗息鼓，也并不意味着新写实作为一种文学思潮就此销声匿迹。新写实的边界被不断拓宽，有人追溯至王安忆的《小鲍庄》。陈晓明认为，对一文学思潮的认识应该有一个必要的时间标界和群体记忆。他认定1987年方方发表的《风景》，是拉开了新写实小说序幕的力作，并首次从五个方面概括新写实小说的书写特征：首先是粗糙素朴的不明显包含文化蕴含的生存状态，不含异质性的和特别富有想象力的生活之流；其次是简明扼要的没有多余描写成分的叙事，纯粹的语言状态与纯粹的生活状态的统一；再次是压制到"零度状态"的叙述情感，隐匿式的、缺席式的叙述；又次是不具有理想化的转变力量，完全淡化价值立场；最后是注重写出那些艰难困苦的，或无所适从而尴尬的生活情境。[①] 作为一股文学思潮，新写实小说至今受到学界持续的关注和重视，但研究者大多聚焦在对代表文本的阐释模式、底层叙事的书写策略和原生态的艺术手法等维度上，而对这种思潮出现的特

[①] 陈晓明：《反抗危机：论"新写实"》，《文学评论》1993年第2期。

殊且复杂的时代背景研究不够。

事实上,当南京《钟山》文学杂志在 1989 年第 3 期上亮出新写实小说的旗号、并由青年评论家王干等人对这一股文艺思潮进行理论上的界定时,其代表作方方的《风景》和池莉的《烦恼人生》① 早在两年前就已经刊出。《钟山》杂志为"新写实小说大联展"所写的《卷首语》中开宗明义:"所谓新写实小说,简单地说,就是不同于历史上已有的现实主义,也不同于现代主义'先锋派'文学,而是近几年小说创作低谷中出现的一种新的文学倾向。这些新写实小说的创作方法仍是以写实为主要特征,但特别注重现实生活原生态的还原,真诚直面现实,直面人生。……是对纷纭复杂现实情状无从把握的一种逃避",其主要特点是"灰色背景、低调叙述和感情零度。"②

与伤痕文学、寻根文学和先锋小说等文学思潮的"捧月效应"不同,新写实小说的出场明显带有一丝无奈和尴尬。所谓"捧月效应",是指一篇或一批有显著标志的作品发表后,评论界会立即作出反应,进行评论或讨论,甚至就以某篇小说的题目命名一种文艺思潮,如卢新华的《伤痕》之于伤痕文学、韩少功的《文学的根》之于寻根文学,以及马原《冈底斯的诱惑》和残雪的《山上的小屋》之于先锋小说,甚至即便是用批评的方式《令人气闷的"朦胧"》之于朦胧诗,等等,都是"捧月效应"的文学表征。评论界对一批作品或文学现象的及时关注如召开作品研讨会、迅速发表一批评论文章等,往往更能激发一批相类似的佳作问世,读者和社会也更加予以关注,从而使一股文学思潮达到高潮。

新写实小说的出场颇为冷落,甚至连小说的发表上也很费周折。池莉在谈到《烦恼人生》时坦言:这个作品好几次被人拒绝,最后才由《上海文学》发表。由此,她"看中它的编辑和签发它的主编成了我永远有好感的人。这没办法,我是个俗人"。③ 对新写实小说评论的严重滞后反映了当时评论界对这一类小说的普遍轻视。而这股思潮最终得以形成气候正是依赖于政治力比多的惯性,也反映了评论家们对现实的最终妥协。

刘纳一针见血地指出,"甚至在关于'新写实'的评论文章里,也能读出一种无奈的情味。……文学在无奈中向现实举起了降旗"。④ 文学理论界对新写实小说敏感度的严重滞后并不意味着那个时期评论的缺席,恰

---

① 池莉:《烦恼人生》,《上海文学》1987 年第 8 期。
② 《钟山》(卷首语) 1989 年第 3 期。
③ 池莉:《写作的意义》,《文学评论》1994 年第 5 期。
④ 刘纳:《无奈的现实与无奈的小说——也谈"新写实"》,《文学评论》1993 年第 4 期。

恰相反，文学理论界已清楚地知道七哥和印家厚们的"艰难出世"将会给已呈蓬勃之势的中国文坛带来怎样的冲击和影响。

尽管寻根文学和先锋小说有着这样那样的不足或缺点，但毋庸置疑的是，这两股文学思潮将中国新时期的文学运动在滚滚向前的现代化进程上推向了一个崭新的高度，激活了发展中国家文学的母语基础，蠢起了与发达国家对话的文学城堡，使废墟上的花环从雾霭中的冲突里脱颖出来，为潜伏在山高水远、沉睡已久的集体意识的萌芽找到了承担苦难的记忆的载体。

中国新时期伤痕文学的文本向度呈现的只是时间性表达，是单纯的、扁平状的百科全书式的，其中往往有着显而易见的时间标界，如"文化大革命"十年的特殊历史等。而从寻根文学到先锋文学的叙述范式则完全摆脱了既往的思维定式，努力融合西方发达国家文学经验和拉丁美洲文学的艺术手法，较好地"转轨"到了空间性表达上来，时间的模糊和地点的荒蛮大大拓宽了创作主体的心理空间，为全球化语境下发展中国家文学的健康发展竖起了一块现代性界碑。

可以说，从底层夹缝中横冲出来的新写实小说表现出《风景》中"七哥"般的野性生命力，创作者尽可能避开政治禁忌，不玩叙事圈套，与先锋小说划清界限，回归萝卜白菜和油盐酱醋的生存本身，艺术上的实用主义成分大大加强。池莉、方方和刘震云等新写实小说代表作家的书写原动力恰恰是中国作家的聪明、机智和无处不在的精神力量。

这种野性的力量结合着实用的恢复力、生存本能、意志和对当时政治领导人所界定并强加到他们头上去的理想和信仰的献身精神，形成了他们独有的"坚韧面"①——既是对权力的屈从，又是对权力的拒斥。此时的作家们充分利用其坚韧面，包括春秋笔法和象征艺术的运用，使个体的压抑得到最大限度的释放。比方，池莉就承认，因为从小以来一直受到压抑，"我对死老鼠，对化冻的一摊脏水，对课本的失踪，对黑板上的辱骂全都采取了沉默的忍受态度"。② 这种"忍受态度"既是对自我意见的保留和无声的抗议，又是对"辱骂"的默认和漠视，其精神指归与韩少功（寻根文学）和残雪（先锋文学）等对同一意象的"腐烂秽形物"——如《爸爸爸》和《女女女》中的死老鼠、月经带、酸田螺、粪便等以及

---

① 李欧梵：《现代性的追求——李欧梵文化评论精选集》，（台北）麦田出版股份有限公司1996年版，第439页。
② 池莉：《写作的意义》，《文学评论》1994年第5期。

《山上的小屋》中的死蛾子、痰液、眼屎等——进行大面积的"暴露"和"反叛"有着截然不同的精神指涉和文本立场。

在压抑而茫然的现实中，以池莉、方方和刘震云为代表的新写实作家们，有如雾都孤儿般顽强地抗争着、蛰伏着、生存着，他们既不愿以明确的反叛姿态激怒权力，又不愿过于牺牲自己的审美追求而向权力屈从。创作主体的尴尬心态（与作品内容之"艰辛的尴尬"相应和）严峻地考验着这一批作家的精神忍耐力和艺术爆发力。

新写实小说创作者们在诗人的"先知意识"和大众的"愚昧意识"中找到了某种中介，似乎从一开始就把走得太远的先锋作家拉回一点、又将落后太多的伤痕作家推前一把，并将文本从寻根文学后期所出现的为形式而形式和"寻章摘句"的死胡同里解放出来。新写实小说的倡导者也正是将其界定为两个主义——现实主义与现代主义的"杂交胎生"的新品种，是出现在两个主义"交叉地带"的"一种新的创作途径"。[①] 在具体表述上，这一拨实践者有意收缩了心理空间，而更多地回归到了传统的、时间性表达上来，而且这里的时间"厚度"从历史登音中剥离，主要由当下的世俗生活所充斥，显示了与先行拓荒者们审美趣味相抵触、相冲突的精神走势。这是一种撕裂，无论是对作家、读者或评论家；无论是对国家、民族或个人。池莉坦承："撕裂是艰难而痛苦的。"[②] 这里包含着深层的历史背景和时代语境。

20世纪80年代中后期，伴随着社会转型（如市场价格改革中的"双轨制"等）产生了一系列的社会问题：通货膨胀引起的情绪波动、"官倒"激发的对腐败的不满、"全民经商"掀起的浮躁大潮、"脑体倒挂"导致的心理失衡、大众文化对精英文化的冲击等，这些社会"阵痛"大大改变了当代人的价值观念和道德追求。一种迷离的、无所适从的无奈情绪弥漫了社会的每个角落。

这种无奈情绪正好为新写实创作中的"冷漠化"态势铺垫了必要的心理基础。[③] 有了这样的心理基础，创作主体尽可以瞄准"底层人"的现实生活，写出他们"艰辛的尴尬"。例如，刘震云的小说《塔铺》和《一地鸡毛》就是这种生活的写真。《塔铺》写的是深爱着"我"的乡下少女爱莲，为了生存被迫嫁给村里的暴发户吕奇，但最终想的却是："你是带

---

① 丁帆、徐兆淮：《新写实主义小说的挣扎——关于近来一种小说现象的断想》，《上海文论》1990年第1期。
② 池莉：《写作的意义》，《文学评论》1994年第5期。
③ 樊星：《论八十年代以来文学世俗化思潮的演化》，《文学评论》2001年第2期。

着咱们俩上大学的。"既不能与心爱的"我"结合，又不能如愿以偿地"上大学"，爱莲在这种"晓华式"（《伤痕》）的绝望中，竟然还有如此无奈而"尴尬"的想法，使"我"对"上大学"的欣喜顿时转为"辛酸"，因为"我"的读书不但是带着沉重的自己，还带着爱莲苦涩的"梦"！而就爱莲而言，她既要做吕奇的合法妻子，又要暗地里想着对"我"的爱恋，还有把自己不能实现的梦（跳出农门，读上大学）用无形的方式加到一个爱她的人身上。特别是作品中的吕奇，他辛苦地挣钱为了家室，为了弥补因自己文化的不足，被人贬称为"暴发户"而将希望寄托到爱莲的肚子上，可爱莲的心思却不在他身上——这种辛酸的真实恰恰是当时中国成千上万的爱莲和吕奇们"尴尬生活"的缩影。

刘震云在另一部小说《一地鸡毛》中，主人公小林虽是城里人了，但"老家如同一个大尾巴，时不时要掀开让人家看看羞处，让人不忘记你仍是一个农村人"。小林在都市里的苦闷挣扎，诸如无房、无权、送礼，逢人点头哈腰，还要拉关系、走后门等，都与"农村人"的身份有关。小林不愿意这么做，可现实生活又逼得他不能不这么做。他鄙视官人、憎恨官场，却又不得不迎合官人、投身官场。他的"尴尬"似乎是天生的——因为他是"农村人"，他无法改变这些，尽管他上了大学，尽管他的户籍已经是城里人，他还是要面对自己的"羞处"，他无法选择自己的出身，无法选择自己的父母。他爱自己的父母，却又恨他们给了他"农村人"的身份；他爱自己的故乡，却又恨故乡只是一个"贫穷落后、愚昧无知"的代名词。然而，"农村人"这种受歧视的"身份"仍是组成"底层人"的主体力量。刘震云们将"寻根文学"作家对这些受宰制者们从虚构的"话语乌托邦"（寻根文学表现出来的村言俚语之优越性）中解放出来，让他们看到了自己的真实处境——他们的"羞处"恰恰是他们永远的"心灵之痛"。

这种"艰辛的尴尬"在刘恒《狗日的粮食》里也有十分突出的表现。主人公曹杏花脖子上长着瘿袋（即甲状腺肿瘤），这个从相貌到心灵都很丑的人，让光棍汉杨天宽花二百斤谷子买了她，都感觉不值。然而，这个丑女人竟被先后转卖了六次，她全部的生存活动，只限于动物性的本能：求生的本能使她张着嘴要吃饭，而依靠的却是女性的生殖本能和肉体所换取的。她爱粮食却又憎恨它，连连骂："狗日的粮食。"她清醒地意识到粮食是她屈从于男人、被男人践踏的祸根，可生存的本能又让她不能不依赖粮食。她自暴自贱，把人性中的丑恶尽情地展露出来。为了一粒稻谷，一条南瓜，甚至一堆骡子粪，她都可以耍泼撒野。

她给孩子取的名字全是粮食,大儿子是大谷,四个女儿分别叫大豆、小豆、红豆、绿豆,小儿子叫二谷。最后在灾害年景,靠上级返销的救济粮度日,在去公社粮站时,却将钱和购粮证一并丢了。这就丢了她的命根子,她仿佛得了失忆症,整天哭喊不停,后又吃了有剧毒的杏仁儿渣子,一命归天。临终前,曹杏花特地示意杨天宽把耳朵凑上去,她最后的遗言是"狗日的!粮……食……"

触目惊心的生存"尴尬",真让人"辛酸"得欲哭无泪!这种"尴尬"在刘恒的另一篇小说《伏羲伏羲》里则以一种"乱伦"的形式张扬着。"乱伦"不仅仅是妥协,是情感上、精神上、肉体上的迷失,更是一种背叛,是对血缘、文化、道德和政治的多重背叛,其代价是菊豆的肉体和灵魂的摧残和欲望的毁灭。

这种"人性"与"兽性"交织的"乱伦",在王安忆《小鲍庄》的道德场域里受到了抽离合理化后情感的释放与张扬:故事中的二婶既是主人公拾来的妻子,又是拾来的母亲和姐姐的替身。一个女人有着如此多的不同身份,而且每一个身份都是可疑的,是妥协的,是尴尬的,是不为古老文化价值所认可的。拾来意识到这种身份的"伤痛"和"尴尬",他想反叛,并最终逃了出去,可是,乱世的险恶没有他的生存之地,竟又迫使他灰头土脸地回到了二婶的身边,用麻木和妥协的方式,过上一种"非正常"的正常生活。正是这种扭曲的"妥协和尴尬"给了拾来安定感,抚摸了他因为反叛而自创的伤口,也反映了主人公对尴尬生存处境的彻底无望和麻木。

李锐的《厚土》系列将这种"尴尬"表现到极致,他的作品呈现出一种简洁粗粝而又厚实混沌的生活原态。例如,在短篇小说《看山》中,"一个牛群越放越大,可是自己越过越孤单"的老汉,本是一个十分卑微、猥琐的人,面对队长的野蛮统治,他没有丝毫的反抗,总是无条件地服从,似乎不这样反而不算是正常的男人。然而,当队长婆姨那"肥大的屁股"在茅厕里"白亮亮地露了出来"时,"放牛人的脸上露出一丝报复的笑容来,……阳光下的屁股,白亮亮的刺痛了眼睛",似乎看了队长老婆,就捡了便宜,间接地报复了队长。[①] 这种由"被看者"到"看者"的角色转换并没有让作品主人公失落的人格修复过来,反而将"放牛人"卑琐的人格和生活的"尴尬"逼到读者眼皮底下——队长婆姨那"肥大

---

① 葛乃榛:《开掘沉滞的厚土》,《中国20世纪乡土小说论评》,学苑出版社1997年版,第630页。

的屁股"不但刺痛了"放牛人"的眼睛，也同样"刺痛了"读者的眼睛。

类似的"尴尬"与"苦涩"，在杨争光《土声》里却变成了对黄土地苦难内部的深度聚焦，而苏童在《妻妾成群》里则干脆用恶作剧的心酸和戏谑的方式改写宏大叙事的历史，等等。所有这些后来收编于新写实小说旗下力作的"艰难出世"，当时都在远离中心话语的文学边缘苦涩地晃荡，自生自灭，没有引起应有的反响和关注。

纵使其中有些作品拍成了电影——如刘恒的《伏羲伏羲》之于《菊豆》以及苏童的《妻妾成群》之于《大红灯笼高高挂》，文学评论界对它们的认识也更多的从商业炒作上考量，而对它们作为文学作品价值的本身并没有给予太多的评价。因此，如果不是"八九学潮"那一场突发性的政治运动，所谓新写实小说思潮也最多不过是文坛上的一小浪花，是作为"别一样的风景"存在而已。

这种大肆反映琐碎的生活流、有着陈思和称之"左拉自然主义色彩"①的文学思潮绝不会成为主流文学——《烦恼人生》的精神价值并没有超出《人到中年》（谌容），文本中对爱情的追求也从《爱，是不能忘记的》（张洁）那种真情投入中抽身出来，还原成萝卜白菜一样真实生活的"妥协"与"尴尬"本身，看不到艺术的超越。

第二节 从他患意识到自警意识

在审美追求上，新写实小说创作者在各自的探索中有着类似经济学上所谓的"全息性预设"和"共益性预设"② 的书写特点——创作者们竭力深入普通市民生活的内部，不仅不拔高生活，甚至以想象的方式将生活弄得更加苦不堪言，更加底层十足，并在"共有的经验"的叙事中习惯"以统摄的、全盘掌握的信息"对当下原态生活进行事无巨细般的描写。

新写实小说创作者的写作距现实太近，"它不要指导人们干什么，而是给读者以感受。作家代表了时代的自我表达能力，作家就是要写生活中人们说不清的东西，作家的思想反映在对生活的独特的体验上"。③ 创作

---

① 陈思和：《自然主义与生存意识——致王干谈新写实小说》，《二十世纪中国文学精品》，学林出版社1999年版，第1167页。
② 乌杰：《21世纪世界经济秩序：走向系统范式》，收入季羡林等编著《大国方略——著名学者访谈录》，红旗出版社1996年版，第140页。
③ 丁国强：《新写实作家、评论家谈新写实》，《小说评论》1991年第3期。

者的心灵诉求与伤痕文学中张贤亮对"为民代言"的解释有着一脉相承的内在血缘关系。

张贤亮毫不隐讳地说：20世纪70年代末80年代初，"人们认为中国作家很可能就是人民的代言人。其实，那不过是作家们说了人民群众'想说又不敢说的话，要说又说不好的话'罢了，不是思想上的代言人而是感情上的代言人"。他承认，那时作家们"有力地配合了思想解放运动，推动了中国的进步"。① 由张贤亮的夫子自道，突然想起鲁迅先生对他那个时代的作家有过这样的评价："他确能替平民抱不平，把平民的苦痛告诉大众，……文艺家的话其实还是社会的话，他不过感觉灵敏，早感到早说出来。"②

完全不同的两个时代的作家心灵却有着惊人相似的"隐秘的融合"，除了历史的积淀外，更重要的是凸显了新写实小说创作群体有一种重蹈"载道"、"义务"和"责任感"等"乌托邦话语"的审美走势。只不过这时的"载道"载的不是"国家""民族"等巨型语言的大写之道，而是"个人""自我"等小写话语的求生之道；他们着眼的责任感也不再是天下兴亡的"他患意识"，而是稳定家庭和个人情感的"自警意识"。

在这样的背景下，新写实小说文本方向（text-oriented）的突出表现就是对吃喝拉撒、油盐酱醋的日常生活流水线之精细描写，看不到热情，也无所谓希望，有的只是当下现实没滋没味、但又不得不面对的生活。但这种琐碎的生活流也可以看作对权力的包容和消解。方方说，"我的小说主要反映了生存环境对人的命运的塑造"。③ 这种"塑造"说穿了，就是生活对作品主人公"精神的打磨"——生活的齿轮和时间的刀刃将一切棱角都已磨平。

当池莉说，"我反反复复做着一种事情：用汉字在稿纸上重建仿真的想象空间"④的时候，她实际上要做的就是"代表"这个社会对作品中的人物进行全方位的"打磨"。这与伤痕文学中卢新华和刘心武等人的"代表"有着相似的精神旨归，只不过池莉他们关注的是当下的百姓生活，回归到真正意义上的"为民代言"。从这个意义上说，新写实小说作家们的"为民代言"显然超越了伤痕文学那种"新闻官"式的人格定位。例

---

① 张贤亮：《小说中国》，陕西旅游出版社1997年版，第32页。
② 转引王晓明《无法直面的人生——二十年代晚期的鲁迅思想》，收入王晓明主编《二十世纪中国文学史论》（第一卷），东方出版中心1997年版，第462页。
③ 丁国强：《新写实作家、评论家谈新写实》，《小说评论》1991年第3期。
④ 池莉：《写作的意义》，《文学评论》1994年第5期。

如，在池莉的小说《冷也好热也好活着就好》中，业余诗人"四"——与"死"和"屎"等谐音，中国人一般认为此数字蕴含"不吉祥"的意思——所体现的价值是代表"启蒙"和人文立场的，可"四"却在文本中成为一个不合时宜、备受嘲笑和冷落的人；而小市民"猫子"所代表的小市民生活却充满了乐陶陶的诱人光泽——这是一种"打磨"后的失去个性、没有精神内涵的苍白的光泽。小说对诗人"四"的否定和对小市民"猫子"的肯定，代表了池莉对"诗人"所象征的宏大话语之背离和对小市民所象征的"小我"价值之人文精神的张扬。这种肯定与张扬恰恰加强了权力场域中主流话语对市民生活价值的重新认知。

我们光从《冷也好热也好活着就好》主人公的命名上看，就可以见出池莉精心制作的"中庸产品"是多么的令人尴尬——如果说，"小猫子"与《伤痕》中的"晓华"（"小花"之谐音）仍属于社会主义现实主义作品人物长廊中的"小"字辈系列的话，那么，业余诗人"四"与余华先锋味十足的小说《世事如烟》中的"6"同属于无名无姓的"阿拉伯数字"系列。这种看似"巧合"实则隐含着池莉创作本身的"尴尬考量"：既不能陷入伤痕文学的"启蒙"泥沼，又不能与先锋小说的"反叛"结为同盟。新写实小说的作家们走的正是这样一条具有较强"妥协精神"的"中间道路"——这是"艰辛的尴尬"之另一面。

这种"妥协"中的"尴尬"在刘震云《一地鸡毛》里表现得更为明显：诗人"小李白"变成了卖烤鸭的小暴发户，他反过来对小林进行另一种形式的"启蒙"：当小林问他还写不写诗时，"小李白"朝地上啐了一口浓痰："狗屁！那是年轻时不懂事！诗是什么，诗是搔首弄姿混扯淡！如果现在还在写诗，不得饿死！"并说，"还说写诗，写姥姥！我可算看透了，不要异想天开，不要总想着出人头地，就在人堆里混，什么都不想，最舒服"。——"妥协"的无奈与心酸至此已变成了"戏谑"。小林居然深有同感。[①] 作家笔下的实用主义世俗观真是触目惊心啊。反讽的是："小李白"原本就是把写诗当作谋生的工具，就像张贤亮一度把对写作的追求跟走向"红地毯"的追求捆在一起、王朔把"写作当作敲门砖"一样，都是世俗的实用主义的具体指陈。

当年，张贤亮的小说《绿化树》被译成英文时，译者杨宪益、戴乃迭先生希望张贤亮将"最后一节主人翁'走上红地毯'那一段删除"。张贤亮坚持不删，可以想象，要是他删除了小说中的"红地毯"，他还能不

[①] 孙先科：《英雄主义主题与"新写实小说"》，《文学评论》1998年第4期。

能走上生活中的红地毯。① 而王朔在谈到自己的创作时直言道:"我写小说就是要拿它当敲门砖,要通过它过体面的生活。"②

这种世俗的实用主义在新写实小说创作者们眼里,不仅可以理解,更被认为是现实生活的一种智慧,在他们看来,"小李白"的现实意义在于:他没有获得张贤亮或王朔那样的成功,在市场经济残酷的"淘洗"下,他及时"转轨",另谋高就,活出了"人样"。因此可以说,市场经济就是一场"大浪淘沙"的全民运动,是"诗人"还是"伪诗人",是"金子"还是"沙子",一淘洗,立马露出真面目。新写实小说的意义之镜便是从文学场域中对这股文学思潮作出了艰难的选择和历史的见证。

第三节 虫性人格与悲悯立场

作为新写实小说的发起者和推动者,王干用"情感的零度"来界定这种小说的叙事特征③,而这种说法显然来自罗兰·巴特(Roland Barthes)《写作的零度》一文的启迪。罗兰·巴特从加缪小说中总结出"零度的写作"的方法,即用中性的、非感情化的方式写作,作为对古典写作(资产阶级写作)的有力反拨。但"零度的写作"并未成为文学和写作的"救世主",创作者在强大的意识形态机器面前,所谓"零度"叙事只能成为乌托邦一样的艺术立场和反叛姿态而已。④

倡导新写实小说写作的王干把罗兰·巴特的思想借鉴过来,试图超越寻根派和先锋小说的叙事模式,拒绝宏大话语和意识形态的渗透,拒绝"文化承诺"式的写作,让写作成为作家展示自我的个性平台,与生活同行,与读者同在。出于对王干观点的认同,新写实小说的创作者放弃了一贯的理性设计或宏大理想,不再显示叙述者居高临下的姿态,不再布道和说教,不再站到思想的高处,俯视生活、俯视人物,而是同作品中的人物一道同悲同喜,成为命运共同体。

与传统的现实主义小说叙事中夹杂着大量的非叙事话语不同,新写实

---

① 张贤亮:《小说中国》,陕西旅游出版社1997年版,第39—40页。
② 王朔:《王朔访谈录》,台湾《联合报》1993年5月30日;《王朔自白》,《文艺争鸣》1993年第1期。
③ 王干:《近期小说的后现实主义倾向》,《北京文学》1986年第6期。
④ 周菌:《"零度"的乌托邦——浅论罗兰·巴特〈写作的零度〉》,《外国文学》2005年第2期。

小说的叙事是创作主体的退位、隐匿和缺席，即进入"零度状态"的叙事。这是一种缺乏价值判断的冷叙事，是创作者自觉且有意采取的叙事策略：情节的发展充满随机性和偶然性，故事大多以平面化、零碎化和日常庸俗化的状态呈现。

在遵循底层视角和审丑冲动的创作美学之间，新写实小说的语境方向（context-oriented）有一个显著特征就是文本书写的反禁忌、粗痞化，丑话、脏话、俗话、毒话大行其道。例如，"母亲风骚了一辈子"，七哥对父亲的感情"仅仅是一个小畜生对老畜生的感情"。父亲和母亲的爱是用打闹来体现的："母亲朝父亲吐唾沫"，而且"母亲这个姿势（吐唾沫——引者注）没有以前好看了"。"父亲怒不可遏地砸碗"，而且父亲"砸碗没有砸开水瓶的声音好听"。母亲活着的意义就在于挨父亲的揍，父亲的家暴是母亲成长的动力。当父亲无力再揍的时候，母亲很快就老了下去："母亲用她满是眼屎的目光凝望父亲。父亲退休之后就再没揍过母亲，这使得母亲一下子衰老了起来。"尤其触目惊心的是，七哥发了一个"毒誓"：如果有机会，他要当着父亲的面，"将母亲和两个姐姐一一强奸！"这些粗粝的、异质的、有违伦理的话语均出于方方的小说《风景》，文本通过"小八子"最卑微的"死灵魂"式揭露家族的丑陋史和荒唐史。

新写实小说的作家们讲述了一系列充满丑陋、荒唐，充满黑色质感和出乎意料的故事，刻画许多莫名其妙的"愤怒"与"仇恨"，在仇恨者与被仇恨人之间，是表情的冷漠和心灵的麻木，看不到血缘亲情所带来的温馨和感动，个体的生命意义随着历史主体和中心化价值体系的颠覆而彻底瓦解。作为"悲剧"美学的核心不仅失去了"悲悯"的依凭，也失去了"永恒正义"的绝对价值标准，曾经极度推崇和努力刻画的"大写的人"萎缩成"小写的人"、"无奈的人"和"可怜的人"，他们过着自闭的生活、乏味的生活和庸常的生活。

例如，池莉的《烦恼人生》就是以平实冷静的手法，不厌其烦地书写普通工人印家厚平淡无奇的琐碎生活。小说围绕在烦琐的生活细节之间，家庭纠纷，糟糕的环境，窘迫的居住条件，孩子的哭闹，拥挤的交通，微薄的奖金，各种复杂的人际关系与无法名状的暧昧情感，等等。

新写实小说语境方向的粗鄙和反禁忌是承续寻根文学的发展余脉而来的。在寻根文学的代表作《红高粱》里，莫言用孙辈"我"的口吻来追忆"我爷爷""我奶奶"的英雄业绩，爷爷杀人越货，奶奶一生风流，讲述长辈和家族的荣光没有自豪感和敬畏感。小说开头就写得十分粗鄙："1939年古历八月初九，我父亲这个土匪种14岁多一点。他跟着后来名满天下的传奇英雄余占鳌司令的队伍去胶平公路伏击日本人的汽车队。"
"土匪爷爷"和父亲这个"土匪种"抽离了传统文化的意义。后来,罗汉大爷被剥皮前,他把一口痰吐到刽子手孙五的脸上:"操你祖宗,剥吧!"残忍的剥皮大刑和粗鲁谩骂如此触目惊心。除了粗鄙或粗鲁外,"反禁忌"的叙事在书中也是比比皆是:"父亲不知道我的奶奶在这条土路上主演过多少风流喜剧,我知道。父亲也不知道在高粱阴影遮掩着的黑土上,曾经躺过奶奶洁白如玉的光滑肉体,我也知道。"

如此大面积的粗鄙和反禁忌叙事是新写实小说创作者的有意为之,将寻根文学作品中最后一块遮羞布撕了下来。这种推向极致、令人惊愕的粗鄙和反禁忌叙事,是对中国长期以来"长者尊""性禁忌"的大胆挑衅和背叛,后经过王朔等颓废作家一"中转",进而发展到没有底线的"地摊文学"的地步,这确实有些令人难堪。连倡导者王干都忍不住发出遗憾的感慨:新写实小说就是对"世俗生活的一种认同",作家们追求"个性主义的一个反动……'自我实现'的情绪整个没有了,承认现实,悟透了,无可奈何"。这一类作品,甚至连"语言也世俗化了,非个性化了"。① 这是一种尴尬,更是一种反讽。从美学法则上说,反讽表达了一种文化态度和价值立场。

作为中庸文化和犬儒主义时代盛行的手法,新写实小说的反讽彰显了"中性化"的价值立场,这种立场催生了许多雌雄同体的虫性人格,使小说成为嘲弄或调侃的主色板:"一种浅尝辄止的玩笑,适可而止的攻讦,轻松随便的漫骂,并不认真的语言战斗,它使那些严肃神圣的原则性对立顷刻之间在语言的快感中化为乌有。"②

新写实小说在文本内容和叙事手法上大面积出现粗痞化、世俗化的精神态势,究其因,创作者除了要发泄心中的压抑和不满外,还有一个强烈的"现实原则"(reality principle)在时刻不停地冲动(impulse),这一点常常被研究者所忽略。这种现实原则总是与快乐原则(pleasure principle)缠在一起,置"人之所以为人"的道德原则(morality principle)③ 于不顾,所以,一切"乱伦"(如刘恒的《伏羲伏羲》)的"人兽之争"、小夫妻半夜"偷"自来水(如刘震云的《一地鸡毛》)和平凡家庭艰难哺

---

① 王干:《新写实小说的位置》(对话录),《上海文学》1990年第4期。
② 陈晓明:《反抗危机:论"新写实"》,《文学评论》1993年第2期。
③ Simgund Freud, *On Metapsychology, the Theory of Psychoanalysis: Behind the Pleasure Principle*, The ego and the id. and other Works, (trans.) from the German under the general editorship of James Strachey, Hamonsworth, Middlesex: Penguin Books, 1984.

育幼小婴儿（如池莉的《太阳出世》）等都没有什么伦理、道义和责任上的差别，都可以在古老的土地上平静而自然地发生，就像每天接送孩子上学、吃饭、骂娘、拉屎拉尿和尴尬但必须有的床笫之欢一样，都是真实而原始的"生活流"。

这其实是一种异化的生活。人看上去还是人，但其实早已异化。这种人的特征是：一是人微位卑，不顾尊严，没有性格，缺乏血性；二是遇强显弱，逆来顺受，善于自保，善于妥协和自我安慰，没有独立精神和思想深度；三是像虫子一样戴着甲壳，当理想与信仰被现实磨平，不去坚持理想与信仰，反而对理想、信仰进行嘲笑；四是习惯于用现实原则进行价值判断，把小人物的生存智慧发挥到极致。池莉坦承："《烦恼人生》中的细节非常真实的，时间、地点都是真实的，我不篡改客观现实。"① 这种表达颇有一番呻吟之痛，其吊诡之状恰如卡夫卡笔下的人物，一方面像"虫子"般艰难爬行，另一方面却要说出"神"的声音，结果便是真正低贱的"虫性人格"的人物大量地繁殖滋生。

朱大可指出：一个真正的空无，出现在终极价值的层面上，拥戴众多低劣的价值神明，意味着对最高真理的舍弃。新写实小说在强大现实原则的规制下，作家们向着毛虫和稻草人的状态飞跃，从灵魂的隙缝里清除残余的信仰，竭力成为虚无的人、厌烦的人、卑微无限的人。这些自我藐视的人，从神的梦境里分离出来，以虫子的方式卑贱地生活。在大量低贱的虫性人格滋生之处，生命的价值与尊严犹如一条条毛虫，蜷缩在意念深处，没有色泽和温度，只用厚厚的茧套把自己冷冷地封存起来，拒斥一切有价值源的光亮。

新写实小说用虫性人格裹缠痛苦，让生活中最黑暗、最罪孽和最脆弱的部分，成为作家书写的悲悯理由和情感向度，即坚持语言/情感的二重游戏，以游戏消解痛苦，或维持某种低度的痛苦，同时消除崇高理想，不再追求生命的价值深度，尽可能探寻和张扬日常生活的琐碎意义。这种立场同卡夫卡的艺术追求形成尖锐的对比。在卡夫卡的文学世界里，一个被虫性经验压垮的人，却依然不懈地坚持对日常生活的峻切批判，用孱弱的躯体尽其可能地负载和贮存痛楚，从而在最后的时刻发出震撼灵魂的呻吟。②

---

① 丁永强：《新写实作家、评论家谈新写实》，《小说评论》1991 年第 3 期。
② 转引自王晓明主编《二十世纪中国文学史论》（第三卷），东方出版中心 1997 年版，第 223 页。

卡夫卡要揭示人类普遍的孤立和疏离,展示人的迷惘和绝望。这是卡夫卡的伟大,也是卡夫卡悲悯立场的真实写照。卡夫卡笔下的主人公常常是畏缩式的小人物。他战战兢兢,自怨自艾,面对强大的世界全然无力。卡夫卡在展示人与世界的不可通融性时,仅仅用了一句话:"一天早晨,格里高尔·萨姆沙从不安的睡梦中醒来,发现自己躺在床上变成了一只巨大的甲虫。"卡夫卡并不认为原生态地模拟、再现的生活就一定是真实的生活,他不要这种"表面的真实",而要揭示"内在的真实",像绘画一样,照片是最不真实的,而毕加索的创作才是最真实的。①

与卡夫卡追求毕加索式的艺术真实不同,发展中国家文学、特别是中国新写实小说的创作者们,不再推崇"艺术至上",不再把"为民代言"和"文以载道"的书写传统作为唯一的创作诉求。他们坚定地抛弃已有的经验,世故,中庸,左顾右盼。他们的创作距生活太近,距塑造的人物太近,书写的美学距离和精神空间被一再压缩,责任和道义等宏大话语被揉搓得无法伸展,历史感消失于繁杂琐碎的生活流。读者可以借此忘记有过的伤痛或当下正在经历的伤痛,转而生活在一个永恒的现在和永恒的变化之中,抹去了前辈作家们曾经以这种或那种方式保留信息、陶冶情操、提升境界的种种传统。② 最终,创作者、文本人物、读者同处一个平面、一个空间、一个层级,大家在类似鲁迅先生批判过和诅咒过的"以备不虞"的年代中成为"'一时性'时代的居民"。

鲁迅先生指出:"处于这个时代,人与人的相挤这么凶,每个月的收入应该储蓄一半,以备不虞。"③ 鲁迅先生描写的是物质上的无保障年代,而新写实小说描写的更多的是精神上的不安全年代。从历时性看,这种"无保障"和"不安全"正是"一时性"时代虫性人格大量滋生的基础。托夫勒指出:"一时性(transience)乃是每日生活里的一种新的'临时性'。它是一种非永久性的感觉⋯⋯在今天,这种非永久性的感觉正愈来愈尖锐⋯⋯我们全是'一时性'时代的居民。"④ 从这个意义上说,新写实小说的粗鄙风格和反禁忌的创作向度是作家在长期扭曲和极度压抑下作出的本能反应,文本中大面积虫性人格的出现恰恰见证了创作者们内心深处的悲悯立场。

---

① 胡少卿:《人与世界的不可通融性:卡夫卡〈骑桶者〉》,《名作欣赏》2008年第4期。
② [美] 弗雷德里克·杰姆逊:《后现代主义与消费社会》,《文化转化》,中国社会科学出版社2000年版。
③ 郑奠:《片断的回忆》,《回忆伟大的鲁迅》,新文艺出版社1958年版,第6页。
④ Alvin Toffler, *Future Shock*, London: Pan, 1977, p.61.

美国剧作家艾比（Edward Albee）说，艺术家在作品里要表明两个方面立场：对人生的立场和对艺术的立场，前者是内容，后者是形式。新写实小说的创作者们试图将两者粘到一起，用一种折中的、没有英雄也无所谓小丑的叙述方式，将目光投射于城市小弄的叫卖声、模糊挤拥的人流和霓虹灯粉饰过的平静失真的天空之上。

这类作品跟充满光环与荆条的寻根文学和先锋小说之精神锋芒大异其趣。可以说，新写实小说中"小人物"和"真实生活流"成束成群的出现，中国民众受压抑的情感一次性释放和隐匿式"自我的膨胀"[①]无遮蔽的曝光。新写实小说由此成为"人民记忆"浅层上被激活的话语载体，那种被先锋小说所抛弃的民间的、处于矿化状态的"根"以"异质裸露"的方式在政治力比多的强力冲荡后迅速浮泛出来，像热水冲涤的茶叶，几番滚动后，又慢慢沉淀下去，闪烁一种黝黑的诡变。

与先锋小说作家的文本叙述者和作家主体的"我"常常混杂的状况不同，新写实小说的叙事策略是实行所谓的"零的叙述"：叙述者从不用自己的声音说话，而仅仅是客观地记录事件，从而给读者这样的印象，即形成这一正被讲述的故事不是任何主观判断或具体化。[②] 在这里，语言与事物，意符与意指互为指涉的关系一样，身体，社会，与国家是某种内蕴资源的外在体现，构成一种情境交融的话语体系。作为其基础的个人身体／精神维度却大大萎缩，反映了更高"阶序"之象征关系的倾圮。[③]

中国是个严格讲究身份的国度，成员的生存资源主要依据身份及身份之间的关系而配置。传统文化上的君与臣、父与子、夫与妻之间是一种绝对的人身支配关系，有着君臣父子的等级序列。新写实小说要打破这种等级关系，让每一个子民都在自我的城堡里成为"王"，因为有了像蜗牛一样厚厚的壳作保护，这种刻意营造的自由空间得以实现，虚拟的"王"得以满足，每个子民找到自己的卑微位置，专注于自己的小日子，小心谨慎，与世无争。

比方，当王蒙以"组织部新来的年轻人"的朝气痛快淋漓地写下小说《来劲》时，他万万没有想到，仅仅几年后，谌容的《懒得离婚》就将所有对理想、人生、爱情等"来劲"话语都挤压成了青菜豆腐一般

[①] Edward Albee, *An Interview and Essays* (ed.), by Julian N. Wasserman, Houston, Tex: University of St. Thomas, 1983.

[②] I. Howe, *The Idea of the Modern in Literature and the Arts*, New York: Horizon Press, 1967, pp. 14–15.

[③] [美]华莱士·马丁：《当代叙事学》，伍晓明译，北京大学出版社1990年版，第80页。

"没劲"的口头禅,生活虽然简单,却不用担心突然中断,而是以平淡无奇的方式顺利向前。此时,家庭的维持已不是靠情感、道义或责任,而是靠一种"妥协精神":即使同床异梦,也妥协屈从;即使跟老婆没有感情,也懒得离婚。这是虫性人格的真实写照,是典型的"妥协中的反抗":既是对传统文化中道义、责任是维持家庭的权力之反抗,又是对当下生活中爱情成为婚姻(家庭)基本要素之颠覆——《懒得离婚》与《不谈爱情》等作品之实质就是这种"妥协中的反抗"的精神标签。这是个人对爱情、婚姻和家庭的逃避与屈从——这是一种"尴尬",但也正是这种"尴尬"使市民有了活下去的勇气和力量。

从杰姆逊第三世界文学批评理论有关"民族寓言"的角度来看,它直接投射的就是人们对主流话语和政治场域的逃避与屈从,但这种逃避与屈从也正隐含着反抗与颠覆,它恰恰准确地反映了当时人们思想的疲软和对前途(集体的或个人的)之不满却又无法左右的无奈心绪,使文本的表层涂了一层鲁迅先生忧愤的"刹那主义"之光泽。鲁迅先生曾经忧愤地对一位好友说,"我想赠你一句话,专管自己吃饭,不要对人发感慨",又说他自己:"我已经近于'刹那主义',明天的事,今天就不想。"[1] 陈晓明指出:1989年池莉的《不谈爱情》"既是一种拒绝,也是一种宣言。那些滋生着的超越意向已经被合并入它的无所不在的日常现实中,它注定要成为支配市民生活的内在力量"[2]。

在文本叙事的深入过程中,新写实小说创作者从寻根文学追求艺术上的"返璞归真"由于走到极端而出现的"超越现实"的审美走势上收缩回来,又给先锋小说由于模糊的暗杀、空灵的符号和歧义的主题造成对权力的挑战和撕裂而出现的"虚伪的作品"(余华语)填进一些鲜活真实的内容。这是一种内补:既是对文本内容的充实与补缀,又是对作家悲悯立场的回归与张扬,同时还是对读者生活的切入与参与。

这个时期的作家没有游离社会之外,做时代的边缘人或旁观者,而是置身于权力场域之内,做一个现实生活的体验者、叙述者和见证者,充分反映了市场经济和世俗力量的强大,没有人能够生活在掀掉政治盖头、超越"市场魔咒"的真空中。作家本身已经成为"市民生活内在力量"的一部分,这是新写实小说与寻根文学和先锋小说真正分野的地方,它也使

---

[1] 王德威:《从头谈起——鲁迅、沈从文与砍头》,《批评空间的开创:二十世纪中国文学研究》,东方出版中心1997年版,第290页。

[2] 王晓明:《无法直面的人生——二十年代晚期的鲁迅思想》,《二十世纪中国文学史论》(第一卷),东方出版中心1997年版,第464页。

得这一拨作家在对"市民生活内在力量"的具状写作中进入一种类似罗兰·巴特所说的"游戏式"创作阶段,即用一种享乐主义的态度游戏于文本之中,以极大的勇气投注于失去丰富内质的个体对象的欢悦。① 这种欢悦是对种种话语特权的超越,语言结构在自由的欢悦中悄然解体。

这种看似"中庸"的作品骨子里其实隐含着反叛的精神走势,只不过此时的反叛不是通过作者个体的人文倾向,而是依靠大众的集体力量——寻根文学和先锋小说所忌讳的"家族"、"集体"和"现实"等此时反而成为对抗的动力。新写实创作者清楚地知道:日常生活的琐碎与欢悦本身就是对权力的反讽和消解,是对政治禁忌的远离与漠然,它在强化身份、等级和话语秩序的同时,也强化了市民日常生活的本身;它在解构理想、信仰、追求和未来等宏大语言的同时,也巩固了市民自我意识的内在本质。它将语言从书写的特权中解放出来,重新交回到市民手中。市民拥抱这种权力,并试图用政治以外的民间文本和自我想象组成独特的生存空间。此时的文本具有自己的社会幻想(social utopia):文本穿过历史,直面当下,回归日常生活本身,文本获得的既是"社会关系"的透明度(transparence),也是"语言关系"的透明度。在这个空间中没有一种语言控制另一种语言,没有一种人左右另一种人,所有的语言都自由自在地循环(circulate),所有的人都在各自的阶序中自由自在地生活。

另外,这个自在的空间毕竟不是话语乌托邦,政治的力比多仍然渗入每个角落,只不过此时的渗入因为有了市场经济的遮掩而变得更为隐秘,也因为有了市场经济的合流而变得更为强大。在这种生存背景下,新写实小说创作者用琐碎的生活流消融权力不仅仅是出于一种策略,更是一种无奈和尴尬,因为真正的权力也不可能由此消融。

事实上,当池莉反复声明她表达的是生活真实的时候,她笔下虫性人物的生活却在罗兰·巴特式的语言"自发地"循环的镜照下见出了它的"失真"和"虚伪",这就是权力不能因此消融的缘由。例如,在小说《烦恼人生》中,"文学青年"小白,在渡轮上向同伴们赞赏一个年轻诗人(北岛)一首题为《生活》的诗"网",而印家厚和的诗则是"梦",意思是说,虽然生活处处陷入类似蛛网的纠缠中,但内心还是有"梦"的向往。或者,支撑生活向前进行的就是这个"梦"。显然这个"梦"是真实的,是对现实生活不满的一种寄寓。米兰·昆德拉把卡夫卡的小说比

---

① Roland Barthes, "From Work to Text", in *Image, Music, Text*, trans. Stephen Heath, New York: The Noonday Press, 1977, p. 164.

喻为"梦的呼声",认为 19 世纪西方沉睡中的幻想被弗朗茨·卡夫卡突然唤醒了。卡夫卡因此取得了后来超现实主义者提倡但他们自己从未真正取得过的成就:"梦幻和真实的融合",并说"这是小说由来已久的美学抱负"。①

卡夫夫重新处理了"真实"与"虚幻"的关系,他的叙述表面上是冷静的,甚至是冷嘲的,但是,他的内心却有深切的同情,让人产生一种心理上的真实,可以触摸,但读者不是被一味的沉重压住,而是体味到一种"含泪的笑"。

新写实小说着眼的是真实的生活,没有虚幻世界所带来的审美张力和精神空间,当印家厚从生活之诗读出"梦"的时候,人物立即处于失重状态。因为,这种肤浅的带有明显作者哲学理念的生活细节一下子给整篇小说打上了一个可疑的标记。正如法国小说大家加缪指出的:"小说从来都是形象的哲学",但是,"只要哲学漫出了人物和动作,只要哲学成了作品的一个标签,情节便丧失了真实性,小说的生命也就终结了"。②

池莉这篇小说的最后,是印家厚的烦恼已经很模糊,他想开了,自己不理想的老婆才是最合适的。他在进入睡眠前的迷糊状态中看见自己在空中对躺着的自己说:"你现在所经历的这一切都是梦,你在做一个很长的梦,醒来之后其实一切都不这样的。"他非常相信自己的话,于是就安心入睡了。③ 这种"烦恼人生"是"不谈爱情"与"懒得离婚"的必然结果,是"艰辛的尴尬"与"妥协中的反抗"之延伸。

这样看似未加裁减之"真实的生活流"显然是作家本人对写作前就已经有了的"荒诞理念"之图解与叛离。也就是说,池莉原本是有着自己的理想,可文本前进的动力和故事的发展显然超越了她的理想,这显示了创作主体的实践本身也存在着一种"尴尬"——戏剧性地暗合了哈里代对海明威叙述之双重性所作出的评价:"在期待与实现之间,伪装与真相之间,意图与行动之间,发出的信息与收到的信息之间,人们所想象的或应有的事物与事物的实际情况之间,存在着讽刺性的差距。"④

---

① [英]戴维·马洛维兹:《卡夫卡》,赵丽颖译,文化艺术出版社 2003 年版。
② [法]加缪:《评让·保尔·萨特〈恶心〉》,1985 年第 3 辑《文艺理论译丛》,第 302—303 页。
③ 刘纳:《无奈的现实和无奈的小说——也谈"新写实"》,《文学评论》1993 年第 4 期。
④ [美]E. M. 哈里代:《海明威的双重性:象征主义和讽刺》,《海明威研究》,中国社会科学出版社 1985 年版。

新写实小说创作主体无法弥补这种"讽刺性的差距",它是国民性格中"软骨症后遗症"之精神指涉:即便是在集体创作的中国神话故事里,也见不到凛然正气的成功的"反叛者"——共工氏造反,头触不周山,失败了;后羿射日,最后连老婆都保不住;孙悟空被唐僧收伏,永远逃不出如来佛的掌心;哪吒大闹龙宫,与父亲反目,最后竟也妥协,加入"统治集团",满足于做一个小小的神;连闹自由恋爱的白娘子都要被多管闲事的法海和尚镇压在雷峰塔下;① 等等。所有这些都说明中国人国民骨子里的"软弱"/虫性人格的本性,同时中国人都意识到邪恶是人性的一部分,具有不可战胜的力量,所以易于屈服和妥协。

新写实小说作家的"妥协"尽管有着反抗的一面,比方,用日常琐碎的生活流对权力的消解,营造自我的话语空间抵抗主流语话的入侵,用吃喝拉撒、不要崇高的游戏方式逃避沉重的巨型语言,等等,都是反抗的具体镜像。但是,这种反抗显然是在预设了主流语话的合法性和对权力的认可之前提下进行的,其结果便是:默认大于抗议,屈从大于叛离,妥协大于反抗。

"妥协"作为"中庸"的一种方式,它更多地表现在被压迫一方的主体意识上,但有时压迫者也会让步。愚公移山就是天帝最后和愚公作出"妥协":派大力士把太行、王屋两座大山搬走了。表现在新写实小说的这种"妥协",也正是被压迫者的"主动"和压迫者的"让步"两种力量作用暗合的结果,即新写实小说创作者都以不触怒话语禁忌为最高界限或"自律"底线,并且一味地用对世俗生活大肆张扬的方式以冲淡阴暗压抑的现实;而当时的主流话语也正需要一种世俗的"行乐意识"以弥补现实生活的种种灾难给广大民众所带来的心灵创伤——当时主管意识形态的中央领导对电视连续剧《渴望》作出高度评价,认为这是文艺创作"叫好又叫座"的一条新路子。② 以此为分水岭,有关新写实小说的评论也越来越多地见诸全国各大报刊的显著位置,从而形成了在当代文学史上占据一席之地的创作思潮。

J. 希利斯·米勒发明"修辞性阅读",作为一种探询文学语言的别异性或另类性的方法,是米勒对解构论的一种别称,它主要关注语言的修辞性维度,关注修辞格在文学作品中的功能。在这样的阅读中,读者根据自

---

① 张系国:《让未来等一等吧》,(台北) 洪范书店有限公司 1984 年版,第 77 页。
② Link, *Perry The Uses of Literature: Life in the Socialist Chinese Literary System*, Princeton, New Jersey: Princeton University Press, 2000.

身经验，有意识地扩大比喻的基本外延，使其不只包括了隐喻、转喻，而且还包括反讽、越位、寓言和进喻等。①

通过借鉴了这种修辞性阅读，我们不难发现：新写实小说中展示出来的虫性人格是中国社会长期以来"奴性人格"的一种变种，文本的粗鲁和反讽凸显了作家面对现实的悲悯立场。如同伤痕文学对于当时的政治进行了"有力的配合"（张贤亮语）一样，新写实小说的创作群体在修复"人民记忆"的创口上也起到了与政府乐意见到的"涂抹"和"抚慰"的"镇痛作用"，尽管新写实小说创作者的本意是想远离政治或逃避政治的。它再次验证了杰姆逊所谓的发展中国家文学的文本总是"政治寓言"之谶语。在追赶发达国家文学的现代化的征途中，这种"讽刺性差距"虽然是一种"停顿"，但也许正是这种停顿，让作家们好好审视自己，默默积蓄力量，从而为新的文学实践作出应有的贡献。

第四节 《风景》的民间性与草根性②（上）

作为新写实小说的发轫力作，方方的中篇小说《风景》，着力要表现的是一种板结已久、积淤很深、有着黑色质感的"社区文化"。湖北汉口的"河南棚子"像中国许多最为古老的城市社区一样，其文化发展的动力模式来自一种天然的"草根力量"。③ 这里潮湿、阴暗、充满霉气，也充满嬉闹、打斗和情欲十足的喊叫。病态的风稀稀落落地吹着，在逃避现实的赌徒脸上可疑地停留一下，然后又睡眼惺忪地继续飘荡。失落的情绪，苍白的镜子，颓废的主题，无根的身份，以及"官能倒错"的变性者、"乱伦"的家史与当下备受压抑的"欲望"组成了一幅触目惊心的现实图景。在这个被主流文化遗忘的角落里，生活被简化成衣食住行最原始的要素，宏大历史被商业的动机无情地肢解，古老的价值跌落在铜板上，带着死亡的"钝感"消隐于读书人的日历牌上。街道拥挤，鼎沸的人声掠过"脏乱差"的卫生死角。在即将拆迁的低矮破败的房屋上，近在咫尺的脚手架用街道居委会通讯员向党报投稿的"夸大口吻"抒写城市虚

---

① ［美］J. 希利斯·米勒、金惠敏：《永远的修辞性阅读——关于解构主义与文化研究的访谈——对话》，《外国文学评论》2001 年第 1 期。
② 方方：《风景》，《当代作家》1987 年第 3 期，在文本分析过程中，有关内容皆出自该作品，不再一一标注。
③ 廖明君：《乡土知识与民间智慧——彭兆荣访谈录》，《民族研究》2001 年第 1 期。

假的繁荣。每个家庭的窗户都打开，就像每个人的欲望都打开一样。窗口上暗黑的残迹和总是挂起的花色内裤、有灰的口罩、带红的彩带极不协调地搅在一起。阳光照不进这些棚户区。对时间的"轻忽"就像天空的麻雀对于空气的"轻忽"一样，动与静成为白天黑夜的界标。这是千千万万发展中国家文本中的一个显例，是可触可感、可歌可泣的生存尴尬和城镇居民原生态之《风景》。

小说以一个"死灵魂"叙述者的口吻讲述一个卑微家族的变迁史。这个家史可以看成一个编年史的人民寓言，因为组成寓言的各个要素都齐全。只是话语因"死者"的越位出席（不是缺席）而得到表述或传递，这一悖论使小说一开始就打上一种村稗野史和志怪传奇的印痕。

与"志怪传奇"一脉相承的还有，方方要立传的是一个无名无姓的家族，一反传统的文人墨客只为名门望族、英雄好汉或江湖大盗"作传"的陋习，也显露了方方写作愿望中"非典籍化"的人文倾向——可贵的是，这种人文倾向几乎存在于整个新写实的创作群体中：自觉为小人物作传，发掘忽略的社区文化，展示民间话语的"草根力量"，对日常生活倾注应有的人道关怀，等等，成了新写实小说闪光的"精神内核"。

在《风景》展示的家族中，所有的孩子都由阿拉伯数字来表示，连两个姐姐也只是用大香、小香这种没有具体姓名的符号指称。这样的文本可以置换到任何一个身处社会底层的中国普通家庭中去，大大拓宽了小说潜在的"心理空间"。更有意思的是，叙述者不仅是"死者"，而且是这个符号般的家族中辈分最低的"小八子"。作为文本反复强调的比父亲一代强得多的爷爷也是死者，可故事不是由他来讲述，反而由爷爷最小的孙子来"冷静言说"，充分反映了作家自身的矛盾性格：由爷爷来讲述家史虽然更具权威性，但人们对这种权威早已麻木不仁，激不起任何心灵感应。相反，由在人世间只生活了半个月的"婴儿"来讲述，虽然少了爷爷那种权威性，但却增加了事件的真实性——童言无忌啊，从而大大扩展了受众接纳的"物质空间"。

这里实际上存在着对双重文化禁忌之背叛：一是位卑者"讲述"/"数落"位尊者的种种"尴尬"/"不足"——亵渎了长辈的"神圣感"；一是无邪的幼童反复陈述成人的风流野史——撕下了性爱的"羞耻感"。文本叙述者的这一角色定位为整部小说的文化底蕴涂上了一层"悲冷反讽"的色彩，也将作者试图通过对这类长期被主流话语"遮蔽"区域的开发、把中国人最深层的"精神生殖力"暴露出来的努力推向了一个崭新的高度，它与池莉的《不谈爱情》《烦恼人生》、刘恒的《狗日的粮食》《伏羲伏羲》、王安忆的《小鲍庄》以及刘震云的《塔铺》《单位》《官人》等作品一起,展示了民间话语遮蔽已久的"草根力量"之丰沛的韧性和惊人的生存潜能。

方方的这篇《风景》也有着巴赫金(M. M. Bakhtin)小说理论中的"对话性"(dialogicality)与复调(polyphony)①结构的叙事特点,只不过这里的"对话"是"灵魂"跟"灵魂"的对话,文本跟文本的对话,是自己的"此我"对自己的"彼我"的对话,是作者跟叙述者、作者跟读者、作者跟作品中的人物以及作者跟作者自身的对话。这种对话的精神指归是单向度的,所有的回应都是自我"预设"的。这种特殊性也决定了文本复调结构的单一性,既是复调,又是单一;既是几条线同时展开、几种声音同时合唱,又是每条线有始有终、每种声音都有自己的内在秩序。

某种意义上说,《风景》就是由那个已死的、没有身体的"我"通过一种诡异的方式爬入作家方方的精神中心,并将她的所想所感、所悲所喜准确、冷静而又略带讥讽地传递出来的。与此同时,文本以连续性的、时间旅行式的叙述,对没有文字记载的家史进行"编写"和"修补"。生者(现实)与死者(过去)同处于一个叙事层面上,这种反讽本身具有柯立治(S. T. Coleridge)所说的"意识性暂时不信"(Willing suspension of disbelief)的功能。

生者与死者不可能共存于同一种时空,创作者这样的叙事方式,透露给读者的信息便是:这是一种不可能的生活,所以不用相信;可作者同时又用一系列的生活流和生动逼真的细节,解除了读者对"不信"事实的预设立场,因此所谓"不信"也只能是"暂时"的——随着时间的推进和叙事的深入,读者不但相信了文本,还能感受到同作品主人公相似的痛苦和辛酸。

与莫言着意要表明"国民性"中的"种的退化"之寓意有着强烈批判意味的文本向度是:这个家族正在进行生活的成员如父亲对爷爷、哥哥对父亲而言的确是"退化"了,特别是当五哥被红衣女子手下的人打得半死躺在家里养伤时,父亲长吁短叹,觉得这些儿子简直不像他的儿子,太没用、太不争气了。

为了扭转这种"败势",在长江码头上"将脑袋别在裤带上"闯江湖的父亲继承了爷爷的凶蛮,他对后代的教育就是每天晚上要孩子们坐在家

---

① M. M. Bakhtin, *The Dialogic Imagination*: *Four Eassys* (ed.), Michael Holquist, trans, Caryl Emerson and Michael Holquist, Austin: University of Texas Press, 1981.

里听他讲爷爷和他自己的光辉历史，谁不听就会遭到他的拳打脚踢——比方，有一天晚上二哥为了即将到来的升学考试想去杨家补课，结果除了被父亲将书恶狠狠地扔掉外，还吃了一顿"饱打"。父亲用"专横压制"的"蛮法"反复讲述的目的似乎是让越来越退化的孩子们感受他们昨天的辉煌和辛酸，但父亲的种种努力显然失败了。因为传统教育或"忆苦思甜"式的道德救赎并不能阻止"种的退化"。这对熟悉中国当时生活的国民而言，文本背后的讽喻便尽在不言之中了。

小说开篇第一句话就是："七哥说，当你把这个世界的一切连同这个世界本身都看得一钱不值时，你才会觉得自己活到这会儿才活出点滋味来。"吊诡的是，七哥原是这个家庭里连狗都不如的最下层的卑贱者，他连"发言"的话语权都没有，而现在却成了这个家里的"人上人"，成了不是父亲的"父亲"。

为了强调这种权威，作者连续用三个自然段将七哥那些阴冷鬼怪的人生哲学作为这篇"家史"的"序言"，隆重地置于文本之首。《风景》的基调就定在这种吊诡冷暗的文学场域里：只有推翻一切价值、颠覆压在你头上的一切正统或非正统的道德规范，你才拥有你自己。这倒是很符合当时国民的普遍心态。

问题在于，推翻了旧有的符号系统，新的价值或道德规范又没有及时建立起来，你又怎样拥有你自己？这种空缺恰恰符合"死灵魂"叙述的实际效用，反衬出生活的荒诞和对苦难的嘲笑：在没有更高的价值追求的生活里，"拜金主义"便是唯一的衡量标准。

七哥这个荒唐年代的受害者"否极泰来"，但他挖空心思和不择手段的结果仍然只能得到一个虚有的符号：家是空洞的——他有一个老婆，可他不爱她，老婆也不爱他。不仅如此，老婆还不能生育，七哥只能到孤儿院去收养一个小孩。七哥的事业没有血缘上的人去继承，宣布了他一生的追求到头来不过是"竹篮打水一场空"。在拜金主义的时代里，七哥最终被否定便是对拜金主义本身的否定，它反映了作家的骨子里仍然拥有传统的道德价值观——这又回到了新写实小说的创作主体"妥协中的反抗"之群体特征中。

这个文本可以看作一个"羽化"的魔盒：埋在窗口下的小小的墓穴就是这个魔盒的秘道，它直接通向阴阳两个世界，是起点，也是终点。魔盒浓缩了种种荒唐诡异却又真实逼真的人物事件，所有生命的细节都是通过"死灵魂"的声音来表述。

在这个"井式"空间里，时间维度完全紊乱：一会儿是祖先的，一会儿是后人的;一会儿是神鬼的,一会儿是形体的;一会儿是死人的,一会儿是活人的……完全抗拒正常逻辑思维中的时空制度。① 这种间离、封闭和隔绝的空间与生活在同一平面上阴暗潮湿的现实生活形成特殊的视图反讽效果。

周蕾指出,视觉图像的张力是由对立的两个因素组成的:显现(obviousness)和沉默(silence)相互对峙。"一方面,影像显现性表达一种明白无误的实际存在(presence);另一方面,影像的沉默提示了一种非存在(non presence)。非存在不是意味着'不存在',而是代表了任何单个的存在中所不可或缺的'他者'(otherness)。"②

方方《风景》的整个文本处于一种"非存在"的监护状态——就像中国作家们心中常有的那种"隐形的"、福柯所说的圆形监狱里的"主控塔"③一样,但这种"非存在"并不是"不存在",而是每个故事都以不可或缺的"他者"的方式存在。因此,小说中,"小八子"作为一个幽灵,从不干预人间的正常生活,他只是冷静地观望,你看不见他,但可以感受到他,他是一种"悬置"的存在,是空白的风景。当"我听见他们每个人都对着窗下说过还是小八子舒服"的时候,"我"为"命运如此厚待了我"而满怀"内疚之情",这种"艰辛的尴尬"已经不是"黑色幽默"所能"指达"的伤痛了,它更是一种象征行为,是幻化之旅,是对无意义生活的整体切割。

学者孟悦在分析莫言的小说《红高粱》时认为:"'我'是一个事隔若干年——大半个世纪的事后叙事者,是一个隔代的、身为人物们之'不肖子孙'的叙事者,'我'的叙述着如今已成死者的先辈们的生活,故事中的一切在现实中都已荡然无存。"④ 如果说,莫言的《红高粱》是"活的后代"对祖先英雄历史的宏大追述,叙述本身成为逆流回溯的时间之旅的话,那么,方方的《风景》则是杰拉尔·日奈特意义上的"预述",⑤ 是"死的后代"对无奈现实的自言自语,叙述本身是在柏格森所谓的"空间时间"和"心理时间"双重层面上对当下生活的"现场跟

---

① 廖明君:《乡土知识与民间智慧——彭兆荣访谈录》,《民族研究》2001 年第 1 期。
② Rey Chow, *Primitive Passions*: *Visuality*, *Sexuslity*, *Ethnography*, *and Contemporary Chinese Cinema*, New York: Columbia University Press, 1995, p. 117.
③ Michel Foucault, *Discipline and Punish*: *The Birth of the Prison*, (trans.) Alan Sharidan, New York: Vantage, 1995, p. 200.
④ 孟悦:《荒野中弃儿的归属》,《二十世纪中国文学史论》(第三卷),东方出版中心 1997 年版,第 324 页。
⑤ 转引自谭君强《叙事学研究:多重视角》,中国社会科学出版社 2018 年版,第 210 页。

踪"。由于"死灵魂"并不是万能的神,他有着先天的缺陷和内在的限制,不可能过多地用"分身术"的方式对家庭每一个成员的"生活流"采写原始报告单,因此,叙事的动力往往被安排在时间顺序的连续性之内,造成两个时间序列——现实生活的"活"的时间与叙述者"我"事实上静止的"死"的时间——的交合"重叠",使文本意外地产生了米歇尔·布托尔所说的"心理上的深度"。①

这种深度在方方的创作谈中表达得很清楚:"生存环境的恶劣,生活地位的低下,必然会使开过眼界的七哥们不肯安于现状……只要能改变地位,成为人上之人,像他们过去曾经羡慕过的别人一样,他们什么都能干。道德品质算什么?人格气节算什么?社会舆论算什么?他人痛苦算什么?如果需要,这些都可以踏在脚下。"

方方认为这些都是社会表层,她的着眼点或"心理上的深度指归"不在于"责难和痛恨"这些由受虐狂(masochism)变成自大狂(megalomania)、有着明显人格缺陷的七哥们,而是"生长七哥们的土壤"。② 家庭和学校就是造成七哥心灵扭曲的这种特殊土壤。学校的"铁床意识"不必多说,七哥上学的第一天就被同学们认为"是一条脏狗"而对学校产生了强烈的憎恨情绪,并事实上也没有认认真真地上过几天学,读过几本书。

这样的"文盲"后来居然成了堂堂中国第一学府的学生!这是多大的讽刺!

小说对生长七哥们的"土壤"表现最多也最心寒的是家庭。赖希说:家庭是制造"顺从动物的工厂"。③ 他和弗洛姆都认为,社会正是通过家庭才形成它的神经系统,即它的基本组织和制度。家庭把外在的强迫和束缚"固置"到人的性格结构中,通过一个潜移默化的过程使个人不知不觉成为现存秩序的支持者。父母本身就是社会性格的代表。因此,家庭就是社会心理上的代理人。④

文本中,在七哥这个没有姓氏的贫贱的家庭里,却有着"畸形权力"的金字塔:父(母)亲是霸王。三哥是"二霸王"。三哥怕二哥,因此,

---

① 刘纳:《无奈的现实和无奈的小说——也谈"新写实"》,《文学评论》1993 年第 4 期。
② 方方:《仅谈七哥》,《小说选刊》1988 年第 3 期。
③ Wilhelm Reich, *Character-Analysis*, (trans.) by Theodore P. Wolfe, New York: Orgone Institute Press, 1949.
④ Wilhelm Reich, *Character-Analysis*, (trans.) by Theodore P. Wolfe, New York: Orgone Institute Press, 1949.

二哥也可以与三哥放在一起，属于比父母权力低而比其他兄弟姐妹权力高的阶层。放在这一阶层的还有大哥，他是凭着传统的"长子权威"而进入这个阶层的。第三层的是五哥六哥以及大香小香，这一阶层的人属于社会的最多数，是社会文化的动力层。第四层的是四哥，可他因为"是个哑巴"，反而"经历平凡而顺畅"，二十四岁便与一盲女子结婚。两人合在一起，正好组成一个健全人，也成就一个平平淡淡的家——倒是很符合当时流行的一句话："平平淡淡才是真。"最下层的要数七哥了。小时候没人把他当人看。他常常被父亲和全家人不是打就是骂，完全是奴隶。

这种两头尖削的"双金字塔"给文本增加了紧张力，七哥和父亲站在两个尖端点，一强一弱，代表社会和个人。它们互相嘲弄所构成的压力恰恰形成了作品内在结构的稳定性："内部的压力用来把石头拉向地面的力量，实际上却提供了支持的原则——在这种原则下，推力和反推力成为获得稳定性的手段。"①

"父亲在七哥面前显得很谦卑。父亲常想着七哥是省里头的人。"从权力金字塔的另一端一跃而成为权力金字塔的这一端，"身份"的变化并不是个人力量的结果，而靠的是血缘和政治上的"双刃剑"：父亲获得的是血缘上的权威，七哥获得的是政治上的权威。文本要批判的是政治上的"父权"战胜了血缘上的父亲。但是，"战胜父亲"的七哥并不是靠自己的本事，而靠的是他背后的"省里的人"这个大靠山。

这里面有个悖论：七哥本是封建父权的受害者，他要背叛这种没有人性的权威，然而他依靠的也正是这种父权，"省里的人"在父亲的眼里当然比他要强多啦。也就是说，如果不是因为这个理由，七哥在父亲眼里仍然是一条狗。这就注定了七哥奋斗的失败和他所追求的一切的无价值或无意义，表现在文本中有这么一句话："七哥只要一进家门，就像一条发了疯的狗毫无节制地乱叫乱嚷。仿佛是对他小时候从来没有说话的权利而进行的残酷报复。"

如此"报复心理"实际上是一种"索取心理"，是对寻根文学作家韩少功《女女女》中的幺姑经过"蒸汽之死"后"讨的心理"的拓展，幺姑瘫在家里，变得刻薄、挑剔和怪异。铭三爹说，"她先前给了后人多少恩，现在都要一笔笔讨回去"，② 并直接启发了后来新生代作家如邱华栋

---

① ［美］克利安斯·布鲁克斯：《嘲弄——一种结构原则》，《现代美英资产阶级文艺理论文选》（上），作家出版社1962年版，第220页。

② 韩少功：《女女女》，《中国当代作家选集丛书·韩少功》，人民文学出版社1994年版，第200页。

等人宣称的"捞的心理",邱华栋指出,"我表达了我们这一代青年人中很大一群的共同想法:既然机会这么多,那么赶紧捞上几把吧",① 意外而戏剧性地暗合了中国普罗大众在这一时期的"心路历程"。

这种巴赫金式的"戏拟风格"(Parodic stylization)使《风景》小说文本造成了众声喧哗(heteroglossia)② 的效果:按照父亲的脾气,七哥第一次这么做时,就会割下他的舌头,但现在他不敢了。因为七哥成了"大人物"。过去父亲一直认为七哥不是他生的,对他进行了残酷的虐待。"母亲风骚了一辈子",因此,父亲认为七哥是隔壁的白礼泉生的。父亲对七哥的种种折磨,实际就是以变相的方式对白礼泉的折磨。

如果把七哥这个人物引喻为对新时期中国市场经济的陈述尤其有着特殊辛辣的反讽意味:在消费主义文化场域里,市场经济正如父亲曾经一直认为七哥不是他的亲生儿子那样,是风骚的母亲与有着明显资本主义情调的白礼泉下的"野种",因此,七哥/市场经济不仅得不到父亲的承认,还遭到他的残酷虐待,七哥/市场经济在这个家庭/中国社会里不能得到任何尊重。

然而,在全球化浪潮中,市场经济以罕有的忍耐精神证明了自己勃发的生命力,社会主义国家终于拨乱反正,七哥不仅得到了父亲的承认和膜拜,还成了父亲的父亲。这种角色的置换(displacement)一下子见出了市场经济初期中国社会"底层者"生命表演的无措感及其扭曲的丑态。质而言之,七哥这个家庭及其周围的每个人都出现了一种"硬扭状态"。

比方,作为"家长"的父亲母亲的"硬扭"首先表现在他们粗俗的打闹上:"母亲朝父亲吐唾沫"和"父亲怒不可遏地砸碗"。而围观者的"硬扭"不仅不去劝架,反而说着讽刺的风凉话:他们说"母亲这个姿势(吐唾沫——引者注)没有以前好看了","又说(父亲——引者注)砸碗没有砸开水瓶的声音好听"。父亲母亲的"硬扭"还表现在身体上:"母亲用她满是眼屎的目光凝望父亲。父亲退休之后就再没揍过母亲,这使得母亲一下子衰老了起来。"

这种"硬扭"在七哥的心灵活动(mental activities)里表现得更为突出。他发了一个"毒誓":如果有机会,他要当着父亲的面,"将母亲和两个姐姐——一—强奸!"如此粗鄙卑污的话出自叙述者"我"之口,也充分

---

① 刘心武、邱华栋:《在多元文学格局中寻找定位》,《上海文学》1995 年第 8 期。
旷新年:《文学的蜕变》,《读书》1998 年第 10 期。

② Mikhail Bakhtin, *The Dialogic Imagination*, Michael Holquist and Caryl Emerson, (trans.), Austin: University of Texas Press, 1981, pp. 304 – 305.

反映了"死灵魂"和作家方方本人的精神都陷入了"硬扭"的体征之中。

这种"硬扭"也体现在商业行为中。文本中有一个生动的细节：五哥做服装小生意，积压了大批货物在家，一红衣女子替他出主意，在"衬衫的胸前用圆珠笔勾勒了一个霍元甲打拳的形象"，一下子涨价销了，发了。这种将个人崇拜和强力崇拜"硬扭"到一起组成一个拼贴的符号正是现代社会的"时髦病"。杰姆逊指出："拼贴是空洞的戏仿，是失去了幽默感的戏仿；拼贴就是戏仿那些古怪的东西，一种空洞反讽的现代实践。"① 它说明肤浅的大众文化和时髦的符咒及商业气息混在一起是多么的可怕：文化为商业架了桥，文化成了"硬扭"的亚文化，是变了性的商业文化。霍元甲早已不是历史上传说的那个人，它成为香港肥皂剧中的主人公。而香港本身又是一个具有国际意义的文本。这是否说明了发展中国家文化的尴尬处境呢？

处于"硬扭状态"中的五哥并没有学到一点霍元甲身上所透露出来的正义感和传统美德，而是反其道而行之——他用欺骗的手段，说是请红衣女子吃饭，付账时却溜了，耍了人家。结果"黑道"对"黑道"，五哥被红衣女子请的人"放血"，打得半死。这似乎又在说明究竟还是那个出主意的人厉害。

如果说，红衣女子可以看作一个"外来文化"之缩影的话，那么，"外来文化"战胜了五哥这个代表着"草根力量"的"本土文明"。靠"本土文明"的圆滑、世故和小聪明是不足以抵御"外来文化"的浸润的。面对五哥被人打得在家里"大大方方地躺上七天"，为父的也"委实感叹一代不如一代"。这是一种文化上的批判。但在"死灵魂""小八子"的眼里，父亲的理念早已过时。因为，五哥对自己的失败/屈辱的感受根本没有父亲想象的那么痛苦。他很实在，觉得既然赚了、发了，受点委屈也没什么。"儿辈一代"要说比"上一代"退化，那也是在价值观念、道德体系和人格上的退化。可他们通过"硬扭"，在另一方面表现得更为发达。比方，在七哥、五哥等人身上所体现出来的"忍辱"、"卑琐"和"务实"精神似乎远远胜过了"上一代"。而这，恰恰是特定历史年代留下来的"后遗症"。

这种"灵与肉"被"硬扭"的状态在现代化的进程中无疑是负面的。它的"实用主义"由于"拜金主义"的刺激所产生的危害在于：当发达

---

① [美]弗雷德里克·杰姆逊：《后现代主义与消费社会》，《文化转化》，中国社会科学出版社2000年版。

国家的垃圾堆到家门口时,也许因为垃圾里面有那么一丁点有用的东西,他们就看不到垃圾本身对环境的污染,而用放大镜去看那些垃圾中的所谓的"有用的成分"。

表现在小说文本中,五哥并没有意识到:"出主意"给他的红衣女子也正是他假冒"工商局"名义踹了她的摊子而"招惹"了她,"霍元甲"文化衫的背后就是红衣女子豢养的"飞虎队"。她"出主意"给五哥,仍是从自己的利益出发的。那就是:她不但要在经济上占领"汉正街",而且要在"文化"上进行"殖民"——发达国家对发展中国家的经济、文化政策不正是以此为立脚点的吗?她试图通过五哥作为"文化买办",而五哥恰恰乐意成为这个角色。

梁晓声指出了这种"文化买办"的实质:"一方面,'买办'人物在中国的现实中似乎处处得宠。这是'中国特色'。另一方面,他们在现实中又似乎时时受到来自同胞心理潜层的种种敌意的滋扰。这也是'中国特色'。"① 就这样,五哥"从心底服了那女子。他曾到处打听过红衣女子的下落。五哥想同她交个朋友。可惜五哥至今仍未打听到"。这是五哥的悲哀。

另外,它也恰恰表明"外来文化"的狡猾。在全球化语境下,发达国家对发展中国家的"入侵"不再是硝烟和炮弹,更多的是经济、文化的"渗透",是当时中国主流话语中所谓的"和平演变"。在这种"渗透"中,"入侵者"往往打着"帮助"和"联盟"的幌子,使"被侵者"因为放松了警惕而没有看到"入侵者"就在身边——红衣女子就自称与五哥是"同路人"。

"外来文化"总会以适当的方式融合到当地文化中:北京肯德基店居然设有党支部——跨国资本主义企业竟然设有共产党的党支部,而且这种情形还被推广到全国各地的肯德基或麦当劳分店。这些改头换面的肯德基们还经常与当地人搞联欢,而在这里工作的人又都是中国人,他们当然都知道中国的国情和民众的需要。

这样,由于"外来文化"的"本土化",使当地人也像五哥一样,看不到"入侵者"就在自己的身边——五哥竟然还为没有"找到""入侵者"的红衣女子而感到"惋惜"呢!五哥的"悲哀"所形成文本的"生产特性"(productivity),② 反映了没有觉悟而又拒绝启蒙的大众对"外来

---

① 梁晓声:《中国社会各阶层分析》,经济日报出版社1997年版,第188页。
② Julia Kristeva, "Word, dialogue, and Novel", in *Desire in Language*, (trans.) Thomas Gora, Alice Jardine and Leon S. Roudiez, New York: Columbia University Press, 1980.

文化"的崇拜和对"本土文明"的鄙薄心理：当麦当劳和肯德基这些跨国公司在中国各大城市到处"星星点灯"时，有多少人看到了这是帝国主义的资本和文化的双重扩张所产生的"后殖民"？① 它不正是为萨伊德的《文化与帝国主义》一书的"遗憾"作了生动的注解和弥补吗？萨伊德在《文化与帝国主义》一书中分析了亚洲、拉丁美洲中的一些发展中国家的"后殖民"情况，举出了许多国家生动的例子。唯独对中国作为"发展中国家"的重要成员因为材料的不充分而"一笔带过"，他承认为该书留下了某些"遗憾"和"不足"。②

劳基·塞凯指出："在20世纪上，所有反抗的方式都确认了西方所定义和创造的现代性是普遍的。在本世纪初期兴起的民族解放运动之后，所有的西方人都被赶出了从前的殖民地。不过，西方并没有失败，他们让这些非西方国家按照民族国家的方式组织起来，发展现代化，参加世界经济。所以西方人走了，让本地人从事他们的未竟之业。"③

这种让"本地人"从事"西方人""未竟的事业"显然也是一种"硬扭"，是一种既失去"自我"，又失去"他者"的"商业变奏"。由此可见，"硬扭"是一种病态，是没有表皮创伤的病态，它是一种不适、手脚无措和心灵失调的"疑难综合症"，是长期受到压抑后突然膨胀所表现出来的整个社会之"官能错位"。

第五节 《风景》的民间性与草根性（下）

《风景》中的父亲一直做繁重的搬运工作，他人生唯一的"业绩"就是打老婆和不停的生育儿女，父亲总是自豪地向他的拳友们吹嘘自己河南棚子老住客的身份，实际上河南棚子在武汉人心目中的地位是极低的。如果不把夭折的小八子算在内，父母膝下已是七男二女，全家十一口人像群居的动物一般拥挤在一间十三平方米的房子里。房门外，京广铁路几乎从房檐边上擦过，火车每七分钟一趟，驶来的时候夹杂的是呼啸而过的风和震耳欲聋的噪音。白天时候，屋里人满为患，晚上睡觉，孩子们拥挤着打

---

① Harish Trivel, and Meenakshi Mukherjee (ed.), *Interrogating Post-colonialism: Theory, Text and Context*, Rashtrapat, Nivas Shimla: Indian Institude of Advanced Study, 1996.
② 钱俊：《谈萨伊德谈文化》，《读书》1993年第9期。
③ Masao Miyoshi and H. D. Harootunian (ed.), *Postmodernsim and Japan*, Durham: Duke University Press, 1989, p. 100.

地铺。其中大哥为了省地方，找了一份白天休息，夜晚上班的工作，七哥直接被赶到床下与地板为伴，父亲的儿女们不仅像父亲一样低贱的生活，而且一个个都重复着他低贱的人生。

大哥上中学因为打老师而被学校开除；二哥以蛮横出名，在家也有"二霸王"的绰号；三哥手下一帮小喽啰，整天游手好闲；四哥天生聋哑，与盲女成家；五哥六哥一对坏种，骂人打架玩女人无恶不作。姐姐大香、小香以欺负小七和勾引男人为乐；父亲只知道喝酒打老婆孩子，母亲风骚放荡喜欢与男人调笑，一家人在这狭小的空间里进行着挣扎斗争。

作品中的二哥是全家中最早意识到家庭环境的低俗并且努力挣脱，希望改变命运的觉醒者，他摆脱低俗的方式是向着"文明"追求，应该说追求文明正是符合人类文明进化精神的人性追求，因为文明是摆脱野蛮的生存状态的必经之路。七哥的人生之路与二哥恰恰相反，他用顺应于现世生存逻辑的方式获得了人生的成功，而二哥的结果是自杀。方方通过对二哥的毁灭与七哥的成功作对比，表现当代社会人性风景的荒诞，甚至有几分绝望。

直到上大学前，七哥在家里没有说过一句话，整个文本就像一种只有图像没有声音的原始影片，残酷的画面显示着粗糙的生活流程和家的倾圮——在这个符号般的家里，只有大哥不把七哥当癞狗看，结果"七哥以为大哥是他的父亲"；二哥对七哥比较关心，可是他死了："七哥想起二哥的死因，心底里总是升出一股冰凉的怜惜之感"；全家人把折磨七哥当作一项娱乐活动：大香经常用指甲掐他的屁股；"小香更毒。只要她在家里，她就不许七哥站起来走路……小香干这样的事一直干到七哥下乡那天"；父亲母亲轮番毒打七哥——父亲打七哥是因为他认为七哥是母亲与白礼泉生下的"野种"，母亲打七哥是因为她试图证明七哥"不是野种"；父亲还时不时指示五哥六哥用竹条抽打七哥，他们总是"乐呵呵地干这些"；蚁民般的七哥一直住在床底下；因此，七哥暗暗立下一个毒誓："若有报复机会，他将当着父亲的面将他的母亲和他的两个姐姐全部强奸一次。"

在这里，方方成功地运用了心理叙述（psycho-narration）和思想语言（thought language）的表现手法，将交织而成的无声的画面，通过自由间接转语（free indirect style）建立起残酷的现实与七哥的精神生殖力之间的紧张对峙，使文本与意义之间产生了克里丝蒂娃所谓的文学作品的"符号异质性"。①

---

① 于治中：《正文、性别、意识形态——克丽丝特娃的解释符号学》，《文学的后高思考》，（台北）正中书局1991年版，第212页。

第六章　文学韧力:新写实小说的道路选择　237

　　这种文本的"异质性"有时是通过作家评价性（evaluative）话语得以"隐晦"显现："七哥七岁上了学。这是父亲极不情愿的事……让人都上学了文化码头还办不办？凭良心说父亲的认识还是深刻的。"

　　在这里，意义跟语言脱了节，即文字的"所指"与"能指"不在同一平面上，但它并不意味着作家的缺席，而是作家将自己的人文倾向以字符相反的意义出现，从而造成跌宕不平的滑稽效果，使讽刺的张力得到最大限度的彰显。当这种张力达到它的阈值突然"绷裂"后，作家与文本的叙述者戏剧性地从审美意义上走到了一起。例如：七哥有一次去捡菜陷入泥塘里，差点命都没了。回来后，首先是小香叫："爸、妈，野种回来了。"母亲立即揪着七哥的耳朵又吼又骂。父亲则是打。"七哥不语，他挨打从来都不语……表情竟出奇地平静。"七哥被父亲一脚踢倒在地，他还"不禁咧嘴笑了一笑"。

　　这是一种由受虐者到施虐者的笑，也是从作家到叙述者在"意义共振"上达成的笑，是神经官能症（neurosis）的征兆所在，目的是通过自我的"臆念"调整（adjustment），得到所谓的"替代性满足"（vicarious satisfaction）。作家和叙述者都不堪忍受七哥所遭受的折磨，从审美意义上得出"共识"，让七哥用"臆念"的方式将父母亲和小香等对他的虐待反过来让他以同样的方式"虐待"施虐者。这个细节恰恰回应了七哥发过的毒誓，即如果有机会，他要当着父亲的面，将母亲和两个姐姐一一强奸。

　　这种潜在的暴力冲动使整个文本的前进动力充满刚硬的紧张，反映行为者在"毁他"的同时，也有一种强烈的"自毁倾向"（self-destructiveness），甚至产生"寻死欲念"（death wish）。七哥的暴力冲动与其说是长期的弗洛伊德式的压抑所致，还不如说是"人民记忆"/国民劣根性中最阴暗部分的触发。

　　作为"草根力量"冤冤相报之具象，这种冲动展示了社区文化的底层积蓄，也反映了源远流长的"人民记忆"并没有因为时代的进步而得到脱胎换骨式的进化。七哥这个社会最底层的人因为一个荒唐的契机而进入主流社会，他的表现也是中国许多国民由"人下人"到"人上人"所表现出来的"硬扭状态"之缩影。

　　卡夫卡在《审判》中对约瑟夫·K作出如下"判决"："你本来是一个天真无邪的孩子，但你本来的本来则是一个恶魔一般的家伙。"[①] 这种

---

① Franz, Kafka, *The Trial*, (trans.) Willa and Edwin, London: Secker & Warburg, 1956.

国民的性格缺陷或悲剧性弱点是不是就是中国历次运动的原动力呢？

湖北汉口的"河南棚子"作为社会的最底层，本来与政治运动有着天然的免疫力。然而，在《风景》文本中，这种免疫力被破坏殆尽：一场轰轰烈烈的"上山下乡"运动，将七哥推向了一个"所有人都不知道他在哪里"的地方。而这，正是七哥所盼望的。在村里，七哥"像一条沉默的狗"。这是一个压抑太久的灵魂来不及"伸展"的惯性作用的结果——当他在睡梦中伸展的时候，他居然成了鬼。村里闹鬼了。这个"鬼"就是七哥的游魂。七哥被"捉鬼的人"抓住："浑身赤裸着。他身上的肌肤极白。他依然平稳地呼吸着。"人们惊惶地问他是不是天神派来的。"七哥说不是，我一直在阴间里老老实实做真正的死人。"这一说，"所有的人都毛骨悚然"。

"闹鬼事件"可以认为是一个民间"鬼怪仪式"的魔幻写真，这个骨折式转变是整篇小说的分水岭。这个仪式就像韩少功《爸爸爸》中拿丙崽的贱命去作祭祀和《女女女》中幺姑的"蒸汽之死"——也是一种仪式，或者如祥林嫂"捐门槛"、林道静"跳海被救"以及晓华与母亲"断绝关系"等仪式一样，都是中国人"成人仪式"之变种。经过了这种"成人仪式"的七哥，不仅由此走进了堂堂中国第一学府，而且由此翻开了一个全新生命"传记"的第一页。作家借助于仪式的功能意在深化和扩大话语的内涵，确立"重新讲述"的语态和语式。① 这种"黑色喜剧"（black comedy）凸显一个基本事实：七哥身份的转变并不是靠自己的努力，而是靠荒唐的年代，他是一个"虐化"的受益者，是一个"轻浮"符簇的缩写。

昆德拉说，"一个轻浮的形式与一个严肃的内容的结合把我们的悲剧揭示在它们的可怕的无意义中"。② 在小说《风景》文本里，"严肃"的内容正是被涂上了这种轻松揶揄和调侃的"轻浮"油彩。特别是七哥在婚恋上的"实用"和"轻浮"委实让人欲哭无泪，在权力与爱情、野心和道德之间，他轻松地选择了前者。七哥抛弃了准备与他结婚的教授的女儿，选择了一个他不爱且不能孕、但是父亲有权的大龄女子，并且明白无误地告诉这个女子："我选择你的确有百分之八十是因为你父亲的权力。"这样不加掩饰地直接表达，彻底摊开底牌，虽然难堪，却比当事人蒙

---

① 倪震：《仪式的魅力：从张艺谋到科波拉》，《今日先锋》，生活·读书·新知三联书店1994年版，第43—48页。

② Milan Kundera, *The Art of the Novel*, (trans.) by Linda Asher, London: Faber, 1988.

第六章　文学韧力：新写实小说的道路选择　239

在鼓里、同床异梦还装作十分相爱的那些人活得更为真实。他们去掉了教科书上的动人的辞藻，变得实在而庸俗，让人们从罗兰·巴特式的"意义的播散"① 中感觉到"逼真的庸俗"里所拥有的"心酸"的另一幕。

王德威在分析晚清"谴责"小说时精辟地指出，这类小说的可贵之处不只是作者对社会现状的口诛笔伐，更在于他们演绎时的闹剧模式。他认为，此前，从没有一个时期的作品表现出如此一致的喧嚷讽谑、嬉笑怒骂的风格，也没有一个时期的作者共同投注如此庞大的精力和好奇心，以图揭发社会各阶层的丑态，更没有一个时期的作品在形式上是如此的"拮据扭曲、生涩多变"。②

如此情状也同样适用于中国新时期的新写实文学思潮的作品，它表明：处于"表层"的生活流越是"轻浮"、"嬉笑"和"喧哗"，它的"底层"因为权力的压迫太大而产生的"反抗力"（"非存在"的存在）也就越"沉默"、"浑厚"和"强大"，这正是新写实小说创作者在戏谑风格的掩蔽下所包含的严峻的另一面。那种昆德拉式的"轻浮"也完全是出于叙事策略的需要，是整个社会在市场经济条件下所出现的"硬扭状态"之形象写真——既有社会价值的变异与撕裂，又有道德伦理的叛离与颠覆。

比方：文本中多次讲到儿子对父亲的感情是"小牲畜对老牲畜的感情"；大哥跟有夫之妇鬼混，被母亲夸赞为好样儿的；未过门的媳妇（五哥的女友）竟然敢对着父亲破口大骂，父亲只得叹息："日月颠倒了，颠倒了。"后来，五哥六哥都主动做了"倒插门"，面对世风日下，父亲也只好说，"去去去"，似乎不愿意正视他们。而"五哥六哥当女婿比当儿子舒服多了。渐渐地不太记得河南棚子的老父老母"。所有这一切，都是以批判的方式对特殊年代里正统话语的一次嘲弄，是历史"去神化"（demythfication）③ 后的具体表征，是对陈腐窒息的"引路人文化"背叛之具象。

长期以来，中国社会在集体意志的强力压迫下，权力话语里的"引路人"——如媒体上根据某个领导指示着力打造的英雄形象——其实只是一个空洞的符号，是苍白的、抽出了血肉后的一具木乃伊，是国家机器

---

① 王晓明：《二十世纪中国文学史论》（第三卷），东方出版中心1997年版，第239页。
② 王德威：《从刘鹗到王祯和——中国现代写实小说散论》，时报文化出版企业股份有限公司1986年版，第66页。
③ Hayden White, *Tropics of Discourse*: *Eassys in Cultural Criticism*, Baltimore: Johns Hopkis University Press, 1978, p. 124.

上的一颗螺丝钉。当滚滚"商潮"涌来的时候,社会上的每个人都得重新审视自己,在眼花缭乱的广告牌下,个体的"小我"摆脱了"木乃伊"的束缚,急切地找寻自己有血有肉的"引路人",这是对"朦胧诗"创作群体中所表现出来的"引路人文化"之延伸。于是,在《风景》文本中,各种各样的"引路人"从幕后走到了前台。

红衣女子是五哥六哥生意上的"引路人"。五哥六哥在商海中挣扎着成长。这种成长甚至要付出血的代价:五哥被红衣女子派的人打得半死就是证明。

大哥的"引路人"是白礼泉的老婆枝姐。这个受压抑的女人不但让大哥知道怎样从一个男孩儿变成男子汉,而且在成长的过程中,她自己也跟着成长——肚子高高地"挺"了起来。只不过她的成长被"腰斩"了:小孩被流掉,自己后来也被汽车碾死。作家似乎对枝姐这种婚外恋不赞成,所以她用笔代替这个社会在道德的审判席上作出了枝姐死刑的判决,这种方式隐含了创作主体对权力话语的挑战和反叛。

三哥的"引路人"是二哥,又是船老大。是二哥爱情的失败,使他仇恨一切女子,他跟女人只有肉体上的发泄,没有感情上的承诺。而船老大教会了他:"以漩涡回报漩涡。"

二哥的"引路人"是杨朗,可杨朗却在最后的选择中抛弃了他。二哥成长的代价是死亡。可他的死亡跟枝姐不一样,没有任何价值。因为,枝姐是"横死",是意外死亡,为了自己心爱的人和实实在在的爱;而二哥是自杀,为了一个不爱自己的人,为了一场乌托邦的爱。如果说,枝姐的死是作者可以制止的话,那么,二哥的死作者却显得无能为力。原因在于:最先的故事动力依凭的正是这种注定无果的死亡的爱情。

七哥的"引路人"一直到了田水生那里才出现,以前是"小够够",可她自己都没有目标;后来又是大哥,七哥一直以为他就是"父亲",可大哥从来没住在这个火柴盒一样的屋子里,在枝姐死亡后,他更是看不到影子了。后来,七哥又以"鬼魂"为"引路人",并事实上将他引进了北京大学。但"小够够"、大哥和"鬼魂"都是朦胧的"引路人",或者说是没有方向的"引路人"。只有田水生的"卑鄙"让他真正学有所用,他的成长是政治运动的结果。

大香、小香的"引路人"是父亲,她们学会了父亲的残暴,也学会了父亲的自私。其结果便是,小香嫁了一个不爱她的男人后又被这个男人卖给了人贩子,吃尽了苦头;大香也活得不死不活,浑身没劲。这似乎又显示文本具有了"诗歌的正义"之特质。

母亲的"引路人"也是父亲。她的成长一直伴随着父亲的拳头和辱骂，后来父亲老了，骂不动了，母亲也突然长大了，并且突然变老了。

四哥是个哑巴，他的"引路人"很模糊，后来却是他的妻子。而他的妻子却是"盲人"。用盲人作"引路人"，却又平凡风顺，倒也讽意十足。

父亲的"引路人"既是他自己的父亲，也是这个险象环生的社会。然而，他的"引路人"后来却被七哥所代替。由一个他从来没有当人看待的儿子替换他心目中英雄的父亲，这种"艰辛的尴尬"更接近生活的真实。

叙事者"我"，也就是故事中的"死灵魂""小八子"有没有"引路人"？有，所有的人都是"我"的"引路人"。只是"我"看到人世的艰难，还是觉得变成"死灵魂"好，永远不要长大，也永远不要说话："我只是冷静而恒久地去看山下那变幻无穷的最美丽的风景。"

这是一种引喻（allusion）和戏谑（parody）性的书写："我"的"空缺"和"无语"却成就了一篇"口述"家史。恐惧的是，如果"我"活着，依照家庭的辈分排列，就数"我"的地位最低，那么，折磨七哥的那些事是不是就会发生在"我"的身上呢？小说最后，当两个姐姐要让七哥从她们的孩子中领养一个"继承人"时，七哥拒绝了。他不愿认领任何中的一个，因为那样他会一看到孩子就会看到自己昨天的伤痕。对七哥而言，他希望能尽快忘掉昨天——那是一场有着深深创伤的噩梦。七哥最终收养一个孤儿院的孩子，算是对自己家庭的彻底清算和告别。

这种血缘上的否定既反映了叙述人"我"的价值认同，又显示了作家的批判锋芒："我想七哥毕竟还幼稚且浅薄得像每一个活着的人。"这是文本的核心所在，彰显了人文精神在人性幽暗处的闪烁，为发展中国家"人民现实"的生存尴尬矗立了一块警醒的路标。

第六节　根子里的妥协与文学的叛逆

一场史无前例的运动使中国的作家、读者和广大知识分子产生了强烈的幻灭感（disenchantment），在进与退、出世和入世（retreat and engagement）的踌躇观望中，屡试不爽的"实用主义"再次战胜了"理想主义"。①

新写实小说的创作主体都十分自觉地追求普通百姓原汁原味的生活流（如印家厚和小林们的琐碎生活），尽力把小说从神圣而空泛的概念还原到实用本身，解除了自"五四"新文化运动以降小说成为"启蒙家"的拯救姿态，而且作品的主人公几乎都不愿谈论政治话题，也不喜欢谈论欲望、权力和人生价值。他们崇尚自然地生活，用"无为"哲学和"阿Q精神恢复力"为失意的自我寻找借口，个人的理想消融于柴米油盐酱醋中。作家与读者也不再是"老师——学生"关系，而是"兄弟姐妹"的患难与共，从而为"创作主体"和"受众客体"开辟了一个独立于政治之外的民主空间来。

这个所谓的"民主空间"并不像创作主体想象的那样自由，也不是真正意义上的独立空间，更不是绝"意识形态之缘"的真空。所有这一切不过是自我麻醉、自我妥协或自欺欺人的幻觉和借口，与哈贝马斯（Jurgen Habermas）在公民社会（civil society）里所倡导的"公共领域"相距甚远。②

与其说，这是一个非意识形态的空间，不如说，这是小市民的个人空间或隐秘空间。"这是一种自我防卫的手段，为的是躲避官方政治权力所操纵的主流文学话语的干涉。"正是"这种非政治的姿态，这种对于政治的厌倦，在一个国家权力已将社会充分政治化的环境中，却恰恰变成了一种政治态度，一种向国家权力要求独立空间的政治要求"。③ 这个主、客两方共同创建的、刻意营造的"非意识形态空间"，却事实上成了"意识形态空间"的另一种形式，是"人民记忆"阶级属性的部分外化。

"人民记忆"作为潜伏文化底层的语言流，总是伴随着作家对历史记忆不同阶段的自在书写而呈现出不同的心理动态，它为主流话语提供原始语码，却又常常受到利用者的刻意压制。"人民记忆"虽然丰富如无尽的矿藏，但是它并不是一种机械触摸的应答物，它需要适合它的形式，一种自由的、没有固定容积的器皿去包容它，挥发它。

新写实小说文本就是创作主体在中国特定的历史条件下对"人民记忆"的一次挥发。这一拨作家对当下生活/历史的陈述，并不像他们宣称

---

① Angle, Stephen, *Human Rights and Chinese Thought: A Cross-Cultural in Query*, New York: Cambridge University Press, 2002.
② Jurgen Habermas, *Moral Consciousness and Communicative Action*, (trans.) by Christian Lenhardt and Shierry Weber Nicholsen, Cambridge: UK: Polity Press, 1990.
③ 徐贲：《"发展中国家批判"在当今中国的处境》，《二十一世纪》（香港）1995年第2期。

的那样公正客观。他们的作品都是一种经过精心编码后、作用于"人民记忆"的文本,它不叙述"真实"——尽管创作主体反复声明写的是真实的生活流,但这种声明(也可以看成一种"呼吁")的本身就足以说明"真实"的缺失或不足。文本所追求的不过是如何通过"人民记忆"而让人"相信"是真实的。历史的"真实"是"制造"出来的。"人民记忆"是国家机器、社会场域和民间话语争夺的关键。① 例如,《烦恼人生》中的印家厚只是一个操作工,池莉说她是怀着深刻的同情去写他的,她多么不愿意看到"年轻英俊"的印家厚变成"忧郁平庸"的印家厚啊。但"现实是无情的,它不允许一个人带着过多的幻想色彩。……那现实琐碎、浩繁、无边无际,差不多能够淹没销蚀一切。在它面前,你几乎不能说你想干这,或者想干那;你很难和它讲清道理"。②

池莉的"创作谈"清楚地表明,印家厚作为"人民记忆"的一个浅层具象是作家"制造"出来的,目的是让人们"相信":生活在当下的中国人,最好不要有非分之想("幻想色彩"),也不可能想干什么就干什么——所谓的"民主""自由"都是些"很难和它讲清道理"的乌托邦话语,跟吃饭、睡觉、上下班和接送孩子等生活流无关,印家厚、七哥和小林们都很少直接谈论政治,谈论理想、信心和希望等宏大话语,他们关注的是住房、婚姻、油盐酱醋和锅碗瓢盆等小型语言,他们的思想和抱负已完全"硬扭"。

"人民记忆"的关键不在于记忆本身是如何记录真实历史的,而在于它在对抗政治语序中,是怎样被消解、扭曲和压抑的。这种"硬扭"使"新写实"的创作主体产生了意外的实用效果:他们的创作在凝聚和形成"人民"这个集体身份的同时,也有意无意地起到了主流话语所盼望的"城市水泥"的黏合作用,对 20 世纪 90 年代后期的"现实主义冲击波"起到了"引路人"作用。

这是一种缺失。"新写实"的主将之一刘震云就坦承自己作品的"幼稚"。例如,在 1988—1991 年间,刘震云创作了以"官场"为总题、但实际上是"人生境遇"的三部曲:《单位》《官场》《官人》。他在反省这一阶段的创作时则承认:"前一半是一个苍蝇从瓶子里竭力向外撞的伤痛记录,当然那是非常可笑的了;后一半是当苍蝇偶然爬出瓶子又向瓶子的

---

① 张颐武:《在边缘处追索:发展中国家文化与当代中国文学》,时代文艺出版社 1993 年版,第 81 页。
② 池莉:《我写〈烦恼人生〉》,《小说选刊》1988 年第 2 期。

回击，当然也是非常可笑的了。"他惊讶地发现"自己还是一个跌跌撞撞的孩子"，在新时代尴尬地"站在那铁皮四处翘起的甲板上"。①

刘震云将自己的创作当作一个"未成年人"（幼稚）的深刻"反省"，反映了"新写实"创作主体有着较强的"自我意识"，也点明了皮埃尔·布尔迪厄所说的知识分子"尴尬"状态的真实性：一方面，要通过斗争才能确立自主性，保证文化生产者有一个保持自主性的经济和社会条件，强化每一领域里最自主的生产者的位置；另一方面，要创造恰当的制度，让最自主的文化生产者不受象牙塔的诱惑，能够使用特定权威集体干预政治，以确保文化生产方式和知识合法性的最低目标。②

新时期中国作家、知识分子的书写诉求并没有完全实现，这也就是刘震云认定自己还只是一个"跌跌撞撞的孩子"之潜在理由。造成这种情状的原因，虽然与中国特殊国情和现实生活有关，但也与中国作家、知识分子独立人格精神的缺失有关。中国作家、知识分子通过"硬扭"（就像《风景》中的七哥一样）已习惯于生活在哈维尔所批判的"参与制造和维持诺言"的主流话语里。

哈维尔指出，人人都生活在诺言之中，并参与制造和维持诺言。他用小果贩在店门前贴"全世界劳动者团结起来"的标语来说明这种诺言产生的政治文化心态。因为贴标语是避免麻烦的效忠表示，也就是人们常讲的"态度问题"。"他做这些事是因为太太平平过日子需要这么做……是为了与'社会保持一致'。"哈维尔进一步解释道："他们必须生活在诺言中。他们不一定接受诺言，但却必须心甘情愿和诺言在一起生活，……这样做也就帮助和巩固了诺言的制度。"③

在池莉的小说《不谈爱情》中，庄建非的妹妹建亚在日记中写道：哥哥没有爱情，他真可怜。也就是说，庄建非没有爱情，却有一个家。为了维持这个家，他可以牺牲自己的兴趣、爱好，甚至理想；他不爱自己的妻子，但又必须心甘情愿地和她生活在一起，参与制造和维持"爱情"这个诺言。

庄建非夫妻非常清楚，"爱情"是一个神话，他们不一定相信，但要

---

① 程光炜：《在故乡的神话坍塌之后——论刘震云九十年代的小说创作》，《文学评论》1999年第5期。

② ［法］皮埃尔·布尔迪厄：《现代世界知识分子的角色》，赵晓力译，《学术思想评论》1997年第5期。

③ Vaclav Havel, "The Power of the Powerless", in *Vaclav Havel or Living in Truth*, Jan Vladislav (ed.), London: Faber and Faber, 1986, p. 45.

做得"和社会保持一致"。然而，没有爱情的家是空洞的家，就像没有信仰的民族是没有根的民族一样，创作者当然意识到其中的"缺失"。为了弥补这种空洞/无根（"缺失"），池莉"赋予庄建非爱看球赛的癖好，让他在观看比赛中体验那种生机勃勃的人生；让印家厚的儿子强悍一点，叫做爸爸的从他身上得到一些寄托"。①

这种情感的转移说到底还是一种无奈的"妥协"，是作家对现实的"妥协"，作品主人公之间的相互"妥协"，也是作家对读者以及读者对作家的"妥协"。

新写实小说的创作主体口口声声专写老百姓、只写普通人的命运遭际，但其文本显示出来的却并不是普通老百姓，而是"完全听由局部利益化了的政治权力及其代理人摆布的'次等人'和'下等人'"，如七哥、印家厚、小林等，哪一个是真正意义上的普通人？哪一个不是代表了他们那个层次的、受政治权力宰制的"次等人"？

有人说，"新写实"作家要苦心经营出一个"普通百姓的生存空间"，但实际看到的却是：老百姓并没有真正属于自己的生存空间，一切"生存空间都已经被国家权力所侵蚀、所政治化了"。② 这种创作主体的思想行为与客观文本的严重脱节，正是新写实小说作家在特定的历史背景下的显著特征，这是一种矛盾——创作主体的人文倾向与客观现实的生活境遇相悖异，也是一种尴尬——创作主体无法控制文本的精神走向。

这种"矛盾"和"尴尬"状态从侧面印证了发展中国家文化的"压迫"不全是由于发达国家的话语霸权，而是很大程度上跟本土文明的"自茧行为"有关。发达国家的话语霸权总能找到一种适合"他者文明"发展的生存方式，将他们的思想、观念、价值体系潜移默化地"渗透"到发展中国家的文化土壤中，就像《风景》中的红衣女子一样，打着"帮助"、"联盟"和"同路人"的旗号，干的却是从文化上对当地人殖民（输入国际文本的肥皂剧）和经济上占领"汉正街"（输入跨国资本的肯德基或"麦当劳"），所有这些"入侵"的表现却丝毫见不出发达国家文化话语的主观"压迫"。

本土文明既没有意识到这种"外来文化"的"心理动因"，又不愿接受知识精英的"启蒙"和"代言"，其结果便是像《风景》中的五哥对待红衣女子那样，不仅热情拥抱，四处寻找，而且心甘情愿成为她的

---

① 段崇轩：《"屏蔽"后的重建》，《文学评论》1991年第2期。
② 徐贲：《"发展中国家批判"在当今中国的处境》，《二十一世纪》（香港）1995年第2期。

"文化买办",并通过一种"硬扭方式",认为发展经济总得牺牲某些品质——如五哥对红衣女子"放血"的默认以及对强权的忍辱、容纳和妥协等,为"丧失自我"的行为方式进行辩解。

如果说,发达国家的"文化渗透"使发展中国家的母语基础动摇的话,那么,本土文明的"自茧行为"不仅加强了这种"动摇",而且使发展中国家文化的"主体性"更加依赖"入侵者"的外力,特别是这种"自茧行为"在剔去了发达国家文化霸权的某些积极因素如民主、自由和人权等话语后,本土文明上的"人格定位"便有了雪上加霜的苦难记忆。

新写实小说创作主体作为知识精英在民众事实上拒绝"启蒙"和"代言"的情况下,如何走出"自茧行为",修复被"撕裂"的人格定位,就是他们面临的巨大挑战。结果,这一拨作家不仅放低姿态,跟民众成为兄弟姐妹,与他们打成一片,写出他们的"艰辛的尴尬",而且作家本身成为底层生活"内在力量"的一部分,文本对"活下去"的细致逼真的描写既是大众生活的镜像,又是作家本身"草根力量"的张扬。作家不能触犯禁忌——政治的或文化的,但又试图营造一个独立于主流话语之外的生存空间,创作上的"尴尬"与大众生存本身的"尴尬"融到了一起,两股力量合流并潜伏到源远流长的人民记忆中,一定程度上弥补了发展中国家文化由于发达国家的"话语渗透"和本土文明的"自茧行为"所造成的损害。

与此同时,新写实的作家还不断地通过自我审视,纠正创作中由于过于依赖日常生活的琐碎而使文本出现"失重"的审美态势。例如,刘震云在"自我审视"中,除发现自己是个"孩子"外,还发现自己作品有着"内在的缺陷"。但是,他说,"这种缺陷使我对自己充满信心"。[①] 发现了自己的缺陷(即文本的"失重")反而增加了自己创作的信心,这是"新写实"创作主体难能可贵的地方——这也使得这一拨作家走出"自茧"的努力成为可能。如何表现这种"可能"?刘震云明确表明了福克纳式的创作抱负。他要做的,就是在一块"邮票大小的地方"虚构一个全新的世界。这个小地方指的是他的故乡"河南省延津县王楼",这个世界包含的就是"俺那故乡""俺佬爷、姥娘"等人物和故事。

这样对一个地方——往往是出生地或所谓的第二故乡——的"执着关怀"是中国新时期绝大多数作家的惯技。比方,韩少功对汨罗的喜爱,贾平凹对"商州"的投注,史铁生对"清平湾"的留恋,梁晓声对"北

---

① 刘震云:《温故流传·自序》,江苏文艺出版社1996年版。

大荒"的向往，王安忆对"知青村庄"（如小鲍庄、大刘庄等）的回望，以及马原、扎西达娃所写的西藏等，都是寄寓了作家的某种特定的符号指归，与朦胧诗创作群体用宏伟地点如长江、长城、故宫、古战场等带有浓重"历史维度"和"现实厚度"的地点来抒发情感是一脉相承的。

这种对古老"土地"大抒"人民之情"在张承志对内蒙古大草原的深情歌唱和莫言对山东高密县那血一样红的高粱地里"我爷爷""我奶奶"之"酒神"精神的张扬中达到极致。新写实的作家再次祭起了土地的大旗，这与一直以来在中国文坛上占统治地位的现实主义创作思潮是分不开的。

刘震云表示要在他的出生地表现出福克纳式的抱负，是极具勇气的。这种勇气也同样给予了池莉（"冱水镇故事"中的《你是一条河》与《凝眸》等）、方方（"武汉的河南棚子"中《风景》）以及朱晓平（《桑树坪纪事》）等。然而，要在一块"邮票大小的土地"上创造出福克纳式的"约克纳帕塌法"① 世系，对中国作家来说，这种巨大的挑战总是难以达到人们期望的那种高度。

尽管如此，在全球化语境下，新写实小说在中国新时期的文学发展历程中，仍然有着不可替代的独特价值。这个时期的经典文本虽然隐喻着创作主体的生存"尴尬"，但也寄寓着作者透过文化生产对权力场域"反抗"的精神指归。特别是意识形态和政治话语，市场经济与大众生活，以及国家、集体、民族的巨型语言同爱情、婚姻、家庭的小写语言都同时抛进了商业文化的大染缸，使文本具有了"意识性暂时不信"的特征，即个人意识的"相信"与"不相信"都只能是"暂时的"：今天的"相信"（妥协）不是终点，这本身就显示了"不相信"（反抗）的可能；与此同时，今天的"屈从"也可以看作力量的储存，是"恬静隐忍"式的隐性抗议。

这种"抗议"与"反抗"在审美走势上是以一种"非存在"的方式存在着。说是"非存在"是因为故事的主人公总是回避权力话语，从不与各种禁忌直接发生冲撞；说是"存在"是因为消费主义下的大众生活本身就是一种对权力的解构——文本大肆张扬着小市民的麻木与忍耐、欢乐与苦痛、淡漠与无奈之日常的生活流正是对权力话语的抵抗与消解。这种"非存在"的存在反映的正是新写实小说一类的文本对权力反抗的隐蔽特质：琐碎的生活流表面上看起来与权力（政治）无关，可文本背后

---

① 李文俊选编：《福克纳评论集》之序文，中国社会科学出版社1980年版，第2页。

隐含的反抗正是故事前进的动力,它是以一种"非存在"的方式存在,即生活流中不可或缺的"他者"存在的。

如果说,百姓日常的"生活流"是河流表层的"显现",而精神上的"反抗"是河流底层的"沉默"(隐性)的话,那么,权力(话语)则置于河流之中、是包裹于两者之中的"黏合体",也是推动生活流(文本)的内在力量。因此,置于河流(社会)中心的权力往下压迫得越重,河流表层的生活流(百姓日常生活)就展现得越轻松、越充分,此时河流底层的"反抗"也会越"沉默",但"沉默"背后反弹起来的对抗力也就越大。

新写实小说文本中对日常生活(河流表层)无节制的戏谑、喧哗和因触目惊心的细节描写而引发的"浪澜起伏"的高潮,正是为了以此掩饰文本深层巨大而沉默的"反抗力"。例如,方方《风景》中的七哥就是经历了极度的压迫和种种喧嚣,七哥最终爆发出来的"反抗力"也就越发可怕:不仅对"家文化"的断然撕裂,更是对整个道德价值和权力话语的疯狂破坏与颠覆。这说明"新写实"的创作主体在经历了不断的政治洗礼后,"自我意识"不仅强烈,而且多了一层"自保"的外衣。这种过于"警醒"的"自保意识"促使新写实小说创作主体在实用主义的道路上迈进了一大步,也必然要使他们在艺术上作出某种"牺牲"——这也是所有的"成长故事"所必须经历的"痛苦的奉献"。

这种"牺牲"与"奉献"给新写实小说造成的创伤表现在:

一、语言/情感的"互悖"给内容与形式造成的分裂;

二、用反智/反禁忌的俗下游戏消解痛苦,为后来的"流氓文学"开了先例;

三、颠覆传统的道德规范,消除一切价值深度,在细节的处理和精神的指归上却又处处见出陈腐乏味的"典籍理念";

四、刻意追寻生活原态的琐碎意义,用日常经验取代艺术经验,将文学的价值简化在"一次性消费"的商品价值中;

五、作品中人物的表演都在作家理性的严格控制下,作家和作品中的人物贴得太近,造成文本空间的萎缩,等等。新写实小说的这些"创伤"随着时间的流逝已表现得越来越明显……

这种"阵痛后的尴尬"反映出中国作家作为发展中国家文学的一支重要力量虽然有着让人尊敬的真诚表演,但其作品总是难以摆脱成为文化母国主流话语之阴影的文本立场。这种立场也成为朱大可批评的原因所在:新写实小说创作者们"与卡夫卡的立场形成尖锐的对比。一个被中心的经验压垮的人,却依然不懈地坚持对日常生活的峻切批判,用孱弱的躯体尽其可能地负载和贮存痛楚,从而在最后的时刻发出震撼灵魂的呻吟"。[①] 可以说,"灵魂的呻吟"是对新写实小说的真实评价,它是以往写实小说在新的历史背景下发展变化的必然结果。

[①] 朱大可:《燃烧的迷津》,学林出版社1991年版,收入《二十世纪中国文学史论》(第三卷),东方出版中心1997年版,第224页。

第七章　文学定力:世纪之交中国文学的精神原态

神说:"这些事以后,我看见在天上那见证之帐幕的殿开了。"①
——《神与圣言启示录》

　　定力的原意是解除烦恼妄想的禅定之力,以及处理应变时把握自己的意志能力。用"文学定力"之说来观照世纪之交的中国作家是比较符合客观实际的。经历了改革开放后中国文学生态从伤痕文学、朦胧诗、寻根文学到先锋小说和新写实小说的巨大变革,创作主体越来越能从容淡定地在世界文学的现代化征途上大步迈进,他们相信"在形而下的物质生活与形而上的人生哲学之间,存在着一条秘密通道,彼此声息相通,互相通达,互相指证。通过它,小说从人的生存走向人的存在,从对个体生活的描摹上升到对人类普遍命运的关注和表达"。②
　　事实上,作为历史与现实的书写,文学创作关系着国家、民族和人民群众在文化、道德、政治及价值承载方面的重大问题,经由新历史的解构风潮和日常世俗主义的高扬,在创作者世界观、历史观、价值观的多元嬗变下,20世纪90年代以来的中国文学创作呈现出十分复杂的态势。在文学现场发生深刻转型与裂变的时候,广大读者痛感生存意义和生命价值的迷失,以及信仰与精神等诸方面出现的危机。面对汹涌而来的时代大潮,个人的力量何其渺小,文学日益的边缘化成为不争的事实。
　　深入分析这个时候的文学,有助于人们了解中国作家由20世纪80年代的辉煌到沉静落寞的心路历程,进而看到中国文学重新崛起的希望所在,从中感受到文学的陶冶功能、净化功能、凝聚功能和励志功能所发生的种种变化,文学创作和文学批评的价值也因此得到新的认识。

---

① 倪柝声、李常受:《神与圣言启示录:结晶读经之三》,台北:福音书房1990年版,第10页。
② 晏杰雄:《青年写作如何呈现中国经验》,《文艺报》2015年12月18日。

作家李洱指出，20世纪90年代以来的中国文学与中国经验更加贴近，通过文学批评家、作家和读者的共同努力形成了一种"实事求是"的文学，一种放弃形式实验和宏大叙事、回归到文学创作本身的文学。在孟繁华看来，20世纪80年代的文学虽是黄金时代的文学，却是一个"试错"的文学，是没有固定道路的"误打误闯"的文学。进入90年代以后，作家靠个人经验来讲述时代变得极端困难。因为90年代以来的知识分子经历了无处启蒙的身份困境，进入存在主义的哲学困境。[1] 这个时期的文学是作家们从敬畏文学到游戏文学的必然过程，是政治、经济、文化和社会多重力量推动的结果。

本章以全局性眼光和前瞻性思考，聚焦颓废文学的势利型策略、人文精神的论争与三种话语的较量、骚动不安的新生代、现实主义冲击波的在场与离场、新女性主义作家的疼痛与消解，以及文化自信语境下人民文学的重新出发，通过对20世纪90年代以来的中国文学进行整体考察，探讨这个时期文学作家的创作特色与文本内涵，考察这个时期的文学以怎样的方式形成、建构了新的价值坐标与运行体制，积极阐释发生在此期的各种文化现象及多元价值的时代意义，对于中国文学在全球化语境下所形成的中国模式、中国智慧和中国道路具有较强的针对性和现实的指导意义。

第一节 颓废文学的势利型策略

如果说，20世纪70年代末80年代初，北岛的"我不相信"像突然抛下的闪电，在刚刚苏醒过来的人的心头重重地划了一刀，80年代中后期，崔健的"一无所有"如"野火烧不尽"的小草，唱出了中国人生存艰难的话；那么，90年代的《玩主》王朔以一连串痞子般的"忤逆行为"操弄小说，犹如天空的炸雷，给大众压抑已久的心灵来了个不经意的撕裂。

《空中小姐》是王朔1984年初创作的一篇中篇小说，发表在《当代》第二期，作品讲述的是一个水兵和空姐的恋爱故事。小说改编为电视剧，一炮打响。1988年，他又有《浮出海面》等作品问世。但真正给他带来巨大影响的却是20世纪90年代初期《我是你爸爸》等三部长篇和《过把瘾就死》等多部中篇。

---

[1] 张滢滢：《重返文学的"90年代"》，《文学报》2015年10月15日第4版。

王朔的小说标题痞气十足，大多成为当时的流行语。1992年华艺出版社分"纯情卷"、"挚情卷"、"矫情卷"和"谐谑卷"隆重推出他的四卷本个人文集，又给"王朔热"在文坛大大地烧了一把火。其中"谐谑卷"收入了《玩主》《一点正经没有》《你不是一个俗人》《千万别把我当人》等广有影响的作品。①

20世纪90年代初的这股颓废文学思潮，在全国读者上下一片"渴望"（万人空巷的电视连续剧《渴望》就是以王朔为主的一帮人捣弄出来的）中如此这般地"磨合"而成。王朔被中国文学理论界纳入"后现代"的表意系统（张颐武语）是很有意思的。王朔的"磨合"借助于"八九学潮"之后的时代语境，作家、知识分子对民主、自由、集体等宏大话语避而不谈，普罗大众着眼的是新写实小说中的生活原生态，将有过的理想和热情尽可能遁入"及时行乐"的世俗生活。

约翰·麦考温指出，民主是"后现代"理论所忌讳的"宏大叙述"。它既不愿为民主去诉诸人性之外的社会政治原则，又要抵制人性论中民主观的权利利益；既不能从反原旨批判中、也不愿从它所批判的人道理论中去形成民主伦理，结果便是"放弃"民主政治理想，② 返回到低风险的充满油烟味的现实境遇中。

从这个意义上说，颓废文学的"磨合"，既是对"载道""代言"的伤痕文学的嘲笑，又是对"民主""现代化"的朦胧诗潮的反戈；既是对"重建乌托邦神话"的寻根文学之叛逆，又是对"先抑后扬"、"入世"和"转轨"的先锋小说之变奏。在此基础上，主创者们再佐以新写实小说中"甘为卑贱"、"粗痞"和"反禁忌"的人生原汁，就做成了一道"颓废"意味十足的世纪末之文化快餐。

"颓废"是外来词，英文中的decadence是指一个过熟文明的腐败与解体，以及其腐败与解体之虚伪甚至病态表现。③ 换言之，"颓废"的本意是中性词，指的是一个过程或一种生存状态。比方，李欧梵就把《红楼梦》当作中国文学史上最伟大的"颓废"小说来解读。李欧梵认为曹雪芹无法预测将来的世界，他只能感觉到他那个世界的结束。这是一种中国式的世纪末，正由于曹雪芹知道往世的荣华已不可重返，所以才苦苦追忆营造出一个幻想的、镜子式的世界，即"风月宝鉴"。"风月"恰是

---

① 王朔：《王朔文集4：谐谑卷》，华艺出版社1992年版。
② John McGowan, *Postmodernism and Its Critics*, Ithaca: Cornell University Press, 1991, p. 28.
③ Gianni Vatimmo, *The End of Modernity*, Jon R. Snyder (trans.), Baltimore, Maryland: The Jones Hopkins University Press, 1988, pp. 151 – 224.

"淫"的艺术世界，所谓镜花水月，意义也在于此。这是一种抒情式的虚构和幻想，它反映的是当时已经流逝的世界。这也正是小说的"颓废"之处。① 然而，当英文 decadence 这个词翻译成中文"颓废"二字后，味道一下子就变了，它成了"没精神"、"灰色"、"腐烂"和"没生命力"等贬义词的代称。

王朔笔下的嬉皮士、街头浪荡者、精神病患者和"空心"的"橡皮人"等，都是笼罩在这样一层贬意的"颓废"阴影里：这些人将"青春"挥霍在小便一样的啤酒和毒品一样的泡沫里，将"热情"泼洒在黑夜的垃圾堆里；他们没心没肺，无事生非；"理想""道德""知识""人生"这些宏大名词被他们当作沾满油墨的次品报纸随意地扔进了烟雾缭绕的酒吧、浑浊窒息的舞厅和废弃已久的麻将馆；他们脸色苍白，目光呆滞而迷茫。这群被王朔精心"制造"出来的"追求快乐却又不知快乐为何物"的可怜的人，反过来把王朔紧紧地包裹，使他再也无法回到《空中小姐》那种执着、热烈而又透明的纯情里，再也无法回到《一半是海水，一半是火焰》那份对理念的坚守和怦然心跳的真诚中。

余英时在评论《红楼梦》时指出："干净既从肮脏中来，最后又无可奈何地要回到肮脏中去。"② 这句话用作王朔创作的心路历程也较为恰当。因为王朔的作品来自肮脏、丑陋的现实生活，在他成名之前，他也有着高昂的理想和崇高的人生诉求，为此，他疯狂地写，"手都快写残了"，③ 但他并没有获得成功。眼见着同他一样虔诚写作的人不但没有大红大紫，相反，却在意识形态的靶场上"纷纷中箭落马"，心中的惊恐可想而知。

在作家白桦看来，王朔这类作家原来都是严肃的人，眼见其他人纷纷"倒霉"和落荒而去，为了更好地生存，他们才改变叙事方式和书写策略。电视连续剧《渴望》的大红大紫，并没有让王朔得意忘形。他趁热打铁搞弄的电视连续剧《编辑部的故事》一直等到最高层表态了，中央电视台才敢播放。④ 直到此时，王朔才松了一口气，放心下来。

可以说，是现实生活逼着王朔走上一条别无选择的道路。在这里，要

---

① 李欧梵：《现代性的追求——李欧梵文化评论精选集》，（台北）麦田出版股份有限公司1996年版，第193页。
② 余英时：《中国思想传统的现代诠释》，江苏人民出版社1989年版，第356页。
③ 高永华等编：《100名中外作家的创作之道》，中国社会出版社1998年版，第106页。
④ 李怡、方苏：《不要等天晴，下雨拿把伞也可以出去——白桦谈大陆文化、社会现状》，《九十年代》（香港）1992年10月。

么窝囊地死,要么轰动地活。王朔选择了后者,其代价是:他必须首先阉割自己,并忍着流血的伤口仰天大笑:"卑贱者最聪明,高贵者最愚蠢!"①有了这种"拒绝崇高"的思想法宝,他就可以撕下人生的伪装,将自己还原成一个"大俗人"。

王朔终于开窍:搞文学并不是经国治邦之事,而只是为稻粱谋的一种手艺,不要想象着崇高,相反,可以肆无忌惮,怎么粗鄙都行,怎么低俗也罢,只要读者喜欢就行。"在这种方式里,就有暴力,有色情,有这种调侃和这种无耻",王朔公然主张"玩文学",其具体做法是:"关键在于……得你操文学,却不能让文学操了你!"②他要做得《一点正经没有》。③

在这种境遇中,王朔作品中的主人公就像王蒙评价的那样,"既不杨子荣也不坐山雕",他不仅把读者当作亲密的朋友,更视为自己的"爹"和"娘"。这是王朔的高明之处:"他不但不在读者面前升华,毋宁说,他见了读者有意识地弯下腰或屈腿下蹲,一副与'下层'的贴得近近的样子。"④

虽然王朔口口声声说"我是流氓我怕谁",但他充其量不过是用这样的口号"纹身"罢了,他并不是真正的流氓。真正的流氓常常显得温文尔雅。王朔却有自戕自虐的痛苦,自轻自贱的泪水。他自诩流氓的惨烈,超过用砖头砸自己的额头。这种靠"流氓立场"立足于文坛,是文学的不幸。而靠"流氓的诚实"来表达对"诚实"的渴望,更是社会的悲哀。⑤

如果说,王朔的成功有一半是靠他及时"醒悟"转轨、有意迎合大众的"媚俗"心态的话,那么,另一半则是靠他敏锐的政治嗅觉和对意识形态掌控的熟练操作——电视连续剧《渴望》的荣光将王朔的大名一夜之间传遍大江南北,很大程度上是中央电视台这个强大窗口的"热辐射"所致。尝到甜头的王朔找到了一把打开中国文学成功秘籍的金钥匙,他与一帮北京"坏小子"吃烤鸭,喝黄酒,侃大山,经营起了"海马歌舞厅"。作家的生活不再是"苦行僧",相反,日子过得快活滋润,自由

---

① 王朔:《王朔自白》,《文艺争鸣》1993 年第 1 期。
② 王朔:《我的小说观》,《人民文学》1989 年第 3 期。
③ 王朔一部中篇小说的命名,参见王朔《王朔文集 4:谐谑卷》,华艺出版社 1992 年版。
④ 王蒙:《躲避崇高》,丁东、孙珉选编:《世纪之交的冲撞:王蒙现象争鸣录》,光明日报出版社 1996 年版,第 184—186 页。
⑤ 周洪:《"流氓"王朔》,《今日名流》1997 年第 2 期。

惬意。中央主流媒体发声,充分肯定王朔的创作"是电视剧的一大突破"。① 在一系列连续剧里,王朔痛快地展示了普通市民讥讽挖苦的天才,将知识分子迂腐、可笑、内讧和"潦倒了就摔祖宗,发了迹就捧祖宗"②的"变色龙心态"表达得淋漓尽致。王朔直言不讳地说:"像我这种粗人,头上始终压着一座知识分子的大山……只有把他们打掉了,才有我们的翻身之日。而且打别人咱也不敢,雷公打豆腐捡软的捏。"③

王朔自己也是一个知识分子,可他为什么要与知识分子划清界限,并以嘲弄、挖苦他们为乐呢?原因在于,当他"降格"身居大众的位置时,他借助的便是来自民间的"草根力量",一种"可以载舟也可以覆舟"的强大合力。同时,作为知识分子固有的积弱,王朔身上的"劣根性"恰恰代表了知识分子这个群体的某些"恶习"或"性格缺陷"——因此,挨了"骂"的知识分子也痛痛快快地认同王朔。与其说王朔在嘲弄、挖苦知识分子,不如说他在嘲笑、挖苦他自己。因为自己是这个群体中的一员,所以他能够切身体会到这种劣根性。

随着王朔的《玩主》《过把瘾就死》等作品的相继问世,一场蓄谋已久的俗文学变革初成格局。恰在此时,曹桂林的《北京人在纽约》受到主流话语的强力推举——也是在中央电视台黄金时段播出,因为它"揭露了美国资本主义的黑暗腐朽",巧妙地迎合了一部分国人反西方中心的民族主义情结。在这部书或这部电视剧中,国民们最叫好的情节竟然是:"中国男人在纽约操了一个美国妓女后,把钱摔在妓女脸上,转身就走。"④

这个情节的意义在于:曹桂林将"颓废文学"朝民族主义大道上推进了一大步,后来一系列吵吵嚷嚷的关于对西方(特别是对美国)"叫不"的书都是这一情节生发出来的变种。有人认为,"九十年代以来的《中国可以说不》《妖魔化的中国》这些书在中国的校园里起到了较坏的作用,引发了狭隘的民族主义……"⑤ 这算不算社会"颓废"的深度所指呢?

---

① 扎西多:《痞子战术:道高一尺,魔高一丈》,《九十年代》(香港)1992年第3期。
② 殷惠敏:《知识分子与"反传统"情结》,《九十年代》(香港)1994年11月。
③ 《王朔自白》,《文艺争鸣》1993年第1期。
④ 曹长青:《从造反有理到造假有理——因撒谎而轰动的中国人》,《九十年代》(香港)1994年11月。
⑤ 《五四精神传人文学新锐余杰》,收入刘达文主编《大陆异见作家群》,夏菲尔国际文化出版公司2001年版,第326页。

应当说,将颓废文学思潮推向高潮的是贾平凹的长篇小说《废都》。这部书"是表现世纪末情绪,写传统文化在当前的不适应性,以及想作为又没办法作为,想适应又没办法适应的状态"。贾平凹叹道:"一部《废都》把我自身的一切都废了:家破裂了,身体搞垮了。"①

这是一本注定要被"看走眼"的书——读者感兴趣的不是作家写作前的文学理念,而是文本中用删节的"框"圈起来的"性"的空白。"政治"与"性"本来就是俗文学制造"卖点"的惯技,而《废都》居然将政治隐蔽得妥妥帖帖。故事仿佛发生在明末清初时期那样一种淡月星稀、灯红酒绿的青楼里。这是贾平凹的高明,连王蒙都自叹弗如。② 王朔当然也无法做到,他只能可怜巴巴地请求:"我希望淡化我们的小说的政治倾向。"③

王朔的请求不过是他的一厢情愿罢了。因为王朔等人不仅有意无意地跟"主流意识形态"套近乎,甚至直接给全国人民制作"生日蛋糕"。文化机会主义者、政治掮客和市场神话共同创造的带"贺"(贺年、贺岁、贺春等)字牌的商品都同属于"蛋糕"系列,其中,尤以王朔的老搭档冯小刚导演的"贺岁片"最具市场竞争力,销售量和知名度一直稳居全国前茅。

评论家蔡翔一针见血地指出,王朔的有关淡化政治的"请求"恰恰表明他对政治的"有意"介入。我们看到,王朔小说的走红,很大程度上,正来自它的政治意味。④ 他"原则上排除了形而上学话语的忠诚",比方说,文本把搓麻将说成"过组织生活",主人公动辄就是"本党"或"贵党"一类调侃(王朔《玩的就是心跳》)。

王朔力图摆脱神话,用清晰的心智和冷静的意志,把本质的定义转换为相互间的算计,把崇高的信仰化为俗下的游戏。他"使游戏者担负起这样的责任:不仅对他们提出的陈述,而且也对使这些陈述得以接受的规则负责"。⑤ 即王朔笔下的受叙者不仅接受创作者的引导,而且对接受这种引导所产生的后果负责。受叙者不仅成为权力话语的"准学徒",也成

---

① 治玲对贾平凹的采访记,《今日名流》(武汉)1994年第2期。
② 王冠洲对王蒙的专访,《北京文学》1994年第9期。
③ 《王朔自白》,《文艺争鸣》1993年第1期。
④ 蔡翔:《旧时王谢堂前燕——关于王朔及王朔现象》,王晓明主编:《二十世纪中国文学史论》(第一卷),东方出版中心1997年版,第380页。
⑤ Jean-Francois Lyotard, *The Postmodern Condition: A report on Knowledge*, trans. from the French by Geoff Bennington & Brain Massumi; foreword by Fredric Jameson, Minneapolis: University of Minnesota Press, 1984.

为创作者本身的盟友。作者和主人公的关系十分密切,不仅故事的情节来自作者的生活,作者本身还参与其中虚拟的游戏,因为这种带有强烈主观倾向性的游戏在真实生活中难以实现,创作者只有通过受叙者的尽情表演来释放心中压抑已久的力比多,此时的受叙者可以看成与叙述者或作者属于同一人。

与此同时,王朔将所有的语言游戏提升为自我知识,并让日常话语成为一种元叙述,从而使他的陈述呈现出"自我引证的性质"。这种元叙述和"自我引证"与先锋小说的表现不同,后者仅仅是用它作为一种叙事策略,目的是获得读者的信赖;而王朔关注的不是这类策略,他获得读者的信赖不是靠一种技巧形式,而是靠戏谑、自贱的内容,靠撕去伪装的血淋淋的现实,靠触目惊心的细节所引发的情感共鸣。

王朔的"元叙述"不仅拆装了主流话语的正统和崇高,而且将这一本是隐秘的"拆装"过程不加掩饰地公布出来,将貌似"合法和公正"的权力体系以原生态形式展现在受众面前。在这种游戏中,王朔的文本策略是自贬自损的"势利型引诱"(snobbish appeal)叙事方式,即贬低自己以抬高主流话语和自损自己以奉承读者,它有效地亲密了作家与主流话语和读者的关系——主流话语因为作家的自贬,修复了因为文本的戏谑和嘲弄所可能遭受到的损害,并滋生出一种"宽宏大量"的自我满足感;而读者在感觉作家自损的同时则有一种观赏"他者自虐"的痛快。

以王朔等人为代表的颓废文学就是这样一种地地道道的"势利型"平民文学,创作者将"新写实"文本中的反禁忌、粗疵化的话语特征推向极致,同时将新写实小说作家试图建立的、独立于主流话语之外的民主空间巩固起来。例如,在《渴望》和《动物凶猛》等文本中,礼乐同述和天人合一的人伦指向仍然有着不可忽视的内在张力。这种张力的作用在于他们在没有得到正统文化的认可的情境下仍然于自觉或不自觉中进行着自己的价值操守。它恰恰暗合了主流文化的审美走向,并得到后者的默认。与其说这种默认是话语霸权者的宽容,不如说主流话语正是利用或者看准了王朔作品中所表现出来的"亚文化"的民众基础,结果就出现了悖论:王朔本来是叛逆者,此刻却成了现存文化的维护者;而主流文化本来是打压"亚文化"的,此刻也成了沉默的支持者。两者合在一起,就是以广大民众为基础的颓废文学之生存空间,王朔用"势利型"的叙述方式加固了这个"怪胎"空间。

诚然,王朔文本中也有反抗,但这种反抗是通过主人公自嘲、自贱和自虐来实现的，这些人没有《风景》中七哥那种受到外界强大政治压力而扭曲变形的性格特征，这就注定了他们的反抗是一种没有"压迫"的反抗，是超越自身的反抗，他们的成功或失败仅仅是个人式的，对所归属的社群并无影响。这与方方《风景》中七哥等人的成功或失败所产生的后果适成对照：七哥的"成功"不仅可以使他在社会上成为"人上人"，而且可以使他成为家中的"准父亲"。这也决定了七哥等人的可悲性：他们不可能对任何人敞开心胸，只能永远封闭自己的心灵，永远在一种演戏和伪装下生活。

如果说，七哥的"卑鄙"与"无耻"还披着责任、义务和家庭的温情面纱的话，那么，王朔笔下人物的"卑鄙"与"无耻"便是赤裸裸的——这种"赤裸"本身就是对"正统"的冒犯和对"崇高"的反抗。与其说，这一股文学思潮极大地迎合了广大市民不要信仰、及时行乐和对金钱占有之世纪末"颓废情绪"，毋宁说，这是市场经济发展到一定阶段所必然出现的文学过程。

第二节 人文精神的论争与三种话语的较量

20世纪90年代是一个文化解蔽的时代，在众声喧哗中主要存在三种话语，一种是以消费为指归的大众文化话语，另外两种是捉对存在的体制话语和知识分子话语。如果说，体制话语是"意识形态"话语的话，那么，不妨叫知识分子话语为"意义形态"话语。这两种话语有着截然不同的性质和要求。

首先，在知识构成上，"意义形态"话语主要是依据知识本身的"内在理路"而生成，"意识形态"话语则是根据"外在需要"而构成。

其次，在知识表现上，"意义形态"话语所体现的是一种"话语权力"，而"意识形态"话语体现的则是一种"权力话语"。在"意义形态"话语那里，话语作为知识的表达，是每个人都天然拥有的自由权力，它是天赋人权的一部分。这种权力不是支配别人，而是自我言说，它既不能被赋予，也不能被转让。但在"意识形态"话语那里，它凭借体制的力量，不但拥有话语的权力，而且让自己的话语成为一种权力。这个权力不是自我言说的权力，而是支配别人言说的权力。

因此，"权力话语"至少具有双重含义：一是权力"构成"话语；二是话语"显示"权力。"意识形态"的知识运作本来就是用权力作支撑的,权力先于知识,知识只是权力的载体,是与权力合谋形成一种霸权话语。

最后,在知识属性上,"意识形态"话语具有"正统性""规范性"的特点。而"意义形态"话语则具有"民间性"和"原创性"特点。"意识形态"话语中的"正统性"表明了它的权威;其"规范性"则是所有的话语"格式化"或模型化之标准,所有的话语都只能按照它的方式进行诠释或演绎。而"意义形态"话语中的"民间性"表明它的"逆正统"的个性;"原创性"则指明了它"反规范"的属性。因此,"意识形态"话语最终必然走向"舆论一律"的"集体性"——强制的"集体性"正是它的外在征兆。而"意义形态"出于原创的需要,它的话语不是走向一律而是强调"自律",突出的是个性,它没有集体的话语,只有个人的言说,它不追求话语之间的"通约性",而只追求话语本身的"原始性"。① 换言之,"意义形态"话语具有曼海姆所谓的"相对自由漂游"的特征。② 这是知识分子的人格尊严在社会长河中所表现出来的卓尔不凡的高贵品质。

然而,就中国而言,知识分子的"意义形态"话语每每受到政治权力"意识形态"话语的规制与约束,"伸展"和"漂游"的空间都一再收缩——除了一次次政治运动外,对知识分子进行的"改造工程"也是造成自主空间收缩的重要原因。这种"改造"主要表现在将他们"纳入到以单位为中心、以户口为纽带、以思想改造为目标、以意识形态批判(加体力劳动)为经常性手段的这样一种制度性环境之中"。③

进入20世纪90年代,中国思想领域里意识形态出现相对松弛的状态,知识分子便往"伸展"与"漂游"的空间本能地跨出了一大步。他们努力拓宽自己的活动空间,并不时对"意识形态"话语宰制下的第三种话语——"大众文化"话语——进行渗透和抢滩。

作为一种文化思潮,"人文精神大讨论"④ 就是在这一背景下发生的。

---

① 邵建:《两种话语》,《方法》1999年第3期。
② Karl Mannheim, *Ideology and Utopia: An Introduction to the Sociology of Knowledge*, London: Routledge and Kegan Paul, 1979, pp. 136–146;黄平:《知识分子:在漂泊中寻求归宿》,《中国社会科学季刊》(香港) 1993年第2期。
③ 黄平:《当代中国大陆知识分子的非知识分子化》,《二十一世纪》(香港) 1995年4月。
④ 这次文化运动主要靠沪、京两地的主要学者和作家发起和推动。其中上海的王晓明、张汝伦、朱学勤和陈思和等学者尤其出力,他们发起的就叫"人文精神大讨论";而北京的则是王蒙、陈建功和李辉等作家的回应,主题也换了,叫"共建精神家园"。参见丁东、孙珉选编《世纪之交的冲撞:王蒙现象争鸣录》,光明日报出版社1996年版。

力量对比的不均衡并不妨碍"意义形态"话语对"意识形态"话语的"不驯"或"反叛"。因为,"意识形态"话语凭借的是权力,民众对权力由于天然的惧怕心理往往于沉默中接受——出于无奈或漠视。而"意义形态"话语凭借的是话语本身的亲和力,民众由于见出或感觉出这种话语的平等和话语内含于己的利益而自觉或不自觉地接受——出于认同和共鸣。

与此同时,由于在"弱势"的属性上,"意义形态"话语和"大众文化"话语之间有着更多的沟通点,因而两者潜在的接受面要比被强制接受的"意识形态"话语广大得多、持久得多。有时,"大众文化"话语中的一部分会旗帜鲜明地站到"意义形态"话语阵地上来,成为"意义形态"话语的新鲜血液。

即便是那些处于"中间状态"的沉默的"自保者",如果条件成熟,他们也会与"意义形态"话语结成同盟。因为"自保者"总是处于审时度势的踌躇观望中。他们的本意并不愿意用"言外之意"来模糊地表达自己的态度;当他们被迫这么做时,他们的"身份"已经处于"隐蔽状态"。拉克兹(Gyorgy Lukacs)指出,当一个社会的公共言论必须以"言外之意"来进行时,这个社会的公众生活实际上已经处于"隐蔽状态"。因为"言外之意"是一种人们力求自保、在言论中不断实行自我审查的结果。[①] 但是,"自保者"的"身份"一旦被"意义形态"话语"启蒙"到一定程度,他们就会走出"言外之意"的"阴影",成为"意义形态"话语的"护林军"。

尽管如此,"意识形态"话语并不为此感到过多的焦虑,因为它深知只要其依附的话语霸权在握,"大众文化"话语中的部分"倒戈"根本不能对其构成威胁,至多感到一点点冲击。这种冲击反过来有助于它检视自身的不足,并释放某种压抑,从而出现某种更为"宽松"的假象。有了这点"宽松","大众文化"话语立即就会满足,结果弥合了被"意识形态"话语精心撕开的缺口。

总之,这三种话语存在一种十分复杂的"内蚀"和"外裂"等互相胶合又相互分割的"螺旋状"关系,它们的知识走向取决于话语本身传递的适应性、时代要求和全球化权力体制"隐逸性"制约的具体

[①] Gyorgy Lukacs, "Contemporary Problems of Marxist Philosophy", in *From Stalinism to Pluralism: A Documentary History of Eastern Europe* (ed.), Gale Stokes, New York: Oxford University Press, 1991, p. 92.

第七章　文学定力：世纪之交中国文学的精神原态　261

语境中。"人文精神大讨论"既是上述三种话语站在不同的立场对社会疆域所进行的"精神投射"，又是对20世纪80年代中期没有完成的"文化热"之延续。

值得一提的是，与80年代"文化热"相伴而行的是寻根文学和随之而起的先锋小说，这两股文学思潮都是创作主体"有意识的""主动"出击；而20世纪90年代的"人文精神大讨论"则是在以王朔为代表的颓废文学思潮的直接冲击下，作家、知识分子"下意识的""被动"应战。

在这种特殊背景下，倡导者和各方参与者们都企望通过一种"和风细雨"式的"知识对答"来表达他们对民众"躲避崇高"、"失去理想"和自称"真小人"或"真流氓"的犬儒主义心态的痛心疾首。为了求得共鸣，他们一改往常"板着面孔"的"训话姿态"，而是运用"联欢"的形式，努力制造出"民主"和谐的氛围来。例如，1994年前后，一批有影响的学术、文学刊物纷纷采用这种"座谈会"或"俱乐部"的方式，① 对道德日益沦丧的大众进行变相的"规劝启蒙"。

可是，商业大潮下的民众心思早已不在文化上，不少人不择手段，唯钱是图，拜金主义大行其道。正如傅聪所说：20世纪90年代中国人"像着了魔，穷凶极恶，只晓得赚钱"。这是职能部门"变相对人民贿赂，以保护手中的权力"。②

结果便是，知识精英本想以这些人为对象，启迪他们的蒙昧。不料，民众的冷漠和旁观者的心态反而"启蒙"了倡导者自身：就像观看砍杀阿Q的看客，他们的冷漠与麻木抽走了执法的严肃性，消解了法律的正义感，使"杀一儆百"权力的肃穆和威严受到了挫伤③——如此"砍杀"有何意义？究竟是谁在"启蒙"谁呀？因此，这场大讨论的发起者们最

---

① 例如：1994年第2期《中国社会科学》发表孙立平、王汉生、王思斌、林彬、杨善华五位社会学者对改革开放以来中国社会结构变迁的笔谈；1994年第2期《钟山》发表陈晓明、张颐武、戴锦华、朱伟关于"文化控制与文化大众"的讨论；1994年第4期《上海文学》发表批评家白烨与下海的作家王朔、吴滨、杨争光的对话；1994年第4期《作家》发表陈思和、李振声、郜元宝、张新颖四人对话，讨论中国先锋小说究竟能走多远；1994年第5、6合期《中国青年研究》发表王德胜、王一川、韩钟恩、张法一组名为"裂缝与缝合"的笔谈，讨论九十年代中国文化与文艺景观；1995年第3期《上海文学》"批评家俱乐部"发表王鸿生、耿占春、何向阳、曾凡、曲春景五人谈，题目是《现代人文精神的生成》；等等。

② 周惠娟：《"情，不能虚伪，要升华才是最美"——傅聪谈感情、人生、家事、国事》，香港《星岛日报》2003年4月10日（香港《九十年代》1995年第4期曾刊发）。

③ Frank Lentricchia, *Ariel and the Police*, Madison: University of Wisconsin Press, 1988.

终自己"被意外地启蒙"到：这只能是圈内人或自家人对自身的"启蒙"，是为了拉选票、壮声威，是边缘者在边缘位置上争夺话语霸权而进行的一次没有硝烟却处处显出心机的较量。

如果说，20世纪80年代的"文化热"学者和作家总的目标是一致的，只是在"启蒙"的方式上各家管各家，即学者以学理分析的方式参与，作家以文学作品的方式置身其中；那么，90年代完全不一样了，作家和学者都挤到同一条小道上，都来争夺主流话语的前沿阵地。有意思的是，以往作家用故事的形式，以浅白的文字阐述深奥道理；学者则用哲学或逻辑推理的形式把深奥的道理弄得更加深奥。因此，在以往的较量中，作家们总是以争取到最多读者而大获全胜。

"人文精神大讨论"显然不同，学者们已经吸取了教训，他们不仅不再故作高深，而且连惯用的形式都换了：不再埋头于故纸堆里沉湎于文绉绉的述理，而是用俱乐部或咖啡屋的方式（仍然不失精英们的贵族气）"心平气和"地促膝恳谈。虽然这只是一种吸引受众的谋略——因为他们实际上并不是轻松地闲聊，而恰恰是从选题到内容再到行文方式都精心准备好了的，这种谋略既显示了他们趋向民众的真诚愿望，又反映了市场经济强大的同化力。当然，这种谋略为对手留下了"媚俗"的口实，而他们最为反对的正是"媚俗"本身。这样，似乎一开始就凸显了倡导者们的矛盾心态，也注定了这种讨论很难取得预期的效果。

与此相对应，作家们虽然仍然沿用以往的表演形式，但方式彻底颠覆了：他们不是用小说，而是用散文；他们不是用浅白的语言，而是用学者式的条分缕析——韩少功、李锐和张承志等学术随笔就是最好的例证。这些作家似乎更能以一种从容的心态对待受众。在作家们看来，大众读他们的文章也罢，不读他们的文章也罢，他们要说出与学者们不一样的话来。这些作家显然闯入了知识精英们本已狭窄的学术领域，或者说是知识精英急于走出"象牙之塔"的一时冲动反而使他们陷入了固有的思想阵地可能失守的危险境遇中。

诚然，作家也是知识分子，精英作家也就是知识精英。可实际上，人们还是习惯于将他们区别看待。所谓知识精英似乎更应该是在大学或研究机构中的"劳心者"，而作家们则是从各行各业里通过"码文字"而脱颖出来的"劳力者"。更为重要的是，他们双方似乎互不认账，虽然知识精英中有一部分人是直接为作家服务的，比方说文学评论工作者，但是，"文人相轻"的顽疾仍然存在于各自的头脑中。因为双方的共同点至少有一个"文"字在。20世纪80年代，时任文化部部长的王蒙曾经大力倡导

"作家学者化",甚至用各类所谓的"作家班"来为作家与学者的联欢"牵线搭桥",但响应者寥寥。当然也有不少人争着去上"作家班",但那主要是为了争得一纸容易得到的文凭罢了,与真正的"作家学者化"毫无关系。

另外,不少作家成了事实上的学者,比方王蒙自己,还有韩少功、张承志等人,可他们从来没有把自己看成学者——他们写下的一系列"学者化散文"不过是市场催生的结果,不少有成就的小说家如史铁生、李锐、张炜等人,抵挡不住市场的"诱惑",在散文创作上投入了过多的精力。而文学评论家李洁非,当他写作小说时,他用的是"荒水"的笔名,[①]似乎也更加愿意被看成评论家而不是作家。与此同时,评论家纷纷转向,或主攻小说,如南帆等(进入 21 世纪更多,如於可训、张柠、李云雷等);或转评其他艺术,如吴亮对绘图的倾情,朱大可对影视和音乐的关注和评论,等等,所有这些,都跟个人兴趣与市场"魔力"有关。

因此,"人文精神的丧失"和"重建精神家园"本是"人文精神大讨论"的两大主题,可是,倡导者和参与者自身的"人文精神"都有问题,又怎能"启蒙"和"规范"别人?何况,现代社会的多元化对一切所谓的"启蒙"和"规范"都隐含先天的抗拒基因。这种境况,注定了"人文精神大讨论"只能以轰轰烈烈开始、以冷冷清清结束的宿命事实,也再次证明了市场经济的神话在中国这块古老的土壤上有着无孔不入的强大生命力。

第三节 骚动不安的新生代作家

20 世纪 90 年代社会上最流行最时髦的两个字是"洋"和"新"——理论界与之相应的字则是"后"。例如,在大众消费上,"中外合资"成了时髦商标,数万元一块的女式手表居然从商家脱销,按摩浴缸和私人游艇等"新玩意"也堂而皇之地上市了。人们穿的是进口名牌服装,说的带着"洋腔",吃的也开始"洋"化起来:什么"美国炸鸭""墨西哥牛

[①] 李洁非,1960 年生,1982 年毕业于复旦大学,现在北京中国社会科学院文学研究所工作,发表有二百余万字的评论和三十余万字的小说,而小说的发表用的笔名则是"荒水"。参见李洁非《看得见风景的"房间"》,河北人民出版社 1997 年版,书封页的作者简介。

排"""韩国烧烤""日本素食""澳洲龙虾"等应有尽有,生意十分红火。①甚至有人开始在饭桌上比武"撕钞票",② 一副典型的暴发户的"后现代"心态。

按照凡勃伦的意思,在后现代社会里,暴发户想用挥金如土的消费来证明自己的成功,"一个人要使他日常生活中遇到的那些漠不关心的观察者、对他的金钱力量留下印象,唯一可行的办法就是不断地显示他的支付能力"。③ 暴发户当然只是少数,广大民众不可能比武"撕钞票",也不可能过着挥金如土的日子,作为一种逃避或抗议,他们患上了一种强烈的"怀旧病":老照片、老唱片的大肆流行,《红太阳》成了当时最抢手的音带,销量逾百万盒,就是病征的表现。当年刚硬激烈的革命旋律,现在配上了新式摇滚,变成了"后现代"的靡靡之音。这些歌,当年人人都得唱,唱法单调而狂热,带有某种宗教色彩;而20世纪90年代的"红太阳热",唱歌的是职业歌手,大众成了怀旧的欣赏者或过去时光的追忆者。

出现这种情状,一方面,它反映了人们对社会分配不均、对暴发户纸醉金迷生活的心理失衡以及对社会特权和腐败的憎恨;另一方面,它也表明了人们对"吃大锅饭""人人都穷"的"平均主义"的某种"病态式"的眷恋。这些歌曲所展示出来的"怀旧情结"并不仅仅是对故乡的天空或失去的情感之单纯回顾,更多的则是对一种痛苦而荒诞的生活以及对当时身处其中"不成熟的自己"的一种哀伤。再听这类歌,一种复杂的情感体验油然而生。

滑稽的是,当崔健那颇带反叛意味的《新长征路上的摇滚》"出炉"的时候,刘索拉也将《红太阳》编成了摇滚乐,为"怀旧热"推波助澜,她还将革命歌曲与红卫兵战歌、"文化大革命"批斗大会混在一起,组成新时期的"先锋派",正所谓:"头戴八角帽,身穿比基尼",④ 你怎么都成。短短十余年,刘索拉从先锋小说的排头兵到"后现代"摇滚音乐的吹鼓手之转变,恰恰说明这个时代,艺术、感情、传统、历史、革命乃至党的宣传都可以进行商业包装,市场经济和消费主义的合谋使"红太阳热"从主流话语的神坛上褪去政治的外衣,还原成包厢、MTV、拼贴的歌舞和大众琐碎生活的本身。

戴锦华指出,"红太阳热"是意识形态国家机器的运作与特定的公共

---

① 明华:《改革大潮下的社会众生相》,《九十年代》(香港)1992年第4期。
② 叶公:《谁在中国过好日子》,陕西摄影出版社1994年版,第5页。
③ [美]凡勃伦:《有闲阶级论》,蔡受百译,商务印书馆1983年版,第64—66页。
④ 扎西多:《头戴八角帽,身穿比基尼》,《九十年代》(香港)1992年第4期。

空间之初现、禁忌的重申与对禁忌的消费、主流话语重述与政治窥秘欲望等彼此对立、相互解构的社会文化症候群，它有着在新的社会语境中经典神话重述的政治与现实意味。一个"需要英雄"的时代，来自民间的对英雄与神话的呼唤；一个正在丧失神圣与禁忌的民族，对最后一个神圣与禁忌象征的依恋之情。[1]

在这种时代背景下，潜伏已久的新生代作家集体突围，并迅速成为文坛的亮点。在这一批作家中，"呼唤英雄"和"重铸神话"之渴望在他们的作品中有着强烈的表现。例如在荆歌的《云豹》《八月之旅》《缝隙》里就透露出这种渴望。这种渴望是通过"寻找"的方式体现出来的。《云豹》中的摄影家为了寻找传说中的云豹（英雄或偶像），在一个白雪皑皑的冬天来到天目山，但他没有找到云豹，却遇上了一位如同"聊斋"里走出来的红狐似的红衣女郎（神话），并且与这位冷艳的女郎在冰天雪地里温柔浪漫了一番，差点送了命。荆歌的"寻找"不再是北岛时代的巨型语言的寻找，"新生代"的"寻找"不再是国家、民族之宏大话语，而是"真情""美人"等小写话语，此时的"英雄"也从历史上的刘胡兰、黄继光、董存瑞等壮烈的英雄故事中退出，还原成一个个纯粹的、个人式的梦（如红衣女郎）。

新生代作家的"寻找"与"先锋小说"作家马原笔下的人物"寻找"无果一样，总是失望而归，但超越了马原他们的是，此时的"寻找"虽然没有找到要找的东西（另一形式的乌托邦），但是有一种新的收获，是一种"错位"的寻找。比方，本来要找"云豹"，结果错位而来的却是"红衣女郎"，这也是对失望的一种"补偿"。因此，新生代作家的文本有一种明显的"错位"指向：叙述在不断地错位，故事在不断地错位，结构在不断地错位，小说最终的意义也是在错位中完成的。

这种"失望"中的"补偿"寄寓着对当下生活的某种认同：市场经济条件下，暴发户、怀旧病和拜金主义不可避免，社会的价值、道德观念和人文精神等虽然让人失望，但失望的背后也有着个人意义的放松、情感的张扬和感官的满足，这便是"失望"中的"补偿"，是对英雄不再（或错位）和神话重构的新的思考。

在寻找不得或寻找错位的过程中，新生代作家有着典型的"逃亡症候群"，这种逃亡并不是韩少功式的暂时出走，他迁移海南以获得物质和精神的双重资源，更多的是作家个人精神上的自我逃亡，即为了在商潮无

---

[1] 戴锦华：《救赎与消费——九十年代文化描述之二》，《钟山》1995年第2期。

孔不入的社会里寻找一个灵魂的栖息地。例如，王彪《身体里的声音》就是一部逃亡小说。一个少年，当世界以某种强大的力量压迫着他的时候，他没有反抗的能力，只能逃亡。这种逃亡有时只是一种经验，如韩东的《三人行》和吴晨骏的《逃学去新疆》，是对原因不明的心灵躁动的一次冒险；但有时也是一种目的，如李冯的《在天上》，通过"不断转学"来求得灵魂的平静，让人想起《麦田守望者》中的逃学少年，两者都是对陈旧教育体制的反叛。而这种逃亡在东西笔下则变成了寓言，如《祖先》里的冬草逃到一棵枫树下，忘记了她来的地方；在小说《城外》里，秋雨逃来逃去，最终还是逃回自己的家乡。而最为惊人的是《没有语言的生活》中，王家宽一家，竟然始终逃不出别人对他们的辱骂！从焦虑、渴望到寻找、逃亡，每一次都在行动，而每一次的行动结果却只能加重这种行动本身的悲怆性，因为寻找不得或寻找错位便会产生更大的焦虑、更强烈的渴望，而最终的逃亡仍然没能走出精神的枷锁，这是新生代作家对当下社会的批判力度之所在。

　　一个有趣的事实是，"新生代"主力作家都是写诗起家的，韩东、朱文、北村、何顿、李洱、王彪、罗望子、曾维浩、东西、荆歌、吴晨骏、陈家桥、行者等都写了不少诗，然后再改写小说的；同时，他们都是农村人，至少在农村生活过，其中，北村、王彪、罗望子、曾维浩、东西、荆歌、陈家桥、行者等都是农家子弟；此外，这批出生于20世纪60年代的作家群既有对特殊年代的直接感受或朦胧参与，又是恢复高考后，差不多是最早一批进入大学获得正规而系统教育的，这就决定了他们作品中不断出现的"诗歌意识"、"土地意识"和"受难意识"正是他们自身生活的真实反映。他们高举"断裂"大旗，目的是急于摆脱一种束缚，并不是真正意义上或文化血缘上的与传统或与历史"断裂"。事实上，这一拨作家直接见证并参与了新时期文学思潮的整个过程。一些作家早已出道，如北村就一度与余华、苏童等先锋小说作家并列在一起；其他不少作家也在文学生产场域里默默地操练着，直到九十年代才以磅礴之势脱颖而出，引人注目。

　　新生代主力作家由于农村受压抑的生活背景和对城市的颠簸、彷徨，使他们的创作更多地承续了先锋小说的反叛、对抗、消解和颠覆之精神余脉。在文本上，他们以寓言式写作为最多，成就也最为突出，而且这种寓言充满着童话、神话和民间传说混杂的品格，从而表现出一种"超寓言"文本的现实刻度，使作品呈现出一种"后先锋"的精神走势。例如，在李洱的《导师死了》这篇被认为是"彻底改写了新时期以来确立的知识分子主题"的力作里,吴之刚教授在琐碎的日常生活和婚姻情感生活中所感受到的绝望和恐惧是发自生存困境的恐惧,是生命深处的恐惧。吴之刚和常同升的死都出乎疗养院领导利用他们的死来作宣传的期望,表现了一种深刻的批判力度。而在他另一篇小说《午后的诗学》里,前系主任韩明本来是由于其生命在一种特殊的情境中与现实产生严重的阻隔而自杀的,但他的妻子却大闹一场,要求在悼词中加进"为了文化教育事业鞠躬尽瘁"的文字,并追认为优秀共产党员。这样,韩明的死就变成了一场闹剧,将死亡本来所应该具有的一点意义全部抹掉了;再加上随后那个开得装模作样的追悼会,把韩明美化一番,于是韩明的死就成了一种反讽。对死去的知识分子来说,美化往往就是丑化。而作者透过这个文本试图表明他的立场:反讽即消解——这里既有对公共话语的消解,也有对私人话语的反讽。①

这种反讽或消解有时也会变成威胁。比方,在李洱另外几篇被认为是"境遇小说"的《错误》《遭遇》《秩序的调换》里,文本主人公就都是在平静的日常生活中受到某种外在或者潜在的力量的威胁,他们都是那么惶惑,都处在某种莫名其妙的不安和恐惧之中。这些小说的结尾都留下巨大的空白,它是敞开的结构,朝向真实的焦虑和迷惘,裸露着创作者、文本主人公、文本叙述者乃至读者内心深处的无能。这是一种普遍状态,是全人类的一种困境。可也正是这种困境使人类有了批判和发展的可能。

这种困境在罗望子的《被俘》里则表现为一种暧昧。文本中的"我"被强迫与一个女人共住一个房间,"我"虽然被俘了,但也仅仅是给那个赤裸裸的女人盖上了衣服。不过,这种暧昧立刻成为一种叛离和反抗。在他的《历史1988》里,蛐蛐作为从历史中走过来的当事者,对于被文字符号所描述的所谓历史表示尖锐的质疑和抗议,迫使文本的写作者与主人公一道走进黑夜,去寻找或者呈示历史的另一面。文本在解构历史的同时,也在建构一个新的历史——个人化的历史。而《识字课本》是一篇成长小说和寓言小说的混合物,它是复线性叙述,即它有两条线,一条线往前走,一条线往后走。这种复线叙事的丰富性在《裸女物语》里表现得尤其突出:记者志高在一次虚构的采访中虚构了一个裸女村庄的故事,这个故事本来只是个手段,不料这个手段却变成了传媒中的真实,进而改

---

① 张钧:《知识分子的叙述空间与日常生活的诗性消解——李洱访谈录》,《花城》1993年第3期。

变了真实的虚构者。虚构的故事消解了真实的现实,这是一个反讽,更是一种悖论,因为虚构在消解现实的同时也消解了自己的虚构性。双重的消解正如辩证法的否定之否定反而变成了肯定一样:虚幻的才是真实的。这种荒诞的真实是很有批判力度和反思力度的。①

新生代作家文本中这种荒诞中的真实显而易见地受到了先锋小说的影响,或者说,是对先锋小说精神余脉的继承和发扬。例如,在荆歌的《口供》里,毛男、老奎和可皮三个无赖在看录像的路上轮奸了一位妇女;从此他们再也没有相见,因为在派出所,警察对他们是进行分头审讯的,文本的叙述也就此分头进行。而最终,他们三人又在刑场上(生命的终点)相遇。小说的荒诞呈现了一种恍惚状态:行为与意志的游离,以及记忆的不可靠和不确定性。而在荆歌的另一篇小说《时代医生》里,这个形式源于卡夫卡小说的文本简直就是一次语言荒诞的狂欢,主题的飘移和模糊,使文本在荒诞中见出狂欢,在狂欢中见出反讽,在反讽中见出批判和颠覆。这也是一个不断地自我拆解的文本,因为它的内部力量不是相互聚合,而是相互排斥。②

这种相互排斥在作家东西的小说《没有语言的生活》里则变成了一种宿命,一种神秘力量的堆积,使批判的笔锋直指人心。文本中,一个瞎子领着一个聋子儿子过活,然后又娶了一个哑巴儿媳。他们三个人在生活中组成了一个"健康人":瞎子发问,哑巴点头或摇头,聋子再把看到的说出来。他们自成一体,渴望安宁,但世人却总是不让他们安宁。他们拆除了通向对岸的木板桥,断绝与世人的往来,但他们是否因此躲过了世人的骚扰呢?

小说提供了两种结局:一是哑巴生下一个又瞎又聋又哑的男孩,自然无法去招惹世人,但河对岸却传来带有侮辱性的歌谣,让哑巴听见了。二是哑巴生下一个健康男孩,给残疾之家增添了欢乐,但小孩上学的第一天就听到了辱骂他们的另一首歌谣。全家为之震怒,爷爷说还不如瞎了聋了哑了好。于是在爷爷的调教下,这个健康的小孩终于变得跟聋子哑巴没什么两样了。

东西的小说对人性的恶表现得触目惊心,作家笔下的个人面对社会所表现出来的无奈、无助和软弱恰恰加重了人性之恶。小说以一种开放型结构作为终局,使得文本中的宿命意识更加突出,批判力度也更加尖锐。

---

① 张钧:《寓言化叙事中的语词王国——罗望子访谈录》,《花城》1999 年第 4 期。
② 张钧:《我是个艺术至上主义者——荆歌访谈录》,《花城》2000 年第 2 期。

此外，东西嗜爱的"开放型结局"写作方式在《经过》里也有出色表现，这是一篇关于时间、生命和梦想的小说。小说讲的好像是一个浪漫的故事，但效果是反浪漫的。一个个荒诞不经的故事背后是一种严峻的现实在挤压着人物的生命。小说的结局是刘水临死前写给情人高山的述说全部秘密的信毁于邮车上一对男女的情欲，成为一个永远解不开的谜。① 这种开放型所留下的空白可以看作对残雪《山上的小屋》精神家谱的续写。

但是，这种空白在陈家桥的小说里却被填得满满的。比方，文本《危险的金鱼》就跟《冠军的衰落》和《现代工艺》一样，都是用一种悖论式叙述将日常生活转化为哲理层面之过程填得严严实实：N玩弄着一种危险的游戏，由对于养金鱼的试验到对于情感的试验。金鱼制约着N的日常生活，也制约着她对于守护着金鱼的男友小陈的情感。当金鱼一条条死去，N对于小陈的感情也一点点死去，而她与表面上看来是在拯救金鱼、实际尽说废话的小吴的感觉却在一点点升温。"守护者获罪，说废话者获胜。"② 这种生活的哲理其实指向更广阔的虚无，因为，如果守护缺失，说废话者即便获胜，也是一种没有生命的闹剧。

这种闹剧在陈家桥的《中如珠宝店》里隐喻的意义更深：不管怎么想建立起一个空中楼阁，实际上任何虚构都是有一个现实起点的，尽管这个起点有时是那么隐秘。然而，恰恰是最隐秘的起点往往与虚构者最深刻的情感和生命中最深刻的意味相联系。

这种情感和神秘的联系，在行者《一棵变化中的树》中就变成了"受难"和"重生"的寓言：小说中"他"的妻子从坟头拱出泥土，并且迅速变成一棵大树，变成独木舟，载着"他"驶向月光下的湖泊，与梦中的女人相会。然后，女人消失，"他"回到岸上，把独木舟再立于妻子的坟头，再复活为树。树在重新获得生命的同时，也迅速被阳光和土地吸收，于是"他"的死期也就到了。那棵树实际上就是"他"的妻子，妻子死后因树而再次获得生命以此来安慰"他"因她死去变得孤独的生命。当"他"的生命到了尽头的时候，妻子的再生生命也完成了使命，重新回到死亡，将丈夫带走。

新生代主力作家都有着较高的文学理论修养，从杰姆逊的第三世界文化批评理论（如"民族寓言"之说）、克里丝蒂娃的互本互涉到弗洛伊德

---

① 张钧：《在意念与感觉之间寻求一种真实——东西访谈录》，《花城》1999年第1期。
② 张钧：《指向虚无和超验的写作——陈家桥访谈录》，《花城》1999年第5期。

的精神分析学说等，他们都能从实践上作出回应。例如，李洱就经常采用文本互涉的写作方式，如《午后的诗学》。而《鬼子进村》讲述的是一个成人仪式，里面也不时与费边、马恩等在其他小说中出现的人物形成互涉。特别是小说《现场》，文本主人公马恩、二庆、杨红他们的精神处于一种休克状态。他们抢劫运钞车，是因为无所事事。马恩对于自己要干的事非常朦胧，即使他走向刑场，他的内心还是天真而迷惘的：他津津有味地向人讲述他的杀人故事；他把自己的死亡想象得很有诗意。他说，"枪响的时候，无知的孩子会觉得那是在放鞭炮过年，一定很痛快"。李洱的这篇小说不仅出现与他自己以前的作品互涉，马恩的麻木跟"先锋小说"作家余华笔下的山岗（《现实一种》）也达成了"寓言式共振"。

对文本互涉的爱好在罗望子《老相好》系列里表现得更为集中，作者不仅让文本的标题是一样的，三篇"老相好"发表的时间也差不多，让人陡生一种外在的重复，还背上一稿数投之嫌疑，但文本真正的内容却有着完全不同的故事指向。同时，这三篇小说在语言感觉上也有互涉性，每一篇换一种语感，但又互相渗透；而故事的互涉性则表现在三篇小说中你中有我、我中有你，这样做是为了不在同一个层面上接近一个事物，而是从多角度聚焦，以便直达灵魂之核。

因为一个简单的细节反复出现不仅加重这个细节的原始力量，而且使得细节的内在张力达到最大限度的饱满。作者试图用"重复"的方式来形成自己"不重复"的多调风格，是对克里丝蒂娃"文本互涉"理论的拓展和深化。

这种嗜爱文本互涉的表现手法在新生代其他作家作品里都有不同程度的表现。而在对弗洛伊德精神分析学说的理解上，北村的《孙权的故事》可视为代表。小说表面上看，孙权酒后杀人，是误杀，可实际上是他潜意识里想"透过代理人而进行自杀"。文本中的"羊癫疯"极富寓言特征，这是孙权没有面对现实的正常本能，是一种"逃避"和"假死"，是精神压抑越过了"本我"承受的"阈值"而导致的极端表现。每到关键时刻，孙权的"病"就发作了。不过他的发作带有一点黑色幽默的味道。也就是说，孙权的"假死"带有表演的成分，而他自己还停留在"弱智"的思维阶段而不自知。孙权最后找到了"神"，这种转嫁式道德优越感是作者硬塞进去的，跟杰姆逊所说的"阿Q的复原力"——也就是鲁迅先生称之的"阿Q的精神胜利法"同出于一母体，是新的历史时期之镜像。

如果说，新生代作家的寓言式写作使创作主体对当下生活有一种质疑、拷问、焦虑、观望和逃亡的话，那么，这一拨作家中也有另一种来自社会的强大推力,使创作者能够直击、参与、拥抱和游戏这种生活,从而使得这一批作家的审美态势更加多样和丰富。当何顿的《生活无罪》和《我不想事》等作品带着王朔的戏谑从长沙下河街"油麻布"一样漂浮文坛时,① 方方《风景》中湖北汉口"河南梆子"的"社区文化"朝纵深拓展了一大步。在这里,作品主人公因为金钱而扭曲的古老故事在新的历史条件下增加了"垃圾股"和"绩优股"在股票市场的黑幕较量,灵魂的空虚又在朱文的《我爱美元》②中得到口号般的证实,而父母的爱、兄弟的情和恋人的缘被韩东的《障碍》③彻底堵死。

新生代作家的作品当然也有着严重的缺失,这一批作家都主张个人化写作,沉湎于一种妖魔鬼怪式的荒诞境遇,过分依赖内在的想象,使现有的经验趋向虚无。同时,文本的叙述空间太小,小说的毛孔已经张开,但好多重要的器官还没有打开。创作主体本来是对一切不言自明性的东西如权威、前辈、历史、英雄等表示质疑,但既然是质疑,那么文本的叙述空间就应该更大,而不是更小。

另外,新生代作家几乎没有人不写"性"的,作品中的"性"大有泛滥成灾之势,并呈现出"骚动不安"的群体特征。例如,吴晨骏的《梦境》,这样一篇几乎与性完全无关的小说,作者也要写到主人公在轮渡上看"趴在栏杆上屁股高高撅起的女孩";而西风的《青衣花旦》,主人公成天渴盼的就是那种"我现在出去看女人……浑身赤裸裸的"的情境,也让人难以接受。特别是荆歌的《太平》,这本来是一个关于死亡的故事,却也偏偏要掺进去一些男女情欲的描写。他的另一篇小说《夏天的纪实》也有类似的毛病,文本原是一份抗议书,是对于非人道的残暴之抗议和控诉,可里面也硬性掺进一些情欲的调料。

虽然"性"的泛滥与当下社会将曾经长期是禁区的"性"变成了"消费品"本身有关,但创作者不加批判和选择地实录这种丑恶事实,不仅降低了作品的格调,也使"新生代"创作群体的集体利益受到损害。更为重要的是,在消费主义社会里,文学作品里"性事"的过分张扬和暴溢,不仅是对传统价值的重创,更是对道德和伦理的践踏(如朱文在《我爱美元》里的父子共同嫖娼),使人性沦丧为动物式的原欲冲动,掩盖了真正的现实威胁和生存困境。

---

① Tang Xiaobing, *Chinese Modern: The Heroic and the Quotidian*, Durham & London: Duke University Press, 2000, pp. 284–296.
② 朱文:《我爱美元》,作家出版社 1995 年版。
③ 韩东:《障碍》,李森主编:《中国话语》,敦煌文艺出版社 1997 年版。

第四节　现实主义冲击波的在场与离场

　　20世纪90年代中后期中国"国企"改革和农村灾后重建陷入困难的时候，文学上的"现实主义冲击波"获得了评论界较为一致的认可，这在众声喧哗和文学解蔽的年代是个异数。但是，评论界对这股思潮的认可更多的不是从艺术质量上，而是从关怀当下、融入生活以及普通百姓共享国家或民族的困境和艰难上着眼的。这种认可的意义在于，将文学从新生代作家的两个极端上拉了回来：一方面是对新生代作品过于密集的荒诞、神秘和空幻之拨正；另一方面是对新生代作品"性泛滥"和及时行乐、纸醉金迷式的生活价值之打压。创作者不断地改写新生代作家对当下生活的有意打碎和重构，这些作家更愿意将失业工人和灾后农民生活触目惊心的一面以纪实的方式呈现出来，让人们看到另一种生活的真实。

　　如同新时期开始的伤痕文学对于特殊历史时期"三突出文学"的反拨、新写实小说对于寻根文学和先锋小说的内补一样，20世纪90年代出现的现实主义冲击波是对王朔等人的颓废文学和新生代作品中存在的某些缺失从意识形态到道德价值层面上进行的一次修复。

　　伤痕文学、新写实小说和现实主义冲击波的共同点都是现实主义文学思潮，都有着较为清晰的时间界标，作品中的人物都是小人物或弱者的呼喊，都有着令人心碎的伤痛，但这三股文学思潮却有着大不一样的艺术分野和创作追求：伤痕文学采用的是"诗歌的正义"之封闭式的传统叙事结构，创作者的审美视野局限在"启蒙"和"为民代言"的宏大话语上，造成文本的震撼力不是来自作品的艺术本身而是来自当时的政治环境；新写实小说作家的起点较高，既有着丰富的文化内蕴，又见证了国家的沧桑巨变，文本的反拨是建立在寻根文学和先锋小说的审美基础上的。因此，虽然也是写实，但作家着眼的是主体自我的张扬、是自我与环境的融合、是自我空间的建构以及自我在妥协中的反抗与消解，在创作表现上既带有先锋小说的空灵和朦胧多义的印痕，又带有寻根文学对当下材料的真实投射，更带有传媒影响所造成的独特的张力；而现实主义冲击波则是从新生代小说反抒情化的文学模式上回归，又试图将颓废文学作品中某些人物灵魂的缺席或错位找回来，因此创作主体在审美实践上有意识地将一度抛弃的"典型"扶正，文本的细节和故事的推动力都是围绕着主人公的典型性出发的，同时这一拨作家竭力要将国家、民族、集体之巨型语言与个人、家庭、亲情之小写话语"糅合"起来。

应该说，这一拨作家的出发点不错，人们站在时代的中心，在生活的现场倾注着自己的情感。同时他们明白，主流文化的巨型语言和民间立场的小写话语本身并不矛盾，彼此的利益是互助互享而不是剥离和叛异，这既是对传统儒家文化中的"中庸"价值之发挥，又是对激进思潮将两者完全割裂所造成的"国家是个人的束缚"之观念的修补。殊为可惜的是，这一拨作家在具体操作上有违初衷，或者说，他们创作追求并没有达到人们所盼望的那种震撼灵魂的艺术高度。原因在于，这些作家在处理巨型语言（如国家）与小写话语（如个人）利益时，过于认同主流话语的书写方式，总是用牺牲群众的利益来换取国家的稳定和集体的发展。

这样做，其实又是将两者有意无意地割裂开来，让艺术过早地离场。这一股文学思潮艺术上总体成就并没有超过新写实小说，特别是作家们那种"为国分忧"的强烈的个人化倾向和功利成分大大损害了艺术的纯度，其呼喊、张扬和赞颂的文化价值几乎返回到伤痕文学的"启蒙"和"代言"的宏大话语上，它再一次证明了杰姆逊关于第三世界的文本是政治寓言之论断的正确性。例如，在何申《良辰吉日》里，[①] 某地发生了水灾，各地捐献了一批衣服，却被村党支部书记的侄子拿到镇上卖了。镇上众人为此不平，大骂当官的不像话。镇党委书记去灾区了解情况，才真相大白：这衣服原是村民让那人拿去卖的，为了买药给村支书。村支书自打发大水以来，日夜抗灾，昏迷了四回，既没有时间又没有钱去治病。

没想到，这人竟是焦裕禄式的"人民公仆"。国家或集体拿不出钱来给为了国家和集体利益而"昏迷了四回"的村支书买药，却将这种责任转嫁到百姓头上，让人们将外地捐来的衣服都拿去卖掉，焦裕禄式的村支书损害了自己的利益（生命）不说，连这些可怜的灾民还要再一次牺牲自己的利益，文本对这种牺牲精神的歌颂岂不是过于无视个人利益了吗？而这种新闻报道式的人物特写最滑稽的地方还在于：挥金如土的个体户们在实地察看灾区后也"良知"发现，主动捐钱重建学校！而且，这种通过实地察看灾区而感动"良知"的还有刘醒龙的《分享艰难》和《路上有雪》[②] 以及谈歌的《大厂》。[③]

吊诡的是，所有这些被感动者竟都是"劣迹昭著"的嫖客、赌棍和

[①] 何申：《良辰吉日》，《上海文学》1997年第2期。

[②] 刘醒龙：《分享艰难》、《路上有雪》，分别载于《上海文学》1996年第2期和1997年第1期。

[③] 谈歌：《大厂》，《人民文学》1996年第1期。

贪官！集体/国家的艰难靠的是这些人的分享。老百姓牺牲了自己巨大的利益，竟连话语上的肯定或安慰都没有，反而对因损害老百姓利益而发了财或升了官的嫖客、赌棍和贪官大唱赞歌，能让人相信吗？

老百姓倒更相信这样"新闻"的《新闻》[①]：某乡长与纪检副书记深夜得知有人聚众豪赌，两人开车去抓赌，不料扑空，回来途中出了车祸，副书记当场死亡，乡长浑身是伤。于是，领导借此大做文章，宣传为"好干部"。不料，乡民们对这两位"党的好干部"并无好感，在开烈士追悼会时，乡民烧稻草表示诅咒，引起官民冲突。最终真相大白，那两个干部不是去抓赌，而是去嫖娼。

当然，这种"报忧不报喜"的作品在现实主义冲击波中属于凤毛麟角的异己之声。现实主义冲击波的一个显著特点是，作品主人公大多是乡/镇长、乡/镇党委书记和村长、厂长等这样一些基层干部。创作者使出了种种手段要将他们塑造得有血有肉、有勇有谋，并尽力不让他们"完美"，让他们既工于心计、为权钱谋，又能为民着想、为国分忧，把国家/政府利益、集体利益和个人利益——就像"鱼"与"熊掌"本不可兼得一样——都考虑周全了，唯独较少考虑或没有考虑读者的接受度和生活的真实性。

比如，刘醒龙《路上有雪》中，乡长高天元竟用"苦肉计"感动了村干部，使这个村干部打消外出打工的念头。另外，高天元又是这样传授他的为官之道："当正不能压邪时就用邪压邪，做政府的法人代表，特别要注意别在群众闹事时让步，要让也得等到将来，这样就不会使他们产生养成遇事就闹的习惯。"这样的叙事是上级首长对基层干部的内部训示，展示的则是触目惊心的为官之道！这样的叙事，这样的干部，利益尽损的老百姓能满意吗？

在这一拨作家的作品中，一方面，老百姓显得特别通情达理，特别能够为政府和国家"分享艰难"。另一方面，他们又是鲁迅先生所憎恨的"刁民"，只有"两里路内"的安全，超出了这个距离，他们便成了凶手。因此，当债主们前来要债时，"以邪压邪"的高天元让农民挖断公路，并在商店门前铺满大粪，逼债主求和。如此的"为官之道"和对老百姓如此不堪的描写，反映出创作者在处理"大我"与"小我"问题上眼界之狭窄。

但是，这种狭窄恰恰说明了创作者已发现当下生活中"官与民"冲

---

① 阙迪伟：《新闻》，《上海文学》1996年第10期。

突的严峻现实却没能找到缓解的有效途径,因为,靠"门前铺满大粪"这种"以邪压邪"的方式毕竟不是正义之笔,更不是一劳永逸的解决办法。而这,是否就是这一股文学思潮所谓的"冲击"之一面呢?

现实主义冲击波之所以受到主流话语的一致叫好,原因在于创作者反映的正是主流意识形态着力弘扬的宏大主题,是地地道道的俗世文化。主管部门"不能让文化高于大众接受的水平,不然话语权力有被孤立的危险"。① 创作者要做的既要符合主流话语的时代精神,又要让读者在对文本的把握中能够引起心灵回应,甚至感动,让老百姓看到国家(具体到工厂和乡镇衙门)的艰难,从而消解因为个人利益受害所带来的情绪上的对抗和行动上的抵触。

这一波文学思潮带有强烈的时代刻痕,文本的走向具有矫情、滥情、煽情、虚情和假情的"商业膨胀综合症"之特点,无论是刘醒龙的作品,还是号称河北三驾马车的作品,如谈歌的《大厂》《天下荒年》、关仁山的《大雪无乡》《九月还乡》《破产》、何申的《年前年后》《穷县》等,都有这样的特点,创作者扭转了情感的"个人化",走向了"公共化",使文学的干预力量大大提高。在这类作品中,主人公往往都会流出廉价的泪水,并且都能感动"群众",牺牲大家的利益,以便"分享"国家的"艰难"。

例如,《大厂》中吕建国整天为厂里两千多职工的嘴发愁,当工人为厂里有钱给当官的嫖娼,却无法借钱给生病的孩子住院而闹事时,吕建国一边自责自己没本事,一边向大家鞠躬,一边自己掏腰包捐款,感动了工人——"矫情"莫过于此;文本中的嫖客有一个一千万元的合同可以救大厂的命,吕建国求公安局放人,同样以泪洗面,感动了局长——法在哪里?——是为"滥情"之经典;在不断的情感推动中,老劳模大病不肯住院,为了节约厂里的开销——可老劳模用生命节约出来的钱还抵不上嫖客的一顿挥霍——"煽情"无方;最让人哭笑不得的是,连生病的小孩也非常懂事,小孩的父母为吕建国的真诚与誓言竟感动得双双下跪,哭声大作——"虚情"如斯;结果:本来另谋出路的工程师现在却卖了专利拯救了大厂——"假情"脱颖而出……

薛毅指出:"在利益纷争的世界里,以情动人似乎对弱者非常管用,一贫如洗的人们能得到情感的安慰似乎就会满足。"② 可是,情感的满足

---

① 赵毅衡:《论先锋主义的"危机"》,《二十一世纪》(香港)1994 年 8 月。
② 薛毅:《"分享艰难"的文学?》,《二十一世纪》(香港)1997 年 10 月。

毕竟只是"乌托邦式"的廉价抚慰，于问题的解决并无裨益。当瞬间的快感消失之后，老百姓要面对的仍然是残酷的现实，没钱治病的生命只有等死，嫖娼者继续嫖娼，专利也救不了大厂，工程师仍然会另谋出路，否则便同下岗工人一样，到厂门口静坐示威，成为"想哭都哭不出来"的一群沉默的可怜人。同样的"泪水"倾泼在谈歌《车间》① 中：一群"找谁也不管"、工资和医药费都没有着落的普通工人，就靠情感和良知维系在一起。一曲《咱们工人有力量》可以使他们泪流满面，并获得一种崇高感，却永远失去了公正的待遇。

王德威将这种"肉麻的崇高"称之为"过剩的情感"（emotive excess）之假释，而明显的过剩乃是明显的匮乏之另一极，将会使作品出现"空白恐怖"（horror vacuum）。② 周蕾则以弗洛伊德"被虐狂"与"反伊底帕斯情结"来解释男性情感之只有泪水，别无其他，③ 以此说明种种"滥情"的无意义。

事实上，男人真正流出的泪水是绝望的展示，而不是希望的点缀。当哭泣成为《老残游记》的主题和基调之隐喻的时候，刘鹗在《序》文中特地点破："棋局已残，吾人将老，欲不哭泣也得乎？"④ 刘鹗的哭是迫不得已，是情势所逼，是对世纪末纲伦无常、道德沦丧之绝望自戕。刘醒龙、谈歌等人的哭泣却是演戏，是作秀，是廉价的出卖。

当原本珍贵的眼泪也变成商品可以通过包装出售的时候，如此冷峻的"现实"，"冲击"最重的不是文本的制作者和作品的主人公，而是广大读者。说穿了，这是一种急功近利式的短视行为。这种急功近利的损害有时因主人公的急于表白而一下子滑入轻浮滑稽的戏讽中。比方，在刘醒龙小说《分享艰难》的最后，孔太平对表妹被红塔山强奸、舅父通情达理表示不再追究时，他扑通一声跪在地上，说，"我一直想说这话，可是我没脸说……"

陈思和对此评论道："这下好了，自己没脸说的话，终于让受害者体谅地说出来，让人民'分享'这帮权力者的艰难了。可是'木人一般'

---

① 谈歌：《车间》，《上海文学》1996 年第 10 期。
② 王德威：《被压抑的现代性——晚清小说的重新评价》，王晓明主编：《批评空间的开创——二十世纪中国文学研究》，东方出版中心 1998 年版，第 140 页。
③ Rey Chow, *Woman and Chinese Modernity: The Politics of Reading between West and East*, Minneapolis: University of Minnesota Press, 1991, pp. 121 – 127.
④ 李瑞腾：《棋局渐残人渐老：〈老残游记〉的哭泣意象》，《"中央"日报》（台湾）副刊 1993 年 10 月 28—29 日。

的老实农民们怎么知道他们遭遇的这个惨剧是镇长为了谋夺养殖场安下的一手伏笔？他们又怎么知道他们以自我牺牲的沉重代价保住的只不过是养殖场继续控制在孔太平的亲信手中，使孔太平在与赵镇长之间狗咬狗的权力斗争中多了一个筹码？"①

陈思和的"话外之音"正如一首歌中所唱到的："为什么受伤的总是我？"谁总是必须牺牲那本不应该牺牲的东西？谁得必须"分享"那并不属于他们"分享"的"艰难"？为什么"分享"了本不属于自己的"艰难"，还要"体谅"地让责任者得到一个摆脱责任的理由？如此"分享"，百姓头上的"艰难"哪里还有一个尽头？

美国学者韦勒克在批评"俄国及其所有的卫星国"中"社会主义的现实主义"文学的"美学问题"时指出，人们可以"把关于制造水泥、建设大坝、党派斗争以及党的会议之类的小说看作是旨在创造一种能够被刚刚接触文学的广大群众理解的宣传艺术的尝试"，这是一种"文化停滞"现象。② 从这个意义上说，现实主义冲击波这股文学思潮是这种"制造水泥"的"文化停滞"现象之典型例证，与创作主体主观意愿"让中国传统与世界新潮融合，逐渐开创自身的本土化、民族化、经验化的表达"相距甚远，也充分表明包括中国在内的发展中国家文学的现代化之路曲折而漫长。

第五节 新女性主义作家的疼痛与消解

也许是对"制造水泥"的"文化停滞"现象的强烈不满，20世纪90年代下半叶，一批年轻的女性作家带着"挑衅般的傲慢"以决然的姿态走上文坛，在时间上恰好与韩东、朱文等人发起的"断裂运动"③相衔接。

---

① 陈思和：《关于"现实主义冲击波"的思考》，《二十一世纪》（香港）1997年10月号。
② [美] R. 韦勒克：《文学思潮和文学运动的概念》，刘象愚选编，中国社会科学出版社1989年版。
③ 韩东：《有关"断裂"行为的问题回答》和朱文《断裂：一份问卷和56份答卷》发表于《北京文学》。该刊在"编者按"中说，"发表这次行动和接受问卷调查的均是60年代以后出生的青年作家，无论他们对现存文学秩序的想法与我们的习惯的声音有什么不同，我们需要仔细倾听，认真了解：了解他们对问题的答案，更了解他们本身。因为未来世纪，他们将是一种不可忽略的文学存在。"请参见《北京文学》1998年第10期特刊。

这一拨年轻的"新女性主义作家"大多出生于20世纪70年代，受过良好的系统教育，她们的反叛姿态有一种恶作剧式的幽默。她们既不像老一辈女作家如宗璞、茹志鹃等人那样有较重的心里背负和较强的民族责任感，也不像中年一代的女作家如王安忆、残雪等人那样有过强烈的心灵创伤，甚至不像比她们稍大一点的陈染、海男、林白、迟子建等人那样执迷于"精神家园"的自我重建。她们也追求"私密性"写作，但更突出"身体"的内涵和意义——有人讽刺她们为"用器官写作"；① 甚至有更难听的称呼，叫"妓女作家"。②

这一拨被誉为"新新人类"或"无'根'的一代"③ 的女性主义写作者以《上海宝贝》④ 卫慧和《糖》⑤ 泥中的棉棉为代表，以周洁如、赵波、魏微、朱文颖、戴来、九丹和金仁顺为中坚力量，和以更年轻、更大胆也更靓丽的王天翔、陶思璇、严虹、洛艺嘉等为后备大军。⑥ 这些作家之引人注目除了她们年轻貌美外，还与她们敢写和能写有关，而最为争议的则是她们文本中对"性"的大胆描写。

中国新时期文学中大胆描写过"性事"的作品有一大批，如张贤亮的《男人的一半是女人》、王安忆的"三恋"、铁凝的《玫瑰门》和《大浴女》、贾平凹的《废都》，以及林白、陈染、韩东、朱文、须兰、海男等人的小说。

总的说来，严肃的写作者一般都把"性"作为一种手段，比方王安忆的"三恋"就是这样的：《小城之恋》写蒙昧的压抑中畸形的两性关系，作者不是从道德的意义上谴责男主人公，而是从心理的意义上表现男性主体意识的缺失。《荒山之恋》则将女人分成情人和妻子，而这两个角色的原型却是女儿和母亲。《锦绣谷之恋》写一个在两性情爱中智慧的女性，她在日见乏味的婚姻生活中感到厌倦。婚外的恋情刷新了她的感觉。同时又被激情所俘获。遵守游戏规则，仍是婚姻为安身立命之本。⑦ 这样的写"性"出于对人性的理性思考和深度发掘，有助于推动文本主人公

---

① 萧钢：《惊世骇俗中的新一代靓女作家群》，刘达文主编：《大陆异见作家群》，夏菲尔国际文化出版公司2001年版，第350页。
② 《美女作家还是"妓女作家"》，《新华商报》（新西兰）2002年8月29日，"文萃文苑"版。
③ 郎伟：《迷乱的星空》，《文艺理论与批评》2001年第1期。
④ 卫慧：《上海宝贝》，春风文艺出版社1999年版。
⑤ 棉棉：《糖》，《收获》（上海）2000年第1期。
⑥ 萧钢：《惊世骇俗中的新一代靓女作家群》，刘达文主编：《大陆异见作家群》，夏菲尔国际文化出版公司2001年版，第349—358页。
⑦ 季红真：《众神的肖像》，见王安忆《三恋》，浙江文艺出版社2001年版，封底。

性格的发展。即便是以描写"性"著称的劳伦斯（如《儿子与情人》[①]）也是把"性"作为拯救被工业文明异化与抽干的人类的反抗手段。

中国新时期的开拓性作家把"性"的复苏作为确立"大写的人"的一个组成部分。比卫慧、棉棉稍早一些的女作家林白、陈染笔下的"性"充满了自闭与惨伤的气氛，它是探索女性身心成长的一个重要内容；而韩东、朱文笔下的"性"则带着反讽与虚无的气质，作为对当下生活状态的一种观察。

相比之下，卫慧、棉棉等人笔下的"性"则弥漫了自恋、炫耀和狂欢的氛围，为"性"而去找爱，或者说性与爱完全分离，追求"对即兴的疯狂不做抵抗，对各种欲望顶礼膜拜"的颓废式的刺激生活方式。

"性"在这些女作家笔下，不再寻求承载什么意义，对"性"的体验本身就是目的。这些作品充满了情欲的尖叫以及吸毒、私奔、自杀和同性恋等"红灯区情结"，创作者毫不掩饰自己的欲望和攻击姿态，她们向男性沙文主义提出公开的挑战。这些自称"另类"的女作家们几乎都有着典型的纳西索斯（Narcissus）式的自恋症。弗洛姆说，"一个自恋的人，在知识上的标准是双重的。而且自恋的程度越深，这种双重性越甚"。[②]

这种"双重性"在卫慧的《上海宝贝》里得到明显的体现。这部小说有一种暧昧、晦暗而内敛的视觉感，它要让读者在对感性的细节（特别是肉体）的沉迷中逐渐意识到梦幻式的存在——一种"非存在的存在"。说它存在，是因为肉体的具体感觉；说它非存在，是因为这种感觉的即刻消亡，甚至这种感觉本身仅仅只是一种臆念，一种个人的幻觉。

在这种氛围下，作者和文本主人公都有一种"对存在的瞬间加倍索取，对非存在的梦幻努力打捞"的"自怜情结"，而且这种情结是建立在自身"她者"色情化、异国情调化的基础上。虽然人在国内，却总是过着或试图过着（向往）西式生活；虽然有了爱人，却还需要情人来满足肉体的享受。卫慧十分自得地宣称："我的生活方式是很西化的。我做过咖啡店女招待，用纯正的英语和客人们聊天。我看国外的电影，读国外原版书。德语会说一些，但现在想学法语。我希望有一天可以用外语写作。"[③]

这些由可口可乐、麦当劳、好莱坞大片和西方电影碟片（包括色情和准色情）熏陶出来的女性作家，毫不掩饰"后殖民"文化浸泡后的亲

[①] D. H. Lawrence, *sons and lovers*, Harmondsworth: Penguin Books, 1974.

[②] ［美］埃里希·弗洛姆：《人类的破坏性剖析》，孟禅林译，中央民族大学出版社 1995 年版，第 250 页。

[③] 卫慧：《不是我太另类，而是他们太主流》，《中国青年报》2000 年 3 月 20 日。

西方心态。她们在张爱玲"出名要趁早啊"的名言刺激下,用笔恣情地展示自己的身体。灵魂的有无——无所谓;尊严的践踏——无所谓。有所谓的只是金钱的聚积和片刻的销魂。在这些女作家的创作中,当下的生活对文本已经失去意义——尽管作品本身也许正是当下部分生活的真实反映,作品的主人公不要时间和历史,她们的脑力已完全退化成"新原人":"它长着一双成年人充满欲望的眼睛,却长着一个婴儿的丧失了记忆与反思能力的头脑,连四肢和身躯也完全退化了,成为一个无法进入历史与现实的白痴般的'窥视癖':MTV、广告、肥皂剧、卡拉OK、CD和卫星电视构筑了一个奇观的世界,它们切割时间,创造了新的美的空间,一种无时间性的欣悦与沉醉,一种游戏机式的瞬间的美学击碎旧的表达界限。"①

  文本的叙述急促而明快,跟现实生活相应和,并有着扑面而来的世纪末的颓废情绪:物欲至上的观念传遍整个社会,它通过人对人的不断示范以及大众传媒的"和风细雨"般的浸润,人的欲望便被纳入循环往复的"生产—消费"体系中。在这种潜移默化的熏陶中,每个个体的心灵都主动自觉地把对物欲的追求当作人生的最高价值,人们陷入普遍的异化状态却还麻木不仁并乐此不疲。②

  在这里,"性"不只是消费品可以买卖和转送,更是一种可以开发利用的物质资源。它剥去了长期以来加在"性事"上的神秘的面纱和过多的道德负荷,却又过分、甚至病态地将一种原始的欲望呈现在大众面前。例如,在2002年8月出版的九丹的《女人床》里,小说之大胆比虹影在《饥饿的女儿》里所展示的女主人公手提袋里总是带着避孕套③和卫慧在《上海宝贝》里那种在公共汽车上也与男友淫乱的情节有过之而无不及,而在该书的"后记"里,主人公男伯说,九丹在《乌鸦》里把女人的衣服脱光了;而在《女人床》里则把男人的衣服脱光了。④ 赵波出版的两本书《口香糖》和《谈一个维他命的爱情》也靠这种"露"的方式制造"热点"和"卖点"。在这些"器官化写作"、自称"美女作家"的作品中,"待价而沽"的独身者、身似浮萍的流浪汉、地下摇滚歌手、红嘴同性恋、双性变态者、吸毒者、流莺(娼女)、野鸭或姑爷子(男妓)等,

---

① 张颐武:《论"新状态"文学——90年代文学新取向》,《文艺争鸣》1994年第3期。
② [美]赫伯特·马尔库塞:《爱欲与文明》,黄勇、薛民译,译文出版社1987年版,第29页。
③ Hong Ying, *Daughter of the River*, London: Blomsburg Publishing Ple, 1998.
④ 佚名:《美女作家还是"妓女作家"》,《新华商报》(新西兰)2002年8月29日,"文萃文苑"版。

这些曾被视为新时期文学禁区的畸形人物此刻堂而皇之地、成束成群地、密集地出现了。

卫慧、棉棉等人的作品有一个显著的特点,故事发生的地点都是在城市豪华的公寓,在充满香气也充满情欲的洗澡间,在灯光纷乱的舞厅,在灰色阴暗的酒吧,在床上,在镜子下,在高脚酒杯、女式香烟、口红和肢体缠绵的午夜或黎明。在这种背景下,伴随着音乐和酒精的刺激,人的欲望遮蔽了理性的思考和传统文化的温情,结果只有一个冲动:如果你要发财——"去堕落!"如果你要成功——"去堕落!"这种文学主题比起王朔所追求的"卑贱者最聪明,高贵者最愚蠢"更有爆发力,更能制造出"时髦"和"轰动效应",也更能为纸醉金迷和物欲至上的生活推波助澜。

《上海宝贝》的封面就毫不掩饰地被涂上了一层厚厚的铜臭:它不仅有"一部半自传体小说"和"一部发生在上海秘密花园的另类情爱小说"的耸人听闻的广告词,而且小说的封面和封二,还清晰地印上女作者袒胸露乳的"玉照"——极富挑逗性。在道德虚无主义、精神败血症和拜金主义的商业操作下,如此大胆地"出卖"自己,如此勇敢地"堕落"自己:"不成功也很难。"有人据此尖锐指出,"如果剥去《上海宝贝》中的种种貌似浪漫的包装,它的中心故事实际上是一个典型的受市场利益驱动的媚俗故事"。①

诚然,这些新女性作家由于急于出道,过于挥霍自己的才情,不懂得节制和收敛自己,使文本留下种种不足或"伤口"。但我们也不应苛求她们,而更应从积极的方面去评判她们。她们毕竟太年轻,有着较大的可塑空间,何况她们出道的挑衅姿态原本就是一种反叛(特别是对男权文化,这是权力话语的另一面),她们洋溢的才华既是对中国新时期文学本身的肯定——有了这样的文学熏陶才能站在较高的起点和视界上,又是对经济改革下中国国民心态无论是浮躁还是宁静的"非常规的测试"。她们的激进和大胆与其说是因为年轻无知,不如说是由于传统的惯性压力太大造成的;她们对"性事"的热衷和渲染也是对这种惯性压力的蔑视和背叛。因为在很长一段时期里,"性"是一个禁区,是不能拿到桌面上来论谈的,在道德疆域的严格限制下,人的本能对生命的感受多有抑制,这样,与"性"相关的生命状态便萎缩了。

从更深层次上看,这些新女性作家文本中表现的"纵欲""拜金""享乐",其实均是由轻视欲望、无视私利的传统道德制造出来的。由于

---

① 郎伟:《迷乱的星空》,《文艺理论与批评》2001年第1期。

欲望和私利均属于人的自然性生命状态，人们只能尊重它而不能束缚它，所以束缚一放松便是纵欲。轻视欲望与沉湎欲望可以看成同一回事。因为"性事"有的时候就是"性事"，它不必一定要通过爱情才能得到满足。或者说，通过爱情满足的性事，是对爱情的异化与轻视。

这些新女性作家的聚焦描写不仅暴露出市场经济时代金钱与欲望的内在冲突，以及金钱作为欲望工具的不可或缺，而且揭示出贫困的生活与压抑的生活的内在关联，传达出人的一种文化宿命：在欲望面前，人们永远是囊中羞涩的，无论是大款还是平民百姓。因为欲望是永无止境的，而金钱和生命则是有限的。从这个意义上说，新女性作家对形而下的金钱（包括性）之大胆追求也可以看成通过欲望的展示而达到对有限生命饱满之形而上的追求，它在消解自身意义的同时，也消解了权力和主流话语，尽管这种消解也许带着一丝"疼痛"。

第六节　文化自信语境下人民文学重新出发

21世纪的中国文学有着深刻的时代背景，伴随着经济崛起，中国作家的思想、精神和气质等都发生了很大的变化。文学作品的稿费和版税一再提高，各类文学交流活动此起彼伏，中国作家走出去的越来越多，外国作家请进来的也越来越多，国际文学见面会、研讨会、新书发布会等日益频繁，中国作家在国际上获奖的频次和档次也越来越高，中国作家的优秀作品被翻译到国外主流文学平台的也越来越频繁、越来越平常，中国作家越来越自信地在世界文学的舞台上找到了属于自己的位置。

在中国特色社会主义新时代，以人民为中心，是文学创作、刊发和评论的导向，也是检验中国文学实践的准则和方法。人民在新时代丰富的生活样貌、精神风貌，是创作者需要倾情融入、敏感发现、深沉思考和用心创作的重中之重。不少作家不仅将目光投向社会转型时期的种种特殊历史现象，而且更多地聚焦生态环境问题、三农问题、弱势群体问题等社会问题或群体性事件，出现了大量的以关注民生、为人民抒写的非虚构作品。特别是打工文学的渐入佳境，使底层文学在新的历史时期呈现出精彩纷呈的样态。

所谓底层，从来都是社会沉默的"大多数"。自古以来的文学作品对底层人民的生存境遇都有所关注，以"底层"为主角的文学作品也是硕果累累。《诗经》就有不少关于描写农民艰苦生活的篇章；"诗圣"杜甫写了流传至今的"三吏""三别";鲁迅笔下的阿Q、祥林嫂、闰土、面包车夫;老舍笔下因为生活沦为暗娼的女孩月牙儿以及因为苦难压迫丧失斗志的祥子;夏衍的代表作《包身工》中被称为"猪猡"的女工等都是这类作品的代表。

对底层生活状态的关怀和对苦难现实的介入在我们民族有着悠久深远的传统。底层的日常和苦难在这些文人的笔下真实而深刻。然而,虽然在具体的文学作品中,农民、车夫、包身工、妓女等底层人物形象早有涉及,但"底层"一词的使用,是伴随着改革开放、社会主义市场经济和现代化进程而出现的。经济的高速发展让我们体会到改革带来的精神和物质方面的巨大变化,也不可避免带来一系列问题,比如贫富分化扩大、社会矛盾突出、物资分配不公等,使"底层"人民的生活问题如教育、住房、医疗等日益突出,也越来越被作家们关注和思考。因此,底层人民的真实生活再次进入文学书写是历史的必然。

就底层文学内涵而言,除了由职业作家为代表的文学创作者对"底层"的代言书写,还包含由作为亲历其间的人根据个人生活经验写成的作品,后者以"打工文学"为代表。他们是底层文学创作的重要力量,为底层文学创作的多向性变化作出了积极贡献。这些作家的创作与生活密不可分,自成一体,这种写作称之为"在生存中写作"。

实际上,无论是底层文学,还是打工文学,抑或是非虚构文学等,都是人民文学的重要组成部分。人民文学就是以反映最大多数的劳苦大众的喜怒哀乐、倾听他们呼声为己任的大众文学。例如,曹征路的《那儿》讲述国企改革、工人生活的转变,这部小说的发表成了一个十分重要的文学事件,引发学术界的广泛关注就是例证。

人民文学的重新崛起是21世纪以来中国文学的重要收获。人民文学不仅创造出了优秀的作品,而且其代表性作家大都形成了各自不同的艺术风格,如曹征路的现实主义风格与理想主义悲壮的结合,陈应松小说在写实中融入浪漫主义或象征主义等,是传统的写实主义的回归。人民文学不仅在艺术上取得了独特的成就,而且在社会上产生了广泛的影响,引导读者将目光投向处在社会底层人民的生存状态,关注社会底层人民的苦难。同时人民文学也在不断地吸取中外文学创作经验,不断地丰富和完善自身。

中国文学期刊也更加坚持以人民为中心,更加坚定走中国特色社会主义新时代的文学道路。例如,《人民文学》杂志精心策划,配合作家反复打磨主题文学,推出王宏甲的《塘约道路》、何建明的《那山　那水》、彭学明的《人间正是艳阳天》、马平的中篇小说《高腔》等,在社会上引起强烈反响。该刊还推出刘醒龙的长篇散文《上上长江》、任林举的报告文学《此念此心——太行之子吴金印》、陈涛非虚构作品《甘南乡村笔记》、黄国辉的纪实文学《高原笔录》等,更好地体现了作品的人民性。不仅如此,该刊从 2017 年 12 期开始,推出"新时代纪事"和"现场"等特色栏目编发了关于贵州精准脱贫、鄱阳湖候鸟、可燃冰试采、通向世界的中国高铁、天眼、航天城、科技岛、淮河生态、深圳新貌等领域生动感人的"中国故事",展现新时代"真实、立体、全面的中国"。①

如果说 21 世纪初人民文学聚焦的更多的是一批"问题小说",主要关注底层人物在现实当中所遭遇的问题以及生活中的一系列的矛盾与困境,那么后来的文学书写突破了这一模式,作家们在关注现实问题的同时,也开始把笔触深入底层人的心灵世界与精神处境,并涌现出一批优秀作品,比如王祥夫小说中对于当下人物精神世界的关注,打工文学中关于"淘金者"在城乡二元文化面前所产生的精神困惑,等等。另一个大的变化是一些作家开始以底层为题材创作长篇小说,相对于之前的中短篇小说,长篇小说不仅仅从某一社会问题进行切入,更需要用宏阔的视角来描述这个时代的深刻变化,以及一系列变化中的社会阵痛所呈现出来的底层人民的各类问题,这是人民文学不断深化的重要表征。

2015 年,白俄罗斯女作家阿列克西耶维奇获得诺贝尔文学奖后,非虚构写作成为中国文坛人民文学的一道亮光,代表作有梁鸿的《中国在梁庄》、丁燕的《工厂女孩》、杨庆祥的《80 后,怎么办》等,这些作品抽取社会生活的样本进行个体经验的深描,把个体的痛感和沉思契入整体的时代生活之中,找到了从个体经验通向时代整体经验的突破口。这种非虚构写作已经扩展到小说创作领域,比如方方的中篇小说《涂自强的个人悲伤》讲述了一个"蚁族"艰辛奋斗的悲剧故事,表达了作家对社会新底层群体——大学毕业生的深切关注,揭示了资本扩张时代个人自强竟无用的惊悚现实。涂自强的悲伤岂止是个人悲伤,它是一个时代社会底层的普遍悲伤,也是一个社会运营机制的内伤。②

21 世纪人民文学的创作群体庞大,不仅包含知识分子创作群体,如曹征路、王祥夫、刘继明、陈应松、胡学文、罗伟章等,他们或者是大学

---

① 施战军:《人民立场是新时代中国特色社会主义文学的根本要求》,《文艺报》2018 年 6 月 22 日。
② 晏杰雄:《青年写作如何呈现中国经验》,《文艺报》2015 年 12 月 18 日。

教授，或者是作协系统的专业作家，还有数量庞大的底层创作者，大部分是打工文学的代表性作家，如郑小琼、王十月、于怀岸、徐东、叶耳等。

不同的叙事主体有着不同的书写重点，在表现中国经验、底层生活与困境方面存在着较大的差别。《那儿》《霓虹》《豆选事件》及长篇小说《问苍茫》是作家曹征路创作的比较有代表性的作品。《那儿》讲述的是一个有作为的工会主席，一直在为防止国有资产流失而拼尽全力，却得不到大家的支持，最终未能实现其愿望自杀身亡的故事。胡学文发表了中篇小说《命案高悬》《淋湿的翅膀》《行走在土里的鱼》《像水一样柔软》《向阳坡》《虬枝引》等，也是人民文学的优秀之作。《命案高悬》讲述了一个离奇的故事：尹小梅莫名其妙因为一件小事身亡，她的家人拿了八万块钱赔偿款而没有再追究，村里的一名混混因对此感到内疚而疯狂追寻其死亡真相，在不断寻求当中，呈现出了社会的复杂化，展示了各种人在利益与责任面前的内心想法。他笔下的底层世界并不是简单的，相反，他用自己独特的逻辑将底层世界的复杂性表现得淋漓尽致。

一些专业作家、特别是早期成名作家也创作出一批关于底层人们生活为题材的优秀作品，比如贾平凹的《高兴》、刘庆邦的《神木》、范小青的《父亲还在渔隐街》、迟子建的《牛虻子的春天》、李锐的《太平风物》《起舞》、魏微的《李生记》、周昌义的《江湖往事》、马秋芬的《朱大琴，请与本台联系》、楚荷的《苦楝树》、孙慧芬的"歇马山庄"系列等，一些青年作家，如李铁、张楚、葛亮、鲁敏、鬼金等人，以不同的视角和写作方式，为人民文学的异质性、丰富性、多样性贡献了各自的智慧。

来自底层生活的作家也努力发出自己的声音。他们自身的打工身份，贴近大地的搏动，更能真切地反映打工者们的利益诉求。这些作家讲述在城市中的颠沛流离，不断地挣扎，不断地失去，仍然没有放弃对未来的美好幻想，更没丧失自己的灵魂，而是以粗犷野性的意志顽强地生存下去。例如，王十月的《寻根团》《国家订单》《开冲床的人》《刺个纹身才安全》《关卡烦躁不安》等，特别是作品《出租屋里的磨刀声》，王十月从打工者的视角生动细腻地展现了底层民众鲜为人知的一面，将主人公从"城市陌生人"到"城市边缘人"再到"城市变态者"的动态过程展现得触目惊心。

与此同时，郑小琼的《生活》、曾楚桥的《幸福咒》、罗迪的《谁都别乱来》，以及于怀岸的《台风之夜》等，都真实地抒发了"打工者也是人民的一员"的整体情感，作品包含了普遍的苦痛与深刻的人文关怀。

21世纪人民文学的创作者大都用多样化的叙事艺术直面社会现实，以复杂逼真的场景展现生活的厚重与斑驳，作品主人公主要分为三种类型：贫困落后的农民、城市下岗工人和进城农民工。由于城市化浪潮和时代的发展，农民工离开原来的土地，结伴进入城市，由"民"转为"工"，成为城市的建设者，但很难真正融入城市。而城市下岗工人，则由于社会转型，原有的工作单位转制或倒闭，他们重新谋生，虽然是城里人，却又不被城市所接纳，成为城市的边缘人。

在不被融入和不被接纳的背后，是社会弱势群体面对改革阵痛所付出的沉重代价。作家们通过对下岗工人、农民工、进城务工人员的人物塑造，真实展现这个时代一大批"沉默者"的生存现状，充满悲剧色彩。例如，在陈应松《太平狗》中，程大钟为了儿女的学费和母亲的丧葬债务被迫进入务工大潮，小半年的城市生活非但没有挣到钱反而丧命于此。而曹征路《那儿》中的小舅，为了工人的利益不断奔波，却不被工人理解，最终只能以自杀结束生命，令人痛心。

人民文学将目光聚焦到底层民众的现实生活，替无法发声的底层诉说出他们的境遇和经验，表达他们迫切的需求，彰显文学对当下生活的积极介入以及作家的强烈社会责任感。在城市化进程中，伴随着打工者队伍的庞大以及遭遇的不公平待遇，打工者越来越难以忍受历史和现实强压在他们身上的重负，打工写作者用血和泪，透过自身的悲苦，探寻人性的幽暗与亮光，发出一声声呐喊。

可以说，21世纪人民文学有力地展示了底层人民日常生活、人情冷暖与悲欢离合，客观记录改革进程中弱势群体生存状态和生活经验，下岗工人、农民工、拾荒者等处于城市与乡村之间的边缘人物纷纷成为作家们的书写和表现对象。如范小青的《城乡简史》、王十月的《你在恐慌什么》、蒋一谈的《鲁迅的胡子》、艾玛的《浮生记》等，这些作品并非一味地渲染苦难，也不是回避苦难，而是正视苦难中的一个个有血有肉的生命渴求，体现鲜明的时代特色和批判精神。创作者以及笔下的人物携带乡村传统文化进入不同城市的文化场域中，他们清楚地意识到无法回到那个养育了他们身体、滋养了他们精神的故乡。在残酷的现实面前，他们被迫放弃原有的文化价值，虽然产生精神上的困惑，更多的还是以开放的心态面对城市文化，进而促进对城市文化的认同，实现两种文化的融合，达到新的平衡状态。

一个时代有一个时代的文学，一个时代有一个时代的文学人物。20世纪中国文学的代际更替伴随着国家政治、经济和文化的嬗变而悄然展开,广大作家以独特的经验、智慧、胆识和创造力,为国家为人民为时代展示并留存了一系列社会主义现实生活优美而雄伟的面容、身影和行进的足迹。

进入 21 世纪以来,带着中国社会主义特色文学深刻烙印的人民文学获得了越来越多的关注,也一直不断地在健康发展。人民文学的精神是昂扬向上的,是充满人文关怀的,因而有着强大的生命力。中国作家只有始终与时代同行,与人民同心,和读者在一起,培根铸魂、大力弘扬中国精神,激浊扬清、积极发扬褒优贬劣的担当精神,守正创新、展现新时代文艺媒体新风貌,自觉承担起时代赋予的崇高使命,为新时代中国破浪前行、为亿万人民创新创造提供强大的精神力量和有力的文学支持,唯其如此,中国文学才能融入世界文学的现代化进程中,才能为和平崛起的中国贡献出自己磅礴奋发的力量,这也是伟大时代赋予广大作家的神圣使命。

综论　世界视野下中国文学的
　　　内部风景与外部磁场

中国文学和中国精神之于世界意味着什么？历史上从来没有任何一个时代像今天的中国这样丰富而深邃，对中国经验与新时期文学自信力的文化源头、内部机制、审美特征等全方位、多角度的深入分析，是文学评论工作者在借鉴吸纳人类丰富经验的同时，更多地关注中国立场、中国智慧、中国价值的客观需要，因而具有丰富的文学理论价值和重大的学术原创价值。

作为总结与前瞻，本章立足于世界视野下中国经验的思想结构与内在逻辑，主要聚焦转型时期中国文学的多声部合唱、伤痕文学的饥饿叙事、朦胧诗的现代性追寻、寻根文学的内在逻辑、先锋小说的镜子之魂、新写实的艰辛与尴尬、20世纪90年代以来的文学命途，以及21世纪的中国文学与中国精神等方面，深入探讨了中国作家无论是个人言说还是集体记忆所共同拥有的家国情怀，重点阐释了崛起的大国对于新时期文学道路选择与价值承载的重要意义，对中国作家心路历程中所彰显出来的文化认同与生命寻根给予了积极的肯定，并从制度层面和诗性追求上对新时期文学在中华美学和中国优秀文化的赓续和发展所出现的灵魂拷问与精神重建作出全面细致的学理分析，为新的历史时期重塑国家形象、凝聚人心和提高民族自信心提供积极的理论支持。

第一节　转型时期中国文学的多声部合唱

作为第三世界文学疆域里一支重要的有生力量，中国新时期文学在全球化语境下呈现出一种典型的"伞状型"发展态势：以1989年中国社会"骨折性"大转型为界，之前的十余年是线条分明的粗直的"伞柄"——政治的红线贯穿始终，政治的讯号成为文学发展的风向标；而"政治运动"的风风雨雨与"文学思潮"的起起落落互相交织恰恰构成了这只"伞柄"的内在张力。例如，从伤痕文学、反思文学、改革文学到朦胧诗、寻根文学、先锋小说和新写实小说等，每一次文学思潮的驱动起伏都跟"伞柄"的内在张力有关，都有着较为鲜明的时间节点。文学理论界对这些思潮的认定虽然有着具体操作或表述策略上的分歧，但在主题骨架和命名"规制"上却有着几乎惊人的一致性。

但是，进入20世纪90年代后，一切变得模糊起来：没有清晰的时间标界，没有"灾难性"的叙事"高潮"，文学发展本身呈现多维的"伞面"放射状。文学评论界对每一种思潮的界定见仁见智，没有一个较为权威的裁决和认定。譬如，文学界对以作家王朔为主要代表的平民、通俗或大众文学的命名就有着"蝴蝶"般的色彩多样性：有人称之为"大众文学"，有人称之为"流氓文学"，有人称之为"颓废文学"，有人称之为"痞子文学"，甚至有人称之为"反智文学"或"地摊文学"，凡此种种，不一而足。连阐释的本身也常常杂乱无序，是多声部的合唱，甚至出现完全不同的正反"论争"，有时干脆情绪性地将之简化成"保王"和"反王"的尖锐对立。

出现这种怪异的"混沌状态"，民众对封建主义的逃避和厌恶与犬儒主义一拍即合。知识界的犬儒主义把大众当作傻瓜，它不仅沿用旧有的教条，还加入新的话语观念。结果便是：民众在并不真傻的时候，深思熟虑地装傻。[1] 他们显得随遇而安，但又不相信现有价值，习惯于对宏大话语进行戏剧性的冷嘲热讽，[2] 同时运用民间谣传、口头创作和"以不相信来获得合理性"[3] 的"吊诡"方式发泄他们对现实的冷漠或愤懑情绪。作家、艺术家和广大知识分子各行其是，各有各的圈子或地盘，他们既没有20世纪70年代末80年代初那种"为民代言"的英雄自期，又没有时代弄潮儿那种毅然决然地投身商海的襟怀勇气。他们是理想信念的"至爱至恨者"，尽管每每受挫甚至"被撞"得头破血流，仍常常身不由己地表现出对宏大抱负的持久热情。

---

[1] Jeffrey C. Glodfarb, *Beyond Glasnost*: *The Post-Totalitarian Mind*, Chicago: The University of Chicago Press, 1989, p. 216; Max Weber, "Politics as a Vocation", *From Max Weber*, trans. and ed. H. H. Gerth and C. Wright Mills, London: Routledge, 1948, p. 78. 又见徐贲《当今中国大众社会的犬儒主义》，《二十一世纪》(香港) 2001年6月。

[2] Donald R. Dudley, *A History of Cynicism*: *From Diogenes to the Sixth Century A. D.*, London: Methuen, 1937, pp. 96 – 104.

[3] Jeffrey C. Goldfarb, *The Cynical Society*, Chicago: The University of Chicago Press, 1991, p. 152.

20世纪90年代的外部环境"软化"使他们失去了旧有的屏障,他们没有利用这一时期的"稳定"和"宽松"进行"自我修复疗养",创作出真正大气的民族史诗性作品来;相反,他们自筑"屏障",自树"敌手",互相争斗,将"软化"的文化生态弄得"生硬"紧张起来。从20世纪90年代初期王蒙《坚硬的稀粥》的官司①开始,中间经过"二张"②(张承志、张炜)、"二王"(王蒙、王彬彬)之论战③,再到沸沸扬扬韩少功的"马桥风波"④等,都是"紧张"之具体症状。至于刘心武被蒋子丹"鞭尸"⑤、杨润出版"注水"书⑥、叶蔚林的"剽窃事件"⑦,以及余秋雨的作秀和"青年斗士"余杰等人的精彩表演,都是文坛内部互相起哄、你争我抢、互相揭短的"商业骚动症",是李锐所指斥的"精神撒娇者的病例"⑧之写真,所有这些,都是20世纪90年代发生在中国文坛上大小"事件"之缩影。

白杰明指出,由于20世纪80年代一次又一次的话语更替,使得当时的作家、知识分子形成了颇为一致的"异类文化"。随着文学聚焦的热点消失,20世纪90年代的中国作家、知识分子反倒因失去共同对立面而陷入了日益加剧的相互指责之中,形成一种"准政治"。⑨它既带有商业操作的人为动机,比方,在韩少功"马桥风波"中,《今日名流》和《花城》杂志都违背常规去登载《哈扎尔辞典》,除了表明哥们姐们的义气

---

① 謦华:《王蒙〈稀粥〉案始末》,《九十年代》1992年第2期。
② "二张"之争主要针对北京华艺出版社出版的张承志《无援的思想》和张炜《忧愤的归途》两本书而引发的论争。一方面,有人认为"二张"具有坚定的信仰,是中国的精神财富;另一方面,"二张"的孤傲与偏激,受到一些人的指责和批判。于是,"保张派"和"反张派"在报刊展开了激烈的论争。参见张炜《激情的延续》,湖南文艺出版社1996年版,第15、33页。
③ 丁东、孙珉选编:《世纪之交的冲撞:王蒙现象争鸣录》,光明日报出版社1996年版,第421—423页。
④ 天岛、南芭编:《文人的断桥——〈马桥词典〉诉讼纪实》,光明日报出版社1997年版。
⑤ 蒋子丹:《鞭尸行家与绅士架子》,《南方周末》1997年5月23日。又见蒋子丹《蒋子丹自选集》,海南出版社2008年版,第290—292页。
⑥ 文敬志:《文艺批评居然也有"地方保护"》,《服务导报》1976年6月。
⑦ 叶蔚林的"剽窃案"是指他的中篇小说《秋夜难忘》(载《湖南文学》1997年第1期)大量抄袭山东作家尹世林的《遍地荧火》(载《莽原》1990年第4期),被读者揭发,后叶蔚林公开向尹世林道歉。参见华锋、解永敏《〈秋夜难忘〉:模仿乎?抄袭乎?》,《作家报》1997年3月20日第2版。
⑧ 李锐:《精神撒娇者的病例分析》,《天涯》1998年第1期。
⑨ Geremie R. Barme, *In the Red: On Contemporary Chinese Culture*, New York: Columbia University Press, 1999, p. 355.

外，两家杂志都既有着显而易见"蹭热度"的商业动机，又同时带有地方保护主义和派系之争的色彩，例如在"保马（韩少功）讨张（张颐武）"的过程中，除了以史铁生为首的11名著名作家联名上书中国作家协会外，还出现了历史上有过的站队、划线、谩骂、造谣、简单化、粗鄙化和非理性化等特点，他们攻击对方（张颐武）用上了"车匪路霸""张王联手""后文革学术"等暴力命名，还有几个刊物和报纸只登"保马"的一面之词，而拒绝张颐武等人的观点和文章。①

这种"内讧"或"骚动"，无论是从学术上的需要还是从商业上的考量，都可以看作消费主义社会里，一种意识形态对另一种意识形态的打压、消解与再造，也反映了文学艺术本身的自然发展和生存竞争从封闭式的"计划经济"到开放式的"市场经济"需要一个较长的调整、适应阶段——这也是消费主义文化所要经历的必然阶段。

汪晖认为，在1989年之后的历史情境中，中国消费主义文化的兴起不仅是一个经济事件，更是一个政治事件。因为消费主义文化对公众日常生活的渗透实际上完成了一个对主流意识形态清理、净化和再造的过程；在这过程中，大众文化与官方意识形态相互渗透并占据了中国当代意识形态的主导地位，②为商业化社会里作家的创作提供了相对宽松的生活环境。

在此背景下，王朔的出现适逢其时。他的作品可以当作对中国大众文化的经典化：他似乎远离了主流文化的价值体系，却以一种更为隐秘的方式肯定了那种体系的价值模式。电视连续剧《渴望》就是这类消费主义文化的杰出代表。在这里，主流文学陈旧的主题"母爱"重新发扬光大——"对继子的爱胜过对亲生儿子的爱"是《苦菜花》小说主题的翻版，靠牺牲血缘亲情来突出母爱的伟大是长期以来主流意识形态宣扬的文化价值。

王朔正话反说，用它来教导广大读者成为社会"良民"。矫情的道德剧的大众化潜能同乌托邦的书写策略一拍即合，共同教导大众把灾难和不幸归咎于个别人性的腐恶而忘掉历史的灾难以及历史在个体自身埋下的衰败的种子。即便是后来的《编辑部的故事》，对道德催泪的癖好迎合了主流意识形态的"教化功能"。这是消费主义文化与顺民主义的生存技巧

---

① 天岛、南芭编著：《文人的断桥——〈马桥词典〉诉讼纪实》，光明日报出版社1997年版，第306页。
② 汪晖：《九十年代中国大陆的文化研究与文化批评》，《电影艺术》1995年第1期。

"暗通款曲"：它往往通过适量的牢骚、无伤大雅的玩笑消解了挑战的欲望。纵使这种玩笑大到把"入党"以幽默谐音的方式说成"入裆"，文字上的挑衅并没有对主流话语构成任何威胁，它不过是对创伤、苦痛和灾难的调情。这种刻意制造出来的"不安分因素"无非是迎合了读者需要发泄的欲望罢了；或者说，是以一种表面上超脱的姿态游离于现实，通过不接触真实的现实而实际上在暗中认同了现实。① 法国政治学家勒夫特（Claude Lefort）说："群众政党是英雄主义的绝佳工具，国家同民间社会因此而成为一体。在每一个公开场合，主管者都体现了权力的原则：它传播某种普遍规范，使得这规范似乎出自社会本身。"②

20世纪90年代的作家、艺术家和广大知识分子与人民大众就是在这种"丝绒牢衫"和消费主义的合谋下进行冯友兰称之为"功利境界"的人生诉求。冯友兰把人生境界划分为自然、功利、道德和天地四种境界。他认为，如果一个人只顺其本能或社会习俗去做，对自己所做之事毫无觉解，这就是自然境界；如果一个人所做之事，动机是利己的，其事对于他人有功利的意义，这就是功利境界；如果一个人自觉他是社会整体之一员，他自觉为社会利益做各种事，他所做的事都有道德的意义，这就是道德境界；如果一个人了解超乎社会整体之上，还有更大的整体，他自觉为宇宙的利益而做各种事，并深知其意义，这就是天地境界。③ 此时的社会环境允许人们发牢骚、说粗话，鼓励人们追求消费和享受，默许人们对国家、集体和民族等宏大语言的不敬，形成特有的民间话语，这种话语无论是讽刺、讥笑、戏谑还是放肆、挖苦、咒骂，只要不把矛头直接对准组织或个人，都可以得到"自由表达"。正如斯各特所说："民间文化的暧昧和多义，只要它不直接与管理者的公开话本对抗，就能营造出相对独立的自由话语领域来。"④

这种"暧昧和多义"是20世纪90年代文学作品中的一个突出表征，文本中大量的讽谑、反禁忌、游戏化、粗痞化的话语，营造了一个独立于主流话语之外的精神空间，比如："玩的就是心跳"，"过把瘾就死"，"我是你爸爸"，以及"早死早超生"和"我爱美元"等都是这个精神空间的

---

① 杨小滨:《无调性文化瞬间》，中国人民大学出版社2012年版，第78页。

② Claude Lefort, *The Political Forms of Modern Society: Bureaucracy, Democracy, Totalitarianism,* Cambridge, Mass: MIT Press, 1986, p. 216.

③ 冯友兰:《中国哲学简史》，北京大学出版社1985年版，第91—389页。

④ James C. Scott, *Domination and the Arts of Resistance,* New Haven: Yale University Press, 1990, p. 157.

流行话语。

　　作家笔下的文本叙述者主要有两大类。一是叙述者既不把别人当人，也不把自己当人。因此不管说谁或说什么先把自己垫在脚底下，踩着自己说话，所以无论他的话怎么过分，别人也不好说什么，用这种"自损自虐"来获得一种自由表达的权力。另一种叙述者就是见人说人话，见鬼说鬼话，夸起人来十分舍得自己，其逻辑是："我就是把人夸过了他也不会跟我急。"但在夸的过程中就把什么事都办了。这是中国社会小人物的"生存智慧"，通过这种方式获得"自保"，同时又能吃得开，虽然听上去挺悲哀的，却是小人物唯一可以保持一点自尊的方法。①

　　就这样，民众在这个"暧昧和多义"的精神空间里与主流话语心照不宣，按照各自的游戏规则达成一种吊诡的默契。这种看似"自由"的独立空间实际上是一种"集体想象"。它有了个人的空间，也可以发泄或排遣内心的压抑，但这种"排泄"仍然是虚拟的、"想象式"的，并没有进入健康自然的生活中。这种"集体想象"的局限在于，即使没有人来干预你的"私生活"，你仍然处于感到头上有一只"无形的手"的警悚状态，明白这种"不受干预"的生活是自我暗示式的，是一种以"非存在"方式存在的"不干预的干预"。正是这种"受制者"的自由，使大众在对情感普遍冷漠的情况下，仍旧可以按照相关要求玩弄一种"假装相信"的游戏。② 这是后现代社会里犬儒主义文化的重要特征，它使文学沦为消费主义社会的"口香糖"——新女性作家赵波的小说名——提供了现实的群众心理基础。

第二节　伤痕文学的饥饿叙事

　　新时期文学之初的好些年，象征文学的话语体系仍然以其顽强的惯性，束缚着一大批作家、诗人的想象。象征文学的话语体系是指文学作品从主题、叙事、情节、场景等都有着较为严格的符号模式，这种文学的集大者是"八个样板戏"，其中一招一式，甚至连颜色和道具都含有特定的宏大含义。例如，在象征文学话语体系里，"红"象征着理想、信念和希望，如"红旗""红太阳""红灯""红歌"等。在这类作品中，正面人

---

①　王朔：《无知者无畏》，春风文艺出版社2000年版，第93页。
②　徐贲：《当今中国大众社会的犬儒主义》，《二十一世纪》（香港）2001年6月。

物永远"高、大、全",十分完美,但是没有正常人的男欢女爱和生活欲望,所有的一切都是为了成为英雄,作为人的意义本身成了权力和政治的符号,男人和女人的属性被空前淡化,结果男人不像男人,女人不像女人,所有的人都被中性化、符号化了。

样板戏中的女主人公几乎都是没有家庭和丈夫的。《沙家浜》中的阿庆嫂虽有"丈夫",但被"安排"长期"出差"在外,在剧中从未出场,因而名存实亡。而在《红灯记》中,李奶奶、李玉和、李铁梅这老中青三个典型人物没有性别、性格和性情之分,三个人都常常以"握拳"、"挺胸"和"瞪眼"等京剧武生的"亮相"动作展示其性格与命运,个人独有的特征和常人应有的情感鲜有看到。

在这类作品中,连每一个道具都有它的象征意义,如《红灯记》中的"红灯"就是一个阶级性的图腾,是"旗帜与方向"的象征。此时,一个正面人物何时上台,以什么方式上台,正面人物衣服上打几个补丁和补丁打在什么地方都不能忽视,有时甚至要请主管领导最后审定。[①]因此,顾城的诗"让阳光的瀑布,/洗黑我的皮肤……"[②]能在读者中引起巨大反响是不难理解的。由于伤痕文学是直接秉承历史上的文学"三突出原则"[③]的余威而来,因而这一拨作家的作品存在着严重的象征文学之书写倾向:政治理念的图解,人物性格的缺陷,文本结构的有序,故事前进的起承转合,叙述模式的全知全能,等等,都有着相同的模态和表征。

这一时期的代表作,如伤痕文学代表作:刘心武的《班主任》、陈国凯的《我该怎么办》、王蒙的《最可宝贵的》等;反思文学的代表作:张洁的《森林里来的孩子》、张贤亮的《土牢情话》、叶蔚林的《在没有航标的河流上》、茹志鹃的《剪辑错了的故事》、高晓声的《李顺大造屋》等;改革文学的代表作:蒋子龙的《乔厂长上任记》、柯云路的《三千万》《新星》;等等,它们都是社会主义象征文学大家族中的各个谱系之具象:主题先行,生活固化,"亲不亲看出身",抒情的"硬伤"和"光

[①] 谢冕主编,李杨著:《抗争宿命之路——"社会主义现实主义"(1942—1976)研究》,时代文艺出版社1993年版,第306页。
[②] 顾城:《生命幻想曲》,载于顾工《两代人——从诗的"不懂"谈起》,《诗刊》1980年第10期。
[③] 所谓"三突出原则",即"在所有的人物中突出正面人物;在正面人物中突出英雄人物;在英雄人物中突出主要英雄人物"。参见上海京剧团智取威虎山剧组《努力塑造无产阶级英雄人物的光辉形象——对塑造杨子荣英雄形象的一些体会》,《红旗》1969年第11期。

明的尾巴"几乎见诸当时走红的每一个作家。这些作家距生活太近,没有文本技巧,叙事策略十分单一,反映的只是普遍意义的哲理,是麻木情感的痛点,是线性时间的日常原态。不少作品仍然把主人公的理想人格定位在国家机器的零部件上,刘心武《班主任》中的谢惠敏就是一个有着明显象征意味的典型。小说作品主人公"追求"做一颗"好钉子"思想反映出民众如张炜所说的甘做"精神贱民",① 因此需要作家"启蒙"。同时也反映出作品主人公个人的迷茫与无助,因此需要作家"代言"。此外,也彰显出作品主人公沉湎于麻醉和自慰之中,因此需要作家"开启心智",带领他们成为主体的人,走出精神困境。

作家由此成为英雄,作品引起巨大反响,这种"澎湃的情愫"都是被长时间扭曲的心灵在突然宽松的环境中之"非正常"的文化镜像。由于特定历史留下的恐惧阴影仍然拂之不去,作家和民众只有通过"反智"的审美追求和类似自虐行为来达到一种对恐惧的转移和自虐的快感。此时的作家往往就是生活的审判者,他代表正统文化价值和社会公共价值标准在选择与评判、肯定与否定中来回冲撞,他的愤怒、赞叹、褒贬都不是代表他自己而是代表社会道德律令作出的,他扮演的是"社会代言人"的角色。②

特别是作家对作品主人公的命名更是象征文学最直接的语意表达。例如:卢新华《伤痕》中的主人公"王晓华"、梁晓声《这是一片神奇的土地》中副指导员"李晓燕"是"小花""小燕"的无名指称;而刘心武《班主任》中对人物的命名如"好孩子"石红(象征"根正苗红")、"坏孩子"宋宝琦(象征"畸型的玉")恰与作品中的人物性格完全一致。此外,蒋子龙《燕赵悲歌》中的主人公武耕新就是"护更新"的谐音。李铜钟、李万举、魏天贵等人名都隐含了主人公的正义感和改革的艰难历程;而李顺大、陈奂生等名字的本身都有"顺达"和"换生"或"唤生"的象征意义。无论"小花""小燕"还是"顺达""唤生",都是作家为本是"无名"的主人公刻意加上去的有着集体记忆的人称代码。

伤痕文学作品主人公的"无名状态"是特殊历史时期中国人"集体无名"的缩影。那时,最崇高的称呼是"同志"。老舍就曾对赵树理称他为"老舍先生"耿耿于怀。当有人说这是尊重时,老舍说:"尊重?称'同

---

① 张炜:《宽容与苛刻》,载于张炜《精神的丝缕》,上海文艺出版社1996年版,第37页。
② 李书磊:《文学的文化含义》,上海远东出版社1998年版,第19—118页。

志'才是尊重!"① 而诗人郭小川也同样流露出对"同志"的渴望。②

一个中性的符号指称竟然有着如此大的威力,以致20世纪80年代初徐敬亚因为一篇《崛起的诗群》触犯禁忌的时候,有关领导对他最直接的惩罚就是"不许旁人称徐为'同志'"。③ 此时的"同志"二字早已超出日常生活中的人称指谓,它是一种人格尊称或政治待遇,是对"谁是我们的敌人,谁是我们的朋友"这个"革命首要问题"的具体注解。在这里,称呼者和被称呼者都成为"集体意志"的空洞能指,成为一种精神伤痕。

如果说,伤痕文学作家对作品主人公的命名用的是空洞能指的符号系列,是集体无名的象征,有着深刻的伤痕记忆的话,那么,这一拨作家对主人公生活的写真则几乎达到了原始的实录状态,作品常常散发着强烈的"饥饿"气息,对1998年诺贝尔经济学奖得主阿马蒂亚·森所揭示的"权利的失效"(entitlement failure)进行了沉重而生动的注释。

阿马蒂亚·森系印度人,他将饥饿看成一个人"权利的失效",这意味着一个人权利集合后、用尽了资源仍然没有足够的食品维持生存。而权利的失效主要是源于禀赋的丧失或改变,例如工人失业、农民离乡都意味着禀赋的丧失或改变。如果民众大规模遭受权利失效,饥荒就会随之发生,如同发生在印度(1943年)、中国(1959—1961年)和埃塞俄比亚(1972—1974年)的大饥荒一样。阿马蒂亚·森研究的主线是资源如何分配的福利问题和关注社会的不平等和社会中最贫穷的成员,所以说,他的福利经济学使大写的"人"这个发展中国家多年以来被忽略的对象,又重新站到了经济学家面前,并赋予经济学家的道德和伦理取向,对发展中国家文学的发展不无启迪的意义。④

例如,韩少功的《月兰》中,作为全家"命根子"的四只鸡全被毒死,

---

① 康濯:《追怀老舍先生》,载于涂光群主编《走近名家——中国名作家生活写真》,汉语大词典出版社2000年版,第91页。

② 1970年7月,当时已受到批判的郭小川悄然来到武汉想横游长江,崇拜他的杜贤驹称他为"郭老师"。郭小川诚恳地说,如果信得过的话,就叫他为"同志"吧。当杜贤驹这样叫他一声的时候,"像一股暖流,汇入了郭小川的心田……在蒙冤受审时,是多么渴望有人喊一声'同志'啊"。参见范又琪《记诗人郭小川1970年横渡长江》,载于涂光群主编《走近名家——中国名作家生活写真》,汉语大词典出版社2000年版,第266页。

③ 王蒙:《不成样子的怀念》,收入丁东、孙珉选编《世纪之交的冲撞:王蒙现象争鸣录》,光明日报出版社1996年版,第92—391页。

④ [英]阿马蒂亚·森:《以自由看待发展》,任颐、于真译,中国人民大学出版社2013年版,第124页。

还要罚款，月兰不堪忍受，因此自杀。① 戴厚英《锁链，是柔软的……》中的刘四，因为是食堂的炊事员，每一次留一点残羹剩饭给文瑞霞，救下了一家子人，让人感恩一辈子。② 莫言《粮食》中的母亲，她先是用身体换来一家人的救命粮。后来，她竟像牛一样，把吞下的豆子、谷物反刍出来。③ 叶蔚林《五个女子和一根绳子》中的姑嫂，古华《芙蓉镇》中的胡玉音，叶文玲《心香》中的亚女，等等，都是这个"饥饿家族"（包括"性的饥饿"或"精神的饥饿"等）里一个个可怜的牺牲品。

伤痕文学作品中弥漫出来的"饥饿"气息正是对这一特定历史时期的真实反映，这种"饥饿"不但是对长期以来"食品短缺"所造成的胃肠道之痉挛反应，更是思想上、精神上的一种渴求，是对禁锢和取消已久的"性别"（特别是象征文学中主人公的"无性"特征）之强烈体认。正是自我意识的苏醒，广大读者对靳凡的《公开的情书》和张贤亮的《男人的一半是女人》等作品的发表产生了热烈的反响，其情状用"饥不择食"来形容可谓恰如其分。

"饥饿"与"无名"有着内在的血缘关系："无名"往往与无权联系在一起，个人"权利的失效"产生"饥饿"；而"饥饿"反过来又使"无名"变得广泛而持久——一个"饥饿"得在"死亡"线上挣扎的人哪里还顾得上自己的姓名！

伤痕文学作品除了"小"字牌的人物命名外，其他大部分人物就属于"大个子""老憨""黑妮"等"无名"系列，反映出这一拨作家关注更多的还只是"吃饱""喝足"等最基本的生存状态。所有这些，都可以看作杰姆逊所指出的发展中国家文学大多还停留在"口腔文学"之原初注解，看不到"饥饿"这条主线，就把握不好中国新时期文学的发展"脉动"，它是社会现实和意识形态"消费控制"作用的结果——在物质贫乏的社会里，控制了你的消费也就控制了你的生命；否则你就容易起来"反抗"。

例如，在伤痕文学的力作、何士光的《乡场上》中，冯幺爸当初不敢作证揭露罗二娘仗势欺人，因为他担心"曹书记还会一笔勾掉该发给

---

① 韩少功：《月兰》，收入韩少功《中国当代作家选集丛书·韩少功》，人民文学出版社 1994 年版，第 1—15 页。
② 戴厚英：《锁链，是柔软的……》，Vivian Ling Hsu, A Reader in Post-Cultural Revolution Chinese Literature, Hong Kong: The Chinese University Press, 1988, pp. 386–468.
③ 莫言：《粮食》，载于《2000 年文库——当代中国文库精读·莫言卷》，（香港）明报出版社 1999 年版，第 157 页。

你的回销粮，使你难度春荒"；由于分了责任田，冯二爸便有胆"吼起来：'曹书记！这回销粮，有——也由你；没有——也由你，我冯二爸今年不要也照样过下去！'"① 马尔库塞指出的，"消费领域是人的社会存在的一个尺度，并因而决定人的意识，这一意识则又是决定人对劳动和业余生活的态度、立场的一个因素"。②

透过消费主义和实用主义来解读伤痕文学，委实引人深思：作品中的"饥饿"主题既是个体"无名"的具体化，又是"权利失效"和"性的禁忌"所造成"心伤"的一种表征，同时，它也是一种对民主、自由等天赋人权（精神上的饥饿）之渴望。一言以蔽之，无论是对"粮食"、对"性"，还是对"自由"和"理想"等，就包括中国在内的发展中国家而言，"饥饿"二字并不陌生，它不仅具有"象征"的指称，更有着痛苦的体验、丰富的内涵和刻骨铭心的"伤痕"。

第三节　朦胧诗的现代性追寻

寻根文学的叙事技巧有着诗意的跳跃、行文的飘逸和主题的歧义与朦胧，这是因为，从伤痕文学到寻根文学的文本转变，中间经过了朦胧诗放散性的冲击。这个过程很长，一直延伸到1987年初伊蕾组诗《独身女人的卧室》发表甚至更长的一段时间。

一个有趣的事实是，尽管中国新时期文学发端于1976年清明节天安门声势浩大的群众性诗歌运动，③并由此拉开了一个全新时代的到来。但诗歌——这个中国最为古老、最为传统的文学样式，除了在新时期文学的"揭幕式"上有过"登高一呼，应者云集"的风光外，在此后的其他时间里，它犹如一条暗线，总是处于一种被压抑的状态。

即便是1986年前后朦胧诗的鼎盛时期，当时人们谈论最多的也还是与"文化热"或"方法热"交织出现的寻根文学和先锋小说的作品，要说朦胧诗的风光，那也是创作者为了自我安慰而制造出来的。只要看一看当时全国和各省市的文学刊物就可以知道：纯粹性的诗歌刊物不

---

① 何士光：《乡场上》，获1980年全国短篇小说奖，参见 Vivian Ling Hsu, *A Reader in Post-Cultural Revolution Chinese Literature*, Hong Kong: The Chinese University Press, 1988, pp. 4-20。
② ［美］马尔库塞：《工业社会和新左派》，任立编译，商务印书馆1982年版，第84页。
③ 童怀周：《天安门诗文集》，北京出版社1979年版，"前言"第1—2页；童怀周：《天安门诗文集续编》，北京出版社1979年版，"后记"第478—480页。

上十家，而以刊登小说为主的综合性文学月刊和大型文学双月刊却在百家以上。同时，每个诗歌刊物的发行量都不大，而当时各省文学月刊的发行量都在数十万份以上。这种现象使诗歌产生了严重的"马太效应"。①

出现这种怪状的原因是，一方面，出版诗歌的园地严重不足，而诗歌爱好者却是数以万计，作品得不到发表，当然会大大影响写作者和爱好者的热情；另一方面，诗歌的稿酬太低，写一首一百行的长诗发表后得到的稿酬也不过几十元，因此，诗人的囊中羞涩已是普遍事实。最重要的事实还在于，诗人的政治敏感度远远超过了小说家。诗人对政治文化过于敏感，也与创作者本身过于热衷政治运动、并希望从中得到好处有关。比方，北岛就直言叶文福在1984年四川诗歌节上，朗诵他的成名作《将军，你不能这么做》时，那神态和他下台后在宾馆里要女崇拜者给他作按摩的表现很容易让人联想到晚年的苏联领导人。北岛还说，"年轻时的前苏联领导人就是现在的叶文福"。②

正是上述因素使诗歌在中国新时期文学发展史上总是处于边缘状态，不少作家都是以诗歌入门，而以小说成名。例如，王蒙、张贤亮等老一拨作家是先写诗再改写小说的。王蒙到今天还时不时弄出一点应景小诗，他颇为自得地说，他的诗歌还被翻译成意大利和阿拉伯语在国外出版呢。而在邹海岗主编的一套"中国国际文学大奖得主自选文库"中，王蒙还特地选了13首诗作为该书的"首辑"，可见王蒙对诗歌的"钟爱"。而张贤亮更是在20世纪50年代就发表长诗《大风歌》，并因此获罪，被打成"右派"，进了牢房。③

在新时期中青年作家中，贾平凹在《鸡洼窝人家》成名前已与人合作出版了一部诗集。早在1975年，贾平凹就出版了与别人合作的长诗。他去书店买书，"时髦的女售货员"不理睬他，傲慢得很。他买走了书，她还在奚落："什么人也买诗集？"他走出书店后大声说："哼，这书就是我写的

---

① 所谓"马太效应"，简单地说，就是"有的会让你更加富有；没有的连你所有的也要剥夺"。参见 Witness Lee, *The New Testament Recovery Version*, Anaheim, California: Living Stream Ministry, 1985, pp. 1–165。
② 北岛：《朗诵记》，载于《2000年文库——当代中国文库精品·北岛卷》，（香港）明报出版社1999年版，第129页。
③ 王蒙：《文学与世界》，收入丁东、孙珉选编《世纪之交的冲撞：王蒙现象争鸣录》，光明日报出版社1996年版，第374页；王蒙：《琴弦与手指》（上卷），光明日报出版社1996年版，第1—27页；杨中美：《张贤亮：充满开拓性与争议性的作家》，载于马汉茂、齐墨主编《大陆当代文化名人评传》，（台北）正中书局1995年版，第34—433页。

呢！等着瞧吧，说不定将来你会给我写求爱信呢！"① 韩少功也是先写诗再改小说的，而阿来、池莉、何立伟、徐晓鹤、孙甘露、北村等都是靠写诗起家的。

可以毫不夸张地说，今天在文坛上叫得较响的那些作家很少有人不是先"涂鸦"了无数"失败"的诗歌，然后才愤而改写小说的。在新生代作家中，像韩东、朱文、罗望子、行者等人由优秀诗人变成优秀小说家的"双栖动物"实属凤毛麟角。"先诗歌后小说"的创作者们一旦小说成名，便不再"主写"诗歌。"菜色脸孔"、"峨冠博带"和"清瘦矍铄"的诗人形象在红光满面"奔小康"的全民运动中显得极不协调，务实的中国文人不再为"诗歌乌托邦"奉献出自己的赤诚。

不仅如此，诗歌后来不仅沦为汪国真等人的"中学生读物"，更成为人们茶余饭后取笑的对象，就像刘震云《一地鸡毛》中的"诗人"小李白和池莉《冷也好热也好活着就好》中的诗人"四"对诗歌的取笑一样，而北村在《孙权的故事》里干脆将"写诗"讥讽为"写屎"。② 这些诗歌爱好者反过来极力讽刺诗歌，既是发泄对现实的不满，更是释放对诗歌写作的失望。但诗歌并未灭亡，而是以民间"草根"般的生殖力在文坛的热点之外顽强地生存着，有时也能闪出火花，虽然更多的时候处于"地下"矿化状态。远离了喧哗和嘈杂，于真正的诗人也许更能磨炼技艺，更能以"他者"的审视对冷暖人世作出自己的价值判断。

20 世纪 90 年代后，有人将持续发展的朦胧诗称作"后朦胧诗"，诗坛变得更为冷清，但诗歌也变得更为成熟。可以说，90 年代以来的诗歌创作进入了罗兰·巴尔特所说的写作的秋天状态："写作者的心情在累累果实与迟暮秋风之间、在已逝事物之间、在深信和质疑之间、在关于自由的个人神话之间、在词与物的广泛联系和精微考究的幽独行走之间转换不已。"③

此时的诗歌已走出了早期朦胧诗的"象征文本"，写作者采用一种复合性质的定域语言，即基本词汇与专用词汇，书写词根与口语词根，复杂语码与局限语码，共同语与本地语混而不分的语言写作。这是汉语诗歌写作在语言策略上的一个重要转变——阅读成了写作的一部分，成了哈贝马

---

① 贾平凹：《我的台阶和台阶上的我》，载于贾平凹、穆涛著《平凹之路》，青海人民出版社 1994 年版，第 203 页。
② 北村：《孙权的故事》，载于李森主编《中国话语》，敦煌文艺出版社 1997 年版，第 193 页。
③ Roland Barthes, "From Work to Text", in Image, Music, Text, trans. by Stephen Heath, New York: The Noonday Press, 1977, p. 48.

斯所说的"批评性阐释"①之行为本身。诗人更加抽离当下生活,"为自己的阅读期待而写作",并进行内心对峙:作者与读者、诗叙者与受叙者、创作与阅读融为一体。

诗人欧阳江河对此解释说:"为自己的阅读期待而写作,意味着我们所写的不是什么世界诗歌,而是具有本土特征的个人诗歌。所谓阅读期待,实际上就是可能的写作。"②这种写作基于某种先于写作而存在的乌托邦气质的前阅读,它有助于写作的历史成长和个人成长。"因为这种悬搁于写作上方但实际上并不存在的阅读,能够使我们写作中的有效部分得以郁积,围绕某种期待、某个指令、某些听不见的声音组织起来,形成写作中的症候,压力,局限性,歧义和异己力量——这些都是创造力的主要成分。"③

一个不容忽视的事实是,中国朦胧诗潮在新时期文学发展历程中,虽然多数时间处于文坛边缘状态,但它默默地见证了民主和现代化之路在中国泥泞的小路上艰难行进,并实际上承担了历史可怕的责任。在中国文学历史上一直具有"王者"风范的诗歌由"审他者"变成了"他审者",这种角色的倒置内涵十分丰富,它既是消费主义社会里文学"适者生存"的内在规律之折射,又是新的历史时期创作群体的人格追求、读者的过高期待和社会环境的合力"打磨"的结果。

不过,诗歌虽然流落街头,但伤痕文学中的"揭露"或"反思"意识,寻根文学中的"大地"或"历史"意识,先锋小说中的"断裂"或"叛逆"意识,乃至新写实小说中的"灾难"或"境遇"意识,等等,无一不是朦胧诗潮的创作群体在作品中反复表现的时代主题。可以说,是诗歌直接"催化"了中国新时期的伤痕文学,而朦胧诗潮前承伤痕文学,后启寻根文学,并最大限度地为先锋小说输血送氧,甚至后来的新写实小说和20世纪90年代出现的各类文学思潮都能见出"诗化"的影子,因而一定意义上,也显示了"从俗"或"入世"的小说家们对被抛弃的诗歌仍然有着"乡愁"般的"眷恋"。

---

① 关于批评性阐释,详见 Jürgen Habermas, *On the logic of the social sciences*, trans. by Shierry Weber Nicholsen, Jerry A. Stark, Cambridge: MIT Press, 1988, p.289;又见赵毅衡《论先锋主义的"危机"》,《二十一世纪》(香港)1994年8月。

② 欧阳江河:《89后国内诗歌写作——本土气质、中年特征与知识分子身份》,《花城》1994年第5期。

③ 欧阳江河:《89后国内诗歌写作——本土气质、中年特征与知识分子身份》,《花城》1994年第5期。

第四节　寻根文学的内在逻辑

　　如果说，伤痕文学触摸到的只是粗糙的原初苦难，作家通过完整的故事表达了"诗歌的正义"的话，那么，寻根文学则剥离了表皮的生活，打破了有序的思维走势，从审美的层次上对生活有了更广阔的诉求。它关注的是历史的流程，有着强烈的"返祖"愿望：文本常常超越了过去、现在和将来的有序排列，并最大限度地空间化了。比如，韩少功的《爸爸爸》和《女女女》就有意淡化、甚至故意忘却历史的时间性。故事似乎是在没有具体年代、缺乏确切时间标志的一块"真空地段"发生的。可正是这个空间，由于有着"共时性"（当下的真实生活，如鸡头寨与鸡尾寨的械斗等）与"历时性"（对先祖足迹的追寻）的内在张力，显示了作家在寻找精神指归的过程中自觉地走进了模糊多变的"寓言性"文本。

　　寓言性文本最大的特点就是思维的反常性和主题的抽象性，在这里，主题、人物、情节、事件和话语符簇不是"一对一"的对应关系，而是有着更为丰富的多质的内容。例如，寻根文学代表作家之一莫言的《红高粱》[①] 就是很好的寓言性文本。小说中的"颠轿"场景可以发生在文本之外，在空旷的野地，在潮湿的山岭，在热辣的打谷场，在早晨或黄昏等，都不会失去其古朴风情和原始野性的活力。"我爷爷""我奶奶"在高粱地的"野合"也是如此。它更多的是中国人关于"性"生活的抽象符码，是"酒神"精神的自在张扬。

　　同时，文本的零散性和"意识流"的松弛衔接也拓宽了"寓言"的历史刻度。比方，《红高粱》里的"野合"与"我爷爷""我奶奶"的奋勇抗日没有必然的联系，得了麻风病的单扁郎、被屠夫孙五剥了皮的罗汉大爷和胆小如鼠却又以死殉战的王文义也没有逻辑上的因果关系，甚至连"土匪"爷爷余占鳌、"风流"奶奶戴凤莲、"豆官"父亲和叙述者"我"之间也不是常规意义上的血缘关系。至于"颠轿""抢亲""野合""尿酒""打鬼子"等事件之间，更是只有随意、松散和偶然的关系，它恰恰反映了更高意义上的生活的真实。在这种寓言式的"真实"中，寻根文学作家通过"疏离化"的叙事策略将目光投注于荒域野地的"文化之

[①] 莫言：《红高粱》，载于冬晓、黄子平、李陀、李子云编《中国小说一九八六》，香港三联书店 1988 年版。

根",并以浓烈的"酒神精神"聚焦远祖神秘的"洞穴",发掘出沉睡在集体记忆中的"民族之根"。

另外,这批作家有着较强的创作理念,他们企图找到一个存在于社会生活的深层或社会主义意识形态樊篱和权力场域以外的独特而纯粹的世界。在构筑这个"世界"时,这些作家不仅要揭露在政治的重压下萎缩了的汉文化,探索一种可以称之为中国人集体无意识的东西,而且要暴露"根"之损毁的程度及其原因。他们强调区域性文化,致力于"非典籍"文化母语的追寻与张扬,试图通过对边境地区少数民族神秘生活的集中开采,以及对各民族富有神话和民间传说的发掘、收集、整理,以弥补汉文化理性资源的不足;同时以此与正统文本作为对照,显示民间话语强大的"野性生命力"。

这一时期的作家完全走出了伤痕文学的"工农兵意识"的阴影,他们坚决摒弃"非红即黑"的简单"二分法",在创作审美上追求跨时空、超地域的多元化。但是,由于主流话语的有意打压,意识形态的时紧时松,以及创作主体的功利成分,使寻根文学作家在发掘汉文化理性资源时,重陷话语乌托邦,思想出现偏激,并有着较强的理性化设计的"硬伤",损害了艺术的成色,也局限了这一拨作家本应达到的精神高度。

尽管如此,这一拨作家在民族之根的发掘与暴露、本土文明的认知与拥抱、传统文化的继承与发扬、自我身份的质疑与认同、道德理想的追寻与重建,以及在民俗民风、健康人格和社会新秩序等方面仍然作出了难能可贵的"创造性努力",所有这一切,可以看作寻根文学作家对因特定历史时期的运动给国民造成的肉体和心灵"伤痕"进行一次全方位的整形修复,他们超越了伤痕文学作家的时代局限,自觉成为社会的"探脉者"、"刺脓者"和"治病者",使民族的自信心和凝聚力得到空前的加强和巩固。

第五节 先锋小说的镜子之魂

中国新时期先锋小说的崛起,正是朦胧诗走向衰落和寻根文学在"非典籍化"的主体追求中日益陷入山重水复之际。先锋小说获得成功的最大法宝就是创作者坚锐的"反叛意识"。例如,在残雪《山上的小屋》中,文本中的母亲总是跟"我"作对——这是对传统意义上的母亲形象之彻底背叛;"我"的唯一的小妹竟是母亲的帮凶——这是对血缘上兄弟姐妹情谊的彻底撕裂。这种背叛和撕裂是这一时期先锋作家的共同心声。

格林伯格指出:"先锋主义真正的最重要的功能,并不在于(形式上的)实践,而是寻找一条进路,让文化能够在意识形态混乱和暴力之中前行。"① 马原、刘索拉、残雪、徐星、洪峰等人正是在寻找"进路"的过程中,以决绝的姿态于"意识形态混乱"之际杀出了一条血路来,因为当时被"文化热"烘托起来的寻根文学越来越违背创作者最初的艺术追求和审美主张,并越来越明显地陷入"偏激"和"重复"的泥沼中,使创作本身"成了生产体系的一部分"。②

先锋小说要着力打破的首先就是这种"生产体系"的"重复"作业。在这一点上,马原的"实验心态"最彻底,他像一个迷途的匠人,不断地向没有规则的审美挑战。从《西海无帆船》《冈底斯的诱惑》,到长篇小说《上下都平坦》,马原难能可贵地实践着自己的艺术追求。马原说"我写小说是创造新经验,……你过去没有过的"。③

为了实现这种"创新",马原可谓绞尽脑汁。先锋主义理论大师格林伯格有一个著名论断:"先锋提供原因,低俗提供效果。"④ 低俗文学与社会实践(social praxis)有虚假的直接联系,文本表现出来的经验常被当作现实经验。而先锋文学拒绝与社会实践相联结,它的意义只是一种有待实现的可能性。⑤ 因此,在马原的文本里,故事只是展现一种可能,一种存在,一种潜在的意义,作者不会提供符合正常秩序的审美"效果",文本常常有头无尾,有序的"诗歌的正义"之封闭结构受到颠覆。作者甚至有意要打破读者既有的阅读经验,追求"活页"式的新体验。

与马原站在同一条起跑线上的残雪也以决然的姿态实践着自己的审美追求。在她的创作中,无论是短篇小说《山上的小屋》,还是鸿篇巨制《突围表演》,文本内蕴的显著特色就是多义、朦胧和"诗化",一种"非存在"的真实,一种奔腾的喧闹和燃烧的"虚幻"。这就是残雪的"新经验"。她的作品中经常出现树的意象。残雪说,树有一种神秘感,她曾在树的包围之中生活过。而日本作家日野认为,树象征着那种水平流动中的

---

① Clement Greenberg, "Avant-Garde and Kitsch", *The Collected Eassays and Criticism*, Vol. 1, 1986, p. 8.
② Clement Greenberg, "Avant-Garde and Kitsch", *The Collected Eassays and Criticism*, Vol. 1, 1986, p. 11.
③ 马原:《方法》,《中篇小说选刊》1987年第1期。
④ Peter Burger, *Theory of the Avant-Garde*, Minneapolis: University of Minnesota Press, 1989.
⑤ 赵毅衡:《论先锋主义的"危机"》,《二十一世纪》(香港)1994年8月。

不流动的永恒的东西,是作品正中"立着"的垂直的轴。这根韧性十足的"轴",就是残雪小说辐射出来的精神"魔力"。

与此同时,残雪也喜欢用镜子作为文本的切入点——比方,《山上的小屋》中的"我"就经常用镜子照看自己。残雪感觉镜子也是非常神秘的东西,设置镜子既是为了审察自己的体伤,又是为了照看自己的灵魂。残雪坦承,在千篇一律的日常生活中,迫使她创作的是一种想方设法要抓住奇迹的心情,因为奇迹很难抓住,所以总是处在想要抓住的过程之中,刚一感到接近,又会消失得一干二净。① 抓住"奇迹"成为残雪对抗日常生活的"兴奋点"。

这种对神秘的着迷、对奇迹的渴望、对瞬间的把握、对梦境的打捞在刘索拉、洪峰、徐星以及后来的陈染等人的创作中已成为自觉的审美追求。而余华、格非和苏童将这种"新经验"推向极端,在他们的作品中,凝固的静止,奔涌的瞬间,模糊的喊叫,尖锐的梦幻,记忆的荒诞以及无法解释的人物、情节和声音大面积地涌现,使中国文坛出现了从未有过的喧哗与骚动。

事实上,将中国新时期先锋小说推向高潮的正是这三位年轻骁将。在先锋派走红的作家中,余华是神猴,格非是蛇精,苏童是灵龟。② 吊诡的是,这三只"珍稀动物"在功成名就之后,不仅失去了尖锐的"反叛"精神,而且回过头来,做曾经致力要颠覆的现有体制的"保护神",共同分享统治集团的既得利益。

德国先锋理论家博格(Peter Burger)指出:媚俗把艺术变成体制(institution),任何艺术落到这个大熔炉中,都被铸成"消费品"。③ 中国新时期文学由激进的"先锋"变成当下的"消费品"饶有意味,如苏童写作《妻妾成群》《我的帝王生涯》,余华写作《活着》《许三观卖血记》等,此时的先锋作家已经抛弃了"先锋"的头衔,积极投身到王安忆所指称的"高级通俗文学"的创作浪潮中。

这种心路转变是与当时中国由计划经济到市场经济转变同步进行的,反映出这个时期的先锋作家并不是不食人间烟火,也不是改革大潮的过路者、旁观者,而是实实在在的思考者、参与者。先锋小说变成"消费品"是这一拨作家以艺术的方式应和"下海潮"的一种尝试。这种由"先锋"

---

① 残雪、[日]日野启三:《创作中的虚实——残雪与日野启三的对话小说中的现实》,《上海文学》1995 年第 7 期。

② 袁毅:《透视苏童》,《武汉晚报》1995 年 5 月 9 日。

③ Peter Burger, *Theory of the Avant-Garde*, Minneapolis: University of Minnesota Press, 1989.

变成"通俗"的转变与张贤亮直接办公司经商"下海"有着内在的血缘关系。从这个意义上说，先锋小说的"转轨"，虽然闪动着"吊诡"的标记，是不是也可以看成"另一种经验，另一种尝试"呢？

第六节 新写实的艰辛与尴尬

当七哥以罕见的生命力从湖北汉口的"河南棚子"里幽灵一般走出来时，一种充满粗粝、浑浊、嘶哑且略带腥味的"社区文化"用时下流行的"现场直播"的方式，于20世纪80年代末期90年代初，以非中心的"纵队"方式直接闯入了百姓的视线，也由此拉开了中国新时期文学又一道黝黑的《风景》。在黏稠、琐碎的生活流中，生命的崇高和锐气被朴素而真实的细节磨平，没有虚幻，没有盼望，甚至没有梦境，所有的一切都是当下的市民趣味，都是对衣食住行和接送孩子、替换尿片、伺奉老人的平面投射，有过的诗意被妻子的唠叨、小孩的哭叫以及狭窄的居住空间所窒息。

这就是新写实小说，就是印家厚和小林们的"烦恼"，也是方方、池莉和刘震云们的"烦恼"。这种"浑身没劲"的烦恼恰恰是中国新一代人"成长的故事"。在这样的生活中，面对蛮横、絮叨的老婆，即使心中有些不满，甚至动过瞬间的杀机——杀人或自杀，但这种"念头稍纵即逝"（《烦恼人生》）。尤为可贵的是，人们竟然能从夫妻口角酿成的婚姻危机中认识到"妥协"对于稳定一个家庭的重大意义（《不谈爱情》）。

这种重大意义的反讽在于：所谓"不谈爱情"仅仅指的是婚后，婚前还是要谈，而且谈得需要心机、技巧，甚至演戏。吉玲正是通过"演戏"赢得了她的"白马王子"庄建非的爱。但婚后再谈爱情就是"昏了头"，婚后就是尿片和哭喊，就是麻木和冷淡，结果出现了婚外恋。但解决婚外恋的办法依然靠的是演戏，吉玲居然又一次赢了。因为庄建非最终悟到：生活就是妥协，家庭需要稳定。这种为求"稳定"而达成的"妥协"其实也是一种"反抗"：既是对传统文化中道义、责任是维持家庭的权力之反抗，又是对当下生活中爱情成为婚姻（家庭）基本要素之颠覆——《懒得离婚》与《不谈爱情》就是这种"妥协中的反抗"之精神标签。这是个人对爱情、婚姻和家庭的逃避与屈从，它与中国作家、知识分子为求稳定而"妥协"的精神指向相类似——这是一种"尴尬"，但也正是这种"尴尬"使市民（包括作家、知识分子）有了活下去的力量。

新写实小说所展露出来的这种"艰辛的尴尬"恰恰是支配市民生活的内在力量。在这种力量的作用下，新写实小说文本方向的突出表现就是对吃喝拉撒、油盐酱醋的日常生活流之精细描写，看不到热情，也无所谓希望，有的只是当下现实没滋没味、但又不得不面对的生活。但这种琐碎的生活流也可以看作对权力的包容和消解，对文化禁忌的远离与漠然，它在强化话语秩序的同时，也强化了市民日常生活的本身；它在解构崇高理想之宏大语言的同时，也巩固了市民自我意识的内在本质。

　　新写实小说的可贵之处不只是作者对社会现状的"零的叙述"，更在于他们演绎时呈现出来的"闹剧模式"。此前各个文学思潮，如伤痕文学、朦胧诗、寻根文学和先锋小说等，从没有一个时期的作品表现出如此一致的喧嚷讽谑、嬉笑怒骂的风格，也没有一个时期的作者共同投注如此庞大的精力和好奇心，以图揭发社会各个阶层的丑态，更没有一个时期的作品在形式上是如此的"拮据扭曲、生涩多变"，如话语的反禁忌和粗疵化，以及人生价值、伦理道德的失常与畸形等。

　　这种"硬扭"现象表明：处于"表层"的生活流越是"轻浮"、"嬉笑"和"喧哗"，它的"底层"因为权力的压迫太大而产生的"反抗力"也就越"沉默"、"浑厚"和"强大"。文本大肆张扬着小市民的麻木与忍耐、欢乐与苦痛、淡漠与无奈之日常的生活流实际上可看作对权力话语的抵抗与消解。

　　这也正是新写实小说一类文本对权力反抗的"隐蔽特质"：琐碎的生活流表面上看起来与权力（政治）无关，可文本背后隐含的反抗正是故事前进的动力，它是以一种"非存在"方式的存在，即生活流中"不可或缺的'他者'"存在的。

　　如果说，百姓日常的"生活流"是河流表层的"显现"，而精神上的"反抗"是河流底层的"沉默"（隐性）的话，那么，话语权力则置于河流之中、是包裹于两者之中的"黏合体"，也是推动生活流（文本）的内在力量。因此，置于河流（社会）中心的权力往下压迫得越重，河流表层的生活流（百姓日常生活）就展现得越轻松、越充分，此时河流底层的"反抗"也会越"沉默"，但"沉默"背后反弹起来的对抗力也就越大。

　　新写实小说文本中对日常生活（河流表层）的无节制的戏谑、喧哗和因触目惊心的细节描写而引发的"波澜起伏"的高潮，正是为了以此掩饰文本深层巨大而沉默的"反抗力"。特别是中国进入社会转型之后，主流话语的"规制"和民间话语的犬儒主义合力建构的暧昧空间，使夹缝中的新写实小说得到了最大限度的伸展，这一股文学思潮终成主潮乃是时代前进中的历史必然。

第七节　20世纪90年代以来的文学命途

　　20世纪90年代以来，中国文学场域发生了显著的变化。它与20世纪70年代和80年代文学之间的"承续性"要远远大于其"断裂性"，文学生态环境"转型"的动力来自市场经济的全面展开，文学的商品性和作家的经济意识得到充分体现，金钱作为巨型话语成为文学重要制约力量而逐步彰显出来，并由此构成了90年代文学"主体性"和"实质性"的内容。

　　消费主义、金钱的魔力和市场经济的杠杆作用不仅改变了作家的生存方式，也出现了作家与出版商和广告宣传相配合而构成"畅销书"热点的现象。例如《王朔文集》的快速出版，伴随着电视剧热销的《北京人在纽约》《曼哈顿的中国女人》等"移民文学"热潮，以及用"空格"、"省略号"和"此处删去多少字"为诱饵的《废都》等都是带有明显商业炒作的文化怪象。这些文学生态的变化足以说明，20世纪90年代以来文学作品的热销，并不仅仅是作家的"个人"行为和作品本身的内容，而是成为从写作、策划、包装、出版、发行到流通等各个环节都受制于市场选择和干预的"集体"行为。

　　较之20世纪80年代，90年代以来的文学思潮难以形成社会思潮，读者对文学的关注度大大降低。在新写实小说之后，文学界虽然提出过一些思潮性的命名，如颓废文学、新历史小说、新状态小说、新生代作家、新感觉派、新体验小说、现实主义冲击波和新女性主义等，但是，这些文学潮流大都昙花一现，在作家、评论家和读者心目中都没有形成中心点和兴奋点，不少命名是杂志编辑和作家之间自说自话，或各自为证，与80年代文学潮流一出来得到一致的推崇和追随的极少。

　　原因在于，市场经济条件下，作家、评家论和广大读者等对于文学的基本想象和要求已经发生了变化，它要求文学打破已有的"有序"进程，而着眼于对历史的反省，同时对作家自我身份的认同，作家们不愿意加入一些所谓潮流，抱团取暖。相反，他们更乐意以"个人化"和"私密性"的名义与社会保持刻意的疏离，文学本身也日益退出社会的中心，进入到真正的"边缘"地带，文学的载道作用和教育功能全面弱化，而通俗化和娱乐性则在市场化力量的推动下得到巩固和加强。例如，20世纪90年代初以王朔为代表的颓废文学就是在全国上下一片"渴望"中"磨合"起来的。王朔成功的原因在于，90年代文学的冲突，已从80年代主要针对文学与政治、经济和文化的关系提倡文学的"独立性"上更多地转移到文学创作与商业操作之间的冲突上来。"雅"与"俗"、"纯文学"与"大众文学"的区分也被重新提出，或者说，"雅"与"俗"的区分也变得含混起来。

这种含混被认为是"后现代文化"的表征之一。王朔被张颐武等人纳入中国文学理论界"后现代"的表意系统是很有意思的。当时的人们对民主、自由与理想等宏大话语不愿谈及，主流话语鼓励普罗大众进入"及时行乐"的现实生活之中，尽快忘掉因心灵的压力和精神的困境带来的焦虑。按照约翰·麦考温的说法，民主是"后现代"理论所忌讳的"宏大叙述"。它既不愿为民主去诉诸人性之外的社会原则，又要抵制人性论中民主观的权利利益，也不能从它所批判的人道主义理论中形成民主伦理，结果便是"放弃"宏大理想。

王朔小说的走红，很大程度上来自其作品中貌似调侃甚至批判实则"帮忙"的吊诡意味。他"原则上排除了形而上学话语的忠诚"，在叙事上，坚决废除与主流话语敏感的词汇，制造一个独立于主流意识形态之外的表意系统。王朔力图摆脱神话，用清晰的心智和冷静的意志，把本质的定义转换为相互间的算计，把崇高的信仰化为俗下的游戏。他"使游戏者担负起这样的责任：不仅对他们提出的陈述，而且也对使这些陈述得以接受的规则负责"。每个人可以发牢骚，可以表达内心的不满，可以对宏大话语表示鄙薄甚至嘲笑。

小说中的受叙者不仅接受创作者的引导，而且对接受这种引导所产生的后果负责。受叙者不仅成为话语游戏的"顺从者"，也成为创作者本身的盟友。创作者和作品中主人公的关系十分密切，不仅故事的情节来自创作者的日常生活，作者本身还参与其中虚拟情境的游戏，因为这种带有强烈主观倾向性的游戏在公众真实生活中难以实现，能够这样做只能在一些私密性的聚会或小圈子范围内，不会将这种私密性的话语参与到公共生活中。读者在阅读时，愉快地接受了调侃，并且口口传播，加快和促进了作品的流行，市场经济的活力超出作者、出版者和读者的想象。

王朔作品的流行还有一个文化背景，即人文精神大讨论。1993年6月，《上海文学》发表了王小明等人的对谈录《旷野上的废墟——人文精神的危机》，对当时的文学现状展开激烈批评。此后，《光明日报》《读书》《文汇报》《钟山》《文艺争鸣》等报刊也及时组织了相关讨论,这种讨论由文学领域迅速扩展到整个文化领域,其中不少是学界和文坛的大腕,如陈思和、王小明、张颐武、王蒙、刘心武、张承志、张炜等,争论十分激烈。

几乎同时,文坛上出现了张承志的长篇小说《心灵史》,张炜的小说《家族》和《柏慧》,韩少功的长篇小说《马桥词典》,史铁生的小说《务虚笔记》,王安忆的小说《乌托邦诗篇》和《纪实与虚构》等。这些作品与"流行文化"和"市场经济"保持一种清醒的立场和刻意的距离,作家们在抽离80年代理想主义精神的政治含义的同时,试图寻求反抗商业社会的实用主义和功利主义的精神资源,强调人的生存意义,强调生存哲理、宗教、历史传统以及"民间文化"等所构成的文化资源的价值承载和现实意义。

作为一个文化解蔽,人文精神大讨论主要依靠三种话语:大众文化话语、体制话语和知识分子话语。体制话语是"意识形态"话语,知识分子话语是"意义形态"话语。这两种话语有着截然不同的性质和要求。首先,在知识构成上,"意义形态"话语主要是依据知识本身的"内在理路"而生成,"意识形态"话语则是根据"外在需要"而构成。其次,在知识表现上,"意义形态"话语所体现的是一种"话语权力",而"意识形态"话语体现的则是一种"权力话语"。再次,在知识属性上,"意识形态"话语具有"正统性""规范性"的特点。而"意义形态"话语则具有"民间性"和"原创性"特点。

面对文坛上一片混沌,人们病态般地怀念起有过的"中心"与"权威"来。一大批经典的革命老歌以"红歌汇"的方式在市场经济包装下重放异彩,这是社会大众对英雄重现的渴望。一个"需要英雄"的时代对来自民间的英雄与神话的呼唤,也反映出正在丧失神圣与禁忌的民族对最后一个神圣与禁忌象征的依恋之情。

新生代作家的突围成功,迅速成为文坛的亮点,是时代选择的结果。在这一批作家中,"呼唤英雄"和"重铸神话"之渴望在他们的作品中有着强烈的表现,但他们的"寻找"不再是北岛时代的巨型语言的寻找,也不再是国家、民族之宏大话语,而是"真情""美人"等小写话语,此时的"英雄"还原成一个个纯粹的、有血有肉、有情感的人。新生代作家的"寻找"与先锋小说作家马原的无果一样,失望而归,虽然没有找到要找的东西(另一形式的乌托邦),但是有一种新的收获,是一种"错位"的寻找。

叙述在不断地错位，故事在不断地错位，结构在不断地错位，小说最终的意义也在错位中完成的。这种"失望"中的"补偿"寄寓着对当下生活的某种认同：市场经济条件下，暴发户、怀旧病和拜金主义不可避免，社会的价值、道德观念和人文精神等虽然让人失望，但失望的背后也有着个人意义的放松、情感的张扬和感官的满足，这便是"失望"中的"补偿"，是对英雄不再（或错位）和神话重构的新的思考。

与此同时，家国情怀、政治族群、集体理想和革命斗争等宏大话语不再成为一种强制性且合法性的意识形态性，一些现实生活中的新鲜的人与事，如都市白领、个体户、普通市民等也迅速成为作家的关注对象，例如朱文的《单眼皮，单眼皮》和何顿的《生活无罪》等横空而出，这些作品展示了在物欲膨胀的社会生活中，个人欲望如何得到满足和释放。作家们所聚焦的题材往往带有某种"道德"反叛性和主人公的自虐性特点，事件、细节、环境和语言等有粗俗化和市场化的特点，显示出一种野性的活力。

20世纪90年代先锋小说以及一些"先锋"诗人对"叙事"和语言的自觉意识并没有停止，各类探索和尝试仍然存在于许多作家的创作追求之中。特别是80年代中后期先锋小说式微之后，一批曾经的先锋作家及时转身成为现实主义创作群体的重要力量。这些作家都不约而同地转向了"历史"题材的写作，例如苏童的《米》《我的帝王生涯》《已婚男人杨泊》、余华的《在细雨中呼喊》《活着》《许三观卖血记》《黄昏里的男孩》、格非的《敌人》《边缘》、叶兆言的《夜泊秦淮》系列小说和《1937年的爱情》等，与这些先锋作家一同竞争的是新写实创作群体也同时关注起"历史"与"土地"，例如，刘震云的《故乡天下黄花》《故乡相处流传》《故乡面和花朵》、刘恒的《苍河白日梦》、池莉的《预谋杀人》《你是一条河》、方方的《何处是我家园》等。

这些小说所涉及的"历史"不仅关乎20世纪80年代初期伤痕文学、反思小说所描绘的历史事件，而且将笔墨伸展到整个20世纪中国社会的各种生活。作家聚集的"历史"并不是重大的历史或者主流历史，而是一种"潜历史"，是关于个人或家族命运的"小历史"。比如，苏童的《我的帝王生涯》就是如此。在苏童笔下，"历史"只是一个远离时间限定与现实语境不同的话语空间。历史不是作家们刻意要表现的对象，相反，作家们试图用"大历史"与"小历史"的融合，国家民族与个人命运的交集来突出历史的沧桑和时代的变迁。

这些小说更加重视的是一种"抒情诗"式的个人的经验和命运，是中国式的文学特色，也是作家们以"小我"印证"大我"并把个人命运寄寓在国家民族的兴衰中所表达出来的第三世界文学民族寓言之缩影。

20世纪90年代中后期，中国"国企"改革和农村灾后重建陷入艰难的时候，现实主义冲击波获得了评论界较为一致的认可，这在众声喧哗之中算是一个异数。评论界对这股思潮的认可不是从作品的艺术质量上，而是从关怀当下、融入生活以及普通百姓共享国家或民族的困境和艰难上着眼的。作家们经历了私密性的创作之后，文学的"去中心化"越来越明显，作家的精神空间被金钱的巨型话语压得越来越小，现实主义回归成为这股冲击波的力量所在。

从更深层意义上看，这股思潮得到文坛的认可基于三个方面：一是对以王朔为代表颓废文学所表现出来的"玩文学""操文学"的严正反驳；二是对不少作家从历史出发、沉湎于历史、甚至成为历史虚无主义者而回避现实的一种警醒；三是现实主义创作本身所散发出的强大光芒。

以刘醒龙和河北"三驾马车"为代表的这个创作群体将当时的文学现状从新生代作家的两个极端上拉了回来：一方面是对新生代作品过于密集的荒诞、神秘和空幻之拨正，这是现实主义创作表现方法的回归；另一方面是对新生代作品中"性泛滥"和及时行乐、纸醉金迷式的生活价值之打压，这是现实主义创作表现内容的回归。创作者不断地改写新生代作家对当下生活的有意打碎和重构，以"在场"的方式见证中国改革经历的阵痛和发生的深刻变化。

但这一拨作家也存在艺术视野不宽阔，主题先行，格局较小，表现手法过于陈旧等毛病，没有达到人们所盼望的那种震撼灵魂的艺术高度。原因在于，这些作家在处理巨型语言（如国家、民族）与小写话语（如个人、情感）利益时，将"大我"与"小我"或"集体"与"个人"有意无意地割裂开来。这一股文学思潮艺术上总体成就虽然超过了伤痕文学的水平，但没有超过新写实小说所彰显出来的直逼心灵的艺术水准，特别是这一拨作家"分享艰难"个人化倾向和功利成分大大损害了艺术的纯度，其呼喊、张扬和赞颂的文化价值几乎返回到伤痕文学所追求的"启蒙"和"代言"的层面上。

20世纪90年代的下半叶，一批年轻的女性作家以决然的姿态走上文坛，与韩东、朱文等人发起的"断裂运动"相勾连。韩东的《备忘：有关"断裂"行为的问题回答》和朱文的《断裂：一份问卷和56份答卷》发表于《北京文学》1998年第10期。该刊在"编者按"中说，"发表这次行动和接受问卷调查的均是60年代以后出生的青年作家，无论他们对现存文学秩序的想法与我们的习惯的声音有什么不同,我们需要仔细倾听,认真了解：了解他们对问题的答案,更了解他们本身。因为未来世纪,他们将是一种不可忽略的文学存在"。韩东和朱文所指的文学存在,更多的指向了一拨年轻的女作家,这些被称为新女性主义作家大多出生于70年代,基本上受到良好的系统教育,她们以反叛姿态走上文坛,她们既不像老一辈女作家如宗璞、茹志鹃等人那样有较重的心理背负和民族责任感,也不像中年一代的女作家如王安忆、残雪等人那样有过强烈的心灵创伤,甚至不像比她们稍大一点的陈染、海男、林白、迟子建等人那样执迷于"精神家园"的自我重建。她们强调"私密性"写作,但更突出"身体"的内涵和意义。

这一拨作家的代表性人物是卫慧、棉棉等,她们作品的空间和时间有一个显著的特点：故事发生的地点都是在城市豪华的公寓,在充满香气也充满情欲的洗澡间,在灯光纷乱的舞厅,在午夜或黎明。伴随着音乐和酒精的刺激,个人的欲望遮蔽了理性的思考和传统文化的温情,结果只有一个冲动：如果你要发财——"去堕落!";如果你要成功——"去堕落!"这种文学主题比起王朔所追求的"卑贱者最聪明,高贵者最愚蠢"更有爆发力,更能制造出"时髦趣味"和"轰动效应",也更能为纸醉金迷和物欲至上的生活推波助澜。

总体来说,20世纪90年代的中国文学虽然越来越边缘化,但这种边缘化并不是让文学失去活力,相反,由于市场力量的强大介入,文学场域的生态发生了深刻的变化。每个人创作的诉求都实现了自我情绪的张扬或审美意义的表达,没有整齐划一的形式,没有听命于某个集团或某个意识形态的压迫,个人经验和生活的丰富性在文学中具有了新的特别的含义,理想主义可以表达自己的高昂斗志,颓废主义可以表达自己的压抑情怀,现实主义可以表达自己的酸甜苦辣,传统与先锋,真实与荒诞,阳春白雪与下里巴人,都可以共置于一个场域内,相安无事,或共融共生。文学的边界彻底打开,文学的张力尽情释放,文学的前途令人期待。

第八节 21世纪的中国文学与中国精神

世界视野中的中国文学与中国精神。这是一个历史的命题,也是一个现实的命题。中国的发展正在改变着世界的格局,在世界大势之下重新认识中国,这是时代的要求。饶宗颐指出："我认为21世纪应该是一个'中学西渐'的年代。作为现代东方的学人，应该意识到这个世纪不单只是一个东方文艺复兴的年代，更应该是东方的学术与艺术思想对西方产生巨大的影响。因为尤其是在中国，不少新的资料及文物出土，使得我们更知道东方文化悠久的传统及它的世界性、普及性。"[1] 这样的巨大转变，让每一个创作者都会感到，整个世界正在以前所未有的体量奔涌而来，站在这样的历史节点上，我们每个人都应该思考，中国文学和中国精神之于世界究竟意味着什么，这关系到中国文学在新的历史条件下如何塑造自己，也关系到世界如何看待中国文学，关系到中国的文学家们如何为丰富人类的精神生活作出贡献。[2]

实际上，正在发展的中国文学在全球化语境下像第三世界其他国家的文学一样，显示了自己"独质"的特征：既有传统文化、道德、政治的多重负荷，又有外来话语、本土权力和意识形态的压抑印痕，如毕飞宇《玉米》所展示的时间、空间和疼痛的历史；创作主体的审美走势既有对抗又有认同，既有消解又有重构，既有妥协屈从又有沉默抵抗，如魏微《家道》体现出来的"贱民"式的温暖和关怀。特别是作家人格的复杂性，如胡学文的《命案高悬》；作品品质的多义性，如蒋韵的《行走的年代》；艺术手法的丰富性，如余一鸣的《入流》；人物形象的飘移性，如迟子建的《晚安玫瑰》；文本主题的朦胧性，如石一枫《世间已无陈金芳》；人文倾向的透明性，如王跃文的《漫水》；等等，都是中国新时期文学的具体形状的表现特征，都成为改革开放后中国的政治、经济、文化镜像缩影的一部分，并渗入百姓日常的生活中。

在全球化语境下，传统意义上的文学在新型的、全球化文化的世界范围内，其作用越来越小。原因是，"由小说提供的文化的功用，正在被电影、通俗音乐以及电子游戏所取代"。这种后工业社会消费主义文化的危害在于，"淹没了日渐衰弱的书籍文化平和的声音，同时也淹没了各地民间文化的特征"。[3]

人们的生活越来越程序化、逻辑化、体制化、器物化、趋同化、模式化和数字化，物质上享受的范畴越宽，精神上的空间却越来越窄。而文学艺术作为对物质到精神的双重反映，其深层的指归则是精神的核质，是人

---

[1] 转引贺绍俊《新世纪长篇小说创作：中国经验与当代长篇小说新变》，《文艺报》2012年11月6日。

[2] 铁凝：《更自觉地参与中华民族精神的维护和建构》，载中国作家协会内刊《作家通讯》2015年第11期。

[3] ［美］希利斯·米勒：《论全球化对文学研究的影响》，《当代外国文学》1998年第1期。

类的灵魂。王晓明指出,"二十世纪当代中国小说的最大问题是看不到灵魂,看不到灵魂的痛苦。对二十一世纪的期待,是希望能看见灵魂,能读到灵魂的颤动"。①

如何克服灵魂的缺失、找回灵魂,如何触摸和表现灵魂,如何使作品充满"灵魂的颤动",应该成为每一个不甘平庸的中国作家努力思考和自觉行动的艺术追求。阿来的《蘑菇圈》深刻反映了当下人的命运与况味,董立勃的《梅子与恰可拜》把传统文化中的承诺与守候表现得真切而动人,蔡东的《来访者》也留下了温润如玉、情义如光的诗意。虽然消费主义文化、特别是影视媒体对文学生产场域的侵占和影响越来越大,但影视媒体在夺走文学注意力的同时,却也使文学再次成为人们关注的热点。

中国新时期文坛那些叫得响的作家如莫言、余华、苏童、王朔等没有一个作家的知名度和作品的热销不与影视的改编有关。可以说,消费主义文化和影视媒体在对文学艺术消解的同时,也再造了文学艺术的影响力。全球化下的信息互动和科技发展又为文学艺术自身的发展提供了更多的机会和挑战,外部世界的数字化、体制化、模式化并不能束缚精神的飞翔。

中国作家在创作上必须廓清意识形态上的积弊,让灵魂从肉体中解放出来。因为灵魂是躯体自身的结构和功能,是活着的人类躯体的"形式",灵魂的理想状态是脱离躯体而存在。②廓清意识形态上的积弊就是让自身处于精神上的自由状态。如果没有起码的警醒,小说就很有可能在已有的积弊的基础上增加新的积弊,成为积弊的同谋,并遮蔽灵魂。

新时期以来中国文坛上有这种"警醒意识"和不断地变化自己的写作风格以接近或触及灵魂深度的作家并不少,如韩少功从 20 世纪 80 年代中期的《爸爸爸》《女女女》到 90 年代的《马桥词典》就是一个深刻的转变,丙崽、幺姑和鸡头寨的愚昧、荒诞、古怪成了马桥人祖先"罗人"血雨腥风文明变迁的残酷背影。类似的转变从残雪《山上的小屋》到最近《天堂里的蓝光》也得到了印证,让人感觉到了皮肤的热度与灵魂的呼吸。贾平凹从《秦腔》到《带灯》,方方从《风景》到《万箭穿心》,王安忆从《长恨歌》到《匿名》,莫言从《生死疲劳》到《蛙》,余华从《活着》到《兄弟》,苏童从《米》到《黄雀记》,赵本夫从《生命册》

---

① 王晓明、铁舞:《向二十一世纪文学期望什么》,《上海文学》1995 年第 5 期。
② 罗望子:《暧昧》,《花城》1999 年第 4 期。

到《无土时代》，阎真从《沧浪之水》到《活着之上》等，都可以看作作家在对"灵魂的颤动"的表现上所做出的积极努力。而刘醒龙《天行者》、刘庆邦《神木》、林那北《寻找妻子古菜花》、须一瓜《淡绿色的月亮》、刘震云《一句顶一万句》、吴玄《同居》、王松《双驴记》、叶广芩《豆汁记》、迟子建《额尔古纳河右岸》、宗璞《东藏记》、林白《长江为何如此远》、金宇澄《繁花》等，这些作家和作品构成了中国文学的内部风景，创作者对人性的开掘、对中国精神的彰显以及作品主人公对灵魂的打捞与对命运的不屈都能引起读者的广泛共鸣。

这种警醒意识在新生代作家中更成为难能可贵的自觉行动，他们视野的开阔、表现手法的丰富多样和对人类终极关怀所投入的精力使中国新时期文学在奔向现代化征途上注入了一股强大的活力。例如，王彪在《致命的模仿》中展示人的行为跨越时空那种惊人的相似性，跟整个人类文明进程有一种内在的联系。而在《身体里的声音》里，主人公傻瓜因病死了，突然被雷电激活，而且一下子长高了，脑袋也开窍了。这是神话寓言。但作者只让这种"开窍"闪电一下就消失，傻瓜又退回到从前的愚昧。作者从个体的经验出发，着眼的却是全球的视界：傻瓜的清醒实际上并不清醒，并且所有的人在那个特定时期都不清醒，正因为此，人类才会发生一个又一个悲剧。

新生代作家罗望子《旋转木马》则用"拟童话"的方式表现世界范围内的普遍经验：旋转木马，它既不是人又不是动物，但它有着动物的形态。作者把有生命的思想注入无生命的物体上，以此来关注整个社会。而他在《漫步月球的马拉松选手》里，一方面推翻现实性，另一方面又重建现实性。其主题与《旋转木马》相同，是出逃和失败。"出逃"是出于对现实挤压的无法承受；"失败"是出于这种逃亡的非现实性所导致的结果。它们都以一种隐喻的寓言方式告诉人们：世界浩荡，夜色茫茫，迷茫中的人类，无处可逃。

新生代作家东西接受了逃亡的事实，不过，他将逃亡的终点定在了母亲的伤口上：《原始坑洞》暗指的就是母亲的子宫，儿子杀人后，在坑洞里躲了九个月——象征母亲怀胎九个月。而儿子先是头发脱落，后是牙齿疏松，最终回到婴儿状态。儿子最后被一个类似于母亲的声音召唤出来，死于仇人之手。母亲的伤口使人类的灵魂感到疼痛。这种疼痛在《草绳皮带的倒影》中变成了一种宿命和无奈：人类的一切活动似乎最终都是为自己制造绞索。小说中的草绳、皮带和井，都是一个圆圈，就像故事回到故事本身一样，暗示一辈子都在搓草绳的吴妈最终用绳子吊死自己的可悲宿命。

《篡改的命》是东西继《耳光响亮》《后悔录》之后的第三部长篇小说。《耳光响亮》中牛红梅一次次流产隐喻着惨遭破坏的地球,资源被一点一点地掏空,被开采一光,剩下的只有一张躯壳。她的肉体被掏空的同时,情感也被洗劫一空。而《篡改的命》离现实更近,也更极端:农村青年汪长尺被老父汪槐寄予厚望,想通过努力成为一个城里人,但困难重重。在经历"大学录取被人顶替""打工被欠薪""讨薪被捅""替人蹲监赚钱"等种种残酷现实后,汪长尺最终选择"妥协"——他把亲生儿子送给城里的有钱人家,然后选择消失。他在给父亲的遗言中说"汪家的命运已彻底改变,我的任务完成了"。

这是一种荒诞,是生存的绝望,是东西的宿命。而行者在小说《寓言》里,将这种荒诞、绝望和宿命聚焦放大,照出了人类自身的辛酸和尴尬:河并不宽,也不深。河对岸有一个漂亮女人。但是小说中那个要过河的小伙子就是过不去,要过去必须付出代价,即先跟一个丑女人睡一觉。这是残酷的生存境遇:要想追求美丽,必须先与丑陋为伴;而一旦与丑陋做伴,你的情感必须掏空(麻木);即便最终过了河,你也会产生心理阻隔,以至于丧失享受美丽的能力。

如果说,王彪、东西和行者在对"灵魂的找寻"和表现上着眼于时空的变幻、隐喻的切入和对人类自身的质疑与审视的话,那么,陈家桥、曾维浩等人则更多地关注生命的过程,以及在这个过程中,人与欲望的搏斗之沉重代价。

比方,陈家桥在《我的意思》里,写"我"和高红为了向张跃借钱而处于一种紧张的心理较量之中,结果置门外张跃的儿子落水的呼救声而不闻,致使一个幼小的生命惨遭夭折。小说揭露出一种残酷的人生:将某种需要(欲望)置于生命之上,现实的利益淹没了生命力的呼喊。文本最后的温情和悲悯却是:张跃在儿子死后将悲痛压在内心,平静地把钱分别借给了两个为了生存而在他面前进行心理较量间接导致他儿子死亡的人。这个平凡的细节包含着血、包含着泪,也包含着伤和痛:张跃的行为令作者颤动,令文本的主人公颤动,也令读者颤动——这就是"灵魂的颤动"。

类似的伤痛在张楚的《七根孔雀羽毛》、邵丽的《刘万福案件》、荆永鸣的《北京邻居》、弋舟的《所有路的尽头》、李凤群的《良霞》、凡一平的《我们的师傅》、田耳的《一个人张灯结彩》、葛水平的《喊山》、鲁敏的《逝者的恩泽》、吴君的《亲爱的深圳》、东君的《某年某月某先生》等作品中,都有令人深刻的展示,这些作品的各个面孔构成了 21 世纪前 20 年中国作家的经验表达与文化镜像,建构了崛起大国中的文学新空间。①

综上所述,在全球化语境下,中国新时期文学尽管还存在许多不足或缺陷,但在第三世界文学疆域里已经表现出了自己独特的风景,并夯实了与第一世界文学对话的基础。当然这种"风景"或"基础"还有待进一步的扩展与深入;同时,在这个漫长的过程中,创作主体还必须拥有守住寂寞和忍受牺牲的人格品质。因为中国文学(大而言之文化和文论)在实施全球化战略时,不可能一下子站到中心,也不可能不失去一些固有的民族文化特征,但这种失去是为了更多的得到。这种方式不仅仅是"从边缘到中心"的无奈选择,更是为了对中心的消解并重构新的中心及其影响中心之策略,② 这是中国作家需要面对的外部磁场。全球化浪潮和消费主义打压了文学,但也使文学更好地抖落一些外在的灰尘和喧闹,回归自身,从而在生产场域里,创作主体可以更好地实践,反复打磨,找到自己独特的艺术之路。

可喜的是,中国文学界内部在全球化语境的挤压下一直在努力地抗争着,并积极寻找自己的出路,比方,"文体革命"就是一个显著例子:不少作家和文学刊物把文学从传统的小说、诗歌、散文"三分法"合拢起来并且拓宽,即把小说、散文、诗、相声、日记、法律文件等多种文体融为一体,显示小说在影视媒体合围中"求变求新"的锐气和生气——如《作家》开辟"泛文学"专栏,表明了跨越现成文体分类而尝试多体融会的决心;《青年文学》主张打破文体界限,倡导把小说叙事、散文闲说、诗歌抒情及报告文学纪实等汇为一体的"模糊文体";《山花》和《莽原》等为"新文体"实验开辟窗口,还有《花城》《钟山》等刊物为"跨文体"积极造势;③ 等等。虽然这种实践的效果还有待时间的检验,但行为本身的努力已经显出其应有的价值。它表明,中国新时期作家在追求"灵魂的颤动"和世界文学对话的过程中,不仅将自己拉入以全球优秀文化为价值水准的普遍性视野的范畴内,而且始终专注于自身独特文化个性的创造和张扬。

中国作家在输入全球普遍性视野的同时,竭力从事本土性或区域性的建构,既思索"世界文学"可能共有的审美价值尺度,又着力发掘和创造处于"世界文学"视野中的"中国文学"独特的审美与文化个性——

---

① 贺绍俊:《新世纪长篇小说创作:中国经验与当代长篇小说新变》,《文艺报》2012 年 11 月 6 日。
② 王宁:《全球化进程中中国文学理论的国际化》,《文学评论》2001 年第 6 期。
③ 王一川:《全球化境遇中的中国文学》,《文学评论》2001 年第 6 期。

这其实是一个更为博大的"民族寓言",它远远超出了杰姆逊定义的符号指归,是由全球化语境下中国文化母土的具体实际决定的,即中国作家的"寓言情结"像一根韧性十足的"主轴"贯穿着新时期文学的过去,也联结着中国文学的将来。

因为,无论这个寓言由于政治风云的变幻、经济改革的深入和文化传统的扬弃和发展而使它裂变或分解成种种不同性质的寓言,如成长寓言、道德寓言、政治寓言、文化寓言、伦理寓言、民间寓言、幻象寓言以及"复合寓言"或"超寓言"的审美走势等,从本质上说,都没有脱离"民族寓言"的精神磁场。

这是中国文学独有的特色,是民族化的,又是世界性的。如严歌苓的《无出路咖啡馆》、孙颙的《漂移者》、彭名燕的《倾斜至深处》和徐则臣的《耶路撒冷》等,都不约而同地涉及了民族性与世界性的话题。

由此可见,中国作家在追赶第一世界文化的现代化征途中,创作群体的集体奋斗并不是茫然的、没有目的性的,而是有着自己清晰的"界限",可这个"界限"并不是对创作的制约,相反,它是作家的自觉追求,它的外延是"无涯际的"。梁晓声的《人世间》和李洱的《应物兄》都有着自己的艺术立场和书写"界限"。在全球化语境下,握住了这个"界限",就像握住了放飞空中的风筝的拉线,无论飞得多高多远,"中国"二字都会深深地刻在民族的"灵魂"上。

每个时代都有其精神。实现中国梦必须走中国道路、弘扬中国精神、凝聚中国力量。核心价值观是一个民族赖以维系的精神纽带,是一个国家共同的思想道德基础。文学的根本精神是让人们的心灵相通,我们要敞开胸怀,与世界各国人民对话,吸收和借鉴世界上一切优秀的、富于创造性的文化成果,也要自信地与世界各国的读者分享对中国的历史和现实的理解,唤起世界人民共同的人性,不断丰富我们关于世界、关于自身的认识和想象。同时要充分认识到,越是面向世界,就越要自觉地扎根中国。一个作家,为自己的土地和人民写作,就是为人类写作。[①]

世界视野中的中国文学和中国精神提醒我们,在新的历史条件下,中国文学应当立足本土,更好地认识中国和表达中国,自觉树立文学创作的本土意识,把中国文学的根深深扎进中华文化的丰沃土壤之中。同时,中国作家应当大力弘扬中华美学精神,积极回应和激活传统资源,自觉承担

---

① 铁凝:《更自觉地参与中华民族精神的维护和建构》,载中国作家协会内刊《作家通讯》2015年第11期。

起引领民族精神向前发展的光荣使命,用文学的光芒照亮中华民族的精神世界。① 只有坚持以人民为中心,为人民抒写,为人民抒情,为人民抒怀,才能创作出"叫好又叫座"的优秀作品。因为人民是国家的命脉,是推动历史前进的动力,是中国的基因血脉和主体属性。所有这些,正是中国文学的希望所在。

---

① 钱小芊:《构建文学批评平台,推进文学创作繁荣》,载中国作家协会内刊《作家通讯》2015 年第 11 期。

参考文献

一 英文著作

Adorno, Theodor W., *Aesthetic Theory*, (trans.) C. Lenhart, London: Routledge & Kegan Paul, 1984.

Adrienne Rich, *Of Women Born*, New York: Norton, 1986.

Alex La Guma, Richard Rive, *Quartet: New Voice from South Africa*, Nairobi: Heinemann, 1965.

Alvin Toffler, *Future Shock*, London: Pan, 1977.

Angle, Stephen, *Human Rights and Chinese Thought: A Cross-Cultural in Query*, New York: Cambridge University Press, 2002.

Arif Dirlik, "The Global in the Local", *in Global/Local*, Durham: Duke University Press, 1996.

Arif Dirlik and Zhang Xudong, *Postmodernism and China*, Durham and London: Duke University Press, 2000.

Ashis Nandy, *The Intimate Enemy: Loss and Recovery of Self under Colonialism*, New York: Oxford University Press, 1983.

B. C. Johnson, *The Atheist Debater's Handbook* (Amherest, N.Y.: Prometheus Books, 1983.

Benedict Anderson, *Imagined Communities: Reflections on the Origin and Spread of Nationalism*, London: Verso, 1983.

Bhabha, and K. Homi, *The Other Question: The Stereotype and Colonial Discourse*, Screen, 24.6, 1983: 18 – 36.

Bhabha, K. Homi, *Of Mimicry and Man: The Ambivalence of Colonial Discourse*, Tensions of Empire Colonial Cultures in a Bourgeois World. 1997.

Bhabha, K. Homi, *Signs taken for wonders: questions of ambivalence and authority under a tree outside Delhi*, May 1817, Critical Inquiry, Vol. 12, Autumn, 1985.

Bill Ashcroft, Gareth Griffiths, and Helen Tiffin, *The Empire Writes Back: Theory and Practice in Post-Colonial Literature*, London: Routledge, 1989.

Bram Dijkstra, *Idols of Perversity: Fantasies of Feminine Evil in Fin-de-Siècle Culture*, New York: Oxford University Press, 1986.

Brockerhoff, Martin, G. W. Jones, and P. Visaria, *Urbanization in large developing Countries: China, Indonesia, Brazil, India*, Oxford: Clarendon Press; New York: Oxford University Press, 1997.

Carl Friedrich (ed.), *What is Enlightenment? The Philosophy of Kant*, New York: Modern Library, 1979.

Carl Jung, *Psychology and Religion*, Connecticut: Yale University Press, 1938.

Călinescu and Matei, *Five Faces of Modernity*, Durham: Duke University Press, 1987.

Chinweizu, Onwuchekwa Jemie, Ihechukwu Madubuike, *Toward the Decolonization of African Literature*, Washington, D. C.: Howard University Press, 1983.

Christopher Prendergast, *The Order of Mimesis: Balzac, Stendhal, Nerval, Flaubert*, Cambridge: Cambridge University Press, 1986.

Claude Lefort, John B. Thompson, *The Political Forms of Modern Society: Bureaucracy, Democracy, Totalitarianism*, Cambridge, Mass. MIT Press, 1986.

Clement Greenberg, "Avant-Garde and Kitsch", The Collected Essays and Criticism, Vol. 1, 1986.

Clifford Geertz (ed.), *Myth, Symbol, and Culture*, New York: Norton, 1974.

Clifford Geertz, *Local Knowledge: Further Essays in Interpretive and Anthropology*, New York: Basic books, 1983.

C. T. Hsia, *Obsession with China, A History of Modern Chinese Fiction*, New York: Yale University Press, 1971.

Chow R., *Woman and Chinese Modernity: The Politics of Reading between West and East*, Minneapolis: University of Minnesota Press, 1991.

David Der-wei Wang and Jeanne Tai (ed.), *Running Wild: New Chinese Writers*, New York: Columbia University Press, 1994.

David Harvey, *The Condition of Postmodernity*, Oxford: Basil Blackwell, 1990.

Deleuze Gilles and Felix Guattari, *Anti-Oedipus: capitalism and Schizophrenia*, (trans.) Robert Hurley, Mark Seem, Helen R. Lane, Minneapolis: University of Minnesota Press, 1983.

D. H. Lawrence, *Sons and Lovers*, Harmondsworth: Penguin Books, 1974.

D R. Dudley, *A History of Cynicism*: *From Diogenes to the sixth Century A. D.*, London: Methuen, 1937.

Edward Said, *Orientalism*, London: Routledge & Kegan Paul, 1978.

Edward Said, *Orientalism*, New York: Vintage Book, 1994.

Edward Jorden, *A Brief Discourse of a Disease Called the Suffocation of the Mother*, Amsterdam: Theatrum Orbis Ltd., 1971.

Edward Said, *Orientalism*, New York: Random House, 1979.

Edward Said, *Colonialism, Language & Imagination*, London: Institute of Race Relations, 1990.

Edward Said, *After the Last Sky*: *Palestinian Lives*, London: Faber and Faber, 1986.

Edward. Said & Salman Rushdie, *Writers in Conversation* (*Video-recording*), London: ICA Video, 1986.

Edward Said, *Culture and Imperialism*, New York: Distributed by Random House, 1993.

Elias Canetti, *Crowds and Power*, (trans.) Carol Steward, New York: Viking, 1962.

Ernest Hemingway to F. Scott Fitzgerald, in Carlos Baker (ed.), *Ernest Hemingway*: *Selected Letters*, 1917 - 1961, New York: Scribners, 1981.

Ferdinand de Saussure, *Course in General Linguistics*, (trans.) Wade Baskin, London: Fontana/Collins, 1974.

Ferdinand Tonnies, *Community & Society*, (trans.) Charles P. Loomis, East Lansing: Michigan State University Press, 1957.

F. O. Matthiessen, *The Achievement of T. S*, Eliot, New York: Oxford University Press, 1958.

Franco Moretti, *The Way of the World*: *The Bildungsroman in European Culture*, London: Verso, 1987.

Franco J., *Gender, Death, and Resistance*: *Facing the Ethical Vacuum Chicago*, Review, 1987, No. 35.

Frank Lentricchia, *Ariel and the Police*, Madison: University of Wisconsin Press, 1988.

Franz, Kafka, *The Trial*, (trans.) Willa and Edwin, London: Secker & Warburg, 1956.

Fredric Jameson, *The Political Unconscious Narrative as a Socially Symbolic Act*, London: Methuen, 1981.

Fredric Jameson, *Postmodernism, or, the Cultural Logic of Late Capitalism*, Durham: Duke University Press, 1991.

Freud, Sigmund, *The Standard Edition of the Complete Psychological Works of Sigmund Freud*, Vol. 1, London: The Hogarth Press and the Institute of Psychoanalysis, 1953.

Gabriel Garcia Marquez, *One Hundred Years of Solitude*, (trans.) Gregory Rabassa, London: Cape, 1970.

Gabriel Garcia Marquez, *Love in The Time of Cholera*, (trans.) Edith Grossman, New York: Alfred A. Knopf, 1988

Gayatri C. Spivak, *The Post-Colonial Critic: Interviews, Strategies, Dialogues*, New York: Routledge, 1990.

Gayatri C. Spivak, "Can the Subaltern Speak?" *In Marxism and Interpretation of Culture*, Urbana: University of Illinois Press, 1988.

G. C. Spivak, "A Literature Representation of the Subaltern: A Woman's Text from the Third World", in *In Other Worlds: Essays in Cultural Politics*, New York: Methuen, 1987.

George Orwell, *Nineteen Eighty-four*, New York: Oxford University Press, 1984.

Gerald Prince, "Introduction to the Study of the Narrative", in *Reader-Response Criticism*, Jane. P. Tompkins, Baltimore, 1980.

G. Eric Hansen, *The Culture of Strangers: Globalization, Localization, and the Phenomenon of Exchange*, London: University Press of America, 2002.

Geremie R. Barme, *In the Red: On Contemporary Chinese Culture*, New York: Columbia University Press, 1999.

Gray Ronald, "The Metamorphosis", in *Franz Kafka*, London: Cambridge University Press, 1973.

Gyorgy Lukacs, "Contemporary Problems of Marxist Philosophy", in *From Stalinism to Pluralism: A Documentary History of Eastern Europe*, Gale Stokes (ed.), New York: Oxford University Press, 1991.

Hal Foster (ed.), *Postmodern Culture*, London: Pluto Press, 1985.

Han Shaogong, "After the Literature of the Wounded", Helmut Martin and Jefery Kinkley (ed.), *Modern Chinese Writers Self-Portrayals*, Armonk, London: M. E. Sharpe, Inc., 1992.

Hayden White, *Tropics of Discourse-Essays in Cultural Criticism*, Baltimore, Maryland: The Jones Hopkins University Press, 1978.

Henry Y. H. Zhao (ed.), *The Lost Boat: Avant-garde Fiction from China*, London: Wells-weep Press, 1993.

Herbert Marcuse, *Eros and Civilization: A Philosophical Inquiry into Freud*, New York: Random House, 1961.

Hewitt, Andrew, *Fascist Modernism: Aesthetics, Politics, and the Avant-Garde*, Stanford, California: Stanfort University Press, 1993.

Homi Bhabha, *Nation and Narration*, London: Routledge, 1990.

Hong Ying, *Daughter of the River*, London: Bloomsbury Publishing Plc, 1998.

Howard F. Stein, "The Scope of Psycho-Geography: The Psychoanalytic Study of Spatial Representation", *The Journal of Psychoanalytic Anthropology*, Vol. 7, No. 1, 1984.

Irving Howe, *The Idea of the Modern in Literature and the Arts*, New York: Horizon Press, 1967.

James C. Scott, *Domination and the Arts of Resistance*, New Haven: Yale University Press, 1990.

Jameson F., *Third-world Literature in the Era of Multinational Capitalism*, Social Text, 1986, No. 15.

Jacques Derrida, *Writing and Difference*, (trans.) Alan Bass, Chicago: University of Chicago Press, 1977.

Jacques Lacan, *Speech and Language in Psychoanalysis*, (trans.) Anthony Wilden, Baltimore: Johns Hopkins University Press, 1981.

Jean Baudrillard, *Simulations*, (trans.) Paul Foss (et.), New York: Semiotext(e), 1983.

Jean-Francois Lyotard, *The Postmodern Condition: A report on Knowledge*, (trans.) Geoff Bennington & Brain Massumi, Minneapolis: University of Minnesota Press, 1984.

Jean-François Lyotard, "Defining the Postmodern" and "Complexity and the Sublime" in L. Appignanesi, *Postmodernism: ICA Documents*, London: Free Association Books, 1989.

Jean-François Lyotard, *Drift works*, (trans.) Roger Mckeon, New York: Semiotext(e), 1984.

Jean-François Lyotard, *The Inhuman: Reflections on Time*, (trans.) Geoffrey Bennington and Rachel Bowlby, Cambridge: Polity Press, 1991.

Jeffrey C. Goldfarb, *Beyond Glasnost: The Post-Totalitarian Mind*, Chicago: The University of Chicago Press, 1989.

Jeffrey C. Goldfarb, *The Cynical Society*, Chicago: The University of Chicago Press, 1993.

Jing Wang, "The Mirage of 'Chinese Postmodernism': Ge Fei, Self-Positioning, and the Avant-Garde Showcase", Position, Vol. 1, number 2, Fall, 1993.

Julia Kristeva, "Word, dialogue, and Novel", in *Desire in Language*, (trans.) Thomas Gora, Alice Jardine and Leon S. Roudiez, New York: Columbia University Press, 1980. 2.

Julia Kristeva, *About Chinese Women*, New York: Marion Boyars Publishers, Inc., 1986.

Julia Kristeva, *Powers of Horror: An Essay on Abjection*, 1980. (trans.) Leon S. Roudiez, New York: Columbia University Press, 1982.

Julie Fisher, *Nongovernment: NGOs and the Political development of the Third World*, West Hartford, Conn: Kumarian Press, 1998.

Juliet Mitchell and Jacqueline Rose, *Feminine Sexuality: Jacques Lacan and the ecole Freudienne*, London: Macmillan, 1982.

Joan Mellen, *Literary topics: Magic realism*, Detroit, New York, San Francisco, London, Boston, Woodbridge, CT: A Manly, Inc., Book, 2000.

Johannes Fabian, *Time and the Other How Anthropology Makes its Object*, New York: Columbia University Pres, 1983.

John and Jean Comaroff (ed.), *Ethnography and the Historical Imagination*, Oxford: Westview Press, 1992.

John Milbank, *Theology and Social Theory: Beyond Secular Reason*, Oxford: Basil Blackwell, 1990.

John T. Marcus, *Neutralism and Nationalism in France*, New York: 1958.

John and Jean Comaroff, *Ethnography and the Historical Imagination*, Boulder, SanFrancisco, and Oxford: Westview Press, 1992.

John McGowan, *Postmodernism and Its Critics*, Ithaca: Comell University Press, 1991.

Jorge Luis Borges, *Borges on Writing*, (trans.) Norman Thomas, Di Giovanni, Daniel Halpern and Frank Macshane, London: Lane, 1974.

Jurgen Habermas, "What Does a Legitimation Crisis Mean Today? Legitimation Problems in Late Capitalism", in *Legitimacy and the State*, New York: New York University Press, 1984.

Julian N. Wasserman (ed.), *Edward Albee: An interview and essays*, Houston: University of St. Thomas, 1983.

Jurgen Habermas, *Moral Consciousness and Communicative Action*, (trans.) Christian Lenhardt and Shierry Weber Nicholsen, Cambridge: UK: Polity Press, 1990.

Jurgen Habermas, *On the logic of the social sciences*, (trans.) Shierry Weber Nicholsen, Jerry A. Stark, Cambridge: MIT Press, 1988.

Kant, "Beantwortung der Frage: Was ist Aufklarung?" "An Answer to the Question: What is Enlightenment?" Kants Werke, Akademie-Ausgabe, Vol. 8.

Karl Mannheim, *Ideology and Utopia: An Introduction to the Sociology of Knowledge*, London: Routledge and Kegan Paul, 1979.

Kirk Curnutt, *Literary topic: Ernest Hemingway and the Expatriate Modernist Movement*, Detroit, San Francisco, London, Boston, Woodbridge, CT: A Manly, Inc., Book, 2000.

Kwame A. Appiah, "*Is the Post-in Postmodernism the Post-in Postcolonialism?*", Critical Inquiry, 1991.

Leung Laifong, *Morning Sun—Interviews with Chinese Writers of the Lost Generation*, London: M. E. Sharpe, 1994.

Lawrence Cahoone (ed.), *From Modernism to Postmodernism: An Anthology*, Oxford: Black well Publishers, 1996.

Lawrence E. Harrison & Samuel P. Huntington, *Culture Matters: How Values Shape Human Progress*, New York: Basic Books, 2000.

Lu, Tonglin (ed.), *Gender and Sexuality: in Twentieth-Century Chinese Literature and Society*, Albany: State University of New York Press, 1993.

Lucian W. Pye, *Aspects of Political Development: An Analytic Study*, Boston: Little, Brown, 1966.

Lucian W. Pye, *The Authority Crisis in Chinese Politics*, Chicago: University of Chicago center for policy study, 1967.

Lucian W. Pye, *Politics, Personality, and Nation Building: Burma's Search for Identity*, New Haven: Yale University Press, 1962.

Lewis Nkosi, Tasks and Masks, *Themes and Styles of African Literature*, Harlow, Essex: Longman, 1981.

Lewis Nkosi, *Home and Exile and Other Selections*, London; New York: Longman, 1983.

Leo Ou-fan lee, *Chinese Studies and Cultural Studies*, Hong Kong Cultural Studies Bulletin, 1994.

Link, E. Perry, *The Uses of Literature: Life in the Socialist Chinese Literary System*, Princeton, New Jersey: Princeton University Press, 2000.

Mark Schorer, *The World We Imagine: Selected Essays*, London, Chatto & Windus, 1968.

Martin Heidegger, *Poetry, Language, Thought*, (trans.) Albert Hofstadter, New York: Harper & Row, 1971.

Masao Miyoshi and H. D. Harootunian, *Postmodernism and Japan*, Durham: Duke University Press, 1989.

Matei Calinescu, *Five Faces of Modernity*, Durham: Duke University Press, 1987.

Maurice Halbwachs, *On Collective Memory*, (trans.) Lewis A. Coser, Chicago: University of Chicago Press, 1992.

Max Weber, "Politics as a Vocation", in *From Max Weber*, (trans.) H. H. Gerth and C. Wright Mills, London: Routledge, 1948.

Michel Foucault, *The Archaeology of Knowledge*, (trans.) A. M. Sheridan Smith, London: Tavistock Publications, 1972.

Michel Foucault, *Discipline and Punish: The Birth of the Prison*, (trans.) Alan Sheridan, New York: Vantage Press, 1995.

Michael Holquist, *Dialogism: Bakhtin and His World*, London: Routledge, 1990.

Michael J. Oakeshott, "introduction to Leviathan", in Thomas Hobbes, *Leviathan*, New York: Collier Books, 1962.

Milan Kundera, *The Book of Laughter and Forgetting*, (trans.) Michael Henry Heim, New York: A. A. Knopf, 1980.

Milan Kundera, *The Art of the Novel*, (trans.) Linda Asher, London: Faber, 1988.

M. M. Bakhtin, *The Dialogic Imagination: Four Essays*, (trans.) Caryl Emerson and Michael Holquist, Austin: University of Texas Press, 1981.

M. M. Bakhtin, *Problems of Dostoevsky's Poetics*, (trans.) Caryl Emerson, Manchester: Manchester University Press, 1984.

Nadine Gordimer, *The essential gesture: Writing, Politics and Places*, London: Cape, 1988.

Nadine Gordimer, Lionel Abrahams, *South African Writing today*, Harmondsworth: Penguin Books, 1967.

Naipaul, Shiva, *Beyond the Dragon's Mouth: Stories and Pieces*, London: H. Hamilton, 1984.

Naipaul, Shiva, *An Unfinished Journey*, London: H. Hamilton, 1986.

Ngugi Wa Thiong'o, *Decolonizing the Mind*, Portsmouth, Eng.: Heinemann, 1966.

Northrop Fry, *Anatomy of Criticism: Four Essays*, Princeton, New Jersey: Princeton University Press, 1957.

Patrick Hanan, "The Nature of Ling Meng-chu's Fiction", in *Chinese Narrative*, Andrew Plaks (ed.) Princeton: Princeton University Press, 1977.

Paul Connerton, *How Societies Remember*, Cambridge: Cambridge University Press, 1989.

Paulin Hountondji, *African Philosophy: Myth and Reality*, London: Hutchinson, 1983.

Perry Link, *The Uses of Literature: Life in the Socialist Chinese Literary System*, Princeton, New Jersey: Princeton University Press, 2000.

Perry Link (ed.), *Stubborn Weeds—Popular and Controversial Chinese Literature after the Cultural Revolution*, Bloomington: Indiana University Press, 1983.

Perry Link, *The Uses of Literature: Life in the Socialist Chinese Literary System*, Princeton: Princeton University Press, 2000.

Peter Burger, *Theory of the Avant-Garde*, Minneapolis: University of Minnesota Press, 1989.

Rapley John, *Understanding development: Theory and Practice in the Third World*, Boulder, CO. USA: Lynne Rienner Publishers, 2002.

Reich, Wilhelm, *The Mass Psychology of Fascism*, the third edition, 1942. trans. by Mary Boyd Higgins, New York: The Noonday Press, twelfth printing, 1998.

Rey Chow, *Woman and Chinese Modernity: The Politics of Reading between West and East*, Minneapolis: University of Minnesota Press, 1991.

Rey Chow, *Primitive Passions: Visuality, Sexuality, Ethnography, and Contemporary Chinese Cinema*, New York: Columbia University Press, 1995.

Richard H. Solomon, *Mao's Revolution and the Chinese Culture*, Berkeley: University Press, 1971.

Richard Rive, *Buckingham Palace: District Six*, London: Heinemann, 1987.

Roland Barthes, "From Work to Text", in *Image, Music, Text*, (trans.) Stephen Heath, New York: The Noonday Press, 1977.

Ruth Bunzel, *Explorations in Chinese Culture, Research in Contemporary Cultures*, New York: Columbia University Press, 1950.

Salman Rushdie, *Imaginary Homelands: essays and Criticism*, 1981 – 1991, (London: Granta Books); New York, USA: In Association with Penguin Book, 1991.

Salman Rushdie, *Haroun and the Sea of Stories*, London: Penguin Books Ltd., 1990.

Shiva Naipaul, *Black and White*, London: H. Hamilton, 1980; A Hot Country, London: Abacus, 1984.

Sigmund Freud, *On Metapsychology: The Theory of Psychoanalysis: "Beyond the Pleasure Principle", "The ego and the id." and other Works*, (trans.) from the German under the general editorship of James Strachey, Harmondsworth, Middlesex: Penguin Books, 1984.

Sigmund Freud, *Writings on Art and Literature*, with a foreword by Neil Hertz, Stanford, California: Stanford University Press, 1997.

S. N. Eisenstadt, *Power, Trust and Meaning*, Chicago: University of Chicago Press, 1995.

S. N. Eisenstadt, *Paradoxes of Democracy: Fragility, Continuity and Change*, Baltimore: Jones Hopkins University Press, 1999.

Shoshana Felman, *Writing and Madness*, Ithaca, New York: Cornell University Press, 1985.

S. Spender, *The Struggle of the Modern*, Berkeley and Los Angles: University of California Press, 1972.

Thomas, Marlo, *The Right Words at the Right Time*, New York: Atria Books, 2002.

Todorov, Tzvetan, *Mikhail Bakhtin: The Dialogical Principle*, (trans.) Wlad

Godzich, Minneapolis: University of Minnesota Press, 1984.

Trivedi, Harish, and Mukherjee, Meenakshi, *Interrogating Post-colonialism: Theory, Text and Context*, Shimla: Indian Institute of Advanced Study, 1996.

Tsi-an Hsia, *The Gate of Darkness*, Seattle: University of Washington Press, 1968.

T. S. Eliot, *Poetry and Propaganda*, Bookman, 1930.

Ulrich Beck, Anthony Giddens and Scott Lash, *Reflexive Modernization: Politics, Tradition and Aesthetics in the Modern Social Order*, Cambridge in England: Polity, 1994.

Vaclav Havel, "The Power of the Powerless", in *Vaclav Havel or Living in Truth*, Jan Vladislav (ed.), London: Faber and Faber, 1986.

Vattimo, Gianni, *The End of Modernity*, Baltimore, Maryland: The Jones Hopkins University Press, 1988.

Vivian Ling Hsu (ed.), *A Reader in Post-Cultural Revolution Chinese Literature*, Hong Kong: The Chinese University Press, 1988.

V. Y. Mudimbe, *The Invention of Africa: Gnosis, Philosophy and the Order of Knowledge*, Bloomington: Indiana University Press, 1988.

Walter Benjamin, *Reflections: Essays, Aphorisms, Autobiographical Writing*, (trans.) Edmund Jephcott, New York: Harcourt Brace Jovanovich, 1978.

Walter Benjamin, *The Origin of German Tragic Drama*, (trans.) John Osbome, London: NLB, 1977.

Walter D. Mignolo, *Local Histories/Global Designs: Coloniality, Subaltern Knowledge, and Border thinking*, Princeton: Princeton University Press, 2000.

Wendy Larson, Zhang Yimou's To Live and the field of film, in *The Literary Field of Twentieth-Century China*, Richmond: Curzon Press, 1999.

Wilhelm Reich, *Character-Analysis*, (trans.) Theodore P. Wolfe, New York: Orgone Institute Press, 1949.

William Rowe and Vivian Schelling, *Memory and Modernity: Popular Culture in Latin America*, London: Verso, 1991.

Witness Lee, *The New Testament Recovery Version*, Anaheim, California: Living Stream Ministry, 1985.

Xiaobing Tang, *Global Space and the Nationalist Discourse of Modernity: The Historical Thinking of Liang Qichao*, Stanford: Stanford University Press,

1996.

Xiaobing Tang, *Chinese Modern*: *The Heroic and the Quotidian*, Durham & London: Duke University Press, 2001.

Xudong Zhang, *Chinese Modernism in The Era of Reforms*: *Cultural Fever*, *Avant-Garde Fiction*, *and The New Chinese Cinema*, Durham and London: Duke University Press.

Yeh, Michelle Mi-His, *Modern Chinese poetry*: *theory and practice since* 1917, New Haven: Yale University Press, 1991.

二 中文著作

［以色列］阿巴·埃班：《犹太史》，阎瑞松译，中国社会科学出版社 1986 年版。

阿城：《闲话闲说——中国世俗与中国小说》，作家出版社 1997 年版。

阿来：《尘埃落定》，人民文学出版社 1998 年版。

［印］阿马蒂亚·森：《以自由看待发展》，任颐、于真译，刘民权、刘柳校，中国人民大学出版社 2013 年版。

［美］埃里希·弗洛姆：《人类的破坏性剖析》，孟禅林译，中央民族大学出版社 1995 年版。

［英］安东尼·吉登斯：《现代性与自我认同》，赵旭东等译，生活·读书·新知三联书店 1998 年版。

李扬、白璧德：《文化与文学：世纪之交的凝望——两位博士候选人的对话》，国际文化出版公司 1993 年版。

北岛：《2000 年文库——当代中国文库精品·北岛卷》，（香港）明报出版社 1999 年版。

北岛：《履历：诗选》，生活·读书·新知三联书店 2015 年版。

王彬彬：《在功利与唯美之间》，学林出版社 1996 年版。

陈炳良：《香港文学探赏》，香港三联书店 1991 年版。

陈若曦：《尹县长》之自序，远景出版事业有限公司 1993 年版。

陈思和、李平主编：《二十世纪中国文学精品：现代文学 100 篇》，学林出版社 1999 年版。

陈思和：《鸡鸣风雨》，学林出版社 1994 年版。

陈思和：《中国新文学整体观》，上海文艺出版社 1987 年版。

［苏］楚尔加诺娃等：《当代国外文艺学》，上海译文出版社 1993 年版。

戴厚英：《锁链，是柔软的：戴厚英中短篇小说选》，花城出版社 1982 年版。

参考文献

戴晴：《在秦城坐牢》，（香港）明报出版社 1995 年版。

[英] 戴维·马洛维兹、罗伯特·科伦布：《卡夫卡》，赵丽颖译，文化艺术出版社 2003 年版。

[美] 丹尼尔·贝尔：《资本主义文化矛盾》，蒲隆等译，生活·读书·新知三联书店 1989 年版。

邓小平：《邓小平文选》（第一卷），人民出版社 1994 年版。

丁东、孙珉选编：《世纪之交的冲撞：王蒙现象争鸣录》，光明日报出版社 1996 年版。

冬晓、黄子平、李陀、李子：《中国小说一九八六》，香港三联书店 1988 年版。

杜维明：《现代精神与儒家传统》，生活·读书·新知三联书店 1997 年版。

[美] 索尔斯坦·凡勃伦：《有闲阶级论》，凌复华、彭婧珞译，商务印书馆 1983 年版。

冯友兰：《中国哲学简史》，北京大学出版社 1985 年版。

佛雏编：《王国维学术文化随笔》，中国青年出版社 1996 年版。

[英] 弗吉尼亚·伍尔夫：《一间自己的屋子》，王还译，上海人民出版社 2008 年版。

[美] 弗雷德里克·杰姆逊：《文化转向》，胡亚敏等译，中国社会科学出版社 2000 年版。

[德] 弗洛姆：《梦的精神分析》，叶颂寿译，光明日报出版社 1988 年版。

[奥] 弗洛伊德：《精神分析引论新编》，高觉敷译，商务印书馆 1987 年版。

[澳] 弗洛伊德：《文明及其缺陷》，傅雅芳等译，安徽文艺出版社 1987 年版。

高皋：《后文革史·上卷：邓小平东山再起》，（台北）联经出版事业股份有限公司 1993 年版。

高行键：《灵山》，联经出版事业股份有限公司 2001 年版。

高行键：《一个人的圣经》，联经出版事业股份有限公司 2001 年版。

高永华等：《100 名中外作家的创作之道》，中国社会出版社 1998 年版。

庄汉新、邵明波：《中国 20 世纪乡土小说论评》，学苑出版社 1997 年版。

[德] 哈贝马斯：《公共领域的结构转型》，曹卫东等译，学林出版社 1999 年版。

哈里代：《海明威研究》，中国社会科学出版社 1985 年版。

[英] 弗里德里希·奥古斯特、冯·哈耶克：《自由秩序原理》，中国社会科学出版社 1997 年版。

韩少功、蒋子丹：《是明灯还是幻象 经典文献卷》，云南人民出版社2003年版。

韩少功：《中国当代作家选集丛书·韩少功》，人民文学出版社1994年版。

韩少功：《2000年文库——中国当代文库精读·韩少功》，（香港）明报出版社1999年版。

韩少功：《多义的欧洲》，《世界》，湖南文艺出版社1996年版。

韩少功：《世界》，湖南文艺出版社1996年版。

韩少功：《中国当代作家选集丛书·韩少功》，人民文学出版社1994年版。

何立伟：《小城无故事》，作家出版社1986年版。

何西来：《新时期文学思潮论》，江苏文艺出版社1985年版。

[美] 赫伯特·马尔库塞：《爱欲与文明》，黄勇、薛民译，译文出版社1987年版。

侯健：《中国小说比较研究》，东大图书公司1983年版。

[美] 华莱士·马丁：《当代叙事学》，伍晓明译，北京大学出版社1990年版。

黄修己：《20世纪中国文学史》（下卷），中山大学出版社1998年版。

季羡林等：《大国方略——著名学者访谈录》，红旗出版社1996年版。

加缪：《评让·保尔·萨特〈恶心〉》，《文艺理论译丛》第三辑，中国文联出版公司1985年版。

贾平凹、穆涛：《平凹之路》，青海人民出版社1994年版。

江宝钗：《现代主义的兴盛、影响与去化——当代台湾小说现象研究》，陈义芝主编：《台湾现代小说史综论》，（台北）联经出版事业股份有限公司1998年版。

蒋子丹：《蒋子丹自选集》，海南出版社2008年版。

[美] 杰克·斯佩克特：《艺术与精神分析：论弗洛伊德的美学》，高建平译，文化艺术出版社1990年版。

[澳] 杰梅茵·格里尔：《女太监》，欧阳昱译，上海文艺出版社2011年版。

[奥] 卡夫卡：《卡夫卡随笔》，冬妮译，漓江出版社1991年版。

[美] 克利安斯·布鲁克斯：《现代美英资产阶级文艺理论文选》（上），作家出版社1962年版。

李洁非：《看得见风景的"房间"》，河北人民出版社1997年版。

李欧梵等：《徘徊在现代与后现代之间》，正中书局1996年版。

李欧梵：《现代性的追求——李欧梵文化评论精选集》，（台北）麦田出版股份有限公司1996年版。

李森主编，述平等著：《中国话语》，敦煌文艺出版社 1997 年版。
包亚明编、李书磊：《文学的文化含义》，上海远东出版社 1998 年版。
李思孝、傅正明编：《国外精神分析学文艺批评集萃》，安徽文艺出版社 2000 年版。
李杨、谢冕：《抗争宿命之路："社会主义现实主义"（1942—1976）研究》，时代文艺出版社 1993 年版。
李泽厚：《李泽厚学术文化随笔》，中国青年出版社 1998 年版。
李泽厚：《世纪新梦》，安徽文艺出版社 1998 年版。
李子云：《中国女性小说选》，香港三联书店 1991 年版。
梁实秋、侯健：《关于白璧德大师》，巨浪出版社 1977 年版。
梁晓声：《中国社会各阶层分析》，经济日报出版社 1997 年版。
林翠芬：《中国名人采访录》，（香港）明窗出版社 1992 年版。
凌宇：《长江不尽流》，湖南文艺出版社 1989 年版。
刘达文：《大陆异见作家群》，国际文化出版公司 2001 年版。
刘达文：《大陆异见作家群》，夏菲尔国际文化出版公司 2001 年版。
刘登翰：《洛夫诗歌艺术初探》，中国文联出版公司 1994 年版。
刘东：《浮世绘》，辽宁教育出版社 1996 年版。
[美] 刘康：《对话的喧声——巴赫汀文化理论述评》，（台北）麦田出版股份有限公司 1998 年版。
刘绍铭：《遣愚衷》，香港三联书店 1987 年版。
刘绍铭：《涕泪飘零的现代中国文学》，远景出版社 1980 年版。
刘再复：《刘再复集——寻找与呼唤》，风云时代出版公司 1989 年版。
刘震云：《刘震云文储——向往羞愧·自序》，江苏文艺出版社 1996 年版。
[美] 鲁本·弗恩：《精神分析学的过去和现在》，傅铿编译，学林出版社 1988 年版。
鲁迅：《鲁迅全集》（第一卷），人民文学出版社 2009 年版。
鲁迅：《鲁迅小说集》，人民文学出版社 1973 年版。
路遥：《人生》，中国青年出版社 1982 年版。
洛夫：《我的兽》，中国文联出版社 1994 年版。
[美] 赫伯特·马尔库塞：《单向度的人——发达工业社会意识形态研究》，刘继译，上海译文出版社 1989 年版。
[美] H. 马尔库塞：《工业社会和新左派》，任立编译，商务印书馆 1982 年版。
马汉茂、齐墨：《大陆当代文化名人评传》，（台北）正中书局 1995 年版。

毛泽东：《毛泽东诗词集》，中央文献出版社 1996 年版。

毛泽东：《毛泽东选集》（第一卷），人民出版社 1991 年版。

孟悦：《从历史的拯救到历史的诊断——林斤澜论》，《历史与叙述》，转引自王晓明《二十世纪中国文学史论》（第三卷），东方出版中心 1997 年版。

莫言：《2000 年文库——当代中国文库精读·莫言卷》，（香港）明报出版社 1999 年版。

莫言等：《中国小说一九八六》，香港三联书店 1988 年版。

倪柝声、李常受：《晨兴圣言启示录：结晶读经之三》，台湾福音书房 1990 年版。

聂茂：《因为爱你而光荣》之附录，国际文化出版公司 1995 年版。

欧阳谦：《人的主体性和人的解放》，山东文艺出版社 1986 年版。

潘光旦：《中国境内犹太人的若干历史问题——开封的中国犹太人》，北京大学出版社 1983 年版。

浦安迪：《比较文学论选集》，中国社会科学院文学研究所 1982 年版。

渠敬东：《缺席与断裂：有关失范的社会学研究》，上海人民出版社 1999 年版。

［美］R. 韦勒克：《文学思潮和文学运动的概念》，刘象愚选编，中国社会科学出版社 1989 年版。

申小龙：《人文精神，还是科学主义》，学林出版社 1989 年版。

申小龙：《语文的阐释》，辽宁教育出版社 1991 年版。

时间主编：《精神的田园——"东方之子"学人访谈录》，华夏出版社 1997 年版。

史铁生：《史铁生散文》下册，中国广播电视出版社 1998 年版。

孙隆基：《未断奶的民族》，（台北）巨流图书公司 1996 年版。

谭君强：《叙事学研究：多重视角》，中国社会科学出版社 2018 年版。

汤应武：《抉择——1978 年以来中国改革的历程》，经济日报出版社 1998 年版。

唐正序等主编：《20 世纪中国文学与西方现代主义思潮》，四川人民出版社 1992 年版。

天岛、南芭：《文人的断桥——〈马桥词典〉诉讼纪实》，光明日报出版社 1997 年版。

童怀周：《天安门诗文集》，北京出版社 1979 年版。

童怀周：《天安门诗文集续编》，北京出版社 1979 年版。

涂光群：《走近名家——中国名作家生活写真》，汉语大词典出版社 2000 年版。

汪晖、陈燕谷主编：《文化与公共性》，生活·读书·新知三联书店 1998 年版。

汪晖、余国良：《90 年代的"后学"论争》，香港中文大学出版社 1998 年版。

王安忆：《长恨歌：长篇小说卷》，作家出版社 1996 年版。

王安忆：《三恋》，浙江文艺出版社 2001 年版。

王德威：《从刘鹗到王祯和——中国现代写实小说散论》，时报文化出版企业有限公司 1986 年版。

王晓明：《批评空间的开创：二十世纪中国文学研究》，东方出版中心 1997 年版。

王浩威：《台湾文化的边缘战斗》，联合文学出版社股份有限公司 1995 年版。

王浩威：《文化工作的边缘战斗》，联合文学出版社股份有限公司 1995 年版。

王蒙：《琴弦与手指》（上卷），光明日报出版社 1996 年版。

王蒙：《琴弦与手指》（下卷），光明日报出版社 1996 年版。

王润华：《沈从文小说新论》，学林出版社 1998 年版。

王朔：《王朔文集 4：谐谑卷》，华艺出版社 1992 年版。

王朔：《无知者无畏》，春风文艺出版社 2000 年版。

王晓明：《批评空间的开创：二十世纪中国文学研究》，东方出版中心 1998 年版。

王一沙：《开封犹太春秋》，海洋出版社 1992 年版。

王岳川：《后现代主义文化研究》，北京大学出版社 1992 年版。

卫慧：《上海宝贝》，春风文艺出版社 1999 年版。

卫慧：《水中的处女》，花山文艺出版社 2000 年版。

吴家荣：《新时期文学思潮史论》，安徽大学出版社 1987 年版。

吴义勤：《中国当代新潮小说论》，江苏文艺出版社 1997 年版。

夏晓虹：《梁启超学术文化随笔》，中国青年出版社 1996 年版。

涂光群：《走近名家——中国名作家生活写真》，汉语大词典出版社 2000 年版。

萧旁：《中国如何面对西方》，（香港）明镜出版社 1997 年版。

萧虹：《她们没有爱情——悉尼华人女作家小说选·序》，（印尼）墨盈创作室1998年版。

谢冕：《大转型——后新时期文学研究》，黑龙江教育出版社1995年版。

徐晓鹤：《院长和他的疯子们》，（台北）远景出版股份有限公司1989年版。

徐訏：《无题的问句》，夜窗书屋出版社1993年版。

徐友渔：《自由的言说》，长春出版社1999年版。

严家其：《我的思想自传》，风云时代出版股份有限公司1989年版。

杨沫：《青春之歌》，人民文学出版社1978年版。

杨小滨：《无调性文化瞬间》，中国人民大学出版社2012年版。

叶公：《谁在中国过好日子》，陕西摄影出版社1994年版。

叶维廉：《比较史学——理论架构的探讨》，（台北）东大图书公司1983年版。

叶维廉：《谈现代·后现代》，东大图书公司1992年版。

叶维廉：《中国诗学》，生活·读书·新知三联书店1996年版。

伊顿格尔：《审美意识形态》，香港牛津大学出版社1990年版。

于治中：《正文、性别、意识形态——克丽丝特娃的解释符号学》，（香港）正中书局1991年版。

余华：《十八岁出门远行》，作家出版社1989年版。

余英时：《中国思想传统的现代诠释》，江苏人民出版社1989年版。

张承志：《美丽瞬间》，北京师范大学出版社1993年版。

张承志：《真正的人是X》，收入其散文集《大地散步》，群众出版社1995年版。

张光直：《中国青铜时代》，生活·读书·新知三联书店2013年版。

张炯：《新时期文学格局》，陕西人民教育出版社1991年版。

张隆溪：《二十世纪西方文论述评》，生活·读书·新知三联书店1986年版。

张绥：《犹太教与开封犹太人》，上海三联书店1990年版。

张炜：《激情的延续》，湖南文艺出版社1996年版。

张炜：《精神的丝缕》，上海人民出版社1996年版。

张系国：《让未来等一等吧》，（台北）洪范书店有限公司1984年版。

张贤亮：《小说中国》，陕西旅游出版社1997年版。

张颐武：《在边缘处追索：第三世界文化与当代中国文学》，时代文艺出版社1993年版。

赵毅衡：《新批评——一种独特的形式主义文论》，中国社会科学出版社1986年版。

沈尹默等：《回忆伟大的鲁迅》，新文艺出版社1958年版。
中国基督教协会：《旧约全书》，中国基督教协会印发1989年版。
周蕾：《妇女与中国现代性》，麦田出版公司1997年版。
周蕾：《写在家国以外》，牛津大学出版社1995年版。
周宪等编：《当代西方艺术文化学》，北京大学出版社1988年版。
朱大可：《燃烧的迷津》，学林出版社1991年版。
朱文：《我爱美元》，作家出版社1995年版。
朱文华、许道明主编：《新编中国现代文学作品选·上》，复旦大学出版社1996年版。

三 中文期刊

倪震：《仪式的魅力：从张艺谋到科波拉》，《今日先锋》1994年第5期。
徐刚：《视觉的藏闪与翻译——从小说〈海上花列传〉到侯孝贤的电影〈海上花〉》，《今天》1995年春季号。
朱苏进、赵本夫、姜滇、高晓声：《新写实小说大联展》，《钟山》（卷首语）1989年第3期。
［美］阿里夫·德里克：《全球主义与地域政治》，少辉译，《天涯》2000年第3期。
［美］艾森斯塔特：《野蛮主义与现代性》，刘锋编译，《二十一世纪》（香港）2001年8月号。
白烨、王朔、吴滨、杨争光：《选择的自由与文化态势》，《上海文学》1994年第4期。
残雪、日野启三：《创作中的虚实——残雪与日野启三的对话》，《上海文学》1995年第7期。
曹长青：《从造反有理到造假有理——因撒谎而轰动的中国人》，《九十年代》（香港）1994年11月。
曾维浩：《弑父》，《花城》1998年第2期。
昌切：《先锋小说一解》，《文学评论》1994年第2期。
车前子：《井圈》，《青春》1983年第4期。
陈岸峰：《李碧华〈青蛇〉中的"文本互涉"》，《二十一世纪》（香港）2001年第6期。
陈骏涛：《后新时期：纯文学的命运及其他》，《当代作家评论》1992年第5期。
陈染：《炮竹炸碎冬梦》，《今日先锋》1994年第2期。

陈思和、李振声、郜元宝、张新颖等：《关于世纪末小说的多种可能性对话》，《作家》1994 年第 4 期。

陈思和：《关于"现实主义冲击波"的思考》，《二十一世纪》（香港）1997 年第 1 期。

陈晓明、张颐武、戴锦华、朱伟：《文化控制与文化大众》，《钟山》1994 年第 2 期。

陈晓明：《反抗危机：论"新写实"》，《文学评论》1993 年第 2 期。

陈衍德：《论华族——从世界史与民族史的角度所作的探讨》，《世界民族》2001 年第 2 期。

程光炜：《在故乡的神话坍塌之后——论刘震云九十年代的小说创作》，《文学评论》1999 年第 5 期。

池莉：《我写〈烦恼人生〉》，《小说选刊》1988 年第 2 期。

池莉：《写作的意义》，《文学评论》1994 年第 5 期。

崔之元：《反对"认识论特权"：中国研究的世界视角》，《二十一世纪》（香港）1995 年第 12 期。

崔之元：《制度创新与第二次思想解放》，《二十一世纪》（香港）1994 年第 8 期。

［日］大江健三郎：《这五十年与我的文学》，黄灿然译，《倾向》（美国）1995 年第 5 期。

戴锦华：《救赎与消费——九十年代文化描述之二》，《钟山》1995 年第 2 期。

戴锦华：《裂谷的另一侧畔：初读余华》，《北京文学》1989 年第 3 期。

丁帆、徐兆淮：《新写实主义小说的挣扎——关于近来一种小说现象的断想》，《上海文论》1990 年第 1 期。

丁国强：《新写实作家、评论家谈新写实》，《小说评论》1991 年第 3 期。

董志强：《当代艺术本土化的虚构性》，《美苑》2001 年第 3 期。

窦武：《北窗杂记》（六十二），《建筑师》1998 年第 4 期。

段崇轩：《"屏蔽"后的重建》，《文学评论》1991 年第 2 期。

樊星：《论八十年代以来文学世俗化思潮的演化》，《文学评论》2001 年第 2 期。

池莉：《烦恼人生》，《上海文学》1987 年第 8 期。

方方：《风景》，《当代作家》1987 年第 3 期。

方方：《仅谈七哥》，《小说选刊》1988 年第 3 期。

［美］弗雷德里克·杰姆逊：《处于跨国资本主义时代中的第三世界文学》，张京媛译，《当代电影》1989 年第 6 期。

甘阳：《谁是中国研究中的"我们"?》，《二十一世纪》（香港）1995 年第 12 期。

高行健：《关于灵山的说明》，《光华》（台湾）2001 年第 1 期。

高力涛：《对社会主义初级阶段宗教问题的再认识》，《内蒙古社会科学》（文史哲版）1988 年第 5 期。

郜元宝：《匮乏时代的精神凭吊者》，《文学评论》1995 年第 3 期。

格非：《当代小说与作家职责》，《语文教学与研究：教研天地》2010 年第 7 期。

顾城：《生命幻想曲》，载于顾工《两代人——从诗的"不懂"谈起》，《诗刊》1980 年第 10 期。

顾工：《两代人——从诗的"不懂"谈起》，《诗刊》1980 年第 10 期。

郭建：《文革思潮与"后学"》，《二十一世纪》（香港）1995 年第 6 期。

［奥］哈耶克：《哈耶克的知识论与权力限制》，冯克利译，《天涯》2000 年第 4 期。

韩东：《备忘：有关"断裂"行为的问题回答》，《北京文学》1998 年第 10 期特刊。

韩少功：《马桥词典》，《小说界》1996 年第 2 期。

韩钟恩：《绞断母语环链之后……能否继续文化颠覆?》，《今日先锋》1994 年第 2 期。

何申：《良辰吉日》，《上海文学》1997 年第 2 期。

何思敬：《民俗学的问题》，《民俗》1982 年第 1 期。

亨廷顿：《文明的冲突》，《二十一世纪》（香港）1993 年第 10 期。

洪峰：《关于普拉蒂尼》，《小说选刊》1987 年第 6 期。

洪谦：《卡尔纳谱和他的哲学》，《二十一世纪》（香港）1992 年第 4 期。

胡平：《阅尽沧桑之后——一代知识分子的反思》，《北京之春》2002 年第 7 期。

黄平：《当代中国大陆知识分子的非知识分子化》，《二十一世纪》（香港）1995 年 4 月。

黄平：《知识分子：在漂泊中寻求归宿》，《中国社会科学季刊》（香港）1993 年第 2 期。

季卫东：《第二次思想解放还是乌托邦?》，《二十一世纪》（香港）1994 年第 10 期。

姜义华：《激进与保守：与余英时先生商榷》，《二十一世纪》（香港）1992 年第 4 期。

敬文东：《从身体说起》，《今天》2001 年夏季号。

［日］酒井直树（Naoki Sakai）：《现代性与其批判：普遍主义与特殊主义的问题》，白璧德译，《台湾社会研究季刊》1998 年 6 月号。

旷新年：《文学的蜕变》，《读书》1998 年第 10 期。

郎伟：《迷乱的星空》，《文艺理论与批评》2001 年第 1 期。

雷颐：《"洋泾浜学风"举凡》，《二十一世纪》（香港）1995 年第 12 期。

雷颐：《背景与错位：也谈中国的"后殖民"与"后现代"》，《读书》1995 年第 4 期。

李大章：《介绍李有才板话》，《华北文艺》（革新卷）1943 年第 6 期。

李杭育：《沙灶遗风》，《北京文学》1983 年第 5 期。

李杭育：《最后一个渔佬儿》，《当代》1983 年第 2 期。

李颉：《乔治·奥威尔和切·格瓦拉》，《倾向》（美国）1995 年第 5 期。

李欧梵：《当代中国文化的现代性和后现代性》，《文学评论》1999 年第 5 期。

李锐：《精神撒娇者的病例分析》，《天涯》1998 年第 1 期。

李怡、方苏：《不要等天晴，下雨拿把伞也可以出去——白桦谈大陆文化、社会现状》，《九十年代》（香港）1992 年 10 月。

李泽厚：《启蒙与救亡的双重变奏》，《走向未来》1986 年创刊号。

李泽厚：《新儒学的隔世回响》，《天涯》1996 年第 2 期。

梁小斌：《断裂》，《星星》1986 年第 9 期。

廖明君：《乡土知识与民间智慧——彭兆荣访谈录》，《民族研究》2001 年第 1 期。

林毓生：《"创造性转化"的再思与再认》，《知识分子》（美国）1994 年（秋）第 89 期。

刘东：《警惕人为的"洋泾浜学风"》，《二十一世纪》（香港）1995 年第 12 期。

刘纪蕙：《压抑与复返：精神分析论述与现代主义的关联》，《现代中文文学学报》（香港）2001 年第 4 期。

刘康：《后冷战时代的"冷思维"》，《中国与世界》1998 年第 3 期。

刘康：《全球化"悖论"与现代性"歧途"》，《读书》1995 年第 7 期。

刘康：《全球化与中国现代化的不同选择》，《二十一世纪》（香港）1996 年第 10 期。

刘纳：《无奈的现实和无奈的小说——也谈"新写实"》，《文学评论》1993 年第 4 期。

刘擎：《后现代主义的困境——"苏卡尔事件"的思考》，《二十一世纪》

（香港）1998 年第 6 期。

刘绍铭：《现代中文文学评论》，《现代中文文学研究中心》（香港）1994 年第 1 期。

刘心武、邱华栋：《在多元文学格局中寻找定位》，《上海文学》1995 年第 8 期。

刘心武：《班主任》，《人民文学》1977 年第 11 期。

刘心武：《需要冷静地思考》，《上海文学》1982 年第 8 期。

刘醒龙：《分享艰难》，《上海文学》1996 年第 2 期。

刘醒龙：《路上有雪》，《上海文学》1997 年第 1 期。

刘永春、张莉：《解殖民与返殖民：1980 年代中国文学思潮再解读》，《湘潭大学学报》（哲学社会科学版）2015 年第 4 期。

龙应台：《贫血的向日葵》，《倾向》（美国）1996 年春总第 6 期。

鲁扬：《从朦胧到晦涩》，《诗刊》1980 年第 10 期。

陆建德：《英语写作有多风光》，《环球时报》2001 年 7 月 6 日第 7 版。

罗望子：《暧昧》，《花城》1999 年第 4 期。

马原：《方法》，《中篇小说选刊》1987 年第 1 期。

马原：《冈底斯的诱惑》，《上海文学》1985 年第 2 期。

马原：《上下都平坦》，《收获》1987 年第 5 期。

马原：《小说》，《文学自由谈》1989 年第 1 期。

孟泽：《"绝对的开端"："新诗"创生的诠释与自我诠释》，《湘潭大学学报》（哲学社会科学版）2015 年第 2 期。

棉棉：《糖》，《收获》（上海）2000 年第 1 期。

明华：《改革大潮下的社会众生相》，《九十年代》（香港）1992 年 4 月。

南帆：《文学理论：全球化时代的民族性》，《文艺理论研究》2017 年第 3 期。

南帆：《先锋作家的命运》，《今日先锋》1995 年第 3 期。

南帆：《再叙事：先锋小说的境地》，《文学评论》1993 年第 3 期。

欧阳江河：《89 后国内诗歌写作——本土气质、中年特征与知识分子身份》，《花城》1994 年第 5 期。

［法］皮埃尔·布尔迪厄：《现代世界知识分子的角色》，赵晓力译，《学术思想评论》1997 年第 5 期。

暜华：《王蒙〈稀粥〉案始末》，《九十年代》1992 年第 2 期。

钱超英：《自我、他者与身份焦虑——论澳大利亚新华人文学及其文化意义》，《暨南学报》（哲学社会科学版）（广州）2000 年第 4 期。

钱俊：《谈萨伊德谈文化》，《读书》1993 年第 9 期。

钱小芊：《构建文学批评平台，推进文学创作繁荣》，《作家通讯》2015年第11期。

阙迪伟：《新闻》，《上海文学》1996年第10期。

［法］让·弗朗索斯·利奥塔：《后现代的条件》，武波译，《天涯》1997年第1期。

［葡］若泽·萨拉马戈：《师傅与徒弟》，《世界文学》2000年第1期。

上海京剧团智取威虎山剧组：《努力塑造无产阶级英雄人物的光辉形象——对塑造杨子荣英雄形象的一些体会》，《红旗》1969年第11期。

邵建：《两种话语》，《方法》1999年第3期。

邵燕君：《从交流经验到经验叙述》，《文学评论》1994年第1期。

舒婷：《呵，母亲》，《榕树丛刊》1980年第2期。

司徒立：《"现代的混乱"抑或"现代的纠纷"：德朗和他的艺术世界》，《二十一世纪》（香港）1995年第6期。

松涛：《沧桑——水浒一日游》，《昆仑》1989年第2期。

宋遂良：《漂流的文学》，《当代作家评论》1992年第5期。

宋遂良：《评几部"新写实"长篇小说》，《文学评论》1993年第5期。

孙甘露：《失去》，《今日先锋》1994年第2期。

孙立平、王汉生、王思斌、林彬、杨善华：《改革以来中国社会结构的变迁》，《中国社会科学》1994年第2期。

孙绍谊：《通俗文化、意识形态、话语霸权——伯明翰文化研究学派评述》，《倾向》（美国）1995年总第5期。

孙先科：《英雄主义主题与"新写实小说"》，《文学评论》1998年第4期。

索飒：《倒骑毛驴的阿凡提与信息时代》，《读书》1991年第1期。

谈歌：《车间》，《上海文学》1996年第10期。

谈歌：《大厂》，《人民文学》1996年第1期。

陶东风：《从呼唤现代化到反思现代性》，《二十一世纪》（香港）1999年第6期。

铁凝：《更自觉地参与中华民族精神的维护和建构》，《作家通讯》2015年第11期。

万之：《"后学"批判的批判》，《二十一世纪》（香港）1995年第10期。

汪晖：《当代中国的思想状况与现代性问题》，《天涯》1997年第5期。

汪晖：《关于现代性问题答问》，《天涯》1999年第1期。

汪晖：《九十年代中国大陆的文化研究与文化批评》，《电影艺术》1995年第1期。

王德胜、王一川、韩钟恩、张法等：《裂缝与缝合》（笔谈），《中国青年研究》1994年第5、6合期。

王干：《近期小说的后现实主义倾向》，《北京文学》1986年第6期。

王干：《新写实小说的位置》（对话录），《上海文学》1990年第4期。

王国维：《论哲学家与美术家之天职》，《教育世界》1905年第99期。

王鸿生、耿占春、何向阳等：《现代人文精神的生成》，《上海文学》1995年第3期。

王珂：《新诗现代性建设要处理好五大社会生态关系》，《湘潭大学学报》（哲学社会科学版）2016年第3期。

王蒙、潘凯雄：《先锋考——作为一种文化精神的先锋》，《今日先锋》1994年第1期。

王蒙：《中国的先锋小说与新写实主义》，《当代作家评论》1992年第5期。

王宁：《"东方主义"与"西方主义"：对话还是对峙？》，《东方丛刊》（桂林）1995年第3期。

王宁：《继承与断裂：走向后新时期文学》，《文艺争鸣》1992年第6期。

王宁：《全球化进程中中国文学理论的国际化》，《文学评论》2001年第6期。

王璞：《从蔡澜的小品看香港文学的雅与俗》，《现代中文文学评论》（香港）1994年第1期。

王朔：《王朔自白》，《文艺争鸣》1993年第1期。

王朔：《我的小说观》，《人民文学》1989年第3期。

王晓明、铁舞：《向二十一世纪文学期望什么》，《上海文学》1995年第5期。

王尧：《天才何以"未完成"》，《方法》1999年第2期。

王一川：《全球化境遇中的中国文学》，《文学评论》2001年第6期。

王岳川：《后现代文学：价值平面上的语言游戏》，《文学评论》1993年第5期。

魏安娜、吕芳译：《一种中国的现实：阅读余华》，《文学评论》1996年第6期。

文敬志：《文艺批评居然也有"地方保护"》，《服务导报》1976年6月。

吴俊志：《新时期文学到新世纪文学的流变与转型》，《小说评论》2019年第1期。

吴亮：《马原的叙述圈套》，《当代作家评论》1987年第3期。

吴炫：《批评的症结在哪里？》，《二十一世纪》（香港）1995年第6期。

［美］希利斯·米勒、金惠敏：《永远的修辞性阅读——关于解构主义与文化研究的访谈—对话》，《外国文学评论》2001年第1期。

[美] 希利斯·米勒：《论全球化对文学研究的影响》，《当代外国文学》1998 年第 1 期。

夏冠洲：《生活·创作·艺术观——王蒙访谈录》，《北京文学》1994 年第 9 期。

象弘：《中国当前反科学主义的四种理据》，《二十一世纪》（香港）1995 年 4 月号。

谢冕：《失去了平静以后》，《诗刊》1980 年第 12 期。

谢冕：《世纪之交的文学转型》，《当代作家评论》1992 年第 5 期。

信春鹰：《后现代法学：为法学探索未来》，《中国社会科学》2000 年第 5 期。

熊召政：《请举起森林般的手，制止！》，《长江文艺》1980 年第 1 期。

徐贲：《"第三世界批判"在当今中国和处境》，《二十一世纪》（香港）1995 年第 2 期。

徐贲：《当今中国大众社会的犬儒主义》，《二十一世纪》（香港）2001 年 6 月。

徐贲：《第三世界批评在当今中国的处境》，《二十一世纪》（香港）1995 年第 2 期。

徐贲：《后现代、后殖民批判理论和民主政治》，《倾向》（美国）1994 年第 2—3 期。

徐贲：《再谈中国"后学"的政治性和历史意识》，《二十一世纪》（香港）1997 年第 2 期。

徐芳：《形而上主题：先锋文学的一种总结和另一种终结意义》，《文学评论》1995 年第 4 期。

徐鸽：《改革、开放形势下的温州基督教》，《当代宗教研究》1989 年第 1 期。

徐友渔：《"后主义"与启蒙》，《天涯》1998 年第 6 期。

许纪霖、陈思和、蔡翔等：《人文精神寻思录之三——道统学统与政统》，《读书》1994 年第 5 期。

许纪霖：《比批评更重要的是理解》，《二十一世纪》（香港）1995 年第 6 期。

许纪霖：《创造的张力：在理念与资源之间》，《二十一世纪》（香港）1995 年第 8 期。

薛毅：《"分享艰难"的文学？》，《二十一世纪》（香港）1997 年 10 月。

薛毅：《论鲁迅的杂文》，《今天》2001 年夏季号。

杨健吾：《新时期藏传佛教的发展势态》，《宗教》1988 年第 2 期。

杨炼：《诺日朗·血祭》，《上海文学》1983 年第 5 期。

杨小滨：《疯狂与荒诞：徐晓鹤小说中的文本政治》，《二十一世纪》（香港）1999 年第 10 期。

杨小滨：《现当代汉诗面面观》，《倾向》（美国）1995 年总第 5 期。

杨小滨：《中国先锋文学与"毛语"的创伤》，《二十一世纪》（香港）1993 年第 12 期。

杨扬：《先锋的遁逸》，《二十一世纪》（香港）1995 年第 6 期。

叶秀山：《没有时尚的现代？读"后现代"思潮》，《读书》1994 年第 2 期。

伊蕾：《独身女人的卧室》，《人民文学》1987 年第 1、2 合期。

佚名：《王朔自白——摘自一篇未发表的王朔访谈录》，《文艺争鸣》1993 年第 1 期。

殷惠敏：《知识分子与"反传统"情结》，《九十年代》（香港）1994 年 11 月。

余华：《川端康成与卡夫卡的遗产》，《外国文学评论》1990 年第 2 期。

余华：《传统·现代·先锋》，《今日先锋》1995 年第 3 期。

余英时：《再论中国现代思想中的激进与保守——答姜义华先生》，《二十一世纪》（香港）1992 年第 4 期。

[美] 约翰·巴思：《充实的文学：论后现代主义虚构小说》，《大西洋月刊》1980 年第 1 期。

扎西多：《痞子战术：道高一尺，魔高一丈》，《九十年代》（香港）1992 年第 3 期。

扎西多：《头戴八角帽，身穿比基尼》，《九十年代》（香港）1992 年 4 月。

张汉良：《浅谈家变的文字》，《中外文学》（台湾）1973 年第 1 卷第 12 期。

张闳：《灰姑娘，红姑娘——"青春之歌"及革命文艺中的爱欲与政治》，《今天》2001 年夏季号。

张江：《强制阐释论》，《文学评论》2014 年第 6 期。

张钧：《我是个艺术至上主义者——荆歌访谈录》，《花城》2000 年第 2 期。

张钧：《寓言化叙事中的语词王国——罗望子访谈录》，《花城》1999 年第 4 期。

张钧：《在意念与感觉之间寻求一种真实——东西访谈录》，《花城》1999 年第 1 期。

张钧：《知识分子的叙述空间与日常生活的诗性消解——李洱访谈录》，《花城》1993 年第 3 期。

张钧：《指向虚无和超验的写作——陈家桥访谈录》，《花城》1999 年第 5 期。

张宽：《欧美人眼中"非我族类"》，《读书》（北京）1993 年第 9 期。

张宽:《萨伊德的"东方主义"与西方的汉学研究》,《瞭望》1999年第27期。

张宽:《文化新殖民的可能》,《天涯》1996年第2期。

张隆溪:《多元社会性中的文化批评》,《二十一世纪》(香港)1996年第2期。

张倩红:《开封犹太人被同化原因探析》,《二十一世纪》(香港)1995年2月号。

张诵圣:《现代主义与台湾现代派小说》,《文艺研究》1988年第4期。

张旭东:《论中国当代批评话语的主题内容与真理内容——从朦胧诗到"新小说":时代的精神史叙述》,《今天》1991年第3—4合期。

张颐武:《"分裂"与"转移"》,《东方》1994年第2期。

张颐武:《阐释"中国"的焦虑》,《二十一世纪》(香港)1995年第4期。

张颐武:《第三世界文化:新的起点》,《读书》1990年第6期。

张颐武:《分裂与转移》,《东方》1994年第4期。

张颐武:《后新时期:新的文化空间》,《文艺争鸣》1992年第6期。

张颐武:《论"新状态"文学——90年代文学新取向》,《文艺争鸣》1994年第3期。

张志忠:《大奖纷纷向莫言:经典化的过程及其价值取向》,《当代作家评论》2016年第5期。

章明:《令人气闷的"朦胧"》,《诗刊》1980年第8期。

赵毅衡:《"后学"与新保守主义》,《二十一世纪》(香港)1995年第2期。

赵毅衡:《二种当代文学》,《文艺争鸣》1992年第6期。

赵毅衡:《雷纳多·波乔利〈先锋理论〉》,《今日先锋》1995年第3期。

赵毅衡:《论先锋主义的"危机"》,《二十一世纪》(香港)1994年8月。

赵毅衡:《双单向道:对二十世纪中西文化交流的几点观察》,《书城》2002年第1期。

赵毅衡:《文化批判与后现代主义理论香港》,《二十一世纪》(香港)1995年第10期。

赵振先:《欧巴罗遐想》,《今天》2001年春季号。

郑伯农:《在"崛起"的声浪面前——对一种文艺思潮的剖析》,《诗刊》1983年第12期。

郑敏:《世纪末回顾:汉诗语言变革与中国新诗创作》,《北京评论》1993年第3期。

郑敏:《文化、政治、语言三者关系之我见》,《二十一世纪》(香港)1995

年第 6 期。

治玲：《苦海无边，我不渡谁渡——贾平凹病中采访记》，《今日名流》1994 年第 3 期。

周蓓：《"零度"的乌托邦——浅论罗兰·巴特〈写作的零度〉》，《外国文学》2005 年第 2 期。

周洪：《"流氓"王朔》，《今日名流》1997 年第 2 期。

周惠娟：《"情，不能虚伪，要升华才是最美"——傅聪谈感情、人生、家事、国事》，《九十年代》1995 年 4 月。

朱文：《断裂：一份问卷和 56 份答卷》，《北京文学》1998 年第 10 期特刊。

四　中文报刊

贝岭：《苦难与被遮蔽的历史——中国的地下文学》，《自立快报》（新西兰）2001 年 5 月 2 日。

陈荒煤：《向赵树理方向迈进》，《人民日报》1947 年 8 月 11 日。

丁力：《古怪诗论质疑》，《诗刊》1980 年第 12 期。

傅小平：《图博会中文版权输出创新高》，《文学报》2012 年 9 月 6 日第 2 版。

公刘：《公刘谈"朦胧诗"》，《文艺报》1981 年 8 月 21 日。

贺绍俊：《新世纪长篇小说创作：中国经验与当代长篇小说新变》，《文艺报》2012 年 11 月 6 日。

呼延华：《尘埃落定：传达经典来临的消息》，《中华读书报》1998 年 4 月 1 日。

华锋、解永敏：《〈秋夜难忘〉：模仿乎？抄袭乎？》，《作家报》1997 年 3 月 20 日。

黄桂元：《伊蕾：绚烂已逝，诗册犹存》，《中华读书报》2010 年 8 月 4 日。

江康宁：《小说乎？评论乎？——关于"超小说"》，《文艺报》1988 年 4 月 6 日。

蒋子丹：《鞭尸行家与绅士架子》，《南方周末》1997 年 5 月 23 日。

李瑞腾：《棋局渐残人渐老：〈老残游记〉的哭泣意象》，《"中央"日报》（副刊）（台湾）1993 年 10 月 28、29 日。

卢新华：《伤痕》，《文汇报》1978 年 8 月 11 日。

陆建德：《英语写作有多风光》，《环球时报》2001 年 7 月 6 日第 7 版。

聂茂：《余华的"变节"与塞壬们的沉默》，《湖南日报》2002 年 3 月 27 日第 5 版。

施战军：《人民立场是新时代中国特色社会主义文学的根本要求》，《文艺报》2018年6月22日。

宋永毅：《被删除了的老舍原著》，《联合报》1991年11月17日。

卫慧：《不是我太另类，而是他们太主流》，《中国青年报》2000年3月20日。

吴晓都：《世界文学理念的生成与阐释》，《中国社会科学报》2017年12月28日第3版。

严文井：《我是不是个上了年纪的丙崽？——致韩少功》，《文艺报》1985年8月4日。

晏杰雄：《青年写作如何呈现中国经验》，《文艺报》2015年12月18日。

杨鸥：《中国文学国际影响力提升》，《人民日报》（海外版）2017年5月3日。

杨荣文：《太平洋世纪的亚洲文明——杨荣文准将谈文化和社会课题》，《联合早报》（新加坡）1991年8月13日第7版。

佚名：《百家姓王氏起源》，《大纪元时报》（新西兰）2002年8月17日第6版。

佚名：《美女作家还是"妓女作家"》，《新华商报》（新西兰）2002年8月29日，"文萃文苑"版。

袁毅：《透视苏童》，《武汉晚报》1995年5月9日。

张滢滢：《重返文学的"90年代"》，《文学报》2015年10月15日第4版。

赵毅衡：《年年岁岁树不同——2001年的海外文学》，《羊城晚报》2001年12月27日第3版。

五 网文

杜维明、胡治洪：《个人、社群与道》，http：//www.confucius2000.com/.［2019－06－25］。

李彦华：《布朗大学为北岛颁发文学博士》，https：//www.today1978.com/today/? action－viewnews-itemid－29816.［2011－05－31］。

刘禾：《东方与西方》，http：//www.cc.org.cn/.［2011－01－08］。《诗歌研究》，www.guoxue.com.［2015－03－10］。

云从龙：《诗人翟永明获意大利》CEPPO PISTOIA 国际文学奖，http：//www.jintian.net/today/.［2012－08－07］。

后记　以整体性力量审视新时期文学

这本书，前后经历了 20 年。这没有什么值得骄傲的，也没有什么让人难堪的。都说十年磨一剑。我不敢说 20 年将一本书磨得有多好，但无论如何，对于这本书的完成，我的欢喜是不言而喻的。

王安忆在跟莫言的对话中说，因为写作能够给人带来快乐，所以她才持续不断地写下来。是的，从事一项工作，特别是长时间从事像伏案写作这样劳心伤神的工作，如果没有快乐，那是不敢想象的。我相信，如果没有快乐，也很难将这项工作做得多么出色。

这些年，教学之余，我一直进行不间断的写作，我把它当成"我写，故我在"的留下生命印痕的过程。无论是文学创作还是文学批评，我笔耕不辍，冷暖自知；春夏秋冬，自得其乐。虽然没有取得特别大的成就，但写作带来的宁静与欢愉，我是能体会得到的。因为写作，我的人生充实而丰盈。

卢卡奇在经典名著《小说理论》中开门见山地写道："对那些极幸福的时代来说，星空就是可走和要走的诸条道路之地图，那些道路亦为星光所照亮。那些时代的一切都是新鲜的，然而又是人们熟悉的，既惊险离奇，又是可以掌握的。世界广阔无垠，却又像自己的家园一样，因为在心灵里燃烧的火，像群星一样有同一本性。"①

这段话颇得我心：一个时代的幸福与否，不是取决于这个时代本身，而在于个体对于所处时代的体味、希冀与发现。重要的是，要从乌云密布的天空下找到那些"星光"，以及那些被"星光"所照亮的"新鲜"的事物。改革开放的中国新时期，之所以让我感到幸福，是因为历史上从没有任何一个时代像今天这个时代一样深邃辽远，波澜壮阔，气象万千，像天外的世界，又像自己的家园，"惊险离奇"，既无边无际，又近在咫尺。这就是我们的时代，是沸腾的生活，是每一天的现实。每个中国作家身处

---

① ［匈］卢卡奇：《小说理论》，燕宏远、李怀涛译，商务印书馆 2012 年版，第 19 页。

其间，不论遭际如何，亦不论出身与职业、富贵或贫穷，都有自己的所见所闻、所思所想及其各不相同的生命体验，都会用"心灵里燃烧的火"将个人的体味、希冀与发现艺术地呈现出来。当这些独具特色的个体合在一起，就构成了中国新时期文学的整体。

我很乐意从整体上审视这个时代，不管这个时代的细枝末节有多么的出人意料，不管这个时代的背面有多少黑暗或阴影，甚至也不管这个时代有多少痛苦、尴尬、泪水、屈辱与不平，只要从总体上看，你就不得不承认这个时代的发展、变化与进步是多么的不同凡响，无与伦比。中国的社会是这样，中国的文学更是如此。无论怎么苛求，无论怎么低调，事实就在那里，你说或者不说，你看见或者没看见，都无损于这个时代固有的成就。

一个人到了40岁，我们说这个人进入不惑之年。改革开放经历了40年，中国新时期文学也该进入"不惑之年"。我们经常听人说，包括新时期文学在内的当代文学所取得的成就没有超过现代文学，当然也有不少人说当代文学早已超过了现代文学的成就。我从不愿参与这样的论争，认为将现代文学与当代文学或新时期文学进行简单、机械的类比，本身就不是严肃的事情，更谈不上有什么学术价值。我想说的是，我们从整体上对中国新时期文学进行积极评价，比方说，用"举世瞩目"或"令人惊叹"来形容新时期文学所取得的巨大成就，压根没有贬损现代文学应有的荣光。事实上，新时期文学代表性作家无一不是承继和赓续包括现代文学在内的中国文学优秀传统的精神血脉，在此基础上，放眼世界，西为中用，兼容并蓄，推陈出新，从而在世界文学的现代化征途上阔步前进的。

新时期文学"自信力"就是基于上述思考，即把"文学作为整体性力量"提出来的，这样做，更能接近客观真实，更能彰显世界文学视野下中国新时期文学独有的底色。早在1996年，李敬泽就提出应当从整体性来评估一个时期的文学，他说："无论风俗史还是心灵史，'史'的观念要求一种整体性的力量，意识到生活的变化和流动，意识到这种变化和流动是整个时代图景的一部分，意识到个人的隐秘动机和思绪与这个时代千丝万缕的联系。"[①]

显然，新时期文学"作为整个时代图景的一部分"，无论是已经具备的文学实力，还是所经历的文学引力、文学张力、文学推力、文学锐力、

---

① 转引自李蔚超《李敬泽文学批评论》，《南方文坛》2017年第4期。

文学韧力，以及当下展示的文学定力，都是全球化语境下中国文学的意义之境，都是中国文学的内部风景与外部磁场的某个侧面或局部，都是每个作家自身经历与中国经验的独特书写，他们的脸谱、身心、血色、焦虑、泪水与欢愉等集结在一起，就构成了中国新时期文学的时代镜像。

之所以强调整体性，原因在于，文学"是一个连续性进程，是同一条河流，我们现在也处在这个大的历史进程之中，如果认识不到这一点，就不可能认识总体性。你有一个总体性视野，面对这个时代的生活，才会有真的、具有历史纵深的问题意识，看清这个时代人们面对的各种特殊的境遇与状态"。①

以整体性力量审视文学，给了我诸多启发，使我对新时期文学的看法由原来的消极、悲观变得积极、乐观，尽管许多时候，我仍然感到很不满意，甚至在分析某个文本、评价某个作家或阐释某个文学思潮时，峻严的挑剔和尖锐的批评在字里行间随处可见，但整体上，我是持肯定和正面的态度，这从每一章的引论、或总论和结语中都可以见出一些端倪。一个时代有一个时代的文学。如果将时代的局限性或阴暗面过于放大，反而遮蔽了这个时代的应有的光芒。

我力图站在全局的高度，在跨度较大的历史时空中进行自下而上的平实的书写，注重代表性作家、代表性作品与时代、国家、民族或文学思潮等宏大话语的内在关联和逻辑结构，为个体或群体在时代洪流中的命运遭际、复杂体验、真实感受和各类想象赋形，让文学批评以生动的语言和丰富的思想，向着未知的世界敞开，向着人类社会新鲜的经验敞开。这样做，无论有意或无意，一定会忽略或遗漏许多其他重要作家和重要作品，这是本书的遗憾，也是整体性审视新时期文学所要付出的学术代价。

然而，正如李敬泽所说："布罗代尔使我确信，那些发生于前台，被历史剧的灯光照亮的事件和人物其实并不重要，在百年、千年的时间尺度上，真正重要的是浩大人群在黑暗中无意识的涌动，是无数无名个人的平凡生活。"②

从 1999 年到 2019 年，这 20 年是我一生中最重要的时期，从出国留学到学成归来，从生儿育女到教学、科研和创作，七千多个平凡的日子在改革开放持续推进的时代大潮中无声无息地消失了，留下所见所闻、所思

---

① 傅小平：《李敬泽：我不希望写一本关于"我"的书》，载《文学报》2018 年 10 月 11 日。
② 李敬泽：《青鸟故事集》，译林出版社 2017 年版，第 360 页。

所想，伴随着我的心血、气息和文字，伴随着犹疑、停顿、苦痛、欢愉以及黑暗中的星光，让这本书最终成为生命的见证。

　　为此，我深深感恩。感谢这个伟大的时代，感谢一路走来提携我的师长、陪伴我的亲人、帮助我的朋友，感谢我遇见的、爱过的人。平凡或不平凡的，你们，才是我获得自信的动力和源泉。